DEIXA ELA ENTRAR

DEIXA ELA ENTRAR

JOHN AJVIDE LINDQVIST

Tradução de Luíza Thomaz

TORÐSILHAS

Rio de Janeiro, 2023

Deixa ela entrar

Copyright © 2023 Tordesilhas é um selo da Alaúde Editora Ltda, empresa do Grupo Editorial Alta Books (Starlin Alta Editora e Consultoria LTDA).

Copyright © 2004 John Ajvide Lindqvist.

ISBN: 978-65-5568-086-7

Translated from original Let the right one in. Copyright © 2004 John Ajvide Lindqvist. ISBN 978-1-250-90296-2. This translation is published and sold by St. Martin's Publishing Group, the owner of all rights to publish and sell the same. PORTUGUESE language edition published by Tordesilhas, Copyright © 2023 by STARLIN ALTA EDITORA E CONSULTORIA LTDA.

Impresso no Brasil – 1ª Edição, 2023 – Edição revisada conforme o Acordo Ortográfico da Língua Portuguesa de 2009.

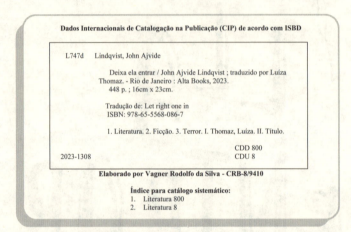

Todos os direitos estão reservados e protegidos por Lei. Nenhuma parte deste livro, sem autorização prévia por escrito da editora, poderá ser reproduzida ou transmitida. A violação dos Direitos Autorais é crime estabelecido na Lei nº 9.610/98 e com punição de acordo com o artigo 184 do Código Penal.

O conteúdo desta obra fora formulado exclusivamente pelo(s) autor(es).

Marcas Registradas: Todos os termos mencionados e reconhecidos como Marca Registrada e/ou Comercial são de responsabilidade de seus proprietários. A editora informa não estar associada a nenhum produto e/ou fornecedor apresentado no livro.

Material de apoio e erratas: Se parte integrante da obra e/ou por real necessidade, no site da editora o leitor encontrará os materiais de apoio (download), errata e/ou quaisquer outros conteúdos aplicáveis à obra. Acesse o site www.altabooks.com.br e procure pelo título do livro desejado para ter acesso ao conteúdo..

Suporte Técnico: A obra é comercializada na forma em que está, sem direito a suporte técnico ou orientação pessoal/exclusiva ao leitor.

A editora não se responsabiliza pela manutenção, atualização e idioma dos sites, programas, materiais complementares ou similares referidos pelos autores nesta obra.

Produção Editorial: Grupo Editorial Alta Books
Diretor Editorial: Anderson Vieira
Editor da Obra: Rodrigo Faria e Silva
Vendas Governamentais: Cristiane Mutús
Gerência Comercial: Claudio Lima
Gerência Marketing: Andréa Guatiello

Assistentes Editoriais: Caroline David, Gabriela Paiva
Tradução: Luíza Thomaz
Copidesque: Mariana Santos
Revisão: Vinícius Barreto
Diagramação: Rita Motta
Capa: Marcelli Ferreira

Rua Viúva Cláudio, 291 – Bairro Industrial do Jacaré
CEP: 20.970-031 – Rio de Janeiro (RJ)
Tels.: (21) 3278-8069 / 3278-8419
www.altabooks.com.br – altabooks@altabooks.com.br
Ouvidoria: ouvidoria@altabooks.com.br

Para Mia, minha Mia

O LOCAL

Blackeberg.

Faz você pensar em biscoitos de coco, ou drogas, talvez. "Uma vida respeitável". Pensamos em estação de metrô, subúrbio. Provavelmente não vem mais nada à mente. Lá devem morar pessoas, bem como em outros lugares. Por isso foi construído, afinal, para elas terem onde morar.

O lugar não se desenvolveu de forma orgânica, é claro. Aqui tudo foi planejado com cuidado desde o princípio. As pessoas então ocuparam os lares construídos para elas. Prédios de concreto terracota espalhados em campos verdejantes.

Quando esta história começa, Blackeberg, o subúrbio, já existia há 30 anos. É de se imaginar que ele tenha despertado um espírito de pioneirismo. As caravelas, uma terra desconhecida. Sim. Dá para imaginar aqueles prédios vazios esperando seus ocupantes.

E lá vêm eles!

Marchando pela Ponte Traneberg sob o sol, com o futuro brilhando em seus olhos. O ano é 1952. Mães carregam seus pequenos no colo, empurram carrinhos de bebê ou os seguram pela mão. Os pais não levam pás e enxadas, mas utensílios de cozinha e móveis práticos. Provavelmente cantam algo. "A Internacional", talvez. Ou cânticos de religiosos, dependendo da predileção.

É grande. É novo. É *moderno*.

Mas não era assim.

Eles vieram de metrô. Ou em carros, caminhões de mudança. Um por um. Adentraram os apartamentos prontos com seus pertences. Organizaram suas coisas nos cubículos e prateleiras delimitados, arrumaram os móveis sobre o piso de cortiça. Compraram o que faltava para preencher os vazios.

Ao terminarem, ergueram o olhar para a terra dada a eles. Saíram pelas portas e constataram que ela já havia sido reivindicada por completo. Melhor então se ajustar àquela realidade.

Havia um centro da cidade. Parquinhos espaçosos para as crianças. Grandes áreas verdes por perto. Muitas pistas exclusivas para caminhada.

Era um bom lugar; foi o que disseram uns aos outros à mesa da cozinha cerca de um mês após a mudança.

— Viemos para um bom lugar.

Só faltava uma coisa. Um passado. Na escola, as crianças não podiam fazer nenhum projeto especial sobre a história de Blackeberg, pois não havia uma. Quer dizer, havia algo sobre um antigo moinho. Um magnata do tabaco. Alguns prédios estranhos na costa. Mas isso fora há muito tempo, sem conexão alguma com o presente.

Onde agora estavam os prédios de três andares, antes só havia floresta.

Estava além dos mistérios do passado; não havia nem uma igreja. Nove mil habitantes e nenhuma igreja.

Isso revela algo sobre a modernidade do lugar, sua racionalidade. Revela o quanto estavam livres dos fantasmas da história e do terror.

Explica, em parte, o quanto estavam despreparados.

Ninguém os viu se mudar para lá.

Em dezembro, quando a polícia finalmente conseguiu localizar o motorista do caminhão de mudança, ele não teve muito a dizer. Em seu registro, só havia escrito *"18 de outubro. Norrköping-Blackeberg (Estocolmo)"*. Lembrou-se de que eram um pai e uma filha, uma menina bonita.

— Ah, e outra coisa. Quase não tinham móveis. Um sofá, uma poltrona, talvez uma cama. Foi um trabalho fácil, na verdade. E... sim, eles queriam que fosse à noite. Eu disse que seria mais caro, né, com a taxa de hora extra e tudo mais. Mas não era problema, só precisava ser à noite. Isso parecia muito importante. Aconteceu alguma coisa?

Informaram ao motorista sobre os acontecimentos, sobre quem havia levado em seu caminhão. Os olhos dele se arregalaram e miraram novamente as letras sobre a página.

— Raios me partam...

Seu rosto se contraiu como se sentisse repulsa por sua própria caligrafia.

"18 de outubro. Norrköping-Blackeberg (Estocolmo)".

Fora ele que os havia transportado. O homem e a filha.

Não revelaria isso a ninguém, não enquanto vivesse.

PARTE UM

FELIZ ELE QUE
TEM TAL AMIZADE

A melancolia de amor
cria dor
rapazes!

— Siw Malmkvist, "Kärleksgrubbel"

Eu nunca quis matar. Não sou naturalmente mau
Faço tais coisas
apenas para parecer mais atraente para você
Não consegui?

— Morrissey, "The Last of The Famous International Playboys"

QUARTA-FEIRA

21 DE OUTUBRO DE 1981

— E o que acham que é isso?

Gunnar Holmberg, comissário de polícia de Vällingby, ergueu uma sacolinha plástica com um pó branco dentro.

Talvez fosse heroína, mas ninguém se atreveu a dizer nada. Não queriam que suspeitassem que sabiam desse tipo de coisa. Especialmente quando se tinha um irmão ou amigo de um irmão que usava isso. Heroína. Nem as meninas disseram nada. O policial balançou a sacola.

— Bicarbonato de sódio, talvez? Farinha?

Um burburinho de respostas negativas. Não queriam que ele pensasse que na turma 6B havia um bando de idiotas. Mesmo sendo impossível saber ao certo o que era aquilo na sacola, a lição era sobre drogas, então dava para chegar a certas conclusões. O policial se voltou para a professora.

— O que você anda ensinando pra eles em Ciências?

A professora sorriu e deu de ombros. A turma riu; o policial era legal. Alguns dos meninos puderam até tocar na arma dele antes da aula. Não estava carregada, mas mesmo assim.

O peito de Oskar parecia prestes a explodir. Ele sabia responder a pergunta. Doía não dizer nada quando sabia o que era. Queria que o policial olhasse para ele. Olhasse e dissesse que ele estava certo. Sabia que era má ideia, porém, levantou a mão mesmo assim.

— Sim?

— É heroína, né?

— De fato, é sim. — O policial o encarou de forma gentil — Como você sabia?

Várias cabeças se voltaram em sua direção, curiosas quanto a resposta.

— Não, é que... Quer dizer, eu leio muito e tal.

O policial acenou com a cabeça.

— Isso é bom. Ler. — Ele balançou a sacolinha. — No entanto, não vai sobrar muito tempo pra leitura se você se envolver com isso. Quanto vocês acham que vale essa sacola?

Oskar não sentiu necessidade de dizer mais nada. O policial o vira e falara com ele. Pôde até contar que lia muito. Era mais do que havia esperado.

Deixou-se levar por um devaneio. O policial viria até ele após a aula, demonstraria interesse, se sentaria ao seu lado. Então, Oskar contaria tudo, e o policial entenderia. Acariciaria seu cabelo e diria que estava tudo bem; ele o abraçaria e diria...

— X9 de merda.

Jonny Forsberg o catucou com força na cintura. O irmão de Jonny tinha envolvimento com drogas e, por isso, ele conhecia muitas palavras que os outros garotos da turma aprendiam bem rápido. Jonny provavelmente sabia quanto valia a sacola, mas não foi dedo-duro. Não falou com o policial.

Era hora do recreio e Oskar estava perto dos cabideiros, indeciso. Jonny queria machucá-lo — qual era a melhor maneira de evitar isso? Ficar no corredor ou ir lá pra fora? Jonny e os demais colegas de classe correram para fora da sala em direção ao pátio.

É mesmo! O policial estava com o carro estacionado no pátio, e quem se interessasse podia ir olhar. Jonny não ousaria bater nele com o policial lá.

Oskar atravessou o portão da frente e olhou pela janela de vidro. Como imaginou, todos os alunos estavam ao redor da viatura. Ele também gostaria de estar lá, mas não valia a pena. Alguém daria uma joelhada nele, outro puxaria suas roupas debaixo, dando-lhe um "cuecão", com ou sem policial.

Porém, ao menos naquele recreio, ele estava seguro. Foi para o pátio e esgueirou-se pela parte de trás do prédio até os banheiros.

Uma vez lá, apurou os ouvidos, limpou a garganta. O som ecoou pelas cabines. Ele pôs a mão na cueca e puxou rapidamente a Bola de Xixi, um pedaço de espuma do tamanho de uma tangerina que ele cortou de um colchão antigo e no qual fez um buraco para seu pênis. Ele a cheirou.

É, tinha feito xixi na calça outra vez. Enxaguou a bola na pia e a espremeu para tirar o máximo de água possível.

Incontinência. Era assim que se chamava. Ele havia lido sobre isso em um panfleto que pegou escondido na farmácia. Costumava ser algo que afetava mulheres idosas.

E a mim.

Havia remédios controlados que podiam ajudar, segundo o panfleto, mas ele não pretendia usar sua mesada para se humilhar no balcão da farmácia. E definitivamente não diria nada para a mãe; ela sentiria tanta pena que o faria passar mal.

Ele tinha a Bola de Xixi e ela funcionava, por enquanto.

Passos lá fora, vozes. Com a bola em mãos, ele correu para a cabine mais próxima e trancou a porta ao mesmo tempo que a do banheiro se abriu. Em silêncio, ele subiu na tampa do vaso, curvando-se para que seus pés não aparecessem caso alguém olhasse por baixo da porta. Tentou não respirar.

— Por-qui-nho?

Jonny, é claro.

— Ei, porquinho, você tá aqui?

Micke estava com ele. Os dois piores do grupo. Não, o Tomas era pior, mas ele quase nunca participava de coisas que envolviam socos e arranhões. Era esperto demais para isso. Provavelmente estava puxando o saco do policial agora. Se descobrissem a Bola de Xixi, era Tomas que seria capaz de realmente usar isso para machucá-lo e humilhá-lo por muito tempo. Jonny e Micke, por sua vez, apenas o espancariam e, para ele, isso não era um problema. Então, de certa forma, na verdade tivera sorte...

— Porquinho? Sabemos que está aqui.

Checaram sua cabine. Balançaram a porta. Bateram nela. Oskar abraçou com força suas pernas e cerrou os dentes para não gritar.

Vão embora! Me deixem em paz! Por que não me deixam em paz?

Agora Jonny falava em voz neutra.

— Porquinho, se você não sair agora, teremos que te pegar depois da aula. É isso que você quer?

Houve silêncio por um tempo. Oskar expirou com cuidado.

Eles atacaram a porta com chutes e socos. Ouviu-se um estrondo no banheiro inteiro e a tranca da porta começou a dobrar para dentro. Oskar deveria abri-la, ir até eles antes que ficassem mais irritados, mas simplesmente não conseguia.

— Por-qui-nho?

Ele havia erguido a mão na aula, uma declaração de existência, uma alegação de que sabia alguma coisa. Isso era proibido. Eles poderiam dar diversos motivos para a necessidade de atormentá-lo: ele era muito gordo, muito feio, muito nojento. O problema real, no entanto, era o simples fato de ele existir, e qualquer lembrete dessa existência era um crime.

Provavelmente só iriam "batizá-lo". Enfiariam a cabeça dele na privada e acionariam a descarga. Não importava o que inventavam, sempre era um alívio quando terminava. Então, por que não era capaz de apenas abrir a fechadura, que de qualquer forma seria arrancada a qualquer momento, e deixá-los se divertirem?

Ele encarou a tranca que foi arrancada com um estalo, a porta que se abriu e bateu na parede, o sorriso triunfante de Micke Siskov, e então soube.

Não era esse o jogo.

Ele não poderia ter aberto a porta e eles não poderiam ter simplesmente pulado pelas laterais da cabine em uns três segundos, pois não eram essas as regras do jogo.

A eles cabia a euforia do caçador; a Oskar, o terror da presa. Após o capturarem, a diversão acabava e a punição era mais um dever que precisavam cumprir. Se ele desistisse cedo demais, era possível que investissem mais energia na punição do que na caça. Seria bem pior.

Jonny Forsberg enfiou a cara na cabine.

— Você precisa levantar a tampa se for cagar, sabia? Vamos lá, hora de grunhir como um porco.

E Oskar grunhiu como um porco. Fazia parte. Se ele grunhisse, às vezes deixavam ficar só nisso. Ele se esforçou ainda mais dessa vez, com medo que, de outra forma, ao puni-lo, tirassem sua mão da calça à força e descobrissem seu segredo nojento.

Ele franziu o nariz como o de um pouco e roncou; grunhiu e roncou. Jonny e Micke riram.

— Porco de merda, vai lá, ronca mais um pouco.

Oskar continuou. Fechou os olhos e continuou. Cerrou os punhos com tanta força que as unhas se cravaram em suas palmas, e continuou. Grunhiu e roncou até sentir um gosto estranho na boca. E então parou e abriu os olhos.

Haviam ido embora.

Ele ficou parado, curvado sobre o assento do vaso, e olhou para o chão. Havia um ponto vermelho no azulejo. Enquanto observava, outra gota caiu de seu nariz. Ele arrancou um pedaço de papel higiênico e o pressionou contra a narina.

Às vezes isso acontecia quando ele se assustava. Seu nariz começava a sangrar, do nada. Havia sido útil em algumas ocasiões nas quais eles queriam bater em Oskar e desistiram por ele já estar sangrando.

Oskar Eriksson permaneceu sentado e curvado com um pedaço de papel em uma mão e a Bola de Xixi na outra. Sangrou pelo nariz, fez xixi na calça, falou demais. Vazou por todos os orifícios. Provavelmente, em breve começaria a se cagar também. Porquinho.

Ele se levantou e saiu do banheiro. Não secou o sangue no chão. Deixa alguém ver, imaginar o que houve. Deixe-os pensar que alguém foi morto aqui, pois alguém *morreu mesmo* aqui. Pela centésima vez.

* * *

Håkan Bengtsson, um homem de 45 anos com uma pequena barriga de chope, uma calvície cada vez maior e um endereço desconhecido pelas autoridades, estava sentado no metrô, olhando pela janela para o que viria a ser seu novo lar.

O lugar era meio feio, na verdade. Norrköping teria sido melhor. Dito isso, porém, os subúrbios a oeste não se pareciam em nada com os subúrbios tipo gueto de Estocolmo que ele vira na TV: Kista, Rinkeby, Hallonbergen. Aquele era diferente.

PRÓXIMA ESTAÇÃO: RÅCKSTA.

Parecia um pouco mais suave e simples que tais lugares. Embora, agora visse um verdadeiro arranha-céu.

Ele ergueu o queixo para mirar os andares superiores do prédio administrativo da Companhia Hidráulica. Não lembrava de ter visto prédios tão altos em Norrköping. No entanto, ele obviamente nunca fora até a área central.

Era para desembarcar na próxima estação, certo? Ele conferiu o mapa do metrô sobre as portas. Sim, na próxima.

POR FAVOR, MANTENHA DISTÂNCIA DAS PORTAS. PORTAS SE FECHANDO.

Alguém estava olhando para ele?

Não, só poucas pessoas estavam no vagão, todas absortas em seus jornais vespertinos. Amanhã haveria uma notícia sobre ele.

Seu olhar parou sobre um anúncio de *lingerie*. Uma mulher em uma pose sensual com calcinha e sutiã pretos de renda. Que coisa louca. Havia pele nua por toda parte. Por que toleravam algo assim? Qual o efeito disso na mente das pessoas, no amor?

Suas mãos tremiam e ele as pôs sobre os joelhos. Estava muito nervoso.

"*— Não há mesmo outra solução?*

— Acha que eu iria expor você a isso se houvesse?

— Não, mas...

— Não há outra solução."

Não havia outro jeito. Só precisava agir e não falhar. Havia estudado o mapa na lista telefônica, escolhido uma área florestal que parecia adequada, arrumado a bolsa e partido.

Ele havia cortado o logotipo da Adidas com a faca que estava na bolsa de ginástica entre seus pés. Foi um dos erros que cometera em Norrköping. Alguém lembrara a marca dela e a polícia a encontrou dentro da lixeira na qual a jogara, não muito longe do apartamento deles.

Hoje ele levaria a bolsa de volta para casa. Talvez a picotasse e a jogasse na privada. Era para ele fazer dessa forma?

Como é para isso funcionar, de qualquer modo?

ESTAÇÃO FINAL. O DESEMBARQUE É OBRIGATÓRIO.

O vagão do metrô cuspiu as pessoas que nele estavam e Håkan seguiu o fluxo, com a bolsa em mãos. Parecia pesada, embora a única coisa nela com certo peso fosse o cilindro de gás. Ele precisou se esforçar muito para andar em um ritmo normal e não como um homem no corredor da morte. Não podia dar motivos para ser notado.

Suas pernas, porém, pareciam ter virado pedra; queriam se fundir à plataforma. O que aconteceria se ele apenas ficasse ali, parado como estátua, sem mover um músculo, e apenas não fosse embora? Esperasse a noite cair, alguém notá-lo, chamarem... alguém para buscá-lo e levá-lo a algum lugar.

Continuou caminhando normalmente. Perna direita, perna esquerda. Não podia falhar agora. Coisas horríveis aconteceriam se o fizesse. O pior que podia imaginar.

Ao passar do posto de controle, olhou à sua volta. Seu senso de direção não era muito bom. Para qual lado era a área florestal? Não podia perguntar a ninguém, é claro. Precisava arriscar. Ir em frente, acabar logo com isso. Perna direita, perna esquerda.

"Precisa haver outra maneira."

Mas não conseguia pensar em nenhuma. Haviam certas condições, certos *critérios*. Só poderia cumpri-los assim.

Já havia feito isso duas vezes antes, e fizera besteira nas duas. Não fora tão ruim aquela vez em Växjö, mas o suficiente para precisarem se mudar. Hoje ele faria um bom trabalho, seria elogiado.

Talvez acariciado.

Duas vezes. Já estava perdido. Que diferença faria uma terceira vez? Absolutamente nenhuma. A sentença do tribunal do júri, com certeza, seria a mesma. Prisão perpétua.

"E moralmente? Quantos golpes de seu rabo, rei Minos?"

O caminho no parque onde estava tinha uma curva mais à frente, onde a floresta começava. Tinha de ser a mata que vira no mapa. O cilindro e a faca retiniam na bolsa. Ele tentou carregá-la sem sacudir o conteúdo.

Uma criança apareceu no caminho à sua frente. Uma menina, de talvez 8 anos, voltando para casa da escola com a mochila batendo em seu quadril.

"Não, nunca!"

Esse era o limite. Não uma criança tão nova. Melhor que fosse ele, então, até cair morto no chão. A menina estava cantando. Ele apertou o passo para se aproximar, para ouvir.

"O cravo brigou com a rosa
debaixo de uma sacada..."

As crianças *ainda* cantavam essa música? Talvez a professora da menina fosse mais velha. Que bom saber que a canção ainda existia. Ele gostaria de poder se aproximar ainda mais para ouvir melhor, tão perto que seria capaz de sentir o cheiro do cabelo dela.

Diminuiu o passo. Não crie confusão. A menina saiu do caminho, virando em uma pequena trilha que levava à floresta. Ela provavelmente morava em uma casa do outro lado. Em pensar que os pais dela a deixavam andar ali sozinha. E tão nova.

Ele parou, deixou a menina se afastar mais, desaparecendo na floresta.

Siga em frente, pequena. Não pare para brincar na floresta.

Aguardou cerca de um minuto, escutando um tentilhão cantar em uma árvore próxima. E então a seguiu.

* * *

Oskar estava voltando para casa da escola, com a cabeça pesada. Sempre se sentia pior quando conseguia escapar do castigo *daquela* maneira, bancando o porco ou outra coisa do tipo. Era pior do que quando era punido. Sabia disso, mas não conseguia suportar a ideia da punição física quando ela se aproximava. Preferia baixar a qualquer nível. Sem nenhum orgulho.

Robin Hood e o Homem-Aranha tinham orgulho. Se o Sir John ou o Dr. Octopus os encurralassem, simplesmente cuspiriam na cara do perigo, fosse o que fosse.

Porém, quem disse que o Homem-Aranha podia opinar? Ele sempre escapava, mesmo quando era impossível. Era um herói de quadrinhos e precisava sobreviver para haver uma edição seguinte. Ele tinha poderes de aranha, Oskar tinha o guincho de porco. O que fosse necessário para sobreviver.

Oskar precisava se consolar. Tivera um dia de merda e agora precisava de compensação. Apesar do risco de encontrar Jonny e Micke, ele foi até o centro de Blackeberg, para Sabis, o mercado local. Subiu pela rampa em zigue-zague em vez de pelas escadas, usando aquele tempo para organizar os pensamentos. Precisava ficar calmo agora, não suado.

Havia sido pego roubando uma vez na Konsum, outra rede de supermercados, cerca de um ano atrás. O guarda quisera ligar para sua mãe, mas ela estava no trabalho e Oskar não sabia o número, é sério, não sabia mesmo. Por uma semana, Oskar entrava em pânico a cada toque do telefone, mas então chegou uma carta, endereçada à sua mãe.

Que idiotice. Estava até com o remetente "Autoridade Policial, Distrito de Estocolmo", e é óbvio que Oskar abriu o envelope, leu sobre seu crime, forjou a assinatura da mãe e reenviou a carta para confirmar que ela lera. Era um covarde, talvez, mas não era estúpido.

Mas o que era covardia, afinal? O que ele estava prestes a fazer era covardia? Encheu o casaco com diversas barras de chocolate. Por fim, pôs um pacote de balas gelatinosas entre a barriga e as calças, foi até o caixa e pagou por um pirulito.

No caminho para casa, andou de queixo erguido e quase saltitando. Não era apenas o porquinho que todos podiam maltratar; era o Ladrão Mestre que se arriscava e sobrevivia. Era mais esperto que todo o mundo.

Ao atravessar o portão da frente e chegar ao pátio de seu condomínio, estava seguro. Nenhum de seus inimigos morava ali, naquele círculo irregular de prédios dentro de um círculo maior formado por sua rua, Ibsengatan. Dois círculos de proteção. Estava seguro. Nesse pátio nada ruim havia acontecido com ele. Basicamente.

Crescera ali e era onde tivera amigos antes de começar a escola. Só no quinto ano começaram a implicar com ele de verdade. No fim daquele ano, havia se tornado um alvo completo, e mesmo os amigos que não eram de sua turma sentiram isso. Os convites para brincar se tornaram cada vez mais raros.

Foi nessa época que ele começou a fazer *scrapbook*. Estava indo para casa curtir seu livro de recortes naquele momento.

Vruuuuum!

Ouviu um zumbido e algo bateu em seu pé. Um carrinho de controle remoto vermelho estava se afastando dele. Fez uma curva e subiu a rampa em direção à porta da frente de seu prédio a toda velocidade. Atrás da moita à direita da porta estava Tommy, com uma antena longa em frente a sua barriga. Ele riu um pouco.

— Ficou surpreso, né?

— Esse troço é bem rápido.

— Eu sei. Quer comprar?

— ... Quanto é?

— Trezentos.

— Não, não tenho tanto.

Tommy chamou Oskar para perto, virou o carro na rampa e o fez descer bem rápido, fazendo-o parar derrapando bastante em frente aos seus pés; ergueu-o, deu umas batidinhas nele e disse, em voz baixa:

— Custa novecentos na loja.

— Sim.

Tommy olhou para o carrinho, e depois para Oskar, da cabeça aos pés.

— Duzentos. Tá novinho em folha.

— É, tá ótimo, mas...

— Mas o quê?

— Nada.

Tommy assentiu com a cabeça, botou o carrinho de volta no chão e o guiou por entre os arbustos, fazendo as rodas grandes e meio soltas balançarem, seguindo até um grande varal e continuando no caminho, descendo a rampa mais ainda.

— Posso tentar?

Tommy encarou Oskar como se avaliasse se era digno, e então entregou o controle remoto, apontando para seu lábio superior.

— Bateram em você? Tem sangue. Ali.

Oskar limpou a boca. Alguns farelos marrons grudaram-se a seu indicador.

— Não, é que...

Não conte. Não tem por quê. Tommy era três anos mais velho, um fortão. Apenas diria algo sobre revidar, e Oskar diria "claro", e como resultado só perderia ainda mais o respeito de Tommy.

Oskar brincou um pouco com o carrinho, e então observou Tommy o controlar. Queria ter o dinheiro para fechar o negócio. Ter essa ligação entre eles. Colocou a mão no bolso e sentiu os chocolates.

— Quer um Daim*?

— Não, não gosto.

— Um Japp**?

Tommy ergueu o olhar do controle. Sorriu.

— Você tem os dois?

— Sim.

— Roubou?

— ... Sim.

— Ok.

Tommy ergueu a mão e Oskar deu a ele um Japp, que o mais velho guardou no bolso dos jeans.

— Valeu. A gente se vê.

— Tchau.

Ao chegar ao apartamento, Oskar botou todos os doces em sua cama. Começaria pelo Daim, seguiria para os de tamanho dobrado e terminaria com o Bounty***, seu favorito. Depois, comeria as balas gelatinosas que limpavam seu paladar.

Organizou os doces em uma fileira longa ao lado da cama na ordem em que seriam comidos. Na geladeira, encontrou uma garrafa aberta de Coca-Cola que sua mãe cobrira com papel-alumínio. Perfeito. Gostava mais quando estava meio sem gás, especialmente com doces.

Ele removeu o papel-alumínio e botou a garrafa ao lado dos doces, deitou de bruços na cama e analisou os livros em sua estante. Uma coleção quase completa da série de terror infantojuvenil *Goosebumps*, além de uma ou outra antologia da mesma série.

A maior parte de sua coleção era composta por duas sacolas de livros que comprara por 200 kronor por meio de um anúncio no jornal. Fora de metrô até Midsommarkransen e seguira as instruções de como chegar até um apartamento. O homem que abriu a porta era gordo, pálido e falava com voz baixa e rouca. Por sorte, não convidou Oskar para entrar, apenas entregou as duas sacolas, pegou o dinheiro, assentiu com a cabeça, disse "Faça bom proveito" e fechou a porta.

---

*   [N. da T.] Chocolate ao leite recheado com amêndoas e caramelo.

**   [N. da T.] Chocolate ao leite recheado com caramelo e merengue de chocolate.

*** [N. da T.] Chocolate ao leite recheado com coco.

Foi então que Oskar ficou nervoso. Passara meses buscando edições mais antigas da série nos sebos de Götgatan, no sul de Estocolmo. Por telefone, o homem dissera que tinha exatamente aqueles volumes. Havia sido fácil demais.

Assim que pôs certa distância entre eles, Oskar pôs as sacolas no chão e as conferiu. Porém, não havia sido roubado. Eram 45 ao todo, do volume 2 ao 46.

Não dava mais para encontrar esses livros em lugar nenhum. E só haviam custado duzentos!

Por isso tivera medo daquele homem. Era como se tivesse roubado dele um tesouro.

Mesmo assim, os livros não eram nada se comparados ao seu *scrapbook*.

Tirou ele de seu esconderijo sob uma pilha de quadrinhos. O livro de recortes em si era apenas um caderno sem pauta grande que roubara na Åhléns, uma loja barata de departamentos em Vällingby; simplesmente saíra com ele sob o braço — quem disse que era um covarde? —, mas seu conteúdo...

Tirou a embalagem do Daim, deu uma mordida grande, saboreando a crocância familiar entre seus dentes, e abriu o caderno. O primeiro recorte era do *Home Journal*: a história de uma assassina estadunidense da década de 1940. Ela havia conseguido envenenar 14 idosos com arsênico antes de ser pega, julgada e sentenciada à morte na cadeira elétrica. Dava para entender por que, em vez disso, ela pedira para ser executada com uma injeção letal, mas o estado no qual estava usava a cadeira, então foi a cadeira mesmo.

Aquele era um dos sonhos de Oskar: ver alguém ser executado na cadeira elétrica. Lera em algum lugar que o sangue começava a ferver, o corpo se contorcia em ângulos impossíveis. Também imaginava que o cabelo da pessoa pegava fogo, mas para essa crença não tinha fontes oficiais.

Mesmo assim, incrível.

Virou a página. O próximo recorte, do jornal *Aftonbladet*, era sobre um assassino sueco que mutilara os corpos de suas vítimas. A foto do passaporte dele era ridícula. Parecia qualquer velho. Porém, matou dois prostitutos na sauna de sua casa, despedaçou os homens com sua serra elétrica e enterrou ambos atrás do local. Oskar comeu o último pedaço do Daim e estudou o rosto do homem de perto. Podia ser qualquer um.

Podia ser eu em vinte anos.

* * *

Håkan havia encontrado um bom lugar para ficar vigiando, com uma vista ampla de ambas as direções da trilha. Mais para o meio das árvores encontrara uma fossa protegida com uma árvore no meio e lá deixara a bolsa com os equipamentos. Colocara o cilindro de gás halotano em um cinturão sob seu casaco.

Agora só precisava esperar.

Uma vez também já quis crescer
Saber tanto quanto meu pai e minha mãe...

Não escutava ninguém cantar aquela música desde que estava na escola. Era da Alice Tegnér? Pense em todas as músicas maravilhosas que haviam desaparecido, que ninguém mais cantava. Pense em todas as coisas maravilhosas que haviam desaparecido, por sinal.

Nenhum respeito pela beleza — essa era a característica da sociedade moderna. O trabalho de grandes mestres era no máximo usado em referências irônicas ou em propagandas. A Criação de Adão, de Michelangelo, na qual via-se um par de jeans no lugar da faísca.

O sentido todo da imagem, ao menos como ele a entendia, era que aqueles dois corpos monumentais terminavam cada um em um indicador que *quase, mas não exatamente* tocava o outro. Havia um espaço entre eles, de cerca de um milímetro. E nesse espaço: vida. A enormidade escultural e a riqueza de detalhes da pintura eram uma simples moldura, um pano de fundo, que enfatizava o vazio crucial ao centro. O ponto de nada que continha tudo.

E no lugar dele, alguém havia posto um par de jeans.

Alguém se aproximava pela trilha. Håkan se encolheu, sentindo o coração bater em seus ouvidos. Não. Um idoso com um cachorro. Dois problemas logo de cara. Primeiro um cachorro que ele precisaria silenciar e, depois, a qualidade ruim.

Muitos gritos pra pouca lã, disse o homem que tosou o porco.

Olhou o relógio. Em menos de duas horas anoiteceria. Se nenhuma pessoa adequada aparecesse na próxima hora, precisaria se contentar com o que estivesse disponível. Precisava voltar para casa antes de escurecer.

O homem disse algo. Havia visto ele? Não, falava com o cachorro.

— Está melhor agora, docinho? Você estava mesmo apertada, né? Quando voltarmos, papai vai lhe dar um pouco de linguiça de fígado. Um pedação para a menininha do papai.

O cilindro de gás de halotano apertou o peito de Håkan quando ele apoiou sua cabeça nas mãos e suspirou. Coitado. Todas essas pessoas patéticas e solitárias em um mundo sem beleza.

Tremeu. O vento esfriara no decorrer da tarde, e ele se perguntou se era melhor pegar a capa de chuva que estava na bolsa para se proteger das rajadas. Não. O sobretudo impermeável restringiria seus movimentos, ficaria desajeitado quando precisava ser rápido. Também aumentaria as suspeitas das pessoas.

Duas jovens de vinte e poucos anos passaram. Não, não daria conta de duas. Ouviu fragmentos da conversa delas.

— ... e agora ela vai *ficar* com o...

— ... é um babaca completo. Ele precisa entender que...

— ... culpa dela, porque... não tomou a pílula...

— Mas, tipo, ele precisa...

— ... dá pra imaginar? ... ele como um pai...

Uma amiga que estava grávida. Um rapaz que não queria assumir a responsabilidade. Assim eram as coisas. Acontecia o tempo todo. Ninguém enxergava além do próprio umbigo. *Minha* felicidade, *meu* futuro, era tudo que se ouvia. Amar de verdade é oferecer sua vida aos pés do outro, mas as pessoas hoje em dia eram incapazes de fazer isso.

O frio adentrava seus membros; ficaria atrapalhado agora, com ou sem o sobretudo. Botou a mão dentro do casaco e pressionou o gatilho do cilindro. Um chiado. Estava funcionando. Soltou a pressão.

Pulou um pouco e bateu nos braços para se aquecer. Por favor, que venha alguém. Alguém sozinho. Olhou o relógio. Faltava meia hora. Que venha alguém. Pelo bem da vida, pelo amor.

> *Mas uma criança por dentro quero ser*
> *Pois às crianças pertencem ao Reino dos céus*

Já estava escurecendo quando Oskar terminou de ler todo o *scrapbook* e de comer todos os doces. Como de costume depois de ingerir tanta porcaria, ele se sentia tonto e um pouco culpado.

Mamãe chegaria em duas horas. Jantariam e então ele faria os deveres de casa. Em seguida, leria um livro ou assistiria à TV com ela. Mas não havia nada bom na TV essa noite. Tomariam chocolate quente com bolinhos de canela e conversariam. Ele então iria para cama, mas demoraria a dormir pois estaria preocupado com o dia seguinte.

Se ao menos tivesse para quem ligar. Podia ligar para Johan, claro, e torcer para ele não estar ocupado.

Johan era de sua turma e os dois se divertiam quando passavam tempo juntos, mas quando Johan podia escolher, nunca escolhia Oskar. Era ele que ligava quando não tinha nada melhor para fazer, não Oskar.

O apartamento estava silencioso. Nada aconteceu. As paredes de concreto se fecharam a sua volta. Sentou-se na cama com as mãos nos joelhos, a barriga pesada com os doces.

Como se algo fosse acontecer. Agora.

Prendeu a respiração, apurando os ouvidos. O medo se espalhou, viscoso, por seu corpo. Algo se aproximava. Um gás incolor vazava das paredes, ameaçando tomar forma, engoli-lo. Continuou sentado, rígido, sem respirar, e escutando. Esperando.

O momento passou. Oskar voltou a respirar.

Foi para a cozinha, bebeu um copo d'água e pegou a maior faca do faqueiro magnético. Testou a lâmina contra a unha do polegar, como seu pai ensinara. Estava cega. Colocou a faca no amolador algumas vezes e tentou outra vez. Ela fez um corte microscópico em sua unha.

Ótimo.

Dobrou um jornal em volta da faca como um coldre improvisado, prendeu com fita adesiva e botou o pacote entre suas calças e o lado esquerdo do quadril. Só o cabo ficou para fora. Tentou andar. A lâmina estava atrapalhando sua perna esquerda, então a inclinou em direção à virilha. Desconfortável, mas funcionou.

Deixou o casaco na entrada. Lembrou-se então de todas as embalagens de doces espalhadas em seu quarto. Juntou todas e colocou nos bolsos, caso sua mãe voltasse para casa antes dele. Podia esconder as embalagens sob uma pedra na floresta.

Checou mais uma vez para garantir que não havia deixado nenhuma evidência.

O jogo já havia começado. Ele era um temível assassino em série. Já matara quatorze pessoas com seu facão sem deixar para trás sequer uma pista. Nada de fios de cabelo ou embalagens. A polícia o temia.

Agora iria até a floresta para escolher sua próxima vítima.

Estranhamente, já sabia o nome dela e que aparência tinha. Jonny Forsberg, com seu cabelo comprido e seus olhos grandes e maus. Faria ele implorar pela vida, grunhir como um porco, mas seria em vão. O facão teria a palavra final e a terra beberia seu sangue.

Oskar lera aquelas palavras em um livro e gostara delas.

A Terra Beberá Seu Sangue.

Enquanto trancava a porta da frente do apartamento e saía do prédio com sua mão apoiada no punho da faca, repetia essas palavras como um mantra.

— A terra beberá seu sangue. A terra beberá seu sangue.

A entrada pela qual chegara ao pátio mais cedo ficava à direita de seu prédio, porém ele seguiu para a esquerda, passando por dois outros prédios, e saiu pela entrada dos carros. Saiu do círculo de proteção interno. Atravessou Ibsengatan e continuou descendo a ladeira. Deixou o círculo de proteção externo. Seguiu em direção à floresta.

A terra beberá seu sangue.

Pela segunda vez naquele dia, Oskar quase se sentiu feliz.

* * *

Faltavam apenas dez minutos no limite de tempo autoimposto por Håkan quando um menino solitário veio andando pela trilha. Treze ou quatorze anos, supunha. Perfeito. Vinha planejando esgueirar-se até o outro lado da trilha e depois ir andando em direção à sua vítima.

Agora, porém, suas pernas haviam travado. O garoto caminhava despreocupadamente pela trilha e Håkan precisava se apressar. Cada segundo que passava diminuía as chances de sucesso. Mesmo assim, suas pernas apenas se recusavam a andar. Ficou ali, paralisado, e encarou o escolhido, a vítima perfeita, que seguia em frente, quase chegando próximo a onde estava parado, bem em frente a ele. Em breve seria tarde demais.

Preciso fazer isso. Preciso. Preciso.

Se não conseguisse, precisaria se matar. Não podia voltar para casa de mãos vazias. Era isso. Ele ou o garoto. Tinha de escolher logo.

Por fim, tarde demais, resolveu se mexer. Assim, aproximou-se cambaleando pela floresta, indo direto até o garoto, em vez de simplesmente encontrá-lo com calma no caminho. Idiota. Babaca desajeitado. Agora o garoto levantaria a guarda, ficaria desconfiado.

— Olá! — ele chamou o garoto. — Com licença!

O menino parou. Não saiu correndo e Håkan sentiu-se grato. Precisava dizer algo, fazer alguma pergunta. Foi até o garoto, que estava parado na trilha, atento, inseguro.

— Com licença... Pode me dizer que horas são?

O garoto encarou o relógio de Håkan.

— É que o meu parou, entende?

O corpo do menino parecia tenso enquanto consultava seu relógio. Não dava para fazer nada quanto a isso. Håkan pôs a mão dentro do casaco e o dedo no acionador enquanto esperava a resposta do garoto.

* * *

Oskar desceu a ladeira em direção à empresa de impressão, depois fez a curva para a trilha que levava à floresta. O peso em sua barriga desaparecera, substituído pela expectativa entorpecedora. No caminho para a floresta, fora dominado pela fantasia, que agora parecia realidade.

Viu o mundo pelos olhos de um assassino ou o mais próximo de tal olhar que seus 13 anos de idade o permitiam imaginar. Um mundo lindo. Um mundo que ele controlava, que tremia frente a suas ações.

Seguiu a trilha na floresta buscando Jonny Forsberg.

A terra beberá seu sangue.

Estava escurecendo e as árvores se fechavam em torno dele como uma multidão silenciosa, seguindo cada movimento com apreensão, temendo ser uma delas a vítima escolhida. O assassino, porém, movia-se por entre elas, para longe; já avistara sua presa.

Jonny Forsberg estava no topo de uma colina há uns 50 metros da trilha, mãos nos quadris, um sorriso no rosto. Achava que seria como sempre. Que derrubaria Oskar no chão, tamparia seu nariz e enfiaria agulhas de pinheiro, musgo e coisas do tipo em sua boca.

Dessa vez, porém, estava enganado. Não era Oskar que se aproximava dele, mas o Assassino, que fechou a mão em volta do punho do facão, preparando-se.

O Assassino andou de forma lenta e solene até Jonny Forsberg, encarou-o nos olhos e disse:

— Oi, Jonny.

— Olá, Porquinho. Deixam você sair tarde assim?

O Assassino sacou o facão. E então atacou.

* * *

— Ahn... São 17h15.

— Ok, obrigado.

O menino não foi embora. Apenas ficou ali, encarando Håkan, que aproveitou a oportunidade para se aproximar. O garoto continuou parado, seguindo-o com o olhar. Tudo estava desandando. É claro que o menino sentira que algo estava errado. Primeiro, um homem saltava da floresta para perguntar que horas eram, e agora assumia a pose de Napoleão, com a mão dentro do casaco.

— O que você tem aí?

Ele apontou para o peito de Håkan, cuja cabeça parecia vazia; não sabia o que faria. Tirou o cilindro do casaco e mostrou-o ao garoto.

— Que porra é essa?

— Gás halotano.

— Por que você está carregando isso?

— Porque... — Sentiu o gatilho coberto de espuma e tentou pensar em uma resposta. Não sabia mentir. Era sua maldição. — Porque... é parte do meu trabalho.

— Que tipo de trabalho?

O garoto relaxara um pouco. Carregava uma bolsa de ginástica parecida com a que Håkan guardara na fossa. O homem apontou para a bolsa com a mão que segurava o cilindro.

— Está indo para a academia ou algo assim?

Quando o menino baixou o olhar para a bolsa, ele teve sua chance.

Lançou ambos os braços à frente, a mão livre agarrando a nuca do garoto, a outra pressionando o gatilho do cilindro contra sua boca. Håkan acionou a válvula. Houve um chiado, como o de uma cobra grande, e o menino tentou afastar a cabeça, mas ela estava presa no aperto desesperado das mãos de Håkan.

O garoto se jogou para trás e o homem foi junto. O chiado da cobra abafou todos os outros sons ao caírem sobre as lascas de madeira na trilha. As mãos de Håkan continuavam apertando a cabeça do menino, e ele manteve o cilindro no lugar enquanto rolavam no chão.

Após algumas respirações profundas, o menino começou a relaxar. Håkan ainda assim certificou-se de que o cilindro estava no lugar, e então olhou à sua volta.

Nenhuma testemunha.

O chiado preencheu sua cabeça como uma enxaqueca forte. Travou o gatilho acionado e tirou a mão debaixo do garoto, puxando o elástico em volta do cilindro para prendê-lo à cabeça do menino. O gatilho estava seguro.

Levantou-se com os braços doendo e olhou sua presa.

O garoto estava deitado com os braços abertos, o gatilho cobrindo seu nariz e boca, e o cilindro de gás halotano sobre seu peito. Håkan olhou mais uma vez à sua volta, pegou a bolsa do garoto e a colocou sobre sua barriga. Então, ergueu-o em seus braços e levou-o até a fossa.

Ele era mais pesado do que imaginara: muitos músculos. Peso morto.

Arfava devido ao esforço de carregar o menino pelo chão lamacento enquanto o chiado do cilindro golpeava sua cabeça como uma serra elétrica. Arfou mais alto de propósito, para não ouvir aquele som.

Com braços adormecidos e suor encharcando suas costas, finalmente chegou ao destino. Lá, pôs o menino na parte mais profunda da fossa e então deitou-se ao lado dele. O silêncio se instaurou. O peito do garoto subia e descia. Acordaria em cerca de oito minutos, no máximo. Porém, não mais.

Håkan permaneceu ao lado do garoto, estudou seu rosto, acariciou-o com um dedo. Então aproximou-se, envolveu o corpo mole em seus braços e o apertou contra si. Beijou a bochecha do menino com carinho, murmurou "me perdoe" e se levantou.

Lágrimas ameaçaram embaçar seus olhos enquanto encarava o corpo indefeso no chão. Ainda dava tempo de desistir.

Mundos paralelos. Um pensamento reconfortante.

Havia um mundo paralelo no qual ele não terminaria o que estava fazendo. Um mundo no qual se afastava, deixando o garoto acordar e se perguntar o que acontecera.

Mas este não era aquele mundo. Neste mundo, ele agora ia em direção à sua bolsa e a abria. Estava com pressa. Rapidamente puxou seu sobretudo e retirou suas ferramentas. Uma faca, uma corda, um funil grande e um garrafão de plástico de cinco litros.

Botou tudo no chão perto do menino, encarando o corpo jovem uma última vez. Então, pegou a corda e começou a trabalhar.

* * *

Ele golpeou, golpeou e golpeou. Após a primeira facada, Jonny entendera que essa não seria como as outras vezes. Com o sangue jorrando de um corte profundo em sua bochecha, ele tentara escapar, mas o Assassino fora mais rápido. Com alguns movimentos rápidos, cortou os tendões atrás dos joelhos e Jonny caiu, contorcendo-se sobre o musgo, implorando por misericórdia.

O Assassino, porém, iria até o final. Jonny gritava... como um porco... quando o Assassino jogou-se sobre ele e deixou que a terra bebesse seu sangue.

Uma facada pelo que fez comigo no banheiro hoje. Uma pela vez em que me enganou e me fez jogar pôquer de porrada. E vou arrancar seus lábios por todas as coisas horríveis que você já me disse.

Jonny sangrava por todos os orifícios e não era mais capaz de falar ou fazer nenhuma maldade. Já estava bem morto. Oskar terminou furando seus olhos vidrados, *crec crec*, e então se levantou e apreciou seu trabalho.

Grandes pedaços das árvores podres e caídas que haviam representado o corpo de Jonny tinham sido mutilados e o tronco de uma estava cheio de furos. Várias lascas de madeira estavam espalhadas sob a árvore saudável que havia sido Jonny, quando ainda de pé.

Sua mão direita, que segurava a faca, estava sangrando. Havia um pequeno corte próximo a seu pulso; a lâmina devia ter escorregado enquanto ele apunhalava. Não era a faca ideal para aquela função. Lambeu sua mão, limpando a ferida com a língua. Era o sangue de Jonny que bebia.

Limpou o resto do sangue no coldre de jornal, pôs a faca de volta e seguiu para casa.

A floresta que, uns anos atrás, começara a parecer ameaçadora, assombrada por seus inimigos, agora era um lar e um refúgio. As árvores se afastavam em sinal de respeito enquanto ele passava. Não sentia nem um pouco de medo, embora a noite começasse a ficar bem escura. Nenhuma preocupação quanto ao dia seguinte, trouxesse ele o que fosse. Dormiria bem esta noite.

Ao voltar para o pátio, sentou-se um pouco na borda do cantinho de areia do *playground* para se acalmar antes de voltar para casa. Amanhã, arranjaria uma faca melhor, com uma guarda, ou fosse lá como se chamava, maior... para não se cortar. Pois ele faria isso de novo.

Aquele jogo era legal.

QUINTA-FEIRA

22 DE OUTUBRO

A mãe esticou o braço por sobre a mesa da cozinha e apertou a mão de Oskar. Havia lágrimas em seus olhos.

— Você não pode *de jeito nenhum* ir até a floresta sozinho, ouviu?

Um garoto da idade de Oskar fora assassinado em Vällingby ontem. Apareceram nos jornais da tarde e sua mãe chegara em casa completamente desesperada.

— Podia ter sido... Não gosto nem de pensar.

— Mas foi em Vällingby.

— E você acha que alguém capaz de fazer isso com uma criança não conseguiria saltar duas estações de metrô depois? Ou andar? Vir andando até Blackeberg e repetir a mesma coisa? Você passa muito tempo na floresta?

— Não.

— Não pode mais ir além do pátio, não até esse... Até o capturarem.

— Quer dizer que não posso mais ir à escola?

— Claro que pode. Mas depois da aula, você vem direto para cá e não sai do condomínio até eu chegar.

— Que exagero.

A dor nos olhos de sua mãe estava misturada à raiva.

— Você *quer* ser assassinado? Quer? Quer ir até a floresta e ser morto enquanto eu fico aqui preocupada e você lá, jogado na floresta e... sendo mutilado por um monstro...

As lágrimas embaçaram seus olhos. Oskar pôs a mão sobre a dela.

— Eu *não vou* até a floresta, mãe. Prometo.

A mãe acariciou a bochecha dele.

— Meu amorzinho, você é tudo que eu tenho. Nada pode acontecer com você. Eu morreria junto.

— Hum. Como foi que ele fez, exatamente?

— Como fez o quê?

— Você sabe. O assassinato.

— E eu lá sei? O menino foi assassinado por um maníaco com um facão. Está morto. As vidas de seus pais estão arruinadas.

— Os detalhes não estão no jornal?

— Não aguentei ler.

Oskar pegou o exemplar do *Expressen* e o folheou. O crime ocupara quatro páginas.

— Você não devia ler coisas assim.

— Só estou conferindo uma coisa. Posso ficar com ele?

— Não leia sobre o que aconteceu, estou falando sério. Essas coisas violentas que você lê não te fazem bem.

— Só estou vendo o que vai passar na TV hoje.

Oskar se levantou, querendo levar o jornal para seu quarto. Sua mãe o abraçou sem jeito e pressionou a bochecha úmida contra ele.

— Querido, não entende que estou preocupada? E se algo acontecer com você...

— Eu sei, mãe, eu sei. Tomo cuidado.

Oskar a abraçou um pouco e então se afastou com cuidado, seguindo para o quarto enquanto enxugava as lágrimas da mãe em sua bochecha.

Que incrível.

Pelo que entendera, o garoto fora morto enquanto brincava na floresta. Infelizmente, a vítima não era Jonny Forsberg, apenas um garoto desconhecido de Vällingby.

A atmosfera em Vällingby naquela tarde havia sido de velório. Ele havia visto as manchetes antes de voltar para casa e, talvez fosse apenas imaginação, mas as pessoas na praça central pareciam falar mais, andar mais devagar do que o normal.

Na loja de ferramentas, havia roubado uma faca de caça bastante atraente que custava 300 kronor. Inventara uma desculpa com antecedência caso fosse pego.

— Desculpa, senhor, é que estou com tanto medo do assassino...

Provavelmente também seria capaz de forçar algumas lágrimas, se fosse preciso. Teriam o deixado ir, com certeza. Mas não fora pego, e agora a faca estava guardada no esconderijo junto a seu *scrapbook*.

Ele precisava pensar.

Será que seu jogo poderia ter de alguma forma causado o assassinado? Achava que não, mas não podia descartar totalmente a ideia. Os livros que lia estavam cheios de coisas assim. Os pensamentos de alguém em um lugar provocando uma ação em outro.

Telecinesia. Vudu.

Mas onde, quando e, acima de tudo, *como* exatamente ocorrera o assassinato? Se envolvera várias facadas em um corpo deitado, precisaria considerar seriamente a possibilidade de que suas mãos tinham um terrível poder. Um poder que teria de aprender a controlar.

Ou será que... a ÁRVORE... é o vínculo?

O tronco podre que cortara. Talvez tivesse algo de especial, e qualquer coisa que fosse feita à árvore... se espalhava.

Detalhes.

Oskar leu todos os artigos sobre o assassinato. Em uma página, havia a foto do policial que estivera em sua escola para falar sobre drogas. Ele não podia fazer mais comentários naquele momento. Especialistas técnicos do Laboratório Nacional de Ciência Forense foram chamados para obter evidências na cena do crime. Era preciso aguardar. Havia uma foto do garoto assassinado, retirada do anuário da escola. Oskar nunca o havia visto. Parecia ser um Jonny ou um Micke. Talvez agora houvesse um Oskar na escola de Vällingby que estava livre.

O menino estava a caminho de seu treino de handball no ginásio de Vällingby e não havia voltado para casa. O treino começara 17h30. O garoto provavelmente saíra de casa cerca de 17h. Então, em algum momento nesse intervalo... Oskar sentiu a cabeça girar. O tempo coincidia perfeitamente. E o garoto fora assassinado na floresta.

É verdade? Sou eu?...

Uma menina de 16 anos encontrou o corpo por volta das 20h e chamou a polícia. Segundo a descrição, ela estava em tratamento graças ao "choque extremo". Não havia nada sobre o estado do corpo, mas se a garota sofrera um choque *extremo*, era indício de que o corpo fora mutilado de alguma forma. Costumavam escrever apenas "choque".

O que a garota estava fazendo na floresta à noite? Provavelmente nada interessante. Catando pinhas ou algo assim. Porém, por que não havia nada sobre como o garoto fora assassinado? Divulgaram apenas uma foto da cena do crime. Uma área florestal comum demarcada por fita de isolamento, uma fossa com uma árvore grande no meio. Amanhã ou depois haveria uma foto naquele lugar, várias velas e placas com os dizeres "POR QUÊ?" ou "SENTIMOS SUA FALTA". Oskar sabia como era; tinha vários casos similares em seu livro de recortes.

Era bem provável que a coisa toda fosse coincidência. Mas, e se não for?

Oskar escutou por trás da porta. Sua mãe lavava a louça. Deitou-se na cama e pegou a faca. O formato do punho se encaixava na mão e o objeto pesava umas três vezes mais que a faca de cozinha que usara ontem.

Levantou-se e ficou no meio do quarto, segurando a faca. Ela era linda, transmitia poder à mão que a segurava.

O som de louças batendo veio da cozinha. Ele deu algumas facadas no ar. O Assassino. Quando aprendesse a controlar o poder, Jonny, Micke e Tomas nunca mais o perturbariam. Estava prestes a dar outro golpe, mas parou. Alguém poderia vê-lo lá de fora. Era noite e a luz de seu quarto estava acesa. Olhou pela janela, mas viu apenas seu próprio reflexo no vidro.

O Assassino.

Botou a faca de volta no esconderijo. Era apenas um jogo. Essas coisas não aconteciam na vida real. No entanto, ele precisava saber os detalhes. Precisava saber *agora*.

* * *

Tommy estava sentado em uma poltrona lendo uma revista sobre motos, balançando a cabeça e cantarolando. De vez em quando, virava a revista de lado para que Lasse e Robban, que estavam no sofá, pudessem ver alguma foto interessante, com informações sobre volume do cilindro e velocidade máxima na legenda. A lâmpada que pendia descoberta do teto refletia-se nas páginas brilhantes, lançando nas paredes de cimento e madeira feixes de luz que pareciam olhos pálidos de gato.

Ele estava deixando os amigos ansiosos de propósito.

A mãe de Tommy estava namorando Staffan, que trabalhava para o departamento de polícia de Vällingby. Tommy não gostava muito de Staffan, o detestava, para falar a verdade. Um sabe-tudo, sempre muito articulado. E religioso. Mas Tommy ouvia uma coisa ou outra de sua mãe. Informações que, na verdade, Staffan não podia contar a ela, e que ela não podia, na verdade, contar a Tommy, mas...

Por exemplo, foi assim que ele soubera como estavam as investigações policiais acerca da invasão à loja de rádios em Islandstorget. Aquela pela qual ele, Robban e Lasse haviam sido responsáveis.

Nenhum vestígio dos infratores. Essas foram as palavras que ela usou: "Nenhum vestígio dos infratores". Palavras do Staffan. Não tinham sequer uma descrição do carro de fuga.

Tommy e Robban tinham 16 anos e estavam no primeiro ano do ensino médio. Lasse tinha 19, não batia bem da cabeça e trabalhava na LM Eriksson em Ulvsunda, organizando peças de metal. Tinha, porém, uma carteira de motorista. E um Saab—74 branco. Usaram um marcador para alterar as placas antes da invasão. Não que isso importasse, já que ninguém vira o carro.

Haviam guardado a muamba no abrigo de emergência abandonado que ficava em frente a sala de depósito do porão, na qual costumavam se encontrar. Arrancaram a corrente com alicate corta vergalhão e colocaram um cadeado novo. Não sabiam ao certo o que fazer com todas aquelas coisas, já que o objetivo fora o roubo em si. Lasse havia vendido um toca-fitas para um amigo do trabalho por 200, mas só isso.

Era melhor esconder as mercadorias por um tempo. E não deixar Lasse lidar com as vendas, já que era... meio lento, como sua mãe dizia. Porém, já havia se passado duas semanas desde o roubo e a polícia tinha algo novo para se ocupar.

Tommy continuou folheando a revista e sorrindo. Aham, aham. Havia bastante coisa nova para ocupá-los. Robban tamborilava os dedos sobre a coxa.

— Vamos lá, diz aí.

Tommy mostrou a revista outra vez.

— Kawasaki. Trezentos cúbicos. Injeção de combustível e...

— Para com isso, cara. Diz logo.

— O quê? O assassinato?

— Sim!

Tommy mordeu o lábio, fingiu pensar.

— Como aconteceu?

Lasse curvou seu corpo alto para frente, dobrando ao meio como um canivete.

— É. Conta aí.

Tommy largou a revista e o encarou.

— Quer mesmo ouvir? É bem assustador.

— Pffff. E daí?

Lasse parecia durão, mas Tommy viu uma centelha de apreensão em seus olhos. Para deixá-lo assustado de verdade, bastava fazer uma careta, falar com voz estranha e não concordar em parar. Uma vez Tommy e Robban usaram a maquiagem da mãe de Tommy para parecerem zumbis, tiraram a lâmpada do teto e esperaram por Lasse. No fim, o mais velho acabou cagando nas calças e deixando Robban com o olho roxo por baixo da maquiagem azulada. Depois disso, passaram a ter mais cuidado ao assustar o garoto.

Lasse agora estava sentado reto no sofá e com os braços cruzados, querendo mostrar que estava pronto para ouvir qualquer coisa.

— Ok, então... Não foi um assassinato normal, entendem? Encontraram o garoto... amarrado a uma árvore.

— Como assim? Ele foi enforcado? — perguntou Robban.

— Não, ele estava pendurado, mas não pelo pescoço. Pelos pés. Estava pendurado de cabeça para baixo, preso à árvore pelos pés.

— Mas que diabos... ninguém morre disso.

Tommy encarou Robban por um longo tempo, como se ele tivesse feito uma observação interessante, e então continuou.

— Não, você está certo. Não se morre disso. Mas cortaram a garganta dele. Isso sim mata qualquer um. Um corte no pescoço inteiro. Como... em um melão. — Ele passou um dedo por seu pescoço para mostrar o traçado da faca.

A mão de Lasse subiu até o pescoço, como se para protegê-lo. Ele balançou a cabeça devagar.

— Mas por que ele estava pendurado?

— Bem, por que você acha?

— Sei lá.

Tommy apertou o lábio inferior e fez cara de pensativo.

— Agora eu vou contar a parte estranha. Primeiro, cortam a garganta de alguém para matá-lo. A ideia é que haja bastante sangue, né?

Lasse e Robban assentiram. Tommy fez uma pausa em meio à expectativa deles e então soltou a bomba.

— Mas no chão... embaixo do garoto pendurado... quase não havia sangue. Só umas gotinhas. E devem ter caído vários litros, já que ele estava pendurado daquele jeito.

O porão ficou em silêncio. Lasse e Robban mantinham os olhares vazios fixos à frente, até Robban se empertigar e dizer:

— Já sei. Ele foi morto em outro lugar e levado para lá.

— Hummm. Mas, nesse caso, por que o assassino o pendurou? Quando você mata alguém, geralmente quer se livrar do corpo.

— Ele pode ser... um doente mental.

— É, talvez. Mas acho que é outra coisa. Você já viu um açougue? O que eles fazem com os porcos? Antes de cortar os pedaços, tiram todo o sangue. E sabe como fazem isso? Penduram eles de cabeça para baixo. Em um gancho. E então cortam seus pescoços.

— Então você acha... o quê? Que o cara... estava planejando *esquartejar* o garoto?

— Ahh? — Lasse olhou incerto de Tommy para Robban e de volta para Tommy, para ver se não estavam zombando dele. Não parecia ser o caso, então disse — Fazem isso? Com os porcos?

— Sim, o que você achava?

— Que era algum tipo de máquina.

— E na sua opinião isso seria melhor?

— Não, mas... Eles ainda estão vivos? Quando são pendurados assim?

— Sim, estão vivos. E se debatendo, gritando.

Tommy imitou o som de um porco no matadouro e Lasse se encolheu no sofá, olhando para os joelhos. Robban se levantou, andou de um lado para o outro e se sentou outra vez.

— Mas não faz sentido. Se o assassino queria esquartejá-lo, teria sangue por todo o lado.

— Foi você que disse que ele queria esquartejá-lo. Não é o que eu acho.

— Ah. E o que você acha, então?

— Acho que ele queria o sangue. Por isso matou o garoto, para tirar o sangue. Acho que o levou com ele.

Robban acenou com a cabeça devagar, cutucou a casca de uma espinha grande no canto da boca.

— Sim, mas pra quê? Para beber ou o quê?

— Talvez. Algo assim.

Tommy e Robban se perderam em pensamentos, reconstituindo em suas mentes o crime e o que aconteceu em seguida. Um tempo depois, Lasse ergueu a cabeça e olhou para eles. Tinha lágrimas nos olhos.

— Os porcos morrem rápido?

Tommy o olhou nos olhos com seriedade.

— Não, não morrem.

* * *

— Vou sair e já volto.

— Não.

— Só vou até o pátio.

— E nenhum outro lugar, ouviu bem?

— Claro, claro.

— Quer que eu interfone para te chamar quando...

— Não, eu volto a tempo. Tenho relógio. *Não* interfone.

Oskar vestiu a jaqueta e o gorro. Parou ao calçar as botas. Voltou em silêncio para o quarto, pegou a faca e colocou-a sob a jaqueta. Amarrou as botas. Escutou a voz da mãe outra vez vindo da sala.

— Tá frio lá fora.

— Eu tô com o gorro.

— Na cabeça?

— Não, no pé.

— Não é brincadeira, Oskar, você sabe como...

— Te vejo daqui a pouco.

— ... suas orelhas.

Ele saiu, olhou o relógio. Eram 19h15. Faltavam 45 minutos para o programa começar. Tommy e os outros provavelmente estavam em seu quartel-general subterrâneo, mas ele não ousava descer até lá. Tommy era tranquilo, mas os outros... Podiam ter ideias estranhas, ainda mais se tivessem cheirado.

Ele desceu até o *playground* no meio do pátio. Duas árvores grandes, às vezes usadas como rede de futebol, e uma estrutura de parquinho com um escorrega, uma caixa de areia e balanços feitos de três pneus pendurados por correntes. Ele se sentou em um dos pneus e balançou levemente para frente e para trás.

Gostava do lugar à noite. Centenas de janelas iluminadas o cercavam pelos quatro lados, ele sentado no escuro. Seguro e sozinho ao mesmo tempo. Tirou a faca do coldre. A lâmina era tão brilhante que dava para ver janelas refletidas nela. A Lua.

Uma lua de sangue...

Oskar se levantou, esgueirando-se até uma das árvores e falando com ela.

— Tá olhando o quê, idiota de merda? Quer morrer?

A árvore não respondeu e Oskar meteu a faca nela com cuidado. Não queria danificar a ponta lisinha.

— É isso que acontece quando ficam me encarando.

Ele virou a faca, de forma que uma pequena lasca de madeira se soltou do tronco. Um pedaço de carne. Ele sussurrou:

— Hora de grunhir como um porco.

Ele parou, pensou ter ouvido algo. Olhou à sua volta, segurando a faca na altura do quadril. Ergueu a lâmina até seus olhos, examinou-a. Estava tão afiada quanto antes. Usou a lâmina como espelho e virou-a de forma a refletir o trepa--trepa. Havia alguém de pé, alguém que não estivera ali um segundo antes. Um contorno borrado no metal limpo. Ele baixou a faca e olhou diretamente para a gaiola labirinto. Sim. Mas não era o assassino de Vällingby. Era uma criança.

Havia luz o suficiente para constatar que era uma menina que nunca vira antes. Oskar aproximou-se do brinquedo. A garota não se moveu, só ficou ali, olhando para ele.

Ele deu outro passo e, de repente, teve medo. De quê? De si mesmo. Estava indo em direção à menina com a mão fechada em torno da faca, ia dar uma facada nela. Não, não era verdade. Mas, por um momento, sentira que sim. Ela não se assustara?

Oskar parou, colocou a faca de volta no coldre e guardou-a outra vez na jaqueta.

— Oi.

A garota não respondeu. Ele estava tão perto agora que dava para ver que tinha cabelo preto, rosto pequeno, olhos grandes. Olhos bem abertos, que o encaravam com calma. Suas mãos brancas estavam apoiadas nas barras.

— Eu disse "oi".

— Eu ouvi.

— Por que não respondeu?

Ela deu de ombros. Sua voz não era tão fina quanto esperara. Soava como a de alguém da idade dele.

Havia algo estranho nela. Cabelo preto até os ombros. Rosto redondo, nariz pequeno. Como aquelas bonequinhas de papel do *Hemmets Journal*. Bem... bonita. Porém, tinha algo mais. Não estava de gorro, nem de jaqueta. Só usava um suéter rosa fino, apesar do frio.

A menina gesticulou com a cabeça em direção à árvore que Oskar havia cortado.

— O que está fazendo?

O garoto corou, mas provavelmente não dava para perceber no escuro.

— Treinando.

— Para quê?

— Caso o assassino apareça.

— Que assassino?

— O de Vällingby. Que matou aquele garoto.

A menina suspirou, olhou para a lua. Então inclinou-se para frente outra vez.

— Você está com medo?

32

— Não, mas com um assassino... é bom poder... se defender. Você mora aqui?

— Sim.

— Onde?

— Ali. — Ela apontou para o portão ao lado do de Oskar. — No prédio ao lado do seu.

— Como sabe onde eu moro?

— Já te vi pela janela.

As bochechas de Oskar arderam. Enquanto pensava em algo para dizer, a garota saltou do topo do brinquedo e aterrissou à sua frente. Uma queda de mais de dois metros.

Ela deve ser ginasta ou algo assim.

Era quase tão alta quanto ele, porém muito mais magra. O suéter rosa estava apertado em seu tronco, que ainda era completamente liso, sem nem sinal de seios. Tinha olhos negros, enormes em sua carinha pálida. Ela ergueu uma mão no ar em frente a ele como se fizesse sinal de "pare" para algo vindo em sua direção. Seus dedos eram longos e finos, como gravetos.

— Não podemos ser amigos. Vou logo avisando.

Oskar dobrou as mãos sobre o peito. Sentia o contorno da faca por baixo da jaqueta.

— O quê?

Um canto da boca da menina ergueu-se em um meio sorriso.

— Precisa de um motivo? Só estou te dizendo como as coisas são. Para você saber.

— Ah, tá.

A garota deu às costas e se afastou de Oskar, seguindo em direção a seu portão. Após alguns passos, Oskar disse:

— E por que acha que eu ia *querer* ser seu amigo? Você deve ser muito imbecil.

A menina parou. Ficou ali por um momento. Então virou-se e caminhou até Oskar, parou em frente a ele. Entrelaçou os dedos e relaxou os braços.

— O que você disse?

Oskar apertou mais os braços em volta de si mesmo, pressionou uma mão contra a faca e olhou para o chão.

— Você deve ser imbecil... para dizer algo assim.

— Ah, eu sou imbecil, né?

— Sim.

— Sinto muito, mas é assim que as coisas são.

Permaneceram parados, com cerca de meio metro entre eles. Oskar continuou a mirar o chão. Um cheiro estranho estava vindo da menina.

Há cerca de um ano, seu cachorro, Bobby, tivera uma infecção na pata e, no fim, tiveram que sacrificá-lo. No último dia de vida de Bobby, Oskar não fora para a escola e ficara deitado ao lado do cão doente por várias horas, dizendo adeus. O cheiro de Bobby naquele dia era como o da garota. Oskar torceu o nariz.

— Esse cheiro estranho está vindo de você?

— Acho que sim.

O menino a encarou. Arrependeu-se de ter dito aquilo. Ela parecia tão... frágil em seu suéter rosa. Ele soltou os braços e gesticulou na direção dela.

— Não está com frio?

— Não.

— Por quê?

A garota franziu o cenho, enrugando o rosto, e por um momento pareceu muito, muito mais velha do que era. Como uma idosa prestes a chorar.

— Acho que esqueci como é sentir frio.

Ela deu as costas rapidamente e voltou para a entrada de seu prédio. Oskar permaneceu onde estava, observando-a. Quando ela chegou ao portão pesado, ele imaginou que precisaria usar as duas mãos para abri-lo. Em vez disso, porém, ela pegou na maçaneta com uma mão e puxou o portão com tanta força que ele bateu no prendedor de porta, ricocheteou e então se fechou atrás dela.

Oskar botou as mãos nos bolsos e se sentiu triste. Pensou em Bobby e como ele parecera no caixão improvisado que seu pai montara. Pensou na cruz de madeira que ele havia feito na oficina e que se quebrou em duas ao ser martelada no chão congelado.

Ele devia fazer uma nova.

SEXTA-FEIRA

23 DE OUTUBRO

Håkan estava sentado novamente no metrô, a caminho do centro. Dez mil kronor em espécie em seu bolso, as notas presas por um elástico; faria algo bom com elas. Salvaria uma vida.

Dez mil era muito dinheiro e, levando em conta que as campanhas de caridade afirmavam que "Mil kronor pode alimentar uma família por um ano", era de se pensar que dez mil podiam salvar uma vida, até mesmo na Suécia.

Mas que vida? E onde?

Não dava para ir logo entregando o dinheiro para o primeiro viciado que encontrasse na esperança de que... não. E precisava ser um jovem, de qualquer modo. Sabia que era besteira, mas o ideal era ser uma criança chorando, como as das fotos. Uma que aceitasse o dinheiro com lágrimas nos olhos e então... então o quê?

Ele desembarcou em Odenplan e, sem saber por que, foi em direção à biblioteca pública. Quando morava em Karlstad, quando era um professor de sueco que dava aulas para o ensino médio e ainda tinha onde morar, era de conhecimento geral que a biblioteca pública de Estocolmo era... um bom lugar.

Apenas quando avistou a cúpula, que conhecia por meio de fotos em livros e revistas, soube por que viera até lá. Porque era um bom lugar. Alguém do grupo, provavelmente Gert, dissera como se pagava por sexo ali.

Ele nunca fizera isso. Pagar por sexo.

Uma vez Gert, Torgny e Ove haviam encontrado um garoto cuja mãe fora trazida do Vietnã por algum conhecido de Gert. O menino tinha 12 anos, talvez, e sabia o que esperavam dele, estava sendo bem pago pelo incômodo. E mesmo assim Håkan não foi capaz de fazer aquilo. Havia degustado sua Coca-Cola com Bacardi, apreciado o corpo nu do menino enquanto ele se contorcia e revirava no quarto onde todos estavam.

Mas esse era o limite.

Os outros tinham sido chupados pelo garoto, um por um, mas na vez de Håkan, ele sentiu um nó na garganta. A situação toda era muito nojenta. O quarto tinha cheiro de excitação, álcool e bolor. Uma gota de porra de Ove brilhava na bochecha do garoto. Håkan empurrou a cabeça do garoto quando ele a inclinou em direção à sua virilha.

Os demais o provocaram, xingaram e, por fim, começaram a ameaçá-lo. Era uma testemunha; precisava ser cúmplice no crime. Ridicularizaram seus escrúpulos, mas esse não era o problema. A situação era apenas feia demais. Um quarto de solteiro no apartamento temporário de Åke, quatro poltronas diferentes arrumadas para o evento, a música animada vinda no rádio.

Ele pagara sua parte do negócio e nunca mais havia visto os demais. Tinha suas revistas e fotos, seus filmes. Precisava ser o suficiente. Provavelmente também tinha escrúpulos, que só apareceram daquela vez, sob a forma de repugnância pela situação.

Então por que estou indo para a Biblioteca Municipal?

Provavelmente pegaria um livro. O incêndio 3 anos atrás consumira sua vida e sua coleção de livros. Sim. Podia pegar emprestado *Drottningens juvelsmycke**, de Almquist, antes de fazer sua boa ação.

Fazia silêncio na biblioteca aquela manhã. Homens mais velhos e estudantes, em maioria. Rapidamente encontrou o livro que buscava, leu as primeiras linhas,

> *"Tintomara! Duas coisas são brancas*
> *Inocência — Arsênico"*

e então o pôs de volta na estante. Um sentimento ruim. Lembrava-o de sua antiga vida.

Costumava amar esse livro, usava-o em aula. Ler as primeiras palavras fez com que ansiasse por sua poltrona de leitura. E a poltrona deveria estar em uma casa que era sua, cheia de livros, e ele deveria ter um trabalho de novo, e deveria, e iria. Porém, havia encontrado o amor, e isso ditava sua vida hoje em dia. Nada de poltrona de leitura.

---

* "A joia da rainha", em tradução livre. Sem publicação no Brasil.

Esfregou as mãos como se para apagar o livro que estivera segurando, e então caminhou até a sala adjacente.

Havia uma mesa longa com pessoas lendo. Palavras, palavras, palavras. Lá no fundo da sala havia um rapaz de jaqueta de couro. Havia inclinado sua cadeira e folheava, desinteressado, um livro de fotografias. Håkan aproximou-se dele, fingiu estar interessado em uma estante de livros sobre Geologia, mirando o jovem de relance de vez em quando. Por fim, o rapaz ergueu o olhar e encontrou o de Håkan, arqueou a sobrancelha como se perguntando:

Tá a fim?

Não, não estava. O jovem tinha uns 15 anos, com um rosto do leste europeu, sem graça, além de espinhas e olhos estreitos e fundos. Håkan deu de ombros e saiu da sala.

Fora da entrada principal, o jovem o alcançou, gesticulou com o polegar e perguntou, em inglês:

— Tem fogo?

Håkan balançou a cabeça.

— Não fumo. — respondeu, na mesma língua.

— Ok.

O rapaz pegou seu isqueiro, acendeu o cigarro e o encarou através da fumaça.

— Gosta o quê?

— Não, eu...

— Jovem, gosta jovem?

Ele se afastou do garoto, da entrada principal à qual qualquer um podia vir. Precisava pensar. Não esperava que fosse tão direto assim. Fora apenas uma espécie de jogo, para ver se o que Gert dissera era verdade.

O rapaz o seguiu, parou a seu lado contra a parede de pedra.

— Jovem quanto? Oito, nove? Difícil, mas...

— *Não*!

Ele parecia mesmo um filho da puta pervertido? Pensamento idiota. Nem Ove, nem Torgny tinham aparência... notável. Homens normais com trabalhos normais. Só Gert, que vivia da renda de uma grande herança deixada por seu pai, podia fazer o que quisesse. Depois de várias viagens internacionais, adquirira uma aparência verdadeiramente horrível. Boca flácida, olhos vidrados.

O garoto parou de falar quando Håkan levantou a voz, ainda o avaliando com os olhos semicerrados. Deu um trago no cigarro e então o largou no chão, esmagando-o com o sapato. Ele esticou os braços.

— O quê?

— Não, eu só...

O rapaz aproximou-se meio passo.

— *O quê?*

— Eu... talvez... doze.

— Doze? Gosta doze?

— Eu... sim.

— Menino.

— Sim.

— Ok. Você espera. Número dois.

— Perdão?

— Número dois. Banheiro.

— Ah. Sim.

— Dez minutos.

O garoto fechou a jaqueta e desapareceu escada abaixo.

Doze anos. Cabine dois. Dez minutos.

Estava sendo muito, muito estúpido. E se aparecesse um policial? Eles devem saber sobre essas transações depois de todos esses anos. Seria o fim. Iriam conectá-lo ao trabalho que fizera ontem e seria o fim. Não podia fazer isso.

Vá para o banheiro e dê uma olhada, só isso.

O banheiro estava vazio. Um mictório e três cabines. A número dois tinha que ser a do meio. Pôs uma moeda na fechadura, abriu a porta e entrou. Fechou a porta e sentou-se no vaso.

As paredes da cabine estavam cobertas de rabiscos. Não era o que se esperaria dos frequentadores da Biblioteca Municipal. Uma citação literária aqui e ali:

Harry me, Marry me, Bury me, Bite me *

Porém, em sua maioria, eram piadas e desenhos obscenos:

Matar pela paz é como foder pela virgindade

Sentado aqui

Como um rei

Vim cagar

Gozei

Assim como uma impressionante coleção de números de telefone que atendiam a diversos interesses. Alguns tinham até assinatura e provavelmente eram legítimos. Não eram uma tentativa de curtir com a cara dos outros.

---

*   [N. da T.] "Arrase-me, case comigo, enterre-me, morda-me", em tradução livre.

Então, ele dera uma olhada. Devia ir embora. Não dava para saber no que o jovem de jaqueta estava tramando. Levantou-se, urinou no vaso e voltou a se sentar. Por que havia urinado? Não estava com muita vontade. Sabia o motivo.

Apenas por precaução.

A porta do banheiro se abriu. Ele prendeu a respiração. Algo nele torcia para ser um policial. Um policial grandão que arrombaria a porta da cabine com um chute e o espancaria com o cassetete antes de prendê-lo.

Cochichos, passos silenciosos, uma batida suave na porta.

— Sim?

Outra batida. Ele engoliu um pouco de saliva e destrancou a porta.

Um garoto de 11 ou 12 anos estava ali. Loiro, rosto em formato de coração. Lábios finos e grandes, olhos azuis inexpressivos. Um casaco vermelho acolchoado que era um pouco grande demais para ele. Atrás do menino estava o mais velho de jaqueta de couro. Ele mostrou cinco dedos.

— Quinhentos.

O modo como pronunciava a palavra em inglês a fazia soar um pouco chiada.

Håkan assentiu com a cabeça e o rapaz guiou gentilmente o mais novo para dentro da cabine e fechou a porta. Quinhentos não era muito? Não que isso importasse, mas...

Olhou o garoto que comprara. Contratara. Estava drogado? Era provável. Seus olhos pareciam muito perdidos, desfocados. O menino estava com as costas apoiadas na porta a meio metro de distância. Era tão baixo que Håkan não precisava inclinar a cabeça para olhar em seus olhos.

— Olá.

O garoto não respondeu, apenas balançou a cabeça, apontou para a virilha do homem e gesticulou com os dedos: *abra a calça*. Ele obedeceu. O menino suspirou e fez um novo gesto: *põe o pau pra fora*.

Suas bochechas coraram ao obedecer. Era isso que estava acontecendo. Estava seguindo as ordens do garoto. Não tinha vontade própria. Não era ele que estava fazendo aquilo. Seu pequeno pênis não estava nem um pouco ereto, quase não passava da tampa do vaso. Um arrepio quando a cabeça tocou a superfície fria.

Ele cerrou os olhos, tentou imaginar os gestos do garoto de forma que se assemelhassem mais aos de seu amor. Não funcionou muito bem. Seu amor era pura beleza. Esse menino, que agora se curvava e aproximava a cabeça de sua virilha, não era.

A boca dele.

Havia algo errado com a boca do menino. Ele pôs a mão na testa do garoto antes que ele chegasse a seu alvo.

— Sua boca?

O menino balançou a cabeça empurrou a mão dele para continuar o trabalho. Mas agora Håkan não conseguia. Havia ouvido falar daquele tipo de coisa.

Pôs o polegar contra o lábio superior do garoto e o puxou para cima. Ele não tinha dentes. Alguém os arrancara para adequá-lo mais ao trabalho. O menino se levantou, fazendo um barulho sibilante de espuma ao cruzar os braços na jaqueta acolchoada. Håkan colocou o pênis de volta nas calças, fechou o zíper e encarou o chão.

Assim não. Assim nunca.

Surgiu algo em sua linha de visão. Uma mão aberta. Cinco dedos. Quinhentos.

Pegou o maço de notas de seu bolso e entregou ao garoto. O menino tirou o elástico, passou a ponta do dedo pelos dez pedaços de papel, recolocou o elástico e continuou segurando o maço.

— Por quê?

— Para... sua boca. Talvez você possa... comprar dentes novos.

O garoto sorriu um pouco. Não era um sorriso largo, mas os cantos de sua boca se inclinaram para cima. Talvez apenas risse da inocência de Håkan. O garoto pensou um pouco e então tirou uma nota de mil kronor do maço e colocou-a no bolso externo. Pôs o resto no interno. Håkan acenou com a cabeça.

O garoto destrancou a porta, hesitou. Então virou-se para Håkan, acariciou a bochecha dele.

— Obrigado. — disse, com sotaque forte.

Håkan pôs a mão sobre a do menino, segurou-a contra sua bochecha e fechou os olhos. Se ao menos alguém pudesse.

— Perdoe-me.

— Sim.

O garoto recolheu a mão. Håkan ainda sentia o calor sobre sua bochecha quando a porta do banheiro bateu atrás do garoto. Permaneceu na cabine, olhando para algo que alguém escrevera na parede.

Seja você quem for, eu te amo.

E logo abaixo, alguém escrevera,

Quer pau?

O calor há muito havia deixado sua bochecha quando enfim voltou para o metrô e comprou o jornal vespertino com seus kronor restantes. Quatro páginas dedicadas ao assassinato. Entre as imagens, havia uma foto da fossa na qual o havia cometido. Estava cheia de velas acesas, flores. Examinou a imagem e não sentiu muita coisa.

Se vocês soubessem. Por favor, me perdoem, mas se soubessem...

* * *

No caminho para casa depois da escola, Oskar parou sob as duas janelas do apartamento dela. A mais próxima ficava a apenas três metros do quarto dele. As cortinas estavam fechadas e as janelas formavam retângulos cinza claros contra as paredes de concreto cinza escuro. Parecia suspeito. Deviam ser uma família... estranha.

Viciados.

Oskar olhou à sua volta, entrou pelo portão da frente e olhou a lista de nomes. Cinco sobrenomes soletrados com letras de plástico. Uma linha estava vazia. O nome que a ocupara antes, HELLBERG, havia estado lá tanto tempo que dava para lê-lo pelos contornos escuros deixados contra um fundo descolorido pelo sol. Porém, não havia letras novas, nem um recado.

Ele subiu correndo os dois lances de escada até a porta dela. A mesma coisa ali. Nada. A placa presa à caixa de correio estava sem nome, como ficava quando um apartamento estava desocupado.

Talvez ela tivesse mentido. Talvez nem morasse lá. Mas havia entrado por aquele portão. Claro. Mas poderia ter feito aquilo de qualquer forma. Se ela...

O portão lá embaixo se abriu.

Ele deu as costas à porta dela e desceu as escadas rapidamente. Que não fosse ela. Pensaria que ele estava... Mas não era ela.

No meio da escada, Oskar encontrou um homem que nunca vira antes. Um homem baixo, robusto, meio careca e com um sorriso largo e forçado.

Ele viu Oskar, levantou a cabeça e acenou, sua boca ainda curvada naquele sorriso de palhaço.

O menino parou no portão da frente, apurando os ouvidos. Escutou o barulho de chaves, de uma porta sendo aberta. A porta dela. Aquele homem devia ser seu pai. Ok, Oskar nunca tinha visto um drogado na vida real, mas aquele homem parecia doente.

Não é de se admirar que ela seja estranha.

Oskar desceu para o *playground*, sentou-se à beira da caixa de areia e ficou de olho na janela dela para ver se as cortinas seriam abertas. Até a janela do banheiro parecia ter sido coberta por dentro. O vidro congelado parecia muito mais escuro do que o dos outros apartamentos.

Ele tirou seu cubo mágico do bolso, que rangeu e chiou enquanto o menino o virava. Era falsificado. O original era muito mais firme, porém custava cinco vezes mais e só era vendido na loja de brinquedos bem vigiada de Vällingby.

Dois lados estavam completos, de uma só cor, e em um terceiro só faltava um quadradinho. Mas não dava para colocá-lo lá sem destruir os lados completos. Havia guardado um artigo do *Expressen* que descrevia vários tipos de voltas — foi assim que conseguiu completar os dois lados, mas depois disso ficou bem mais difícil.

Olhou para o cubo, tentando pensar em uma solução em vez de apenas continuar fazendo movimentos. Não conseguia. Seu cérebro não era capaz. Pressionou o cubo contra a testa, como se pudesse entrar nele. Nenhuma resposta. Colocou-o em um dos cantos da caixa de areia a meio metro de si e o encarou.

Vira, vira, vira.

O nome era telecinesia. Fizeram experimentos nos EUA. Havia pessoas que conseguiam fazer esse tipo de coisa. PES. Percepção extrassensorial. Oskar daria qualquer coisa para conseguir fazer algo assim.

E talvez... talvez pudesse.

Hoje na escola não havia sido tão ruim. Tomas Ahlstedt tentara puxar sua cadeira no refeitório, mas ele viu a tempo. Foi só isso. Iria até a floresta com sua faca, até aquela árvore. Tentaria pra valer. Não se deixaria levar, como ontem.

Cortaria a árvore de maneira calma e metódica, a despedaçaria enquanto se concentrava no rosto de Tomas Ahlstedt. Mas... tinha a coisa toda do assassinato. O assassino real que estava solto em algum lugar.

Não, precisava esperar até o assassino ser pego. Por outro lado, se havia um assassino normal, o experimento era inútil. Oskar olhou para o cubo, imaginou uma linha ligando seus olhos a ele.

Vira, vira, vira.

Nada aconteceu. Oskar guardou o cubo no bolso, levantou-se, bateu na calça com as mãos para tirar a areia e olhou para a janela dela. As cortinas ainda estavam fechadas.

Voltou para dentro para se dedicar ao seu *scrapbook*, cortar e colar artigos sobre o assassinato de Vällingby. Era provável que fossem muitos, com o tempo, especialmente se acontecesse de novo. Estava torcendo um pouco para que sim. Com sorte, em Blackeberg.

Então a polícia iria até sua escola, os professores ficariam sérios, preocupados, aquele tipo de clima. Ele gostava disso.

* * *

— Nunca mais. Não importa o que você diga.

— Håkan...

— Não. Apenas... não.

— Vou morrer.

— Então morra.

— Quer mesmo isso?

— Não. Não quero. Você que deveria fazer.

— Ainda estou sem força.

— Você tem força.

— Não o suficiente para... isso.

— Bem, então não sei. Mas não farei de novo. É tão... horrível, tão...

— Eu sei.

— Não sabe. É diferente para você, é...

— Como sabe como é para mim?

— Não sei, mas ao menos você...

— Acha que eu gosto?

— Não sei. Gosta?

— Não.

— Não, claro que não. Bem, de qualquer forma... Não farei outra vez. Talvez você tenha tido outros que te ajudaram e... foram melhores do que eu.

— ...

— Teve?

— Sim.

— Entendo.

— Håkan?

— Eu te amo.

— Sim.

— Você me ama, ao menos um pouco?

— Faria de novo se eu dissesse que te amo?

— Não.

— Eu deveria te amar de qualquer forma, você quer dizer.

— Você só me ama porque precisa de mim para continuar vivendo.

— Sim. Não é isso o amor?

— Se ao menos eu achasse que você me amaria mesmo seu eu não...

— Sim?

— ... talvez eu fizesse de novo.

— Eu te amo.

— Não acredito em você.

— Håkan. Posso aguentar mais uns dias, mas depois...

— Melhor tentar começar a me amar, então.

* * *

Sexta-feira à noite no restaurante chinês. São 19h45 e a gangue toda está lá. Todos menos Karlsson, que está em casa vendo programas de perguntas e respostas na TV, e era melhor assim. Não fazia muita falta. Era o tipo que provavelmente apareceria quando o jogo acabasse e contaria de quantas perguntas soubera a resposta.

Na mesa para seis no canto próximo à porta, estavam Lacke, Morgan, Larry e Jocke. Jocke e Lacke conversavam sobre que tipos de peixe vivem tanto em água doce quanto salgada. Larry lia o jornal vespertino e Morgan balançava a perna ao som de alguma música que não a instrumental chinesa suave que vinha dos alto-falantes escondidos.

Na mesa à frente deles havia alguns copos de cerveja pela metade. Seus rostos aparecem pendurados sobre o bar.

O dono do restaurante precisou fugir da China durante a revolução cultural por conta de suas caricaturas satíricas de pessoas no poder. Agora, ele transferia seu talento a seus clientes habituais. Na parede, havia doze deles, desenhados carinhosamente com caneta hidrográfica.

Todos os caras. E Virginia. Nos desenhos dos homens só os rostos aparecem, com as irregularidades de suas fisionomias exageradas.

O rosto angular de Larry, cheio de concavidades, com um par de orelhas enormes saindo de sua cabeça, faziam ele parecer um elefante amigável, porém desnutrido.

Na caricatura de Jocke, sua monocelha grande havia sido enfatizada e transformada em uma roseira e em um pássaro, talvez um rouxinol.

Graças a seu estilo, Morgan recebera algumas características de Elvis quando jovem. Grandes costeletas e uma expressão bem *"Hunka hunka burnin looooove, baby"*. A cabeça estava sobre um corpinho pequeno segurando uma guitarra, na pose de Elvis. Morgan gosta mais do desenho do que quer admitir.

Lacke parece preocupado. Seus olhos foram aumentados e receberam uma expressão intensa de sofrimento. Há um cigarro em sua boca, com a fumaça formando uma nuvem sobre sua cabeça.

Virginia é a única que aparece de corpo inteiro. Em um vestido de gala, brilhando como uma estrela com suas lantejoulas cintilantes, posando com os braços esticados e cercada por uma manada de porcos a encarando maravilhados. A pedido dela, o dono do restaurante fez uma cópia do desenho, que Virginia levou para casa.

Há também alguns outros. Alguns que não fazem parte da turma. Alguns que já não frequentavam mais o restaurante. Alguns que haviam morrido.

Charlie caíra das escadas de seu prédio ao voltar do restaurante para casa uma noite. Abrira a cabeça sobre o concreto manchado. O Picles teve cirrose hepática e morreu de hemorragia interna. Uma noite, algumas semanas antes de morrer, levantara a camisa para que vissem a teia de aranha vermelha composta por veias que partiam de seu umbigo. "Merda de tatuagem cara", dissera ele, e morreu pouco tempo depois. Haviam o homenageado colocando sua caricatura sobre a mesa e dedicado brindes a ela a noite inteira.

Não havia desenho de Karlsson.

Esta seria a última noite de sexta que passariam todos juntos. Amanhã, um deles terá partido para sempre. Outra caricatura que se tornará apenas uma lembrança. E nada mais será como antes.

* * *

Larry baixou o jornal, pôs os óculos de leitura sobre a mesa e bebeu um gole de cerveja.

— Maldito seja. O que se passa na cabeça de alguém assim?

Mostrou o jornal com a manchete CRIANÇAS EM CHOQUE sobre uma foto da escola de Vällingby e outra menor, de um homem de meia idade. Morgan olhou para a página, apontou.

— Foi esse cara?

— Não, é o diretor.

— Parece um assassino pra mim. É bem o tipo.

Jocke estendeu a mão, pedindo o jornal.

— Deixa eu ver.

Larry deu a ele o noticiário e Jocke o segurou com os braços esticados à frente, examinando o retrato.

— Pra mim parece um político conservador, meu povo.

Morgan assentiu.

— É disso que eu tô falando.

Jocke virou o jornal para que Lacke pudesse ver a foto.

— O que acha?

Lacke mirou o retrato, relutante.

— Ah, sei lá. Esse tipo de coisa me assusta.

Larry bafejou sobre os óculos e os limpou com a camisa.

— Vão pegá-lo. Não dá pra sair impune de algo assim.

Morgan tamborilou os dedos sobre a mesa, esticou a mão pedindo o jornal.

— Como foi o jogo do Arsenal?

Larry e Morgan começaram a falar sobre o atual estado patético do futebol inglês. Jocke e Lacke continuaram sentados em silêncio com suas cervejas, acendendo cigarros. Jocke então levantou o assunto do bacalhau, de como o peixe ia sumir do mar báltico. A noite foi passando.

Karlsson não apareceu, mas logo antes das 22h outro homem chegou, alguém que eles nunca haviam visto. A conversa ficava mais intensa a essa hora e ninguém o notou até que o homem se sentou sozinho a uma mesa no outro extremo do restaurante.

Jocke se inclinou em direção a Larry.

— Quem é aquele?

Larry olhou discretamente, balançou a cabeça.

— Não sei.

O novato virou rapidamente uma dose grande de whisky e pediu outra. Morgan sibilou, em um assovio baixo.

— Esse cara não tá de brincadeira.

O homem não pareceu notar que estava sendo observado. Apenas continuou sentado sem se mexer, olhando para as próprias mãos e aparentando carregar todos os problemas do mundo nas costas, como uma mochila. Virou a segunda dose de whisky com rapidez e pediu uma terceira.

O garçom se inclinou e disse algo a ele. O homem colocou a mão no bolso e mostrou algumas notas. O garçom gesticulou como se dissesse que não era aquilo que queria dizer, embora, é claro, fosse exatamente o que queria dizer, e então se afastou para pegar o pedido do homem.

Eles não acharam surpreendente o poder aquisitivo do estranho ser questionado. As roupas dele estavam amassadas e manchadas, como se tivesse dormido com elas em algum lugar desconfortável. O pouco de cabelo em torno de sua careca estava desgrenhado e chegava quase até suas orelhas. O resto do rosto era ofuscado por um grande nariz rosado e um queixo proeminente. Entre os dois estava um par de lábios pequenos e cheios que se moviam de tempo em tempo, como se ele falasse consigo mesmo. Sua expressão não mudou nem um pouco quando o whisky foi colocado à sua frente.

O grupo voltou ao assunto que estavam discutindo: se Ulf Adelsohn seria pior do que Gösta Bohman havia sido. Apenas Lacke continuou observando o estranho solitário de vez em quando. Depois de um tempo, quando o homem estava em sua quarta dose, ele disse:

— Será que a gente não devia... perguntar se ele quer se juntar a nós?

Morgan olhou para o estranho, que havia afundado ainda mais.

— Não, por quê? Para quê? A mulher o deixou, o gato morreu e a vida é um inferno. Já sei de tudo isso.

— Talvez ele se ofereça para nos pagar uma rodada.

— Aí já é outra história. Se for assim, ele pode até ter câncer também. — Morgan deu de ombros. — Por mim pode ser.

Lacke olhou para Larry e Jocke. Eles gesticularam em concordância e Lacke se levantou e foi até a mesa do homem.

— Olá.

O estranho ergueu os olhos embaçados para Lacke. O copo em frente a ele estava quase vazio. Lacke apoiou as mãos na cadeira do outro lado da mesa e inclinou-se em direção ao homem.

— Estávamos apenas nos perguntando se você... não gostaria de se juntar a nós?

O homem balançou a cabeça devagar e fez um gesto confuso de rejeição, como se espantasse a sugestão.

— Não, obrigado, mas por que não se senta?

Lacke puxou a cadeira e sentou-se. O estranho esvaziou seu copo e chamou o garçom.

— Quer alguma coisa? Por minha conta.

— Nesse caso, o mesmo que você.

Lacke não quis dizer a palavra "whisky", porque soava presunçoso pedir que alguém lhe pagasse algo caro assim, mas o homem apenas acenou com a cabeça, e quando o garçom se aproximou fez um sinal de V com os dedos e apontou para Lacke. Lacke se recostou na cadeira. A quanto tempo não bebia whisky em um bar? Três anos? Pelo menos.

O homem não mostrava sinais de querer começar uma conversa, então Lacke pigarreou e disse:

— O tempo anda frio, né?

— Sim.

— Pode nevar em breve.

— Hum.

O whisky então chegou, tornando mais conversas desnecessárias por hora. Lacke também recebeu uma dose dupla, e sentiu os olhos dos amigos queimando sua nuca. Após alguns pequenos goles, ergueu o copo.

— À sua saúde. E obrigado.

— À sua também.

— Você mora por aqui?

O homem olhou para o nada, como se nunca tivesse pensado nisso antes. Lacke não sabia dizer se o acenar de sua cabeça era uma resposta à pergunta ou parte de um diálogo interno.

Lacke tomou outro gole e decidiu que se o estranho não respondesse à próxima pergunta, queria ser deixado em paz, não falar com ninguém. Se fosse o caso, Lacke pegaria sua bebida e retornaria aos amigos. Havia cumprido seu dever. Estava torcendo para o homem não responder.

— Então. O que faz para passar o tempo?

— Eu...

O estranho franziu o cenho e os cantos de sua boca se curvaram em um sorriso involuntário, antes de relaxarem outra vez.

— ... Eu presto uns serviços.

— Entendo. Que tipo de serviços?

Uma centelha de atenção brilhou sob a córnea transparente do homem. Ele olhou nos olhos de Lacke, que sentiu um arrepio na base da coluna, como se uma formiga carpinteira o tivesse picado logo acima do cóccix.

O estranho então passou as mãos nos olhos e puxou algumas notas de cem kronor do bolso, deixando-as sobre a mesa antes de se levantar.

— Com licença, preciso...

— Ok. Obrigado pela bebida.

Lacke ergueu o copo a seu anfitrião, mas ele já estava indo em direção ao cabideiro. Pegou seu casaco, com mãos desajeitadas e saiu. Lacke continuou ali, de costas para seu grupo, mirando o monte de notas à sua frente. Cinco notas de cem. Um copo de whisky custava 60 kronor e a conta do estranho consistia em um total de cinco, talvez seis.

Olhou sorrateiramente para o lado. O garçom estava ocupado fechando a conta de um casal mais velho, os únicos clientes que jantavam. Ao se levantar, Lacke amassou uma das notas, enfiou-a no bolso e seguiu para sua mesa de sempre.

No meio do caminho, voltou, passou o resto do whisky do homem para seu copo e levou-o consigo.

Uma noite de sorte, afinal.

* * *

— Mas hoje vai passar nosso programa de perguntas!

— Sim, eu volto a tempo.

— Ele começa em... meia hora.

— Eu sei.

— Aonde você vai?

— Sair.

— Bom, você não precisa assistir ao programa, é claro. Posso assistir sozinha. Se você precisar sair mesmo.

— Mas... eu volto a tempo.

— Entendo. Então acho que não vou esquentar os crepes, por enquanto.

— Não, você pode... Eu volto mais tarde.

Oskar estava dividido. O programa de perguntas e respostas era um dos pontos altos de sua semana televisiva. A mãe fazia crepes recheados com camarão para comerem em frente à TV. Ele sabia que a estava decepcionando ao sair em vez de sentar-se lá... compartilhando com ela a expectativa.

Mas estivera vigiando pela janela desde que escurecera e só agora vira a garota sair do prédio ao lado e seguir até o *playground*. Ele se afastara da janela de imediato. Não queria que ela pensasse que ele...

Por isso, havia esperado cinco minutos antes de se vestir e sair. Não pôs o gorro.

* * *

Não conseguia avistá-la no parquinho. Provavelmente estava lá no alto da gaiola labirinto, como ontem. As cortinas de seu quarto ainda estavam fechadas, mas havia luz vindo do apartamento. Exceto pela janela do banheiro, que ainda era um quadrado escuro.

Oskar sentou-se à beira da caixa de areia e esperou. Como se aguardasse um animal sair da toca. Planejava apenas sentar-se ali por um tempo. Se a garota não aparecesse, voltaria para dentro, com naturalidade.

Pegou seu cubo mágico e começou a virá-lo para ter o que fazer. Havia cansado de se preocupar com aquele quadradinho do canto e misturara o cubo todo para começar do zero.

O rangido do cubo soava mais alto no ar frio; parecia uma maquininha. Pelo canto dos olhos, Oskar viu a garota se levantar no alto do brinquedo. Continuou o que fazia, completando um novo lado de uma cor só. A garota continuou parada. Ele sentiu um nó de preocupação no estômago, mas não deu atenção a ela.

— Você aqui outra vez?

Oskar levantou a cabeça, fingindo surpresa, e deixou alguns segundos se passarem antes de dizer:

— *Você* de novo.

A garota não disse nada e Oskar virou o cubo outra vez. Seus dedos estavam duros. Era difícil diferenciar as cores no escuro, então dedicava-se apenas ao lado branco, que era mais fácil de identificar.

— Por que está sentado aí?

— Por que está aí em cima?

— Vim ficar só.

— Eu também.

— Então por que não vai pra casa?

— Vai você. Moro aqui há mais tempo.

Toma essa. O lado branco estava pronto agora e era mais difícil continuar. As outras cores eram uma grande mancha cinza escura. Ele continuou movendo as peças de modo aleatório.

Quando voltou a erguer o olhar, a garota estava de pé sobre as barras, preparando-se para pular. Oskar sentiu um frio na barriga quando ela chegou ao chão; se tivesse tentado aquele mesmo salto, teria se machucado. Mas ela aterrissou, suave como um gato, e caminhou até ele. O menino voltou a atenção para o cubo. Ela parou bem em frente a ele.

— O que é isso?

Oskar olhou para ela, para o cubo e de volta para ela.

— Isso?

— Sim.

— Você não sabe?

— Não.

— É um cubo mágico.

— O que disse?

Dessa vez Oskar articulou até demais as palavras.

— Cu-bo má-gi-co.

— E o que é isso?

Oskar deu de ombros.

— Um brinquedo.

— Um quebra-cabeça?

— Sim.

Oskar estendeu o cubo para ela.

— Quer tentar?

A menina pegou o brinquedo, virou-o, examinou-o de todos os lados. Oskar riu. Ela parecia um macaco examinando um pedaço de fruta.

— Você nunca viu um desses antes mesmo?

— Não. O que é para fazer?

— Isso...

Oskar pegou o cubo de volta e a garota sentou-se a seu lado. Ele mostrou como virá-lo e disse que o objetivo era deixar cada lado de uma só cor. A menina pegou o cubo e começou a virá-lo.

— Você consegue ver as cores?

— É evidente.

Ele a olhou de soslaio enquanto ela se dedicava ao cubo. Estava usando o mesmo suéter rosa de ontem, e não dava para entender por que ela não estava congelando. O garoto estava começando a sentir frio por ficar ali sentado, mesmo usando uma jaqueta.

51

É evidente.

Ela falava engraçado, como uma adulta. Talvez ela fosse *mais velha* que ele, embora parecesse tão pequena. Seu pescoço branco e fino sobressaía-se sob a gola alta de sua blusa e encontrava um maxilar bem definido. Como o de um manequim.

Mas agora o vento havia soprado na direção de Oskar e ele engolira em seco, respirando pela boca. O manequim fedia.

Será que ela toma banho?

O cheiro era pior do que o de suor seco; era mais como o odor que surgia ao se retirar o curativo de uma ferida infeccionada. E o cabelo dela...

Quando ele ousou olhá-la mais de perto — a menina estava totalmente absorta pelo cubo —, notou que seu cabelo parecia endurecido e emoldurava seu rosto em tufos emaranhados. Como se ela tivesse passado cola ou... lama nele.

Enquanto ele a examinava, sem querer inspirou pelo nariz e precisou conter a ânsia de vômito. Levantou-se, foi até os balanços e sentou-se em um. Não podia ficar perto dela. A garota não pareceu se importar.

Depois de um tempo, voltou a se levantar e foi até onde ela estava, ainda absorta no cubo.

— Então, eu preciso voltar pra casa agora.

— Hum...

— O cubo...

A menina parou. Hesitou por um momento, depois ergueu o cubo na direção dele sem dizer nada. Oskar o pegou, olhou para ela e então o devolveu.

— Pode ficar com ele até amanhã.

Ela não o pegou.

— Não.

— Por que não?

— Posso não estar aqui amanhã.

— Até depois de amanhã, então. Mas não mais que isso.

Ela pensou um pouco. Pegou o cubo.

— Agradeço. Provavelmente estarei aqui amanhã.

— Aqui?

— Sim.

— Ok. Tchau.

— Tchau.

Ao dar as costas e se afastar, Oskar ouviu os rangidos suaves do cubo. Ela continuaria ali fora com suas roupas finas. A mãe e o pai dela deviam ser... diferentes, para deixá-la sair vestida daquele jeito. Dava para pegar uma infecção urinária.

* * *

— Onde esteve?

— Por aí.

— Está bêbado.

— Sim.

— Concordamos que você não faria mais isso.

— Você concordou. O que é isso?

— Um quebra-cabeça. Sabe que não te faz bem...

— Onde conseguiu isso?

— Peguei emprestado. Håkan, você precisa...

— Emprestado... de quem?

...

— Håkan. Não fique assim.

— Me deixe feliz então.

— O que quer que eu faça?

— Deixa eu tocar em você.

— Ok, mas com uma condição.

— Não. Não, não. Isso não.

— Amanhã. É preciso.

— Não. Outra vez não. E como assim, "pegou emprestado"? Você nunca pega nada emprestado. O que é isso, afinal?

— Um quebra-cabeça.

— Já não tem o suficiente deles? Você se importa mais com seus quebra-cabeças do que comigo. Quebra-cabeças. Abraços. Quebra-cabeças. Quem te deu isso? Eu perguntei: "*quem te deu isso?*"!

— Håkan, para.

...

— Pra que você precisa de mim, afinal?

— Eu te amo.

— Não, não ama.

— Amo. De certa forma.

— Isso não existe. Ou você ama alguém, ou não ama.

— Sério?

— Sim.

— Nesse caso, preciso pensar no assunto.

SÁBADO

24 DE OUTUBRO

A mística do subúrbio é a falta de enigmas
— Johan Erikson

Três pilhas grossas de catálogos publicitários estavam em frente a porta do apartamento de Oskar na manhã de sábado. A mãe dele o ajudou a dobrá-los. Três páginas diferentes em cada pacote, 480 pacotes no total. Por cada um, ganhava uns 14 öres*. O pior cenário era ter só uma página para entregar, o que o renderia 7 öres. O melhor cenário (ou pior, de certa forma, já que envolvia tantas dobras como preparo) era receber umas cinco páginas por maço, o que rendia 25 öres.

Ajudava o fato de os grandes prédios cheios de apartamentos estarem incluídos em seu distrito. Podia despachar até 150 pacotes por hora. A ronda completa levava cerca de quatro horas, incluindo uma volta para casa no meio para pegar mais maços. Em dias nos quais havia cinco páginas por pacote, ele precisava voltar duas vezes para casa.

Os catálogos precisavam ser entregues até terça-feira, no máximo, mas ele costumava entregar tudo no sábado. Acabava logo com aquilo.

Oskar estava sentado no chão da cozinha, sua mãe, à mesa. Não era um trabalho divertido, mas ele gostava do caos que instaurava no cômodo. A gigantesca bagunça que aos poucos ia sendo ordenada, transformada em dois, três, quatro sacolas de papel lotadas de maços bem dobrados.

A mãe colocou mais uma pilha de pacotes em uma das sacolas e balançou a cabeça.

---

* Centavos de kronor.

— Bem, não gosto nada disso.

— O quê?

— Você não pode... Quero dizer, se alguém abrir a porta ou algo assim... Não quero que você...

— Não, por que eu faria isso?

— Tem tanta gente louca no mundo.

— É.

Tinham aquela conversa, de um jeito ou de outro, quase todo sábado. Naquela sexta à noite sua mãe dissera que achava que ele não devia fazer entregas no sábado, por conta do assassino. Porém, Oskar prometera se esgoelar de tanto gritar caso alguém dissesse um "oi" que fosse a ele, e então ela precisou ceder.

Ninguém nunca tentara convidá-lo para entrar ou nada do tipo. Uma vez, um velho havia saído de casa e berrado com ele por encher sua caixa de correio "com aquele lixo", mas desde então ele apenas evitava entregar qualquer coisa na casa do homem.

O velho teria de viver sem saber que podia cortar o cabelo e fazer luzes para aquele evento especial por apenas 200 kronor no salão de beleza naquela semana.

Às 11h30 todas as páginas já estavam dobradas e ele saiu para fazer sua ronda. Não adiantava enfiar as sacolas na lixeira ou algo assim; eles sempre ligavam para checar, faziam testes aleatórios. Deixaram isso perfeitamente claro quando ele ligou e se registrou para o trabalho há seis meses. Talvez fosse um blefe, mas o garoto não ousava arriscar. E, de qualquer forma, não tinha nada contra esse tipo de trabalho. Não pelas primeiras duas horas, pelo menos.

Ele fingia, por exemplo, que era um agente em uma missão secreta, distribuindo propaganda contra o inimigo que ocupava o país. Esgueirava-se pelos corredores, de olho em soldados inimigos que podiam muito bem estar disfarçados de velhinhas com cachorros.

Ou então fingia que cada prédio era um animal faminto, um dragão com seis bocas cuja única fonte de alimento era a carne virgem — disfarçada de catálogos — com a qual ele o alimentava. O pacote gritava em suas mãos quando ele o enfiava na mandíbula da fera.

Nas duas últimas horas, ele era dominado por uma sensação de dormência — como hoje, logo após a segunda rodada. Suas pernas continuavam andando e seus braços se movendo no automático.

Colocar a sacola no chão, pôr seis pacotes embaixo do braço, abrir o portão, chegar ao primeiro apartamento, abrir a caixa ou abertura de correio com a mão esquerda, botar um catálogo nela com a direita. Segunda porta, e por aí vai...

Quando finalmente chegou em seu prédio, à porta da garota, parou do lado de fora, escutando. Ouviu um rádio, baixo. Só isso. Botou o pacote na abertura de correio na porta e esperou. Ninguém veio pegá-lo.

Como era de costume, terminou com o próprio apartamento, pôs um maço na abertura de correio, destrancou a porta, pegou o maço e o jogou no lixo.

Trabalho cumprido. Estava 67 kronor mais rico.

Sua mãe havia ido fazer compras em Vällingby. Oskar tinha o apartamento inteiro para si. Não sabia o que fazer com ele.

Abriu os armários sob a pia da cozinha, espiou. Utensílios de cozinha, bate-deiras e um termômetro de forno. Em outra gaveta, encontrou canetas e papéis, cartões com receitas de uma coleção que sua mãe começara a assinar, mas que parara porque as receitas tinham ingredientes muito caros.

Continuou em direção à sala, abriu armários e gavetas lá.

As coisas de crochê — ou era tricô? — de sua mãe. Uma pasta com contas e recibos. Álbuns de foto que ele folheara milhares de vezes. Revistas velhas com palavras-cruzadas não resolvidas. Um par de óculos de leitura no estojo. Um kit de costura. Uma caixinha de madeira com seu passaporte e o de sua mãe, suas etiquetas de identificação emitidas pelo governo (ele havia pedido para usar a dele, mas a mãe dissera que apenas em caso de guerra), uma foto e um anel.

Investigou os armários e gavetas como se buscasse algo sem saber exatamente o quê. Um segredo. Algo que mudasse as coisas. Encontrar de repente uma carne podre no fundo de um armário. Ou um balão. Qualquer coisa. Algo diferente.

Pegou a foto e a olhou.

Era de seu batizado. A mãe o segurava no colo, olhando para a câmera. Era magra na época. Oskar estava vestido com uma camisola branca com fitas azuis longas. Ao lado de sua mãe, estava seu pai, parecendo desconfortável com o ter-no. Parecia não saber o que fazer com as mãos, portanto, as deixara pender duras sobre os lados de seu corpo, quase como se em posição de sentido. Olhava para o bebê. O sol brilhava sobre os três.

Oskar trouxe a imagem mais para perto dos olhos, estudou a expressão de seu pai. Parecia orgulhoso. Orgulhoso e muito... sem prática. Um homem feliz por ser pai, mas que não sabia como agir. O que fazer. Dava para pensar que era a primeira vez que ele vira o bebê, embora o batizado tivesse acontecido uns seis meses após o nascimento de Oskar.

Sua mãe, porém, segurava Oskar de modo confiante, relaxado. Seu olhar para a câmera não era exatamente orgulhoso, era mais... desconfiado. Não se aproxime, diziam seus olhos. Vou morder seu nariz.

O pai estava um pouco inclinado para a frente, como se quisesse se aproximar mais, porém sem ousar fazê-lo. Não era a foto de uma família. Era a foto de um menino e sua mãe. E ao lado deles, havia um homem, provavelmente o pai, a julgar por sua expressão. Mas Oskar amava seu pai, e sua mãe também o amava. De certa forma. Apesar de tudo. De como tudo acabara.

Oskar pegou a aliança e leu a inscrição: *Erik 22/4 1967*.

Haviam se divorciado quando Oskar tinha dois anos. Nenhum encontrara outro cônjuge. "Simplesmente não aconteceu." Ambos usaram as mesmas palavras.

Colocou o anel de volta, fechou a caixinha de madeira e colocou-a de volta na prateleira. Perguntou-se se sua mãe às vezes olhava a aliança, por que a guardara. Era feita de ouro maciço. Provavelmente 10 gramas. Devia valer uns 400.

Oskar vestiu a jaqueta de novo, saiu para o pátio. Estava começando a escurecer, embora ainda fossem 16h. Tarde demais para ir para a floresta.

Tommy passou andando pelo prédio, parou ao ver Oskar.

— Oi.

— Oi.

— Qual é a boa?

— Sei lá... Tava entregando uns folhetos, coisa do tipo.

— Dá pra ganhar dinheiro com isso?

— Um pouco. Setenta, oitenta kronor. Cada vez.

Tommy acenou com a cabeça.

— Quer comprar um Walkman?

— Não sei. Que tipo?

— Da Sony. Cinquenta.

— Novo?

— Aham, na caixa. Com fones. Cinquentinha.

— Não tenho dinheiro. Agora.

— Achei que tinha dito que ganhava setenta ou oitenta com essas paradas.

— Sim, mas sou pago por mês. Falta uma semana.

— Ok. Pode ficar com ele agora e me pagar depois.

— Tá...

— Ok. Me espera ali e eu vou lá pegar.

Tommy apontou para o *playground*. Oskar foi até lá e sentou-se em um banco. Levantou-se e foi até a gaiola labirinto. Nada da garota. Voltou às pressas para o banco e sentou-se, como se tivesse feito algo proibido.

Depois de um tempo, Tommy voltou e deu a ele a caixa.

— Cinquenta em uma semana, ok?

— Hum.

— O que você anda ouvindo?

— KISS.

— Qual álbum você tem?

— *Alive*.

— Não tem o *Destroyer*? Pode pegar o meu emprestado se quiser. Copiar.

— Valeu.

Oskar tinha os discos duplos de *Alive* do KISS, comprara alguns meses atrás mas nunca os escutava. Costumava só olhar as fotos dos shows. Os rostos maquiados eram legais. Como imagens de terror, mas reais. De "Beth", a que o Peter Criss cantava, ele gostava, mas as outras eram muito... não tinham melodia, nada assim. Talvez *Destroyer* fosse melhor.

Tommy se levantou para ir. Oskar apertou a caixa.

— Tommy?

— Sim?

— Aquele cara. Que foi assassinado. Você sabe... *como* ele foi morto?

— Sim. Foi pendurado em uma árvore e cortaram a garganta dele.

— Não foi... apunhalado? Tipo, o cara não deu nenhuma facada...? No peito, quero dizer.

— Não, só na garganta. *Psshhhhhht.*

— Ok.

— Algo mais?

— Não.

— A gente se vê.

— Sim.

Oskar continuou ali, pensando. O céu estava roxo escuro, a primeira estrela — ou era Vênus? — já bem visível. Levantou-se e foi para casa esconder o Walkman antes de sua mãe chegar.

Hoje à noite veria a garota, pegaria seu cubo de volta. As cortinas ainda estavam fechadas. Ela morava mesmo ali? O que eles faziam lá o dia todo? Será que ela tinha amigos?

Provavelmente não.

* * *

— Hoje à noite...

— O que você estava fazendo?

— Tomei um banho.

— Não costuma fazer isso.

— Håkan, essa noite você precisa...

— Não, já disse.

...

— Por favor?

— A questão não é... Faço qualquer coisa, menos isso. É só dizer que eu faço. Tire um pouco do meu, pelo amor de Deus. Aqui. Tome a faca. Não? Ok, então eu mesmo...

— Pare!

— Por quê? Prefiro fazer isso. Por que tomou banho? Está com cheiro de... sabonete.

— O que quer que eu faça?

— Não posso!

— Não.

— O que você vai fazer?

— O que preciso, sem ajuda.

— E tem de tomar banho pra isso?

— Håkan...

— Eu te ajudaria se fosse qualquer outra coisa. Qualquer outra, eu...

— Sim, ok. Tudo bem.

— Me desculpa.

— Aham.

— Tome cuidado. Eu... eu tomei.

* * *

Kuala Lumpur, Phnom Penh, Mekong, Rangoon, Chungking...

Oskar olhou para a reprodução de um mapa que havia acabado de preencher no dever de casa para o fim de semana. Os nomes não diziam nada para ele, eram simples agrupamentos de letras. Dava uma certa sensação de satisfação sentar-se ali, procurando-os no livro de Geografia, e constatar que realmente havia cidades e rios no local exato em que estavam marcados em sua cópia.

Sim, ele os memorizaria e depois sua mãe testaria seus conhecimentos. Ele indicaria os pontos e diria os nomes estrangeiros. Chungking, Phnom Penh. Ela ficaria impressionada. E, claro, era até divertido, com todos aqueles nomes esquisitos de lugares bem longínquos, mas...

Por quê?

No quarto ano, haviam recebido cópias sobre a geografia sueca. Ele memorizara tudo na época também. Era bom nisso. Mas agora?

Tentou lembrar-se do nome de ao menos um rio sueco.

Äskan, Väskan, Piskan...

Algo assim. Ätran, talvez. Sim. Porém, onde ficava? Não fazia ideia. E aconteceria a mesma coisa com Chungking e Rangoon em alguns anos.

É irrelevante.

Aqueles lugares nem *existiam*. E mesmo se existirem... ele nunca os veria pessoalmente. Chungking? O que faria em Chungking? Era apenas uma grande área branca e um pontinho.

Olhou para as linhas retas sobre as quais seus garranchos se equilibravam. Era a escola. Só isso. Isso que era a escola. Eles mandavam fazer várias coisas e você as faziam. Tudo havia sido inventado apenas para os professores poderem distribuir fotocópias. Não tinha significado. Podia estar apenas escrevendo *Tjippiflax, Bubbelibäng* e *Spitt* naquelas linhas. Teria a mesma relevância.

A única diferença, na verdade, seria que sua professora diria que estava *errado*. Não era o nome certo. Ela então apontaria para o mapa e diria: "Olha, aqui diz Chungking, não Tjippiflax." Um argumento bem fraco, já que alguém inventara os nomes no livro de Geografia. Não havia evidências de que fossem reais. E talvez a Terra fosse mesmo plana, e isso fosse mantido em segredo por algum motivo.

Navios caindo pelas extremidades. Dragões.

Oskar levantou-se da mesa. O mapa estava pronto, completado com as letras que sua professora aceitaria. Era isso.

Já passavam das 19h, será que a garota tinha saído de casa? Virou o rosto para a janela e curvou uma mão de cada lado dele para poder ver melhor no escuro. Não havia algo se movendo no parquinho?

Seguiu para o corredor da porta da frente. Sua mãe estava na sala, tricotando ou talvez fazendo crochê.

— Vou sair um pouco.

— Vai sair de novo? Achei que eu ia testar você.

— Podemos fazer isso daqui a pouco.

— Não foi a Ásia desta vez?

— O quê?

— A folha de exercícios que te deram. Não é a Ásia?

— Sim, acho que sim. Chungking.

— Onde fica isso? Na China?

— Não sei.

— Não *sabe*? Mas...

— Já volto.

— Ok. Tome cuidado. Está usando seu gorro?

— Claro.

Oskar pôs o gorro no bolso do casaco e saiu. A meio caminho do *playground*, seus olhos já haviam se acostumado o suficiente com o escuro para avistarem a garota em seu lugar habitual na gaiola labirinto. Ele caminhou até lá e ficou abaixo dela, com as mãos nos bolsos.

Ela parecia diferente hoje. Ainda com o suéter rosa — não tinha nenhum outro? —, mas seu cabelo não parecia tão emaranhado. Pendia liso, preto e lustroso de sua cabeça.

— E aí?

— Oi.

— Oi.

Nunca mais na vida diria "e aí?" para alguém, nunca mesmo. Soava muito estúpido. A garota se levantou.

— Sobe aqui.

— Ok.

Oskar subiu pela estrutura até chegar ao lado dela, respirando discretamente pelo nariz. Ela não estava mais fedendo.

— Estou cheirando melhor hoje?

Oskar corou. A menina sorriu e estendeu algo em direção a ele. Seu cubo.

— Agradeço por me emprestar.

Ele pegou o cubo e mirou-o. Olhou de novo. Colocou-o contra a luz o máximo que podia, virando-o e o examinando por todos os lados. Estava completo. Cada lado estava de uma cor.

— Você desmontou?

— Como assim?

— Tipo... desmontou... depois recolocou as peças no lugar certo?

62

— Dá pra fazer isso?

Oskar testou as peças para ver se estavam meio soltas por terem sido retiradas. Ele fizera isso uma vez, admirando-se com como eram necessárias poucas voltas para perder os movimentos e esquecer como deixar cada lado de uma cor outra vez. As peças, é claro, não ficaram frouxas quando ele fez isso, mas ela havia mesmo resolvido o cubo?

— Você tem de ter desmontado ele.

— Não.

— Mas você nunca nem viu um desses antes.

— Não, foi divertido. Eu agradeço.

Oskar levou o cubo para perto dos olhos, como se ele pudesse contar o que havia acontecido. De alguma forma, sabia que ela não estava mentindo.

— Levou quanto tempo?

— Várias horas. Se eu fizesse outra vez, provavelmente seria mais rápido.

— Incrível.

— Não é tão difícil.

Ela voltou-se para ele. Suas pupilas estavam tão dilatadas que quase ocupavam a íris inteira; as luzes do prédio refletiam-se na superfície negra, fazendo parecer que ela tinha uma cidade distante dentro da cabeça.

O suéter, com a gola alta puxada bem para cima em seu pescoço, acentuava ainda mais seus traços delicados, e ela parecia... um personagem de desenho. A pele, a qualidade que tinha... dava para comparar com o cabo amadeirado de uma faca de manteiga, polido com o melhor tipo de lixa até a madeira ficar como seda.

Oskar limpou a garganta.

— Quantos anos você tem?

— O que acha?

— Quatorze, quinze.

— Pareço ter?

— Sim. Ou... não, mas...

— Tenho doze.

— Doze!

Pelo amor de Deus. Ela provavelmente era mais nova que ele, já que o menino faria treze anos em um mês.

— Em que mês você nasceu?

— Não sei.

— Você não sabe? Mas... quando você comemora seu aniversário e tudo mais?

— Não comemoro.

— Mas sua mãe e seu pai devem saber.

— Não. Minha mãe morreu.

— Ah. Entendo. Morreu como?

— Não sei.

— E seu pai também não sabe?

— Não.

— Então... quer dizer... que você não ganha presentes e tal?

A garota se aproximou dele. Sua respiração soprou no rosto do menino e a cidade de luzes em seus olhos se extinguiu quando ficou sob a sombra dele. As pupilas eram como dois buracos do tamanho de bolas de gude em sua cabeça.

Ela está triste. Muito, muito triste.

— Não, nunca ganho presentes. Nunca.

Oskar concordou com a cabeça, rígido. O mundo a sua volta cessara de existir. Havia apenas aqueles dois buracos, à distância de uma respiração. Suas respirações misturaram-se e subiram, dissipando-se.

— Quer me dar um presente?

— Sim.

A voz dele nem chegava a ser um sussurro. Era apenas uma exalação. O rosto da garota estava próximo. O olhar dele foi atraído para sua bochecha lustrosa.

Por isso ele não viu os olhos da menina mudarem, cerrarem-se, assumirem outra expressão. Nãos viu como o lábio superior dela ergueu-se e revelou um par de presas brancas pequenas e sujas. Viu apenas a bochecha da garota e, enquanto sua boca aproximava-se de seu pescoço, ele ergueu a mão e acariciou o rosto dela.

A menina congelou por um momento, e então se afastou. Seus olhos voltaram ao formato anterior; a cidade de luzes havia voltado.

— Por que fez isso?

— Desculpa... Eu...

— O que você fez?

— Eu...

Oskar olhou para sua mão, ainda segurando o cubo, e relaxou o aperto. Estivera o apertando com tanta força que os cantos haviam deixado marcas profundas em sua mão. Esticou o cubo em direção a ela.

— Quer ele? Pode ficar.

Ela balançou a cabeça devagar.

— Não. É seu.

— Qual... é o seu nome?

— Eli.

— O meu é Oskar. Como disse que se chamava? Eli?

— Sim.

A menina pareceu inquieta de repente. Seus olhos moviam-se de um lado para o outro como se buscassem algo, algo que ela não conseguia encontrar.

— Vou... embora agora.

Oskar assentiu. A garota olhou-o nos olhos por alguns segundos, e então deu as costas e se afastou. Chegou no topo do escorrega e hesitou. Então se sentou e deslizou até o chão, seguiu em direção à sua porta. Ele apertou o cubo.

— Te vejo amanhã?

A menina parou e disse "Sim" em voz baixa, sem se virar, e então continuou andando. Oskar a observou. Ela não foi para casa, no entanto; passou pelo arco que levava à rua. Desapareceu.

Oskar voltou a mirar o cubo. Inacreditável.

Ele virou uma fileira uma vez, quebrou a uniformidade. Então virou-a de volta. Queria manter o cubo assim. Pelo menos por enquanto.

* * *

Jocke Bengtsson ria consigo mesmo ao voltar do cinema para casa. Era um filme engraçado, *Sällskapsresan**. Especialmente os dois caras correndo de um lado pro outro o filme inteiro procurando a Bodega do Peppe. Quando um empurrou o outro na cadeira de rodas, tentando passar pela Alfândega: "inválido". Porra, como foi engraçado.

Talvez ele devesse fazer uma viagem assim com um dos amigos. Mas qual?

Karlsson era tão chato que fazia os relógios pararem; dava para enjoar dele em dois dias. Morgan podia dar bastante problema quando bebia muito, e sempre acontecia quando a bebida era barata. Larry era legal, mas vivia doente. No fim seria necessário empurrá-lo na cadeira de rodas. "Inválido."

Não, Lacke era o único que daria para aceitar.

Eles se divertiriam muito lá por uma semana. Lacke, porém, era pobre de marré, nunca teria como pagar. Podia se sentar com eles, beber cerveja e fumar

---

*   [N. da T.] "Viagem a negócios", em tradução livre. Filme sueco de 1980.

todas as noites, e por Jocke isso estava ótimo, porém Lacke nunca teria dinheiro para ir até as Ilhas Canárias.

Era melhor apenas encarar os fatos: nenhum dos regulares do restaurante chinês seria um bom companheiro de viagem.

Podia ir sozinho?

Stig-Helmer fizera isso, apesar de ser um completo paspalho. E então conheceu Ole e tal. Arranjou uma garota e tudo mais. Nada de errado com isso. Fazia 8 anos que Maria o havia deixado e levado o cachorro, e desde então não conhecera ninguém em sentido bíblico, nem uma vezinha.

Será que alguém iria querê-lo? Talvez. Ao menos não tinha a aparência tão ruim quanto a de Larry. Claro, a bebida andava causando efeito em seu rosto e corpo, embora ele conseguisse manter o controle, até certo ponto. Hoje, por exemplo, ainda não havia bebido nem uma gota, embora já fossem quase 21h. Agora, porém, tomaria umas doses de gim-tônica antes de ir ao restaurante chinês.

Precisaria pensar mais naquela viagem. Provavelmente daria no mesmo que várias outras coisas nos últimos anos: em nada. Mas não custava sonhar.

Ele caminhou pela trilha do parque entre Holbergsgatan e a escola de Blackeberg. Estava bem escuro, os postes de luz ficavam a uma distância de trinta metros uns dos outros e o restaurante chinês brilhava como um farol no topo de uma colina à esquerda.

Será que deveria esquecer toda a cautela, ir direto até o restaurante e... não. Era caro demais. Os demais pensariam que ele havia ganhado a loteria ou algo assim e o chamariam de mão de vaca por não pagar a eles uma rodada. Melhor começar em casa antes.

Passou pela lavanderia, cuja chaminé tinha um único olho vermelho, e ouviu o ronco abafado vindo de dentro.

Uma noite, ao voltar para casa — caindo de bêbado — teve uma espécie de alucinação e viu a chaminé se desprender e começar a deslizar ladeira abaixo em direção a ele, grunhindo e sibilando.

Havia se encolhido na trilha com as mãos sobre a cabeça, esperando o ataque. Quando enfim abaixou os braços, a chaminé estava no lugar de sempre, magnífica e imóvel.

O poste de luz mais próximo da passagem subterrânea sob Björnsongatan estava quebrado, e o acesso que passava por baixo da rua parecia um buraco negro. Se ele estivesse bêbado naquele momento, provavelmente subiria as escadas ao lado do pequeno viaduto e seguiria por Björnsongatan, embora o caminho fosse um pouco maior. Às vezes tinha visões tão estranhas no escuro depois de beber. Por isso sempre dormia com a luz acesa. Agora, porém, estava bem sóbrio.

Sentiu o impulso de usar as escadas mesmo assim. As visões embriagadas haviam começado a se infiltrar em sua percepção de mundo mesmo sóbrio. Parou no caminho e resumiu a situação para si mesmo:

— Tô ficando de miolo mole.

Me deixe explicar algo pra você, Jocke. Se não se controlar e atravessar só mais esse pedacinho subterrâneo, também não vai conseguir chegar às Ilhas Canárias.

Por que não?

Porque você sempre abandona o barco assim que um obstáculo aparece. A lei da menor resistência, em todas as situações. O que o faz pensar que seria capaz de ligar para um agente de viagens, tirar um novo passaporte, comprar coisas para a viagem e, acima de tudo, dar aquele passo em direção ao desconhecido se não tem coragem suficiente nem para atravessar essa passagenzinha?

Você tem razão. Mas e daí? Se eu atravessar o acesso subterrâneo, significa que irei para as Ilhas Canárias, isso acontecerá mesmo?

Acho que você ligaria e reservaria a passagem amanhã mesmo. Tenerife, Jocke, Tenerife.

Começou a caminhar outra vez, imaginando praias ensolaradas e bebidas com guarda-chuvinhas. Que se foda, ia viajar. Não iria ao restaurante aquela noite, não. Ficaria em casa e conferiria os anúncios no jornal. Oito anos. Era hora de finalmente tomar jeito.

Havia começado a pensar em palmeiras, se existiam ou não nas Ilhas Canárias, se vira alguma no filme, quando ouviu um som. Uma voz. Parou no meio da passagem, apurando os ouvidos. Uma voz gemendo vinha da lateral.

— Me ajude...

Seus olhos estavam se acostumando à penumbra, mas ainda não era capaz de discernir mais do que o contorno das folhas que foram levadas para lá pelo vento e amontoadas. Soava como uma criança.

— Olá? Tem alguém aí?

— Socorro...

Olhou à sua volta. Ninguém à vista. Ouviu um farfalhar na escuridão, viu um movimento nas folhas.

— Por favor, me ajude.

Sentiu uma vontade intensa de se afastar. Porém, era impossível. Uma criança estava machucada, talvez tivesse sido atacada por alguém...

O assassino!

O assassino de Vällingby viera para Blackeberg, mas dessa vez a vítima havia sobrevivido...

Ah, pelo amor de Deus.

Não queria se envolver naquilo. Logo ele, que estava a caminho de Tenerife e tudo mais. Porém, o que podia fazer? Deu alguns passos em direção à voz, amassando as folhas sobre seus pés, e então pôde ver o corpo. Estava curvado em posição fetal por cima da folhagem.

Droga, droga.

— O que houve?

— Me ajude...

Os olhos de Jocke estavam agora totalmente acostumados à escuridão e ele pôde ver a criança esticar um braço pálido. O corpo estava nu, provavelmente violado. Não. Ao chegar mais perto, viu que a criança não estava nua, apenas usava um casaco rosa. Tinha quantos anos? Dez ou doze. Talvez ele tivesse apanhado dos "amigos". Ou ela. Era menos provável se fosse uma menina.

Agachou-se ao lado da criança e pegou sua mão.

— O que aconteceu com você?

— Me ajude. Me pegue no colo.

— Alguma coisa feriu você?

— Sim.

— O que houve?

— Me levante...

— São suas costas?

Havia sido recrutado pelo corpo médico durante o serviço militar obrigatório e sabia que não se deve levantar pessoas com lesões no pescoço ou na coluna sem antes proteger a cabeça.

— Não são suas costas, né?

— Não. Me pegue no colo.

Porra, o que deveria fazer? Se levasse a criança para seu apartamento, a polícia pensaria...

Teria de levá-la ao restaurante e chamar a ambulância de lá. Sim. Era um bom plano. A criança tinha um corpo pequeno e magro — devia ser menina — e, embora ele não estivesse em muito boa forma, achava que daria para levá-la até lá.

— Ok, vou te levar para um lugar onde poderemos usar o telefone, tudo bem?

— Sim... agradeço muito.

Aquele "agradeço muito" feriu sem coração. Como podia ter hesitado? Que tipo de crápula ele era? Bem, havia conseguido se controlar e agora poderia ajudar a garota. Passou o braço esquerdo por debaixo dos joelhos dela e pôs o outro braço sob seu pescoço.

— Ok. Lá vamos nós.

— Aham.

Ela quase não pesava nada. Foi muito fácil levantá-la. No máximo uns 25 quilos. Talvez estivesse subnutrida. Problemas em casa ou anorexia. Talvez um padrasto ou alguém assim que abusava dela. Desprezível.

A menina pôs os braços em volta de seu pescoço e encostou a bochecha em seu ombro. Ia dar tudo certo.

— Como se sente?

— Bem.

Ele sorriu. Sentiu um sentimento acalentador. Era uma boa pessoa, apesar de tudo. Podia imaginar a cara dos demais quando chegasse com a garota em seus braços. Primeiro, se perguntariam que merda era aquela, mas depois ficariam cada vez mais impressionados. "Bom trabalho, Jocke" etc.

O homem se virou para começar a seguir para o restaurante, absorto em suas fantasias sobre uma nova vida, o novo começo que estava construindo, quando sentiu uma dor no pescoço. Mas que diabos...? Parecia uma picada de abelha, e sua mão esquerda queria se levantar e espantá-la, examinar o machucado. Porém, não podia derrubar a criança.

Estupidamente, tentou inclinar a cabeça para ver o que era, embora é claro que não seria capaz de ver o próprio pescoço daquele ângulo. Não podia inclinar a cabeça, de qualquer modo, pois a mandíbula da garota estava pressionada contra seu queixo. Os braços em volta de seu pescoço se apertaram e a dor aumentou. Então ele entendeu.

— Que diabos pensa que está fazendo?

Sentiu a mandíbula da menina subir e descer contra seu queixo e a dor em seu pescoço se intensificou. Um filete de líquido morno escorreu até seu peito.

— Pare!

Ele soltou a garota. Não foi uma decisão consciente, e sim um simples reflexo: preciso tirar isso do meu pescoço.

Mas a menina não caiu. Em vez disso, o aperto ao redor de seu pescoço se tornou bem forte — minha nossa, como aquele corpinho era forte — e ela envolveu sua cintura com as pernas.

A garota se agarrou a ele como quatro mãos que seguravam uma boneca com força, enquanto sua mandíbula continuava a trabalhar.

Jocke agarrou a cabeça dela e tentou puxá-la para longe de si, mas era como tentar arrancar um galho novo de uma árvore usando apenas as mãos. A cabeça da menina parecia estar colada nele. Estava apertando-o com tamanha força que expulsava o ar de seus pulmões e o impedia de inspirar.

Cambaleou para trás, desesperado por ar.

A mandíbula da garota parou de se mover; agora ele ouvia apenas uma leve sucção. Ela não afrouxara o aperto por sequer um momento, pelo contrário. Parecia o comprimir ainda mais agora que estava sugando. Um estalo abafado e uma dor irradiou em seu peito. Várias costelas haviam sido quebradas.

Ele não tinha mais ar para gritar. Bateu na cabeça da menina com socos fracos enquanto cambaleava sobre as folhas secas. O mundo estava girando. Os postes de luz à distância dançavam como vaga-lumes em frente a seus olhos.

Perdeu o equilíbrio e caiu para trás. O último som que ouviu foi o das folhas sendo amassadas por sua cabeça. Um microssegundo depois, atingiu o chão de pedra e o mundo desapareceu.

* * *

Oskar estava bem acordado em sua cama, olhando para o papel de parede.

Ele e sua mãe haviam assistido *Os Muppets*, mas ele não prestara atenção na história. A Miss Piggy estava irritada com algo e o Kermit procurava o Gonzo. Um dos velhos rabugentos havia caído do balcão do teatro, mas o motivo passara despercebido por Oskar. Seus pensamentos estavam em outro lugar.

Então ele e sua mãe tomaram chocolate quente com bolinhos de canela. Oskar sabia que haviam conversado, mas não lembrava sobre o quê. Algo como pintar o sofá da cozinha de azul, talvez.

Ele encarou o papel de parede.

A parede inteira na qual sua cama estava encostada era decorada por um papel de parede com a estampa de um bosque florestal. Largos troncos de árvore e folhas verdes. Às vezes ele ficava deitado na cama e fantasiava figuras nas folhas próximas à sua cabeça. Havia duas que ele sempre via, assim que olhava. As outras, precisava se esforçar mais para conjurar.

Agora a parede tinha um novo significado. Do outro lado, do outro lado da floresta, estava... Eli. Oskar sentou-se ali com a mão pressionada contra a superfície verde e tentou imaginar como era do outro lado. O quarto daquele lado era o dela? Também estaria deitada na cama agora? Ele transformou a parede na bochecha de Eli e acariciou as folhas verdes, sua pele macia.

Vozes do outro lado.

O menino parou de acariciar o papel de parede e escutou. Uma voz alta e outra baixa. Eli e seu pai. Parecia que estavam brigando. Ele pressionou a bochecha contra a parede para ouvir melhor. Droga. Se ao menos tivesse um copo. Não ousava se levantar e pegar um, pois talvez parassem de falar antes de ele voltar.

O que estão dizendo?

O pai de Eli era quem soava irritado. Quase não dava para escutar a voz da garota. Oskar precisou se concentrar para entender as palavras. Ouviu apenas um ou outro palavrão e "... incrivelmente *cruel*". Então houve um ruído, como algo sendo derrubado. Será que o pai havia batido nela? Será que vira Oskar acariciando a bochecha de Eli... seria por isso?

Agora era a menina quem falava. Oskar não conseguia ouvir sequer uma palavra do que dizia, apenas os tons suaves de sua voz, que subiam e desciam. Será que falaria assim se o pai tivesse batido nela? Ele *não ia* bater nela. Oskar o mataria se o fizesse.

Desejou poder vibrar o corpo e atravessar as paredes, como Flash, o super--herói. Desaparecer pela parede, atravessar a floresta e sair do outro lado para ver o que estava acontecendo, se Eli precisava de ajuda, conforto, qualquer coisa.

Agora fazia silêncio do outro lado. Havia apenas o som de seu coração reproduzindo um turbilhão de batidas em seu ouvido.

Levantou-se da cama, foi até sua mesa e derrubou sobre ela algumas borrachas que estavam dentro de um copo de plástico. Levou o copo consigo para a cama e pôs a parte aberta contra a parede, a fechada contra sua orelha.

A única coisa que podia ouvir era um tilintar distante que não vinha do quarto ao lado. O que estavam fazendo? Prendeu a respiração. De repente, houve um estrondo.

Um tiro!

Ele havia sacado uma arma e... não, era a porta da frente, que bateu com tanta força que fez as paredes vibrarem.

Saltou da cama e foi até a janela. Alguns segundos depois, um homem apareceu. O pai de Eli. Carregava uma bolsa na mão e caminhava com passos rápidos e irritados em direção à saída, em seguida desaparecendo de vista.

O que devo fazer? Segui-lo? Por quê?

Voltou para a cama. Era apenas sua imaginação indo longe demais. Eli e seu pai haviam discutido, como Oskar e a mãe, de vez em quando. Ela às vezes até saía daquele jeito, quando a briga era bem feia.

Mas não no meio da noite.

A mãe vez ou outra ameaçava se mudar, quando achava que Oskar estava se comportando mal. O garoto sabia que ela nunca faria isso, e ela sabia que ele sabia. Talvez o pai de Eli tivesse apenas levado esse jogo de ameaça um pouco mais longe. Saiu no meio da noite, levando até uma mala.

Oskar deitou-se na cama com as palmas e a testa contra a parede.

Eli, Eli. Está aí? Ele machucou você? Está triste? Eli...

Houve uma batida na porta de Oskar e ele se retraiu. Por um momento horrível, achou que era o pai de Eli vindo gritar com ele também.

Mas era sua mãe. Ela entrou no quarto, no sapatinho.

— Oskar? Está dormindo?

— Hum.

— Só quero dizer... sobre essas pessoas novas... que vizinhos. Ouviu eles?

— Não.

— Mas tem de ter ouvido. Ele estava gritando e bateu a porta como se fosse um louco. Meu Deus. Às vezes fico tão aliviada por não ter um homem em minha casa. Pobre mulher. Você já a viu?

— Não.

— Eu também não. Também não o vi, na verdade. As cortinas ficam fechadas o dia todo. Provavelmente são alcoólatras.

— Mãe.

— Sim?

— Quero dormir agora.

— Sim, perdão, querido. Eu só fiquei tão... Boa noite. Bons sonhos.

— Hum.

A mãe saiu do quarto e fechou a porta com cuidado. Alcoólatras? Sim, parecia provável.

O pai de Oskar bebia muito às vezes. Por isso ele e a mãe não estavam mais juntos. Seu pai podia ter ataques como aquele quando estava muito bêbado. Nunca bateu em ninguém, mas gritava até ficar rouco, batia as portas e quebrava coisas.

Parte de Oskar ficou feliz com aquele pensamento. Era feio, mas mesmo assim. Se o pai de Eli era alcoólatra, eles tinham algo em comum, compartilhavam algo.

Oskar encostou a testa e as mãos na parede outra vez.

Eli, Eli. Sei como se sente. Vou te ajudar. Vou salvar você.

Eli...

* * *

Os olhos estavam arregalados, encarando cegos o teto abobadado do viaduto. Håkan afastou algumas folhas secas, revelando o casaquinho rosa fino que Eli costumava usar, agora descartado sobre o peito do homem. Håkan o pegou, inicialmente pretendendo levá-lo até seu nariz e cheirá-lo, mas parou ao sentir que o suéter estava grudento.

Deixou-o cair outra vez sobre o peito do homem, e então pegou seu cantil e bebeu três goles grandes. A vodca desceu por sua garganta como um lança--chamas, lambendo seu estômago. Seu traseiro amassou as folhas quando ele se sentou sobre as pedras frias e olhou para o cadáver.

Havia algo errado com a cabeça dele.

Vasculhou sua bolsa e encontrou a lanterna. Checou se não vinha ninguém pela trilha, e então ligou a lanterna e a apontou para o homem. Seu rosto tinha uma cor pálida, branca amarelada, sob o feixe de luz; a boca estava entreaberta como se estivesse prestes a dizer algo.

Håkan engoliu em seco. Pensar que aquele homem havia chegado mais perto de seu amor do que ele já pudera era revoltante. Suas mãos tatearam em busca do cantil. Queria queimar sua angústia, mas parou.

O pescoço.

Havia uma marca vermelha larga em volta do pescoço do homem, como um colar. Håkan inclinou-se sobre ele e viu a ferida que Eli havia aberto para sugar o sangue.

Lábios contra a pele dele.

... Mas aquilo não explicava o... o colar...

Håkan desligou a lanterna, inspirou fundo e involuntariamente inclinou-se para trás no local apertado, de forma que as paredes de cimento arranhassem a careca na parte de trás de sua cabeça. Cerrou os dentes em resposta à dor aguda.

A pele do pescoço do homem havia se aberto porque... porque a cabeça havia girado 360 graus. Uma rotação completa. A coluna havia se partido.

Håkan fechou os olhos, inspirou e expirou devagar para se acalmar e frear o impulso de se levantar e sair correndo, correr para bem longe de... de tudo aquilo. A parede de cimento pressionando sua cabeça, as pedras abaixo de si.

À direita e à esquerda, um caminho pelo qual pessoas que chamariam a polícia poderiam aparecer. E à sua frente...

É só um cadáver.

Sim. Mas... a cabeça.

Não gostava de saber que a cabeça estava solta. Penderia para trás, talvez cairia se ele levantasse o corpo. Encolheu-se e encostou a testa nos joelhos. Seu amor havia feito aquilo. Com as próprias mãos.

Sentiu um pouco de náusea no fundo da garganta ao imaginar o som que havia feito. O estalo quando a cabeça foi virada. Não queria tocar o corpo outra vez. Ficaria sentado ali. Como Belacqua aos pés da Montanha do Purgatório, esperando o amanhecer, esperando...

Algumas pessoas vinham andando da direção do metrô. Håkan deitou-se sobre as folhas, próximo ao morto, e pressionou a testa contra a pedra fria.

Por quê? Por que fazer aquilo... com a cabeça?

O risco de infecção. Não dava para deixar chegar ao sistema nervoso. O corpo precisava ser desligado. Era tudo que dissera a ele. Não entendeu na época, mas agora entendia.

Os passos se apressaram, as vozes ficaram mais distantes. Estavam subindo as escadas. Håkan sentou-se outra vez, observando os contornos do rosto do cadáver, sua boca aberta. Então quer dizer que aquele corpo teria se sentado e afastado as folhas de si caso não tivesse sido... desligado?

Deixou escapar uma risada estridente, que ecoou como o canto de um pássaro naquela passagem. Bateu a mão contra a boca com tanta força que doeu. A imagem. O cadáver se levantando e, meio sonolento, tirando as folhas mortas de sua jaqueta.

O que faria com o corpo?

Talvez 80 quilos de músculo, gordura e ossos dos quais ele precisava se livrar. Moer. Esquartejar. Enterrar. Queimar.

O crematório.

É claro. Levaria o corpo até lá, invadiria o lugar e faria uma cremação na surdina. Ou só deixaria o cadáver do lado de fora do portão como um enjeitado, torcendo para gostarem tanto de queimar coisas que o levariam para dentro sem nem chamar a polícia.

Não. Só havia uma alternativa. À sua direita, o caminho seguia para a floresta, em direção ao hospital, e em seguida à água.

Enfiou o suéter ensanguentado sob o casaco do homem, pendurou sua bolsa no ombro e pôs as mãos sob as costas e os joelhos do cadáver. Levantou-se, cambaleou um pouco, recuperou o equilíbrio. Assim como havia antecipado, a cabeça pendeu para trás em um ângulo anormal, e a mandíbula se fechou com um estalo alto.

Qual era a distância até a água? Algumas centenas de metros, talvez. E se alguém aparecesse? Não havia o que fazer. Tudo acabaria então. De certa forma, seria um alívio.

* * *

Mas não apareceu ninguém e, ao chegar com segurança na costa, ele rastejou — sua pele encharcada de suor — pelo do tronco de um salgueiro-chorão que crescera quase de forma horizontal sobre a água. Com um pedaço de corda, ele prendeu duas pedras grandes que encontrou na margem em volta dos pés do cadáver.

Com uma corda um pouco maior amarrada ao redor do peito do morto, ele o puxou até o mais longe que pôde, e então o desamarrou.

Ficou lá, no tronco da árvore, por um tempo, os pés tocando um pouco a água, olhando para o espelho negro, cada vez menos revolto por bolhas.

Havia conseguido.

Apesar do frio, gotas de suor desciam por sua testa e faziam seus olhos arderem. Todo seu corpo doía pelo esforço, mas havia conseguido. O cadáver estava bem sob seus pés, escondido do mundo. Não existia. As bolhas pararam de subir para a superfície e não havia nada... nada que indicasse que havia um corpo lá embaixo.

Algumas estrelas brilhavam sobre a água.

PARTE DOIS

A HUMILHAÇÃO

... e eles seguiram curso em direção a terras nas quais Martin nunca estivera, muito além de Tyska Botten e Blackeberg — e lá ficava a fronteira do mundo conhecido.

— Hjalmar Söderberg, "Martin Bircks Ungdom"
[Tradução livre]

Mas ele, cujo coração foi roubado por uma skogsrå*
nunca se recuperará
Sua alma ansiará por sonhos enluarados
e não por qualquer amante mortal...

— Viktor Rydberg, "Skogsrået"
[Tradução livre]

---

*   [N. da T.] Um belo, porém sinistro, espírito da floresta.

No domingo, os jornais publicaram um relato mais detalhado do assassinato em Vällingby. A manchete dizia:

"Vítima de Assassinato Ritualístico?"

Fotos do garoto, da fossa na floresta. A árvore.

O assassino de Vällingby já não era então o assunto mais comentado por todos. As flores levadas à fossa haviam murchado, as velas, queimado totalmente. A faixa de isolamento da polícia fora removida, todas as provas a serem encontradas lá já haviam sido obtidas.

O artigo no jornal de domingo reavivou o interesse público. O epíteto "assassinato ritualístico" sugeria que aconteceria outra vez, não? Um ritual é algo que se repete.

Todos que já haviam andado por aquela trilha, ou chegado perto dela, tinham algo a dizer. Como aquela parte da floresta era sinistra. Ou como lá era bonito e calmo, e como nunca daria para imaginar algo assim.

Todos que conheciam o garoto, não importava se era superficialmente ou não, falavam sobre como ele era um bom rapaz e como o assassino devia ser um monstro. As pessoas gostavam de mencionar o assassinato como um exemplo de crime no qual a pena de morte seria justificada, mesmo se, por princípio, você fosse contra esse tipo de coisa.

Só faltava uma coisa. Uma foto do assassino. As pessoas miravam a fossa insignificante, o rosto sorridente do garoto. Sem uma imagem do criminoso, parecia que tudo havia apenas... acontecido.

Não era satisfatório, suficiente.

Na segunda-feira, 26 de outubro, a polícia anunciou no rádio e nos jornais matinais que havia feito a maior apreensão de drogas já registrada na Suécia. Prenderam cinco homens libaneses.

Libaneses.

Sim, aquilo dava para imaginar. Cindo quilos de heroína. Cinco homens. Um quilo por libanês.

Os libaneses também haviam — além de tudo — se aproveitado do amplo sistema de assistência social sueco enquanto contrabandeavam heroína. Não havia fotos dos libaneses, mas não eram necessárias. Dava para saber que aparência tinham. Árabes. Não era preciso dizer mais nada.

Começaram a especular que o assassino ritualístico também era estrangeiro. Parecia bem plausível; rituais de sangue não eram comuns naqueles países árabes? Muçulmanos. Enviavam suas crianças com cruzes de plástico ou o que quer que fosse aquilo que penduravam nos pescoços. Crianças pequenas que trabalhavam removendo minas. Ouvia-se falar daquilo. Um povo brutal. Irã, Iraque. Os libaneses.

Na segunda-feira, porém, a polícia divulgou um retrato falado do suspeito, que foi publicado no jornal da tarde. Uma garotinha o havia visto. A polícia fora paciente, tomando todas as precauções ao construir a imagem.

Um sueco normal. Parecia um fantasma, com olhar vazio. Todos concordavam quanto a isso: sim, aquela era a cara de um assassino. Não era difícil imaginar aquele rosto inexpressivo como uma máscara aproximando-se sorrateiramente de você na fossa e...

Todos os homens nos subúrbios a oeste que se pareciam com a imagem do fantasma estavam sujeitos a olhares longos, esmiuçadores. Esses homens iam para casa e se olhavam no espelho, não vendo semelhança alguma. À noite, na cama, eles se perguntavam se deviam alterar algo na aparência pela manhã, ou será que isso pareceria suspeito?

No fim, não precisariam se preocupar. Em breve, as pessoas teriam algo mais em que pensar. A Suécia se tornaria uma nação mudada. *Violada*. Essa era a palavra que usavam constantemente: violada.

Enquanto aqueles que se pareciam com o retrato falado estavam em suas camas ponderando os benefícios de um novo corte de cabelo, um submarino soviético encalhara para além de Karlskrona. Seu motor rugia e ecoava por todo o arquipélago ao tentar se soltar. Ninguém sai para investigar.

Será descoberto por acidente na manhã de quarta-feira.

QUARTA-FEIRA

28 DE OUTUBRO

A escola vibrava com os boatos. Algum professor havia escutado o rádio durante o intervalo, contou para a turma e, na hora do almoço, todos já sabiam.

Os russos estavam aqui.

O maior tópico de conversas entre as crianças na última semana havia sido o assassino de Vällingby. Muitas o haviam visto, era o que diziam, outras até afirmavam terem sido atacadas por ele.

As crianças haviam visto o assassino em cada tipo esquisito que passara em frente à escola. Quando um senhor com roupas surradas cortara caminho pelo pátio da escola, as crianças correram, gritando, até o prédio mais próximo. Alguns dos valentões haviam se armado com tacos de hóquei e se preparado para derrubá-lo. Por sorte, alguém finalmente identificou o homem como um dos alcoólatras locais da praça central. Deixaram ele ir.

Mas agora os russos estavam aqui. Não sabiam muito sobre eles. "Certo dia, um alemão, um russo e Bellman..."*. Os russos eram os melhores do hóquei. Chamavam-se União Soviética. Eles e os estadunidenses voavam para o espaço. Os norte-americanos haviam construído uma bomba de nêutrons para se protegerem dos russos.

Oskar falou sobre isso com Johan durante o intervalo para o almoço.

— Acha que os russos também a têm? A bomba?

Johan deu de ombros.

— Claro. Talvez até tenham uma naquele submarino.

— Eu achava que era preciso derrubá-la de um avião.

— Nada. Eles a colocam em foguetes que podem ser disparados de qualquer lugar.

---

* [N. da T.] Começo de uma piada/anedota famosa na Suécia.

Oskar olhou para o céu.

— Dá pra colocá-la num submarino?

— É o que eu tô dizendo. Podem colocar a bomba em qualquer lugar.

— As pessoas morrem, mas as casas ficam intactas.

— Exato.

— O que será que acontece com os animais?

Johan pensou por um momento.

— Devem morrer também. Ao menos os grandes.

Sentaram-se em um canto da caixa de areia, onde nenhuma criança menor brincava. Johan pegou uma pedra grande e a atirou, de forma que a areia subiu ao redor dela.

— Pou! Todo mundo morto!

Oskar pegou uma pedra menor.

— Não! Uma pessoa sobreviveu. Pshiiiiiu! Míssil nas costas!

Atiraram pedras e cascalho, exterminando todas as cidades do mundo, até ouvirem uma voz atrás deles.

— Que diabos vocês estão fazendo?

Viraram-se. Jonny e Micke. Era Jonny que havia falado. Johan jogou a pedra que tinha nas mãos.

— Ah... a gente só tava...

— Não falei com você. Porquinho? O que estava fazendo?

— Jogando pedras.

— Por que estava fazendo isso?

Johan se afastou alguns passos, ocupando-se em amarrar outra vez os sapatos.

— Por... nada.

Jonny olhou para a caixa de areia e movimentou os braços para frente de forma tão súbita que Oskar se encolheu.

— É para as criancinhas brincarem aí. Não entende? Você tá destruindo a caixa de areia.

Micke balançou a cabeça, com cara de triste.

— Elas podem tropeçar nas pedras e se machucar.

— Você vai ter que limpar isso, Porquinho.

Johan continuava ocupado com os sapatos.

— Ouviu? *Vai ter que limpar isso.*

Oskar continuou parado, incapaz de decidir o que fazer. Claro que Jonny não se importava com a caixa de areia. Era só o de sempre. Levaria ao menos dez minutos para retirar todas as pedras que haviam jogado, e Johan não ia ajudar. O sinal tocaria a qualquer momento.

"*Não.*"

A palavra apareceu como inspiração divina. Como quando alguém diz pela primeira vez a palavra "deus" realmente querendo dizer... Deus.

Uma imagem de si mesmo catando pedras depois de os outros já terem voltado para a aula, só porque Jonny mandara, passou por sua mente. Mas outra coisa passou por lá também. Na caixa de areia, havia uma gaiola labirinto semelhante à do *playground* de Oskar.

O menino balançou a cabeça.

— O quê?

— Não.

— Como assim, "não"? Você parece meio lerdo hoje. Eu tô mandando recolher as pedras, *então você vai recolher.*

— NÃO.

O sinal tocou. Jonny ficou lá, encarando Oskar.

— Você sabe o que isso significa, não é? Micke.

— Sim.

— Vamos ter que pegá-lo depois da escola.

Micke concordou.

— Te vemos mais tarde, Porquinho.

Jonny e Micke entraram. Johan se levantou, parando de amarrar os sapatos.

— Isso foi idiotice.

— Eu sei.

— Por que diabos fez isso?

— Porque... — Oskar olhou para a gaiola labirinto — Porque sim, só isso.

— Idiota.

— É.

* * *

Oskar continuou em sua carteira quando a aula acabou. Pegou duas folhas de papel vazias, a enciclopédia que ficava no fundo da sala e começou a virar as páginas.

Mamute... Médici... Mongol... Morfeu... Morse.

Sim, lá estava. Os pontos e traços do alfabeto morse ocupavam um quarto da página. Ele começou a copiar o código em letras grandes e legíveis na primeira folha de papel.

A = .-

B = ...

C = -.-.

e por aí vai. Ao terminar, escreveu outra vez na segunda folha de papel. Não ficou satisfeito. Jogou a folha fora e começou de novo, caprichando ainda mais nos símbolos e letras.

Claro que só era importante uma folha ficar boa: a para Eli. Mas ele gostava daquela tarefa e era um motivo para continuar ali.

Eli e ele vinham se encontrando toda noite há uma semana. Ontem Oskar tentara bater na parede antes de sair e Eli havia respondido. Então, saíram ao mesmo tempo. Foi assim que Oskar teve a ideia de desenvolver esse tipo de comunicação com algum sistema, e como o alfabeto morse já existia...

Ele inspecionou as páginas completas. Ótimo. Eli ia gostar. Assim como ele, ela adorava quebra-cabeças, sistemas. O menino dobrou as páginas, colocou-as na mochila descansou os braços na mesa. Havia uma sensação ruim em seu estômago. O relógio na parede da sala de aula mostrava que eram 15h20. Ele pegou o livro que tinha sob a carteira, *A incendiária*, e leu até as 16 horas.

Não teriam esperado duas horas por ele, certo?

Se tivesse apenas pego as pedras, como Jonny dissera, estaria em casa agora. Ficaria bem. Pegar pedras certamente não era o pior que já haviam mandado ele fazer, nem que já fizera. Estava arrependido.

E se eu fizer agora?

Talvez a punição amanhã fosse mais leve se ele dissesse que havia ficado depois da escola e...

Sim, era o que faria.

Juntou suas coisas e foi até a caixa de areia. Só levaria 10 minutos para consertar aquilo. Quando contasse a eles amanhã, Jonny riria, daria um tapinha em sua cabeça e diria "Bom Porquinho", ou algo do tipo. Levando tudo em conta, era melhor assim.

Olhou para a estrutura do parquinho, deixou a mochila ao lado da caixa de areia e começou a recolher as pedras. As grandes primeiro. Londres, Paris. Enquanto as recolhia, imaginava que agora *salvava* o mundo. Limpando-o após aquelas bombas horríveis de nêutrons. Quando as pedras eram erguidas, os sobreviventes rastejavam de suas casas destruídas como formigas de um formigueiro. Mas não era para as bombas *não* danificarem as casas? Bem, deveria haver algumas bombas atômicas também.

Ao ir até a beira da caixa de areia para jogar as pedras que carregava, eles estavam parados lá. Não havia ouvido eles se aproximarem, estivera ocupado demais com a brincadeira. Jonny, Micke. E Tomas. Cada um segurava um ramo fino de aveleira. Chicotes. Jonny usou o seu para apontar uma pedra.

— Esqueceu uma.

Oskar derrubou as pedras que segurava e pegou a que Jonny apontava. O garoto assentiu com a cabeça.

— Isso. Esperamos você, Porquinho. Esperamos muito tempo.

— E então o Tomas apareceu e disse que você estava aqui — disse Micke.

Os olhos de Tomas continuaram inexpressivos. Nos primeiros anos do ensino fundamental, Oskar e Tomas haviam sido amigos, brincado muito naquele parquinho, mas depois do verão entre o quarto e o quinto ano, ele mudou. Começou a falar diferente, como um adulto. Oskar sabia que os professores consideravam Tomas um dos meninos mais inteligentes da turma. Dava para perceber pela forma como falavam com ele. O garoto tinha um computador. Queria ser médico.

Oskar queria jogar a pedra que segurava bem na cara de Tomas. Na boca que agora se abria e falava.

— Não vai correr? Vai lá. Corre.

Jonny golpeou o ramo contra o ar, provocando um som sibilante. Oskar apertou a pedra com mais força.

Por que não corro?

Já podia sentir a dor em suas pernas quando o chicote o acertasse. Se conseguisse chegar até a estrada do parque, talvez encontrasse adultos, e eles não ousariam bater nele então.

Por que não corro?

Porque não tinha chance. Eles o derrubariam antes que desse cinco passos.

— Me deixem em paz.

Jonny virou a cabeça, fingiu não ter ouvido.

— O que disse, Porquinho?

— Me deixem em paz.

Jonny se voltou para Micke.

— Ele acha que a gente devia deixá-lo em paz.

Micke balançou a cabeça.

— Mas eles ficaram tão bonitos... — o garoto balançou seu chicote no ar.

— O que acha, Tomas?

Tomas olhou para Oskar como se ele fosse um rato, ainda vivo, debatendo-se em sua armadilha.

— Acho que o Porquinho precisa de uma surra.

Eram três deles. Tinham chicotes. Era uma situação injusta ao extremo. Ele podia jogar a pedra no rosto de Tomas. Ou bater nele com ela quando se aproximasse. Precisaria falar com o diretor e tudo mais. Mas iam entender. Eram três deles, armados.

Eu estava... desesperado.

Não estava nem um pouco desesperado. Na verdade, sentiu uma onda de calma atravessar o medo, agora que havia se decidido. Podiam chicoteá-lo, contanto que isso desse a ele a oportunidade de bater com a pedra na cara nojenta do Tomas.

Jonny e Micke se aproximaram. Jonny golpeou Oskar com o ramo na coxa e o menino se dobrou de dor. Micke foi para trás dele e prendeu seus braços.

Não.

Agora não podia atirar a pedra. Jonny chicoteou suas pernas, girou como Robin Hood naquele filme e bateu outra vez.

As pernas de Oskar ardiam com os golpes. Ele se contorceu contra o aperto de Micke, mas não conseguiu se soltar. Lágrimas encharcaram seus olhos. Ele gritou. Jonny deu uma última chicotada forte, que atingiu também a perna de Micke, fazendo o garoto gritar "Cuidado!", mas sem soltar as mãos.

Uma lágrima correu pela bochecha de Oskar. Não era justo. Ele havia recolhido todas as pedras, feito tudo que queriam, então por que precisavam machucá-lo?

A pedra que segurava com toda a força caiu de sua mão quando ele começou a chorar de verdade.

Jonny disse, fingindo pena:

— O Porquinho tá chorando.

O garoto parecia satisfeito. Seu trabalho estava cumprido. Sinalizou para Micke soltá-lo. O corpo de Oskar tremia inteiro, assolado por soluços, e pela dor em suas pernas. Seus olhos estavam cheios de lágrimas quando ele levantou o rosto, olhou para os demais e ouviu a voz de Tomas.

— E eu?

Micke segurou os braços de Oskar outra vez e, por entre a nuvem de lágrimas, o menino viu Tomas se aproximar. Ele choramingou:

— Por favor, não...

Tomas levantou o chicote e bateu. Só um golpe. O rosto de Oskar explodiu em dor e ele se contorceu para o lado com tanta violência que Micke perdeu ou soltou a força com que o segurava e disse:

— Que porra foi essa, Tomas? Isso foi...

Jonny parecia irritado.

— Quem vai falar com a mãe dele é *você*.

Oskar não ouviu o que Tomas respondeu, se é que respondeu.

As vozes deles desapareceram com a distância; deixaram ele com a cara na areia. Sua bochecha esquerda ardia. A areia estava fria e aliviava o calor em suas pernas. Queria pressionar a bochecha na areia também, mas percebeu que não era boa ideia.

Ficou lá, deitado, por tanto tempo que começou a ficar com frio. Então sentou-se e tocou cuidadosamente sua bochecha. Seus dedos ficaram sujos de sangue.

Foi até o banheiro externo e se olhou no espelho. Sua bochecha estava inchada e coberta por sangue já meio seco. Tomas devia tê-lo golpeado o mais forte que podia. Oskar lavou a bochecha e se olhou outra vez no espelho. A ferida havia parado de sangrar e não era profunda. Ocupava, porém, quase sua bochecha inteira.

Mamãe. O que vou dizer a ela?

A verdade. Precisava ser consolado. Em uma hora, sua mãe chegaria em casa e então diria a ela o que haviam feito com ele, ela ficaria arrasada e o abraçaria, e ele se deixaria afundar em seus braços, em suas lágrimas, e chorariam juntos.

E então ela ligaria para a mãe do Tomas.

Ligaria e elas discutiriam, depois mamãe ia chorar porque a mãe de Tomas era muito má, e então...

Marcenaria.

Ele tinha se acidentado na aula de marcenaria. Não, talvez sua mãe ligasse para a escola.

Oskar avaliou a ferida no espelho. Como uma ferida daquela era causada? Caíra da estrutura do parquinho. Não funcionava, mas sua mãe ia *querer* acreditar. Ainda sentiria pena dele e o consolaria, mas sem todo o resto. O parquinho.

Suas calças estavam geladas. Oskar desabotoou-as e checou. Sua cueca estava encharcada. Ele pegou a Bola de Xixi e a enxaguou. Ia colocá-la de volta, mas parou e olhou-se no espelho.

Oskar. Esse é... o Oskar.

Pegou a Bola de Xixi lavada e botou no nariz. Como um nariz de palhaço. A bola amarela e a ferida vermelha em sua bochecha. Oskar. Abriu bem os olhos e tentou parecer louco. Sim. Assustador. Ele falou com o palhaço no espelho.

— Acabou, já basta. Entendeu? Parou por aqui.

O palhaço não respondeu.

— Não vou deixar passar. Nem mais uma vez, entendeu?

A voz de Oskar ecoou pelo banheiro vazio.

— O que devo fazer? O que acha que devo fazer?

Contorceu o rosto em uma careta até doer, distorceu a voz, deixando-a o mais rouca e baixa que podia. O palhaço falou.

— ... mate eles... mate eles... mate eles.

Oskar se arrepiou. Aquilo era meio sinistro, de verdade. Realmente soava como a voz de outra pessoa, e o rosto no espelho não era o dele. Tirou a Bola de Xixi do nariz, colocou-a de volta nas calças.

A árvore.

Não por ele acreditar de verdade em tudo aquilo... mas ele esfaquearia a árvore. Talvez, apenas talvez, se ele realmente se concentrasse, então...

Talvez.

Oskar pegou sua mochila e correu para casa, ocupando a mente com lindas imagens.

Tomas sentado em frente ao computador ao sentir a primeira punhalada. Sem entender de onde ela vem. Cambaleia até a cozinha com sangue jorrando do estômago.

— *Mãe, mãe, alguém está me esfaqueando.*

A mãe de Tomas só ficaria lá, parada. Ela, que sempre ficava do lado do filho, não importando o que fizesse. Apenas ficaria lá, parada. Aterrorizada. Enquanto as facadas continuavam aparecendo no corpo de Tomas.

Ele cai no chão da cozinha, em uma poça de sangue.

— *Mãe... Mãe...*

E a faca invisível corta seu estômago, fazendo seu intestino cair sobre o linóleo.

Não que as coisas realmente funcionassem daquele jeito.

Mas mesmo assim.

* * *

O apartamento fedia a xixi de gato.

Giselle estava deitada no colo dele, ronronando. Bibi e Beatrice lutavam no chão. Manfred estava sentado à janela, como sempre, com o nariz encostado no vidro, e Gustaf tentava chamar a atenção de Manfred batendo com a cabeça na lateral de seu corpo.

Måns, Tufs e Cleópatra relaxavam na poltrona, Tufs pegando alguns fios soltos com as patinhas. Karl-Oskar tentou pular até o parapeito da janela, mas não conseguiu e caiu de costas no chão. Era cego de um olho.

Lurvis estava perto da porta, de olho na abertura de correio, pronto para pular se alguma propaganda fosse empurrada por ela. Vendela descansava sobre a prateleira de chapéus, de olho em Lurvis. Sua pata da frente deformada pendia por entre as ripas de madeira e se encolhia de tempo em tempo.

Havia mais alguns gatos na cozinha, comendo ou descansando sobre mesas e cadeiras. Cinco dormiam em cima da cama, no quarto. Alguns outros tinham esconderijos favoritos em armários e guarda-louças nos quais haviam aprendido a entrar sozinhos.

Depois que Gösta havia parado de deixar eles saírem — cedendo à pressão dos vizinhos — não havia aparecido mais material genético novo. Os gatinhos, em maioria, ou nasciam mortos ou tão deformados que morriam com poucos dias de vida. Cerca de metade dos 28 gatos que moravam no apartamento de Gösta tinham alguma deficiência congênita. Eram cegos, surdos, tinham dentes faltando ou deficiência motora.

Ele amava todos.

Gösta fez carinho atrás das orelhas de Giselle.

— Sim... meu amorzinho... o que faremos? Você não sabe? Não, eu também não. Mas precisamos fazer *algo*, não é? Não dá pra sair ileso depois de algo assim. Era o *Jocke*. Eu conhecia ele. E agora está morto. Mas ninguém mais sabe, porque não viram o que eu vi. Você viu também?

Ele abaixou a cabeça e sussurrou:

— Foi uma *criança*. Vi quando veio pela trilha. Ela esperou por Jocke. No viaduto. Ele entrou lá... e nunca saiu. Depois, de manhã, havia desaparecido. Mas está morto. *Sei* que está.

— O que disse?

— Não, não posso ir até a polícia. Vão fazer perguntas. Terá muitas pessoas e vão perguntar... por que eu não disse nada. Vão acender uma daquelas lâmpadas na minha cara.

— Foi há três dias. Ou quatro. Não sei. Que dia é hoje? Vão perguntar. Não posso fazer isso.

— Mas precisamos fazer algo.

— Só não sei o quê.

Giselle olhou para ele. Começou a lamber sua mão.

* * *

Quando Oskar voltou da floresta para casa, a faca estava suja de farpas da madeira podre. Ele a lavou na pia da cozinha, secando-a com um pano de prato que em seguida enxaguou e colocou contra a bochecha.

Em breve sua mãe chegaria em casa. Tinha de sair novamente, precisava de um pouco mais de tempo — ainda haviam lágrimas presas em sua garganta, suas pernas doíam. Ele pegou a chave sobre o armário da cozinha e escreveu um bilhete: *Volto logo, Oskar*. Então pôs a faca no lugar e desceu para o porão. Destrancou a porta pesada e entrou.

Ele gostava do cheiro de subterrâneo. Uma mistura reconfortante de madeira, coisas velhas e odor de guardado. Um pouco de luz vinha de uma janela a nível do solo e na penumbra o porão prometia segredos, tesouros escondidos.

À sua esquerda havia uma seção oblonga dividida em quatro compartimentos de armazenagem. As paredes e portas eram feitas de madeira, e as portas tinham cadeados de vários tamanhos. Uma delas tinha um cadeado reforçado; alguém que fora roubado.

Na parede de madeira bem no fim daquela área alguém escrevera KISS com um marcador. Os "S"s pareciam "Z"s alongados e ao contrário.

Porém, a área mais interessante era a que ficava no lado oposto àquele. A sala de reciclagem e lixo volumoso. Oskar já havia encontrado um globo intacto que agora ficava em seu quarto, assim como diversos exemplares de *O incrível Hulk*, entre outras coisas.

Mas hoje não havia quase nada. Devia ter sido esvaziada recentemente. Alguns jornais, pastas etiquetadas "Inglês" e "Sueco". Mas Oskar tinha pastas o suficiente. Havia pegado um montão de uma caixa do lado de fora da gráfica alguns anos atrás.

Atravessou o porão e saiu pela outra escada do prédio, a escada de Tommy. Continuou até a porta daquele porão, destrancou-a e entrou. Aquele porão tinha um cheiro diferente: um pouco de tinta, ou solvente. O espaço também continha o abrigo de emergência para o condomínio todo. Só havia estado lá uma vez, há 3 anos, quando alguns dos caras mais velhos formaram um clube de boxe lá. Tivera permissão de ir com Tommy e assistir, uma tarde. Os caras haviam se atacado com luvas de boxe e Oskar ficara meio assustado. Os grunhidos e o suor, os corpos tensos e concentrados, os sons de golpes abafados pelas paredes maciças de concreto. Então alguém havia se machucado, ou algo assim, e as rodas que tinham de ser giradas para liberar o mecanismo de tranca da porta foram bloqueadas com correntes e um cadeado. O fim do boxe.

Oskar ligou a luz e foi até o abrigo. Se os russos estivessem vindo, ele teria de ser destrancado.

Se não tivessem perdido a chave.

Oskar ficou parado em frente a porta gigante de ferro e um pensamento o ocorreu. Que alguém... alguém estava trancado lá. Era para isso que as correntes e o cadeado serviam. Para prender um monstro.

Apurou os ouvidos. Vinham sons distantes da rua, dos movimentos das pessoas nos apartamentos acima. Eles gostavam mesmo do porão. Era como estar em outro mundo, mas sabendo que seu mundo ainda estava lá fora, acima de sua cabeça, caso precisasse dele. Ali embaixo, porém, fazia silêncio e ninguém vinha dizer nada, fazer nada com você. Não havia nada que precisasse ser feito.

Do lado oposto ao abrigo ficava a sede do clube. Território proibido.

Claro, eles não tinha um cadeado, mas isso não significava que qualquer um podia entrar. Oskar respirou fundo e abriu a porta.

Não havia muita coisa naquele depósito. Apenas um sofá bem murcho e uma poltrona no mesmo estado. Um tapete no chão. Um gaveteiro com tinta descascando. Um esquema de iluminação clandestino que fora instalado com um fio que puxava luz do corredor conectado a uma única lâmpada descoberta que pendia do teto. Estava desligada.

Já havia estado lá algumas vezes antes e sabia que para ligá-la bastava girar a lâmpada. Mas não ousava fazê-lo. Havia luz suficiente para enxergar vindo pelas frestas entre as tábuas. Seu coração acelerou. Se o encontrassem ali, iriam...

O quê? Não sei. Isso que é horrível. Não me bateriam, mas...

Ele se ajoelhou sobre o tapete e levantou um dos assentos do sofá. Alguns tubos de cola e um rolo de sacolas plásticas, uma embalagem de fluido de isqueiro. No outro lado do sofá, sob o assento, haviam revistas pornô. Alguns exemplares bem gastos de *Lektyr* e *Fib Aktuellt*.

Pegou uma das *Lektyr* e aproximou-se da porta, onde havia mais luz. Ainda ajoelhado, pôs a revista chão à sua frente e a folheou. Sua boca estava seca. A mulher na foto estava deitada sobre uma espreguiçadeira usando apenas um par de saltos altos. Espremia um seio contra o outro e fazia beicinho. As pernas estavam abertas e no meio da moita de pelos entre suas coxas havia uma faixa rosada com uma fenda no meio.

Como se entra ali?

Conhecia as palavras de conversas que havia escutado, pichações que lera. Buceta. Buraco. Lábios. Mas não era um buraco. Só havia uma fenda. Havia tido aula de educação sexual na escola e sabia que tinha um... túnel que partia da vulva. Mas seguia que direção? Ia para cima ou para dentro ou... não dava pra saber.

Continuou virando as páginas. As histórias dos leitores. Na piscina. Uma cabine no vestiário feminino. Os mamilos dela endureceram sob o biquíni. Meu pênis latejava como um martelo em meu calção. Ela agarrou os ganchos de roupa, virou a bundinha para mim e gemeu: "Me come, me come agora".

Esse tipo de coisa acontecia o tempo inteiro, atrás de portas fechadas, em lugares nos quais não dava para ver?

Havia começado a ler outra história, sobre uma reunião de família com uma reviravolta inesperada, quando ouviu a porta do porão sendo aberta. Fechou a revista, colocou-a de volta sob o assento do sofá e ficou sem saber o que fazer. Sua garganta fechou; não ousava respirar. Passos no corredor.

Por favor, Deus, não deixe que seja eles. Que não seja eles.

Apertou os joelhos com as mãos, cerrou os dentes com tanta força que machucou a mandíbula. A porta se abriu. Tommy estava lá, piscando os olhos.

— Que porra é essa?

Oskar quis dizer algo, mas sua mandíbula havia travado. Simplesmente ficou onde estava, ajoelhado no tapete sob a luz que vinha da porta, respirando pelo nariz.

— O que está fazendo aqui? O que andou aprontando?

Quase sem mover a mandíbula, Oskar conseguiu forçar uma palavra:

— ... nada.

Tommy entrou na sala do porão, parecendo um gigante se comparado ao mais novo.

— O que houve com a sua bochecha, eu quis dizer. Como ela ficou assim?

— Eu... não foi nada.

Tommy balançou a cabeça, torceu a lâmpada para acendê-la e fechou a porta. Oskar se levantou, ficando de pé no meio da sala com as mãos ao lado do corpo, sem saber ao certo o que devia fazer. Deu um passo em direção à porta. Tommy afundou sobre a poltrona e apontou para o sofá.

— Senta aí.

Oskar sentou-se no assento do meio, o que não tinha nada embaixo. Tommy ficou em silêncio por alguns momentos, olhando para ele. Então disse:

— Ok, me conta.

— O quê?

— O que aconteceu com a sua bochecha.

— ... Eu... Eu só...

— Alguém te bateu, não foi?

— ... sim...

— Por quê?

— Não sei.

— O quê? Te bateram sem motivo?

— Sim.

Tommy assentiu com a cabeça, cutucou alguns fios soltos que pendiam da poltrona. Pegou um chumaço de fumo de mascar e botou na boca, estendeu o pote para Oskar.

— Quer?

O menino balançou a cabeça. Tommy guardou o pote, ajeitou o chumaço de fumo com a língua e então se reclinou na poltrona, com as mãos sobre a barriga.

— Entendo. E o que estava fazendo aqui embaixo?

— Ahn, eu só ia...

— Dar uma olhada nas gostosas, né? Por que você ainda não tá cheirando, ou tá? Vem aqui.

Oskar se levantou, foi até Tommy.

— Mais perto. Sopra aqui em mim.

Oskar fez o que ele pediu e Tommy assentiu, apontou para o sofá e mandou o garoto se sentar outra vez.

— Fica longe dessa merda, entendeu?

— Eu nunca...

— Não, você nunca. Mas fica longe, entendeu? Não é bom. Tabaco é bom. Isso você pode experimentar. — Ele fez uma pausa. — Ok, você pretende ficar aí me olhando assim a noite inteira? — Ele apontou para o assento ao lado de Oskar. — Quer ler mais?

O garoto balançou a cabeça.

— Ok, então vaza daqui. Os outros vão chegar logo e não vão gostar de te ver aqui. Vai pra casa, vai agora.

Oskar se levantou.

— E, Oskar... — Tommy o encarou, balançou a cabeça, suspirou. — Nada, esquece. Vai pra casa. E outra coisa. Não venha mais aqui.

O menino acenou com a cabeça, abriu a porta. Parou em frente a ela.

— Desculpa.

— Tudo bem. Só não venha mais aqui. Ah, já conseguiu o dinheiro?

— Amanhã.

— Ótimo. Gravei uma fita pra você com *Destroyer* e *Unmasked*. Passa pra pegar mais tarde.

Oskar assentiu. Sentiu um nó crescer na garganta. Se continuasse ali, começaria a chorar. Então murmurou "Obrigado" e saiu.

* * *

Tommy continuou na poltrona, chupando o chumaço de fumo e olhando os montinhos de poeira que se acumulavam sob o sofá.

Não tinha jeito.

Continuariam batendo no Oskar até o final do nono ano. Ele fazia o tipo. Tommy gostaria de poder fazer algo, mas depois que começava, não havia o que fazer. Não dava para parar.

Puxou um isqueiro do bolso, botou-o na boca e soltou o gás. Quando começou a sentir o interior da boca esfriar, afastou o isqueiro, acendeu-o e soprou.

Um jato de fogo em frente ao seu rosto. Porém, não se sentiu mais feliz. Estava inquieto, levantou-se, andou em círculos. A poeira subia em volta de seus pés.

Que diabos eu posso fazer?

Andou para cima e para baixo no espaço estreito, pensando que aquela era uma prisão. Não dava para escapar. Precisava fazer o melhor com o que tinha, blá blá blá. Blackeberg. Escaparia dali, seria um... marinheiro, ou algo assim. Qualquer coisa.

Limpar o convés, ir para Cuba, avante!

Uma vassoura que quase nunca era usada estava recostada contra a parede. Ele a pegou e começou a varrer. A poeira subiu para seu nariz. Quando já estava varrendo há um tempo, percebeu que não tinha uma pá. Varreu o monte de poeira para baixo do sofá.

Melhor uma sujeirinha no canto que o inferno completo.

Folheou uma revista pornô, guardou-a. Enrolou o cachecol no pescoço e o puxou até sentir que a cabeça ia explodir, e então soltou-o. Levantou-se e deu alguns passos sobre o tapete. Ajoelhou-se, rezou para Deus.

* * *

Robban e Lasse apareceram umas 17h30. Quando entraram, Tommy descansava sobre a poltrona e parecia não se importar com nada no mundo. Lasse chupava os beiços, parecia nervoso. Robban sorriu e bateu nas costas do rapaz.

— Lasse precisa de outro toca-fitas.

Tommy levantou as sobrancelhas.

— Por quê?

— Diz pra ele, Lasse.

Lasse bufou, não ousou olhar nos olhos de Tommy.

— Ahn... tem um cara no trabalho...

— Que quer comprar?

— Aham.

Tommy deu de ombros, levantou-se da poltrona e pegou a chave do abrigo de emergência escondida no estofado. Robban pareceu decepcionado. Devia estar esperando algum tipo de ceninha engraçada, mas Tommy não dava a mínima. Lasse podia gritar *"MERCADORIA ROUBADA À VENDA!"* do terraço de seu trabalho, se quisesse. Não importava.

Tommy empurrou Robban para o lado e andou até o corredor, virou a chave no cadeado, puxou a corrente pesada das rodas e jogou-a para Robban. A corrente escorregou pelas mãos dele, retinindo contra o chão.

— Qual é o seu problema? Tá chapado ou o quê?

Tommy balançou a cabeça, girou o mecanismo da roda e abriu a porta. A lâmpada fluorescente do abrigo estava quebrada, mas tinha luz o suficiente

95

vindo com corredor para ver as caixas empilhadas contra uma parede. Tommy pegou uma caixa de papelão cheia de toca-fitas e deu para Lasse.

— Divirta-se.

Lasse olhou inseguro para Robban, como se pedindo ajuda para interpretar o comportamento de Tommy. Robban fez uma expressão que poderia significar qualquer coisa, e então voltou-se para Tommy, que trancava a porta.

— Ouviu algo mais de Staffan?

— Nada. — Tommy fechou o cadeado, suspirou. — Vou jantar lá amanhã. Veremos.

— Jantar?

— Sim. Por quê?

— Não, nada. Só achei que policiais funcionavam à base de... gasolina ou algo assim.

Lasse riu alto, feliz pela tensão ter se rompido.

— Gasolina...

* * *

Havia mentido para a mãe. E ela acreditara. Agora estava deitado na cama, sentindo náusea.

Oskar. O cara no espelho. Quem era ele? Muitas coisas lhe haviam acontecido. Coisas ruins. Coisas boas. Coisas estranhas. Mas quem era ele? Jonny o olhava e via o Porquinho, em quem queria meter porrada. Sua mãe o olhava e via seu Amorzinho, com quem ela não queria que nada de mal acontecesse.

Eli me olha e vê... o quê?

Oskar virou-se para a parede, para Eli. As duas figuras apareceram entre as árvores no papel de parede. A bochecha dele ainda estava inchada e dolorida, uma casca se formava na superfície da ferida. O que ele diria a Eli, se ela aparecesse essa noite?

Tudo estava conectado. O que diria a ela dependia de quem ele era para a menina. Eli era novidade em sua vida, então ele tinha a oportunidade de ser outra pessoa, dizer algo diferente do que dizia aos outros.

O que é preciso fazer, afinal? Para fazer as pessoas gostarem de você?

O relógio em sua mesa marcava 19h15. Olhou para as folhas, tentando encontrar novas silhuetas, havia encontrado um pequeno gnomo com chapéu pontudo e um troll de cabeça para baixo quando ouviu as batidas na parede.

Toc-toc-toc.

Um som cauteloso. Ele bateu de volta.

Toc-toc-toc.

Esperou. Alguns segundos depois, novas batidas.

Toc-toctoctoc-toc.

Ele completou as duas que faltavam: *toc-toc.*

Esperou. Sem mais batidas.

Pegou o papel com o código morse, vestiu a jaqueta, deu tchau para a mãe e desceu para o *playground*. Havia dado apenas alguns passos quando a porta do prédio de Eli se abriu e a garota saiu. Ela usava tênis, jeans azuis e um moletom preto com *Star Wars* escrito na frente, em letras prateadas.

Logo de cara pensou ser o seu casaco; ele tinha um igual, que usara alguns dias atrás. Estava na cesta de roupa suja agora. Ela havia comprado um igual para combinar com ele?

— E aí?

Oskar abriu a boca para dizer o "Oi" que havia preparado, e então a fechou. Abriu de novo para dizer "E aí?" e acabou dizendo "Oi" mesmo.

Eli franziu o cenho.

— O que houve com a sua bochecha?

— Ffff... Eu... caí.

Oskar continuou seguindo para o *playground*. Eli o seguiu. Ele passou pela gaiola labirinto, sentou-se em um balanço. Eli sentou-se no balanço a seu lado. Os dois se balançaram em silêncio por um tempo.

— Fizeram isso com você, não foi?

Oskar continuou se balançando.

— Sim.

— Quem?

— Alguns... amigos.

— *Amigos?*

— Uns colegas de turma.

Oskar se balançou mais rápido, aumentando o ritmo.

— Onde você estuda, aliás?

— Oskar.

— Sim?

— Desacelera um pouco.

Ele desacelerou com os pés, olhou para o chão à sua frente.

— Sim, o que foi?

— Quer saber?

A garota esticou a mão e pegou a dele, e o menino parou por completo, olhando para ela. O rosto de Eli estava quase totalmente obscurecido contra as janelas iluminadas atrás dela. Claro, era só sua imaginação, mas ele pensou ver os olhos dela *brilharem*. De qualquer forma, eram a única coisa que podia ver bem em seu rosto.

Com a outra mão, ela tocou sua ferida e aquela coisa estranha aconteceu. Outra pessoa, uma muito mais velha, mais madura, ficou visível sob sua pele. Um arrepio frio correu pela espinha de Oskar, como se ele tivesse mordido um picolé.

— Oskar. Não deixe que façam isso. Está me ouvindo? Não deixe.

— ... não.

— Você precisa revidar. Nunca fez isso, não é?

— Não.

— Então comece agora. Bata neles também. Com força.

— São três deles.

— Então você precisa bater com ainda mais força. Use uma arma.

— Sim.

— Pedras, gravetos. Bata mais do que realmente tem coragem de bater. Então eles vão parar.

— E se eles continuarem me batendo?

— Você tem uma faca.

Oskar engoliu em seco. Naquele momento, com a mão de Eli na sua, o rosto dela em frente ao seu, tudo parecia simples. Mas, e se começassem a fazer coisas piores se ele resistisse, se começassem a...

— Sim, mas e se eles...

— Então eu ajudo.

— Você? Mas você é...

— Posso fazer isso, Oskar. *Isso...* é algo que posso fazer.

Eli apertou a mão dele. Ele apertou de volta, acenou com a cabeça. Mas o aperto de Eli se tornou mais forte, tanto que machucou um pouco.

Como ela é forte.

A menina soltou a mão e Oskar pegou a folha com os códigos que escrevera para ela na escola, desamassou as dobras e a entregou. Ela franziu a testa.

— O que é isso?

— Vamos ali, para a luz.

— Não, consigo enxergar bem. Mas o que é isso?

— Código morse.

— Ah, ok. Entendi. *Maneiro.*

Oskar riu. Ela dissera aquilo de forma tão — como é que se diz? — artificial. Era como se a palavra não coubesse na boca dela.

— Pensei que... tipo, a gente podia... conversar pela parede um com o outro.

Eli concordou. Parecia pensar em algo para dizer. Então falou:

— Que pitoresco.

— Quis dizer divertido?

— Sim. *Divertido.* Divertido.

— Você é meio esquisita, sabia?

— Sou?

— Sim, mas tá tudo bem.

— Você precisa me mostrar o que fazer, então. Para não ser assim.

— Claro. Quer ver uma coisa?

Eli assentiu com a cabeça.

Oskar mostrou a ela seu truque especial. Sentou-se no balanço, como antes, deu impulso. A cada impulso de suas pernas, a cada arco um pouco maior, algo crescia em seu peito: liberdade.

As janelas iluminadas dos apartamentos pareciam riscos multicoloridos e brilhantes enquanto ele se balançava cada vez mais alto. Nem sempre conseguia fazer esse truque, mas agora ia conseguir, pois estava leve como uma pena e quase era capaz de voar.

Quando o balanço chegou tão alto que as correntes afrouxaram e começaram a sacudir na volta, ele tensionou o corpo inteiro. O balanço voltou mais uma vez e então, no pico do próximo balanço para frente, ele largou as correntes e empurrou as pernas para a frente, o mais alto que conseguia. As pernas deram uma meia volta e ele caiu de pé, inclinando-se para a frente o máximo possível para o balanço não bater em sua cabeça, e quando ele passou, Oskar ergueu-se e esticou os braços. Perfeito.

Eli aplaudiu e gritou:

— Bravo!

Oskar pegou o balanço, botou-o de volta na posição normal e se sentou. Mais uma vez, sentiu-se grato pela escuridão, que escondia o sorriso triunfante

99

que ele não conseguia conter, embora incomodasse sua ferida. Eli parou de bater palmas, mas o sorriso de Oskar continuou lá.

As coisas seriam diferentes a partir de agora. É claro que não dava para matar pessoas esfaqueando árvores. Ele sabia disso.

QUINTA-FEIRA

29 DE OUTUBRO

Håkan estava sentado no chão do corredor estreito e ouvia o barulho de água no banheiro. Seus joelhos estavam dobrados e seus calcanhares tocavam suas nádegas; o queixo estava apoiado sobre os joelhos. O ciúme era como uma cobra branca e gorda em seu peito. Rastejava devagar, pura como a inocência e de uma clareza pueril.

Substituível. Ele era... substituível.

Na noite passada, deitara-se na cama com a janela aberta. Ouviu Eli se despedir daquele Oskar. Vozes altas, risadas. Uma... leveza que ele nunca teria. A ele cabia a seriedade dura, as exigências, os desejos.

Achara que seu amor era como ele. Olhara nos olhos de Eli e vira o conhecimento e a indiferença de uma criatura anciã. No começo, isso o havia assustado: os olhos de Samuel Beckett no rosto de Audrey Hepburn. Depois, passara a confortá-lo.

Era o melhor de todos os mundos. O corpo jovem e esguio que trazia beleza à sua vida, enquanto ao mesmo tempo a responsabilidade era tirada de suas costas. Não era Håkan que estava no comando. E não precisava sentir culpa por seu desejo; a idade de seu amor era maior do que a dele. Não era mais uma criança. Ao menos, era o que havia pensado.

Mas desde que começara essa história com Oskar, algo havia mudado. Uma... regressão. Eli começou a se comportar cada vez mais como a criança de quem seu corpo aparentava ser; começou a mover-se de forma solta, descuidada, a usar palavras e expressões infantis. Queria *brincar*. Caça ao tesouro. Algumas noites atrás, haviam brincado de caça ao tesouro. Eli havia se irritado por Håkan não ter demonstrado o entusiasmo necessário pelo jogo, e então tentara fazer cócegas nele para que risse. Havia apreciado o toque.

Era atraente, é claro. Essa alegria, essa... *vida*. Mas também assustadora, já que era algo tão desconhecido para ele. Estava ao mesmo tempo com mais tesão e mais medo do que já havia sentido desde que conhecera Eli.

Na noite passada, seu amor entrara no quarto de Håkan, trancara a porta e ficara lá por meia hora, batendo na parede. Quando Håkan teve permissão para entrar no quarto, viu um pedaço de papel grudado na parede acima de sua cama. O código morse.

Mais tarde, quando estava lá deitado tentando dormir, tivera vontade de bater sua própria mensagem para Oskar, algo sobre *o que* Eli era. Em vez disso, copiou o código em um papel para poder decodificar o que diziam um para o outro futuramente.

Håkan inclinou a cabeça, descansou a testa nos joelhos. O barulho de água no banheiro parou. Não dava para continuar daquele jeito. Estava prestes a explodir. De desejo, de ciúme.

A tranca do banheiro se virou e a porta se abriu. Eli estava de pé à sua frente. Completamente sem roupas. Pureza absoluta.

— Ah. Você está sentado aí.

— Sim. Você é estonteante.

— Agradeço.

— Dá uma voltinha pra mim?

— Por quê?

— Porque... eu quero.

— Não; por que não se levanta e sai daí?

— Talvez eu diga algo... se você fizer isso por mim.

Eli olhou com curiosidade para Håkan. Então virou-se 180 graus.

Sua boca encheu-se de saliva, ele a engoliu. Olhou. Uma sensação física de seus olhos devorando o que estava em frente a eles. A coisa mais linda que existia no mundo. Há um braço de distância. Uma distância infinita.

— Está... com fome?

Eli virou-se outra vez.

— Sim.

— Farei isso por você. Mas quero algo em troca.

— O quê?

— Uma noite. Só quero uma noite.

— Ok.

— Posso ter uma noite?

— Sim.

— Deitar ao seu lado? Tocar em você?

— Sim.

— Posso...

— Não. Mais nada. Mas isso, sim.

— Então eu farei. Hoje à noite.

Eli agachou-se perto dele. As palmas de Håkan ardiam. Queria acariciar seu corpo. Não podia. Mas hoje à noite... Eli ergueu os olhos e disse:

— Eu agradeço, mas e se alguém... aquela imagem no jornal... tem pessoas que sabem que você mora aqui.

— Já pensei nisso.

— Se alguém vier até aqui durante o dia, quando estou... descansando.

— Já pensei nisso, já disse.

— Como?

Håkan pegou a mão de Eli, levantou-se e foi até a cozinha, abriu a despensa e retirou um pote de geleia velho com uma tampa de vidro de girar. O pote estava preenchido até a metade com um líquido transparente. Ele explicou o que planejava fazer. Eli se opôs veementemente.

— Não pode fazer isso.

— Posso. Entende o quanto eu... me importo com você?

* * *

Quando Håkan estava pronto para sair, botou o pote de geleia na bolsa com o resto dos equipamentos. Durante esse tempo, Eli havia se vestido. Estava esperando na entrada quando Håkan se preparava para sair. Inclinou-se e gentilmente beijou-o na bochecha. Håkan piscou os olhos e olhou para o rosto de Eli por um longo tempo.

Estou perdido.

Então foi ao trabalho.

* * *

Morgan comia com calma seus quatro pratos pequenos*, um por um, em geral ignorando a tigelinha de arroz a seu lado. Lacke inclinou-se para frente e disse em voz baixa:

— Se importa se eu pegar o arroz?

— Claro que não. Quer um pouco de molho?

— Não, só o de soja.

Larry ergueu os olhos de sua cópia do *Expressen* e fez uma careta quando Lacke pegou a tigela de arroz e jogou molho shoyu sobre ela, fazendo glug-glug-glug, antes de começar a comer como se nunca houvesse visto comida antes. Larry apontou para os camarões fritos que estavam amontoados no prato de Morgan.

— Você podia oferecer, sabe.

— Ah, claro. Desculpa. Quer um camarão ou outra coisa?

— Não, meu estômago não aguenta. Mas o Lacke...

— Quer um camarão, Lacke?

Lacke acenou com a cabeça e esticou sua tigela de arroz. Morgan pôs dois camarões fritos na tigela com um floreio pomposo. Ofereceu mais. Lacke agradeceu e começou a devorar.

Morgan grunhiu e balançou a cabeça. Lacke não era o mesmo desde que Jocke desaparecera. Já vivia duro antes, mas agora estava bebendo mais e não sobrava nem um centavo para gastar com comida. Era estranha essa história do Jocke, mas não havia por que se desesperar. O amigo estava desaparecido há quatro dias, mas quem sabe? Poderia ter conhecido uma garota e viajado para o Taiti, algo assim. Uma hora apareceria.

Larry largou o jornal, levantou os óculos sobre a testa, coçou os olhos e disse:

— Vocês sabem onde fica o abrigo nuclear mais próximo?

Morgan gargalhou.

— O que foi, pretende hibernar ou algo assim?

— Não, mas esse submarino... Hipoteticamente falando, e se houvesse uma invasão completa...

— Pode ficar à vontade e usar o nosso. Desci lá uns anos atrás para conferir quando um cara de algum departamento de defesa ou sei lá foi verificar o

---

* "Fyra små rätter", ou "quatro pratos pequenos", é uma opção comum em restaurantes chineses na Suécia e consiste em quatro porções de pratos do menu, servidas ao mesmo tempo (muitas vezes no mesmo recipiente com cinco divisórias) e acompanhadas de arroz.

inventário. Máscaras de gás, comida enlatada, uma mesa de pingue-pongue e tudo mais. Tá tudo lá.

— Mesa de pingue-pongue?

— Claro, sabe como é. Quando os russos chegarem, diremos apenas "Parem e busquem abrigo, rapazes, larguem os fuzis, vamos decidir isso com uma partida de pingue-pongue". Aí os generais vão se atacar com saques.

— E os russos lá sabem jogar tênis de mesa?

— Não. Por isso já tá no papo. Talvez a gente até reconquiste os territórios bálticos.

Lacke limpou a boca com um cuidado exagerado usando um guardanapo e disse:

— Falando nisso, é tudo muito estranho.

Morgan acendeu um cigarro.

— O quê?

— Esse lance do Jocke. Ele sempre nos contava quando ia a algum lugar. Vocês sabem. Mesmo quando ia só visitar o irmão na Ilha de Väddö, era como se fosse um grande evento. Ele começava a falar disso uma semana antes... o que planejava levar, o que eles iam fazer.

Larry pôs a mão sobre o ombro de Lacke.

— Você está usando tempo passado pra falar dele.

— O quê? Ah, sim. De qualquer forma, acho mesmo que algo aconteceu com ele. De verdade.

Morgan tomou um gole grande de cerveja, arrotou.

— Você acha que ele está morto.

Lacke deu de ombros, olhou suplicante para Larry, que analisava as estampas dos guardanapos de papel. Morgan balançou a cabeça.

— Impossível. A gente já teria ouvido algo. A polícia disse que te ligaria caso soubessem de alguma coisa. Não que eu confie em policiais, mas... a gente ficaria sabendo.

— Ele já deveria ter ligado.

— Minha nossa, vocês são casados ou algo assim? Não se preocupe. Logo, logo ele aparece. Com rosas e chocolates, prometendo nuuuuunca mais fazer isso.

Lacke assentiu, desanimado, bebericando a cerveja que Larry havia pago para ele com a garantia de que Lacke devolveria o favor quando as coisas melhorassem. Mais dois dias, no máximo. Depois disso, investigaria ele mesmo. Ligaria para todos os hospitais e necrotérios, tudo que as pessoas costumam fazer. Não se abandona um melhor amigo. Estando ele doente, morto ou qualquer coisa do tipo. Não se abandona um amigo.

* * *

Eram 19h30 e Håkan estava começando a se preocupar. Havia vagado sem rumo pelo ginásio da Escola Primária Nya e pelo centro esportivo de Vällingby, que os jovens frequentavam. Vários treinos estavam acontecendo e a piscina estava aberta até mais tarde, então não faltavam vítimas em potencial. O problema era que a maioria andava em grupos. Escutara uma das meninas em um trio comentando que a mãe "ainda estava obcecada com esse lance todo do assassino".

Ele podia, é claro, ter escolhido ir para mais longe, para algum lugar onde suas ações anteriores tivessem impacto menor. Porém, ele correria o risco de o sangue estragar na volta para casa. E se ele teria todo o trabalho de fazer isso de novo, queria dar a seu amor o melhor. Quanto mais fresco, mais perto de casa, melhor. Era o que havia aprendido.

Na noite passada, o tempo tinha virado e esfriara muito, com a temperatura caindo abaixo de zero. Isso significava que a máscara de esquiar que estava usando, com buracos para os olhos e a boca, não atraía atenção indevida.

No entanto, não dava para ficar se esgueirando ali para sempre. Uma hora acabaria levantando suspeitas.

E se não conseguisse encontrar ninguém? Se voltasse para casa de mãos vazias? Seu amor não morreria, tinha certeza disso. Já era diferente da primeira vez. Nessa, porém, havia outro aspecto, um que era maravilhoso. Uma noite inteira. Uma noite inteira com o corpo de seu amor próximo ao seu. Os membros delicados e macios, a barriga lisinha que poderia acariciar. Uma vela acesa no quarto cuja luz iluminaria a pele sedosa, que seria dele por uma noite.

Acariciou seu membro latejante e grunhiu de desejo.

Preciso ficar calmo, preciso...

Sabia o que iria fazer. Era loucura, mas o faria.

Iria até a Piscina de Vällingby e encontraria sua vítima lá. Provavelmente estava bem deserta a essa hora, e agora que havia decidido, sabia exatamente o que fazer. Era perigoso, claro. Mas possível.

Se tudo desse errado, ainda tinha uma última opção. Mas nada daria errado. Via a cena completa em detalhes agora que se aproximava a passos rápidos da entrada. Sentia-se entorpecido. O tecido da máscara em frente a seu nariz ficou úmida com sua respiração ofegante ali condensada.

Seria algo para dizer a seu amor hoje à noite, algo para falar enquanto acariciava as nádegas firmes e redondas com sua mão trêmula, gravando tudo na memória, por toda a eternidade.

Atravessou a entrada e sentiu o leve odor familiar de cloro. Todas as horas que já havia passado na piscina. Com os demais, ou sozinho. Os corpos jovens brilhando encharcados de suor ou água, ao alcance de seu braço, porém inalcançáveis. Apenas imagens que podia preservar e invocar quando estava deitado na cama, com papel higiênico na mão. O cheiro de cloro era aconchegante, familiar. Seguiu até o caixa.

— Uma, por favor.

A mulher no caixa ergueu o olhar da revista que lia. Seus olhos se arregalaram um pouco. Ele apontou para a cabeça, para a máscara.

— Está frio.

Ela assentiu com a cabeça, insegura. Devia tirar a máscara? Não. Sabia o que fazer para não levantar suspeitas.

— Quer um armário?

— Uma cabine privada no vestiário, por favor.

Ela entregou a chave e ele pagou. Tirou a máscara ao se afastar dela. Ela o havia visto tirar a máscara, mas sem ver o rosto dele. Uma ideia brilhante. Foi até o vestiário a passos rápidos, olhando para o chão caso encontrasse alguém.

* * *

— Bem-vindos ao meu humilde lar. Entrem.

Tommy passou por Staffan e entrou na casa; às suas costas, ouviu sua mãe e o policial se beijando. O homem disse em voz baixa:

— Você já...?

— Não, pensei que...

— Hum, teremos que...

Outro beijo estalado. Tommy deu uma olhada no apartamento. Nunca estivera na casa de um policial antes e estava, um pouco contra a vontade, curioso. Como eles viviam?

Porém, logo no hall de entrada, percebeu que Staffan não era um bom representante do batalhão de polícia. Havia imaginado algo como... sim, como em livros de detetive. Meio abandonado e vazio. Um local para dormir quando não se estava perseguindo bandidos.

Caras como eu.

Não. O apartamento de Staffan era... arrumadinho. A entrada parecia ter sido decorada por alguém que comprara *tudo* naqueles catálogos que chegavam pelo correio.

Aqui uma pintura em veludo de um pôr do sol, lá de um chalé na montanha com uma velha de bengala à porta. Uma toalhinha de renda na mesa do telefone, e ao lado do aparelho um bibelô de cerâmica representando um cachorro e uma criança. Na base, uma inscrição curta: VOCÊ NÃO SABE FALAR?

Staffan levantou o bibelô.

— Bacana, né? Muda de cor de acordo com o clima.

Tommy assentiu. Ou Staffan havia tomado o apartamento emprestado de sua mãe idosa, para que fizessem essa visita, ou realmente não batia bem da cabeça. O policial colocou o bibelô no lugar, com cuidado.

— Eu coleciono esse tipo de coisa, entende. Objetos que indicam o clima. Esse aqui, por exemplo.

Ele cutucou a imagem da velha no chalé. Ela desapareceu para dentro da casa e um velho surgiu em seu lugar.

— Quando a velhinha aparece à porta, significa que o tempo vai fechar, e quando o velho aparece...

— Fica ainda pior.

Staffan riu, soando um pouco forçado.

— Não funciona tão bem.

Tommy olhou para a mãe e quase se assustou com o que viu. Lá estava ela, ainda de casaco, uma mão segurando a outra com força e um sorriso no rosto que espantaria um cavalo. Em pânico, Tommy decidiu fazer um esforço.

— É como um barômetro, então.

— Sim, exatamente. Eu comecei por eles, na verdade. Barômetros. Colecioná-los, quero dizer.

Tommy apontou para a pequena cruz de madeira com um Jesus prateado que pendia da parede.

— Isso também é um barômetro?

Staffan olhou para Tommy, para a cruz e de volta para Tommy. Ficou sério de repente.

— Não, não é. É Cristo.

— Aquele da Bíblia.

— Sim, isso mesmo.

Tommy pôs as mãos nos bolsos e seguiu para a sala. Sim, os barômetros estavam lá. Cerca de vinte, de vários formatos e tamanhos, pendurados na parede mais larga da sala, por trás de um sofá de ouro cinza com uma mesinha de vidro à frente.

As leituras não eram particularmente consistentes. Muitos dos ponteiros indicavam números diferentes; parecia uma parede de relógios em que cada um mostrava o horário em uma parte do mundo. Ele bateu no vidro de um deles e o ponteiro pulou um pouco. Não sabia o que isso significava, mas, por algum motivo, as pessoas sempre batiam nos barômetros.

Em um armário de canto com portas de vidro, havia vários troféus pequenos. Quatro maiores estavam arrumados em cima de um piano ao lado do armário. Na parede sobre o piano, havia uma pintura grande da Virgem Maria com o Menino Jesus nos braços. Ela o embalava com um olhar vazio, que parecia dizer: "O que fiz para merecer isso?"

Staffan pigarreou ao entrar na sala.

— Bem, Tommy. Gostaria de me perguntar algo?

Tommy sabia muito bem o que esperava que ele perguntasse.

— Que troféus são esses?

Staffan gesticulou com o braço em direção às taças sobre o piano.

— Está falando destes?

Não, babaca. Tô falando dos troféus lá no salão do estádio de futebol, é claro.

— Sim.

Staffan apontou para uma estatueta prateada, de uns 20 centímetros, sobre uma base de pedra, que estava entre dois outros troféus em cima do piano. Tommy havia pensado que era apenas uma escultura, mas não, na verdade era um prêmio. A estatueta humanoide estava de pé, com as pernas afastadas e os braços esticados, mirando com um revólver.

— Tiro ao alvo. Esse foi de primeiro lugar no campeonato municipal, aquele de terceiro lugar a nível nacional em tiro com uma 45, de pé... por aí vai.

A mãe de Tommy chegou e se juntou a eles.

— Staffan está entre os cinco melhores atiradores de pistola da Suécia.

— É útil?

— Como assim?

— Você sabe, pra quando precisa atirar nas pessoas.

Staffan passou o dedo pela base de um dos troféus e olhou para ele.

— O intuito do trabalho policial é evitar atirar nas pessoas.

— Você já precisou atirar?

— Não.

— Mas gostaria, não?

Staffan respirou fundo, enfaticamente, e exalou em um suspiro longo.

— Eu vou... checar a comida.

A gasolina... veja se pegou fogo.

Ele saiu em direção à cozinha. A mãe de Tommy o agarrou pelo cotovelo e sussurrou:

— Por que diz coisas assim?

— Só estava curioso.

— Ele é uma boa pessoa, Tommy.

— Sim, deve ser. Quero dizer, prêmios por tiro ao alvo e a Virgem Maria. Dá pra ficar melhor?

* * *

Håkan não cruzou com ninguém ao atravessar o prédio. Como imaginara, não restavam muitas pessoas àquela hora. Dois homens de sua idade se vestiam no vestiário. Corpos obesos, sem curvas. Genitais encolhidas sob barrigas proeminentes. A personificação da feiura.

Encontrou sua cabine privada e trancou a porta. Ótimo. Os preparativos iniciais estavam completos. Recolocou a máscara de esqui, só por precaução, pegou a lata de gás halotano pendurou o casaco em um gancho. Abriu a bolsa e retirou suas ferramentas: faca, corda, funil, recipiente. Esquecera de trazer o sobretudo. Droga. Precisaria tirar as roupas. O risco de ficar manchado de sangue era grande, mas então esconderia as manchas *sob* suas roupas quando terminasse. Sim. E era uma piscina, afinal. Não era estranho ficar sem roupas ali.

Testou a força do outro gancho segurando-o com ambas as mãos e tirando os dois pés do chão. Ele aguentou. Suportaria bem um corpo provavelmente 30 quilos mais leve que o dele. A altura talvez fosse um problema. Não era provável que a cabeça pendesse livre sobre o chão. Talvez precisasse prender as cordas pelos joelhos. Havia espaço suficiente entre o gancho e o topo da parede da cabine para garantir que os pés não ficariam visíveis por cima. *Isso* atrairia suspeitas.

Os dois homens pareciam prestes a sair. Ouviu as vozes deles.

— E trabalho?

— O de sempre. Nenhuma vaga para quem é de Malmberget.

— Já ouviu essa: a questão não é se tem óleo no mar, e sim se tem óleo no Omar?

— Boa. Cara liso, esse aí.

— Escorregadio.

Håkan riu; estava com a mente acelerada. Sentia-se excitado demais, respirando muito rápido. Seu corpo era um aglomerado de borboletas que queriam voar cada uma em uma direção.

Calma, calma.

Respirou fundo, até começar a se sentir tonto, e então tirou as roupas. Dobrou-as e colocou-as na bolsa. Os dois homens deixaram o vestiário. O silêncio se instaurou. Ele subiu no banco da cabine para ver por cima da parede. Sim, seus olhos conseguiam ficar um pouco acima do topo. Três garotos de uns 13, 14 anos entraram. Um usou a toalha para bater na bunda do outro.

— Para com isso, porra!

Håkan inclinou a cabeça. Mais embaixo, sentiu sua ereção pressionar o vinco entre as paredes como se estivesse entre duas nádegas firmes e abertas.

Muita calma.

Olhou por cima de novo. Dois dos garotos haviam tirado as sungas e estavam inclinados sobre seus armários, pegando as roupas. Sua virilha se contraiu como uma câimbra momentânea e o esperma atingiu a dobra entre as paredes, espalhando-se pelo banco sobre o qual estava.

Acalme-se agora.

Sim, sentia-se melhor. Porém, o esperma era ruim. Um vestígio.

Tirou suas meias da bolsa e limpou o vinco da parede e o banco o melhor que podia. Pôs as meias de volta na bolsa e ajustou a máscara de esqui enquanto ouvia a conversa dos garotos.

— ... novo do Atari. *Enduro.* Quer passar lá em casa e testar?

— Não, tem umas coisas que eu preciso...

— E você?

— Ok, tem dois controles?

— Não, mas...

— Podemos ir lá em casa e pegar o meu no caminho. Aí nós dois podemos jogar.

— Ok. Até mais, Mattias.

— Até.

Dois dos garotos pareciam estar de saída. Perfeito. Um ficaria para trás sem que os outros estivessem esperando por ele. Ele arriscou olhar por cima da parede outra vez. Os dois garotos estavam saindo. O último estava calçando as meias. Håkan se agachou, lembrando-se de que estava usando a máscara. Por sorte, não o haviam visto.

Pegou a lata de gás halotano, pôs o dedo sobre o ativador. Devia continuar de máscara? *Se* o menino escapasse, *se* alguém entrasse no vestiário. *Se...*

Droga, fora um erro tirar todas as roupas. Se fosse preciso fugir rápido... Não havia tempo para pensar. Ouviu o garoto fechar o armário e seguir para a saída. Em 5 segundos passaria pela porta da cabine. Não havia tempo pra mudar de ideia.

Pela fresta entre a porta e a parede, viu uma sombra se aproximar. Bloqueou todos os pensamentos, destrancou a porta, escancarou-a e atacou.

Mattias se virou e viu um corpo grande, branco e nu, com o rosto coberto por uma máscara de esqui, vindo em sua direção. Apenas um pensamento, uma única palavra teve tempo de cruzar sua mente antes de seu corpo se encolher por instinto.

Morte.

Estava encolhido em frente à Morte, que queria levá-lo. Em uma mão, Ela segurava algo preto. Esse objeto preto voou em direção a seu rosto e o garoto inspirou para gritar.

No entanto, antes que o grito pudesse escapar, a coisa preta estava sobre ele, sobre sua boca, seu nariz. Uma mão agarrara sua nuca, pressionando seu rosto contra o material preto e macio. O grito se transformou em um choro engasgado, e enquanto gritava abafado, ouviu um chiado, como o de uma máquina de fumaça.

Tentou gritar outra vez, mas, ao inspirar, algo aconteceu com seu corpo. Uma dormência se espalhou por seus membros e o próximo grito foi apenas uma exclamação. Ele respirou novamente e as pernas falharam, diversos véus coloridos flutuando em frente a seus olhos.

Não queria mais gritar. Não tinha energia para isso. Os véus agora cobriam todo seu campo de visão. Não tinha mais corpo. As cores dançavam. Deixou-se derreter no arco-íris.

* * *

Oskar segurava o papel com o código morse em uma mão e batia as letras na parede com a outra. Batia os nós dos dedos para fazer um ponto e dava um tapa na parede com a palma para fazer um traço, como haviam combinado.

Dedo. Pausa. Dedo, palma, dedo, dedo. Pausa. Dedo, dedo. (E.L.I.)

S.A.I.N.D.O.

A resposta veio em alguns segundos.

T.O. I.N.D.O.

Encontraram-se na saída do prédio dela. Em um dia ela havia... mudado. Há um mês, uma mulher judia viera até sua escola para falar do Holocausto e mostrar slides. Eli estava parecendo um pouco com as pessoas naquelas fotos.

A luz acentuada da lâmpada sobre a porta criava sombras em seu rosto, como se os ossos ameaçassem perfurar a pele, como se a pele estivesse mais fina. E...

— O que você fez com seu cabelo?

Havia pensado que era a luz fazendo ele ter aquela aparência, mas ao se aproximar viu que havia algumas mechas grossas e brancas em seu cabelo. Como o de uma idosa. Eli passou uma mão no cabelo, sorriu para ele.

— Vai sumir. O que vamos fazer?

Oskar balançou as moedas em seu bolso.

— Tjorren?

— O quê?

— O quiosque. Banca de jornal.

— Ok. O último a chegar é um ovo podre.

Uma imagem tomou vida na mente de Oskar.

Crianças em preto e branco.

E então Eli começou a correr e Oskar tentou alcançá-la. Mesmo parecendo tão doente, ela era muito mais rápida que ele, e disparava como uma gazela pelas pedras no caminho, conseguindo atravessar a rua em apenas algumas pernadas. Oskar corria o máximo que podia, distraído por aquele pensamento.

Crianças em preto e branco?

Claro. Estava descendo a ladeira e passando em frente a fábrica de balas de goma quando entendeu. Aqueles filmes antigos que passavam nas matinês de domingo. Como *Anderssonskans Kalle. "O último a chegar é um ovo podre."* Era o tipo de coisa que diziam naqueles filmes.

Eli o esperava no canto da rua, há uns 20 metros do quiosque. Oskar correu até ela, tentou não arfar. Nunca fora até lá com Eli antes. Devia contar a ela? Sim.

— Sabia que chamam essa banca de "Quiosque do Amor"?

— Por quê?

— Porque... quer dizer, ouvi isso na reunião de pais e mestres... um cara disse... não fui eu, claro, mas... eu ouvi. Ele disse que o dono, que ele...

Agora estava arrependido de ter puxado o assunto. Era idiotice. Dava vergonha. Eli gesticulou com os braços.

— O quê?

— Ahn, o dono... convida *mulheres* para o quiosque. Sabe, depois que... depois de fechar.

— É sério? — Eli olhou para a barraca. — Tem espaço suficiente ali?

— Nojento, né?

— Sim.

Oskar caminhou até o quiosque. Eli apressou o passo para alcançá-lo, sussurrou:

— Devem ser *magrelas*!

Os dois riram. Ficaram sob a luz do quiosque. Eli revirou os olhos de forma significativa em direção ao dono do quiosque, que estava lá dentro assistindo TV.

— É ele? — Oskar acenou com a cabeça — Parece um gorila.

Oskar pôs a mão em concha em volta da orelha de Eli e sussurrou:

— Fugiu do zoológico há cinco anos. Ainda estão caçando ele.

Eli riu e pôs a mão em concha em volta da orelha de Oskar. Sua respiração quente aqueceu o rosto dele.

— Não estão nada. Resolveram prender ele aqui!

Os dois olharam para o dono do quiosque e começaram a rir, imaginando aquele homem mal-encarado como uma fera presa em uma jaula, cercada por doces. Ao ouvir as risadas, o dono se virou para eles e franziu o cenho com suas enormes sobrancelhas, parecendo ainda mais um bicho. Oskar e Eli riram tanto que quase caíram no chão; apertaram as mãos contra a boca, tentando parar de rir.

O dono se debruçou pela janela da barraca.

— O que querem?

Eli ficou séria imediatamente, tirou a mão da boca, foi até a janela e disse:

— Quero uma banana, por favor.

Oskar riu e apertou ainda mais a mão contra a boca. Eli virou-se com o dedo indicador em frente aos lábios e fez "shiu" fingindo seriedade. O dono ainda estava à janela.

— Eu não tenho bananas.

Eli fingiu descrença.

— Nenhuma banaaaaaana?

— Não. Algo mais?

A mandíbula de Oskar doía de tanto conter o riso. Ele se afastou do quiosque, correu um pouco até a caixa de correio, apoiou-se nela e soltou o riso, em convulsões. Eli foi até ele, balançando a cabeça.

— Nenhuma banana.

Oskar conseguiu dizer:

— Ele deve... ter comido... todas sozinho.

Ele então se acalmou e forçou a boca a se fechar. Pegou os quatro kronor que tinha e foi até a janela.

— Uma sacola de doce sortidos, por favor.

O dono olhou pra ele com desaprovação, mas começou a pegar diversos doces das caixas de plástico com o pegador, derrubando-os um a um na sacolinha de papel. Oskar olhou para o lado para garantir que Eli escutaria e disse:

— Não esqueça as bananas.

O dono parou na hora.

— Eu *não tenho* bananas.

Oskar apontou para uma das caixas de plástico.

— Estou falando das balas em formato de banana.

Ouviu Eli rindo e pôs o dedo em frente aos lábios, como ela havia feito mais cedo, dizendo "shiu". O dono riu, pôs algumas balas de goma de banana na sacola e a entregou a Oskar.

Eles começaram a andar. Antes mesmo de comer um doce, Oskar ofereceu a sacola à Eli. Ela balançou a cabeça.

— Não, mas agradeço.

— Você não come doces?

— Não posso.

— Nenhum doce?

— Nadinha.

— Que droga.

— Sim, não. Não sei que gosto tem.

— Nunca nem experimentou?

— Não.

— Então como sabe que...

— Simplesmente sei, só isso.

De vez em quando aquilo acontecia. Estavam conversando sobre algo, Oskar fazia uma pergunta e terminava com um "as coisas são assim" ou "simplesmente sei, só isso". Nenhuma explicação. Era uma das coisas meio estranhas em relação à Eli.

Era uma pena não poder oferecer doces a ela. Era o que vinha planejando fazer. Ser generoso, oferecer o quanto ela quisesse. E acabou que ela nem comia doces. Botou uma bala de banana na boca e olhou-a pelo canto dos olhos.

Realmente não parecia saudável. E aquelas mechas brancas no cabelo... Em uma história que Oskar lera, o cabelo de uma pessoa havia ficado branco após levar um susto grande. Era o que havia acontecido com Eli?

Ela olhou para o lado e abraçou o próprio corpo, parecendo muito pequena. Oskar quis pôr os braços em volta dela, mas não ousou.

Na entrada coberta que levava ao pátio do condomínio, Eli parou e olhou para sua janela. Estava escura. Parou com os braços abraçando o corpo e olhou para o chão.

— Oskar...?

Ele foi em frente. O corpo dela parecia pedir aquilo, e Oskar tirou a coragem de algum lugar. Abraçou-a. Por um segundo aterrorizante, pensou ter feito a coisa errada, pois o corpo dela se retesou, pareceu se bloquear. Estava prestes a largá-la quando a menina relaxou em seus braços. O nó se afrouxou e ela soltou os braços, colocando-os ao redor de Oskar e se apoiando nele, trêmula.

Deitou a cabeça no ombro do menino e eles ficaram parados assim. A respiração dela contra seu ombro. Abraçaram-se sem dizer nada. Oskar fechou os olhos e soube: aquele era um grande passo. A luz da lâmpada externa se infiltrou por suas pálpebras fechadas, criando uma membrana vermelha em frente a seus olhos. O maior dos passos.

Eli foi aproximando a cabeça do pescoço do garoto. O calor de sua respiração ficou mais intenso. Os músculos do corpo dela, que haviam relaxado, voltaram a ficar tensos. Os lábios da menina tocaram o pescoço de Oskar e um arrepio subiu por sua espinha.

De repente, ela tremeu e se afastou, dando um passo para trás. Oskar deixou os braços caírem. Eli balançou a cabeça como se para acordar de um pesadelo, deu as costas e seguiu em direção à sua porta. Oskar continuou parado. Quando ela abriu o portão, ele a chamou.

— Eli? — Ele se virou — Onde está seu pai?

— Ele foi... trazer comida para mim.

Ela não tem o suficiente pra comer. Esse é o problema.

— Pode jantar conosco, se quiser.

Eli largou o portão e caminhou de volta até ele. Oskar rapidamente começou a planejar. Ele *não queria* que sua mãe conhecesse Eli. Nem o contrário. Talvez pudesse fazer uns sanduíches e levar para a casa dela. Sim, seria melhor.

A garota parou em frente a ele, olhando-o com intensidade.

— Oskar, você gosta de mim?

— Sim. Muito.

— Se eu não fosse uma menina... você ainda gostaria de mim?

— Como assim?

— Só isso. Ainda gostaria de mim mesmo se eu não fosse uma menina?

— Sim... Acho que sim.

— Tem certeza?

— Sim. Por que a pergunta?

Alguém lutava para abrir uma janela emperrada, e então conseguiu. Sobre a cabeça de Eli, Oskar viu a mãe botar o rosto para fora da janela do quarto dele.

— Oskaaaaaar!

Eli rapidamente encostou-se na parede. Oskar fechou os punhos e subiu a ladeira, parando sob sua janela. Como uma criancinha.

— O que foi?

— Ah! Está aí embaixo? Pensei que...

— O que foi?

— Tá quase começando.

— Eu *sei*.

Sua mãe estava prestes a dizer algo mais, mas fechou a boca e só olhou para ele ali, sob a janela, com as mãos fechadas com força em punhos, o corpo tenso.

— O que está fazendo?

— Já vou subir.

— É só que...

Os olhos do garoto estavam começando a se encher de lágrimas de raiva, e ele sibilou:

— Volta pra dentro! Fecha a janela. Volta pra dentro!

A mãe o encarou por outro segundo, então algo em seu rosto mudou e ela bateu a janela, se afastou. Oskar desejaria poder... não gritar para ela voltar, mas... mandar a ela um pensamento. Explicar com calma como eram as coisas. Que ela não tinha permissão para fazer aquilo, porque ele...

Correu ladeira a baixo.

— Eli?

A garota não estava lá. Não podia ter entrado, pois ele teria percebido. Devia ter ido embora, pegar o metrô para a casa daquela tia que ela tinha na cidade, para onde ia depois da escola. Parecia provável.

Oskar ficou parado no canto escuro no qual ela havia se escondido quando sua mãe abriu a janela. Voltou o rosto para a parede. Ficou ali um tempo. Então voltou para casa.

* * *

Håkan puxou o garoto para dentro do vestiário e trancou a porta. O menino quase não fizera barulho. A única coisa que poderia chamar a atenção de alguém agora era o chiado da lata de gás. Precisaria ser rápido.

Teria sido muito mais fácil poder atacar direto com uma faca. Mas não. O sangue precisava vir de um corpo vivo. Outro aspecto que havia sido explicado a ele. Sangue dos mortos era inútil, fazia até mal.

Bem, o garoto estava vivo. Seu peito subia e descia ao inalar o gás sonífero.

Ele apertou a corda em volta das pernas do menino, logo acima de seus joelhos, passou ambas as extremidades pelo gancho e começou a puxar. As pernas do garoto se ergueram do chão.

Uma porta se abriu, vozes ecoaram.

Ele manteve a corda no lugar com uma mão e parou a saída de gás com a outra, retirando a máscara do rosto do menino. O anestésico funcionaria por alguns minutos. Precisaria continuar trabalhando, fazendo o máximo de silêncio possível, sem se importar com o fato de haver outras pessoas ali.

Havia vários homens lá. Dois, três, quatro? Estavam falando da Suécia e da Dinamarca. Algum torneio. Handebol. Enquanto falavam, Håkan ergueu o corpo do garoto. O gancho rangeu, o peso estava distribuído de forma diferente de quando testou. Os homens pararam de falar. Haviam escutado algo? Ele congelou, quase sem respirar. Segurou o corpo, suspenso com a cabeça pouco acima do chão.

Não, fora apenas uma pausa na conversa. Eles continuaram.

Continuem falando, continuem falando.

— O pênalti do Sjögren foi totalmente...

— O que falta no braço, é pra compensar com a cabeça.

— Mas ele é bom em acertar os lances, você tem que admitir.

— Aquele giro. Não sei como ele consegue.

A cabeça do garoto já estava há vários centímetros do chão. Agora...

Como prenderia as pontas das cordas? O espaço entre as tábuas era muito estreito para passar a corda. E não dava para trabalhar com uma mão enquanto a outra segurava a corda. Não teria força o suficiente. Ficou lá com a corda em suas mãos bem fechadas, suando. A máscara de esqui estava quente; ele devia tirá-la.

Mais tarde. Quando tiver terminado.

O outro gancho. Só precisava fazer um laço antes. O suor correu para seus olhos e ele baixou o corpo do garoto de forma a afrouxar a corda o suficiente para dar uma volta. Puxou o garoto para cima outra vez e tentou passar o laço pelo outro gancho. Era pequeno demais. Voltou a baixar o garoto. Os homens pararam de falar.

Vão embora! Saiam daqui!

No silêncio, ele fez uma volta ainda maior na corda, esperou. Começaram a falar outra vez. Boliche. O sucesso da equipe feminina sueca em Nova York. Strikes e bloqueios, e o suor fazendo seus olhos arderem.

Calor. Por que precisa estar tão quente?

Conseguiu passar o laço pelo gancho e exalou. Não podiam apenas ir embora?

O corpo do menino estava suspenso na posição certa e agora precisava apenas fazer o serviço antes que ele acordasse — e será que não podiam ir embora de uma vez? Mas continuaram compartilhando lembranças de boliche, como as pessoas costumava jogar antigamente, e alguém que prendeu o dedão na bola de boliche e precisou ir pro hospital tirar.

Não tinha jeito. Håkan pôs o funil sobre o garrafão de plástico e colocou-o próximo ao pescoço do menino. Pegou a faca. Quando se virou para começar a remover o sangue, a conversa lá fora havia terminado outra vez. E os olhos do garoto estavam abertos. Bem abertos. As pupilas moviam-se de um lado para o outro enquanto ele estava lá, pendurado, tentando ancorar sua mente, compreender. Seu olhar fixou-se em Håkan parado ali, pelado, com um facão na mão. Por um breve momento, os dois se olharam.

E então o menino abriu a boca e gritou.

Håkan cambaleou para trás, batendo na parede do trocador com um baque molhado. Suas costas suadas escorregaram pela parede e ele quase perdeu o equilíbrio. O garoto não parava de gritar. O som ecoava pelo vestiário, ricocheteando pelas paredes, com tanta força que ensurdecia Håkan. Sua mão segurou com mais força o punho da faca e o único pensamento que tinha era a necessidade de parar os gritos do garoto. Cortar a cabeça dele para que parasse de gritar. Inclinou-se sobre o garoto.

Alguém esmurrou a porta.

— Ei! Abre aí!

Håkan largou a faca. Quase não foi possível perceber o retinir do metal atingindo o chão em meio às batidas na porta e aos gritos. A porta estava quase soltando das dobradiças graças aos murros.

— Abre logo, tô falando, ou vou derrubar essa porta!

Era o fim. Tudo chegara ao fim. Só havia uma coisa a fazer. Os sons ao seu redor desapareceram, seu campo de visão estreitou-se em um túnel e ele foi até sua bolsa. Pelo túnel, viu sua mão puxar o pote de geleia de dentro da bolsa.

Sentou-se com força sobre seus ísquios com o pote nas mãos, abriu a tampa. Quando abrissem a porta. Antes de conseguirem tirar sua máscara. Seu rosto.

Em meio a todos os gritos e murros na porta, pensou em seu amor. No tempo que passaram juntos. Invocou sua imagem como um anjo. Um menino anjo descendo dos céus, abrindo suas asas, erguendo-o. Levando-o. Até um lugar onde sempre estariam juntos. Para sempre.

A porta foi escancarada e bateu na parede. O garoto continuou gritando. Havia três homens lá fora, mais ou menos vestidos. Olharam a cena à sua frente sem compreender.

Håkan assentiu devagar, aceitando.

Então gritou:

— ELI! ELI!

e derramou ácido concentrado sobre o rosto.

* * *

"Glória, glória, aleluia
Glória, glória, aleluia
Glória, glória, aleluia
Louvemos ao senhor!"

Staffan acompanhava sua voz e a da mãe de Tommy no piano. De vez em quando, se olhavam, sorriam e pareciam brilhar. Tommy estava sentado no sofá de couro, sofrendo. Encontrara um buraco em um dos braços estofados e, enquanto Staffan e sua mãe cantavam, tentava aumentá-lo. Catucava a espuma com o dedo indicador e se perguntava se Staffan e sua mãe já haviam se pegado naquele sofá. Embaixo dos barômetros.

O jantar fora bom, um frango marinado com arroz. Depois de comerem, Staffan mostrou a Tommy o cofre onde guardava as pistolas. Ficava sob sua cama, e Tommy havia se perguntado a mesma coisa lá. Haviam dormido juntos naquela cama? Sua mãe pensava em seu pai quando Staffan a tocava? Era excitante para Staffan pensar nas armas debaixo da cama? E para ela?

Staffan tocou a última nota, deixou o som ecoar. Tommy tirou o dedo do que agora era um grande buraco no sofá. Sua mãe acenou a cabeça para Staffan, pegou na mão dele e sentou-se na banqueta do piano a seu lado. De onde Tommy estava, parecia que a imagem da Virgem Maria pendia exatamente sobre suas cabeças, quase como se tivessem ensaiado antes.

Sua mãe olhou para Staffan, sorriu e voltou-se para Tommy.

— Tommy. Queremos contar algo pra você.

— Vão se casar?

Sua mãe hesitou. Se haviam ensaiado tudo, até as posições no cenário, claramente essa fala não fora incluída.

— Sim. O que acha?

Tommy deu de ombros.

— Ok. Vão em frente.

— Estamos pensando... talvez no próximo verão.

A mãe olhou para ele, como se quisesse saber se ele tinha uma sugestão melhor.

— Sim, tanto faz. Beleza.

Pôs o dedo no buraco outra vez, deixou-o lá. Staffan se inclinou para frente.

— Sei que não posso... substituir seu pai. De jeito nenhum. Mas espero que eu e você possamos... nos conhecer e, bem, ser amigos.

— Onde vocês vão morar?

Sua mãe pareceu triste, de repente.

— Nós, Tommy. Isso inclui você também, sabe? Ainda não temos certeza. Mas estamos pensando em comprar uma casa em Ängby. Se der.

— Ängby.

— Sim. O que acha?

Tommy olhou para a mesinha de vidro que refletia sua mãe e Staffan, meio transparentes, como fantasmas. Catucou o buraco com o dedo, conseguindo tirar um pouco de espuma.

— É caro.

— O quê?

— Uma casa em Ängby. É caro. Custa muito dinheiro. Você tem muito dinheiro?

Staffan estava prestes a responder quando o telefone tocou. Acariciou a bochecha da mãe de Tommy e foi até o aparelho na entrada. A mãe sentou-se ao lado de Tommy no sofá e perguntou:

— Não gostou?

— Adorei.

A voz de Staffan veio do corredor. Ele parecia agitado.

— Isso... sim. Chego em um instante. Devemos... não, vou direto para lá. Ok.

Voltou para a sala.

— O assassino está na piscina de Vällingby. Não tem gente o suficiente na delegacia, então terei que...

Ele desapareceu no quarto e Tommy ouviu o cofre sendo aberto e fechado. Staffan trocou de roupa lá e, depois de um tempo, apareceu todo uniformizado. Seus olhos pareciam um pouco insanos. Beijou a mãe de Tommy na boca e deu um tapinha no joelho do garoto.

— Preciso ir imediatamente. Não sei quando vou voltar. Conversaremos mais depois.

Correu para a entrada e a mãe de Tommy o seguiu.

O rapaz ouviu algo como "cuidado", "te amo" e "ficar?" enquanto se levantava, ia até o piano e, sem saber exatamente por quê, esticou o braço e pegou o troféu de tiro. Era pesado, ao menos 2 quilos. Enquanto sua mãe e Staffan se despediam — *estão adorando isso. O homem indo para a batalha. A mulher esperando ele —*, foi até a sacada. Inspirou o ar frio noturno e sentiu que podia respirar pela primeira vez em horas.

Inclinou-se sobre o parapeito da sacada, viu os arbustos grossos que cresciam lá. Pôs o troféu para fora do parapeito e soltou. Ele caiu sobre os arbustos com um farfalhar.

Sua mãe foi até o balcão e ficou ao lado dele. Alguns segundos depois, a porta do prédio se abriu lá embaixo e Staffan saiu, quase correndo até o estacionamento. A mãe acenou, mas o policial não viu. Tommy riu ao vê-lo passar correndo em frente à sacada.

— O que foi? — perguntou sua mãe.

— Nada.

Só uma criancinha com uma arma escondida nos arbustos, mirando em Staffan. Só isso.

Tommy sentiu-se bem, apesar de tudo.

* * *

Haviam fortalecido o grupo com Karlsson, o único entre eles com um trabalho "de verdade", como ele mesmo dizia. Larry havia se aposentado mais cedo, Morgan trabalhava periodicamente em um ferro-velho e não se sabia ao certo o que Lacke fazia da vida. Às vezes ele aparecia com uns trocados.

Karlsson trabalhava em período integral na loja de brinquedos de Vällingby. Costumava ser o dono, mas precisou vender por "dificuldades financeiras". O novo dono acabou contratando ele porque, como Karlsson dizia, não dava para negar o fato de que "depois de 30 anos no ramo, você acumula certa experiência".

Morgan se reclinou sobre a cadeira, deixou as pernas caírem uma para cada lado e entrelaçou os dedos em cima da nuca, com o olhar fixo em Karlsson. Lacke e Larry se entreolharam. Lá vinha o de sempre.

— E aí, Karlsson? O que há de novo no ramo dos brinquedos? Já pensou em maneiras novas de roubar a mesada das crianças?

Karlsson bufou uma risada.

— Não sei do que está falando. Se tem alguém sendo roubado, sou eu. Você nem imagina a quantidade de furtos. As crianças...

— Sim, sim, sim. Mas você só precisa comprar qualquer troço de plástico coreano por dois kronor e vender por cem que já cobre o prejuízo.

— Não vendemos produtos assim.

— Claro que não. O que eu vi na sua vitrine outro dia? Algo com os Smurfs? Aquilo era o quê? Um produto de qualidade fabricado em Bengtfors...?

— Acho engraçado ouvir isso de alguém que vende carros que só rodam se amarrados a um cavalo.

E assim continuava. Larry e Lacke ouviam, riam de vez em quando, faziam alguns comentários. Se Virginia estivesse lá, haveria mais em jogo, e Morgan não teria parado até irritar Karlsson de verdade.

Mas Virginia não estava lá, nem Jocke. A noite não estava com o clima certo e já parecia terminar quando a porta se abriu devagar cerca de 20h30.

Larry levantou os olhos e viu alguém que nunca pensara que pisaria ali: Gösta. O Fedorento, como Morgan o chamava. Larry já havia sentado no banco do lado de fora dos prédios e conversado com ele, porém nunca o havia visto ali.

Gösta parecia trêmulo. Andava como se fosse feito de partes desiguais que haviam sido mal coladas e que podiam desabar se eles fizessem qualquer movimento errado. Franziu os olhos e balançou a cabeça de um lado para o outro. Estava ou muito bêbado ou doente.

Larry acenou para ele.

— Gösta! Senta aqui!

Morgan virou a cabeça, viu quem era e disse:

— Ah, merda.

Gösta passou pelas mesas como se atravessasse um campo minado. Larry puxou a cadeira a seu lado, fez um gesto convidativo.

— Bem-vindo ao clube.

Gösta não pareceu ouvi-lo, mas foi até a cadeira. Vestia um terno surrado com um colete e uma gravata borboleta, o cabelo escovado e achatado com água. E fedia. Xixi, xixi e mais xixi. Mesmo ao sentar ao lado dele ao ar livre, era possível sentir, mas dava para aguentar. Em local fechado e aquecido, o fedor de urina velha era tão potente que era preciso respirar pela boca para aguentar.

Todos os homens, até Morgan, esforçaram-se para não demostrar o que sentiam. O garçom aproximou-se, parou ao sentir o cheiro de Gösta e disse:

— Posso... oferecer algo?

Gösta balançou a cabeça, mas sem olhar para o garçom. O homem franziu o cenho e Larry fez sinal de "Tá tudo bem, a gente cuida disso". O garçom se afastou e Larry pôs a mão no ombro de Gösta.

— Então, a que devemos essa honra?

Gösta pigarreou e, com os olhos baixos, disse:

— Jocke.

— O que tem ele?

— Está morto.

Larry ouviu Lacke prender a respiração. Manteve a mão no ombro de Gösta, encorajando-o. Sentiu que precisava.

— Como você sabe?

— Eu vi. Quando aconteceu. Quando ele foi morto.

— Quando?

— Sábado passado. À noite.

Larry afastou sua mão.

— Sábado passado? Mas... você avisou a polícia?

Gösta balançou a cabeça.

— Não consegui me forçar a fazer isso. E eu... não vi, exatamente. Mas sei.

Lacke estava com as mãos sobre o rosto, sussurrando:

— Eu sabia. Sabia.

Gösta contou sua história. A criança que apagara a luz do poste próximo ao viaduto, jogando uma pedra nele, e então se escondera lá dentro e esperara. Jocke, que havia entrado lá, sem nunca sair. O contorno fraco de um corpo nas folhas secas na manhã seguinte.

Quando terminou, o garçom já estava há um tempo fazendo gestos irritados para Larry, apontando para Gösta e para a porta. Larry pôs a mão no braço do homem.

— O que acha? Vamos lá dar uma olhada?

Gösta assentiu e eles se levantaram. Morgan bebeu o resto de sua cerveja, sorrindo para Karlsson, que pegou o jornal, dobrou e o guardou no bolso do casaco, como sempre fazia, aquele mão de vaca.

Só Lacke continuou à mesa, mexendo em uns palitos de dente quebrados. Larry inclinou-se.

— Você vem?

— Eu sabia. Eu senti.

— Sim. Você virá com a gente?

— Sim, claro. Vão na frente, eu já vou.

Gösta se acalmou quando saíram para o ar frio da noite. Começou a andar tão rápido que Larry precisou pedir que ele diminuísse o passo, pois seu coração não aguentava aquele ritmo. Karlsson e Morgan caminhavam lado a lado atrás deles, Morgan esperando Karlsson dizer alguma idiotice que ele pudesse criticar. Aquilo seria bom. Porém, até Karlsson parecia absorto em pensamentos.

A lâmpada quebrada fora substituída e a luz estava surpreendentemente clara na passagem subterrânea. Agruparam-se em torno de Gösta, que apontou para a pilha de folhas secas e começou a falar. Bateram os pés para se aquecerem. Circulação ruim. O som ecoou sob a ponte como um exército em marcha. Quando Gösta terminou, Karlsson disse:

— Mas você não tem nenhuma *prova*, tem?

Era o tipo de coisa que Morgan estava esperando.

— Você ouviu o que ele disse, cara, acha que ele inventou tudo isso?

— Não — retrucou Karlsson, como se falasse com uma criança —, mas não acho que a polícia estará preparada para acreditar na história dele tanto quanto nós se não houver alguma prova para sustentá-la.

— Ele é *testemunha*, caramba.

— Acha que isso é suficiente?

Larry apontou para as pilhas de folhas.

— A pergunta é onde o corpo está agora, se assumirmos que foi assim que aconteceu.

Lacke veio andando pela trilha, foi até Gösta e apontou para o chão.

— Ali?

Gösta concordou. Lacke pôs as mãos nos bolsos e ficou lá um longo tempo, olhando os acúmulos irregulares de folhas como se fossem um grande quebra-cabeça que precisava resolver. Cerrou a mandíbula, relaxou-a, depois a cerrou de novo.

— Bem, o que acham?

Larry deu alguns passos até ele.

— Sinto muito, Lacke.

Lacke gesticulou defensivamente com a mão, mantendo Larry longe.

— O que acham? Vamos pegar o cara que fez isso ou não?

Os outros olharam para todos os lados, menos para Lacke. Larry estava prestes a dizer algo, que seria difícil, provavelmente impossível, mas parou. Por fim, Morgan pigarreou, foi até Lacke e pôs um braço em torno dos ombros dele.

— Vamos pegá-lo, Lacke. Claro que vamos.

* * *

Tommy olhou sobre o parapeito, pensou ter visto um brilho metálico lá embaixo. Parecia um daqueles prêmios que Huguinho, Zezinho e Luisinho traziam para casa depois das competições.

— No que está pensando? — perguntou sua mãe.

— Pato Donald.

— Você não gosta muito do Staffan, né?

— Tá tudo bem, mãe.

— Tá mesmo?

Tome olhou em direção ao centro da cidade. Viu o grande sinal de neon em formato de V que girava devagar acima da cidade. Vällingby. Vitória.

— Ele mostrou a você as pistolas? — ele perguntou.

— Por que quer saber algo assim?

— Só fiquei curioso. Mostrou?

— Não estou entendendo.

— Não é difícil, mamãe. Ele abriu o cofre, tirou as pistolas e mostrou pra você?

— Sim. Por quê?

— Quando fez isso?

Sua mãe limpou algo da blusa, e então esfregou os braços.

— Estou com frio.

— Você pensa no papai?

— Sim, é claro. O tempo todo.

— O tempo todo?

A mãe suspirou, inclinando-se um pouco para poder olhá-lo nos olhos.

— O que está sugerindo?

— O que *você* está sugerindo?

A mão de Tommy estava sobre o parapeito; ela pôs a sua por cima.

— Quer ir comigo amanhã ver seu pai?

— Amanhã?

— Sim, é o Dia de Todos os Santos ou algo assim.

— É depois de amanhã. E sim, eu quero.

— Tommy.

Ela tirou as mãos do parapeito, virou ele para si e o abraçou. O garoto ficou ali imóvel por um momento e, em seguida, se soltou e voltou para dentro.

Enquanto vestia o casaco, percebeu que precisava que a mãe voltasse para dentro para poder procurar a estatueta. Chamou-a e ela rapidamente entrou, sedenta por palavras.

— Ahn, então... agradeça ao Staffan por mim.

Ela pareceu se alegrar.

— Claro. Você não vai ficar?

— Não, eu... pode levar a noite toda.

— Sim, estou um pouco preocupada.

— Não precisa ficar. Ele sabe atirar. Tchau.

— Tchau...

A porta da frente bateu.

— ... querido.

* * *

Houve um ruído abafado no interior do Volvo quando Staffan passou por cima da calçada a toda velocidade. Seus dentes se bateram com tanta força que era quase como se um sino tivesse badalado em sua cabeça. Ficou cego por um momento e quase atropelou um senhor que se juntava ao grupo de curiosos reunidos em torno da viatura estacionada na entrada principal.

Larsson, um recruta novo, estava no carro de polícia falando no rádio. Provavelmente chamando reforços ou uma ambulância. Staffan estacionou atrás da viatura de forma a deixar espaço para quaisquer outros veículos que estivessem a caminho, saltou do carro e o trancou. Sempre trancava o carro, mesmo se fosse se afastar apenas por um minuto. Não por ter medo de ser roubado, mas para manter o hábito e nunca esquecer de trancar a *viatura*, por tudo que era mais sagrado.

Subiu os degraus em direção à entrada principal e esforçou-se para caminhar com autoridade frente aos curiosos; sabia que tinha uma aparência que inspirava confiança, ao menos para a maioria das pessoas. Muitos dos que estavam aglomerados lá provavelmente o viram e pensaram: "*Ah, lá vem o cara que vai resolver a coisa toda.*"

Logo na parte interna do portão da frente, havia quatro homens vestindo calções de banho e com toalhas sobre os ombros. Staffan passou por eles, em direção ao vestiário, mas um dos homens chamou:

— Oi, com licença! — Correu até o policial, descalço. — Então, desculpa, mas... nossas roupas.

— O que tem elas?

— Quando podemos pegá-las?

— Suas roupas?

— Sim, ainda estão no vestiário e não podemos entrar lá.

Staffan abriu a boca e estava prestes a dizer algo ríspido sobre o fato de que as roupas deles não estavam entre as prioridades naquele momento, mas então uma mulher de camiseta branca veio andando em direção aos homens carregando diversos roupões brancos. Staffan apontou para ela e continuou andando.

No corredor, encontrou outra mulher de camiseta branca levando um menino de 12 ou 13 anos em direção à saída. O rosto do garoto parecia vermelho vivo contra o roupão no qual estava enrolado; seus olhos estavam inexpressivo. A mulher se voltou para Staffan com um olhar que era quase acusador.

— A mãe dele está vindo buscá-lo.

Staffan assentiu com a cabeça. Aquele garoto era... a vítima? Quis perguntar, porém, com toda a pressa, não conseguiu pensar em um modo razoável de fazer a pergunta. Precisava contar com o fato de Holmberg ter anotado o nome do menino e outras informações, e achou melhor deixar a mãe vir e assumir a responsabilidade de acompanhá-lo até a ambulância, à intervenção em crise, à terapia.

Proteja a meus pequeninos irmãos.

Staffan continuou a seguir pelo corredor, subiu os degraus correndo enquanto recitava mentalmente uma oração agradecendo a misericórdia do Senhor e pedindo forças para enfrentar os desafios à sua frente.

O assassino ainda estava mesmo no prédio?

Fora do vestiário, sob uma placa que dizia apenas HOMENS, havia, de forma apropriada, três homens falando com o agente Holmberg. Apenas um dos três estava totalmente vestido. Os demais estavam sem alguma peça de roupa: um sem calças, o outro sem camisa.

— Fico feliz por ter chegado aqui tão rápido — disse Holmberg.

— Ele ainda está aqui?

Holmberg apontou para a porta do vestiário.

— Lá dentro.

Staffan gesticulou para os três homens.

— Esses são...?

Antes que Holmberg tivesse tempo para dizer qualquer coisa, o homem sem calças deu meio passo para frente e disse, com certo orgulho:

— Somos testemunhas.

Staffan acenou com a cabeça e olhou para Holmberg, com indagação.

— Eles não deveriam...?

— Sim, mas achei melhor esperar até você chegar. Aparentemente, ele não é violento. — Holmberg voltou-se para os homens e disse, de forma gentil — Entraremos em contato. O melhor que podem fazer agora é ir para casa. Ah, e outra coisa. Eu entendo que pode não ser fácil, mas tentem não falar sobre isso uns com os outros.

O homem sem calças deu um meio sorriso, assentindo em concordância.

— Alguém poderia nos ouvir, é o que está dizendo.

— Não, mas vocês podem começar a achar que viram algo que na verdade não viram, só porque o outro viu.

— Eu não. Vi o que vi e foi a coisa mais terrível...

— Pode acreditar, acontece com os melhores de nós. E agora, precisam nos dar licença. Obrigado pela cooperação.

Os homens se afastaram pelo corredor, murmurando. Holmberg era bom nesse tipo de coisa. Falar com as pessoas. Era o que ele mais fazia. Ia até as escolas e falava sobre drogas e trabalho policial. Staffan não se envolvia muito nesse tipo de coisa hoje em dia.

Um som metálico, como se um pedaço de metal tivesse caído no chão, veio de dentro do vestiário. Staffan retraiu-se e ouviu, atento.

— Não é violento, você disse?

— Parece que está gravemente ferido. Jogou algum tipo de ácido no rosto.

— Por que fez isso?

O rosto de Holmberg ficou inexpressivo; ele se voltou para a porta.

— Acho que teremos de entrar e perguntar.

— Armado?

— Provavelmente não.

Holmberg apontou para a grande faca de cozinha com punho de madeira sobre o parapeito de uma janela próxima.

— Eu não tinha uma sacola comigo. E, de qualquer modo, o cara sem calças a manuseou por um tempo antes de eu chegar. Teremos que lidar com ela depois.

— Vamos só deixá-la ali?

— Tem uma ideia melhor?

Staffan balançou a cabeça e, no silêncio que se seguiu, notou duas coisas diferentes. Um som de sopro suave e irregular vindo de dentro do vestiário. O vento soprando por uma chaminé. Uma tubulação quebrada. Isso e um odor. Algo que, a princípio, julgou ser parte do cheiro onipresente de cloro que permeava todo o prédio. No entanto, aquilo era diferente. Um odor forte, ardente em suas narinas. Staffan torceu o nariz.

— Devemos...?

Holmberg assentiu, mas não se moveu. Casado, com filhos. Claro. Staffan tirou a pistola do coldre, pôs a outra mão sobre a maçaneta. Era a terceira vez em seus 12 anos de serviço que entrava em um aposento empunhando sua arma. Não sabia se estava fazendo a coisa certa, mas era improvável que alguém o criticasse. Um assassino de crianças. Acuado, talvez desesperado, não importando com o quanto estava ferido.

Fez sinal a Holmberg e abriu a porta.

O vapor o sufocou.

Ardia tanto que seus olhos começaram a lacrimejar. Ele tossiu. Tirou um lenço do bolso e colocou-o sobre sua boca e nariz. Algumas vezes, ao colaborar com o departamento de bombeiros em um incêndio, havia passado por algo semelhante. Porém, ali não havia fumaça, apenas um leve vapor suspenso no ar.

Meu Deus, o que é isso?

O som repetitivo e cortante ainda podia ser ouvido do outro lado da fileira de armários em frente a eles. Staffan sinalizou para Holmberg contornar os armários pelo outro lado, para se aproximarem de duas direções. Staffan foi até o fim da fileira de armários e olhou por detrás dela, com a arma abaixada a seu lado.

Viu uma lixeira de metal caída de lado e, ao lado dela, um corpo prostrado, nu.

Holmberg apareceu do outro lado, sinalizou para Staffan ir com calma, não parecia haver perigo imediato. Ele sentiu uma pontada de irritação por Holmberg estar tentando tomar o comando da situação agora que ela não parecia mais ser perigosa. Inspirou sob seu lenço, afastou-o da boca e disse, em voz alta:

— Polícia. Consegue me ouvir?

O homem no chão não deu sinais de ter entendido, apenas continuou a fazer aquele som repetitivo com o rosto virado para baixo. Staffan deu alguns passos à frente.

— Ponha as mãos onde eu possa vê-las.

Ele não se moveu. No entanto, agora que Staffan estava mais perto, podia ver que o corpo contraía-se todo. Aquilo sobre as mãos fora desnecessário. Um braço estava ao redor da lixeira, o outro largado no chão. As palmas estavam inchadas e feridas.

Ácido... como está a aparência dele...

Staffan pôs o lenço em frente a boca outra vez e foi até o homem enquanto recolocava a arma no coldre, confiando no fato de que Holmberg o cobriria caso algo acontecesse.

O corpo se contraía em espasmos e produzia um estalo suave toda vez que a pele se afastava do ladrilho e então voltava a encostar nele. A mão deitada no chão se debatia como um peixe sobre uma pedra. E o tempo inteiro aquele som vinha da boca do homem em direção ao chão:

"... eeiiieeeiii..."

Staffan sinalizou para Holmberg manter a distância e agachou-se próximo ao corpo.

— Pode me ouvir?

O homem parou de fazer o barulho. De repente, o corpo todo foi tomado por espasmos e ele rolou de frente.

O rosto.

Staffan saltou para trás, perdeu o equilíbrio e caiu sentado sobre o cóccix. Cerrou os dentes para não gritar quando a dor se espalhou por sua lombar. Fechou os olhos com força. Voltou a abri-los.

Ele não tem rosto.

Staffan uma vez vira um viciado que, durante uma alucinação, bateu diversas vezes a cabeça contra uma parede. Já havia visto um homem que soldara um tanque de gás sem antes esvaziá-lo. Havia explodido próximo a seu rosto.

Mas nada chegava perto daquilo.

O nariz do homem havia sido completamente incinerado, deixando apenas dois buracos em seu rosto. A boca derretera, os lábios se fundiram com a exceção de uma pequena abertura na lateral. Um olho havia derretido sobre o que costumava ser sua bochecha, mas o outro... O outro estava bem aberto.

Staffan olhou naquele olho, a única coisa que ainda parecia humana naquela massa sem forma. Estava vermelho e, quando tentava piscar, havia apenas um pedacinho de pele que descia e subia outra vez.

Onde o resto do rosto deveria ficar, havia apenas pedaços de cartilagem e ossos se sobressaindo entre restos irregulares de carne e fragmentos escuros de tecido. Os músculos descobertos e reluzentes se contraiam e relaxavam, contorcendo-se como se a cabeça tivesse sido substituída por uma massa de enguias mortas e despedaçadas.

O rosto inteiro, o que havia sido um rosto, tinha vida própria.

Staffan sentiu ânsia de vômito e provavelmente teria posto o jantar para fora se seu próprio corpo não estivesse tão preocupado em fazer a dor pulsar em sua lombar. Devagar, ele ajeitou as pernas e levantou-se, apoiando-se nos armários. O olho vermelho não parava de encará-lo.

— Mas que...

Holmberg estava de pé, com os braços caídos ao lado do corpo, encarando o corpo deformado no chão. Não era apenas o rosto. O ácido caíra também sobre o peito. A pele sobre um dos lados da clavícula havia desaparecido e um pedaço de osso se sobressaía, brilhando como um pedaço de giz branco em um ensopado de carne.

Holmberg balançou a cabeça, ergueu e baixou uma das mãos um pouco, para cima e para baixo. Tossiu.

— Mas que...

* * *

Eram 23h e Oskar estava deitado na cama. Bateu devagar as letras contra a parede.

E...L...I...

E...L...I...

Sem resposta.

SEXTA-FEIRA

30 DE OUTUBRO

Os garotos da 6B estavam em fila do lado de fora da escola, esperando o professor de Educação Física, Sr. Ávila, chamá-los. Todos carregavam bolsas de ginástica de algum tipo nas mãos, pois só Deus poderia os salvar caso esquecessem as roupas de ginástica ou não tivessem um bom motivo para não fazer a aula.

Estavam há um braço de distância uns dos outros como o Sr. Ávila instruíra no primeiro dia de aula do quarto ano, quando assumira a responsabilidade de ensinar Educação Física no lugar do antigo professor da turma.

— Uma linha reta! Distância de um braço!

O Sr. Ávila fora piloto de combate na guerra. Havia entretido os garotos algumas vezes com histórias sobre combates aéreos e pousos de emergência em plantações de trigo. Ficaram impressionados. Tinham respeito por ele.

Uma turma considerada difícil e bagunceira estava agora em fila reta e espaçada à distância de um braço, embora o professor nem estivesse por perto. Se a fila não correspondessem às expectativas dele, faria as crianças ficarem lá mais 10 minutos ou cancelaria um jogo de vôlei prometido para, em vez disso, passar flexões e exercícios abdominais.

Como o resto da turma, Oskar tinha muito respeito por seu professor de Educação Física. Com cabelo curto e acinzentado, nariz aquilino, físico ainda impressionante e mãos de ferro, o Sr. Ávila dificilmente estaria predisposto a amar ou simpatizar com um garoto submisso, meio gordinho e vítima de bullying. No entanto, a ordem reinava durante sua aula. Nem Jonny, nem Micke, nem Tomas ousavam fazer qualquer coisa quando o Sr. Ávila estava por perto.

Johan afastou-se então da fila, olhou rápido para o prédio da escola, fez saudação de "heil, Hitler" e disse, com sotaque espanhol forçado:

— Filas retas! Hoje treinamento de incêndio! Com cordas!

Alguns alunos riram, nervosos. O Sr. Ávila adorava treinamentos de incêndio. Uma vez por semestre fazia os alunos praticarem descer pelas janelas com cordas enquanto ele cronometrava o tempo do exercício. Caso conseguissem superar o melhor tempo anterior, teriam o direito de brincar de Dança das Cadeiras na aula seguinte. Se merecessem.

Johan voltou rápido para a fila. Teve sorte, pois, alguns segundos depois, o Sr. Ávila saiu pelo portão e andou com pressa até o ginásio. Estava olhando direto à frente, sem sequer voltar os olhos para a turma. Quando estava no meio do pátio, fez gesto de *"sigam-me!"* com uma mão, sem parar de andar, sem olhar para trás.

A fila começou a andar, com todos tentando manter a distância de um braço um do outro. Tomas, que estava atrás de Oskar, pisou no calcanhar do garoto para fazer o sapato sair da parte de trás do pé. Oskar continuou andando.

Desde o incidente com os chicotes dois dias atrás, haviam o deixado em paz. Não que tivessem chegado a ponto de pedir desculpas ou nada do tipo, mas a ferida em seu rosto era bem visível e eles provavelmente achavam que era o suficiente. Por enquanto.

Eli.

Oskar fechou os dedos dos pés dentro do sapato para ele não sair e continuou seguindo para o ginásio. Onde estava Eli? Oskar ficou de olho na janela na noite passada para ver se o pai da garota havia voltado para casa. Em vez disso, viu Eli sair de fininho cerca de 22h. Depois, ele e sua mãe tomaram chocolate quente com bolinhos, então talvez não tenha a visto voltar para casa. Mas a menina não havia respondido nenhuma mensagem batida na parede.

A turma se arrastou para o vestiário e a fila se dissolveu. O Sr. Ávila os estava esperando, com braços cruzados.

— Ora, ora. Hoje treino físico, com barra, cavalo com alças e corda de pular.

Grunhidos. O Sr. Ávila acenou com a cabeça.

— Se for bom, se vocês se esforçarem, da próxima vez jogar "queima". Mas hoje: treino físico. Mexam-se!

Sem espaço para discussões. Precisavam se contentar com a promessa de queimada, e a turma correu para trocar de roupa. Como de costume, Oskar se certificou de trocar as calças de costas para os demais. A Bola de Xixi fazia sua cueca parecer um pouco estranha.

Na sala de ginástica, os demais estavam ocupados arrumando os cavalos com alças e baixando as barras. Johan e Oskar carregavam os colchões. Quando tudo estava pronto a seu gosto, o Sr. Ávila soprou o apito. Havia cinco estações, então ele dividiu os meninos em cinco duplas.

Oskar e Staffe foram pareados, o que era bom, já que Staffe era o único menino na turma pior que Oskar na Educação Física. Ele tinha força, mas era desajeitado. Mais gordo que Oskar. Mesmo assim, ninguém caçoava dele. Havia algo na postura de Staffe que comunicava que quem mexesse com ele acabaria mal.

O Sr. Ávila apitou outra vez e todos começaram.

Flexões na barra. Queixo acima da barra, depois abaixo, depois acima outra vez. Oskar conseguiu duas. Staffe fez cinco, depois desistiu. Apito. Abdominais. Staffe só ficou deitado no colchão olhando para o teto. Oskar fez umas abdominais fajutas até o próximo apito. Pular corda. Oskar era bom nisso. Continuou pulando enquanto Staffe se enrolou na corda. Depois flexões normais. Staffe conseguiria fazer essas o dia inteiro. Depois o cavalo com alças, aquela droga de aparelho.

Era um alívio fazer dupla com Staffe. Oskar arriscou uma olhada para Micke, Jonny e Olof, que voavam sobre o cavalo com o trampolim. Staffe se preparou, correu, quicou tão forte no trampolim que ele rangeu e mesmo assim não conseguiu passar por cima do cavalo. Deu as costas para voltar. O Sr. Ávila foi até ele.

— Pula cavalo.

— Não consigo.

— Então tentar "deovo".

— O quê?

— "Deovo". *De novo*. Vá pular! Pular!

Staffan agarrou o aparelho, ergueu-se sobre ele e escorregou como uma lesma pelo outro lado. O Sr. Ávila fez gesto de *"vai!"* e Oskar correu.

Durante sua corrida até o cavalo, tomou uma decisão.

Ele ia tentar.

Uma vez, o Sr. Ávila dissera para ele não temer o cavalo com alças, que tudo dependia de sua atitude. Normalmente, ele não pulava do trampolim com toda a força, com medo de perder o equilíbrio ou bater em alguma coisa. Porém, agora iria a toda, *fingiria* que era capaz. O Sr. Ávila estava observando e Oskar correu com toda velocidade até o trampolim.

Quase não pensou no pulo, tão focado estava em cair do outro lado do cavalo. Pela primeira vez, forçou os pés contra o trampolim com toda a força, sem frear, e seu corpo voou sozinho, as mãos esticadas para se equilibrar e guiar seu corpo. Ele voou sobre o cavalo com tanta força que perdeu o equilíbrio e caiu de cara no chão do outro lado. Mas havia conseguido!

Ele se virou e olhou para o professor, que definitivamente não sorria, mas acenava com a cabeça de forma encorajadora.

— Bom, Oskar, mas mais equilíbrio.

O Sr. Ávila então soprou o apito e eles puderam descansar por um minuto antes de tentarem outra vez. Dessa vez Oskar conseguiu tanto atravessar o cavalo quanto manter o equilíbrio ao aterrissar.

O Sr. Ávila terminou a aula e foi para o escritório enquanto eles guardavam os equipamentos. Oskar puxou as rodas sob o cavalo com alças e o guiou até a sala de estoque, dando palmadinha nele por ser um bom cavalo que finalmente se deixara ser domado. Colocou-o contra a parede e seguiu até o vestiário. Queria falar com o Sr. Ávila sobre algo.

Foi parado a meio caminho da porta. Um laço feito com uma corda de pular passou por sua cabeça e parou ao redor da barriga. Alguém o prendeu no lugar. Atrás dele, ouviu a voz de Jonny dizendo:

— Pula, Porquinho!

Oskar se virou, de forma que a volta do laço deslizou por sua barriga e ficou em suas costas. Jonny estava de pé à sua frente, segurando as pontas da corda. Começou a balançá-las.

— Pula, pula.

Oskar puxou a corda com ambas as mãos e arrancou as pontas das mãos de Jonny. A corda bateu no chão atrás de Oskar. Jonny apontou para ela.

— Agora é *você* que tem que catar.

Oskar pegou a corda pela metade e começou a girá-la sobre sua cabeça, de forma que os cabos começaram a bater um contra o outro, gritou "lá vai!" e a soltou. A corda voou e Jonny instintivamente protegeu o rosto com as mãos. A corda voou por cima da cabeça dele e bateu nas barras da parede às suas costas.

Oskar saiu da sala de ginástica e correu escada a baixo, o som de seu coração ecoando nos ouvidos. Era o início. Desceu três degraus por vez até o fim da escada, passou pelo vestiário e seguiu para a sala do professor.

O Sr. Ávila estava sentado ainda com as roupas de ginástica, falando no telefone em uma língua estrangeira, provavelmente espanhol. A única palavra que Oskar conseguiu entender foi "perro", que sabia significar "cachorro". O professor fez sinal para que ele se sentasse na cadeira em frente a sua mesa. O Sr. Ávila continuou falando, repetindo "perro" mais algumas vezes. Oskar ouviu Jonny entrar no vestiário, falando em voz alta.

O vestiário se esvaziou antes que o professor parasse de falar sobre o cachorro. Ele se voltou para Oskar.

— Então, Oskar. O que quer?

— Sim, bem, eu... sobre esses treinos às quintas-feiras.

— Sim?

— Posso participar?

— Fala dos treinos de força na piscina?

— Sim, esses mesmos. Preciso me inscrever ou...

— Não precisa inscrever. Só vir. Quintas, 19h. Quer fazer?

— Sim, eu... sim.

— Isso é bom. Você treinar. Aí consegue flexão na barra... 50 vezes.

O Sr. Ávila gesticulou como se puxasse a barra no ar. Oskar balançou a cabeça.

— Não. Mas... sim. Estarei lá.

— Então vejo você quinta. Bom.

Oskar assentiu, prestes a sair, e então disse:

— Como está seu cachorro?

— Cachorro?

— Sim, ouvi você dizer "perro" no telefone. Não significa cachorro?

O Sr. Ávila pensou por um momento.

— Ah. Não era "perro". *"Pero"*. Significa "mas" em espanhol. Como em "mas eu não". *"Pero yo no."* Entende? Quer fazer aula de espanhol também?

Oskar sorriu e balançou a cabeça. Disse que o treino de força era suficiente por enquanto.

O vestiário estava vazio, exceto pelas roupas de Oskar. O menino tirou as roupas de ginástica e parou. Suas calças haviam sumido. Claro. Como não tinha antecipado isso? Checou o vestiário todo, os banheiros. Nada das calças.

* * *

O frio congelava suas pernas ao voltar para casa com os shorts de ginástica. Começara a nevar durante a aula. Os flocos caíam e derretiam em suas pernas. No pátio, parou sob a janela de Eli. As cortinas estavam fechadas. Nenhum movimento lá dentro. Grandes flocos de neve acariciavam seu rosto voltado para cima. Pegou alguns com a língua. Eram gostosos.

* * *

— Olha o Ragnar.

Holmberg apontou em direção à praça de Vällingby, onde a neve já cobria o chão com uma camada fina. Um dos alcoólatras de sempre estava sentado em um banco na praça sem se mover, envolto em um casaco grande, enquanto a neve aos poucos o transformava em um boneco de neve meio desproporcional. Holmberg suspirou.

— Teremos que ir checar se ele não se mexer logo. Como você está?

— Mais ou menos.

Staffan colocara uma almofada extra na cadeira para aliviar a dor em sua lombar. Preferiria estar de pé, ou, melhor ainda, deitado na cama, mas o relatório sobre os acontecimentos da noite anterior precisava seguir para o registro de homicídios antes do fim de semana.

Holmberg olhou para seu bloco de notas e bateu a caneta nele.

— Aqueles três que estavam no vestiário disseram que o cara, o assassino, antes de jogar ácido no próprio rosto, gritou "Eli, Eli", e agora estou pensando...

O coração de Staffan saltou no peito e ele se debruçou sobre a mesa.

— Ele disse isso?

— Sim, você sabe o que...

— Sim.

Staffan recostou-se de repente e a dor disparou como uma flecha até as raízes de seus cabelos. Agarrou a beirada da mesa, endireitou-se e pôs as mãos sobre o rosto. Holmberg olhou para ele.

— Caramba, já foi ao médico?

— Não, é só... ficarei bem em um minuto. Eli, Eli.

— É um nome?

Staffan assentiu com a cabeça, devagar.

— Sim... significa... Deus.

— Entendo, estava chamando por Deus. Acha que ele escutou?

— O quê?

— Deus. Acha que Deus o escutou? Levando em conta as circunstâncias, parece meio... improvável. Mas o especialista é você.

— São as últimas palavras que Cristo proferiu na cruz. "Deus, meu Deus, por que me abandonaste?" *"Eli, Eli, lema sabachthani?"*

Holmberg piscou os olhos e mirou suas anotações.

— É isso mesmo.

— De acordo com os evangelhos de Mateus e Marcos.

Holmberg acenou com a cabeça e pôs a ponta da caneta na boca.

— Incluímos isso no relatório?

***

Quando Oskar chegou em casa, pôs um novo par de calças e foi até o Quiosque do Amor comprar um jornal. Havia boatos de que o assassino fora pego, e ele queria saber de tudo. Mais recortes para seu *scrapbook*.

Algo parecia meio diferente quando foi até o quiosque, algo que não era o habitual, mesmo descontando a presença da neve.

Ao voltar para casa com o jornal, entendeu de repente. Não estava em estado de alerta. Apenas caminhava. Andara até a banca sem ficar conferindo se havia alguém por perto capaz de machucá-lo.

Começou a correr. Correu o caminho todo até sua casa com o jornal na mão, enquanto flocos de neve lambiam seu rosto. Trancou a porta da frente por dentro. Foi para a cama, deitou de barriga para baixo, bateu na parede. Nenhuma resposta. Gostaria de falar com Eli, contar para ela.

Abriu o jornal. A piscina de Vällingby. Viaturas. Ambulância. Tentativa de assassinato. Os ferimentos do homem dificultavam a identificação. Uma foto de Danderyd, onde o homem fora hospitalizado. Um resumo do primeiro assassinato. Sem comentários.

Em seguida, submarino, submarino, submarino. Os militares sob alerta máximo.

A campainha tocou.

Oskar pulou da cama, foi depressa até a entrada.

Eli, Eli, Eli.

Ele hesitou com a mão na maçaneta. E se fossem Jonny e os demais? Não, nunca viriam até sua casa assim. Abriu a porta. Johan estava do outro lado.

— E aí?

— Ah... e aí?

— Quer fazer alguma coisa?

— Beleza... tipo o quê?

— Sei lá. Algo.

— Ok.

Oskar pôs os sapatos e o casaco enquanto Johan o esperava na escada.

— O que Jonny fez foi bem escroto. Lá no ginásio.

— Ele pegou minhas calças, né?

— Sim, sei onde estão.

— Onde?

— Lá. Atrás da piscina. Vou te mostrar.

Oskar pensou — mas não disse em voz alta — que, nesse caso, Johan poderia ter feito o esforço de trazer as calças quando passou em sua casa. Mas a generosidade de Johan não ia tão longe. Oskar assentiu e disse:

— Ótimo.

Andaram até a piscina e pegaram as calças, que estavam penduradas em um arbusto. Então andaram por lá, dando uma olhada. Fizeram bolas de neve e tentaram acertar um alvo específico em uma árvore. Em uma caixa, encontraram uns cabos elétricos velhos que poderiam cortar e usar como estilingues. Falaram sobre o assassino, sobre o submarino, sobre Jonny, Micke e Tomas, que Johan considerava imbecis.

— São uns idiotas.

— Mas nunca fazem nada com você.

— Não, mas mesmo assim.

Foram até a barraquinha de cachorro-quente perto da estação de metrô e cada um comprou dois *luffares*. Custavam uma *krona** cada; pão de cachorro-quente frito com mostarda, ketchup, molho de hambúrguer e cebolas cruas. Estava escurecendo. Johan conversava com a garota da barraca de cachorro-quente enquanto Oskar olhava para os carros de metrô que iam e vinham, pensando nos cabos elétricos que ficavam por cima dos trilhos.

Seguiram em direção à escola, onde se separariam, com as bocas fedendo à cebola. Oskar disse:

— Acha que as pessoas se matam pulando naqueles cabos sobre os trilhos?

— Sei lá. Acho que sim. Meu irmão conheceu alguém que foi lá e mijou nos trilhos.

— O que aconteceu?

— Morreu. A corrente subiu pelo xixi e chegou a seu corpo.

— Não acredito. Então ele *queria* morrer?

— Nada, tava bêbado. Porra, imagina só...

Johan fingiu botar o pênis para fora, fazer xixi e então começar a ter convulsões. Oskar riu.

Ao chegar na escola, os dois se despediram, acenaram. Oskar foi para casa com suas recém-recuperadas calças amarradas na cintura, assoviando a melodia clássica de *Dallas*. Parara de nevar, mas uma camada branca cobria tudo. As grandes janelas congeladas da piscina estavam bem iluminadas. Iria até lá quinta à noite. Começaria a treinar. Ficaria forte.

---

* Singular de "kronor". Uma coroa sueca.

* * *

Sexta à noite no restaurante chinês. O relógio redondo com armação de aço na parede não combinava nem um pouco com as lanternas chinesas e os dragões dourados. Indicava 20h55. Os amigos estavam debruçados sobre suas cervejas, perdendo-se nas paisagens representadas no jogo americano. A neve continuava a cair lá fora.

Virginia mexeu um pouco seu *drink* San Francisco e sugou a ponta do mexedor, que levava o logotipo de Johnnie Walker na outra extremidade.

Quem era Johnnie Walker? Para onde ele andava tão determinado?

Ela bateu no copo com o mexedor e Morgan ergueu o olhar.

— Vai fazer um brinde?

— Alguém deveria.

Haviam contado a ela tudo que Gösta dissera sobre Jocke, o viaduto, a criança. O silêncio passara a reinar. Virginia deixou os cubos de gelo em seu copo se baterem, observou o quanto a luz do teto parecia esmaecida refletida nos cubos semiderretidos.

— Só não entendo uma coisa. Se tudo o que Gösta disse aconteceu mesmo, onde ele *está*? Jocke, quero dizer.

Karlsson se animou, como se essa fosse a oportunidade que estava esperando.

— É exatamente o que eu venho tentando dizer. Onde está o corpo? Se você vai...

Morgan ergueu um dedo na cara de Karlsson.

— Não se refira a Jocke como "o corpo", entendeu?

— Bem, do que quer que eu o chame? *O falecido*?

— Não o chame de nada, não até termos certeza.

— É exatamente o que eu venho tentando dizer. Enquanto não tivermos um c... enquanto eles não... o encontrarem, não teremos certeza.

— "Eles" quem?

— Quem você acha? A divisão de helicópteros em Berga? A polícia, é claro.

Larry coçou um olho, emitindo uma espécie de cacarejo baixo.

— Isso é um problema. Enquanto não o encontrarem, não se interessarão, e enquanto não se interessarem, não o encontrarão.

Virginia balançou a cabeça.

— Vocês precisam ir à polícia e contar o que sabem.

— Ah, sim, e o que exatamente acha que devemos dizer a eles? — Morgan riu — Ei, esqueçam essa parada toda de assassino de crianças, submarino etc., porque nós, três alcoólatras felizes, temos um amigo de bebedeira que desapareceu, e outro amigo de copo nosso disse que uma noite, quando estava doidão, viu... soa legal pra você?

— Mas e o Gösta? Foi ele quem viu. É ele que...

— Claro. Mas ele é tão instável e inseguro. Ponha um uniforme na frente dele e o cara vai desmaiar, pronto pra ser internado no Beckis. Ele não aguentaria. Interrogatórios e a merda toda. — Morgan deu de ombros. — Sem chance.

— Então não faremos *nada*?

— Bem, o que você sugere?

Lacke, que tivera tempo de terminar sua cerveja enquanto a conversa acontecia, disse algo baixo demais para ouvirem. Virginia inclinou-se em direção a ele e pôs a cabeça em seu ombro.

— O que disse?

Lacke encarou a paisagem enevoada pintada no jogo americano sussurrou:

— Você disse que iríamos pegá-lo.

Morgan bateu com a mão na mesa, fazendo as taças de cerveja tremerem. Pôs a mão como uma garra.

— E vamos. Mas antes precisamos saber mais.

Lacke acenou com a cabeça como um sonâmbulo e começou a se levantar.

— Só preciso...

Suas pernas lhe faltaram e ele caiu de cabeça sobre a mesa. O estrondo de vidros caindo fez com que os oito clientes do restaurante se virassem para ver. Virginia agarrou os ombros de Lacke e o ajudou a sentar-se outra vez. O olhar do homem estava distante.

— Desculpe, eu...

O garçom correu até a mesa deles esfregando as mãos freneticamente no avental. Inclinou-se sobre Lacke e Virginia e sussurrou, furioso:

— Isso é um restaurante, não um chiqueiro!

Virginia deu a ele o maior sorriso que pôde enquanto ajudava Lacke a se levantar.

— Vem, Lacke. Vamos pra minha casa.

Lançando um olhar acusador aos demais ocupantes da mesa, o garçom rapidamente contornou Lacke e Virginia e apoiou o homem pelo outro lado, para mostrar a seus clientes que estava tão preocupado quanto eles com a remoção daquele elemento distrator.

Virginia ajudou Lacke a vestir seu casaco pesado, elegante de um jeito anti-quado — que ele havia herdado de seu pai, que morrera alguns anos antes — e o carregou até a porta.

Atrás de si, ouviu alguns assovios significativos de Morgan e Karlsson. Com o braço de Lacke sobre seus ombros, ela virou-se para eles e fez uma careta. En-tão abriu a porta e saiu.

A neve caía em flocos grandes e lentos, criando um espaço de frio e silêncio para os dois. As bochechas de Virginia coraram ao guiar Lacke pela trilha no parque. Era melhor assim.

* * *

— Oi, eu ia encontrar meu pai, mas ele não apareceu... posso entrar e usar o telefone?

— Claro.

— Posso entrar?

— O telefone está ali.

A mulher apontou mas para o fundo do corredor de entrada; um telefone cinza estava sobre uma mesinha. Eli permaneceu do lado de fora, esperando o convite para entrar. Logo ao lado da porta estava uma escova de sapatos de metal em formato de ouriço, cujos "espinhos" em feitos de fibra de piaçava. Eli limpou os calçados para disfarçar o fato de que não podia entrar.

— Tem certeza que posso entrar?

— Claro. *Entre, entre.*

Ela fez um gesto cansado; Eli tinha o convite. A mulher pareceu perder o in-teresse e foi até a sala, de onde Eli podia ouvir a estática vindo de uma TV. Uma fita longa de seda amarrada no cabelo um pouco branco da mulher pendia em suas costas como uma cobra de estimação.

Eli entrou, tirou os sapatos e a jaqueta, tirou o telefone do gancho. Digitou um número aleatório. Fingiu falar com alguém. Desligou o telefone.

Inspirou, identificando os odores. Cheiro de comida, produtos de limpeza, terra, graxa para sapato, maçãs, panos úmidos, eletricidade, poeira, suor, cola de papel de parede e... urina de gato.

Sim. Um gato preto estava na porta da cozinha, rosnando, as orelhas para trás, o pelo eriçado, as costas arqueadas. Ele tinha uma coleira vermelha no pes-coço com um pequeno cilindro de metal, no qual provavelmente havia um pa-pel com o nome e o endereço da dona.

Eli deu um passo em direção ao gato e ele mostrou os dentes, sibilando. Tinha o corpo preparado para atacar. Mais um passo.

O gato recuou, andando de costas enquanto continuava a sibilar, mantendo contato visual. O ódio pulsando por seu corpo fez o cilindro de metal tremer. Os dois se avaliaram. Eli avançou devagar, forçando o gato a recuar até ele entrar na cozinha, e então fechou a porta.

O gato continuou a rosnar e miar irritado do outro lado. Eli foi até a sala.

A mulher estava sentada em um sofá de couro tão bem lustrado que a luz da TV se refletia nele. Tinha a postura ereta e não desgrudava os olhos da luz azulada que vinha da tela. Tinha um laço amarelo de um lado da cabeça. Do outro, o laço havia se desfeito, e a fita pendia solta. Na mesinha de centro à sua frente estava uma tigela com biscoitos salgados e uma tábua com três queijos. Uma garrafa de vinho fechada e duas taças.

A mulher não pareceu notar a presença de Eli; estava totalmente absorta no que via na TV. Um programa sobre a natureza. Pinguins no Polo Sul.

— *O macho carrega o ovo sobre seus pés para que ele não entre em contato com o gelo.*

Uma caravana de pinguins balançando de um lado para o outro atravessava um deserto de gelo. Eli sentou-se no sofá, perto da mulher — com o corpo enrijecido, como se a TV fosse um professor severo que estava dando uma bronca.

— *Quando a fêmea retorna depois de três meses, a camada de gordura do macho já está quase esgotada.*

Dois pinguins esfregavam os bicos um no outro, em saudação.

— Está esperando alguém?

A mulher se sobressaltou e olhou nos olhos de Eli, sem compreender, por alguns segundos. O laço amarelo ressaltava o quão deteriorado estava seu rosto. Ela balançou a cabeça rapidamente.

— Não, pode se servir.

Eli não se moveu. A imagem na TV mudou para um panorama de territórios ao sul da Geórgia soviética, com fundo musical. Na cozinha, os miados do gato assumiram tom de... súplica. Havia um cheiro de composto químico no aposento. A mulher cheirava a hospital.

— Alguém vai vir?

A mulher se sobressaltou outra vez, como se tivesse sido acordada, e voltou-se para Eli. Dessa vez, parecia irritada, com uma ruga entre as sobrancelhas.

— Não, não vem ninguém. Coma se quiser. — Ela apontou, com dedo rígido, para os queijos. — Camembert, Gorgonzola e Roquefort. Coma. Coma.

Olhou séria para Eli, que pegou um biscoito, colocou-o na boca e começou a mastigar devagar. A mulher assentiu e voltou a olhar a TV. Eli cuspiu a massa mastigada de biscoito e jogou-a no chão, atrás do descanso de braço.

— Quando você vai embora? — perguntou a mulher.

— Logo.

— Fique o quanto quiser. Por mim tanto faz.

Eli aproximou-se um pouco, como se quisesse olhar melhor a TV, até seus braços se tocarem. Algo aconteceu com a mulher. Ela tremeu e pareceu se esvaziar, como um saco de café furado. Agora, ao voltar-se para Eli, tinha um olhar ameno, distraído.

— Quem é você?

Os olhos de Eli estavam a alguns centímetros dos dela. O cheiro de hospital vinha da boca da mulher.

— Eu não sei.

A mulher acenou com a cabeça, pegou o controle remoto sobre a mesinha e desligou o som.

— *Na primavera, o sul da Geórgia floresce com uma beleza deserta...*

Os miados suplicantes do gato agora podiam ser ouvidos com clareza, mas a mulher não parecia se importar. Apontou para o colo de Eli.

— Posso...

— Claro.

Eli afastou-se um pouco da mulher, que dobrou os joelhos e descansou a cabeça no colo de Eli, que acariciou seu cabelo. Sentaram-se assim por um tempo. As costas brilhantes de baleias atravessavam a superfície da água, jorrando como um chafariz e então desaparecendo.

— Me conte uma história. — disse a mulher.

— O que quer ouvir?

— Algo bonito.

Eli prendeu uma mecha de cabelo atrás da orelha da mulher. Ela respirava devagar agora e seu corpo estava totalmente relaxado. Eli disse, em voz baixa:

— Era uma vez... há muito, muito tempo, havia um fazendeiro pobre e sua esposa. Eles tinham três filhos. Um menino e uma menina com idade suficiente para trabalhar com os adultos. E um menino mais novo, de apenas 11 anos. Todos que o conheciam diziam que ele era a criança mais linda que já haviam visto.

"O pai servia ao lorde dono da terra, e precisava trabalhar muitos dias para ele. Sendo assim, a mãe e os dois filhos mais velhos costumavam ter que cuidar da casa e do jardim. O mais novo não servia para muita coisa.

145

"Um dia, o lorde anunciou uma competição da qual todas as famílias que trabalhavam em suas terras precisariam participar. Todas que tinham um menino com idade entre oito e doze anos. Nenhum prêmio ou recompensa foi prometido. Mesmo assim, foi chamada de competição.

"No dia da competição, a mãe levou o filho mais novo para o castelo do lorde. Não estavam sozinhos. Sete outras crianças acompanhadas de um ou de ambos os pais haviam se reunido no jardim do castelo. Chegaram outras três. Famílias pobres, com as crianças vestindo suas melhores roupas.

"Esperaram o dia inteiro no jardim. Quando começou a escurecer, um homem saiu do castelo e disse que poderiam entrar."

Eli ouviu a mulher respirar, de forma profunda e regular. Ela dormia. Sua respiração aquecia o joelho de Eli. Logo abaixo da orelha, era capaz de identificar a pulsação sob a pele flácida e enrugada.

O gato estava em silêncio.

Os créditos do documentário rolaram na TV. Eli pôs um dedo sobre a artéria do pescoço da mulher. Parecia o coração de um passarinho batendo sob seu toque.

Eli se apoiou no encosto do sofá e empurrou a cabeça dela para frente com cuidado, de forma a ficar sobre seus joelhos. O cheiro forte de queijo Roquefort escondia todos os demais. Eli puxou um cobertor da parte de trás do sofá e jogou-o sobre os queijos.

Um ranger suave, a respiração da mulher. Eli inclinou-se para frente, o nariz próximo à artéria da mulher. Sabonete, suor, cheiro de pele velha... e aquele cheiro de hospital... algo mais, o cheiro próprio da mulher. E sob tudo isso: o sangue.

A mulher gemeu quando o nariz de Eli roçou em seu pescoço e começou a virar o rosto, mas Eli segurou os braços e o peito da mulher com uma mão, deixando a outra firme sobre a cabeça dela. Abrindo a boca o máximo possível, desceu-a até o pescoço da mulher, encostando a língua na artéria, e mordeu. Mandíbula cerrada.

A mulher se contorceu como se tivesse recebido um choque elétrico. Seus membros agitaram-se e os pés bateram contra o apoio de braço com tanta força que o corpo deslizou para cima, as costas ficando sobre os joelhos de Eli.

O sangue jorrava de forma cadenciada para fora da artéria, caindo sobre o couro marrom do sofá. A mulher gritou e balançou as mãos no ar, puxando o cobertor sobre a mesa. O cheiro de queijo adentrou as narinas de Eli, que saltou sobre a mulher, a boca fixa sobre o pescoço, bebendo com intensidade. Os gritos da mulher machucavam seus ouvidos, então soltou um braço para poder cobrir a boca dela.

Os gritos foram abafados, mas a mão livre da mulher se estendeu para a mesa de centro, agarrou o controle remoto e o bateu contra a cabeça de Eli. Houve o som de plástico se quebrando e do som da TV voltando.

A melodia clássica de *Dallas* invadiu o aposento e Eli afastou a boca do pescoço da mulher.

O sangue tinha gosto de remédio. Morfina.

A mulher encarou Eli com olhos arregalados. Agora era possível detectar um outro sabor. Algo podre que combinava com o cheiro do queijo.

Câncer. Ela tinha câncer.

Com o estômago embrulhado, Eli precisou se sentar e soltar a mulher para não vomitar.

A câmera sobrevoava Southfork enquanto as notas mais altas da trilha sonora se aproximavam. A mulher não gritava mais, só estava parada, deitada de costas, enquanto o sangue jorrava em jatos cada vez mais fracos, escorrendo por trás das almofadas do sofá. Seus olhos estavam mareados e distantes quando ela encontrou os de Eli e disse:

— Por favor... por favor...

Eli conteve a ânsia de vômito e debruçou-se sobre a mulher.

— O que foi?

— Por favor...

— Sim, o que quer?

— Por favor... por favor...

Depois de um tempo, os olhos da mulher mudaram, enrijeceram-se. Ficaram cegos. Eli os fechou. Abriram-se outra vez. Pegando o cobertor do chão, cobriu o rosto dela e sentou-se ereta no sofá.

O sangue era palatável, embora tivesse gosto ruim, mas a morfina...

Havia um arranha-céu todo espelhado na TV. Um homem, usando terno e chapéu de caubói, saiu de um carro e caminhou em direção ao prédio. Eli tentou se levantar, mas não conseguiu. O prédio começou a se inclinar, girar. Os espelhos refletiam nuvens que atravessavam o céu devagar, assumindo formas de animais e plantas.

Começou a rir quando o homem de chapéu de caubói sentou-se atrás de uma mesa e começou a falar em inglês. Eli entendia o que ele estava dizendo, mas não fazia sentido. Olhou à sua volta. O aposento inteiro começou a se inclinar de forma tão engraçada que era estranho a TV não ter começado a rolar. As palavras do caubói ecoavam internamente. Procurou o controle remoto, mas ele estava em pedaços espalhados pela mesa e pelo chão.

Preciso que o caubói pare de falar.

Deslizou até o chão, engatinhando até a TV com a morfina correndo em seu sangue, rindo das figuras que se dissolviam em cores, cores. Não tinha energia. Caiu de barriga para baixo em frente à TV, com as cores dançando em seus olhos.

* * *

Algumas crianças ainda desciam ladeira a baixo em seus trenós entre Björnsons-gatan e o campinho próximo à rua do parque. Chamava-se Ladeira da Morte, por algum motivo. Três sombras começaram a descer ao mesmo tempo do topo e foi possível ouvir xingamentos em voz alta quando uma das sombras desviou-se do curso em direção à floresta, assim as como risadas das demais, que continuaram a descer a rampa até voarem sobre a curvinha no fim, aterrissando com um ruído abafado.

Lacke parou, olhou para o chão. Virginia tentou, com cuidado, forçá-lo a seguir com ela.

— Vamos, Lacke.

— Mas é tão difícil.

— Não posso te carregar, sabe?

Um ronco que provavelmente era uma risada transformou-se em tosse. Lacke deixou o braço que estava ao redor dos ombros dela cair, ficou lá com os braços pendendo e virou a cabeça em direção à ladeira com os trenós.

— Porra, aqui estão crianças brincando em trenós, e lá... — Gesticulou de forma vaga em direção à passagem subterrânea que começava do outro lado da ladeira na qual estava a rampa. — Foi lá que mataram o Jocke.

— Não pense mais nisso.

— Como posso parar? E se foi uma daquelas crianças a culpada?

— Não acho provável.

Ela pegou o braço dele para pô-lo outra vez ao redor de seu pescoço, mas Lacke o puxou.

— Não, posso andar sozinho.

Ele avançou cambaleante pela trilha. Amassava a neve sob seus pés. Virginia continuou parada, observando-o. Lá ia ele, o homem que amava e com quem nunca poderia viver.

Havia tentado.

Fora oito anos antes, quando a filha de Virginia havia acabado de sair de casa. Lacke se mudara para lá. Na época, assim como agora, ela trabalhava no mercado local, ICA, na rua Arvid Mörnes, acima do Parque China. Vivia em um apartamento de um quarto a três minutos da loja.

Durante os quatro meses nos quais moraram juntos, Virginia nunca conseguiu descobrir o qual era de fato o trabalho de Lacke. Ele entendia um pouco de eletricidade e instalara um regulador de intensidade na lâmpada da sala. Entendia um pouco de cozinha: várias vezes a surpreendeu com pratos bem preparados à base de peixe. Mas o que ele fazia?

Ficava sentado no apartamento, saía para caminhar, falava com as pessoas, lia vários livros e jornais. Só isso. Para Virginia, que trabalhava desde que saíra da escola, era uma maneira incompreensível de viver. Havia perguntado a ele:

— Então, Lacke, não entenda errado... mas com que você trabalha? Como ganha seu dinheiro?

— Não tenho dinheiro.

— Tem *algum* dinheiro.

— Estamos na Suécia. É só pôr uma cadeira na calçada, ficar lá sentado e esperar. Se esperar o suficiente, alguém vai vir e oferecer dinheiro. Ou cuidar de você de alguma fora.

— É isso que eu sou pra você?

— Virginia, no momento em que você disser "Lacke, por favor, vá embora", eu saio daqui.

Levou mais um mês até ela dizer. Então ele pôs suas roupas em uma mala, seus livros em outra e partiu. Não o viu por seis meses. Nesse tempo, passou a beber mais, sozinha.

Quando viu Lacke novamente, ele havia mudado. Estava mais triste. Durante aqueles seis meses, havia morado com o pai, que morria de câncer em algum canto de Småland. Quando ele faleceu, Lacke e a irmã herdaram a casa, venderam-na e dividiram o dinheiro. A metade de Lacke foi suficiente para arranjar um pequeno apartamento com valor de condomínio baixo em Blackeberg, e agora estava de volta pra valer.

Nos anos que se seguiram, começaram a se encontrar com cada vez mais frequência no restaurante chinês, que Virginia começara a frequentar mais durante a noite. Às vezes iam embora juntos, faziam amor com calma e, por acordo tácito, Lacke já não estava lá quando Virginia voltava do trabalho para casa no dia seguinte. Eram um casal no sentido mais tênue possível — às vezes ficavam meses sem dividir a mesma cama, e esse esquema era bom para os dois.

Passaram em frente ao mercado ICA, com os anúncios de carne moída barata e a sugestão de "Comer, beber e ser feliz". Lacke parou, esperou pela mulher. Quando o alcançou, estendeu um braço para ela. Virginia deu o braço a ele. Lacke sinalizou a loja com a cabeça.

— Bom e velho trabalho, né?

— O de sempre — disse ela. — Fui eu que fiz esse.

Era uma placa que dizia EXTRATO DE TOMATE. TRÊS LATAS, 5 KRONOR.

— Bom trabalho.

— Acha mesmo?

— Claro. Realmente faz você desejar extrato de tomate.

Ela deu uma cotovelada nele, com cuidado. Sentiu o cotovelo atingir uma costela.

— Você nem lembra do gosto de comida de verdade.

— Isso não significa que você precise...

— Eu sei, mas vou, de qualquer forma.

* * *

— Eeeeli... Eeeeliiii...

A voz que vinha da TV era familiar. Eli tentou se afastar dela, mas o corpo não obedecia ao cérebro. Apenas suas mãos moveram-se no chão, em câmera lenta, buscando algo no qual se segurar. Encontrou um cabo. Com uma mão, apertou-o com força, como se fosse uma corda de segurança que levava para fora do túnel em cujo fim estava a TV que falava com Eli.

— Eli... onde está você?

Com a cabeça pesada demais para levantar do chão, Eli pôde apenas levantar os dois olhos para a tela na qual, é claro, estava... Ele.

Os fios loiros de cabelo humano em sua peruca abriam-se como um leque sobre o robe de seda e faziam o rosto afeminado parecer ainda menor do que era. Os lábios finos estavam pressionados um contra o outro, formando um sorriso de batom que parecia um corte de faca no rosto pálido, coberto de pó-de-arroz.

Eli conseguiu se erguer um pouco e viu o rosto todo dEle. Olhos azuis e grandes como o de uma criança, e acima deles... soltou o ar em golfadas irregulares, deixando a cabeça cair pesada no chão, amassando seu nariz. Engraçado. Ele usava um chapéu de caubói em Sua cabeça.

— Eeeeliii...

Outras vozes. Vozes de crianças. Eli ergue-se novamente, tremendo como um bebê. Gotas de sangue doente corriam de seu nariz para a boca. O homem havia aberto os braços em gesto de acolhimento, revelando o forro vermelho de seu robe. O forro se ondeou; como um enxame, feito de lábios. Lábios de centenas de crianças que se contorciam de dor, sussurrando suas histórias, a história de Eli.

— Eli... volte para casa...

Soluçou, de olhos fechados. Esperou a pegada fria em torno de seu pescoço. Nada aconteceu. Abriu os olhos outra vez. A imagem mudara. Agora dava para ver uma longa fileira de crianças com roupas humildes vagando por uma paisagem enevoada, cambaleando em direção ao castelo de gelo no horizonte.

Isso não está acontecendo.

Eli cuspiu sangue na TV. Pontos vermelhos apareceram na neve, desceram pelo castelo de gelo.

Isso não é real.

Eli puxou sua corda de segurança, tentou se afastar, sair do túnel. Houve um clique quando a tomada foi puxada da parede, desligando a TV. Filetes viscosos de saliva manchada de sangue corriam pela tela escura, pingando no chão. Eli apoiou a cabeça em ambas as mãos, desaparecendo em um redemoinho vermelho-escuro.

* * *

Virginia preparou rapidamente em uma panela um ensopado de carne, cebolas e extrato de tomate enquanto Lacke tomava banho. Ele estava demorando. Quando a comida estava pronta, ela foi até o banheiro. Ele estava sentado na banheira com a cabeça entre os joelhos, a ducha móvel pendurada em um ombro e as vértebras como uma fileira de bolas de pingue-pongue sob sua pele.

— Lacke? A comida tá pronta.

— Ótimo, ótimo. Tô aqui há muito tempo?

— Nem tanto. Mas a companhia de água acabou de ligar, disse que os reservatórios estão esvaziando.

— Quê?

— Vem, levanta.

Ela tirou seu roupão do gancho e o ofereceu a ele. O homem se levantou, apoiando uma mão de cada lado da banheira. Virginia franziu o rosto ao notar seu corpo emaciado. Lacke viu sua reação e disse:

— Eis que ele ergueu-se de seu banho, como um deus, lindo de se ver.

Jantaram, dividindo uma garrafa de vinho. Lacke não conseguiu comer muito, mas, pelo menos, já era alguma coisa. Beberam outra garrafa de vinho na sala, depois foram para cama. Deitaram-se lado a lado por um tempo, olhando nos olhos um do outro.

— Parei de tomar a pílula.

— Entendo. Não precisamos...

— Não foi o que eu quis dizer. Parei porque não preciso mais tomar. Menopausa.

Lacke acenou com a cabeça. Pensou sobre isso. Acariciou a bochecha dela.

— Isso te deixa triste?

Virginia sorriu.

— Acho que você é o único homem que eu conheço que pensaria em me perguntar isso. Sim, um pouco, na verdade. É como se... a parte que faz de mim mulher já não se aplica mais.

— Hum. Mas pra mim tá ótimo.

— Mesmo?

— Sim.

— Vem cá.

Ele obedeceu.

* * *

Gunnar Holmberg arrastava os pés na neve para não deixar nenhuma pegada que dificultasse o trabalho dos técnicos forenses. Parou e olhou para trás, conferindo os traços que se afastavam da casa. A luz do fogo fazia a neve brilhar alaranjada e o calor era intenso o suficiente para gotas de suor se formarem em sua testa.

Já haviam caçoado de Holmberg muitas vezes por sua crença ingênua na bondade intrínseca dos mais novos. Era o que ele buscava apoiar com todas as suas visitas frequentes a escolas e em todas as longas conversas que tinha com jovens que faziam escolhas ruins. Essa era a razão pela qual sentia-se tão impactado pelo que agora tinha diante de seus olhos.

As pegadas na neve haviam sido feitas por sapatos *pequenos*. Nem dava para dizer que era um "jovem"; não, eram rastros de uma criança. Marcas pequenas e nítidas espaçadas com uma distância considerável. Alguém correra ali. Rápido.

Com o canto do olho, viu Larsson, um recruta, aproximar-se.

— Arraste os pés, pelo amor de Deus.

— Ah, desculpa.

Larsson começou a deslizar os pés pela neve, parando ao lado de Holmberg. Ele tinha olhos esbugalhados que sempre pareciam surpresos, e agora aquele espanto estava voltado aos rastros na neve.

— Caramba.

— Tirou as palavras da minha boca. Deixadas por uma criança.

— Mas... estão tão... — Larsson acompanhou as pegadas com os olhos. — Parece um salto triplo.

— Muito espaçadas, sim.

— "Muito" é pouco, isso é... é incrível. A distância é enorme.

— Como assim?

— Eu corro muito, mas nunca seria capaz de fazer isso. É mais do que... dois passos, pelo menos. E segue assim até o fim.

Staffan passou correndo em frente as casas, atravessando o grupo de curiosos que se reunira em torno da propriedade e caminhando até os oficiais que estavam no centro, supervisionando alguns paramédicos que levavam o cadáver de uma mulher para a ambulância em uma maca.

— Como foi? — perguntou Holmberg.

— Eu... foram até... Bällstavägen e... não deu mais para... seguir... os carros... teremos que... usar os cães para...

Holmberg assentiu, parte de sua atenção focada em uma conversa ali perto. Estavam questionando um vizinho que testemunhara parte dos eventos.

— Primeiro achei que eram fogos de artifício, algo assim, sabe? Aí vi as mãos. As mãos dela estavam balançando no ar. E aí ela saiu assim... pela janela... ela saiu.

— Então a janela estava aberta?

— Sim, estava aberta. Ela saiu por lá... e aí a casa pegou fogo. Claro. Aí eu vi que tudo atrás dela estava pegando fogo... e ela saiu... cacete. Ela estava em chamas, o corpo todo. Aí ela andou pra longe da casa...

— Perdão. Andou? Não correu?

— Não, isso que foi tão... ela tava andando. Balançou os braços assim pra... sei lá. E aí *parou*. Tá entendendo? Ela parou. Com o corpo todo pegando fogo.

153

Parou assim e *olhou para os lados*. Como se... com calma. Aí começou a andar de novo. E então foi como se... como se acabasse, sabe? Sem sinal de pânico ou nada do tipo. Ela... ah, merda... ela não *gritava*. Nenhum som. Só caiu assim. Caiu de joelhos. E depois... bum! Direto pra neve.

"Aí foi como se... sei lá... foi estranha pra cacete, a coisa toda. Foi aí que eu... quando eu corri pra dentro e peguei o cobertor, dois cobertores, e voltei... apaguei o fogo. Porra... quando ela estava deitada lá, foi... não, que merda.

O homem pôs as mãos cobertas de fuligem no rosto, soluçando. O policial pôs a mão em seu ombro.

— Talvez seja melhor fazer um depoimento mais oficial amanhã. Mas não viu nenhuma outra pessoa saindo da casa?

O homem balançou a cabeça e o policial anotou algo em seu bloco.

— Como eu disse, entrarei em contato amanhã. Quer que eu peça a um médico para te receitar algo que o ajude a dormir, enquanto estão aqui?

O homem secou as lágrimas dos olhos. Suas mãos deixaram traços enlameados de fuligem em seu rosto.

— Não, eu... tenho algo, caso precise.

Gunnar Holmberg olhou outra vez para o incêndio na casa. Os bombeiros fizeram um bom trabalho, e agora quase não dava para ver as chamas. Apenas uma grande coluna de fumaça que subia para o céu noturno.

* * *

Enquanto Virginia recebia Lacke de braços abertos, enquanto os técnicos forenses faziam moldes dos rastros na neve, Oskar olhava por sua janela. A neve cobria os arbustos sob a janela, criando uma superfície branca tão grossa que era possível se imaginar escorregando por ela.

Eli não aparecera aquela noite.

Oskar esperou de pé, caminhou, esperou mais, balançou-se e congelou lá embaixo no *playground* entre 19h30 e 21h. Nada da Eli. Às 21h, viu sua mãe na janela e voltou para dentro, sentindo-se ansioso. *Dallas*, chocolate quente, bolinhos de canela, sua mãe fazendo perguntas e ele quase abriu o bico, mas ficou quieto.

Agora já passava um pouco da meia-noite e ele estava à janela, sentindo um buraco no estômago. Abriu a janela um pouco, inspirando o ar frio da noite. Fora mesmo por ela que decidira reagir? Não era, na verdade, por si mesmo?

Sim.

Mas por ela.

Infelizmente. As coisas eram assim. Se fossem atrás dele na segunda, não teria a energia, o desejo de se impor. Sabia isso. Não apareceria para o treino na quinta-feira. Não teria por quê.

Deixou a janela entreaberta na vaga esperança de que ela voltasse à noite. Chamasse seu nome. Se podia desaparecer no meio da noite, podia voltar no meio da noite.

Oskar se despiu e foi para cama. Bateu na parede. Nenhuma resposta. Pôs os cobertores sobre a cabeça e ajoelhou-se na cama. Entrelaçou as mãos e pressionou a testa contra elas, sussurrando:

— Por favor, meu Deus. Deixa ela voltar. Você pode ter o que quiser. Todas as minhas revistas, meus livros, minhas coisas. O que quiser. Mas só faça ela voltar. Pra mim. Por favor, por favor, Deus.

Ficou deitado lá, curvado sob os cobertores, até se aquecer tanto que começou a suar. Então botou a cabeça para fora outra vez e descansou-a no travesseiro. Ficou em posição fetal. Fechou os olhos. Imagens de Eli, de Jonny, Micke e Tomas. Mamãe, papai. Deitou lá por um bom tempo, invocando imagens que desejava ver, e então elas começaram a assumir vida própria enquanto ele adormecia.

*   *   *

Eli e ele estavam sentados em um balanço que ia cada vez mais alto, até que se soltou das correntes e voou até o céu. Seguravam-se com força nas bordas do balanço, seus joelhos pressionados um contra o do outro, e Eli sussurrou:

— Oskar. Oskar...

Ele abriu os olhos. A lâmpada em seu globo estava apagada e a luz da lua deixava tudo azulado. Gene Simmons olhava para ele da parede em frente a cama, com a língua enorme para fora. Curvou-se, fechou os olhos. Então ouviu o sussurro de novo:

— Oskar...

Vinha da janela. Ele abriu os olhos, olhou para lá. Viu o contorno de uma cabeça pequena do outro lado do vidro. Tirou os cobertores, mas, antes que pudesse sair da cama, Eli sussurrou:

— Espere aí. Fique na cama. Posso entrar?

Oskar sussurrou:

— Sim...

— Diga que posso entrar.

— Você pode entrar.

— Feche os olhos.

Oskar fechou bem os olhos. A janela se abriu, um vento frio soprou no quarto, e então foi fechada com cuidado. Ouviu como Eli respirava e sussurrou:

— Posso olhar agora?

— Espere.

O sofá-cama no quarto ao lado fez um barulho. Sua mãe se levantara. Oskar continuava com os olhos fechados quando sentiu os cobertores sendo puxados e um corpo nu e frio deitou-se a seu lado, endireitou as cobertas sobre ambos e encolheu-se em posição fetal às suas costas.

A porta do quarto se abriu.

— Oskar?

— Hum.

— É você que está falando?

— Não.

Sua mãe continuou à porta, ouvindo. Eli estava totalmente imóvel atrás dele, com a testa pressionada entre suas escápulas. A respiração dela corria quente até o fim de suas costas.

A mãe dele balançou a cabeça.

— Devem ser aqueles vizinhos. — Ela escutou mais um pouco, então disse — Boa noite, querido. — E fechou a porta.

Oskar estava a sós com Eli. Ouviu um sussurro às suas costas.

— Aqueles vizinhos?

— Shhh.

Houve um barulho quando sua mãe voltou para o sofá-cama. Ele olhou para a janela. Estava fechada.

Uma mão fria subiu por sua barriga até o peito, ficando sobre seu coração. Ele pôs ambas as mãos sobre a dela, aquecendo-a. A outra mão de Eli entrou por baixo de sua axila, passando por seu peito e ficando entre as dele. Ela virou a cabeça e encostou sua bochecha entre as escápulas do garoto.

Um novo cheiro dominou o quarto. Lembrava o odor do ciclomotor de seu pai, quando estava com o tanque cheio. Gasolina. Oskar inclinou a cabeça e cheirou as mãos de Eli. Sim, o odor vinha delas.

Ficaram deitados assim por muito tempo. Quando o menino soube, ouvindo a respiração da mãe, que ela estava dormindo outra vez, quando suas mãos entrelaçadas já estavam tão aquecidas que começavam a suar, ele sussurrou:

— Onde você esteve?

— Arranjando comida.

Os lábios dela faziam cócegas em seus ombros. Afastou as mãos das dele e virou-se de costas. Oskar continuou na mesma posição por um momento, olhando nos olhos de Gene Simmons. Então virou-se de barriga para baixo. Atrás da cabeça de Eli, imaginou os pequenos vultos no papel de parede a olhando com curiosidade. Os olhos dela estava bem abertos, azuis e negros sob a luz da lua. Os braços do garoto se arrepiaram.

— E seu pai?

— Se foi.

— Se foi? — Oskar não conseguiu manter a voz baixa.

— Shhh. Não importa.

— Mas... como... ele...?

— Isso. Não. Importa.

Oskar assentiu, sinalizando que não faria mais perguntas, e Eli pôs ambas as mãos sob a cabeça, olhando para o teto.

— Me senti só. Por isso vim aqui. Tem problema?

— Não, mas... você está sem roupa.

— Desculpa. Acha nojento?

— Não. Mas não está morrendo de frio?

— Não, não.

As mechas brancas em seu cabelo haviam sumido. Sim, parecia bem mais saudável do que quando se encontraram na noite anterior. As bochechas estavam mais cheias, as covinhas mais acentuadas, e Oskar perguntou, brincando:

— Você por acaso passou pelo Quiosque do Amor hoje?

Eli riu, e então fez voz séria e disse, imitando um fantasma:

— Sim, passei, e quer saber? Ele pôs a cabeça para fora e disse "Veeeeenha... veeeenha... Tenho doces e... banaaaaanas...".

Oskar enterrou a cabeça no travesseiro. Eli virou a sua em direção à dele e sussurrou em seu ouvido:

— Venhaaaa... balinhas...

Oskar gritou "Não, não!" contra o travesseiro. Continuaram com isso por um tempo. Então Eli olhou os livros na estante do garoto, que contou a ela a sinopse de seu favorito: *The Fog**, de James Herbert. As costas de Eli brilhavam,

---

* "A neblina", em tradução livre. Sem publicação no Brasil.

brancas como uma folha de papel no escuro, enquanto ela permanecia deitada de bruços na cama dele, analisando a estante.

Pôs a mão tão perto da pele dela que pôde sentir seu calor. Então dobrou os dedos e desceu-os pelas costas dela, sussurrando:

— Bulleribulleribacki. Quantos dedos têm... aqui?

— Hummm... oito?

— Disse que oito são, e oito aqui estão, bulleribulleribacki.

Eli então fez o mesmo nele, mas o garoto não era tão bom quanto ela em determinar a quantidade de dedos. Por outro lado, era muito melhor em pedra, papel ou tesoura. Sete a três. Jogaram outra vez. Nove a um para ele. Eli estava começando a se irritar.

— Você *sabe* o que eu vou escolher?

— Sim.

— Como?

— Só sei. Acontece o tempo todo. Vejo uma imagem em minha cabeça.

— Mais uma vez. Não vou pensar dessa vez, só escolher.

— Pode tentar.

Jogaram de novo. Oskar ganhou fácil de oito a dois. Eli fingiu enfurecer-se e virou-se para a parede.

— Não jogo mais com você. Você rouba.

Oskar olhou para as costas brancas. Ousaria? Sim, agora que ela não olhava para ele, tinha coragem.

— Eli. Eu tenho chance com você?

Ela se virou, puxou as cobertas até o queixo.

— O que isso significa?

O garoto olhou para as lombadas dos livros em frente a ele, deu de ombros.

— Que... você gostaria de ficar comigo.

— Como assim, "ficar"?

A voz dela soava desconfiada, dura. Oskar apressou-se em dizer:

— Talvez você já goste de um cara da sua escola.

— Não, não gosto... mas, Oskar, eu não posso. Não sou uma garota.

Oskar soltou uma risada seca.

— Como assim? Você é *menino*?

— Não, não.

— Então o que você é?

— Nada.

— Como assim, "nada"?

— Não sou nada. Nem criança, nem velha, nem menino, nem menina. Nada.

Oskar passou o dedo pela lombada de *A invasão dos ratos*, pressionou um lábio contra o outro e balançou a cabeça.

— Quer ficar comigo ou não?

— Oskar, eu realmente gostaria, mas... não podemos continuar juntos como já estamos?

— ... sim.

— Está triste? Podemos nos beijar, se quiser.

— Não!

— Você não quer?

— Não, não quero.

Eli franziu o cenho.

— Tem algo específico que você precise fazer quando fica com alguém?

— Não.

— É só agir normalmente?

— Sim.

Eli de repente pareceu feliz, cruzou os braços sobre a barriga e olhou para Oskar.

— Então podemos ficar juntos. Namorar.

— Podemos?

— Sim.

— Legal.

Sentindo uma sensação de alegria dentro de si, Oskar continuou olhando os títulos dos livros. Eli continuou deitada, esperando. Depois de um tempo, perguntou:

— Tem mais alguma coisa?

— Não.

— Podemos ficar deitados como estávamos antes?

Oskar virou-se de costas para ela. Ela pôs os braços ao redor do garoto, que segurou suas mãos. Continuaram deitados assim até que Oskar começou a sentir sono. Seus olhos estavam pesados; era difícil mantê-los abertos. Antes de adormecer, disse:

— Eli?

— Hum?

— Que bom que você veio.

— Sim.

— Por que... você tá cheirando à gasolina?

As mãos de Eli se apertaram contra as dele, contra seu coração. Um abraço. O quarto pareceu se expandir ao redor de Oskar, as paredes e o teto se suavizaram, o chão desapareceu, e ao sentir a cama inteira flutuando no ar, soube que estava dormindo.

SÁBADO

31 DE OUTUBRO

As candeias da noite se apagaram;
sobre a ponta dos pés o alegre dia se põe,
no pico das montanhas úmidas.
Ou parto, e vivo, ou morrerei, ficando.
— William Shakespeare, *Romeu e Julieta*, ato III, cena V.
Tradução de Carlos Alberto Nunes.

Cinza. Tudo era cinza. Seus olhos não entravam em foco; era como estar deitado em uma nuvem prestes a chover. Deitado? Sim, estava deitado. Havia pressão contra suas costas, nádegas, calcanhares. Um chiado à esquerda. O gás. O gás estava ligado. Não. Estava desligado. Ligado. Algo acontecia com seu peito em sincronia com o chiado. Inflava e desinflava acompanhando o som.

Ainda estava na piscina? Era *ele* que estava preso ao gás? Mas, nesse caso, como estava acordado? Estava acordado?

Håkan tentou piscar. Nada aconteceu, ou quase nada. Algo se moveu em frente do olho que ainda tinha, obscurecendo ainda mais sua visão. O outro olho não estava lá. Tentou abrir a boca. Ela não estava lá. Invocou a imagem de sua boca, como havia visto em espelhos, tentou... mas não estava lá. Nada respondia a seus comandos. Era como tentar injetar consciência em uma pedra para fazê-la se mover. Não havia contato.

Sentia um calor forte em toda a face. Uma pontada de medo no estômago. O rosto estava coberto por algo quente, que endurecia. Parafina. A máquina respirava por ele pois toda sua face estava coberta pela cera.

Estendeu o pensamento para a mão direita. Sim. Lá estava ela. Abriu-a, fechou o punho. Sentiu as pontas dos dedos contra a palma. Toque. Suspirou aliviado, ou melhor, imaginou um suspiro aliviado, já que o peito não se moveu como queria.

Levantou a mão, devagar. Uma sensação de aperto no peito e ombro. A mão entrou em seu campo de visão, uma massa embaçada. Aproximou-a do rosto, parou. Ao lado, algo bipava baixo. Virou a cabeça com cuidado em direção ao som, sentiu algo duro arranhar seu queixo. Levou a mão até ele.

Havia um implante de metal em sua garganta. Um tubo de plástico estava conectado ao implante. Seguiu o tubo de plástico o máximo que podia, até a peça de metal ranhurada na outra ponta. Entendeu. Era isso que precisava puxar quando quisesse morrer. Haviam montado daquele jeito para ele. Pôs os dedos sobre a extremidade do tubo.

Eli. A piscina. O menino. Ácido.

A última coisa que se lembrava era de abrir a tampa. Devia tê-lo derramado sobre o rosto, conforme o plano. O único erro de cálculo era ainda estar vivo. Havia visto imagens. Mulheres desfiguradas com ácido jogado por namorados ciumentos. Não queria sentir seu rosto, muito menos vê-lo.

Apertou mais o tubo. Ele não se soltou. Estava bem atarraxado. Tentou virar a peça de metal e, como suspeitava, ela cedeu. Continuou desatarraxando-a. Tentou usar a mão esquerda, mas sentiu apenas um amontoado de dor onde a mão deveria estar. Com as pontas dos dedos da mão que restava, sentiu uma pressão leve, tremulante. O ar estava começando a escapar da vedação. O chiado mudou um pouco, ficou mais fraco.

A luz cinza a sua volta foi infiltrada por algo vermelho que piscava. Tentou fechar seu olho. Pensou em Sócrates e o cálice de veneno. Por ter seduzido os jovens atenienses. Devo um galo a... qual era o nome? Arquimandro? Não...

Um som de sucção de uma porta se abrindo e uma figura de branco aproximando-se dele. Sentiu dedos abrindo sua mão, retirando-a da peça de metal. Uma foz feminina.

— O que está fazendo?

Asclépio. Devo um galo a Asclépio.

— Larga isso!

Um galo. A Asclépio. Deus da cura.

Um chiado quando seus dedos cederam e o tubo foi enroscado novamente.

— Vamos ter que vigiá-lo daqui pra frente.

Ofereça a ele um galo, não se esqueça.

* * *

Eli não estava mais lá quando Oskar acordou. Ficou deitado com o rosto virado para a parede. Suas costas estavam frias. Ergueu-se sobre um cotovelo e olhou em volta do quarto. A janela estava entreaberta. Devia ter saído por ela.

Nua.

Rolou na cama, pressionou o rosto contra o local no qual ela dormira, cheirou. Nada. Moveu o nariz de um lado para o outro sobre o lençol, tentando identificar um mísero vestígio de sua presença, mas nada. Nem mesmo o cheiro de gasolina.

Acontecera mesmo? Deitou-se de bruços, refletindo.

Sim.

Foi real. Os dedos dela em suas costas. A lembrança dos dedos dela em suas costas. O jogo dos dedos. Sua mãe brincava disso com ele quando era pequeno. Mas isso era agora. Não muito tempo atrás. Os pelos em seus braços e nuca se eriçaram.

Saiu da cama e começou a se vestir. Depois de vestir as calças, foi até a janela. Sem neve caindo. Quatro graus abaixo de zero. Ótimo. Se a neve tivesse começado a derreter, estaria lamacento demais para deixarem as sacolas de anúncios lá fora. Imaginou pular de uma janela nu quando fazia quatro graus negativos lá fora, cair sobre os arbustos cobertos de neve, até...

Não.

Inclinou-se para frente, piscou.

A neve nos arbustos continuava intacta.

Na noite passada, estivera ali olhando a crosta de neve pura que ia até a rua. Continuava exatamente igual. Abriu mais a janela, pôs a cabeça para fora. Os arbustos chegavam até a parede abaixo de sua janela, assim como a cobertura de neve. E estava intacta.

Oskar olhou para a esquerda, pela superfície áspera da parede externa. A janela dela estava a três metros.

O ar frio soprou sobre o peito nu de Oskar. Devia ter nevado à noite, depois que ela voltou para o quarto. Era a única explicação. Mas, mesmo assim... agora que pensava no assunto, como ela subira até a janela? Escalara os arbustos?

Nesse caso, porém, a neve não estaria daquele jeito. E não estava nevando quando ele foi para a cama. Nem o corpo dela nem seu cabelo estavam úmidos, então não podia estar nevando quando ela chegou. Quando foi embora?

Deve ter nevado em algum momento entre a saída dela e o tempo que estava aqui, o suficiente para cobrir os rastros de...

Oskar fechou a janela, continuou a se vestir. Inacreditável. Começou a pensar que fora apenas um sonho outra vez. E então viu o bilhete. Dobrado e deixado sob o relógio em sua mesa. Pegou-o e o abriu.

ENTÃO, JANELA, QUE O DIA ENTRE NO QUARTO E A VIDA FUJA.

Um coração, e então:

TE VEJO À NOITE, ELI.

Leu o bilhete cinco vezes. Então pensou nela, de pé em frente a mesa ao escrever. O rosto de Gene Simmons na parede, meio metro atrás dela, a língua para fora.

Debruçou-se sobre a mesa, arrancou o pôster da parede, amassou-o e jogou-o no lixo.

Leu então o bilhete mais três vezes, dobrou-o e guardou no bolso. Vestiu o resto das roupas. Hoje podiam ter cinco papéis em cada pacote, daria no mesmo. Continuaria sendo moleza.

* * *

O quarto cheirava à fumaça e partículas de poeira dançavam nos raios de sol que atravessavam as cortinas. Lacke havia acabado de acordar, estava deitado de costas na cama, tossindo. As partículas de poeira faziam uma dancinha em frente a seus olhos. Era tosse de fumante. Virou-se e conseguiu alcançar o isqueiro e o maço de cigarros que estavam ao lado de um cinzeiro bem cheio sobre a mesa de cabeceira.

Pegou um cigarro — Camel Lights, Virginia estava começando a se preocupar com a saúde à medida que envelhecia —, acendeu-o, deitou-se de costas outra vez com um braço atrás da cabeça e refletiu sobre a situação.

Virginia saíra para trabalhar algumas horas antes, provavelmente bem cansada. Haviam ficado acordados um bom tempo depois de fazerem amor, conversando e fumando. Eram quase 2h quando ela apagou o último cigarro e disse que era hora de dormir. Lacke levantara da cama depois de um tempo, bebeu o restinho da garrafa de vinho e fumou um pouco mais antes de voltar para a cama. Talvez principalmente porque gostava disso: deitar-se ao lado de um corpo quente, adormecido.

Era uma pena não ter arranjado sua vida de forma a sempre ter alguém a seu lado. Se pudesse haver alguém, teria sido Virginia. De qualquer forma... droga, ouvira dos demais como eram as coisas para ela. Uma montanha-russa. Às vezes bebia demais em bares da cidade, levava qualquer um pra casa. Não gostava de falar disso, mas envelhecera mais do que precisava nos últimos anos.

Se ele e Virginia pudessem... sim, o quê? Vender tudo, comprar uma casa no interior, plantar batatas. Claro, mas não duraria. Em um mês estariam aborrecendo um ao outro, e ali ela tinha a mãe, o trabalho, e ele tinha... bom, seus selos.

Ninguém sabia disso, nem sua irmã, e ele tinha a consciência meio pesada por isso.

A coleção de selos de seu pai, que não havia sido contada no patrimônio, valia uma pequena fortuna, como havia descoberto. Saqueava a coleção, uns selos de cada vez, quando precisava de dinheiro.

No momento o mercado estava ruim, e não restavam muitos selos. Em breve, porém, precisaria vendê-los mesmo assim. Talvez vendesse os especiais, Noruega número um, e pagasse uma rodada para compensar todas as cervejas que haviam comprado para ele nos últimos tempos. Era o que devia fazer.

Duas casas no interior. Chalés. Um perto do outro. Chalés são bem baratos. Mas tem a mãe da Virginia. Três chalés. E a filha dela, Lena. Quatro. Claro. Compra a vila toda de uma vez.

Virginia só era feliz quando estava com Lacke; ela mesma já havia dito. Lacke não tinha certeza se era capaz de ser feliz, mas Virginia era a única pessoa com quem gostava de estar. Por que não podiam fazer funcionar de alguma forma?

Ele pôs o cinzeiro sobre a barriga, deixou as cinzas caírem da ponta do cigarro, colocou-o outra vez na boca e inalou profundamente.

A única pessoa com quem gostava de estar agora. Desde que Jocke havia... desaparecido. Jocke era bom. O único dentre todos seus conhecidos que ele considerava um amigo. Essa história de corpo desaparecido era fodida. Não era natural. Precisava haver ao menos um funeral. Um cadáver que pudesse ser visto, que o levaria a falar: sim, aí está você, meu amigo. E você está morto.

Os olhos de Lacke se encheram de lágrimas.

As pessoas sempre tinham tantos amigos, encaravam a palavra de forma tão leviana. Ele tivera um, só um, e logo esse foi tirado dele por um assaltante sem coração. Por que diabos aquele moleque havia matado Jocke?

Por algum motivo, sabia que Gösta não estava mentindo ou imaginando coisas, e que Jocke se fora, mas tudo parecia tão sem sentido. A única explicação razoável era que drogas estavam envolvidas. Jocke devia estar envolvido com alguma merda assim e tentou dar a volta na pessoa errada. Porém, por que não dissera nada?

Antes de deixar o apartamento, esvaziou o cinzeiro e pôs a garrafa de vinho vazia no chão da despensa. Precisou colocá-la de cabeça para baixo para caber em meio a todas as outras garrafas.

Sim, porra. Dois chalés. Um campo de batatas. Terra sob seus joelhos e cotovias cantando na primavera. E todo o resto. Um dia.

Vestiu o casaco e saiu. Ao passar em frente ao ICA, jogou um beijo para Virginia, que estava no caixa. Ela sorriu e fez bico para ele.

No caminho de volta a Ibsengatan, viu um menino carregando duas sacolas grandes de papel. Ele morava em seu condomínio, mas Lacke não sabia como se chamava. Assentiu para o garoto.

— Parece pesado, o que tem aí.

— Dá pra levar.

Lacke olhou o garoto, que seguiu carregando desajeitadamente as sacolas em direção a uns prédios próximos. Parecia tão feliz. Era assim que tinha que ser. Aceitar seu fardo e carregá-lo feliz.

É assim que tem que ser.

No pátio, ficou um tempo parado na esperança de ver o cara que pagara whisky para ele. O homem às vezes passava por lá àquela hora. Andava em círculos pelo pátio. Mas não o havia visto nos últimos dias. Lacke olhou para as janelas cobertas do apartamento no qual achava que ele morava.

Deve estar lá bebendo, é claro. Posso ir tocar a campainha.

Talvez outro dia.

* * *

Quando começou a escurecer, Tommy e a mãe foram até o cemitério. O túmulo do pai dele ficava bem no dique que beirava o rio Råcksta. Sua mãe permaneceu quieta até chegarem a Kanaanvägen, e Tommy havia pensado que era porque estava sofrendo, mas ao adentrarem o caminho que seguia paralelo ao lago, ela tossiu e disse:

— Então, sabe, Tommy...

— O quê?

— Staffan disse que sumiu uma coisa do apartamento dele. Desde a última vez que fomos lá.

— Entendo.

— Sabe algo sobre isso?

Tommy pegou um pouco de neve, fez uma bola e jogou-a contra uma árvore. Bem no alvo.

— Sim. Tá embaixo da sacada dele.

— É bem importante pra ele, porque...

— Está nos arbustos sob a sacada, já disse.

— E como foi parar lá?

Uma parte da parede coberta de neve do cemitério tornou-se visível. Uma luz vermelha suave iluminava os pinheiros de baixo para cima. O candeeiro de cemitério que a mãe de Tommy levava tilintou. O garoto perguntou:

— Tem fogo?

— Fogo? Ah, sim. Tenho um isqueiro. Como ele...

— Deixei cair.

Após atravessar os portões do cemitério, Tommy parou e olhou o mapa; seções diferentes estavam marcadas com letras diferentes. Seu pai estava na D.

Pensando bem, era muito doentio fazer aquilo. Queimar pessoas, guardar as cinzas, enterrá-las e depois chamar o local de "Túmulo 104, seção D".

Quase 3 anos atrás. Tommy tinha lembranças vagas do funeral, ou o que quer que se chamasse aquilo. A coisa toda com o caixão e um monte de gente que alternava entre chorar e cantar.

Lembrava ter usado sapatos grandes demais para ele, sapatos do pai, e que seus pés escorregavam dentro deles a caminho de casa. Que tivera medo do caixão, ficara olhando para ele o tempo todo, certo de que seu pai levantaria e viveria outra vez, porém... diferente.

Duas semanas depois do funeral, ainda sentia um medo extremo de zumbis. Especialmente quando escurecia, olhava para as sombras e pensava ver o ser atrofiado sobre a cama de hospital, que não era mais seu pai, vindo até ele com os braços esticados, como nos filmes.

O terror parou quando enterraram a urna. Foram apenas ele, sua mãe, o coveiro e um pastor. O coveiro carregou a urna, andando de maneira solene enquanto o pastor consolava sua mãe. A coisa toda era ridícula pra caralho. A caixinha de madeira com tampa que o cara vestindo uma jardineira carregava em frente a ele ao andar; aquilo tudo ter algo a ver com seu pai. Era uma grande piada.

Mas o terror passou e a relação de Tommy com o túmulo mudou com o tempo. Agora vinha só de vez em quando, sentava-se ao lado da lápide e passava os dedos sobre as letras que formavam o nome de seu pai. Vinha por isso. Não pela caixa no chão, mas pelo nome.

A pessoa distorcida sobre a cama de hospital, as cinzas na caixa, nada disso era seu pai, mas o nome se referia a pessoa da qual lembrava e por isso, às vezes, sentava-se lá e passava os dedos pelos sulcos na pedra que formavam o nome MARTIN SAMUELSSON.

— Como é lindo — disse sua mãe.

Tommy olhou para o cemitério.

Havia velas por todos os lados. Uma cidade vista de um avião. Aqui e ali, vultos escuros moviam-se entre os túmulos. Sua mãe seguiu em direção ao túmulo do pai, o candeeiro balançando nas mãos. Tommy olhou para suas costas magras e ficou triste de repente. Não por si ou pela mãe, não: por todos. Por todas as pessoas que andavam por ali na neve, com suas luzes flamejantes. Elas mesmas, apenas sombras sentadas próximas a lápides, lendo inscrições, tocando-as. Era tão... estúpido.

Morto é morto. Se foi.

Mesmo assim, Tommy foi até a mãe e agachou-se perto do túmulo do pai enquanto ela acendia o candeeiro. Não quis tocar nas letras do nome dele enquanto ela estava lá.

Sentaram-se ali por um tempo, olhando a chama tênue fazer a sombra do bloco de mármore arrastar-se e se mover. Tommy não sentia nada além de certa vergonha. Em pensar que estava participando daquele teatrinho. Depois de um minuto, levantou-se e seguiu de volta para casa.

Sua mãe o seguiu. Cedo demais, na opinião dele. Por ele, ela podia chorar até secar, ficar lá sentada a noite toda. Alcançou-o e, com cuidado, entrelaçou seu braço ao dele. O garoto permitiu. Caminharam lado a lado e olharam para o rio Råcksta, no qual o gelo começara a se formar. Se aquele frio continuasse, daria para esquiar ali em alguns dias.

Um pensamento continuou ecoando em sua mente como um riff de guitarra.

Morto é morto. Morto é morto. Morto é morto.

Sua mãe tremeu, encostou-se nele.

— É horrível.

— Acha mesmo?

— Sim, Staffan me contou algo horrível.

Staffan. Era incapaz de não mencioná-lo, até mesmo aqui...

— Entendo.

— Ouviu falar da casa que pegou fogo em Ängby? Da mulher que...

— Sim.

— Staffan me contou que fizeram uma autópsia nela. Acho esse tipo de coisa tão horrível. Eles fazerem essas coisas.

— Sim. Claro.

Um pato andava sobre o gelo fino em direção à água descoberta que se acumulara próxima a um dreno que desaguava no lago. Os peixinhos que davam para pescar no verão cheiravam a esgoto.

— De onde vem esse esgoto? — Tommy perguntou. — Do crematório?

— Não sei. Não quer ouvir o que ele disse? Acha que é horrível demais?

— Não, não.

Então ela contou ao garoto enquanto atravessavam a floresta a caminho de casa. Depois de um tempo, Tommy se interessou, começou a fazer perguntas que a mãe não podia responder; só sabia o que Staffan havia dito. Na verdade, Tommy perguntou tanto, ficou tão interessado, que sua mãe se arrependeu de ter tocado no assunto pra início de conversa.

* * *

Mais tarde naquela noite, Tommy sentou-se sobre um caixote no abrigo de emergência, virando a pequena estatueta do homem atirando com uma pistola de um lado para o outro. Colocou-a sobre três caixas contendo toca-fitas, como um troféu. A cereja no bolo.

Roubado de um... policial!

Trancou cuidadosamente a porta do abrigo com a corrente e o cadeado, pôs a chave outra vez no esconderijo, sentou-se em sua sala de porão e continuou a pensar no que sua mãe havia contado. Depois de um tempo, ouviu passos inseguros descendo pelo corredor. Uma voz sussurrou:

— Tommy...?

Ele levantou-se da poltrona, foi até a porta e a abriu rapidamente. Oskar estava do outro lado, parecendo nervoso. Estendeu uma nota.

— Seu dinheiro.

Tommy pegou a nota de 50 e a colocou no bolso, sorrindo para Oskar.

— Vai passar a frequentar o clube? Entra.

— Não, eu preciso...

— Entra logo, já disse. Preciso te perguntar uma coisa.

Oskar sentou-se no sofá, com as mãos entrelaçadas. Tommy se jogou sobre a poltrona e olhou para ele.

— Oskar, você é um cara esperto.

O menino deu de ombros, com modéstia.

— Sabe aquela casa que pegou fogo em Ängby? A vovozinha que correu pro jardim em chamas?

— Sim, li sobre isso.

— Sabia que teria lido. Escreveram alguma matéria sobre a autópsia?

— Não que eu saiba.

— Não. Bem, fizeram uma. Uma autópsia. E quer saber? Não encontraram fumaça nos pulmões dela. Sabe o que isso quer dizer?

Oskar pensou.

— Que ela não estava respirando.

— Certo. E quando você para de respirar? Quando está morto, né?

— Sim — Oskar disse, entusiasmado. — Já li sobre esse tipo de coisa. Por isso sempre fazem uma autópsia quando há incêndio, pra ter certeza de que... de que ninguém causou o incêndio para esconder o fato de ter matado a pessoa que estava lá. No fogo. Já li sobre isso em... bem, no *Hemmets Journal*, na verdade, sobre um cara da Inglaterra que matou a esposa, mas sabia disso, então... antes de botar fogo, ele pôs um tubo na boca dela e...

— Tá, tá, já entendi que você sabe. Ótimo. Mas nesse caso não havia fumaça nos pulmões dela e, mesmo assim, a velhinha conseguiu ir até o jardim e correr por lá um tempo antes de morrer. Como é possível?

— Devia estar prendendo a respiração. Não, claro que não. Seria impossível. Já li em algum lugar. Por isso as pessoas sempre...

— Ok, ok, me explica.

Oskar apoiou a cabeça nas mãos, pensou muito. Então disse:

— Ou eles cometeram um erro, ou ela estava correndo já morta.

Tommy assentiu com a cabeça.

— Exato. E quer saber? Não acho que esses caras cometam esse tipo de erro. Você acha?

— Não, mas...

— Morto é morto.

— Sim.

Tommy puxou um fio da poltrona, fez uma bolinha com ele entre os dedos e então jogou-a longe.

— Sim. Pelo menos é nisso que queremos acreditar.

PARTE TRÊS

NEVE, DERRETENDO
CONTRA A PELE

Pela mão me travando diligente,
Com ledo gesto e coração me erguia,
E aos mistérios guiou-me incontinênti.

— Dante Alighieri, "A Divina Comédia", Inferno, Canto III
[Tradução de José Pedro Xavier Pinheiro]

— Não sou lençol. Sou um fantasma REAL. BUUU... BUUU... É
pra você ter medo!
— Mas não tenho.

— Nationalteatern*, "Kåldolmar och kalsipper"
[Tradução livre]

---

*   [N. da T.] Grupo de rock performático da Suécia.

QUINTA-FEIRA

5 DE NOVEMBRO

Os pés de Morgan estavam congelando. A onda de frio chegara na mesma época do naufrágio do submarino, e só havia piorado na semana anterior. Adorava suas velhas botas de caubói, mas não podia vestir meias grossas com ela. E, de qualquer forma, tinha um buraco na sola. Claro, podia gastar 100 com comida no restaurante chinês, mas preferia passar frio.

Eram 9h30 e ele estava voltando do metrô para casa. Fora até o ferro-velho em Ulvsunda para ver se precisavam de ajuda, talvez ganhar um dinheiro, mas os negócios iam mal. Nada de botas de inverno esse ano, outra vez. Tomara um café com os caras no escritório, que estava cheio de peças de carro, catálogos e calendários com imagens de mulheres, e depois pegara o metrô de volta.

Larry apareceu entre os prédios altos e, como sempre, parecia ter acabado de receber uma sentença de morte.

— E aí, meu velho? — gritou Morgan.

Larry assentiu rápido, como se soubesse desde o momento em que acordara que encontraria Morgan lá, e então foi até ele.

— Oi. Como vão as coisas?

— Meus dedos estão congelando, meu carro está no ferro-velho, não tenho trabalho e estou indo pra casa tomar uma sopa instantânea. E você?

Larry andava em direção a Björnsonsgatan, pelo caminho que atravessava o parque.

— Pensei em visitar o Herbert no hospital. Você vem?

— A cabeça dele tá melhor?

— Não, acho que continua na mesma.

— Então não vou. Esse tipo de coisa me deixa pra baixo. Da última vez ele achou que eu era a mãe dele e queria que eu contasse uma história.

— E você contou?

— Claro. Contei sobre a Cachinhos Dourados e os Três Ursos. Mas não. Hoje não tô no clima.

Continuaram andando. Quando Morgan viu que Larry usava um par de luvas grossas, percebeu que suas mãos estavam congelando e colocou-as — com um pouco de dificuldade — nos bolsos estreitos de sua jaqueta jeans. O pequeno viaduto onde Jocke havia sumido tornou-se visível.

Talvez para evitar falar *daquilo*, Larry disse:

— Leu o jornal essa manhã? Agora Fälldin está dizendo que os russos têm armas nucleares a bordo.

— E ele achava que tinham o quê? Estilingues?

— Não, mas... já está lá a uma semana. E se explodisse?

— Não se preocupe com isso. Os russos entendem dessas coisas.

— Sabe que não sou comunista.

— E eu sou?

— Digamos assim: em quem você votou na última eleição? No Partido Liberal?

— Isso não significa que jurei fidelidade a Moscou.

Já haviam tido essa conversa antes. Estavam seguindo o antigo roteiro para não verem, não precisarem pensar *naquilo* ao se aproximarem da passagem. Mesmo assim, porém, suas vozes morreram quando passaram por baixo da ponte e pararam, de súbito. Ambos tiveram a impressão de que fora o outro que parara primeiro. Olharam para as pilhas de folhas que haviam se tornado pilhas de neve, adquirindo formatos que os deixavam apreensivos. Larry balançou a cabeça.

— Não podemos fazer nada, sabe?

Morgan pôs as mãos mais para dentro dos bolsos, batendo os pés para se aquecer.

— Gösta é o único que pode fazer alguma coisa.

Ambos olharam em direção ao apartamento de Gösta. Não havia cortinas; o vidro estava sujo de terra.

Larry ofereceu o maço de cigarros. Morgan pegou um, depois Larry, que ascendeu os dois. Ficaram ali, fumando, contemplando os montes de neve. Depois de um tempo, seus pensamentos foram interrompidos pelo som de vozes infantis.

Um grupo de crianças carregando patins de gelo e capacetes saía da escola, seguindo um homem com porte de militar. As crianças andavam a intervalos de alguns metros umas das outras, quase no mesmo passo. Passaram por Morgan e Larry. Morgan cumprimentou com a cabeça um menino que reconheceu de seu prédio.

— Indo pra guerra?

O garoto balançou a cabeça, estava prestes a dizer algo, mas continuou marchando, com medo de perder o ritmo. Continuaram seguindo para o hospital; provavelmente estavam fazendo alguma excursão. Morgan amassou o cigarro com a bota, pôs as mãos ao redor da boca e gritou:

— Ataque aéreo! Protejam-se!

Larry riu, apagando o cigarro.

— Jesus. Não sabia que ainda existia esse tipo de professor; o tipo que quer até que os casacos fiquem em posição de sentido. Você vem?

— Não, hoje não dá. Mas vai você. Se correr, vai conseguir entrar na marcha com os demais.

— Te vejo mais tarde.

— Com certeza.

Separaram-se no viaduto. Larry partiu, em passos vagarosos, na mesma direção das crianças, e Morgan subiu a escada. Agora seu corpo inteiro estava congelando. Sopa de pacotinho não era tão ruim, especialmente com um pouco de leite.

* * *

Oskar caminhava com a professora. Precisava falar com alguém e só conseguia pensar nela. Mesmo assim, teria trocado de grupo, se pudesse. Jonny e Micke nunca escolhiam o grupo da caminhada, mas hoje haviam escolhido. Estavam cochichando sobre algo de manhã, olhando para ele.

Então Oskar decidiu caminhar com a professora, sem ter certeza se era por proteção ou porque precisava falar com um adulto.

Estava namorando com Eli há cinco dias. Encontravam-se todas as noites, lá fora. O garoto sempre dizia para a mãe que ia encontrar Johan.

Na noite anterior, Eli entrara por sua janela outra vez. Ficaram deitados e acordados um bom tempo, contando histórias que começavam onde a do outro havia parado. Então, adormeceram abraçados e, pela manhã, Eli não estava mais lá.

Em seu bolso, junto com o bilhete antigo e já gasto de tanto ser manuseado, havia agora um novo, que ele havia encontrado em sua mesa naquela manhã ao se arrumar para a escola.

OU PARTO, E VIVO, OU MORREREI, FICANDO. BEIJOS, ELI.

Sabia que era uma citação de *Romeu e Julieta*. Eli havia dito que o que escrevera no primeiro bilhete era da peça, e Oskar pegara uma edição na biblioteca da escola. Tinha gostado bastante, embora não entendesse várias palavras. *Sua túnica de vestal, verde e doente*. Será que Eli entendia todas aquelas palavras?

Jonny, Micke e as meninas estavam uns 20 metros atrás de Oskar e da professora. Passaram pelo Parque China, onde algumas crianças da creche brincavam em trenós, seus gritos cortando o ar. Oskar chutou um montinho de neve, baixou a voz e disse:

— Marie-Louise?

— Sim?

— Como a gente sabe quando está apaixonado?

— Ah, eu...

A professora pôs as mãos nos bolsos do sobretudo e olhou para o céu. Oskar se perguntou se ela estava pensando no cara que viera algumas vezes esperá-la na escola. O garoto não havia gostado da aparência do homem. Ele era esquisito.

— Depende de quem você é, mas... Eu diria que é quando você sabe... ou ao menos realmente acredita que aquela é a pessoa com quem sempre quer estar.

— Quer dizer, quando sente que não pode viver sem a pessoa.

— Sim, exatamente. Duas pessoas que não vivem sem a outra... não é isso que é o amor?

— Como em *Romeu e Julieta*.

— Sim, e quanto maiores são os obstáculos... você viu a peça?

— Eu li.

A professora olhou para ele e deu um sorriso do qual Oskar sempre gostou, mas que agora o havia deixado um pouco incomodado. Disse, rapidamente:

— E se forem dois caras?

— Aí é amizade. Também é um tipo de amor. Ou, você quer dizer... bom, dois homens também podem se amar desse jeito.

— E como fazem isso?

A professora baixou a voz.

— Bom, não que tenha algo errado com isso, mas... se quiser falar mais sobre esse assunto, teremos que voltar a ele outro dia.

Andaram mais um pouco em silêncio, chegaram à colina que levava à baía Kvarnviken. Colina Fantasma. A professora inalou o cheiro dos pinheiros profundamente. Então disse:

— Você faz um pacto com a pessoa, forma uma união. Não importa se são meninos ou meninas, formam um pacto em que... é você e a pessoa. É algo que só existe entre os dois.

Oskar assentiu. Ouviu as vozes das meninas se aproximando. Em breve viriam e tomariam a atenção da professora. Era o que costumava acontecer. Estava caminhando tão perto da professora que seus casacos se tocavam, e disse:

— Dá pra ser... menina e menino ao mesmo tempo? Ou nenhum dos dois?

— Não, não as pessoas. Alguns tipos de animais são...

Michelle correu até eles e gritou, com sua voz esganiçada:

— Tia! O Jonny jogou neve dentro da minha blusa!

Estavam quase terminando de descer a colina. Logo em seguida as meninas chegaram e contaram o que Jonny e Micke haviam feito.

Oskar diminuiu o passo, ficou um pouco para trás. Olhou a suas costas. Jonny e Micke estavam no topo da colina. Acenaram para Oskar, que não acenou de volta. Em vez disso, pegou um galho grande que estava ao lado da trilha e começou a arrancar os galhos menores enquanto andava.

Passou pela construção que diziam ser assombrada e que dava nome à colina. Um galpão gigantesco com paredes de metal corrugado que destoava muito entre as árvores. Na parede de frente para a colina, alguém pichara, em letras grandes:

QUEREMOS SUA MOTO

As meninas e a professora brincavam de pique-pega, correndo pela trilha próxima à água. Não pretendia alcançá-las. Sabia que Jonny e Micke estavam atrás dele. Segurou o galho com mais força e continuou andando.

O dia estava bonito. O gelo havia se formado há dias, e agora estava espesso o suficiente para o grupo de patinadores irem para lá, liderados pelo Sr. Ávila. Quando Jonny e Micke disseram que queriam ficar no grupo da caminhada, Oskar pensou seriamente em correr para casa e pegar seus patins, trocar de grupo. Porém, fazia dois anos que não comprava patins novos, provavelmente os antigos já não cabiam em seu pé.

Além disso, tinha medo do gelo.

Uma vez, quando era pequeno, fora com seu pai até Södersvik, e o pai se afastara para conferir as armadilhas de pesca. De onde estava, no cais, Oskar viu seu pai cair e atravessar o gelo e, por um segundo aterrorizante, sua cabeça desapareceu sob a superfície. Oskar estava sozinho no cais e começou a gritar por ajuda o mais alto que podia. Felizmente, seu pai tinha um furador de gelo no bolso e o usou para puxar o corpo para fora da água, mas, depois disso, Oskar parou de gostar do gelo.

Alguém agarrou os braços dele.

Ele virou a cabeça rápido, viu que a professora e as meninas haviam desaparecido por uma curva na trilha, para trás da colina. Jonny disse:

— O Porquinho vai tomar banho.

Oskar agarrou o galho com ainda mais força, prendendo as mãos em torno dele. Sua única chance. Levantaram-no e começaram a arrastá-lo em direção ao gelo.

— O Porquinho tá fedendo à merda e precisa de um banho.

— Me larga.

— Depois. Vai com calma. Vamos te soltar depois.

E então estavam sobre o gelo. Não havia nada para apoiar os pés. Arrastaram-no de costas, em direção ao buraco no gelo. Seus calcanhares criavam rastros duplos na neve. Entre eles, arrastava o galho, desenhando uma linha mais fina no meio.

Lá longe, no gelo, viu vultos se movendo. Gritou. Gritou por ajuda.

— Pode berrar. Talvez cheguem a tempo de te tirar de lá.

A água descoberta e escura estava a apenas alguns passos. Oskar tensionou todos os músculos que conseguiu e se jogou para o lado, contorcendo-se em um movimento doloroso e súbito. Micke soltou-o. Oskar, pendurado nos braços de Jonny, golpeou a canela dele com o galho, que quase voou de sua mão quando a madeira encontrou a perna.

— Ai, caralho!

Jonny o soltou e Oskar caiu sobre o gelo. Levantou-se à beira do buraco no gelo, segurando o galho com ambas as mãos. Jonny pôs a mão na canela.

— Idiota de merda. Agora vou acabar com você...

Jonny se aproximou dele, devagar, provavelmente sem ousar correr, pois poderia acabar caindo na água se empurrasse Oskar. Apontou para o galho.

— Abaixa isso ou eu te mato. Entendeu?

Oskar cerrou os dentes. Quando Jonny estava a um pouco mais de um braço de distância, brandiu o galho contra seu ombro. O garoto se abaixou e Oskar sentiu um pequeno choque nas mãos quando a ponta pesada do galho bateu bem na orelha de Jonny. O garoto caiu para o lado como um pino de boliche, ficando prostrado no gelo, uivando de dor.

Micke, que estivera alguns passos atrás de Jonny, agora começava a se afastar as mãos erguidas em frente ao corpo.

— Que porra é essa... a gente só tava se divertindo... não pensamos que...

Oskar andou até ele, balançando o galho de um lado para o outro no ar com um grunhido baixo. Micke deu as costas e correu de volta para a margem. Oskar parou e baixou o galho.

Jonny estava deitado de lado com os joelhos dobrados e a mão na orelha. Corria sangue por entre seus dedos. Oskar quis pedir desculpas. Não quisera machucá-lo tanto. Agachou-se ao lado do garoto, se equilibrando com o galho, e estava prestes a dizer "desculpa", mas antes que pudesse, *viu* Jonny.

Parecia tão pequeno, curvado em posição fetal, gemendo "aiaiaiai" enquanto um filete de sangue corria para dentro da gola de seu casaco. Virava a cabeça, devagar, de um lado para o outro.

Oskar olhou para ele, perplexo.

Aquela coisinha sangrando no gelo não poderia fazer nada contra ele. Não podia bater ou sacanear. Não podia nem se defender.

Podia bater mais um pouco nele e aí acabaria de vez.

Oskar se levantou, apoiou-se no galho. A adrenalina estava passando, sendo substituída por uma sensação de enjoo subindo lá do fundo de seu estômago. O que havia feito? Jonny devia estar machucado de verdade para estar sangrando daquele jeito. E se sangrasse até a morte? Oskar voltou a sentar-se no gelo, tirou um sapato e a meia de lã. Engatinhou até o garoto, cutucou a mão que segurava a orelha e pressionou a meia nela.

— Aqui. Pega isso.

Jonny pegou a meia e a pressionou contra o ouvido machucado. Oskar olhou mais além no gelo. Viu uma pessoa usando patins se aproximando. Um adulto.

Gritos vindos de longe. Crianças gritando em pânico. Um único grito agudo estridente ao qual se uniram outros em alguns segundos. A pessoa que estava vindo parou. Ficou imóvel por um segundo, e então deu as costas e patinou de volta.

Oskar ainda estava ajoelhado ao lado de Jonny e sentiu a neve derretendo, molhando seus joelhos. Os olhos de Jonny estavam fechados e ele gemia por entre dentes cerrados. Oskar aproximou o rosto do dele.

— Você consegue andar?

O garoto abriu a boca para dizer algo e um líquido amarelo e branco escorreu por entre seus lábios, colorindo a neve. Caiu um pouco nas mãos de Oskar. Olhou as gotas gosmentas que tremulavam nas costas de suas mãos e ficou realmente assustado. Soltou o galho e correu até a margem para buscar ajuda.

Os gritos das crianças perto do hospital haviam aumentado. Ele correu em direção a eles.

* * *

O Sr. Ávila, Fernando Cristóbal de Reyes y Ávila, gostava de patinar no gelo. Sim. Uma das coisas que mais gostava na Suécia era dos longos invernos. Já esquiava na Corrida de Vasa há dez anos consecutivos, e sempre que as águas no exterior do arquipélago congelavam, ia de carro até a Ilha Gräddö nos fins de semana para patinar até o mais perto de Söderarm que a cobertura de gelo permitia.

A última vez que o arquipélago congelara fora há 3 anos, porém um inverno precoce como aquele o fazia ter esperanças. Claro, a Ilha Gräddö ficaria cheia de patinadores entusiastas se as águas congelassem, mas isso era durante o dia. O Sr. Ávila preferia patinar à noite.

Com todo respeito à Corrida de Vasa, o fato era que ela o fazia se sentir como uma dentre milhares de formigas em uma colônia que de repente resolveram emigrar. Era bem diferente estar na vastidão do gelo, sozinho sob o luar. Fernando Ávila era só meio católico, mas até ele era capaz de sentir em tais momentos que Deus estava por perto.

O arranhar cadenciado das lâminas de metal, a luz da lua dando ao gelo um brilho plúmbeo, acima de sua cabeça a infinidade da abóbada de estrelas, o vento frio batendo em seu rosto, eternidade, profundidade e espaço de todas as direções. A vida não podia ser maior.

Um menininho estava puxando sua calça.

— Tio, eu preciso fazer xixi.

Ávila acordou de seus sonhos de patinação e olhou à sua volta, apontou para algumas árvores próximas à margem que se debruçavam sobre a água; a teia vazia de galhos caía como uma cortina de proteção sobre o gelo.

— Pode fazer xixi ali.

O menino franziu os olhos, olhando as árvores.

— No gelo?

— Sim, qual é o problema? Faz gelo novo. Amarelo.

O menino olhou para ele como se fosse louco, mas seguiu patinando até as árvores.

Ávila olhou a sua volta e se certificou de que nenhum dos mais velhos havia se afastado demais. Com alguns deslizes rápidos, afastou-se para ver melhor como estava a situação em geral. Contou as crianças. Sim. Nove, mais o que estava fazendo xixi. Dez.

Virou para o outro lado e olhou em direção a Kvarnviken, parou.

Algo estava acontecendo lá. Um grupo aproximando-se de algo que só podia ser um buraco no gelo, marcado por árvores pequenas e espalhadas. Enquanto continuou parado, assistindo, o grupo se separou. Viu que um deles carregava um galho.

O galho foi brandido e um garoto caiu. Ouviu um berro. Virando de costas, checou seu grupo mais uma vez e então disparou em direção às figuras perto do buraco. Uma delas agora corria para a margem.

Foi então que ouviu o grito.

O grito agudo de uma das crianças de seu grupo. A neve jorrou em torno das lâminas dos patins quando ele parou de súbito. Havia concluído que as crianças perto do buraco eram mais velhas. Oskar, talvez. Meninos mais velhos. Conseguiam se virar. Os que estavam sob sua responsabilidade eram mais novos.

A intensidade do grito aumentou e, ao se virar e patinar em direção a ele, ouviu mais vozes aumentando o coro.

Cojones!

Algo havia acontecido no instante em que ele não estava lá. Santo Deus, que o gelo não tenha se partido. Patinou o mais rápido que pôde, a neve disparando em torno dos patins enquanto ele avançava em direção à origem do grito. Viu então que várias crianças haviam se reunido, estavam de pé e gritando histericamente em coro, e mais se aproximavam. Viu também que um adulto descia do hospital em direção ao gelo.

Com alguns fortes impulsos finais, chegou próximo às crianças, e parou de forma tão súbita que partículas finas de gelo jorraram sobre os casacos das crianças. Não estava entendendo. Todas estavam reunidas em torno da rede de galhos, olhando para o chão de gelo e berrando.

Aproximou-se mais.

— O que houve?

Uma das crianças apontou para baixo, para uma protuberância congelada embaixo d'água. Parecia um monte de grama marrom com uma linha vermelha de um lado. Ou um ouriço atropelado. Agachou-se mais perto e viu que era uma cabeça. Uma cabeça humana congelada sob o gelo de forma que só o topo da cabeça e a testa estavam visíveis.

O menino que ele mandara fazer xixi ali estava sentado no gelo a alguns metros, soluçando.

— E-e-eu que e-e-encon-contre-ei.

Ávila se levantou.

— Saiam! Todo mundo volta pra margem *agora*!

As crianças também pareciam congeladas no gelo; os menores continuavam chorando. Ele pegou o apito e soprou forte, duas vezes. Os gritos pararam. Deslizou um pouco para ficar atrás das crianças e conduzi-las para a margem. Elas foram. Só um menino do quinto ano permaneceu onde estava, agachado sobre a cabeça, cheio de curiosidade.

— Você também!

Ávila gesticulou indicando que ele devia se aproximar. Uma vez na margem, disse para a mulher que viera do hospital:

— Chame a polícia. Uma ambulância. Tem um corpo congelado ali.

A mulher correu de volta para o hospital. Ávila contou as crianças, viu que faltava uma. O menino que encontrara a cabeça ainda estava sentado no gelo, com o rosto nas mãos. Ávila patinou até ele e o levantou pelas axilas. O menino se virou e pôs os braços ao redor do professor, que o ergueu com gentileza, como se fosse um pacote frágil, e o carregou até a margem.

* * *

— Posso falar com ele?

— Ele não consegue falar...

— Não, mas entende o que é dito a ele.

— Acho que sim, mas...

— Só um pouco.

Através da névoa cobrindo sua visão, Håkan viu um homem usando roupas escuras puxar uma cadeira e sentar-se ao lado da cama. Não conseguia ver o rosto do homem, mas provavelmente estava sério.

Nos últimos dias, Håkan vinha entrando e saindo de uma nuvem vermelha marcada por linhas finas como fios de cabelo. Sabia que o haviam anestesiado algumas vezes, feito operações. Esse era o primeiro dia no qual estava totalmente consciente, porém não sabia quanto tempo havia passado desde que chegará lá.

Mais cedo naquela manhã, Håkan estivera explorando seu novo rosto com os dedos da mão que ainda sentia. Um curativo emborrachado cobria toda a face, mas pelo que pôde descobrir após explorar dolorosamente os contornos sob a atadura com as pontas dos dedos, não tinha mais um rosto.

Håkan Bengtsson não existia mais. Tudo o que restara dele era um corpo não identificado em uma cama de hospital. Seriam, é claro, capazes de conectá-lo aos outros assassinatos, mas não à sua vida anterior ou atual. Não a Eli.

— Como se sente?

Ah, muito bem, senhor policial. Não poderia estar melhor. É como se tivessem posto napalm em chamas no meu rosto, mas fora isso, tudo ótimo.

— Sim, entendo que não pode falar, mas talvez possa assentir se ouvir o que estou falando? Pode acenar a cabeça?

Posso, mas não quero.

O homem ao lado de sua cama suspirou.

— Você tentou se matar aqui, então sei que não está totalmente... fora de si. É difícil levantar a cabeça? Pode levantar a mão se estiver me ouvindo? Pode levantar a mão?

Håkan desconectou-se de todos os pensamentos sobre o policial e, em vez disso, começou a pensar no lugar do Inferno de Dante, o Limbo, ao qual todas as grandes almas da Terra que não conheciam Cristo iam após a morte. Tentou imaginar o local em detalhes.

— Gostaríamos de saber quem você é, entende?

Em que círculo o próprio Dante foi parar depois de morrer...?

O policial aproximou ainda mais a cadeira.

— Vamos descobrir, sabe? Mais cedo ou mais tarde. Você podia economizar nosso tempo se comunicando agora.

Ninguém sente minha falta. Ninguém me conhece. Vá em frente, tente.

Uma enfermeira entrou.

— Há um telefonema pra você.

O policial se levantou e foi até a porta. Antes de sair, virou-se.

— Eu vou voltar.

Os pensamentos de Håkan se voltaram a assuntos mais importantes. Para qual círculo ele iria? O círculo dos assassinos de crianças? Era o sétimo círculo. Por outro lado, talvez o primeiro círculo. Aqueles que pecaram por amor. Além disso, é claro, os sodomitas tinham o próprio círculo. O mais razoável seria assumir que a pessoa ia para o círculo que representava seu maior crime. Ou seja: caso alguém cometesse um crime absolutamente terrível, poderia então pecar à vontade com os que eram punidos nos círculos superiores. Não dava para ficar pior. Como assassinos nos EUA que eram condenados a 300 anos de prisão.

Os diferentes círculos giravam em suas espirais. O funil do Inferno. Cérbero com sua cauda. Håkan se imaginou entre homens violentos, mulheres amargas e os orgulhosos em caldeirões ferventes, sob a chuva de fogo, vagando, buscando seu lugar.

De *uma* coisa tinha completa certeza. Nunca terminaria no círculo mais baixo. Aquele no qual o próprio Lúcifer mastigava Judas e Brutus, em um mar de gelo. O círculo dos traidores.

A porta se abriu outra vez, com aquele som estranho de sucção. O policial sentou-se ao lado de sua cama.

— Olá de novo. Parece que encontraram mais um, em um lago em Blackeberg. A mesma corda, ao menos.

Não!

O corpo de Håkan se contorceu de forma involuntária quando o homem disse Blackeberg. O policial assentiu.

— Aparentemente pode me ouvir. Ótimo. Podemos supor que você mora nos subúrbios a oeste então. Onde? Råcksta? Vällingby? Blackeberg?

A lembrança de como havia se livrado do homem perto do hospital passou por sua mente. Fora descuidado. Fizera besteira.

— Ok, então vou deixá-lo em paz. Pode pensar se deseja cooperar. Será mais fácil assim, não acha?

O policial se levantou e saiu. Em seu lugar, veio uma enfermeira, que se sentou na cadeira, vigiando.

Håkan começou a virar a cabeça de um lado para o outro, em negação. Ergueu a mão e começou a puxar o tubo do respirador. A enfermeira rapidamente se levantou e afastou a mão dele.

— Vamos precisar te amarrar. Mais uma e a gente te amarra. Entendeu? Se não quer viver, problema seu, mas enquanto estiver aqui nosso trabalho é manter você vivo. Não importa o que fez ou deixou de fazer, entendeu? E vamos fazer o que for preciso para resolver a situação, mesmo que precisemos te amarrar. Tá me ouvindo? Tudo vai ser mais fácil pra você se cooperar.

Cooperar. Cooperar. De repente todo mundo quer cooperação. Não sou mais uma pessoa. Sou um projeto. Ah, meu Deus. Eli, Eli. Me ajude.

* * *

Oskar ouviu a voz da mãe assim que chegou às escadas. Ela estava falando com alguém no telefone, e soava irritada. A mãe de Jonny? Parou do lado de fora da porta, escutando.

— Vão me ligar e perguntar o que eu fiz de errado... ah, sim, vão sim, e o que eu vou dizer? Desculpe, mas veja, meu filho não tem pai e isso... então haja como um, e... não, você não... Acho que devia conversar com ele sobre isso.

Oskar destrancou a porta e entrou.

— Ele chegou — disse sua mãe, ao telefone. Virou-se então para Oskar. — Ligaram da escola e eu... você vai ter que falar com seu pai sobre isso, porque eu... — Ela voltou a falar ao telefone — Agora você pode... eu estou calma... é fácil falar, sentado aí onde está...

Oskar foi para o quarto, deitou-se na cama e pôs as mãos sobre o rosto. Seu coração parecia estar batendo na cabeça.

Quando chegou ao hospital, inicialmente pensou que as pessoas corriam de um lado para o outro por causa de Jonny. Mas, por fim, não era esse o caso. Hoje ele havia visto um cadáver pela primeira vez na vida.

Sua mãe abriu a porta do quarto. Oskar tirou as mãos da cabeça.

— Seu pai quer falar com você.

Oskar pôs o telefone no ouvido e escutou uma voz distante recitando nomes de faróis e a força e direção dos ventos. Aguardou, com o aparelho contra a orelha, sem dizer nada. A mãe franziu o cenho e olhou para ele com indagação. Oskar cobriu o bocal com a mão e sussurrou:

— Previsão de tempo naval.

A mãe abriu a boca, como se fosse dizer algo, mas, por fim, apenas suspirou e deixou as mãos caírem. Foi até a cozinha. Oskar se sentou na cadeira do corredor e ouviu a previsão junto com seu pai.

Sabia que o pai ficaria distraído pelo rádio se Oskar tentasse começar a conversa agora. A previsão marinha era sagrada. Quando estava com ele, todas as atividades da casa paravam às 16h45 e o pai se sentava ao lado do rádio enquanto olhava sem foco para os campos lá fora, como se checando a veracidade do que diziam no rádio.

Fazia muito tempo que seu pai não ia para o mar, mas antigos hábitos são difíceis de eliminar.

Almagrundet, noroeste, oito, seguindo para o oeste à noite. Boa visibilidade. Mar Åland e área do Arquipélago, noroeste, dez, aviso de rajadas de vento à noite. Boa visibilidade.

Pronto. A parte mais importante havia terminado.

— Oi, pai.

— Ah, é você. E aí? Vamos ter umas rajadas de vento aqui à noite.

— Sim, eu ouvi.

— Hum. Como vão as coisas?

— Tudo bem.

— Sabe, sua mãe acabou de me contar sobre esse lance com o Jonny. Não parece estar tudo bem.

— Não, acho que não.

— Ele teve uma concussão.

— É, ele vomitou.

— É um efeito colateral comum. O Harry... sim, você o conheceu... uma vez ele bateu com a cabeça no peso de chumbo e... bem, ficou lá prostrado no convés, depois vomitou pra caramba.

— E ficou bem?

— Sim, claro... bom, ele morreu na primavera passada. Mas não foi relacionado a isso. Não, ele se recuperou bem rápido.

— Que bom.

— Vamos ter que torcer pra isso acontecer com esse garoto também.

— Sim.

A voz no rádio continuava listando os nomes de várias regiões marítimas: Bottenviken etc. Algumas vezes, havia se sentado na casa de seu pai com um atlas a sua frente e seguido todos os faróis conforme eram nomeados. Por um tempo, tinha decorado todos os lugares, em ordem, mas já esquecera. Seu pai pigarreou.

— Então, eu e sua mãe estávamos falando sobre isso... talvez você queira vir me visitar no fim de semana.

— Hummm.

— Para a gente conversar mais sobre isso e sobre... tudo.

— Esse fim de semana?

— Sim, se quiser.

— Pode ser. Mas eu tenho que... que tal sábado?

— Ou sexta à noite.

— Não, é que... Sábado. De manhã.

— Perfeito. Vou tirar o pato do freezer.

Oskar aproximou mais o bocal e sussurrou:

— De preferência sem chumbo.

Seu pai riu.

No último outono, quando Oskar estivera na casa dele, havia quebrado o dente em um vestígio de bala na carne de uma ave marinha que haviam comido. Dissera para a mãe que foi em uma pedra dentro de uma batata. Aves marinhas eram a comida favorita de Oskar, mas sua mãe achava "cruel demais" atirar em pássaros tão indefesos. Se ela soubesse que ele havia quebrado o dente graças à própria arma do crime, provavelmente teria de ouvir uma lição de moral sobre comer aquele tipo de coisa.

— Vou checar com bastante cuidado.

— O ciclomotor tá funcionando?

— Sim, por quê?

— Nada, só queria saber.

— Ok. Bem, tem bastante neve, então provavelmente poderemos dar uma volta.

— Legal.

— Ok, te vejo sábado. Você vai pegar o ônibus das 10h.

— Sim.

— Vou lá te buscar. Com o ciclomotor. O carro não tá funcionando bem.

— Ok, ótimo. Quer falar mais com a mamãe?

— Ahn... não... você pode contar o que combinamos, né?

— Aham. Até lá.

— Até. Tchau.

Oskar pôs o telefone no gancho. Ficou sentado por um tempo, imaginando como seria. Sair com o ciclomotor. Era divertido. Oskar calçaria os minipatins de esqui e eles amarrariam uma corda na garupa do ciclomotor, com um bastão de madeira do outro lado. Oskar seguraria no bastão com as duas mãos e eles passeariam pela vila como se fosse esqui aquático, mas na neve. Isso além do pato com geleia. E apenas *uma* noite longe de Eli.

Foi até o quarto e pegou suas roupas de ginástica, além da faca, já que não voltaria para casa antes de encontrar Eli. Tinha um plano. Quando já estava à porta vestindo o casaco, sua mãe saiu da cozinha, limpando as mãos cheias de farinha no avental.

— E então? O que ele disse?

— Vou pra casa dele no sábado.

— Tudo bem, mas e sobre o outro assunto?

— Preciso ir pro treino agora.

— Ele não disse mais nada?

— Sim, mas eu preciso ir agora.

— Pra onde?

— Pra piscina.

— Que piscina?

— A do lado da escola. Pequena.

— O que vai fazer lá?

— Treinar. Volto lá pras 20h30. Ou 21h. Vou encontrar com o Johan depois.

Sua mãe parecia chateada, sem saber o que fazer com as mãos cheias de farinha, então as colocou no bolso grande na frente do avental.

— Sim, entendo. Cuidado. Não tropece no lado da piscina ou algo assim. Está com seu gorro?

— Sim, sim.

— Bom, use ele. Depois que sair da piscina, porque está frio lá fora e quando seu cabelo está molhado...

Oskar deu um passo à frente, beijou a bochecha da mãe, disse "tchau" e saiu. Quando atravessou o portão de seu prédio, olhou para sua janela. A mãe estava lá, ainda com as mãos no bolso do avental. Oskar acenou. Ela lentamente ergueu uma mão e acenou de volta.

Ele chorou por metade do caminho até a piscina.

* * *

O grupo estava reunido nas escadas do lado de fora do apartamento de Gösta. Lacke, Virginia, Morgan, Larry, Karlsson. Ninguém queria tocar a campainha, já que parecia ser responsabilidade da pessoa que tocasse dizer o motivo da visita. Até da escada dava para sentir o cheiro de Gösta. Urina. Morgan deu uma cotovelada em Karlsson e murmurou algo. Karlsson levantou o aquecedor de orelhas que usava em vez de um gorro e perguntou:

— O quê?

— Eu disse: não acha que já pra tirar isso aí? Tá parecendo um idiota.

— É a sua opinião. — Ele, porém, tirou os aquecedores, colocou-os no bolso do casaco e disse — Precisa ser você, Larry. Foi você quem viu.

Larry suspirou e tocou a campainha. Um miado irritado veio de dentro, e depois um baque suave de algo atingindo o chão. Larry limpou a garganta. Não gostava daquilo. Estava se sentindo um policial com o grupo inteiro atrás de si; só faltava sacar uma pistola. Passos arrastados vieram de dentro do apartamento, e então uma voz:

— Está tudo bem, amorzinho?

A porta se abriu. Uma lufada de urina atingiu o rosto de Larry, que ficou sem ar. Gösta estava parado na porta, usando uma camisa esgarçada, um colete e uma gravata. Tinha um gato com listras brancas e laranjas enroscado sob um braço.

— Pois não?

— Oi, Gösta. Como vai?

Os olhos de Gösta passaram pelo rosto de cada um. Estava bem bêbado.

— Bem.

— Então, estamos aqui porque... sabe o que aconteceu?

— Não.

— Veja bem, encontraram o Jocke. Hoje.

— Entendo. Ah. Sim.

— E aí... você sabe...

Larry virou a cabeça, buscando o apoio de sua comitiva. Conseguiu apenas um gesto encorajador de Morgan. Larry não conseguia ficar ali, como um representante oficial apresentando um ultimato. Só havia uma maneira, embora não gostasse nada dela. Perguntou:

— Podemos entrar?

Havia esperado algum tipo de resistência. Gösta não estava acostumado a ver cinco pessoas vindo visitá-lo. Mas o homem simplesmente assentiu com a cabeça e se afastou um pouco da entrada para deixá-los passar.

Larry hesitou por um momento; o cheiro vindo do apartamento era inacreditável. Pesava no ar como algo viscoso. Durante o momento de hesitação, Lacke entrou, seguido por Virginia. Lacke acariciou o gato — ainda nos braços de Gösta — atrás das orelhas.

— Lindo gato. Como se chama?

— É gata. Tisbe.

— Lindo nome. Tem um Píramo também?

— Não.

Um por um eles atravessaram a porta, tentando respirar pela boca. Depois de um minuto, desistiram de tentar lutar contra o fedor, relaxaram e se acostumaram. Gatos foram enxotados do sofá e da poltrona e algumas cadeiras foram trazidas da cozinha. Sobre a mesa, foram colocados vodca, refrigerante e copos, e depois de alguns minutos de conversa fiada sobre gatos e o tempo, Gösta disse:

— Então encontraram o Jocke.

Larry esvaziou seu copo. Sua tarefa parecia mais fácil com o calor do álcool em seu estômago. Encheu o copo outra vez e disse:

— Sim, perto do hospital. O corpo estava no gelo.

— No gelo?

— Sim. O lugar estava um verdadeiro circo. Fui lá visitar o Herbert, não sei se você conhece, mas enfim... quando saí havia policiais pra todo lado e uma ambulância, e depois de um tempo apareceu um caminhão de bombeiros.

— Houve um incêndio?

— Não, mas precisavam tirar ele do gelo. Bem, eu ainda não sabia que era ele, mas quando o trouxeram para a margem eu reconheci as roupas, porque o rosto... tinha gelo em volta, então não dava... mas as roupas...

Gösta gesticulou com a mão, como se acariciasse um grande cachorro invisível.

— Espera um pouco... então ele se afogou...? Quero dizer, não entendi...

Larry deu um gole em sua bebida, enxugou a boca com as costas da mão.

— Não, foi o que os policiais pensaram a princípio também. A princípio. Pelo que eu entendi. Estavam meio que só parados lá, com os braços cruzados, e os caras da ambulância estavam todos ocupados com um menino que apareceu com a cabeça sagrando, então...

Gösta acariciou o cachorro invisível com mais intensidade, ou estava tentando afastá-lo. Um pouco da bebida em seu copo caiu sobre o tapete.

— Espera aí... eu não consigo... com a cabeça sangrando?

Morgan pôs o gato que estava sobre seu colo no chão e limpou os pelos da calça.

— Não teve nada a ver com Jocke. Anda logo, Larry.

— Sim, mas aí trouxeram ele pra margem. E eu vi quem era. E deu pra ver que tinha uma corda também. Amarrada. E tinha umas pedras amarradas na corda. Isso fez os policiais se mexerem. Começaram a falar nos rádios, isolar a área com aquela fita e afastar as pessoas, a coisa toda. De repente pareceram bem interessados. Porque... bom, parece que alguém tentou se livrar do corpo dele ali, simples assim.

Gösta inclinou-se para trás sobre o sofá, com a mão em frente aos olhos. Virginia, que estava sentada entre ele e Lacke, deu tapinhas em seu joelho. Morgan encheu o copo e disse:

— O que importa é que encontraram Jocke, certo? Quer um pouco de refrigerante? Aqui. Encontraram o Jocke e agora sabem que ele foi assassinado. E isso meio que muda a situação, não acha?

Karlsson pigarreou e disse, em voz autoritária:

— No sistema judicial sueco, existe uma coisa chamada...

— Cala a boca — interrompeu Morgan. — Tudo bem se eu fumar?

Gösta assentiu, sem energia. Enquanto Morgan pegava seu cigarro e isqueiro, Lacke debruçou-se no sofá para poder olhar nos olhos de Gösta.

— Gösta, você viu o que aconteceu. A história precisa ser contada.

— Contada. Como?

— Indo até a polícia e contando o que viu. Só isso.

— Não... *Não*.

O silêncio se instaurou.

Lacke suspirou, encheu meio copo com vodca e um pouquinho de refrigerante, deu um gole grande e fechou os olhos ao sentir a queimação em seu estômago. Não queria forçá-lo.

No restaurante chinês, Karlsson havia discursado sobre o dever de uma testemunha e sobre responsabilidade legal, porém, por mais que Lacke quisesse que o responsável fosse pego, não pretendia mandar a polícia atrás de um amigo, como um dedo-duro.

Um gato cinza malhado pressionou a cabeça contra suas canelas. Ele o pegou no colo e o acariciou, distraidamente. *E daí?* Jocke estava morto, agora tinha certeza. O que mais importava?

Morgan se levantou, foi até a janela com o copo nas mãos.

— Era aqui que você estava? Quando viu?

— ... sim.

Morgan assentiu, deu um gole na bebida.

— Sim, dá pra entender. Dá pra ver tudo daqui. Localização ótima, aliás. Vista legal. Quero dizer, sem contar o... a vista é ótima.

Uma lágrima desceu sobre a bochecha de Lacke. Virginia pegou suas mãos e as apertou. Lacke tomou outro gole grande para queimar a dor que rasgava seu peito.

Larry, que vinha apenas observando os gatos se deslocarem pela sala sem rumo, tamborilou os dedos contra o copo e disse:

— E se nós apenas déssemos uma dica? Sobre o local, quero dizer. Talvez encontrem impressões digitais e... tudo mais que costumam encontrar.

Karlsson sorriu.

— E o que diremos quando perguntarem como temos essa informação? Que simplesmente sabemos? Vão ficar bem interessados em como... em quem nos disse isso.

— Podemos fazer uma denúncia anônima. Só pra passar a informação.

Gösta murmurou algo no sofá. Virginia inclinou a cabeça em direção a ele.

— O que disse?

Gösta falou bem baixo, olhando para sua bebida.

— Por favor, me perdoem. Mas tenho muito medo. Não dá.

Morgan deu as costas à janela, estendeu os braços.

— É isso, então. Nada mais a dizer. — Olhou sério para Karlsson. — Teremos de pensar em uma alternativa. Avisá-los de outra forma. Um retrato falado, uma ligação anônima, o que seja. Pensaremos em algo.

Foi até Gösta e cutucou o pé dele com o seu.

— Ei, não fica assim. Vamos dar um jeito nisso de alguma forma. Relaxa. Gösta? Está me ouvindo? Vamos dar um jeito nisso. Viva! — Esticou o braço, bateu seu copo contra o de Gösta e deu um gole. — Vamos resolver isso. Não vamos?

* * *

Ele havia se separado dos demais fora do ginásio e começado a seguir para casa quando ouviu a voz dela vindo da escola.

— Psiu! Oskar!

Passos nas escadas, e ela surgiu das sombras. Estivera lá sentada, esperando. Então o havia escutado se despedir dos demais e eles responderem como se Oskar fosse uma pessoa completamente normal.

O treino fora bom. Não era tão fraco quanto pensava, e pôde fazer mais do que alguns garotos que já haviam comparecido várias vezes. E sua preocupação quanto ao Sr. Ávila o interrogar pelo que havia ocorrido lá no gelo mais cedo fora infundada. Ele havia apenas perguntado:

— Quer falar sobre isso?

E quando Oskar balançou a cabeça, não insistiu.

O ginásio era outro mundo, separado da escola. O Sr. Ávila era menos severo e os outros garotos o deixavam em paz. Micke não estivera lá, é claro. Será que Micke tinha medo dele agora? A ideia era o suficiente para deixá-lo tonto.

Foi ao encontro de Eli.

— Oi.

— E aí?

Sem dizerem nada sobre isso, haviam trocado as palavras com as quais se cumprimentavam. Eli estava usando uma camisa quadriculada que era grande demais para ela e parecia... murcha outra vez. Sua pele estava seca e seu rosto, mais fino. Na noite anterior, Oskar notara os primeiros cabelos brancos, e agora havia bem mais.

Quando estava saudável, Oskar a considerava a garota mais bonita que já vira. Porém, com a aparência que tinha agora, ela... não dava para compará-la com ninguém. Ninguém tinha aquela aparência. Anões, talvez. Mas anões não eram magros assim... ninguém era. Sentiu-se grato por ela não ter aparecido em frente aos demais.

— Como você está?

— Mais ou menos.

— Quer fazer alguma coisa?

— Claro.

Voltaram para casa lado a lado. Oskar tinha um plano. Fariam um pacto. Se fizessem um pacto, Eli ficaria saudável. Um pensamento mágico, inspirado nos livros que lera. Mas, magia... com certeza devia haver alguma magia no mundo. As pessoas que negavam a existência da magia eram as que acabavam se dando mal com ela.

Chegaram ao pátio. Ele tocou o ombro de Eli.

— Quer conferir o depósito de lixo?

— Tá bom.

Atravessaram o portão do prédio de Eli e Oskar destrancou a porta do porão.

— Você não tem a chave do porão? — ele perguntou.

— Acho que não.

A entrada do porão estava totalmente escura. A porta fechou-se atrás deles com um estrondo. Ficaram parados, lado a lado, respirando. Oskar sussurrou:

— Eli, quer saber? Hoje... Jonny e Micke tentaram me jogar na água. Em um buraco no gelo.

— Não! Você...

— Calma. Sabe o que eu fiz? Eu tinha um galho, um galho grande. Bati com ele na cabeça de Jonny, que começou a sangrar. Ele teve uma concussão, foi pro hospital. Não fui parar na água. Eu... bati nele.

Silêncio por alguns momentos. E então Eli disse:

— Oskar.

— Eu.

— Uhul.

Oskar esticou a mão em direção ao interruptor; queria ver o rosto dela. Ligou a luz. Ela estava olhando bem em seus olhos, e ele viu suas pupilas. Por um momento, antes de se acostumarem à luz, pareciam aqueles cristais que estudara na aula de física, qual era mesmo o nome... elípticos.

Como um lagarto. Não. Gatos. Gatos.

Eli piscou. Suas pupilas voltaram ao normal.

— O que foi?

— Nada. Vem...

Oskar foi até a sala de depósito de lixos volumosos e abriu a porta. A lixeira estava quase cheia, não era esvaziada há um tempo. Eli se espremeu ao lado dele e os dois vasculharam o lixo. Oskar encontrou uma sacola com garrafas vazias que podiam ser devolvidas para receber uns trocados. Eli encontrou uma espada de plástico e a brandiu no ar, dizendo:

— Vamos checar a sala do prédio ao lado?

— Não, Tommy e os demais podem estar lá.

— Quem são eles?

— Ah, uns caras mais velhos que usam essa sala de porão... ficam lá à noite.

— São muitos?

— Não, três. Na maior parte do tempo é só o Tommy.

— E são perigosos?

Oskar deu de ombros.

— Vamos lá conferir, então.

Saíram pela porta do prédio de Oskar e seguiram pelo corredor de porão seguinte, chegando até o prédio de Tommy. Ao chegar lá, com a chave nas mãos, prestes a abrir a última porta, Oskar hesitou. E se estivessem lá? E se vissem Eli? E se... podia se tornar algo que ele não conseguiria controlar. Eli segurava a espada de plástico à sua frente.

— O que foi?

— Nada.

Ele destrancou a porta. Assim que entraram no corredor, ele ouviu música vindo da sala. Ao virar-se para ela, sussurrou:

— Estão aqui! Vamos logo!

Eli parou, pareceu farejar.

— Que cheiro é esse?

Oskar certificou-se de que não havia movimento do outro lado do corredor e farejou também. Não sentiu nenhum cheiro além do ar de porão habitual. Eli disse:

— Tinta. Cola.

Oskar farejou outra vez. Não sentia o cheiro, mas sabia o que era. Ao voltar-se para Eli para pedir que ela o seguisse, viu que ela fazia algo com o cadeado.

— Vamos logo. O que está fazendo?

— Só estava...

Enquanto Oskar destrancava a porta do próximo corredor, o caminho de fuga, uma porta se fechou atrás deles. Não fez o barulho normal. Nenhum clique, apenas um baque metálico. No caminho de volta ao porão deles, ele contou para Eli que os garotos cheiravam cola; como podiam ficar loucos quando faziam isso.

Sentiu-se seguro outra vez em seu porão. Ajoelhou-se e começou a contar as garrafas na sacola. Catorze garrafas de cerveja e uma de licor, que não pagavam para devolver.

Ao olhar para cima para dizer isso a Eli, viu que ela estava de pé em frente a ele com a espada erguida, como se prestes a atacar. Como estava acostumado a golpes súbitos, o garoto se encolheu um pouco. Porém, Eli murmurou algo e baixou a espada contra seu ombro, dizendo, com a voz mais profunda que conseguia:

— Eu o nomeio, destruidor de Jonny, Cavaleiro de Blackeberg e todas as áreas contíguas, como Vällingby... ahn...

— Råcksta.

— Råcksta.

— Ängby, talvez?

— E Ängby, talvez.

Eli bateu de leve em seu ombro para cada nova área. Oskar tirou sua faca da bolsa, ergueu-a e proclamou ser o Cavaleiro de Ängby Talvez. Queria que Eli fosse a Linda Donzela que ele resgataria do Dragão.

Porém, Eli era um monstro terrível que comia lindas donzelas no almoço, e era ela que o garoto precisaria enfrentar. Oskar deixou a faca no coldre enquanto lutavam, gritavam e corriam pelos corredores. No meio da brincadeira, ouviram um ruído na fechadura da porta do porão.

Eles rapidamente se meteram em uma saleta de mantimentos na qual quase não havia espaço para ficarem sentados com os quadris colados um no outro, com as respirações aceleradas e baixas. Ouviram a voz de um homem.

— O que estão fazendo aí?

Oskar e Eli prenderam a respiração enquanto o homem esperava, apurando os ouvidos. Então disse:

— Crianças malditas. — E saiu.

Continuaram na saleta até terem certeza de que o homem havia ido embora, e então rastejaram para fora e se apoiaram na parede de madeira, rindo. Depois de um tempo, Eli esticou-se sobre o chão de concreto e olhou para o teto.

Oskar tocou no pé dela.

— Está cansada?

— Sim. Isso.

Oskar tirou a faca do coldre e olhou para ela. Era pesada, linda. Pressionou o dedo indicador com cuidado contra a ponta, e então o afastou. Um pontinho vermelho. Pressionou outra vez, com mais força. Quando afastou outra vez o dedo, uma gota de sangue em formato de pérola apareceu. Mas não era assim que devia ser feito.

— Eli? Quer fazer uma coisa?

Ela ainda olhava para o teto.

— O quê?

— Quer... fazer um pacto comigo?

— Sim.

Se ela tivesse perguntado "como?", talvez ele tivesse dito o que pretendia fazer antes de fazê-lo. Mas apenas dissera "sim". Queria fazer o que quer que fosse. Oskar engoliu em seco, fechou a mão em torno da faca, deixando a lâmina contra a palma, fechou os olhos e puxou a faca para fora de sua mão. Uma dor pungente, forte. Ele prendeu a respiração.

Eu fiz isso mesmo?

Ele abriu os olhos, abriu a mão. Sim. Havia um filete de sangue em sua palma. O sangue correu devagar, não como havia pensado, em uma linha fina, mas como em um colar de pérolas, que ele encarou, fascinado, à medida que as gotas iam se misturando e se tornando uma massa mais grossa, desforme.

Eli ergueu a cabeça.

— O que está fazendo?

Oskar ainda segurava a mão em frente a seu rosto, examinando-a, e disse:

— É fácil, Eli, eu nem...

Ele estendeu a palma coberta de sangue para ela. Os olhos de Eli se arregalaram. Balançou a cabeça violentamente enquanto rastejava para trás, para longe de sua mão.

— Não, Oskar...

— O que foi?

— Oskar, não.

— Quase nem dói.

Eli parou de se afastar, olhando para a mão dele enquanto continuava balançando a cabeça. Oskar segurou a faca pela lâmina na outra mão, ofereceu o cabo a ela.

— Só precisa furar seu dedo ou algo assim. Aí misturamos nosso sangue e teremos um pacto.

Eli não pegou a faca. Ele a pôs no chão para poder pegar uma gota de sangue que caiu de sua ferida.

— Vamos lá. Você não quer?

— Oskar... Não podemos. Você seria infectado, você...

— Não infeccionou, nem...

Um fantasma invadiu o rosto de Eli, distorcendo-o em algo tão diferente da garota que conhecia que ele se esqueceu completamente de pegar a gota de sangue que caiu de sua mão. Ela agora parecia o monstro que eles a pouco haviam fingido que era, e Oskar saltou para trás, enquanto a dor em sua mão se intensificava.

— Eli, o que...

Ela se sentou, ajeitou as pernas, agachando sobre os quatro membros, e olhou fixamente para a mão sangrando do garoto. Deu um passo mais para perto. Parou, cerrando os dentes, e grunhiu:

— Saia daqui!

Lágrimas de medo encharcaram os olhos de Oskar.

— Eli, para. Para de brincar. Para.

Eli engatinhou mais para perto, parou outra vez. Forçou o corpo a se contorcer de forma que a cabeça ficasse contra o chão e gritou:

— Saia! Ou vai morrer!

Oskar se levantou, deu alguns passos para trás. Seus pés se chocaram contra a sacola de garrafas, que caiu, com um tilintar. Ele se espremeu contra a parede enquanto Eli engatinhava até a gota de sangue que havia caído de sua mão.

Outra garrafa caiu e se quebrou no chão de concreto enquanto Oskar continuava pressionado contra a parede olhando para Eli, que pôs a língua para fora e lambeu o concreto sujo, cobrindo toda a área na qual o sangue caíra.

Uma garrafa tilintou e parou de se mover. Eli continuava lambendo o chão. Quando levantou o rosto para encará-lo, havia uma mancha de sujeira cinza em seu nariz.

— Vá... por favor... saia...

Então o fantasma dominou outra vez seu rosto, mas antes que pudesse tomar o controle, Eli se levantou e correu pelo corredor, abrindo a porta para a escada de seu prédio e desaparecendo.

Oskar continuou lá, com a mão machucada fechada com força. O sangue estava começando a formar poças nas extremidades. Ele a abriu, olhando o corte.

Havia ficado mais profundo do que pretendia, mas não achava que era perigoso. Parte do sangue já estava coagulando.

Olhou para o que agora era uma mancha pálida no chão. Então, com cautela, lambeu o sangue da palma, cuspindo em seguida.

* * *

Luzes noturnas.

Amanhã operariam sua boca e garganta, provavelmente na esperança de que resolveria alguma coisa. Sua língua ainda estava lá. Podia movê-la na cavidade selada que era sua boca, usá-la para acariciar a parte superior da mandíbula. Talvez fosse capaz de falar outra vez, embora tivesse perdido os lábios. Mas não pretendia falar novamente.

Uma mulher, que ele não sabia se era policial ou enfermeira, estava sentada no canto do quarto, a alguns metros dele, lendo um livro e vigiando.

Gastam tantos recursos assim quando um zé-ninguém decide que não quer viver?

Percebeu que era valioso, que significava muito para eles. Era provável que estavam desenterrando registros antigos, casos que tinham a esperança de resolver com ele como o culpado. Um policial havia estado lá no dia anterior para recolher suas impressões digitais. Não tentou resistir. Não importava.

Era possível que as impressões digitais o conectassem aos assassinatos em Växjö e Norrköping. Tentou se lembrar de como havia operado lá, se deixara impressões digitais ou outras pistas. Provavelmente.

A única coisa que o preocupava era que, por esses eventos, as pessoas fossem capazes de localizar Eli.

As pessoas...

* * *

Haviam posto bilhetes em sua caixa de correio, feito ameaças.

Alguém que trabalhava nos correios e vivia na área contou para a vizinhança que tipo de correspondência, que tipo de vídeos ele recebia.

Levou um mês até ser demitido de seu emprego na escola. Não dava para ter alguém assim trabalhando com crianças. Havia aceitado sem resistência, embora provavelmente pudesse ter acionado o sindicato.

Não havia feito nada na escola; não era tão idiota.

A campanha contra ele se fortaleceu e, por fim, uma noite, alguém jogou uma bomba incendiária pela janela de sua sala. Ele havia fugido para o quintal só de cueca, ficou lá vendo sua vida ser incinerada.

A investigação criminal se arrastou, e assim não conseguiu o dinheiro do seguro. Com suas míseras economias, pegou o trem e alugou um quarto em Växjö. Lá, começou a tentar morrer.

Bebeu até chegar a ponto de consumir o que estivesse disponível. Produtos antiacne, desinfetante. Roubava kits de fazer vinho e levedo em pó de lojas de equipamentos e bebia tudo antes de ficar pronto.

Ficava fora do quarto a maior parte do tempo. De certa forma, queria que "as pessoas" o vissem morrer, dia após dias.

Em sua embriaguez, tornou-se descuidado, acariciando meninos, apanhando, indo parar na delegacia. Uma vez, ficou três dias presos e vomitou até as tripas. Foi solto. Continuou bebendo.

Uma noite, quando Håkan estava sentado em um banco próximo a um parquinho com uma garrafa de vinho só meio fermentado e uma sacola, Eli veio e sentou-se ao seu lado. Bêbado, Håkan pôs a mão na coxa de Eli quase que de imediato, que, por sua vez, deixou, pegou a cabeça do homem entre as mãos, voltou-a para si e disse:

— Você vai ficar comigo.

Håkan murmurou algo sobre como não podia pagar por tanta beleza naquele momento, mas que quando suas finanças melhorassem...

Eli tirou a mão dele de sua coxa, inclinou-se, pegou a garrafa e vinho, esvaziou-a e disse:

— Não está entendendo. Vai parar de beber agora. Vai ficar comigo. Vai me ajudar. Eu preciso de você. E vou ajudá-lo.

Eli então estendeu sua mão. Håkan a pegou e saíram de lá juntos.

Ele parou de beber e começou a servir a Eli.

Recebeu dinheiro para comprar roupas e alugar um apartamento. Fez tudo sem se perguntar se Eli era "do bem", "do mal" ou qualquer outra coisa. Eli era pura beleza e dera a ele sua dignidade de volta. E, em raras ocasiões... carinho.

* * *

As páginas farfalhavam quando a guarda noturna as virava no livro que lia. Provavelmente um romance de banca de jornal. Na república de Platão, os guardas deveriam ser os mais bem instruídos da população. No entanto, essa era a Suécia de 1981, então era provável que estavam lendo algum *thriller* de Jan Guillou.

O homem na água, aquele cujo corpo ele afundara. Havia sido descuidado, é claro. Devia ter feito o que Eli disse e o enterrado. Porém, nada sobre o homem podia levá-los a Eli. A marca de mordida no pescoço podia ser considerada incomum, mas pensariam que o sangue havia sido levado pela água. As roupas do homem estavam...

O casaco!

O suéter de Eli, que Håkan havia encontrado sobre o corpo do homem assim que chegara ao local. Devia tê-lo levado para casa, queimado, qualquer coisa.

Em vez disso, colocara-o dentro do casaco do homem. Como interpretariam isso? Uma roupa de criança suja de sangue. Havia risco de alguém ter visto Eli com o suéter? Alguém que o reconheceria? Se aparecesse no jornal, por exemplo? Alguém que Eli conhecera, alguém que...

Oskar. O menino do prédio ao lado.

O corpo de Håkan se contorceu sem parar sobre a cama. A guarda largou o livro e olhou para ele.

— Não faça nada idiota.

* * *

Eli atravessou Björnsonsgatan e seguiu pelo pátio entre os prédios de nove andares, dois faróis monolíticos que se elevavam sobre os pequenos prédios de três andares espalhados pela área. Ninguém estava do lado de fora, mas tinha luz vindo do ginásio, então Eli se esgueirou pela escada de incêndio, olhou para dentro.

Música alta vibrava de um pequeno toca-fitas. Mulheres de meia idade pulavam no ritmo do som, fazendo o chão de madeira tremer. Eli curvou-se nas grades de metal da escada, encostando o queixo em ambos os joelhos, e avaliou a cena.

Várias mulheres eram obesas e seus seios grandes balançavam como bolas de boliche sob suas camisetas. As mulheres pulavam e saltitavam, levantando os joelhos de forma que as carnes tremiam sob suas calças de ginástica apertadas demais. Moveram-se em círculo, batendo palmas, depois pularam outra vez. E a música continuava tocando. Sangue quente, oxigenado, correndo por músculos sedentos.

Mas havia muitas delas.

Eli pulou da escada, aterrissando suavemente no chão congelado, e seguiu por trás do ginásio, parando do lado de fora da piscina.

As grandes janelas cobertas de gelo projetavam retângulos de luz na neve que cobria o chão. Sobre cada janela grande havia uma menor, estreita, feita de vidro. Eli pulou e pendurou-se no teto com ambas as mãos, olhou para dentro. Não havia ninguém. A superfície da piscina brilhava sob as lâmpadas de halogêneo. Algumas bolas flutuavam no meio.

Nadar. Jogar água. Brincar.

Eli balançou-se para frente e para trás, um pêndulo nas sombras. Olhou para as bolas, imaginou-as voando, sendo jogadas para cima outra vez, risos, gritos e água respingando. Soltou as mãos e caiu, aterrissando com força de propósito, para doer, e então atravessou o pátio da escola e seguiu pela trilha que atravessava o parque, parando sob uma árvore grande que pendia sobre o caminho. Estava escuro. Não havia ninguém por perto. Eli olhou para o topo da árvore, seguindo os cinco, seis metros de tronco liso. Tirou os sapatos. Transformou suas mãos, seus pés.

Quase nem doía mais, sentia apenas uma comichão, uma corrente elétrica passando pelos dedos das mãos e dos pés à medida que se afinavam, mudavam de formato. Os ossos de suas mãos estalaram ao se alargarem e atravessarem a pele das pontas de seus dedos, que derretia, formando garras longas e curvas. O mesmo acontecia com os pés.

Eli pulou alguns metros para cima da árvore, enfiou suas garras no tronco e escalou até um galho grosso que se estendia sobre a trilha. Curvando seus pés com garras sobre o galho, sentou-se ali, sem se mover.

Sentiu uma pontada em cada dente a fazê-los se afiarem. As coroas de cada um cresceram para fora, afiadas por um amolador invisível, ficando pontudas. Eli mordeu com cuidado seu lábio inferior, os dentes como agulhas enfileiradas, que formavam uma lua crescente, quase perfurando a pele.

Agora só restava esperar.

* * *

Eram quase 22h e a temperatura na sala estava ficando insuportável. Duas garrafas de vodca já haviam sido consumidas, uma nova havia sido aberta e todos concordavam que Gösta era um cara incrível e que sua generosidade não seria esquecida.

Apenas Virginia bebia com moderação, já que precisava trabalhar no dia seguinte. Também parecia ser a única afetada pelo ar na sala. O cheiro já úmido de urina de gato e ar parado agora estava misturado a fumaça de cigarro, vapor de álcool e suor de seis corpos.

Lacke e Gösta ainda estavam sentados um de cada lado dela no sofá, agora só meio conscientes. Gösta acariciava um gato sobre seu colo, um que tinha os olhos brancos como a parede, algo que havia feito Morgan rir tanto que batera a cabeça na mesa, em seguida tomando um gole de álcool puro para diminuir a dor.

Lacke não falava muito. Ficava a maior parte do tempo olhando para frente, os olhos vidrados, anuviados, enevoados. Seus lábios se moviam de vez em quando, sem emitir som, como se conversasse com um fantasma.

Virginia se levantou e foi até a janela.

— Tudo bem se eu abrir?

Gösta balançou a cabeça.

— Os gatos... podem... pular.

— Mas vou ficar aqui vigiando.

Gösta continuou balançando a cabeça de maneira mecânica e Virginia abriu a janela. Ar! Inspirou avidamente, enchendo os pulmões, e imediatamente se sentiu melhor. Lacke, que começara a cair para o lado sobre o sofá desde que o corpo de Virginia parara de apoiá-lo, empertigou-se e disse:

— Um amigo! Um amigo... de verdade!

Um murmúrio de concordância pela sala. Todos sabiam que estava falando de Jocke. Lacke olhou para o copo vazio em sua mão e continuou:

— Ter um amigo... que nunca te decepciona. Isso vale *tudo*. Ouviram? *Tudo*. E vocês têm que entender que eu e Jocke... a gente era... assim! — Ele apertou a mão em um punho, balançou-o em frente ao rosto. — E nada substitui isso. Nada! Vocês tão aqui falando sobre "que cara legal" e tal, mas vocês... vocês são todos vazios. Ocos. Não tenho nada agora que o Jocke... se foi. Nada. Então não falem de perda comigo, não falem de...

Virginia escutava da janela. Foi até Lacke para lembrá-lo de sua existência. Agachou-se ao lado do joelho dele e tentou chamar sua atenção, dizendo:

— Lacke.

— Não! Num vem aqui e... "Lacke, Lacke"... as coisas são assim. Você não entende. Você é... fria. Vai pro centro, encontra um caminhoneiro escroto ou sei lá, leva ele pra casa, deixa ele te comer quando tá triste. É o que você faz. Dá pra porra da frota inteira. Mas um amigo... um amigo...

Virginia se levantou, com lágrimas nos olhos, deu um tapa em Lacke e correu para fora do apartamento. Lacke perdeu o equilíbrio sobre o sofá e caiu contra o ombro de Gösta, que murmurava:

— A janela... a janela...

Morgan a fechou e disse:

— Parabéns, Lacke. Muito bem. Provavelmente nunca mais vai vê-la.

Lacke se levantou e caminhou cambaleante até Morgan, que olhava para fora da janela.

— Porra, eu não quis dizer...

— Não, claro que não. Mas vai dizer isso pra ela.

Morgan apontou com a cabeça lá para baixo, onde Virginia acabara de atravessar o portão do prédio e caminhava rápido com os olhos baixos em direção ao parque. Lacke ouviu o que havia dito. Suas últimas palavras para ela estavam gravadas em sua mente, ecoando. Dissera mesmo aquilo? Virou os calcanhares e correu para a porta.

— Eu tenho que...

Morgan acenou com a cabeça.

— Corre, diz que eu que mandei.

Lacke desceu as escadas o mais rápido que suas pernas trêmulas permitiam. A estampa pontilhada dos degraus era um borrão para seus olhos e sua mão descia tão rápido pelo corrimão que começou a doer com o calor da fricção. Tropeçou sobre um degrau, caiu e bateu forte com o cotovelo. O braço encheu-se de calor e ficou meio paralisado. Levantou-se e continuou cambaleando escada abaixo. Corria para salvar uma vida. A sua.

* * *

Virginia afastou-se do prédio, seguiu pelo parque e não olhou para trás.

Seu corpo era assolado por soluços, e quase corria, como se para ultrapassar as lágrimas. Elas, porém, a seguiam, caindo contra vontade de seus olhos em grandes gotas que desciam por suas bochechas. Seus calcanhares furavam a neve, batendo no asfalto da trilha, e ela cruzou os braços ao redor do corpo, abraçando-se.

Não havia ninguém a vista, então deixou-se soluçar ao seguir para casa, pressionando um braço contra o estômago; a dor ali era como um feto enraivecido.

É só abrir o coração para alguém que ele acaba te machucando.

Havia um motivo pelo qual ela mantinha suas relações casuais. Não deixe eles entrarem. Uma vez dentro, têm mais chances de causar danos. Conforte-se. É possível conviver com a agonia contanto que ela só envolva você. Contanto que não haja esperança.

Com Lacke, porém, ela tivera esperanças de que algo cresceria aos poucos entre eles. E por fim. Um dia. *O quê?* Ele aceitara sua comida e seu calor, mas, na verdade, ela não significava nada para ele.

Caminhou encolhida pela trilha, oprimida pelo sofrimento. Tinha as costas curvadas e era como se um demônio estivesse sentado lá, sussurrando coisas horríveis em seu ouvido.

Nunca mais. Nada.

Quando ela estava começando a imaginar a aparência desse demônio, ele caiu sobre ela.

Sentiu um peso forte nas costas e tombou indefesa de lado. Sua bochecha se chocou contra a neve e suas lágrimas viraram gelo. O peso continuou lá.

Por um segundo, ela realmente acreditou que era o demônio da angústia que tomara forma física e se jogara sobre ela. Então sentiu a dor lancinante em seu pescoço quando presas afiadas furaram sua pele. Conseguiu se levantar, girando e tentando se livrar da coisa que estava sobre seu corpo.

Algo estava mordendo seu pescoço, sua garganta; o sangue corria por entre seus seios. Ela gritou o mais alto que podia e tentou arrancar a criatura de suas costas, continuou gritando ao cair outra vez na neve.

Até algo duro ser posto sobre sua boca. Uma mão.

Garras perfuravam a carne macia de sua bochecha... até encontrarem o maxilar.

Os dentes pararam de morder e ela ouviu um som como o que se faz ao sugar com um canudo a bebida que resta no copo. Correu líquido por um de seus olhos e ela não soube se eram lágrimas ou sangue.

* * *

Quando Lacke saiu do prédio Virginia era apenas um vulto escuro seguindo pelo parque em direção a Arvid Mörnes. Seu peito arfava por ter corrido escada abaixo e ondas de dor subiam do cotovelo até o ombro. Apesar disso tudo, ele correu. Correu o mais rápido que podia. Sua mente estava começando a ficar mais clara devido ao ar frio, e o medo de perdê-la o impulsionava.

Ao chegar à curva na qual o "caminho de Jocke" — como começara a chamar — encontrava o "caminho de Virginia", ele parou e inspirou o máximo de ar que podia para gritar o nome dela. Estava apenas 50 metros a sua frente.

Quando estava prestes a gritar seu nome, viu uma sombra cair de uma árvore sobre ela, derrubando-a no chão. Seu grito tornou-se um sibilo e ele correu. Queria gritar algo, mas não havia ar o suficiente para correr e gritar.

Ele correu.

À sua frente, Virginia levantou-se com algo volumoso em suas costas, girou como uma corcunda louca e caiu outra vez.

Ele não tinha nem plano, nem ideias. Nada exceto isso: chegar até Virginia e livrá-la do que quer que estivesse em suas costas. Estava caída sobre a neve ao lado da trilha com a massa escura arrastando-se sobre ela.

Quando a alcançou, reuniu toda a força em um chute no vulto escuro. Seu pé fez contato com algo duro e ele ouviu um estalo alto, como quando gelo quebra. A criatura foi atirada das costas de Virginia e caiu na neve a seu lado.

A mulher estava imóvel; havia manchas escuras no chão branco. O vulto preto se sentou.

Uma criança.

Lacke ficou lá, olhando para o rostinho de criança mais lindo que podia imaginar, emoldurado por um véu de cabelos negros. Um par de olhos enormes encontrou os seus.

A criança então ficou de quatro, como um gato, preparando-se para atacar. O rosto mudou quando ela afastou os lábios e Lacke pôde ver a fileira de dentes afiados brilhando no escuro.

Continuaram assim por alguns momentos ofegantes, a criança de quatro, e Lacke agora via que seus dedos eram garras, bem destacadas contra a neve.

Então uma careta de dor contorceu o rosto da criança e ela ficou de pé, correndo em direção à escola com passos longos e rápidos. Alguns segundos depois, chegou às sombras e sumiu.

Lacke ficou parado onde estava e piscou, afastando o suor que corria para seus olhos. Então jogou-se ao lado de Virginia. Viu a ferida. Seu pescoço inteiro fora rasgado. Filetes escuros de sangue corriam para cima, até seu cabelo, e para baixo, descendo por suas costas. Ele tirou a jaqueta e o suéter que vestia por baixo, o qual ele amassou e pressionou contra a ferida.

— Virginia! Virginia! Minha querida, meu amor...

Enfim foi capaz de dizer as palavras.

SÁBADO

7 DE NOVEMBRO

Indo para a casa de seu pai. Cada curva na estrada era familiar; já seguira esse caminho... quantas vezes? Sozinho, talvez só 10 ou 12, com sua mãe, ao menos umas 30. Seus pais haviam se divorciado quando ele tinha quatro anos, mas Oskar e a mãe continuaram indo lá em fins de semana e feriados.

Nos últimos três anos, passou a poder pegar o ônibus sozinho. Dessa vez sua mãe nem o acompanhara até o ponto em Tekniska Högskolan, de onde os ônibus partiam. Ele era grande agora, tinha o próprio maço de bilhetes de metrô na carteira.

Na verdade, a principal razão pela qual tinha uma carteira era ter onde guardar as passagens de metrô, mas agora ela continha também uma nota de 20 kronor para comprar doces etc., além dos bilhetes de Eli.

Oskar catucou o curativo em sua palma. Não queria mais vê-la. Ela era assustadora. O que havia acontecido no porão era...

Ela mostrara seu verdadeiro rosto.

... havia algo nela, algo que era... Puro Terror. Tudo que deveria evitar. Alturas, fogo, pedaços de vidro, cobras. Tudo contra o que sua mãe tentava com tanto afinco protegê-lo.

Talvez por isso quis evitar que Eli e sua mãe se conhecessem. Sua mãe teria reconhecido o perigo, o proibido de se aproximar daquilo. De Eli.

O ônibus saiu da estrada e fez a curva para Spillersboda. Era o único ônibus que ia até a Ilha Rådmansö. Por isso precisava ficar entrando e saindo de todas as estradas — para passar pelo máximo de povoados possível. O ônibus passou pela paisagem montanhosa de pilhas de madeira da Serralharia de Spillersboda, fez uma curva fechada e quase desceu de lado em direção ao píer.

Não havia esperado por Eli na sexta à noite.

Em vez disso, pegou seu trenó e foi sozinho para a Colina Fantasma. Sua mãe protestara, já que ele não fora para a escola por estar resfriado, mas disse que se sentia melhor.

Atravessou o Parque China carregando o trenó nas costas. A ladeira de trenós começava algumas centenas de metros além do último poste de luz do parque, cem metros de floresta escura. Seus pés amassavam a neve. Um sopro suave vinha da floresta, como uma respiração. A luz da lua atravessava a cobertura das árvores e o chão entre elas se tornara uma intrincada tapeçaria de sombras na qual figuras sem rosto esperavam, balançando de um lado para o outro.

Chegara ao local onde o caminho se inclinava bastante em direção à baía de Kvarnviken e subiu em seu trenó. A Casa do Fantasma era uma parede preta ao lado da colina, uma advertência: *Você não tem permissão de vir aqui à noite. Esse lugar é nosso agora. Se quiser brincar aqui, vai ter que brincar conosco.*

Aos pés da colina, podia ver uma luz ocasional brilhando no clube naval de Kvarnviken. Oskar inclinou-se alguns centímetros para frente, a ladeira tomou as rédeas e o trenó começou a deslizar. Ele apertou o volante, quis fechar os olhos, mas não ousou, pois poderia sair da pista e cair pelo declive íngreme em direção à Casa do Fantasma.

Voou colina abaixo, um projétil de nervos e músculos tensos. Mais rápido, mais rápido. Braços sem forma, cobertos de neve, esticavam-se da Casa do Fantasma, tentando agarrar seu gorro, encostando em sua bochecha.

Talvez fosse apenas uma lufada súbita de vento, mas, bem no fim da colina, ele atravessou uma barreira fina, viscosa e transparente esticada sobre o caminho, que havia tentado pará-lo. No entanto, sua velocidade era muito alta.

O trenó atravessou a barreira fina e ela se colou a seu rosto e corpo, sendo esticada até estourar, e então o menino a atravessou.

As luzes brilhavam sobre a baía de Kvarnviken. Ficou sentado sobre seu trenó, olhando em direção ao local onde derrubara Jonny na manhã do dia anterior. Deu as costas. A Casa do Fantasma era um casebre feio de metal.

Puxou o trenó colina acima outra vez. Desceu. Subiu de novo. Desceu de novo. Não conseguia parar. Então continuou. Continuou até seu rosto se tornar uma máscara de gelo.

Então voltou para casa.

✳ ✳ ✳

Dormira apenas por quatro ou cinco horas, com medo de que Eli aparecesse. Do que seria forçado a dizer, a fazer, caso ela surgisse. Afastá-la. Por isso, dormiu no ônibus para Norrtälje e não acordou até chegar lá. No ônibus para Rådmansö, manteve-se acordado, inventou o jogo no qual precisava se lembrar o máximo que pudesse do caminho que seguia.

Em breve vai aparecer uma casa amarela com um moinho de vento no quintal.

Uma casa amarela com um moinho enevoado passou por sua janela. E assim continuou. Em Spillersboda, uma garota entrou no ônibus. Oskar agarrou o encosto da poltrona à sua frente. Ela se parecia um pouco com Eli. Claro que não era ela. A garota se sentou alguns assentos à sua frente. Ele olhou para seu pescoço.

O que há de errado com ela?

O pensamento viera mesmo quando ainda estava no porão recolhendo as garrafas e secando o sangue com um pedaço de pano do lixo: Eli era um vampiro. Isso explicava muita coisa.

O fato de ela nunca sair de dia.

O fato de poder *enxergar no escuro*; ele havia concluído que ela conseguia.

Além de várias outras coisas: o modo como falava, o cubo, sua flexibilidade, coisas que, é claro, podiam ter explicações naturais... também havia o fato de ela ter lambido seu sangue no chão, mas o que realmente o fazia se arrepiar era pensar em:

"*Posso entrar? Diga que posso entrar.*"

O fato de que ela precisara de um convite para entrar em seu quarto, em sua cama. E ele a havia convidado. Um vampiro. Um ser que vivia do sangue de outras pessoas. Eli. Não havia *ninguém* para quem ele contaria. Ninguém acreditaria nele. E se acreditassem, o que aconteceria?

Oskar imaginou uma multidão de homens atravessando Blackeberg, passando pela entrada coberta na qual ele e Eli se abraçaram e carregando estacas afiadas nas mãos. Tinha medo de Eli agora, não queria mais vê-la, mas também não queria *aquilo*.

Quarenta e cinco minutos depois de entrar no ônibus em Norrtälje, chegou em Södersvik. Puxou a corda e o sinal tocou próximo ao motorista. O ônibus parou bem em frente à loja de mesmo nome, e ele precisou esperar uma idosa, que reconheceu, mas de quem não sabia o nome, para descer.

Seu pai estava esperando no fim da escada, assentiu com a cabeça e disse "hum" para a idosa. Oskar desceu do ônibus, ficou parado um segundo em frente a ele. Durante a última semana, havia acontecido coisas que faziam Oskar se sentir maior. Não um adulto. Mas maior, mesmo assim. Tudo isso sumiu no instante que ficou em frente ao pai.

Sua mãe dizia que o pai era infantil, no pior sentido da palavra. Imaturo, incapaz de lidar com responsabilidades. Ah, ela dizia algumas coisas boas também, mas sempre voltava àquilo. À imaturidade.

Para Oskar, seu pai era a própria imagem de um adulto ao esticar os braços largos, entre os quais o menino se acomodou.

Ele tinha um cheiro diferente de todas as pessoas da cidade. Em seu colete Helly Hansen rasgado e consertado com velcro, havia sempre a mesma mistura de madeira, tinta, metal e, acima de tudo, óleo. Esses eram os odores, mas Oskar não pensava neles assim. Eram simplesmente o "cheiro do papai". Adorava aquele cheiro, e respirou fundo pelo nariz ao pressionar o rosto contra o peito dele.

— E aí, filho?

— Oi, pai.

— A viagem foi tranquila?

— Não, atropelamos um alce.

— Ah, não. Deve ter sido uma experiência intensa.

— Tô só brincando.

— Entendi, entendi. Mas, sabe, lembro de uma vez que...

Enquanto andavam em direção à loja, o pai começou a contar a história sobre como uma vez, ao dirigir um caminhão, atropelara um alce. Oskar já tinha ouvido essa história e ficou olhando à sua volta, murmurando respostas de vez em quando.

A loja de Södervik parecia tão cafona quanto sempre. Placas e serpentinas que foram mantidas em antecipação ao próximo verão faziam todo o lugar parecer uma gigantesca barraquinha de sorvete. A tenda grande atrás da loja, na qual vendiam ferramentas de jardinagem, terra, móveis para ambiente externo e coisas do tipo estava fechada até o fim da estação.

No verão, a população do lugar dobrava de tamanho. Toda a área que ia até a baía de Norrtäljeviken, Lågarö, era uma aglomeração desordenada de casas de veraneio, e embora as caixas de correio de Lågarö eram penduradas em fileiras duplas de trinta, o carteiro quase nunca precisava ir lá nessa época do ano. Sem pessoas, sem correspondência.

Assim que chegaram ao ciclomotor, seu pai terminou a história do alce.

— ... e aí precisei bater nele com um pé-de-cabra que eu tinha para abrir gavetas e tal. Bem entre os olhos. Ele se contorceu assim e... sim. Não foi legal.

— Não, claro que não.

Oskar pulou na garupa, pondo as pernas embaixo do corpo. O pai tirou um gorro do bolso do colete.

— Aqui. Suas orelhas vão esfriar.

— Não, eu tenho um. — Oskar pegou seu próprio gorro e o colocou na cabeça. O pai guardou o outro.

— E você? Suas orelhas vão esfriar.

O homem riu.

— Não, estou acostumado.

Claro que Oskar já sabia disso; estava apenas brincando. Não lembrava de já ter visto o pai usando um gorro de lã. Quando estava muito frio e ventando bastante, ele usava um chapéu de pele de urso com abas que dizia ser sua "herança", mas esse era o limite.

O pai ligou o ciclomotor, que rugiu como uma serra elétrica. Gritou algo sobre marcha lenta e colocou na primeira. O ciclomotor pulou para frente, quase fazendo Oskar cair para trás; ele gritou mais alguma coisa sobre as marchas e partiram.

Segunda, terceira marcha. O ciclomotor voou pela cidade. Oskar estava sentado de pernas cruzadas na garupa, que tremia. Sentia-se como o rei do mundo e, se pudesse, ficaria ali para sempre.

* * *

Um médico explicou para ele. O vapor que inalara havia queimado suas cordas vocais e era provável que nunca voltasse a falar normalmente. Uma nova operação daria a ele a habilidade rudimentar de produzir vogais, porém, como até sua língua e lábios estavam gravemente feridos, precisariam ser feitas mais operações para possibilitar a articulação de consoantes.

Como um antigo professor de sueco, Håkan não podia evitar o fascínio com aquela ideia: criar fala por meios cirúrgicos.

Sabia bastante sobre fonemas e os menores componentes da linguagem, comuns em muitas culturas. Nunca havia refletido muito sobre as próprias ferramentas de produção — palato, lábios, língua, cordas vocais — dessa maneira. Incitar fala desse material bruto e desforme usando um bisturi.

Era irrelevante, no entanto. Não pretendia falar. Além disso, suspeitava que o médico estava dizendo isso por um motivo especial. Eles o consideravam propenso ao suicídio. Sendo assim, era importante passar a ele a sensação de linearidade do tempo. Recriar o sentimento da vida como um projeto, o sonho de conquistas futuras.

Não estava engolindo aquilo.

Se Eli precisasse dele, consideraria viver. Caso contrário, não podia. Nada indicava que Eli precisasse dele.

Mas como Eli poderia contatá-lo naquele lugar?

Pelos topos das árvores do lado de fora de sua janela, sabia que estava em um andar alto. Além disso, estava bem vigiado. Somado aos médicos e enfermeiras, havia sempre ao menos um policial por perto. Eli não podia alcançá-lo, e ele não podia alcançar Eli. A ideia de fugir, de contatar Eli uma última vez passara por sua cabeça. Mas como?

A operação na garganta o tornou capaz de respirar sozinho outra vez. Não precisava mais ficar conectado ao respirador. Não podia, porém, engolir a comida de forma normal (até isso iam consertar, o médico havia garantido). O tubo de alimentação pendia constantemente na extremidade de seu campo de visão. Se o puxasse, um alarme dispararia e, de qualquer forma, não era capaz de enxergar muito bem. Fugir era, em resumo, impensável.

Um cirurgião plástico aproveitara a oportunidade para transplantar um pedaço de pele de suas costas para sua pálpebra, para que pudesse fechar o olho.

Fechou o olho.

A porta de seu quarto se abriu. Chegara a hora outra vez. Reconheceu a voz. O mesmo homem de antes.

— Ora, ora — disse ele. — Me disseram que você não vai falar tão cedo. É uma pena. Mas sou teimoso e acho que ainda poderíamos nos comunicar, eu e você, caso fosse do seu interesse.

Håkan tentou se lembrar do que Platão dizia em *A República* sobre assassinos e criminosos violentos, o que deveria ser feito com eles.

— Vejo que pode fechar o olho agora. Isso é bom. Quer saber? Vou tentar deixar as coisas um pouco mais concretas pra você. Porque percebi que talvez não acredite que seremos capazes de identificá-lo. Mas seremos. Com certeza se lembra de que usava um relógio de pulso. Por sorte, é um modelo mais velho, com as iniciais do fabricante, o número de série e tudo mais. Vamos rastreá-lo em alguns dias, de um jeito ou de outro. Uma semana, talvez. E há outras coisas.

"Vamos encontrá-lo, isso é certo.

"Então... Max. Não sei por que, mas quero chamá-lo de Max, é só um nome provisório. Max? Talvez queira nos ajudar um pouco. Ou então teremos de tirar uma foto sua, mandar para os jornais e... bem, você entende. Seria... complicado. É muito mais fácil falar... ou algo assim... comigo agora.

"Você tinha um pedaço de papel com o código morse no bolso. Conhece o código morse? Porque, nesse caso, podemos conversar com batidas."

Håkan abriu o olho e mirou os dois pontos negros no rosto branco, embaçado e oval do homem. Ele claramente escolheu interpretar isso como um convite. Continuou:

— O homem na água. Não foi você quem matou, foi? Os patologistas dizem que as marcas de mordidas no pescoço provavelmente são de uma criança. E agora recebemos um depoimento, do qual infelizmente não posso te dar detalhes, mas... acho que está protegendo alguém. Estou certo? Levante a mão se eu estiver.

Håkan fechou o olho. O policial suspirou.

— Ok, então vamos deixar a máquina continuar funcionando. Há algo mais que gostaria de me dizer antes de eu ir?

O homem estava prestes a levantar quando Håkan levantou a mão. Ele sentou-se outra vez. Håkan levantou mais a mão. E acenou.

Tchau.

O policial bufou, levantou-se e saiu.

* * *

Os ferimentos de Virginia não haviam sido potencialmente fatais. Recebera alta do hospital na sexta-feira à tarde com catorze pontos e um grande curativo no pescoço, um menor na bochecha. Recusara a oferta de Lacke de ficar com ela, morar lá até que se sentisse melhor.

Foi dormir na sexta à noite convencida de que levantaria de manhã e iria para o trabalho no sábado. Não podia se dar ao luxo de ficar em casa.

Fora difícil adormecer. Não parava de se lembrar do ataque e era impossível se acomodar. Pensava ver vultos sombrios emergindo das sombras de seu quarto e caindo sobre ela enquanto permanecia deitada com os olhos bem abertos. Sua ferida coçava sob o curativo no pescoço. Por volta de 2h ficou com fome, foi até a cozinha e abriu a geladeira.

Seu estômago estava vazio, mas ao ficar ali olhando toda aquela comida, não encontrou nada que quisesse comer. Por hábito, pegou pão, manteiga, queijo e leite e colocou-os sobre a mesa da cozinha.

Fez um sanduíche de queijo e pôs o leite em um copo. Então sentou-se à mesa olhando o líquido branco no copo, o pedaço marrom de pão com a fatia amarela de queijo. Pareciam asquerosos. Não queria aquilo. Jogou tudo fora, despejando o leite na pia. Havia uma garrafa de vinho branco pela metade na geladeira. Encheu um copo, encostou-o na boca. No entanto, ao cheirar o vinho, perdeu o interesse.

Com uma sensação de fracasso, encheu um copo de água na pia. Hesitou ao levá-lo até os lábios. Com certeza *água* era algo que sempre dava para beber, não...? Sim. Podia beber água. Mas parecia... estragada. Como se tudo de bom que havia na água fosse removido e restasse apenas restos de líquido sem graça.

Voltou para a cama, virando de um lado para o outro por mais algumas horas até finalmente adormecer.

* * *

Quando acordou, eram 10h30. Pulou da cama, vestiu-se no quarto mal iluminado. Deus do céu. Era para estar no mercado às 8h. Por que não haviam ligado?

Ah, espera. Havia escutado o telefone tocar. Tocara durante seu último sonho antes de acordar, e então havia parado. Se não tivessem ligado, ainda estaria dormindo. Abotoou a blusa e foi até a janela, erguendo as persianas horizontais.

A luz atingiu seu rosto como uma pancada. Cambaleou para trás, soltando as cordas das persianas, que voltaram a descer, com um baque, parando meio tortas. Sentou-se na cama. Um único filete de luz do sol veio da janela, brilhando sobre seu pé descalço.

Mil alfinetadas.

Como se sua pele fosse torcida em duas direções ao mesmo tempo.

O que é isso?

Afastou o pé, pôs as meias. Colocou o pé outra vez contra a luz do sol. Melhor. Só cem alfinetadas. Levantou-se para ir trabalhar, então sentou-se outra vez.

Uma espécie de... choque.

O que sentiu ao erguer as persianas foi horrível. Como se a luz fosse um material pesado atirado sobre seu corpo, empurrando-a. O pior foi nos olhos. Dois dedos fortes pressionando-os, ameaçando afundá-los em seu rosto. Ainda doíam.

Esfregou os olhos com as palmas das mãos, pegou os óculos de sol na gaveta do banheiro e colocou no rosto.

Sentia uma fome raivosa, porém era só pensar no conteúdo da geladeira e da despensa que a vontade de tomar café da manhã sumia. Não tinha tempo, de qualquer forma. Estava quase três horas atrasada.

Saiu, trancou a porta e desceu as escadas o mais rápido que podia. Seu corpo estava fraco. Talvez fosse um erro ir trabalhar. Bem, o mercado só ficaria mais quatro horas aberto e os clientes de sábado só começavam a chegar *naquela hora*.

Estava tão absorta nesses pensamentos que nem hesitou antes de abrir o portão da frente do prédio.

Lá estava a luz, outra vez.

Seus olhos doíam apesar dos óculos e água fervente parecia correr por seu rosto e mãos. Gritou um pouco. Escondeu as mãos no casaco, abaixou a cabeça em direção ao chão e correu. Não tinha como proteger a nuca e o coro cabeludo, que doíam como se pegasse fogo. Por sorte, o mercado era próximo.

Ao encontrar a segurança do interior do mercado, a queimação e a dor rapidamente sumiram. A maioria das janelas estava coberta por anúncios e películas de plástico para que o sol não afetasse os produtos. Tirou seus óculos. Doía um pouco, mas podia ser porque um pouco de luz solar vazava por entre os espaços entre anúncios. Pôs os óculos no bolso e foi até o escritório.

Lennart, o gerente e seu chefe, estava lá completando formulários, mas ergueu os olhos quando ela entrou. Estava esperando algum tipo de reprimenda, mas ele simplesmente disse:

— Oi, como você tá?

— Ah... bem.

— Não devia estar em casa descansando?

— Não, pensei que...

— Não precisava ter vindo, a Lotten vai cobrir seu turno hoje. Tentei te ligar mais cedo, mas quando você não atendeu...

— Não tem nada mais que eu possa fazer?

— Veja com Berit, no departamento de carnes. E, Virginia...

— Sim?

— Sinto muito pelo que aconteceu. Não sei bem como dizer, mas... me sinto mal por você. E entendo totalmente se precisar pegar leve por um tempo.

Virginia não conseguia acreditar naquilo. Lennart não era o tipo de pessoa que aceitava bem licenças médicas, ou, pra falar a verdade, qualquer tipo de problema que as pessoas tinham. Ouvi-lo expressar *solidariedade* era algo totalmente novo. Devia estar com aparência terrível, com sua bochecha inchada e os curativos.

Virginia disse:

— Obrigada. Vou pensar sobre isso. — E foi até o departamento de carnes.

Contornou os caixas para cumprimentar Lotten. Havia cinco pessoas na fila do caixa dela, e Virginia achou que seria melhor abrir outro caixa, afinal. Porém, a pergunta era se Lennart queria que ela atendesse os clientes com aquela aparência.

Quando ficou sob a luz daquela janela horrível atrás dos caixas, sentiu aquilo outra vez. Seu rosto se contraiu, seus olhos doeram. Não era tão ruim quanto luz solar direta na rua, mas não era nada agradável. Não seria capaz de sentar-se ali.

Lotten a viu, acenou entre dois clientes.

— Oi, eu li sobre... Como você está?

Virginia levantou a mão, a balançou de um lado e do outro: mais ou menos.

Leu?

Pegou o *Svenska Dagbladet* e o *Dagens Nyheter*, levou-os consigo até o departamento de carnes, escaneou rapidamente as notícias de primeira página. Nada ali. Seria esperar demais.

O departamento de carnes ficava bem no fundo da loja, ao lado dos laticínios, planejado de maneira estratégica para ser necessário atravessar a loja toda a fim de chegar lá. Virginia parou ao lado das prateleiras de enlatados. Tremia de fome. Olhou com cuidado para as latas.

Extrato de tomate, cogumelos, moluscos, atum, ravióli. Salsichas, sopa de ervilha... não. Tudo causava repulsa.

Berit a viu do balcão de carne, acenou. Assim que Virginia contornou o balcão, Berit a abraçou, tocando cuidadosamente o curativo em sua bochecha.

— Ai. Tadinha.

— Ah, está...

Tudo bem?

Foi até o pequeno armazém que ficavam atrás do balcão. Se deixasse Berit começar, teria que ouvir um sermão interminável sobre o sofrimento humano em geral e os males da sociedade moderna, em particular.

Virginia se sentou em uma cadeira entre as balanças e a porta do frigorífico. Uma área de apenas alguns metros quadrados, mas que era o lugar mais confortável da loja. Nenhuma luz do sol. Folheou os jornais e encontrou um pequeno artigo na sessão de notícias locais do *Dagens Nyheter*. Leu:

Mulher atacada em Blackeberg

Uma mulher de 50 anos foi atacada e agredida na noite de quinta-feira em Blackeberg, subúrbio de Estocolmo. Um transeunte interferiu e a infratora, uma jovem, imediatamente fugiu. Não se sabe motivo do ataque.

A polícia agora investiga uma possível conexão com outros incidentes violentos nos subúrbios a oeste nas últimas semanas. Os ferimentos da mulher foram descritos como superficiais.

Virginia abaixou o jornal. Era tão estranho ler sobre si mesma daquele jeito. "Mulher de 50 anos", "transeunte", "ferimentos superficiais". Tudo que estava oculto por aquelas palavras.

"Possível conexão"? Sim, Lacke estava convencido de que ela fora atacada pela mesma criança que matou Jocke. Ele precisou morder a língua para não dizer isso no hospital, na sexta de manhã, para a policial e o médico que examinava suas feridas.

Planejava falar com a polícia, mas queria contar ao Gösta primeiro, achava que ele veria a situação com outros olhos agora que até Virginia estava envolvida.

Ouviu um farfalhar e olhou à sua volta. Levou alguns segundos antes de perceber que a fonte do barulho era o jornal tremendo em suas mãos. Pôs os jornais na prateleira acima dos guarda-pós brancos e saiu para se juntar a Berit.

— Tem alguma coisa que eu possa fazer?

— Acha mesmo uma boa ideia, amor?

— Sim, me sinto melhor se fizer alguma coisa.

— Entendo. Pode dividir as porções de camarão, então. Sacolas de 500 gramas. Mas você não devia...?

Virginia balançou a cabeça e voltou para o armazém. Vestiu um jaleco branco e uma toca, pegou uma caixa de camarão no frigorífico, pôs uma sacola de plástico em volta da mão e começou a pesar. Pegava os camarões com a mão coberta, colocava-os em sacolas, pesava na balança. Um trabalho chato, mecânico, e sua mão direita já estava congelada na quarta sacola. Mas estava fazendo algo, e isso dava a ela a chance de pensar.

Naquela noite no hospital, Lacke dissera algo muito estranho: que a criança que a atacara não era humana. Que tinha presas e garras.

Virginia havia considerado aquilo apenas uma alucinação de bêbado.

Não lembrava muito do ataque. Podia, porém, aceitar isto: o que quer que saltara sobre ela era leve demais para ser um adulto, quase leve demais para ser criança, também. Uma criancinha bem pequena, no caso. Cinco ou seis anos. Lembrava-se de ter levantado com o peso em suas costas. Depois disso, tudo escureceu, até ela acordar em seu apartamento com todos os caras, menos Gösta, reunidos ao seu redor.

Amarrou uma sacola pronta, pegou a próxima, pôs algumas porções dentro. 435 gramas. Mais 7 camarões. 510.

Por nossa conta.

Olhou para suas mãos, que trabalhavam independentes do cérebro. Mãos. Com unhas longas. Dentes afiados. Como se chamava? Lacke dissera em voz alta. Um vampiro. Virginia havia rido, com cuidado, para não soltar os pontos na bochecha. Lacke nem sorrira.

— Você não viu.

— Mas, Lacke... eles não existem.

— Não. Mas, nesse caso, o que era?

— Uma criança. Realizando uma fantasia estranha, doentia.

— Quem deixou as unhas dela crescerem? Afiou seus dentes? Gostaria de conhecer o dentista que...

— Lacke, estava escuro. Você estava bêbado, isso...

— Estava, e eu estava. Mas vi o que vi.

Sentiu uma queimação e um aperto sob o curativo em sua bochecha. Tirou a sacola da mão, pôs a mão sobre o curativo. Ela estava congelada e a sensação era boa. Mas se sentia fraca; parecia que suas pernas não a aguentariam por muito mais tempo.

Terminaria essa caixa e voltaria para casa. Aquilo não estava funcionando. Se pudesse descansar aquele fim de semana, provavelmente se sentiria melhor na segunda. Pôs a sacola plástica sobre a mão de novo e recomeçou o trabalho, com uma pontada de raiva. Odiava ficar doente.

Uma dor aguda em seu indicador. Droga. Nisso que dava não se concentrar. Os camarões ficavam afiados quando congelados e ela furara um dedo. Tirou a sacola plástica e olhou para o ferimento. Um cortezinho que sangrava um pouco.

Automaticamente pôs o dedo na boca para limpar o sangue.

Uma sensação quente, curativa e deliciosa que irradiava do local onde a ponta do seu dedo tocava a língua começou a se espalhar. Chupou o dedo com mais força. Todos os sabores bons do mundo concentrados em um só encheram sua

boca. Um arrepio de bem-estar correu por seu corpo. Sugou e sugou, rendendo-
-se ao prazer, até que percebeu o que fazia.

Tirou o dedo da boca, olhou para ele. Brilhava com saliva, e o pouquinho
de sangue que agora saía imediatamente era afinado pela umidade, como uma
aquarela diluída demais. Olhou para os camarões na caixa. Centenas de corpos
rosados, cobertos de gelo. E olhos. Pontinhas negras de alfinete espalhadas pelo
branco e rosa, um céu estrelado invertido. Padrões, constelações começaram a
dançar em frente a seus olhos.

O mundo girou e algo bateu na nuca dela. Em frente a seus olhos, havia uma
superfície branca com teias de aranha nos cantos. Ela entendeu que estava deitada no chão, mas não tinha forças para fazer nada quanto a isso.

À distância, ouviu a voz de Berit:

— Ai, meu Deus... Virginia...

* * *

Jonny gostava de passar tempo com o irmão mais velho. Ao menos quando nenhum dos amigos esquisitos dele estavam por perto. Jimmy conhecia uns caras
de Råcksta que assustavam bastante Jonny. Uma noite, há alguns anos, haviam
passado lá para falar com Jimmy, esperando lá fora, sem tocar a campainha.
Quando Jonny disse a eles que Jimmy não estava, pediram que passasse uma
mensagem a ele.

— Diz pro seu irmão que se ele não trouxer a grana até segunda, a gente vai
botar a cabeça dele num torno... Sabe o que é um torno?... Ok... e vamos apertar assim até a grana sair de suas orelhas. Pode dizer isso pra ele? Tá, ótimo. Seu
nome é Jonny? Tchau então, Jonny.

Jonny passou a mensagem e Jimmy só assentiu, disse que já sabia. Aí sumiu
um dinheiro da carteira da mãe deles e houve uma briga.

Jimmy não passava mais tanto tempo em casa. Meio que não havia mais espaço pra ele desde que a irmãzinha mais nova deles nascera. Jonny já tinha dois
irmãos mais novos e não era para haver mais nenhum. Sua mãe, porém, conheceu um cara e... bem... foi o que aconteceu.

Ao menos Jonny e Jimmy tinham o mesmo pai. Ele trabalhava em uma plataforma de petróleo na costa norueguesa e não só havia começado a enviar o valor
da pensão regularmente quanto também mandava um pouco mais para compensar por antes. Sua mãe agradecia aos céus por ele e, quando estava bêbada,
já até chorara algumas vezes, dizendo que nunca mais encontraria um homem

assim. Então, pela primeira vez na vida de Jonny, falta de dinheiro não era um tópico constante.

Agora estavam em uma pizzaria na praça central de Blackeberg. Jimmy estivera em casa de manhã, brigado um pouco com a mãe, e então ele e Jonny haviam saído. Jimmy encheu sua pizza de molhos, enrolou-a, pegou o rolo grande com ambas as mãos e começou a comer. Jonny comeu a sua de modo normal, pensando que da próxima vez que comesse pizza sem o Jimmy, tentaria fazer aquilo.

O mais velho mastigou, gesticulou com a cabeça em direção ao curativo no ouvido de Jonny.

— Isso tá horrível.

— Sim.

— Dói?

— Tá de boa.

— A mamãe disse que danificou pra sempre. Que você não vai poder escutar nada.

— Ainda não sabem. Talvez fique tudo bem.

— Hum. Deixa eu ver se entendi. O cara simplesmente pegou um galho enorme e bateu na sua cabeça.

— Aham.

— Porra. Vai resolver isso como?

— Não sei.

— Precisa de ajuda?

— ... Não.

— O quê? Eu e uns amigos podemos pegar ele.

Jonny puxou um pedaço grande de pizza de camarão, sua favorita, pôs na boca e mastigou. Não. Melhor não envolver os amigos do Jimmy, porque a coisa ia sair de controle. Jonny, porém, sorriu ao pensar em como Oskar ficaria cagado de medo se ele aparecesse em sua casa com Jimmy e, digamos, aqueles caras de Råcksta. Balançou a cabeça.

Jimmy baixou o rolo de pizza e olhou sério para Jonny.

— Tá, mas vou logo dizendo. Mais *uma* dessa e eu...

Ele estalou os dedos e fechou o punho.

— Você é meu irmão, e merdinha nenhum pode vir e... Mais uma, aí você pode dizer o que quiser. Vou atrás do cara de qualquer jeito. Ok?

Jimmy estendeu o punho sobre a mesa. Jonny também fechou o punho e o bateu contra o de Jimmy. Era bom sentir que alguém se importava. Jimmy acenou com a cabeça.

— Ótimo. Tenho uma coisa pra você.

Ele se inclinou para baixo da mesa e pegou uma sacola de plástico que carregara a manhã toda. Tirou um álbum de fotos fino de dentro dela.

— O papai apareceu semana passada. Deixou a barba crescer, quase não o reconheci. Trouxe isso com ele.

Jimmy ofereceu o álbum a Jonny, que limpou os dedos em um guardanapo e o abriu.

Fotos de crianças. De sua mãe. Talvez uns 10 anos atrás. E um homem que reconhecia ser seu pai. Ele empurrava as crianças no balanço. Em uma foto, usava um chapéu de caubói pequeno demais. Jimmy, talvez com 9 anos, estava ao seu lado, segurando um rifle de plástico e fazendo cara de mau. Um menininho que só podia ser Jonny estava sentado no chão, olhando-o com os olhos arregalados.

— Ele me emprestou até a próxima vez. Disse que quer que eu devolva, que é... que caralhos ele disse mesmo...? "Seu bem mais precioso", acho que foi isso. Pensei que ia te interessar também.

Jonny assentiu sem erguer os olhos do álbum. Só vira seu pai duas vezes desde que ele foi embora, quando Jonny tinha 4 anos. Em casa havia uma foto dele, uma bem ruim, na qual ele estava sentado com outras pessoas. Isso era totalmente diferente. Com aquelas fotos dava para ter uma imagem real dele.

— Outra coisa. Não mostra pra mamãe. Acho que o papai meio que roubou quando foi embora e, se ela vir... bem, ele quer de volta, como eu disse. Promete que não vai mostrar pra mamãe.

Ainda com o nariz enfiado no álbum, Jonny fechou a mão em punho e a estendeu sobre a mesa. Jimmy riu, e então Jonny sentiu as articulações da mão do mais velho contra as suas. Era uma promessa.

— Ei, olha isso depois. Leva a sacola também.

Jimmy ofereceu a sacola e Jonny fechou o álbum com relutância e colocou-o na bolsa. Jimmy terminou sua pizza, inclinou-se para trás na cadeira e bateu na barriga.

— Então. Como vai com as garotas?

* * *

A vila passou voando. A neve agitada pelas rodas da carreta do ciclomotor subia e atingia as bochechas de Oskar. Ele agarrou a corda com ambas as mãos e jogou seu peso para o lado, saindo do trajeto da nuvem de neve. Houve o som alto de algo arranhando quando as lâminas dos minipatins de esqui passaram pela neve revirada. A parte externa dos patins bateu em um refletor laranja no ponto em que a estrada se dividia em duas. Ele cambaleou e recuperou o equilíbrio.

A estrada que ia até Lågarö e as casas de veraneio não estava arada. O ciclomotor deixava três rastros profundos na cobertura de neve intocada, e cinco metros atrás vinha Oskar sobre os patins, fazendo mais dois rastros. Deslizava em zigue-zague pelos rastros do ciclomotor, ficava sobre apenas um patim, como um patinador que faz manobras, e agachava-se para se transformar em uma bolinha de velocidade.

Quando seu pai diminuiu a velocidade na colina alta que descia em direção ao antigo píer de barcos a vapor, Oskar ia mais rápido que o ciclomotor e foi forçado a frear um pouco para não deixar a corda afrouxar muito, o que resultaria em um puxão forte quando a descida terminasse e o ciclomotor voltasse a acelerar.

Desceram até o píer e o pai diminuiu a marcha para ponto morto e pisou no freio. Oskar ainda estava a toda e, por um momento, pensou em *largar a corda e seguir em frente...* Voar sobre o píer em direção à água escura. Porém, girou os minipatins de esqui para fora, freou a uns metros da borda.

Ficou ali ofegando por um tempo, olhando a água. Pedaços finos de gelo haviam começado a se formar, subindo e descendo nas pequenas ondas próximas à costa. Talvez houvesse uma chance real de ter gelo naquele ano. Aí daria para andar até Vätö, do outro lado. Ou mantinham um canal aberto para Norrtälje? Oskar não se lembrava. Fazia anos que a água não congelava assim.

Quando estava lá no verão, ele pescava arenque naquele píer. Ganchos frouxos na linha, uma isca na ponta. Se encontrasse um cardume, podia pegar quilos de peixe, caso tivesse paciência, mas, em geral, pegava apenas dez ou quinze. Era o suficiente para Oskar e o pai jantarem; os menores eram dados ao gato.

O pai se aproximou e ficou atrás dele.

— Deu bem certo.

— Aham. Mas tive que meter o pé na neve algumas vezes.

— Verdade, a neve está meio solta. Se desse para deixar mais firme, de alguma forma... a gente podia... pegar um pedaço de madeira e prendê-lo, fazer um pouco de peso sobre ele. Sabe, quando você coloca a madeira e um peso sobre ela, aí...

— Vamos fazer?

— Não, precisaria ser amanhã, de qualquer jeito. Está escurecendo. Temos que voltar pra casa e preparar aquele pato, se quisermos jantar.

— Ok.

O pai olhou para a água, ficou ali em silêncio por um tempo.

— Sabe, andei pensando numa coisa.

— Sim?

Era hora. Sua mãe havia dito que deixara *bem claro* para o pai que ele precisava falar sobre o que havia acontecido com Jonny. E, na verdade, Oskar queria conversar sobre isso. O pai estava a uma distância segura de tudo aquilo, não ia interferir. O homem pigarreou, se ajeitou. Expirou. Olhou para a água. Então disse:

— Sim, eu estava pensando... você tem patins de gelo?

— Não, nenhum que caiba.

— Não, não. Não. Bem, se o gelo fiar bem grosso nesse inverno e parecer que... seria divertido ter um par, não? Eu tenho um.

— Provavelmente não caberiam.

Seu pai bufou uma risada.

— Não, mas... O filho do Östen tem um que não serve mais. Tamanho 39. Você calça quanto?

— 38.

— Sim, mas com meiões de lã ficaria... vou perguntar se você pode ficar com eles.

— Legal.

— Resolvido então. Ótimo. Vamos indo?

Oskar assentiu. Talvez fosse mais tarde. E a parte dos patins era legal. Se desse, amanhã poderia levá-los para casa.

Andou com os minipatins de esqui até pegar a corda, voltou um pouco para deixá-la esticada e sinalizou para o pai que estava pronto. Ele ligou o ciclomotor. Precisavam subir a colina em primeira marcha. O ciclomotor rugiu tão alto que assustou umas gralhas, fazendo-as voar do topo de um pinheiro.

Oskar deslizou devagar colina acima, como se estivesse sendo rebocado pela corda, com postura ereta e as pernas bem juntas. Não pensava em nada além de manter os esquis em cima dos rastros anteriores, para evitar enfiar o pé na camada de neve. Chegaram em casa quando o sol se punha.

* * *

Lacke desceu as escadas da praça central com uma caixa de bombons dentro da cintura da calça. Não gostava de roubar, mas não tinha dinheiro e queria dar algo a Virginia. Devia ter trazido rosas também, mas roubar do florista era difícil.

Já estava escuro e, quando chegou ao final da ladeira em direção à escola, hesitou. Olhou à sua volta, arrastou o pé na neve e descobriu uma pedra do tamanho de um punho que ele chutou para soltar do chão e colocou no bolso, apertando a mão contra ela. Não por achar que aquilo ajudaria contra o que havia visto, mas o peso e o frio da pedra eram um pouco reconfortantes.

* * *

Perguntar no pátio de vários prédios não havia resultado em nada além de olhares cautelosos e desconfiados de pais que faziam bonecos de neve com os filhos. Velho tarado.

Só quando abriu a boca para falar com uma mulher que estava batendo tapetes percebeu o quanto seu comportamento devia parecer estranho. A mulher havia parado a tarefa e virado para ele com o bastão na mão, como se segurasse uma arma.

— Licença — disse Lacke — ... sim, queria saber se... Estou atrás de uma criança.

— Ah, é?

Ele mesmo percebeu como aquilo soava, e isso o deixou ainda mais inseguro.

— Sim, ela... desapareceu. Queria saber se alguém a viu por aqui.

— É sua filha?

— Não, mas...

Fora alguns adolescentes, havia desistido de falar com pessoas que não conhecia. Ou que ao menos não reconhecia. Esbarrou com uns conhecidos, mas não haviam visto nada. Buscai e encontrareis, claro. Porém, no caso, você provavelmente deveria saber o que está buscando.

* * *

Ele desceu pela trilha que atravessava o parque em direção à escola e olhou para o viaduto de Jocke.

As notícias haviam dominado os jornais no dia anterior, principalmente devido forma macabra pela qual o corpo fora descoberto. Um alcoólatra assassinado costumava não ser digno de atenção, mas houvera um interesse indecente no fato de que crianças haviam visto aquilo, de que os bombeiros precisaram serrar o gelo etc. Junto do texto havia uma foto 3x4 de Jocke na qual ele parecia no mínimo um assassino em série.

Lacke continuou caminhando, passando pela fachada de tijolos austera da escola de Blackeberg, a escadaria alta e larga, como a entrada da Corte Nacional, ou do inferno. Na parede ao lado do degrau mais baixo alguém pichara as palavras "Iron Maiden", seja lá o que fosse aquilo. Talvez alguma banda.

Atravessou o estacionamento, seguindo para Björnsonsgatan. Em outras circunstâncias, teria cortado caminho por trás da escola, mas lá era... escuro. Podia imaginar com facilidade aquela criatura à espreita nas sombras. Olhou para o topo dos pinheiros que cercavam o caminho. Algumas massas escuras entre galhos. Provavelmente ninhos.

Não era apenas a aparência da criatura, mas o modo como ela atacava. Ele talvez, *talvez* pudesse aceitar a ideia de que os dentes e as garras tinham uma explicação natural se não fosse pelo pulo que ela dera da árvore. Antes de carregar Virginia, havia olhado para cima. O galho do qual a criatura pulara estava a uns 5 metros do chão.

Cair de 5 metros de altura e aterrissar nas costas de alguém... adicionando "artista de circo" ao resto para chegar a uma "explicação natural", aí talvez. No entanto, levando tudo em conta, era tão improvável quanto o que dissera à Virgínia, algo do qual agora se arrependia.

Droga...

Tirou a caixa de bombons da calça. Talvez o calor de seu corpo tivesse derretido os chocolates? Balançou a caixa com leveza. Não. Ouviu um chacoalhar, então os chocolates não haviam se mesclado. Continuou por Björnsonsgatan, passando pelo ICA.

EXTRATO DE TOMATE, 3 LATAS POR 5 KRONOR
Seis dias atrás.

A mão de Lacke ainda segurava a pedra. Olhou para a placa e podia imaginar a concentração de Virginia para deixar as letras retas, alinhadas. Não teria ficado em casa descansando hoje? Seria a cara dela se arrastar para o trabalho antes que o sangue sequer tivesse tempo de coagular.

Ao chegar ao portão do prédio, ergueu a cabeça em direção à janela dela. Nenhuma luz. Talvez estivesse com a filha? Bem, precisava ao menos subir e deixar os bombons na porta se não estivesse em casa. Estava um breu na escada. Os cabelos em sua nuca se arrepiaram.

A criança está aqui.

Ficou paralisado onde estava, e então se jogou sobre a luz vermelha do interruptor, apertando o botão com as costas da mão que segurava os chocolates. Com a outra, apertou com força a pedra em seu bolso.

Um ruído suave veio do teto quando a lâmpada acendeu. Nada. A escada de Virginia. Degraus de concreto amarelo vômito. Portas de emadeira. Respirou fundo algumas vezes e começou a subir.

Só então percebeu o quanto estava cansado. Virginia morava no terceiro andar, e suas pernas o arrastavam até lá, dois troncos sem vida conectados a seu quadril. Torcia para Virginia estar em casa, se sentindo bem, para ele se afundar na poltrona dela e descansar no lugar onde mais queria estar. Largou a pedra no bolso e tocou a campainha. Esperou um pouco. Tocou outra vez.

Havia começado a tentar equilibrar a caixa de bombons na maçaneta quando ouviu passos arrastados dentro do apartamento. Afastou-se da porta. Lá dentro, os passos pararam. Ela estava em frente a porta, do outro lado.

— Quem é?

Nunca, nunca havia feito aquela pergunta antes. Ele tocava a campainha, ouvia os passos dela, shush, shush, e a porta abria. Entre, entre. Ele pigarreou.

— Sou eu.

Uma pausa. Podia ouvir a respiração dela ou era só imaginação?

— O que quer?

— Queria ver como você está, só isso.

Outra pausa.

— Não estou muito bem.

— Posso entrar?

Ele esperou. Segurou a caixa de chocolates à sua frente, com ambas as mãos, sentindo-se bobo. Um ruído quando ela abriu a primeira tranca, um tilintar de chaves quando destrancou o ferrolho. Outro ruído quando puxou a correntinha. A maçaneta foi virada para baixo e a porta se abriu.

Ele involuntariamente deu meio passo para trás, sua lombar batendo no corrimão da escada. Virginia estava de pé à porta. Parecia estar morrendo.

Além da bochecha inchada, seu rosto estava coberto por pequenas bolhas e os olhos pareciam ter a ressaca do século; uma teia de linhas vermelhas na área branca e pupilas tão contraídas que haviam praticamente desaparecido. Ela assentiu com a cabeça.

— Eu tô horrível.

— Não, não... Eu só... pensei que talvez... posso entrar?

— Não, não tenho energia pra isso.

— Você foi ao médico?

— Eu vou. Amanhã.

— Ótimo. Bem, eu...

Ele entregou a caixa de bombons que estava segurando a sua frente o tempo todo. Virginia a aceitou.

— Obrigada.

— Virginia, tem algo que eu possa...?

— Não. Vai ficar tudo bem. Só preciso descansar. Não consigo mais ficar de pé aqui. A gente se fala.

— Sim, eu passo aqui...

Virginia fechou a porta.

— ... amanhã.

O tilintar de trancas e da corrente outra vez. Ele ficou ali, do outro lado da porta, com os braços pendendo ao lado do corpo. Foi até a porta e encostou a orelha nela. Ouviu uma gaveta ser aberta, passos vagarosos dentro do apartamento.

O que devo fazer?

Não tinha o direito de forçá-la a fazer algo que não queria, mas ele preferiria levá-la logo ao hospital. Bem, ele voltaria na manhã seguinte. Se não estivesse melhor, levaria ela para o hospital, querendo ou não.

Lacke desceu as escadas, um passo de cada vez. Tão cansado. Ao chegar no último lance, antes do portão de saída, sentou-se no degrau mais alto e encostou a cabeça nas mãos.

Sou... responsável.

A luz se apagou. Os tendões em seu pescoço ficaram tensos; inspirou, trêmulo. Era só o relé. Tinha um limite de tempo antes de desligar. Ficou sentado sobre o degrau no escuro, tirando a pedra do casaco com cuidado, descansando-a em ambas as mãos e olhando para as sombras.

Vamos lá, então, ele pensou. *Vamos.*

* * *

Virginia fechou a porta na cara suplicante de Lacke, trancou-a e pôs a correntinha. Não queria que a visse. Não queria ver ninguém. Custara muitíssimo dizer aquelas poucas palavras, agir de acordo com uma forma básica de normalidade.

Sua condição havia piorado rápido depois que voltou para casa do ICA. Lotten a havia ajudado a chegar em casa e, atordoada como estava, simplesmente aguentou a dor da luz do sol em seu rosto. Ao chegar em casa, havia olhado no espelho e visto centenas de pequenas bolhas em sua face e mãos. Queimaduras.

Havia dormido por algumas horas, acordado ao escurecer. A natureza de sua fome havia mudado, transformando-se em ansiedade. Um cardume de peixinhos se debatendo histericamente agora corria por seu sistema circulatório. Não conseguia nem se deitar, nem se sentar, nem ficar parada em pé. Andava de um lado para o outro no apartamento, coçava-se, tomou um banho frio para atenuar a agitação e o formigamento. Nada ajudava.

Era impossível descrever. Fazia ela lembrar de quando, aos 22 anos, fora informada de que o pai caíra do telhado do chalé de veraneio e quebrara o pescoço. Na época também havia andado de um lado para o outro como se não houvesse lugar nenhum na terra onde seu corpo pudesse descansar, onde não doesse.

Era o mesmo agora, só que pior. A ansiedade não diminuía um segundo. Forçava-a a mover-se pelo apartamento até não aguentar mais, até sentar-se em uma cadeira e bater a cabeça contra a mesa da cozinha. Em desespero, tomou dois calmantes e os engoliu com vinho que tinha gosto de água suja.

Normalmente só precisava de um para adormecer como se tivesse levado uma pancada na cabeça. O único efeito que sentiu dessa vez foi uma náusea intensa e, cinco minutos depois, vomitou uma gosma verde e ambos os comprimidos meio dissolvidos.

Continuou andando de um lado para o outro, rasgou um jornal em pedacinhos, rastejou pelo chão e choramingou. Rastejou até a cozinha, empurrou a garrafa de vinho da mesa de forma que caiu no chão e se quebrou diante de seus olhos.

Pegou um dos cacos.

Não pensou. Apenas pressionou-o contra a palma da mão e a dor pareceu boa, certa. O cardume em seu corpo correu para o local da dor e o sangue apareceu. Pressionou a palma na boca e a lambeu, diminuindo a ansiedade. Chorou de alívio ao furar outra parte da mão e continuar sugando. O gosto do sangue se misturava ao de suas lágrimas.

No chão da cozinha, em posição fetal, com a mão contra a boca, sugando avidamente, como um recém-nascido que encontra o seio da mãe pela primeira vez, ela sentiu — pela segunda vez naquele dia horrível — calma.

Cerca de meia hora depois de levantar-se do chão, varrer os cacos de vidro e colocar um curativo na mão, a ansiedade começou a voltar. Foi aí que Lacke tocou a campainha.

Depois de mandá-lo embora e trancar a porta, foi até a cozinha e pôs os bombons na dispensa. Sentou-se em uma cadeira e tentou entender. A ansiedade não deixaria. Em breve a forçaria a ficar de pé outra vez. A única coisa que sabia era que ninguém podia ficar com ela ali. Principalmente Lacke. Ela o machucaria. A ansiedade a levaria a isso.

Havia contraído alguma doença. Havia remédios para doenças.

Amanhã iria ao médico, alguém que a examinaria e diria: Bem, é apenas um ataque de X. Vou precisar receitar Y e Z por algumas semanas. Vai ficar boa rapidinho.

Andou de um lado para o outro no apartamento. Estava começando a ficar insuportável outra vez.

Bateu nos braços, nas pernas, mas os peixinhos haviam ressuscitado e nada ajudava. Sabia o que tinha de fazer. Chorou de medo da dor, mas a sensação de fato era tão breve e o alívio, tão grande.

Foi até a cozinha, pegou uma faca pequena e afiada, saiu e sentou-se no sofá da sala, encostando a lâmina na parte interior do braço.

Só para sobreviver à noite. No dia seguinte buscaria ajuda. Era óbvio que não podia continuar assim, bebendo o próprio sangue. Claro que não. Algo precisaria mudar. Mas, por enquanto...

A saliva inundou sua boca em antecipação. Cortou-se. Profundamente...

SÁBADO

7 DE NOVEMBRO [NOITE]

Oskar tirou a mesa e seu pai lavou a louça. O pato estivera delicioso, claro. Sem chumbo. Não havia muito o que limpar dos pratos. Depois de comerem a maior porção da ave e quase toda a batata, rasparam os restos do prato com pedaços de pão. Era a melhor parte. Derramar o molho no prato e limpá-lo com os pedacinhos porosos de pão, que começavam a se dissolver no molho e terminavam na boca.

Seu pai não era um grande cozinheiro ou nada do tipo, mas aqueles três pratos — *pytt-i-panna**, arenque frito e ave marinha assada — ele fazia com tanta frequência que aperfeiçoara o preparo. No dia seguinte, fariam *pytt-i-panna* com os restos.

Oskar passou as horas antes do jantar em seu quarto. Tinha um só seu na casa do pai, que era vazio, se comparado ao da cidade, mas que ele gostava. Na cidade, tinha pôsteres e fotos, um monte de coisa; estava sempre mudando.

Esse quarto nunca mudava, e era exatamente disso que ele gostava.

Agora ainda era igual a quando tinha 7 anos.

Quando entrava no quarto, com o cheiro úmido familiar que continuava no ar mesmo depois que o aquecedor era ligado rapidamente em preparação para a visita, era como se nada tivesse acontecido por... muito tempo.

Ali ainda restavam quadrinhos do Pato Donald e do Bamse** comprados durante os muitos verões passados. Não os lia mais quando estava na cidade, mas aqui, sim. Já decorara as histórias, porém as lia outra vez.

Enquanto os cheiros de comida vinham da cozinha, ficou deitado na cama lendo uma edição antiga do Pato Donald. Donald, os sobrinhos e o Tio Patinhas

---

*   [N. da T.] Picadinho de carne sueco tradicional, feito com batata, cebola e salsicha.

** [N. da T.] Quadrinho e desenho infantil popular na Suécia.

estavam viajando para um país distante no qual não havia dinheiro, e as tampinhas das garrafas de tônico calmante do Tio Patinhas se tornaram a moeda local.

Quando terminou de ler, ocupou-se com a coleção de iscas e chumbinhos guardados em um antigo kit de costura que seu pai lhe dera. Amarrou uma linha nova com cinco ganchos e grudou iscas para pescar arenques no verão.

Então comeram, e depois que seu pai terminou de lavar a louça, jogaram jogo-da-velha de cinco fileiras.

Oskar gostava de se sentar assim com o pai; o papel quadriculado na mesa fina, suas cabeças inclinadas sobre ele, uma perto da outra. O fogo crepitava na lareira.

O garoto marcava X e o pai, O, como sempre. O pai nunca o deixava ganhar de propósito, então, até alguns anos atrás, ele sempre vencia, mesmo Oskar tendo sorte uma vez ou outra. Agora, porém, estava mais equilibrado. Talvez fosse pelo tempo que havia praticado com o cubo mágico.

As partidas ocupavam metade de uma folha, o que dava vantagem a Oskar. Era bom em manter em mente espaços que podiam ser preenchidos caso o pai fizesse isso ou aquilo, disfarçar uma ofensiva como uma defensiva.

Naquela noite, quem venceu foi Oskar.

Três sequências seguidas haviam sido circuladas e marcadas com um "O" no meio. Apenas em uma partida menor, durante a qual Oskar se distraíra, fora marcado um "P". O menino escreveu um X e abriu duas sequências de quatro, das quais seu pai só poderia bloquear uma. O homem suspirou e balançou a cabeça.

— Bem, Oskar, parece que encontrei um adversário à altura.

— É o que parece.

Para continuar o jogo, o pai bloqueou uma das sequências e Oskar preencheu a outra. O pai fechou um lado dos quatro e o menino pôs um quinto X no outro, circulou a fileira e a marcou com um "O". O homem coçou a barba e pegou outra folha de papel. Ergueu a caneta.

— Mas dessa vez, eu vou...

— Não custa sonhar. Pode começar.

* * *

Com quatro X e três O marcados na partida, houve uma batida na porta. Logo em seguida, ela se abriu e Oskar ouviu as pancadas de alguém tirando a neve dos sapatos.

— Oi, oi!

O pai ergueu o olhar da folha, inclinou-se para trás na cadeira e olhou para a entrada. Oskar franziu os lábios.

Não.

O pai olhou para o recém-chegado.

— Entra.

— Obrigado.

Baques suaves de alguém atravessando a sala calçando meias de lã. Um momento depois, Janne entrou na cozinha e disse:

— Ah, entendi. Resolveram passar uma noite tranquila em casa?

O pai gesticulou para Oskar.

— Você já conhece meu filho.

— Claro — disse Janne. — Oi, Oskar, como vai?

— Bem.

Até agora. Vai embora.

Janne foi até a mesa da cozinha; as meias de lã haviam descido por seus calcanhares e agora pendiam de seus dedos como nadadeiras deformadas. Ele puxou uma cadeira e se sentou.

— Vejo que estão jogando jogo-da-velha.

— Sim, mas o garoto é bom demais pra mim. Não dá mais pra ganhar dele.

— Não! Tem praticado na cidade? Ousaria me desafiar então, Oskar?

Oskar balançou a cabeça. Não queria nem olhar para Janne, sabia o que veria. Olhos embaçados, um sorrisinho amarelo; sim, Janne parecia uma ovelha velha e os cachos loiros só reforçavam a impressão. Um dos "amigos" de seu pai, que era seu inimigo.

Janne esfregou as mãos, fazendo som de lixa, e contra a luz que vinha da entrada Oskar podia ver uns pedacinhos de pele caindo no chão. Janne tinha uma doença de pele que piorava no verão e fazia seu rosto parecer uma laranja estragada cor de sangue.

— Ora, ora. Tá bem aconchegante aqui.

Você sempre *diz isso. Sai daqui com seu rosto nojento e suas palavras vazias.*

— Pai, não vamos continuar jogando?

— Claro, mas agora que temos um convidado...

— Vão em frente, joguem.

Janne inclinou-se para trás na cadeira, parecendo ter todo o tempo do mundo. Mas Oskar sabia que havia perdido a batalha. Era o fim. Ia acontecer o que sempre acontecia.

Mais que tudo, quis gritar, quebrar algo, Janne, principalmente, quando o pai foi até a dispensa e trouxe a garrafa, pegou dois copos de shot e colocou tudo na mesa. Janne esfregou as mãos e as escamas voaram.

— Ora, ora. O que temos aqui...

Oskar olhou para o papel com o jogo inacabado.

Ia colocar um X ali.

Porém, não haveria mais marcações de X naquela noite. Nem de O. Nada.

Houve um som baixo de líquido correndo quando o pai serviu os shots. O delicado cone invertido de vidro encheu-se de líquido transparente. Parecia tão pequeno e frágil na mão de seu pai. Quase desaparecia.

E mesmo assim arruinava tudo. Tudo.

Oskar amassou o jogo inacabado e o jogou no forno a lenha. O pai não protestou. Ele e Janne haviam começado a conversar sobre um conhecido que quebrara a perna. Continuaram falando de outros casos de ossos quebrados que tinham vivido ou ouvido falar, encheram os copos outra vez.

O menino permaneceu onde estava em frente ao fogão, cujas portas estavam abertas, olhando o papel que pegava fogo, escurecia. Então pegou os demais jogos e colocou-os no fogo também.

O pai e Janne pegaram os copos e a garrafa e foram para a sala. O pai disse algo como "vem conversar um pouco" para Oskar, que respondeu "talvez mais tarde". Ficou lá sentado em frente ao fogão, olhando o fogo. O calor acariciava seu rosto. Levantou-se, pegou o bloco de papéis quadriculados da mesa da cozinha, arrancou algumas páginas vazias e as jogou no fogo. Quando o bloco inteiro, até a capa, queimou, ele pegou os lápis e atirou-os no fogo também.

* * *

Havia algo inquietante no hospital àquela hora da noite. Maud Carlberg estava sentada na recepção olhando o hall de entrada quase vazio. A cafeteria e o quiosque estavam fechados; apenas uma ou outra pessoa passava por lá de vez em quando, como um fantasma sob aquele teto alto.

Quando estava tarde assim, gostava de imaginar que ela, e somente ela, guardava aquele prédio enorme que era o Hospital Danderyd. Não era verdade, claro. Se houvesse qualquer problema, precisava apenas apertar um botão e um vigia noturno apareceria em três minutos.

Havia um jogo que gostava de jogar para fazer aquelas horas da madrugada passarem.

Pensava em uma profissão, um endereço e uma descrição básica do passado de alguém. Talvez uma doença. Então, aplicava tudo que havia imaginado à próxima pessoa que chegava em sua bancada. O resultado costumava ser... engraçado.

Por exemplo, podia imaginar um ou uma piloto, que vivia em Götgatan e tinha dois cachorros dos quais o vizinho cuidava quando ele ou ela estava fazendo um de seus voos. O vizinho mantinha uma paixão em segredo e o maior problema do ou da piloto era ver homenzinhos verdes com toucas vermelhas nadando nas nuvens sempre que estava voando.

Ok. Aí só precisava esperar.

Talvez, um tempo depois, uma mulher com aparência arrasada aparecesse. Uma piloto mulher. Tinha bebido muitas daquelas garrafinhas de bebida alcoólica de avião em segredo, viu os homenzinhos verdes, foi demitida. Agora ficava em casa com os cachorros o dia inteiro. O vizinho ainda era apaixonado por ela, no entanto.

Maud continuava o jogo assim.

Às vezes brigava consigo mesmo por causa dessas brincadeiras, já que dificultavam que ela levasse as pessoas a sério. No entanto, não conseguia se controlar. Naquele momento, esperava um pastor aficionado por carros esportivos caros e que amava dar carona para mochileiros para tentar convertê-los.

Pastor ou pastora? Velho ou jovem? Qual seria a aparência de alguém assim?

Maud descansou o queixo nas mãos e olhou para as portas da frente. Não havia muito movimento naquela noite. O horário de visita acabara e os novos pacientes que apareciam com problemas de sábado à noite — a maioria relacionada a álcool, de uma forma ou de outra — eram levados para a Emergência.

As portas giratórias começaram a virar. O pastor do conversível, talvez.

Mas não, esse era um dos casos nos quais ela precisava desistir. Era uma criança. Uma... menina que parecia abandonada, de 10 ou 12 anos. Maud começou a imaginar a sequência de acontecimentos que um dia levaria aquela criança a se tornar pastora, mas parou rapidamente. A menina parecia infeliz.

Ela foi até o grande mapa do hospital, com as linhas coloridas que marcavam o caminho a seguir para esse ou aquele lugar. Poucos adultos eram capazes de entender aquele mapa, então como uma criança conseguiria?

Maud inclinou-se para a frente e disse, em voz baixa:

— Posso ajudá-la?

A menina virou-se para ela, sorriu com timidez e foi até a recepção. Seu cabelo estava molhado, um ou outro floco de neve que não havia derretido brilhava branco contra os fios pretos. Ela não mantinha o olhar grudado no chão, como crianças muitas vezes fazem em ambientes que não conhecem. Não, seus olhos negros e tristes olharam dentro dos de Maud ao se aproximar do balcão. Um pensamento, claro como se fosse audível, passou pela cabeça de Maud.

Tenho que dar algo a ela. Mas o quê?

Em sua mente, de forma estúpida, começou a fazer um inventário do que tinha em sua gaveta. Uma caneta? Um balão?

A criança parou em frente ao balcão. Apenas sua cabeça e pescoço ficavam acima dele.

— Com licença... Estou procurando o meu pai.

— Entendo. Ele está internado aqui?

— Sim, quer dizer, não tenho certeza...

Maud olhou para as portas atrás da menina, verificou rapidamente o hall e em seguida fixou o olhar na criança a sua frente, que não usava nem uma jaqueta. Apenas uma blusa preta tricotada de gola alta, na qual gotas de água e flocos de neve brilhavam sob a luz da recepção.

— Está sozinha aqui, querida? A essa hora?

— Sim, eu... só queria saber se ele está aqui.

— Vamos descobrir então, ok? Qual é o nome dele?

— Eu não sei.

— Você não sabe?

A garota baixou a cabeça, pareceu procurar algo no chão. Ao endireitar outra vez a cabeça, seus grandes olhos negros estavam cheios de lágrimas e seu lábio inferior tremia.

— Não, ele... Mas está aqui.

— Mas, querida...

Maud sentiu como se algo em seu peito se partisse e tentou se consolar agindo; inclinou-se e pegou seu rolo de papel toalha da última gaveta, arrancou um pedaço e ofereceu-o à menina. Por fim pôde dar algo a ela, ainda que apenas um pedaço de papel.

A garota assoou o nariz e secou os olhos de uma forma muito... adulta.

— Obrigada.

— Mas então, eu não sei... o que há de errado com ele?

— Ele... a polícia o levou.

— Então é melhor você falar com eles.

— Sim, mas estão mantendo ele aqui. Porque está doente.

— Bem, que tipo de doença ele tem?

— Ele... eu só sei que a polícia o deixou aqui. Onde ele está?

— Provavelmente no último andar, mas você não pode ir até lá se não... tiver marcado um horário com antecedência.

— Só queria saber qual é a janela dele para poder... não sei.

A garota começou a chorar outra vez. A garganta de Maud estava tão apertada que doía. A menina queria saber disso para poder ficar lá fora na neve... olhando para a janela do pai. Maud engoliu em seco.

— Posso ligar para eles, se quiser. Tenho certeza de que você poderia...

— Não, tudo bem. Agora eu sei. Agora eu posso... Obrigada, muito obrigada.

A garota deu as costas e seguiu outra vez para as portas giratórias.

Senhor, quantas famílias destruídas.

Ela atravessou as portas e Maud não conseguiu parar de olhar para onde ela havia desaparecido.

Havia algo errado.

Em sua mente, a mulher repassou a aparência da menina, como ela andava. Havia algo que não estava certo, algo que... Maud levou meio minuto para lembrar o que era. A garota não estava usando sapatos.

Levantou-se com um pulo e correu até as portas. Só podia deixar a recepção vazia em circunstâncias muito especiais. Decidiu que aquela contava como uma. Empurrou as portas giratórias com impaciência, *vamos, vamos, vamos*, e então saiu para o estacionamento. A menina não estava em lugar nenhum. O que deveria fazer? Os assistentes sociais precisariam ser chamados; não haviam checado para garantir que havia alguém cuidando da garota. Era a única explicação. Quem era o pai dela?

Maud procurou pelo estacionamento sem encontrar a menina. Correu por um lado do hospital, em direção ao metrô. Nada da garota. Ao voltar para a recepção, tentou decidir para quem deveria ligar, o que deveria fazer.

* * *

Oskar estava deitado na cama, esperando o Lobisomem. Sentiu o interior de seu peito ferver de ódio, desespero. Da sala, ouvia as vozes altas de seu pai e de

Janne, misturadas à música que vinha do gravador. Bröderna Djup*. Não conseguia ouvir a letra, mas já tinha a decorado.

"Nós vivemos no campo, e logo percebemos
que somos caras do campo, e aí ficou claro:
Precisamos de algo pro celeiro
Vendemos as porcelanas, de boa qualidade
e compramos um porcão gigante..."**

Nesse ponto, a banda começava a imitar diferentes animais da fazenda. Normalmente ele achava os Bröderna Djup engraçados. Agora os odiava. Pois eram parte daquilo. Cantando suas músicas estúpidas para Janne e seu pai, enquanto eles se embebedavam.

Sabia exatamente como aquilo ia acabar.

Em mais ou menos uma hora a garrafa ficaria vazia e Janne voltaria para casa. Seu pai então andaria de um lado para o outro da cozinha por um tempo, até, por fim, decidir que precisava falar com Oskar.

Entraria no quarto de Oskar e não seria mais seu pai. Apenas um desastre desengonçado, fedendo a álcool, todo sentimental e carente. Pediria para Oskar sair da cama. Precisava conversar um pouco. Sobre como ainda amava a mãe dele, o quanto amava Oskar, ele o amava também? Falando enrolado sobre todas as injustiças que passara e, no pior caso, se irritaria, ficaria enraivecido.

Ele nunca era violento ou nada do tipo. Porém, o que o menino via em seus olhos quando isso acontecia era a coisa mais absolutamente aterrorizante do mundo. Não restava nem vestígio de seu pai. Só um monstro que de alguma maneira tomara o corpo dele e agora o controlava.

A pessoa que seu pai se tornava ao beber não estava conectada a quem era quando sóbrio. Por isso, era reconfortante pensar nele como um lobisomem. Que, na verdade, ele tinha toda uma outra pessoa em seu corpo. Assim como a lua despertava o lobo no lobisomem, o álcool despertava aquela criatura em seu pai.

Oskar pegou um quadrinho do Bamse, tentou ler, mas não conseguia se concentrar. Sentia-se... desamparado. Em cerca de uma hora estaria a sós com o Monstro. E só o que podia fazer era esperar.

---

*   "Os irmãos profundos", em tradução livre. Grupo musical sueco.

** [N. da T] Tradução livre.

Jogou o quadrinho na parede e se levantou, foi pegar sua carteira. Um maço de passagens de metrô e dois bilhetes de Eli. Pôs os bilhetes lado a lado na cama.

ENTÃO, JANELA, QUE O DIA ENTRE NO QUARTO E A VIDA FUJA.

Um coração.

TE VEJO À NOITE, ELI.

E o segundo.

OU PARTO, E VIVO, OU MORREREI, FICANDO. BEIJOS, ELI.

Não há vampiros.

A noite era um véu negro na janela. Oskar fechou os olhos e pensou no caminho para Estocolmo, correndo pelas casas, fazendas e campos. Voou pelo pátio do condomínio em Blackeberg, atravessou a janela dela, e lá estava Eli.

Abriu os olhos, olhou para o retângulo negro na janela. Lá fora.

Os Bröderna Djup começaram uma música sobre uma bicicleta com um pneu furado. Seu pai e Janne riram alto demais de alguma coisa. Algo caiu.

Que monstro você escolhe?

Oskar pôs os bilhetes de volta na carteira e se vestiu. Esgueirou-se para a entrada da casa e calçou os sapatos, o casaco, o gorro. Ficou lá de pé por alguns segundos, ouvindo os sons da sala.

Virou-se para sair, viu algo, parou.

Na sapateira perto da porta estavam suas antigas botas de borracha, as que usava quando tinha 4 ou 5 anos. Estavam lá desde que se entendia por gente, embora não houvesse ninguém que pudesse usá-las. Ao lado delas estavam as enormes botas Tretorn de seu pai, uma delas com um remendo no calcanhar como aqueles que se usa para consertar pneus de bicicleta.

Por que ele as guardava?

Oskar sabia por quê. Duas pessoas cresceram das botas, de costas para ele. As costas largas de seu pai, e ao lado delas, as finas de Oskar. O braço do menino esticado, sua mão na do pai. Andaram com suas botas e atravessaram um rochedo, talvez indo colher framboesas.

Conteve um soluço, lágrimas subindo por sua garganta. Esticou a mão para tocar as botinhas. Gargalhadas ecoaram da sala. A voz de Janne, distorcida. Provavelmente imitando alguém, ele era bom naquilo.

Os dedos de Oskar se fecharam sobre o topo das botas. Sim. Não sabia por que, mas parecia a coisa certa a fazer. Abriu a porta da frente com cuidado, fechou-a atrás de si. A noite estava gelada, a neve um mar de pequenos diamantes contra a luz da lua.

Começou a andar em direção à estrada principal, apertando as botas nas mãos.

* * *

O guarda estava dormindo, um jovem policial que fora mandado para lá depois de os funcionários do hospital reclamarem da necessidade de se ter um deles sempre vigiando Håkan. A porta, no entanto, só destrancava com um código. Provavelmente por isso ele ousava cochilar.

Havia apenas uma luz noturna acesa e Håkan analisava as sombras embaçadas no teto como um homem saudável que deita na grama olhando as nuvens. Buscava formatos, figuras nas sombras. Não sabia se poderia voltar a ler, mas gostaria.

Eli se fora e tudo que dominava sua antiga vida estava voltando. Receberia uma sentença longa de prisão e dedicaria esse tempo a ler tudo que ainda não lera e a reler tudo que prometera a si mesmo reler.

Repassava mentalmente todos os livros de Selma Lagerlöf quando um som de arranhão o interrompeu. Ficou escutando. Mais arranhões. Vinha da janela.

Virou a cabeça o máximo que podia e olhou naquela direção. Contra o céu negro havia uma forma oval mais clara, iluminada pela luz noturna. Um montinho pálido surgiu ao lado da forma oval, movendo-se para frente e para trás. Uma mão. Acenando. A mão seguiu pelo comprimento da janela e o som de arranhão ecoou outra vez.

Eli.

Håkan sentiu-se grato pelo fato de não estar conectado a um monitor de ECG, já que seu coração disparou, batendo como as asas de um pássaro preso a uma rede. Imaginou o coração explodindo para fora do peito, rastejando pelo chão até a janela.

Entre, meu amor, entre.

Mas a janela estava trancada e, mesmo se tivesse aberta, seus lábios não eram capazes de formar as palavras que permitiriam a entrada de Eli. Talvez pudesse fazer um gesto que significasse a mesma coisa, porém nunca entendera de verdade tudo aquilo.

Posso?

Em uma tentativa, pôs uma perna para fora da cama, depois a outra. Pôs os dois pés no chão, tentou ficar de pé. Suas pernas não queriam carregar seu peso depois de ficarem 10 dias deitadas. Equilibrou-se segurando a grade da cama, quase caindo para o lado.

O cateter estava totalmente esticado, puxando a pele onde entrava no corpo. Havia algum tipo de alarme conectado ao cateter, um fio elétrico que cobria sua parte externa. Se ele puxasse o tubo de qualquer um dos lados, o alarme dispararia. Moveu o braço em direção ao suporte do cateter, de forma a deixar o tubo mais frouxo, e virou-se para a janela.

Preciso.

O suporte tinha rodas, as baterias do alarme estavam atarraxadas um pouco abaixo da bolsa plástica. Esticou a mão em direção ao suporte, pegou-o. Apoiando-se nele, levantou-se, bem, bem devagar. O quarto pareceu balançar em frente de seu olho quando tentou dar um pequeno passo, parou, escutou. A respiração do guarda continuava calma e regular.

Deslocou-se pelo quarto com a velocidade de uma lesma. Quando uma roda guinchava, ele parava e escutava. Algo o dizia que era a última vez que veria Eli e não pretendia...

... estragar tudo.

Seu corpo estava exausto, como se tivesse corrido uma maratona, quando finalmente chegou à janela e pressionou o olho contra ela, de forma que a membrana gelatinosa em seu rosto ficou espremida contra o vidro e sua pele voltou a queimar.

Apenas alguns centímetros de vidro duplo separavam seu olho de seu amor. Eli moveu sua mão pelo vidro como se acariciasse o rosto deformado dele. Håkan pôs o olho o mais próximo dos de Eli que conseguia, porém, ainda assim, sua visão estava distorcida; aqueles olhos negros pareciam dissolver, ficando embaçados.

Presumira que seu canal lacrimal havia queimado como o resto, mas não era o caso. Lágrimas encheram seu olho e o cegaram. A pálpebra provisória não conseguia afastá-las piscando, então, com cuidado, secou o olho com a mão sadia, enquanto seu corpo tremia com soluços silenciosos.

Sua mão tateou a tranca da janela. Virou-a. O catarro desceu pelo buraco que fora seu nariz, caindo sobre o parapeito da janela quando a abriu.

O ar frio entrou no quarto. Era questão de tempo até o guarda acordar. Håkan esticou o braço, sua mão sadia, para fora da janela, em direção à Eli, que subiu no parapeito, pegou a mão dele entre as suas e a beijou. Sussurrou:

— Olá, meu amigo.

Håkan assentiu devagar para indicar que podia ouvir. Tirou sua mão das de Eli e acariciou sua bochecha. A pele era como seda congelada.

Tudo retornou.

Não apodreceria em alguma cela cercado por letras sem significado. Maltratado pelos demais prisioneiros por ter cometido aquele que, aos olhos deles, era o pior dos crimes. Ficaria com Eli. Ele iria...

Eli aproximou-se, com o corpo inclinado sobre o parapeito.

— O que quer que eu faça?

Håkan tirou a mão de sua bochecha e apontou para o próprio pescoço.

Eli balançou a cabeça.

— Eu precisaria matar você... depois.

Håkan tirou a mão do pescoço, levou-a de volta ao rosto de Eli. Por um momento, pôs um dedo contra seus lábios. Então retirou a mão.

Apontou outra vez para o pescoço.

* * *

Sua respiração saía em nuvens brancas, mas ele não sentia frio. Depois de 10 minutos, Oskar chegou à loja. A lua o havia seguido desde a casa do pai, brincando de esconde-esconde atrás dos topos dos pinheiros. Oskar conferiu as horas. 22h30. Havia visto nos horários do ônibus no hall que o último ônibus para Norrtälje saía em torno de 00h30.

Atravessou o espaço aberto em frente a loja, iluminado pelas luzes das bombas de combustível, caminhou em direção a Kapellskärsvägen. Nunca pegara carona antes e sua mãe enlouqueceria se soubesse. Entrar no carro de um estranho...

Andou mais rápido, passando em frente a algumas casas iluminadas. As pessoas estavam lá, sentadas, se divertindo. As crianças dormiam em suas camas sem precisarem se preocupar com seus pais vindo acordá-las para falar um monte de besteiras.

É culpa do papai, não minha.

Olhou para as botas que ainda levava nas mãos, jogou-as numa vala, parou. As botas pararam, duas manchas escuras contra a neve sob o luar.

A mamãe nunca mais vai me deixar vir aqui.

Seu pai notaria que ele não estava mais em casa talvez em... uma hora. Então sairia e procuraria por ele, gritando seu nome. Depois, ligaria para a mãe. Ligaria mesmo? Provavelmente. Para ver se Oskar havia ligado para ela. A mãe perceberia que ele estava bêbado quando contasse que Oskar havia sumido, e aí seria...

Espera. É o seguinte.

Ao chegar em Norrtälje, ligaria para o pai de um orelhão e diria que tinha voltado para Estocolmo, que passaria a noite na casa de um amigo e iria para casa na manhã seguinte, e não diria nada para a mãe.

Aí seu pai aprenderia a lição sem que tudo virasse uma catástrofe.

Ótimo. E depois...

Oskar desceu até a vala e pegou as botas de borracha, enfiou-as nos bolsos e continuou andando pela estrada. Tudo ficaria bem dessa forma. Agora era Oskar que decidia para onde iria, e a lua fazia a gentileza de brilhar sobre ele, iluminando seu caminho. Levantou uma mão em cumprimento e começou a cantar:

— Lá vem Fritiof Andersson, está nevando em seu chapéu...

Não lembrava de mais nenhuma estrofe da letra, então apenas cantarolou.

Após algumas centenas de metros, um carro apareceu. Ouviu-o vindo de longe e diminuiu o passo, erguendo seu polegar. O carro passou por ele, parou e voltou. A porta do assento de passageiro se abriu; havia uma mulher no carro, um pouco mais nova que sua mãe. Nada que devesse temer.

— Olá. Para onde está indo?

— Estocolmo. Norrtälje, na verdade.

— Também estou indo pra Norrtälje, então...

Oskar inclinou-se para o carro.

— Nossa, seus pais sabem que você está aqui?

— Sim, mas o carro do papai quebrou e, bem...

A mulher olhou para ele, pareceu refletir.

— Ok, por que não entra?

— Obrigado.

Oskar sentou-se no banco, fechou a porta. O carro voltou a andar.

— Quer que eu te deixe na parada de ônibus?

— Sim, por favor.

Oskar inclinou-se para trás sobre o assento, aproveitando o calor que voltava para seu corpo, suas costas. Devia ser um daqueles bancos elétricos. Em pensar que fora fácil assim. Casas iluminadas corriam pela janela.

Sentem-se aí, rapazes.

E cantando, e jogando, vamos para a Espanha e... algum lugar.

— Você vive em Estocolmo?

— Sim. Em Blackeberg.

— Blackeberg... fica a oeste, né?

— Acho que sim. Chamam de subúrbios a oeste, então deve ser.

— Entendo. Tem algo importante te esperando lá?

— Sim.

— Deve ser muito especial para você sair tarde assim.

— Sim. É sim.

* * *

Estava frio no quarto. Suas articulações pareciam travadas depois de passar tanto tempo naquela posição desconfortável. O guarda se alongou e suas articulações estalaram. Olhou para a cama de hospital e, de repente, acordou por completo.

Se foi... o frio... merda!

Ficou de pé, cambaleante, olhou à sua volta. Graças a Deus. O homem não havia escapado. Mas como havia conseguido ir até a janela? E...

O que é aquilo?

O assassino estava inclinado sobre a janela com algo preto sobre um ombro. Seu traseiro nu estava visível sob a camisola de hospital. O guarda deu um passo em direção à janela, parou, prendeu a respiração.

A forma preta era uma cabeça. Um par de olhos negros encontrou os dele.

Tateou em busca de sua arma, percebeu que não carregava uma. Por motivos de segurança. A arma mais próxima estava em um cofre no corredor. E, de qualquer modo, era só uma criança, podia ver agora.

— Você aí! Não se mova!

Correu os três passos até a janela e a cabeça da criança levantou-se do pescoço do homem.

No mesmo momento que o guarda os alcançou, a criança pulou do parapeito e desapareceu para cima. Seus pés ficaram pendurados por um momento na parte superior da janela antes de desaparecerem.

Pés descalços.

O guarda pôs a cabeça para fora da janela, conseguiu vislumbrar um corpo seguindo para o telhado e sumindo de vista. O homem ao seu lado ofegou.

Deus do céu. Puta que pariu.

Sob a luz fraca, podia ver que o ombro e as costas do homem estavam com manchas escuras. A cabeça dele pendia para frente e havia uma ferida aberta em seu pescoço. No telhado, ouviu baques suaves de pés correndo por telhas de metal. Ficou ali, paralisado.

Prioridades. Quais eram as prioridades?

Não conseguia se lembrar. Salvar uma vida primeiro. Isso. Mas havia outros que podiam... correu até a porta, digitou o código e correu escorregando pelo corredor, gritando:

— Enfermeira! Enfermeira! Venha aqui! É uma emergência!

Correu para as escadas de incêndio enquanto a enfermeira da noite saia de seu escritório, correndo em direção ao quarto que ele acabara de deixar. Quando se cruzaram, ela perguntou:

— O que houve?

— Emergência. É uma... emergência. Chame mais gente, houve um... assassinato.

As palavras não quiseram sair. Nunca vivera nada assim antes. Fora escalado para esse trabalho chato de vigia porque não tinha experiência. Era substituível, digamos assim. Ao correr para as escadas, pegou o rádio e alertou à delegacia, chamando reforços.

* * *

A enfermeira tentou se preparar para o pior: um corpo no chão em meio a uma poça de sangue. Enforcado em um lençol, pendendo de um cano no teto. Já vira as duas coisas.

Quando entrou no quarto, viu apenas uma cama vazia. E algo na janela. Primeiro, pensou que era um monte de roupas deixado no parapeito. Em seguida, percebeu que se movia.

Correu até a janela para pará-lo, mas o homem já havia conseguido ir muito longe. Já estava sobre o parapeito, com metade do corpo para fora da janela, quando ela começara a correr. Chegou a tempo de pegar um pedaço da camisola de hospital antes de o homem rolar o corpo para fora da janela, o cateter soltando de seu braço. Houve o som de tecido rasgando e ela ficou lá, com um pedaço de pano azul na mão. Alguns segundos depois, um baque abafado e distante quando o homem atingiu o chão. Em seguida, o alarme alto do cateter.

* * *

O taxista estacionou na frente da entrada de Emergência. O idoso no banco de trás que, durante toda a viagem desde Jakobsberg o havia entretido com seu histórico médico de problemas no coração, abriu sua porta e continuou sentado, esperando.

Tá bem, tá bem.

O motorista abriu sua porta, deu a volta no carro e ofereceu o braço para apoiar o velho. A neve caía dentro da gola de sua jaqueta. O idoso estava prestes a pegar seu braço, mas fixou o olhar em um ponto no céu, e pareceu congelar.

— Vamos, eu ajudo o senhor.

O velho apontou para cima.

— O que é aquilo?

O taxista olhou para onde ele apontava.

Havia uma pessoa de pé no telhado do hospital. Uma pessoa pequena. De peito nu, braços junto ao corpo.

Avise a alguém.

Devia enviar o alerta pelo rádio. Mas apenas ficou ali parado, incapaz de se mover. Caso se movesse, alguma espécie de equilíbrio seria perturbado e a pessoinha cairia.

Sentiu dor na mão que o idoso apertou com dedos que pareciam garras, enfiando as unhas em suas palmas. Mesmo assim, ele não se moveu.

A neve caiu em seus olhos e ele piscou. A pessoa no telhado abriu os braços, os ergueu sobre a cabeça. Havia algo suspenso entre os braços e o corpo, uma espécie de membrana... de teia. O velho puxou a mão dele, saiu do carro, ficou de pé a seu lado.

Ao mesmo tempo em que o ombro do idoso tocou o dele, a pessoa... a criança... caiu direto para baixo. Ele se sobressaltou e os dedos do idoso mais uma vez apertaram sua mão. A criança caía em direção a eles.

Instintivamente, ambos se abaixaram, pondo os braços sobre a cabeça.

Nada aconteceu.

Quando olharam outra vez para cima, a criança havia sumido. O motorista olhou à sua volta, mas só o que podia ver era a neve que caía sob a luz dos postes. O velho respirou trêmulo.

— Era o anjo da morte. O anjo da morte. Não sairei vivo daqui.

SÁBADO

7 de novembro [Madrugada]

— Habba-Habba soudd-soudd!

O grupo barulhento de garotos e garotas havia entrado na estação de Hötorget. Tinham a idade de Tommy, talvez. Bêbados. Os garotos berravam de vez em quando, caíam em cima das meninas, e elas riam, batendo neles. Cantaram outra vez. A mesma música, sem parar. Oskar olhava para eles, disfarçadamente.

Nunca vou ser assim.

Infelizmente. Gostaria de poder ser. Parecia divertido. Porém, Oskar nunca seria capaz de ser assim, fazer o que aqueles caras faziam. Um deles ficou de pé sobre o assento e cantou alto:

— A-Huleba-Huleba, A-ha-Huleba...

Um senhor de idade que cochilava no assento prioritário no fim do vagão gritou:

— Podem parar com a barulheira? Eu tô tentando dormir.

Uma das garotas mostrou o dedo do meio a ele.

— Dorme em casa.

O grupo inteiro riu e recomeçou a música. Alguns assentos mais à frente, um homem lia um livro. Oskar inclinou a cabeça para tentar ler o título, mas só conseguiu ver o nome do autor: Göran Tunström. Nunca tinha ouvido falar.

Nas duas fileiras mais próximas com assentos duplos voltados um para o outro, havia uma idosa com uma bolsa no colo. Falava baixo consigo mesma, gesticulando para um interlocutor invisível.

Nunca havia pegado o metrô tão tarde antes. Essas eram as mesmas pessoas que durante o dia sentavam-se em silêncio olhando para frente, ou lendo jornais? Ou esse era um grupo especial que só aparecia à noite?

O homem com o livro virou a página. Por mais estranho que pareça, Oskar não trazia nenhum livro com ele. Uma pena. Gostaria de estar como aquele homem, lendo um livro, sem reparar mais nada à sua volta. Porém, tinha apenas seu Walkman e o cubo mágico. Tinha planejado ouvir a fita do KISS que Tommy lhe dera, tentou um pouco no ônibus, mas enjoou depois de umas duas ou três músicas.

Tirou o cubo da mochila. Três lados estavam completos. Só faltava um pouquinho para o quarto. Eli e ele haviam passado uma noite tentando resolvê-lo juntos, conversando sobre como era possível completá-lo, e desde então Oskar ficara melhor naquilo. Olhou todos os lados e tentou pensar em uma estratégia, mas não conseguia tirar o rosto de Eli da cabeça.

Como estará a aparência dela?

Não estava com medo. Estava em um estado de... sim... não podia estar ali, àquela hora, não podia estar fazendo o que fazia. Aquilo não existia. Não era ele.

Eu não existo e ninguém pode fazer nada comigo.

Ligara para o pai de Norrtälje e o homem chorara no telefone. Dissera que ia chamar alguém para buscar Oskar. Era a segunda vez na vida que Oskar ouvia o pai chorar. Por um momento, o menino estivera prestes a desistir. Mas então seu pai havia se irritado e começado a gritar sobre como precisava ter a própria vida e poder fazer o que quisesse em sua própria casa. Oskar então desligou na cara dele.

Foi então que começou aquele sentimento de que não existia de verdade.

O grupo de adolescentes saiu em Ängbyplan. Um dos garotos virou-se e gritou para dentro do vagão:

— Bons sonhos, meus... meus...

Não conseguia pensar em uma palavra e uma das garotas o puxou. Logo antes de as portas se fecharem, ele se soltou e correu o vagão, prendendo uma porta e gritando:

— ... companheiros de viagem! Bons sonhos, meus companheiros de viagem!

Ele soltou a porta e o metrô começou a avançar. O homem que lia baixou o livro e olhou para os jovens na plataforma. Então voltou-se para Oskar e olhou-o nos olhos. Sorriu. O menino respondeu com um sorriso breve e então fingiu voltar a atenção para o cubo.

Em seu peito, sentiu a sensação de ter... passado em um teste. O homem olhara para ele e transmitira o pensamento: *"Você tá certo. O que está fazendo é bom."*

Não ousou olhar outra vez para o homem. Sentiu que ele *sabia*. Fez uma volta no cubo, depois a desfez.

* * *

Além de Oskar, outras duas pessoas saltaram em Blackeberg, de outros vagões. Um cara mais velho que ele não reconhecia e um roqueiro que parecia estar bem bêbado. O roqueiro foi até o mais velho e gritou:

— Ei, cara, tem um cigarro?

— Desculpa, não fumo.

Ele pareceu não ouvir nada além do "não", porque tirou uma nota de 10 kronor do bolso e a sacudiu.

— Tenho 10. Só preciso de um, cara.

O mais velho balançou a cabeça e se afastou. O roqueiro ficou parado, cambaleando, e quando Oskar passou por ele, levantou a cabeça e disse:

— Você! — Seus olhos, porém, se cerraram; ele os focou em Oskar e então balançou a cabeça. — Não, nada. Vai em paz, irmão.

O menino continuou subindo as escadas, chegando à estação. Perguntou-se se o roqueiro estava planejando fazer xixi nos trilhos elétricos. O cara mais velho atravessou as portas e saiu. Fora o cobrador na cabine, Oskar estava sozinho na estação.

Tudo era tão diferente à noite. As lojas de fotografia, de flores e de roupas da estação estavam escuras. O cobrador estava sentado com os pés sobre o balcão, lendo alguma coisa. Tanto silêncio. O relógio na parede mostrava que passava um pouco das 2h. Devia estar na cama agora. Dormindo. Devia ao menos estar com muito sono. Mas não. Estava tão cansado que seu corpo parecia vazio, porém era um vazio cheio de eletricidade, não de sono.

Uma porta próxima à plataforma se abriu e ele ouviu a voz do roqueiro lá embaixo:

— Ajoelhem-se, guardas de capacete e cassetete...

A mesma música que Oskar estivera cantando mais cedo. Ele riu e começou a correr. Correu para fora das portas, descendo a ladeira em direção à escola, passando em frente a ela e ao estacionamento. Começara a nevar outra vez e os flocos grandes suavizavam o calor em seu rosto. Olhou para cima enquanto corria. A lua ainda estava lá, espiando por entre as casas.

249

Ao chegar no pátio, parou, recuperou o fôlego. Quase todas as janelas estavam escuras, mas não havia uma luz fraca vindo de trás das cortinas no apartamento de Eli?

Qual será a aparência dela?

Atravessou o pátio, olhando sua própria janela escurecida. O Oskar normal estava deitado lá, dormindo. O Oskar... pré-Eli. O que usava a Bola de Xixi na cueca. Era algo que ele jogara fora, de que não precisava mais.

O menino destrancou a porta de seu prédio e atravessou o corredor do porão em direção ao dela, *não* parou para ver se a mancha ainda estava no chão. Apenas passou por lá. Aquilo não existia mais. Não tinha mãe, pai, nem uma antiga vida, estava apenas... ali. Atravessou a porta, subiu as escadas.

Ficou lá no corredor, olhando a porta de madeira gasta, a placa de nome vazia. *Atrás daquela porta.*

Havia imaginado que subiria as escadas correndo, se jogaria contra a campainha. Em vez disso, sentou-se no penúltimo degrau, ao lado da porta.

E se ela não o quisesse lá?

Afinal, fora ela que fugira dele. Talvez o mandasse ir embora, dissesse que queria ficar sozinha, que...

A sala de porão. A gangue de Tommy.

Podia dormir lá, no sofá. Não iam lá de madrugada, ou iam? Então poderia encontrar Eli na noite seguinte, como sempre.

Mas não vai ser como sempre.

Olhou para a campainha. As coisas não iam simplesmente voltar ao normal. Algo significativo precisara ser feito. Fugir, pegar carona, voltar para casa no meio da noite para mostrar que era... importante. O que o assustava *não era* o fato de que ela talvez fosse uma criatura que sobrevivia bebendo o sangue dos outros. Não — era a ideia de que ela talvez o mandasse embora.

Ele tocou a campainha.

Um som estridente ecoou dentro do apartamento e parou abruptamente quando ele soltou o botão. Ficou lá, esperando. Tocou outra vez, por mais tempo dessa vez. Nada. Nem sequer um som.

Ela não estava em casa.

Oskar sentou-se no degrau, sentindo a decepção descer como uma pedra em seu estômago. De repente, se sentiu tão cansado, tão, tão cansado. Levantou-se devagar, desceu as escadas. No meio do caminho, teve uma ideia. Idiotice, mas por que não? Foi até a porta dela outra vez e, com toques curtos e longos na campainha, soletrou o nome dela em Morse.

Curto. Pausa. Curto, longo, curto, curto. Pausa. Curto, curto. E... L... I...

Esperou. Nenhum som do outro lado. Virou-se para a porta quando ouviu a voz dela.

— Oskar? É você?

E foi assim, afinal; a alegria explodiu em seu peito como um foguete que saiu por sua boca junto a um alto:

— Sim!

* * *

Para ter o que fazer, Maud Carlberg pegou uma xícara de café da sala que ficava atrás da recepção, sentou-se frente ao balcão escuro. Já devia ter encerrado seu turno há uma hora, mas a polícia havia pedido que aguardasse.

Dois homens — que não estavam vestidos como policiais — estavam espalhando com cuidado pelo chão um tipo de pó onde a garotinha andara de pés descalços.

O policial que a havia interrogado sobre o que a menina dissera, fizera e qual era sua aparência não fora amigável. O tempo inteiro Maud teve a impressão, pelo tom de voz dele, que havia feito a coisa errada. Mas como poderia ter adivinhado?

Henrik, um dos seguranças, cujos turnos costumavam coincidir com os dela, veio até a recepção e apontou para sua xícara de café.

— Pra mim?

— Se quiser.

Henrik pegou a xícara, deu um gole, olhou para o hall. Fora os homens que buscavam impressões no chão, havia também um policial uniformizado conversando com um taxista.

— Bastante gente hoje.

— Eu não tô entendendo nada. Como ela chegou lá em cima?

— Não faço ideia. Estão tentando descobrir. Parece que ela escalou as paredes.

— Mas com certeza isso não seria possível.

— Não.

Henrik pegou um pacote de balas de alcaçuz em formato de barquinhos e ofereceu para ela. Maud balançou a cabeça e ele pegou três balas, colocou-as na boca e deu de ombros, como se pedindo desculpas.

— Parei de fumar. Engordei quatro quilos em duas semanas. — Ele fez uma careta. — Jesus. Você tinha que ter visto.

— O quê...? O assassino?

— Sim. Espirrou sangue... pela parede toda. E a cara dele... porra. Se um dia eu tiver de me matar, vou tomar comprimidos. Imagina os caras que têm que fazer a autópsia. Precisam...

— Henrik.

— Sim?

— Para.

* * *

Eli estava em frente a porta aberta. Oskar estava sentado no degrau. Em uma mão, apertava a alça da mochila, como se estivesse pronto para partir a qualquer momento. Eli pôs uma mecha de cabelo atrás da orelha. Parecia totalmente saudável. Uma menininha, insegura. Olhou para as próprias mãos, disse em voz baixa:

— Vai entrar?

— Sim.

Eli assentiu quase de maneira imperceptível, remexendo os dedos. Oskar continuava sentado no degrau.

— Posso... entrar?

— Sim.

O demônio se apossou dele. Disse:

— Diga que posso entrar.

Eli ergue a cabeça, tentou dizer algo, mas não disse. Começou a fechar um pouco a porta, parou. Trocou o peso entre os pés descalços, e então disse:

— Você pode entrar.

Deu as costas e entrou mais no apartamento. Oskar a seguiu, fechando a porta. Deixou a mochila no corredor de entrada, tirou o casaco e pendurou-o em uma prateleira de chapéus com ganchinhos embaixo, dos quais, ele notou, nada mais pendia.

Eli estava de pé na porta que dava para a sala, com os braços soltos ao lado do corpo. Usava uma calcinha e uma camiseta vermelha com os dizeres IRON MAIDEN sobre a imagem do esqueleto monstruoso que aparecia nos álbuns da banda. Oskar teve a impressão de reconhecer aquela blusa. Já a vira na sala de lixo em algum momento. Era a mesma?

Eli olhava para os próprios pés sujos.

— Por que disse aquilo?

— Você disse primeiro.

— Sim. Oskar...

Ela hesitou. O menino ficou na mesma posição, com a mão na jaqueta que acabara de pendurar. Sem parar de olhar o casaco, perguntou:

— Você é um vampiro?

Ela abraçou o próprio corpo, balançou a cabeça devagar.

— Eu... sobrevivo bebendo sangue. Mas não sou... isso.

— Qual é a diferença?

Ela olhou nos olhos do garoto e disse, um pouco mais enfática:

— Há uma enorme diferença.

Oskar viu os dedos dos pés dela ficarem tensos, relaxados e tensos outra vez. Suas pernas nuas eram muito finas, e onde a camiseta terminava era possível ver um pedaço da calcinha branca. Gesticulou em direção a Eli.

— Você está meio que... *morta*?

Ela sorriu pela primeira vez desde que o menino chegou.

— Não. Não dá pra notar?

— Não, é que... quero dizer... você morreu uma vez, muito tempo atrás?

— Não, mas já vivi por muito tempo.

— Você é *velha*?

— Não. Tenho apenas 12 anos. Porém já tenho essa idade há muito tempo.

— Então você é velha, por dentro. Na sua cabeça.

— Não, não sou. É a única coisa que ainda acho estranha. Não entendo. Por que eu nunca... de certa forma... passo dos 12 anos.

Oskar pensou sobre aquilo, acariciando o braço da jaqueta.

— Talvez seja por isso, na verdade.

— Como assim?

— Quero dizer... você não consegue entender por que tem apenas 12 anos porque *só tem* 12 anos.

Eli franziu o cenho.

— Está dizendo que eu sou idiota?

— Não, só meio lerda. Como todas as crianças.

— Entendo. Como está se saindo com o cubo?

Oskar riu, encontrou o olhar dela, lembrou-se do que suas pupilas faziam. Agora estavam normais, mas já haviam ficado bem estranhas antes, não? E ainda assim... era muita coisa. Não dava para acreditar.

— Eli, você tá só inventando tudo isso, não está?

Eli acariciou o esqueleto monstruoso na barriga, deixou a mão parar bem em cima da boca aberta da criatura.

— Ainda quer que sejamos irmãos de sangue?

Oskar deu um meio passo para trás.

— Não.

Ela olhou para o garoto. Com olhar triste, quase recriminador.

— Não *assim*. Você não percebe... que...

Parou de falar. Oskar terminou a frase por ela.

— Que se você quisesse me matar, já teria feito isso há muito tempo.

Eli assentiu. O menino deu outro meio passo para trás. Com que rapidez seria capaz de chegar à porta? Devia deixar a mochila para trás? Eli parecia não perceber sua ansiedade, seu impulso de fugir. Oskar continuou parado, com os músculos tensos.

— Vou ser... infectado?

Ainda olhando para o monstro na camiseta, Eli balançou a cabeça.

— Não quero infectar ninguém. Muito menos você.

— O que é então? Essa aliança.

Ela levantou a cabeça até o ponto que achava que encontraria o rosto do garoto, viu que ele havia se afastado. Hesitou. Então avançou, pegando a cabeça dele entre as mãos. Oskar deixou-a fazer isso. Eli parecia... inexpressiva. Distante. Mas não havia nem sinal do rosto que vira no porão. A ponta do dedo dela tocou sua orelha. Uma sensação de calmaria se espalhou devagar por seu corpo.

Deixe que aconteça.

Não importando o quê.

O rosto de Eli estava a 20 centímetros do dele. Sua respiração tinha um cheiro esquisito, como o galpão onde seu pai guardava sucata e pedaços de metal. Sim. Era cheiro de... ferrugem. A ponta do dedo dela acariciou sua orelha. Eli sussurrou:

— Estou totalmente só. Ninguém sabe. Você quer saber?

— Sim.

Rapidamente aproximou a cabeça da dele, selando a boca sobre o lábio superior do garoto, mantendo-a firme com uma pressão leve, constante. Os lábios dela eram quentes e secos. A boca de Oskar encheu-se de saliva e, quando fechou a boca em torno do lábio inferior dela, umedeceu-o, suavizou-o. Experimentaram os lábios um do outro com cuidado, deixando-os deslizarem uns sobre os outros, e o menino desapareceu em uma escuridão cálida que se iluminou pouco a pouco, tornando-se um aposento grande, um salão enorme em um castelo, com uma mesa no meio cheia de comida, e Oskar...

... corre até as iguarias, começa a comer dos pratos com as mãos. À sua volta estão outras crianças, grandes e pequenas. Todas comem da mesa. Na cabeceira, há... um homem?... mulher...

... pessoa usando o que só pode ser uma peruca. Uma juba enorme de cabelo cobre a cabeça da pessoa, que segura uma taça com um líquido vermelho-escuro e está reclinada confortavelmente em sua cadeira, dando goles do líquido e assentindo de forma encorajadora para Oskar.

Comem sem parar. Mais distante, contra uma parede, Oskar vê pessoas em trajes humildes acompanhando os eventos na mesa com ansiedade. Vê uma mulher com um xale marrom sobre a cabeça e as mãos apertadas sobre o estômago e pensa: "Mamãe".

Ouve-se então o tilintar da taça e toda a atenção é direcionada ao homem na cabeceira da mesa, que se levanta. Oskar sente medo dele. Sua boca é pequena, fina e vermelha de um jeito anormal. Seu rosto é branco como giz. Oskar sente a saliva escorrer pelo canto de sua boca; um pedacinho de mucosa se soltou do interior de sua bochecha em direção à parte da frente; ele passa a língua sobre ela.

O homem está segurando uma bolsinha de camurça. Com um movimento elegante, abre a mão que mantinha a bolsa fechada e deixa rolarem dois grandes dados brancos. O som dos dados rolando e parando ecoa pelo salão. O homem pega os dados com a mão, oferecendo-os a Oskar e às outras crianças.

O homem abre a boca para dizer algo, mas, naquele momento, o pedacinho de carne que pendia da mucosa de Oskar se desprende e...

* * *

Os lábios de Eli deixaram os dele. Ela soltou sua cabeça, deu um passo para trás. Embora o assustasse, Oskar tentou se prender à imagem do salão do castelo outra vez, mas ela se fora. Eli o observava. O menino coçou os olhos, acenou com a cabeça.

— Isso aconteceu mesmo, não foi?

— Sim.

Ficaram parados ali um tempo, sem falar nada. Então Eli disse:

— Quer entrar?

Oskar não respondeu. Eli esticou a camiseta, soltou as mãos, deixou-as cair.

— Nunca vou machucar você.

— Eu sei.

— No que está pensando?

— Essa camiseta. Você trouxe da sala de lixo?

— ... sim.

— Lavou ela?

Eli não respondeu.

— Você é meio nojenta, sabia?

— Posso trocar de roupa, se você quiser.

— Ótimo. Faça isso.

* * *

Ele havia lido sobre o homem na maca, sob o lençol. O Assassino Ritualístico.

Benke Edwards já havia transportado gente de todo tipo por aqueles corredores até a câmara fria. Homens e mulheres e todas as idades e tamanhos. Crianças. Não havia uma maca específica para crianças e poucas coisas o deixavam mais desconfortável do que ver os espaços vazios ao redor do corpo quando levava uma; a silhuetinha sob o cobertor branco, na parte de cima da maca. A metade inferior inteira vazia, o lençol reto. Aquele lençol liso era a própria morte.

Porém, naquele momento, estava lidando com um homem adulto, e não só isso, uma celebridade.

Guiou a maca pelos corredores silenciosos. O único som era o rangido das rodas de borracha contra o chão de linóleo. Não havia sinalização colorida naquele andar. Nas raras ocasiões em que recebiam visitantes, esses vinham sempre acompanhados de um membro da equipe.

Benke esperara do lado de fora do hospital enquanto a polícia fotografava o corpo. Alguns membros da imprensa haviam estado a postos com suas câmeras, fora da área restrita, tirando fotos do hospital com seus flashes fortes. Amanhã aquelas imagens estariam no jornal, junto a uma linha pontilhada mostrando como o homem havia caído.

Uma celebridade.

A forma sob o lençol não indicava isso. Um amontoado de carne como qualquer outro. Sabia que o homem parecia um monstro, que seu corpo havia explodido como um balão de água quando atingiu o chão, e por isso sentia-se grato pelo cobertor. Sob o lençol, somos todos iguais.

Mesmo assim, muitas pessoas provavelmente se sentiam gratas por aquele específico amontoado de carne já sem vida estar sendo levado à câmara fria, esperando transporte para o crematório quando os patologistas terminassem de analisá-lo. O homem tinha uma ferida no pescoço que o fotógrafo da polícia pareceu bastante interessado em registrar.

Mas importava?

Benke se considerava uma espécie de filósofo. Provavelmente eram ossos do ofício. Havia visto tanto do que as pessoas eram de verdade, em seu âmago, que desenvolvera uma teoria que, de certa forma, não era complicada.

— Está tudo no cérebro.

Sua voz ecoou pelos corredores vazios quando ele parou a maca em frente as portas do necrotério, digitou o código e abriu a porta.

Sim. Tudo estava no cérebro. Desde o início. O corpo era apenas uma espécie de unidade de serviço que o cérebro era obrigado a aturar para se manter vivo. Porém, tudo estava lá desde o início, no cérebro. E a única maneira de mudar alguém como aquele homem sob o lençol seria operar o cérebro.

Ou desligá-lo.

A tranca que era programada para manter a porta aberta por 10 segundos depois que o código fosse inserido ainda não havia sido consertada, e Benke foi forçado a segurá-la com uma mão e, com a outra, guiar a maca para dentro do aposento. Ela bateu contra o batente ao atravessá-lo e Benke xingou.

Se fosse a sala de operação, teriam consertado em cinco segundos.

Então notou algo incomum.

No lençol, à esquerda e levemente a baixo da área sobressalente que era o rosto do homem, havia uma mancha amarronzada. A porta trancou-se atrás deles quando Benke se inclinou para ver mais de perto. A mancha crescia aos poucos.

Ele está sangrando.

Benke não se abalava fácil. Esse tipo de coisa acontecia. Provavelmente um acúmulo de sangue no crânio que fora sacudido e começara a escorrer quando a maca bateu no batente.

A mancha no lençol se expandiu.

Benke foi até a gaveta de primeiros socorros e pegou a fita cirúrgica e gaze. Sempre achara engraçado haver uma gaveta assim em um lugar como aquele, mas, é claro, os curativos estavam ali caso alguém vivo se machucasse, prendendo o dedo na maca ou algo assim.

Com a mão sobre o lençol um pouco acima da mancha, ele buscou tomar coragem. É claro que não tinha medo de cadáveres, mas esse tinha uma aparência horrível. E agora Benke precisava enfaixá-lo. Seria o culpado caso muito sangue fosse derramado e sujasse o chão da sala.

Sendo assim, engoliu em seco e puxou o lençol.

O rosto do homem estava além de qualquer descrição. Era impossível imaginar como vivera uma semana inteira com aquela face. Não havia nada ali que parecesse remotamente humano, fora uma orelha e um... olho.

Será que não podiam ter... tapado com uma fita?

O olho estava aberto. Óbvio. Quase não havia pálpebra para fechá-lo. E estava tão danificado que era como se o globo ocular tivesse cicatrizes.

Com dificuldade, Benke desviou sua atenção do olhar do morto e concentrou-a na tarefa que precisava fazer. A fonte da mancha parecia ser a ferida no pescoço.

Ouviu o som de algo gotejando e olhou rapidamente à sua volta. Droga. Devia estar um pouco sobressaltado, afinal. Outra gota. Veio da direção de seus pés. Olhou para baixo. Uma gota de água caíra da maca sobre seu sapato. Plop.

Água?

Examinou a ferida no pescoço do homem. O líquido havia formado uma pequena poça abaixo dele, que estava transbordando pela borda de metal da maca.

Plop.

Moveu seu pé. Outra gota caiu sobre o piso ladrilhado.

Plip.

Cutucou a poça de líquido com o dedo indicador, e em seguida esfregou-o contra o polegar. Não era água. Era um fluido viscoso, transparente. Cheirou os dedos. Nada que reconhecia.

Quando olhou para o chão branco, viu que uma poça grande havia se formado lá. O líquido não era transparente, afinal; era rosado. Lembrava o sangue que se separava nas bolsas para transfusão. O que sobrava quando as células vermelhas se acumulavam no fundo.

Plasma.

O homem estava sangrando plasma.

Como isso era possível era uma pergunta com a qual os especialistas precisariam lidar no dia seguinte, ou, na verdade, mais tarde naquele dia. Seu trabalho era apenas tapar o ferimento para evitar a sujeira. Ele queria voltar para casa. Deitar na cama ao lado da esposa adormecida, ler algumas páginas de *O homem abominável* e então dormir.

Benke dobrou a gaze em uma compressa grossa e pressionou-a contra a ferida. Como poderia prendê-la com a fita? Até o resto da garganta e do pescoço do homem estavam danificados demais para oferecerem alguma área de pele contra a qual poderia prender a fita. Mas e daí? Queria voltar para casa logo. Puxou grandes pedaços de fita, enrolando-os no pescoço do homem, de um jeito que provavelmente seria criticado depois, mas foda-se.

Sou zelador, não cirurgião.

Quando a compressa estava segura, ele limpou a maca e o chão. Levou então o corpo para a sala quatro, esfregou as mãos. Missão cumprida. Um trabalho bem-feito e uma história para contar no futuro. Enquanto conferia tudo mais uma vez e desligava a luz, já pensava em que palavras usaria.

Sabe o assassino que caiu do último andar? Bem, eu fiquei responsável pelo corpo dele, e quando o levei para o necrotério, vi algo estranho...

Pegou o elevador até sua sala, lavou bem as mãos, trocou de roupa e jogou o jaleco na lavanderia ao sair. Foi até o estacionamento, entrou no carro e fumou um único cigarro antes de ligar o motor. Depois de apagá-lo no cinzeiro — que realmente precisava ser esvaziado —, ele virou a chave na ignição.

O carro estava resistindo, como sempre fazia quando estava frio ou úmido. Porém, sempre acabava engatando. Só era preciso insistir. Quando o som de *uá-uá n*a terceira tentativa se transformou no rugido do motor, ele se deu conta de repente.

Não coagula.

Não. O troço que escorria do pescoço do homem não ia coagular sob a compressa. Ia encharcá-la e depois escorrer para o chão... e quando abrissem a porta dentro de algumas horas...

Merda!

Tirou a chave da ignição, guardou-a com raiva no bolso, saiu do carro e seguiu de volta para o hospital.

* * *

A sala de estar não estava tão vazia quanto a entrada e a cozinha. Lá havia um sofá, uma poltrona e uma grande mesa de centro com várias coisas sobre ela. Um único abajur emitia um brilho suave e amarelo sobre a mesa. Porém, isso era tudo. Não havia tapetes, fotos ou uma TV. Cobertores grossos haviam sido postos sobre as janelas.

Parece uma prisão. Uma cela grande.

Oskar assoviou, em tentativa. Sim. Havia eco, mas não muito. Provavelmente graças aos cobertores. Pôs a mochila ao lado da poltrona. O baque quando a parte de baixo atingiu o chão duro de cortiça foi amplificado, soando melancólico.

Ele havia começado a olhar as coisas sobre a mesa quando Eli saiu do quarto ao lado, agora usando a camisa quadriculada que era grande demais para ela. Oskar gesticulou com o braço, indicando a sala.

— Vocês dois estão se mudando?

— Não. Por quê?

— Só estava aqui pensando.

Vocês dois?

Por que não havia pensado naquilo antes? Oskar deixou o olhar correr sobre as coisas em cima da mesa. Pareciam brinquedos, todas elas. Brinquedos velhos.

— Aquele velho que estava aqui antes. Não era seu pai, era?

— Não.

— Ele também era...?

— Não.

Oskar assentiu. Olhou ao redor da sala outra vez. Difícil imaginar que alguém podia viver assim. Exceto se...

— Você é, tipo... pobre?

Eli foi até a mesa, pegou algo que parecia um ovo preto e entregou-o a Oskar. O menino inclinou-se para frente, colocou-o sob o abajur para ver melhor.

A superfície do ovo era áspera e, quando Oskar olhou mais de perto, viu vários fios de ouro intrincados. Era pesado, como se fosse todo feito de algum tipo de metal. Oskar virou-o de um lado para o outro, examinou os fios dourados incrustados na superfície do ovo. Eli estava ao lado de Oskar. Ele voltou a sentir aquele cheiro... de ferrugem.

— Quanto acha que isso vale?

— Não sei. Muito?

— Só existem dois deles no mundo. Se você tivesse ambos, podia vendê-los e comprar... uma usina nuclear, talvez.

— Sério?

— Bem, sei lá. Quando custa uma usina nuclear? 50 milhões?

— Acho que uns... bilhões.

— Sério? Bem, nesse caso, acho que não poderia.

— O que você faria com uma usina nuclear?

Eli riu.

— Ponha-o entre as mãos. Assim. Ponha as mãos em concha. Depois role ele para frente e para trás.

Oskar fez o que Eli disse. Rolou o ovo suavemente para frente e para trás em suas mãos curvadas e sentiu-o... quebrar, colapsar entre suas palmas. Com um sobressalto, afastou a mão que estava por cima. O ovo agora era apenas um amontoado de centenas... milhares de pequenos fragmentos.

— Caramba, desculpa, eu *tive* cuidado, eu...

— Shhh. É assim mesmo. Cuidado para não deixar nada cair. Ponha ali em cima.

Eli apontou para um pedaço de papel branco sobre a mesa. Oskar prendeu a respiração e, com cuidado, deixou os cacos brilhantes caírem de sua mão. Os pedaços eram menores que gotas d'água e o garoto precisou usar a outra mão para desgrudar alguns de sua palma.

— Mas quebrou.

— Aqui. Olhe.

Eli trouxe o abajur mais para perto da mesa, concentrando sua luz tênue no monte de fragmentos de metal. Oskar se inclinou para olhar. Um pedaço, do tamanho de um carrapato, estava sozinho ao lado da pilha e, ao vê-lo mais de perto, percebeu que tinha marcas e entalhes em alguns lados, e protusões em forma de lâmpada quase microscópicas de outro. Entendeu.

— É um quebra-cabeças.

— É.

— Mas... você consegue montá-lo outra vez?

— Acho que sim.

— Deve levar uma eternidade.

— Leva.

Oskar olhou mais peças espalhadas em volta da pilha. Pareciam idênticas à primeira, mas ao ver mais de perto, percebeu que havia variações sutis. Os entalhes não estavam exatamente no mesmo lugar; as protusões estavam em um ângulo diferente. Viu também uma peça que tinha os lados todos retos, exceto por uma borda dourada da largura de um fio de cabelo... Uma peça exterior.

Ele afundou na poltrona.

— Eu ficaria louco.

— Imagine o cara que *criou* isso.

Eli revirou os olhos e botou a língua pra fora, como o Dunga dos sete anões. Oskar riu. Rá rá. Quando parou, o som continuou vibrando nas paredes. Solidão. Eli sentou-se no sofá e cruzou as pernas, olhando para ele com... antecipação. O menino desviou os olhos e focou-os na mesa, e nos brinquedos que formavam uma paisagem de ruínas.

Solidão.

261

De repente, sentiu-se cansado daquela maneira outra vez. Ela não era "sua garota", não podia ser. Era... outra coisa. Havia uma enorme distância entre eles que não podia ser... fechou os olhos, inclinou-se para trás na poltrona, e a escuridão atrás de suas pálpebras era o espaço que os separava.

Cochilou, entrando em um sonho momentâneo.

O espaço entre eles encheu-se de insetos feios e nojentos que voavam até ele e, quando chegaram perto, viu que tinham dentes. Balançou a mão para espantá-los e acordou. Eli estava no sofá, observando-o.

— Oskar. Eu sou uma pessoa, como você é. Só tenho uma... doença bem incomum.

O menino assentiu com a cabeça.

Um pensamento queria escapar. Algo. Um contexto. Não conseguia pegá-lo. Desistiu. Então aquele outro pensamento surgiu, o que era terrível, assustador. Que Eli estava apenas *fingindo*. Que havia uma pessoa ancestral dentro de si; estava observando-o, sabia de tudo, e sorria, sorria em segredo.

Mas não pode ser.

Para ter o que fazer, ele procurou o Walkman na mochila, pegou a fita que estava nele leu o título *KISS: Unmasked*, virou-a, *KISS: Destroyer*, colocou-a de volta no aparelho.

Eu devia ir pra casa.

Eli inclinou-se para frente.

— O que é isso?

— Isso? É um Walkman.

— É pra... ouvir música?

— Sim.

Ela não sabe de nada. É superinteligente, mas não sabe de nada. O que faz o dia inteiro? Dorme, é claro. Onde guarda o caixão? Verdade. Ela nunca dormiu *quando passou a noite lá em casa. Simplesmente ficava deitada na minha cama esperando o sol nascer. Ou parto, e vivo...*

— Posso tentar?

Oskar ofereceu o Walkman. Ela o pegou, parecendo não saber o que fazer com aquilo, mas então colocou os fones e olhou para o garoto, intrigada. Oskar apontou para os botões.

— Aperte o que diz "play".

Eli leu os botões, selecionou "play". Oskar sentiu uma calma se espalhar por seu corpo. Isso era normal; amigos compartilhando música. Perguntou-se o que Eli acharia de KISS.

Ela apertou o botão e, mesmo da poltrona, Oskar pôde ouvir o sussurro estridente de guitarra, bateria e vocal. Acabara tocando o meio de uma das músicas mais pesadas.

Os olhos de Eli se arregalaram e ela gritou de dor. Oskar se assustou tanto que jogou seu peso contra a poltrona, que pendeu para trás, quase caindo, enquanto observava Eli arrancar os fones com tanta violência que os cabos se soltaram. Jogou-os no chão, pondo as mãos contra as orelhas e gemendo.

Oskar olhou, de boca aberta, o fone que havia batido na parede. Levantou-se e pegou-o. Totalmente destruído. Ambos os fios haviam sido arrancados. Colocou-o sobre a mesa, e voltou a sentar-se na poltrona.

Eli tirou as mãos das orelhas.

— Desculpa, eu... doeu muito.

— Não se preocupe.

— Foi caro?

— Não.

Eli pegou a caixa de mudança que estava sobre as demais, abriu-a e pegou umas notas, oferecendo-as a Oskar.

— Aqui.

Ele as pegou, contou. Três notas de mil kronor e duas de cem. Sentiu algo similar a medo, olhou para a caixa de papelão da qual ela tirara o dinheiro, de volta para Eli, de volta para o dinheiro.

— Eu... custou 50 kronor.

— Aceite mesmo assim.

— Não, mas... só o fone que quebrou, e ele...

— Mas pode ficar com o dinheiro. Por favor?

Oskar hesitou, e então amassou as notas no bolso de sua calça enquanto mentalmente calculava o quanto valiam em panfletos de propaganda. Um ano de sábados, talvez... 25 mil flyers entregues. 150 horas. Mais. Uma fortuna. As notas em seu bolso esfregavam-se contra sua perna de forma desconfortável.

— Obrigado.

Eli acenou com a cabeça, pegou algo da mesa que parecia ser um nó de fios, mas que provavelmente era outro quebra-cabeça. Oskar a encarou enquanto ela mexia nos nós. Seu pescoço inclinado, os dedos longos que seguravam os fios. Repassou em sua cabeça tudo que ela havia dito. Seu pai, a tia que morava na cidade, a escola que frequentava. Mentiras, tudo aquilo.

E de onde ela tirara o dinheiro? Havia roubado?

263

Estava tão desacostumado com o sentimento que nem soube o que era, a princípio. Começou como um formigamento em sua cabeça, desceu pelo corpo e então fez uma curva fechada, fria, em seu estômago, voltando para a cabeça. Estava... com raiva. Não desesperado ou assustado. Com raiva.

Porque ela havia mentido e... e de quem havia roubado o dinheiro, aliás? De alguém que havia...? Ele cruzou os braços em frente a barriga, inclinou-se para trás.

— Você mata pessoas.

— Oskar...

— Se tudo isso é verdade, você mata pessoas. Pega o dinheiro delas.

— Esse dinheiro me foi *dado*.

— Você só mente. O tempo todo.

— É verdade.

— Que parte é verdade? Que está mentindo?

Eli largou o amontoado de nós e virou-se para ele um olhar ferido, jogou os braços para cima.

— O que quer que eu faça?

— Prova pra mim.

— Provar o quê?

— Que você é... quem diz que é.

Ela o encarou por um longo tempo. Então balançou a cabeça.

— Não quero.

— Por quê?

— Adivinha.

Oskar afundou mais na poltrona. Sentiu o maço pequeno de notas no bolso. Pensou nos pacotes de anúncios. Que havia chegado essa manhã. Que precisavam ser entregues antes de terça-feira. Sentiu a fadiga em seu corpo. Lágrimas em sua cabeça. Raiva. "Adivinha". Mais jogos. Mais mentiras. Queria ir embora. Dormir.

O dinheiro. Ela me deu dinheiro pra eu ficar.

Ele levantou-se da poltrona, tirou as notas amassadas do bolso, pôs tudo menos uma das notas de cem na mesa. Pois essa de volta no bolso e disse:

— Vou pra casa.

Ela avançou e agarrou o punho dele.

— Fica. Por favor.

— Por quê? Você só sabe mentir.

Tentou se afastar dela, mas a mão contra seu punho apertou-se mais.

— Me larga!

— Não sou uma aberração de circo!

Oskar cerrou os dentes, disse com calma:

— Me larga.

Ela não largou. O arco frio de raiva no peito de Oskar começou a vibrar, cantar e ele se jogou em cima de Eli. Caiu por cima dela e a pressionou de costas contra o sofá. Não pesava quase nada, e ele prendeu-a contra o braço do sofá, sentando-se em seu peito enquanto o arco se dobrava, tremia, criava pontinhos pretos em frente a seus olhos. Ele ergueu a mão e deu um tapa no rosto dela, o mais forte que podia.

O estalo alto ecoou pelas paredes e a cabeça dela virou-se para o lado com força, gotas de saliva voando de sua boca, e a mão do menino ardeu. O arco se quebrou, partiu-se em pedaços, e a raiva se dissolveu.

Ficou sentado sobre o peito dela, olhando chocado para a cabecinha deitada de perfil contra o couro preto do sofá e o rubor que coloria a bochecha estapeada. Eli ficou ali, imóvel, com os olhos abertos. O garoto esfregou o próprio rosto com as mãos.

— Desculpa. Desculpa, eu...

De repente, ela se virou, empurrou-o para longe de seu peito e o pressionou contra o encosto do sofá. Oskar tentou segurar seus ombros, mas não conseguiu, agarrando então seus quadris, e ela parou com a barriga em frente seu rosto. Ele a empurrou, virou-se e um começou a tentar segurar o outro.

Rolaram pelo sofá, lutando, com músculos tensos e concentração total. Mas com cuidado, para não machucarem um ao outro. Enrolaram-se como cobras, bateram na mesa.

As peças do ovo preto caíram no chão, soando como gotas de chuva em um telhado de metal.

* * *

Ele não se deu ao trabalho de ir até sua sala pegar o jaleco. Seu turno já havia terminado.

Estou no meu tempo livre e só vou fazer isso porque é um verdadeiro prazer.

Podia pegar um jaleco extra para patologistas no necrotério, se tudo estivesse... muito sujo. O elevador chegou e ele entrou, apertou o botão para o subsolo 2. O que faria, se aquele fosse o caso? Ligaria para a Emergência e veria se dava para alguém descer e costurar o corpo? Não havia protocolo para uma situação daquela.

Provavelmente o sangramento, ou o que quer que aquilo fosse, já havia parado, mas precisava ter certeza. Não seria capaz de dormir se não tivesse. Ficaria deitado lá, ouvindo o gotejar.

Sorriu ao sair do elevador. Quantas pessoas normais estariam preparadas para lidar com aquele tipo de coisa sem nem hesitar? Não muitas. Sentia-se orgulhoso de si mesmo por... bem, por cumprir seu dever. Assumir a responsabilidade.

Não sou totalmente normal.

E não podia negar: algo nele de fato torcia para que... que o sangramento tivesse continuado, que fosse necessário chamar a Emergência, que houvesse uma comoção. Por mais que quisesse voltar para casa e dormir. Porque a história ficaria melhor assim, só por isso.

Não, não era totalmente normal. Não se incomodava nem um pouco com cadáveres: máquinas orgânicas com cérebros desligados. No entanto, o que conseguia deixá-lo um pouco paranoico eram aqueles corredores.

Bastava pensar naquela rede de túneis dez metros abaixo da terra, as grandes salas e escritórios de algum tipo de departamento administrativo do inferno. Tão grande. Tão silencioso. Tão vazio.

Os cadáveres são a própria definição de saúde, em comparação.

Digitou o código, automaticamente pôs o dedo no dispositivo para abrir, que só respondeu com um clique indefeso. Abriu a porta com as mãos e entrou no necrotério, vestindo um par de luvas de borracha.

O que é isso?

O homem que deixara sob o lençol agora estava com o corpo inteiro descoberto. O pênis estava ereto, apontando para um lado. O lençol estava no chão. As vias aéreas de Benke, danificadas pelo fumo, chiavam enquanto ele tentava respirar.

O homem não estava morto. Não. Não podia estar morto... pois estava se movendo.

Devagar, quase como em um sonho, o homem se virou na maca. Suas mãos tatearam em busca de algo e Benke deu um passo para trás por instinto quando uma delas — que nem parecia uma mão — passou em frente a seu rosto. O homem tentou se levantar, caiu outra vez sobre a maca. O olho solitário mirava à frente, sem piscar.

Um som. O homem estava emitindo um som.

— Eeeeeeeee...

Benke esfregou o rosto. Algo havia acontecido com sua pele. Sua pele estava... olhou para as mãos. Luvas de borracha.

Por trás da luva, viu o homem fazer outra tentativa de se levantar.

Porra, o que eu faço?

O homem caiu outra vez na maca com um baque úmido. Algumas gotas de fluido atingiram o rosto de Benke. Tentou limpá-las com a luva, mas conseguiu apenas espalhá-las.

Levantou a barra da camisa e se limpou com ela.

Dez andares. Ele caiu de dez andares.

Ok, ok, tem algo acontecendo aqui. Lide com isso.

Se o homem não estava morto, com certeza estava morrendo. Precisava de cuidados.

— Eeeee...

— Estou aqui. Vou ajudá-lo. Vou levá-lo para a Emergência. Tente ficar parado, vou...

Benke caminhou até ele e pôs as mãos no corpo que se debatia. A mão não deformada do homem agarrou o pulso de Benke. Droga, ele era forte. Benke precisou usar as duas mãos para se soltar.

A única coisa por perto que podia pôr sobre o homem para aquecê-lo eram os lençóis de necrotério. Benke pegou três, colocando-os sobre o homem, que se debatia como uma minhoca no anzol, continuando a emitir aquele som. O zelador se debruçou sobre ele, que se acalmara ao ser coberto com os lençóis.

— Vou te levar para a Emergência, ok? Tente ficar parado.

Empurrou a maca pela porta e, apesar da situação, lembrou-se que o dispositivo de abrir não estava funcionando. Foi até a outra extremidade da maca, abriu a porta e baixou os olhos para a cabeça do homem. Imediatamente desejou não ter feito aquilo.

A boca, que não era uma boca, estava se abrindo.

A casca de ferida meio cicatrizada se rasgou, fazendo um som similar ao de um peixe sendo descamado; alguns fiapos de pele rosada se recusaram a rasgar, e se esticaram quando o buraco na parte inferior do rosto se alargou, continuou aumentando.

— AAAAAA!

O urro ecoou pelos corredores vazios e o coração de Benke começou a bater mais rápido.

Fique parado! Quieto!

Se tivesse um martelo na mão naquele momento, era bem provável que o tivesse batido contra aquela massa nojenta e trêmula, com aquele olho o observando, e cujos fiapos de pele haviam finalmente se rompido como um elástico esticado demais, e Benke pôde ver o brilho branco dos dentes do homem em meio àquele fluido marrom avermelhado que era seu rosto.

O zelador voltou aos pés da maca e começou a empurrá-la pelos corredores, em direção ao elevador. Quase corria, temendo que o homem se contorcesse até cair.

Os corredores se alongavam infinitamente à sua frente, como em um pesadelo. Sim. Era como um pesadelo. Todos os pensamentos sobre aquela ser uma "boa história" havia sumido. Queria chegar no térreo, onde haveria outras pessoas, pessoas vivas que poderiam salvá-lo daquele monstro que gritava na maca.

Chegou ao elevador e apertou o botão para que viesse, visualizando a rota para a Emergência. Cinco minutos e estaria lá.

No térreo já haveria outras pessoas que poderiam ajudá-lo. Dois minutos e voltaria à vida real.

Chega logo, porra!

A mão saudável do homem estava acenando.

Benke olhou para ela e fechou os olhos, abriu-os outra vez. O homem estava tentando dizer algo, em voz baixa. Sinalizava para Benke se aproximar. Claramente, estava consciente.

O zelador se aproximou da maca e se inclinou sobre o homem.

— Sim, o que foi?

De súbito, a mão agarrou seu pescoço, puxou a cabeça dele para baixo. Benke perdeu o equilíbrio, caiu sobre o homem, a mão sobre seu pescoço forte como aço ao puxá-lo em direção àquele... buraco.

Tentou segurar as barras de metal na extremidade da maca para resistir, mas sua cabeça virou para o lado e seus olhos pararam a apenas alguns centímetros da compressa molhada no pescoço do homem.

— Me solta, pelo...

Um dedo foi enfiado em seu ouvido e ele pôde *escutar* os ossos no canal auditivo se quebrarem e abrirem espaço para o dedo que forçava a entrada, cada vez mais fundo. Chutou com as duas pernas e, quando sua canela atingiu as barras de metal sob a maca, finalmente gritou.

Foi então que dentes se fecharam sobre sua bochecha e o dedo em seu ouvido chegou a um ponto em que desligou algo, algo se desligou e... ele desistiu.

A última coisa que viu foi como a compressa molhada em frente a seus olhos mudava de cor, ficando rosa à medida que o homem mordia seu rosto.

A última coisa que ouviu foi um

ping

quando o elevador chegou.

* * *

Estavam deitados um ao lado do outro no sofá, suando, arfando. Oskar estava com o corpo inteiro doendo, exausto. Bocejou com tanta força que sua mandíbula estalou. Eli bocejou também. O menino virou o rosto para ela.

— Para com isso.

— O quê?

— Você não está mesmo com sono, está?

— Não.

Oskar se esforçava para manter os olhos abertos, falava quase sem mover os lábios. O rosto de Eli começava a parecer enevoado, irreal.

— O que você faz? Pra ter sangue.

Eli olhou para ele. Por um bom tempo. Então pareceu decidir-se quanto a algo e Oskar viu alguma coisa se mover sob suas bochechas e lábios, como se ela estivesse girando a língua dentro da boca. Então abriu os lábios, alargando-os bem.

Ele viu os dentes dela. Eli fechou a boca outra vez.

Oskar desviou o olhar e encarou o teto, onde teias empoeiradas desciam pela lâmpada não utilizada. Não tinha nem energia para ficar surpreso. Ah. Ela era um vampiro. Já sabia disso.

— Existem muitos de vocês?

— O que quer dizer?

— Você sabe.

— Não, não sei.

O olhar de Oskar correu pelo teto, buscando mais teias. Encontrou duas. Pensou ver uma aranha rastejando sobre uma delas. Piscou os olhos. Piscou outra vez. Pareciam cheios de areia. Não havia nenhuma aranha.

— Do que eu te chamo, então? Essa coisa que você é.

— Eli.

— Esse é mesmo seu nome?

— Quase.

— Qual é o seu nome de verdade?

Uma pausa. Eli se afastou dele, contra o encosto do sofá, e virou de lado.

— Elias.

— Mas esse é um nome... de menino.

— Sim.

Oskar fechou os olhos. Não aguentava mais. Suas pálpebras haviam se grudado, tampando seu globo ocular. Um buraco negro crescia, envolvendo todo seu corpo. Havia uma leve impressão, em algum lugar bem distante, lá no fundo de sua cabeça, de que devia dizer algo, fazer algo. Mas não tinha energia para isso.

O buraco negro explodiu em câmera lenta. Foi sugado para frente, para dentro, deu uma cambalhota devagar no espaço, caindo no sono.

Lá longe, sentiu alguém acariciar sua bochecha. Não conseguiu articular o pensamento de que, já que a sentia, devia ser sua bochecha. Mas em algum lugar, em um planeta muito, muito distante, uma pessoa gentilmente acariciava a bochecha de outra.

E isso era bom.

Então, restaram apenas as estrelas.

PARTE QUATRO

LÁ VEM A COMPANHIA
DOS TROLLS!

Lá vem a companhia dos trolls!
De nós, ninguém escapa!

— Rune Andréasson, *Bamse na floresta dos trolls.*
[Tradução livre]

DOMINGO

8 DE NOVEMBRO

A ponte Traneberg. Em sua inauguração, no ano de 1934, foi aclamada como um pequeno milagre da engenharia. A ponte de concreto de tramo único mais longa *do mundo*. Um único e imponente arco que crescia entre Kungsholmen e os subúrbios a oeste, que, na época, eram formados pelas pequenas cidades-jardim de Bromma e Äppelviken. O movimento de casas pequenas de família, feitas de protótipos pré-fabricados, em Ängby.

A modernidade, porém, estava chegando. Os primeiros subúrbios reais com prédios de três andares já estavam prontos em Traneberg e Abrahamsberg, e o governo comprara grandes áreas mais a oeste na intenção de construir tudo que viria um dia a ser Vällingby, Hässelby e Blackeberg.

A ponte Traneberg ligava tudo isso. Quase todos que viajavam de e para os subúrbios a oeste usavam-na.

Já na década de 1960, relatava-se que a ponte estava se desintegrando aos poucos graças ao tráfego intenso que passava sobre ela. Era renovada e reforçada de vez em quando, mas a renovação em larga escala e a nova construção, que surgiam em conversas, permaneciam sendo ideias para o futuro.

Assim, na manhã de 8 de novembro de 1981, a ponte parecia cansada. Uma senhora de idade farta da vida, relembrando com amargura os dias quando os céus eram mais claros, as nuvens, mais leves, e quando ainda era a ponte de concreto de tramo único mais longa *do mundo*.

A neve começara a derreter de manhã e a lama descia por entre as rachaduras da ponte. A cidade não ousava jogar sal sobre ela, pois podia corroer ainda mais o concreto envelhecido.

Não havia muito tráfego àquela hora, principalmente em uma manhã de domingo. O metrô já parara de funcionar e os poucos motoristas que passavam estavam desejando ou ir para cama ou voltar para ela.

Benny Molin era a exceção. Claro, estava ansioso para ir se deitar em casa, mas provavelmente estava feliz demais pra dormir.

Já havia tido oito encontros com mulheres diferentes que conhecera por anúncios no jornal, mas Betty, com quem ele havia marcado de se encontrar no sábado à noite, era a primeira com a qual... havia sentido uma faísca.

Aquilo ia dar em algo. Os dois sabiam.

Morreram de rir com o quanto seus nomes soavam ridículos juntos: "Benny e Betty". Parecia uma dupla de comediantes, mas fazer o quê? E se tivessem filhos, como os chamariam? Lenny e Netty?

Sim, haviam se divertido muito juntos. Sentaram-se na casa dela, em Kungsholmen, conversando sobre suas vidas, tentando encaixar as peças de seus quebra-cabeças, com ótimos resultados. Quando já amanhecia, restaram apenas duas alternativas para o que fariam em seguida.

Benny havia escolhido a que achava ser a certa, embora tivesse sido difícil. Havia se despedido, com a promessa de se encontrarem outra vez na noite seguinte, e então entrara no carro e dirigira até Bromma, cantando "Can't Help Falling in Love" bem alto.

Sendo assim, Benny não era alguém disposto a gastar energia notando e reclamando do estado crítico da ponte Traneberg naquela manhã de domingo. Para ele, era apenas a ponte para o paraíso, para o amor.

Havia acabado de chegar ao fim da ponte, do lado de Traneberg, e começado a cantar o refrão talvez pela décima vez quando uma figura azulada apareceu sob a luz de seus faróis, no meio da rua.

Teve tempo de pensar *"Não pise no freio!"* antes de tirar o pé do acelerador e virar o volante com força para o lado, derrapando para a esquerda quando havia apenas uns cinco metros entre ele e a pessoa. Viu rapidamente uma roupa azul e um par de pernas brancas antes de o canto esquerdo do carro bater na barreira de concreto entre as pistas.

O som de arranhão foi tão alto que o ensurdeceu enquanto o carro era pressionado e arrastado pela barreira. O espelho lateral foi arrancado e voou para longe, e a porta do seu lado foi empurrada para dentro até encostar em seu quadril, antes de o veículo ser jogado para o meio da rua outra vez.

Tentou evitar, mas o carro deslizou até o outro lado e bateu contra a grade da passarela de pedestres. O outro espelho lateral foi arrancado e jogado por cima da grade, refletindo as luzes da ponte para o céu. Ele freou com cuidado e a próxima derrapagem foi menos violenta; o veículo apenas raspou a barreira de concreto.

Depois de uns cem metros, conseguiu parar o carro. Expirou, ficou parado com as mãos sobre o colo e o motor ligado. Sentia gosto de sangue na boca, havia mordido o lábio.

Que tipo de lunático era aquele?

Olhou pelo retrovisor e sob a luz amarelada dos postes pode ver a pessoa cambaleando pelo meio da pista como se nada tivesse acontecido. Isso o irritou. Um maluco, claro, mas tudo tinha limite, porra.

Tentou abrir a porta do seu lado, mas não conseguiu. A trava provavelmente fora esmagada. Tirou o cinto e engatinhou sobre o banco de passageiro. Antes de sair do carro, ligou as luzes de emergência. Ficou ao lado do carro, com os braços cruzados, esperando.

Viu que a pessoa que atravessava a ponte usava uma espécie de camisola de hospital e nada mais. Pés descalços, pernas nuas. Precisaria ver se daria para ter uma conversa racional com ele.

Ele?

A figura se aproximou. A neve enlameada espalhava-se por seus pés descalços; andava como se tivesse uma corda amarrada ao peito, puxando-o de maneira rigorosa para frente. Benny deu um passo em direção a ele e parou. A pessoa estava a talvez uns dez metros de distância e era possível ver com clareza seu... rosto.

Benny arfou, surpreso, e se apoiou no carro. Então voltou para dentro pela porta de passageiro com rapidez, pôs o carro em primeira marcha e afastou-se tão rápido que a lama jorrou das rodas traseiras e provavelmente atingiu... aquela coisa na pista.

Quando já estava de volta a seu apartamento, preparou uma boa dose de whisky, bebeu metade. Então ligou para a polícia. Contou o que havia visto, o que acontecera. Quando terminou de beber o whisky e começou a ter vontade de ir dormir, afinal, a mobilização já estava a toda.

* * *

Buscavam em toda a floresta de Judarn. Cinco cães farejadores, vinte policiais. Até um helicóptero, algo incomum naquele tipo de busca.

Um homem ferido e atordoado. Uma única brigada canina deveria ser o suficiente para rastreá-lo.

Mas havia mais em jogo, em parte pela grande projeção midiática do caso (dois policiais haviam sido escalados só para lidar com os repórteres que se aglomeravam em uma estufa próxima à estação de metrô de Åkeshov), que os fazia querer demonstrar que a polícia não poupava esforços, mesmo em um domingo de manhã.

E, em parte, porque haviam encontrado Bengt "Benke" Edwards.

Quer dizer, acreditavam ser Benke Edwards, já que encontraram uma aliança com o nome de Gunilla inscrito.

Gunilla era a esposa de Benke; os colegas sabiam disso. Ninguém tinha coragem de ligar pra ela. Contar que ele estava morto, mas que ainda não dava para ter total certeza de que era o zelador. Perguntar se ele tinha alguma característica marcante, digamos... na metade inferior do corpo?

O patologista que chegara às 7h para examinar o corpo do assassino ritualístico se deparara com um novo caso. Se tivesse tido contato com os restos mortais de Benke Edwards sem saber das circunstâncias, teria suposto que o corpo estivera ao ar livre por um ou dois dias sob frio intenso, tempo no qual o corpo fora aparentemente mutilado por ratos, raposas, talvez carcajus e ursos — se é que "mutilado" era a palavra certa para usar em relação a animais. De qualquer forma, predadores maiores poderiam ter arrancado pedaços de carne daquele jeito, e roedores poderiam ser responsáveis pelas protusões danificadas, como nariz, orelhas e dedos.

O parecer rápido e preliminar do patologista, que fora dado a polícia, era o outro motivo para toda aquela mobilização. O infrator estava determinado a agir com extrema violência, em termos oficiais.

Completamente pirado, em linguagem popular.

O fato de o homem ainda estar vivo não era nada menos que um milagre. Não do tipo que o Vaticano gostaria de reconhecer, mas um milagre, mesmo assim. Estava em estado vegetativo antes da queda do décimo andar. Agora estava de pé, conseguia andar e fazer coisas piores.

Porém, não podia estar em muito boa forma. O tempo estava um pouco melhor agora, claro, mas estava a apenas alguns graus acima de zero, e o homem usava apenas uma camisola de hospital. Não tinha cúmplices, pelo que a polícia sabia, e era simplesmente impossível continuar escondido da floresta por mais de algumas horas.

A ligação de Benny Molin fora feita quase uma hora depois de seu encontro com o homem na ponte Traneberg. Alguns minutos depois, porém, haviam recebido outra ligação, de uma senhora.

Durante uma caminhada matinal com o cachorro, ela avistara um homem usando camisola de hospital próximo aos estábulos de Åkeshov, onde as ovelhas do rei ficavam durante o inverno. Voltara imediatamente para casa e ligara para a polícia, pensando que as ovelhas poderiam estar em perigo.

Dez minutos depois, uma viatura apareceu e a primeira coisa que os policiais fizeram foi checar os estábulos, nervosos, com as pistolas sacadas e a postos.

As ovelhas ficaram nervosas e, antes de os policiais terminarem a ronda no lugar, o estábulo inteiro se transformou em uma massa efervescente de corpos lanosos e ansiosos, balidos altos e gritos inumanos que atraíram ainda mais policiais.

Durante a busca no curral, algumas ovelhas escaparam para o corredor, e quando a polícia finalmente considerou que não havia ninguém lá e saiu — com os ouvidos zunindo — um carneiro conseguiu fugir pela porta da frente. Um policial mais velho, que vinha de uma família de fazendeiros, jogou-se na frente do carneiro e agarrou-o pelos chifres, puxando-o de volta para o curral.

Só depois de conseguir levar o animal de volta percebeu que alguns dos flashes fortes que vira pelo canto dos olhos enquanto agia rápido era flashes fotográficos. Assumira, erroneamente, que o caso era sério demais para a imprensa querer usar tal imagem. Pouco tempo depois, no entanto, precisaram delimitar uma área para a imprensa, fora do perímetro de investigação.

Já eram 7h30 e o sol subia por trás das árvores gotejantes. A busca pelo lunático solitário estava bem organizada e a todo vapor. A polícia tinha certeza de que resolveria aquilo antes da hora do almoço.

Mais algumas horas de resultados negativos da câmera infravermelha do helicóptero e dos narizes sensíveis dos cães passariam antes de que começassem a especular que o homem não estava mais vivo. Que o que buscavam era um cadáver.

* * *

Quando a primeira luz pálida do amanhecer atravessou as pequenas frestas entre as persianas e atingiu a palma de Virginia como uma lâmpada extremamente quente, ela só quis uma coisa: morrer. Mesmo assim, por instinto, afastou a mão e rastejou mais para o fundo do quarto.

Tinha mais de 30 cortes na pele. O apartamento inteiro estava sujo de sangue.

Várias vezes durante a noite, cortara suas artérias para beber, mas não tivera tempo de sugar ou lamber todo o sangue que corria. Havia sujado o chão, a mesa, cadeiras. Parecia que alguém havia mutilado um alce no tapete grande da sala.

O grau de satisfação e alívio diminuía cada vez que abria uma nova ferida, cada vez que bebia goles de seu próprio sangue, que rapidamente se afinava. Quando a manhã já se aproximava, havia se transformado em uma massa chorona de abstinência e angústia. Angústia porque sabia o que precisava fazer se quisesse sobreviver.

O entendimento viera aos poucos, tornando-se uma certeza. O sangue de outra pessoa a deixaria... saudável. E ela não conseguia tirar a própria vida. Provavelmente nem era possível; os cortes que fizera na pele com a faca haviam cicatrizado com uma rapidez anormal. Não importava com quanta força e profundidade cortasse, o sangramento parava dentro de um minuto. Uma hora depois, já havia casca sobre a ferida.

E, de qualquer forma...

Havia tido uma sensação.

Foi ao amanhecer, quando estava sentada em uma cadeira na cozinha, sugando sangue de um corte na parte interna do cotovelo — o segundo no mesmo lugar — que de súbito fora puxada para o interior do próprio corpo e a vira.

A infecção.

Não havia realmente a *visto*, é claro, mas, de repente, adquirira a crescente percepção do que aquilo era. Era como estar grávida e fazer um ultrassom, olhando a tela que mostrava como sua barriga estava carregando, nesse caso, não um bebê, mas uma grande cobra que se contorcia. Era isso que carregava.

Porque o que tinha percebido, naquele momento, era que a infecção tinha sua própria vida, sua própria força, completamente independente de seu corpo. Que a infecção poderia sobreviver mesmo se ela não fizesse o mesmo. A futura mamãe podia morrer de choque com o ultrassom, mas ninguém perceberia, pois a cobra tomaria o controle de seu corpo.

O suicídio não faria diferença.

A única coisa que a infecção parecia temer era a luz do sol. A luz fraca em sua mão havia doído mais que o pior dos cortes.

Por um bom tempo, se sentou encurvada em um canto da sala, observando como a luz do amanhecer por trás dos vãos entre as persianas criava uma grade sobre o tapete destruído. Pensou em seu neto, Ted. Como ele havia engatinhado até aquele local no qual o sol da tarde brilhava no chão e adormecido sob a poça de luz do sol com o polegar na boca.

A pele nua, macia, delicada, que ela só precisaria...

No que eu estou pensando!

Virginia encolheu-se, com o olhar vazio mirando o nada. Vira Ted e imaginara que...

Não!

Bateu na própria cabeça. Bateu e bateu até destruir a imagem. No entanto, nunca mais o veria. Nunca mais podia ver ninguém que amava.

Nunca mais poderei ver ninguém que amo.

Virginia forçou o corpo a se endireitar, engatinhou devagar até a grade feita de sol. A infecção protestou e quis impedi-la de continuar, mas ela era mais forte, ainda controlava o próprio corpo. A luz machucou seus olhos, as barras da grade queimavam suas córneas como fios de aço incandescentes.

Queima! Queima!

Seu braço direito estava coberto por cicatrizes, sangue seco. Ela o esticou sob a luz.

Não podia ter imaginado.

O que a luz havia feito com ela no sábado foi um carinho. Agora haviam acendido um maçarico contra sua pele. Depois de um segundo sua pele ficou branca como giz. Depois de dois, começou a soltar fumaça. Em três segundos, uma bolha se formou, escureceu e explodiu com um sibilo. Aos quatro segundos puxou o braço e rastejou até o quarto, soluçando.

O fedor de carne queimada envenenava o ar. Ela não ousou olhar para o braço ao se arrastar para a cama.

Descanse.

Mas a cama...

Mesmo com as persianas fechadas, havia luz demais no quarto. Mesmo embaixo das cobertas se sentia exposta demais na cama. Seus ouvidos captavam até os mais baixos ruídos matinais vindos do prédio, e qualquer som era uma ameaça em potencial. Alguém caminhava no andar de cima. Ela se encolhia, virava a cabeça em direção ao som, escutava. Uma gaveta era aberta, ouvia metal tilintando no andar acima.

Colheres de café.

Sabia, pela delicadeza do som, que eram... colheres de café. Viu a sua frente a caixa de veludo com colheres de café de prata que fora da avó e que havia passado para ela quando a mãe se mudou para um asilo. Como ela havia aberto a caixa, olhado as colheres e percebido que *nunca haviam sido usadas*.

Virginia pensava nisso ao deslizar para fora da cama, sair debaixo dos cobertores e engatinhar até o armário, abrindo as portas. No chão havia um edredom extra e alguns cobertores.

Havia sentido um pouco de tristeza ao olhar as colheres. Utensílios que ficaram na caixa por, talvez, 60 anos, sem que ninguém os tirasse de lá, sem que os segurassem e utilizassem.

Mais sons à sua volta, o prédio despertando. Não os ouviu mais ao pegar o edredom e os lençóis, enrolá-los em volta de si, rastejar para dentro do armário e fechar as portas. Lá, a escuridão era completa. Pôs os cobertores sobre a cabeça, curvando-se como uma lagarta em um casulo duplo.

Nunca mesmo.

Enfileiradas, em posição de sentido em sua cama de veludo, esperando. Frágeis colherzinhas de prata. Rolou, com o tecido dos cobertores apertado contra seu rosto.

Quem ficará com elas agora?

Sua filha. Lena ficaria com elas, e as usaria para alimentar Ted. Então as colheres seriam felizes. Ted as usaria para comer purê de batata. Seria bom.

Ficou deitada, imóvel, como uma pedra, sentindo a calma se espalhar por seu corpo. Teve tempo de formular um último pensamento antes de afundar na inconsciência. *Por que não está calor?*

Com os cobertores sobre o rosto, enrolada em tecidos grossos, sua cabeça deveria estar quente e suada. A pergunta flutuou de modo sonolento em um grande salão escuro, finalmente pousando em uma resposta bem simples.

Porque já não respiro há vários minutos.

E nem então, ao tomar consciência do fato, ela sentiu a necessidade de respirar. Não estava sufocando ou sentindo falta de oxigênio. Não precisava mais respirar. Só isso.

* * *

A missa começava às 11h, mas Tommy e sua mãe, Yvonne, já estavam na plataforma de Blackeberg às 10h15, esperando o metrô.

Staffan, que cantava no coro, já havia informado à Yvonne qual seria o tema da missa do dia. A mulher contara a Tommy, perguntando, com cautela, se ele gostaria de ir. Para sua surpresa, ele havia aceitado.

O tema era os jovens de hoje.

Partindo de uma parte do Antigo Testamento que descrevia o êxodo dos israelitas do Egito, os pastores haviam — com a ajuda de Staffan — montado uma série de textos sobre a ideia de *estrelas-guia*. Algo que um jovem da sociedade atual poderia, digamos assim, ter em seu horizonte, algo que pudesse usar como guia durante suas peregrinações no deserto, e por aí vai.

Tommy havia lido aquela passagem específica na Bíblia e dito que adoraria comparecer.

Assim, quando o metrô chegou trovejando do túnel, vindo de Islandstorget naquela manhã, causando uma lufada de ar que fez o cabelo de Yvonne voar ao redor de sua cabeça, ela estava completamente feliz. Olhou para o filho, que estava ao seu lado, com as mãos nos bolsos da jaqueta.

Vai ficar tudo bem.

Sim. O simples fato de que o garoto estava disposto a ir à igreja com ela já era muita coisa. Mas também indicava que ele havia aceitado Staffan, não?

Entraram no vagão de metrô e se sentaram ao lado de um senhor, um de frente para o outro. Antes de entrar no trem, estavam conversando sobre o que ouviram no rádio naquela manhã: a busca pelo assassino ritualístico na floresta de Judarn. Yvonne inclinou-se em direção a Tommy.

— Acha que vão pegá-lo?

Tommy deu de ombros.

— Provavelmente. Mas é uma floresta grande e tal... vai ter que perguntar pro Staffan.

— Só acho tudo isso tão horrível. E se ele vier para cá?

— O que faria aqui? Mas, claro. O que ele faria em Judarn? Pode acabar vindo para cá.

— Argh.

O idoso se alongou, fez um gesto como se tirasse algo dos ombros e disse:

— A pergunta é se alguém assim sequer é humano.

Tommy olhou para o homem. Yvonne disse "Hum" e sorriu para ele, o que o velho claramente entendeu como um estímulo.

— Quero dizer... primeiro aqueles... atos horríveis, e depois... naquele estado, uma queda daquela altura. Sério, tô dizendo: não pode ser humano, e eu espero que a polícia atire nele assim que o encontrar.

Tommy assentiu, fingindo concordar.

— Pendure ele na árvore mais próxima.

O homem estava se empolgando.

— Exato. É o que eu venho dizendo desde o começo. Deviam ter dado a ele uma injeção letal ou algo assim quando estava no hospital, como fazem com cachorros loucos. Aí não precisaríamos ficar sentados aqui aterrorizados e testemunhar essa busca desesperada paga com dinheiro dos contribuintes. Um

281

helicóptero! Sim, eu passei de metrô por Åkeshov e tinha um helicóptero lá. Ah, eles têm dinheiro pra isso, claro. Porém, quando o assunto é pagar uma aposentadoria alta o suficiente para sustentar a pessoa, depois de uma vida inteira de serviço, isso não dá pra fazer. Mas pra mandar um helicóptero ficar dando voltas, assustando os animais...

O monólogo continuou até Vällingby, onde Yvonne e Tommy saltaram, e o homem continuou. O metrô faria a volta ali, então ele provavelmente seguiria o caminho de volta para conseguir dar mais uma olhada no helicóptero, talvez continuar seu monólogo com um público diferente.

Staffan estava esperando por eles do lado de fora do monte de tijolos que era a igreja de St. Thomas.

Vestia um terno e uma gravata listrada de cor amarela pálida que fez Tommy pensar em imagens da guerra: "Um tigre sueco*". O rosto de Staffan se iluminou quando os viu, e ele foi até eles para cumprimentá-los. Abraçou Yvonne e ofereceu a mão a Tommy, que a apertou.

— Fiquei tão feliz que ambos quiseram vir. Especialmente você, Tommy. O que te fez decidir...?

— Só queria ver como é.

— Hum. Bem, espero que goste. Que possamos vê-lo aqui outra vez.

Yvonne acariciou o ombro do filho.

— Ele leu aquela parte da Bíblia... a passagem sobre a qual vocês vão falar.

— Leu mesmo? Bem, isso é impressionante... por falar nisso, Tommy, ainda não encontrei o troféu. Mas... acho que talvez possamos apenas deixar essa história de lado, o que acha?

— Hum.

Staffan esperou Tommy dizer algo, mas quando isso não aconteceu, voltou-se para Yvonne.

— Eu devia estar em Åkeshov agora, mas... não quis perder a missa. Assim que acabar, porém, preciso ir, então teremos que...

Tommy entrou na igreja.

Havia apenas algumas pessoas mais velhas, de costas para ele, sentadas nos bancos. A julgar pelos chapéus, eram todas idosas.

A igreja estava iluminada pelo brilho amarelado de lâmpadas suspendidas pelas duas paredes laterais. No corredor entre os bancos, havia um tapete

---

* Slogan da campanha sueca na Segunda Guerra Mundial, que vinha acompanhado do desenho de um tigre listrado amarelo e azul.

vermelho com estampas geométricas que ia até o altar; uma bancada de pedra sobre a qual havia arranjos de flores. Acima de tudo, havia uma grande cruz de madeira com um Jesus modernista. Sua expressão facial podia ser facilmente interpretada como um sorriso sarcástico.

Bem no fundo da igreja, na entrada onde Tommy estava, havia uma mesa com panfletos, uma caixa para colocar dinheiro e uma pia batismal. Tommy foi até ela e olhou para dentro.

Perfeito.

Ao ver a pia pela primeira vez, achou que era bom demais pra ser verdade, que provavelmente estava cheia de água. Mas não estava. O vaso fora esculpido de um pedaço de pedra que chegava até a cintura de Tommy. A parte da bacia era cinza escura, tinha superfície árida e nenhuma gota d'água dentro.

Ok, vamos lá.

Pegou uma sacola plástica de dois litros do bolso da jaqueta, cheia de pó branco. Olhou à sua volta. Ninguém sequer olhava em sua direção. Fez um buraco na sacola com o dedo e deixou o conteúdo cair sobre a pia batismal.

Em seguida, guardou a sacola vazia no bolso e voltou lá pra fora, enquanto pensava em uma boa explicação para por que não queria se sentar com a mãe na igreja, por que queria ficar lá atrás, perto da pia batismal.

Podia dizer que queria ser capaz de sair sem perturbar ninguém caso ficasse chato demais. Ótimo. Soava...

Perfeito.

* * *

Oskar abriu os olhos e encheu-se de ansiedade. Não sabia onde estava. O aposento à sua volta estava mal iluminado e ele não reconhecia as paredes vazias.

Estava deitado em um sofá, coberto por um lençol que fedia um pouco.

As paredes flutuaram em frente a seus olhos, nadando livres no ar enquanto ele tentava localizá-las, organizá-las de modo que formassem um lugar que reconhecia. Não conseguiu.

Puxou o cobertor até o nariz. Sentiu cheiro de mofo e tentou se acalmar, parar de focar no lugar e tentar *se lembrar* em vez disso.

Sim. Conseguia lembrar.

Papai. Janne. Carona. Eli. Sofá. Teias de aranha.

Olhou para o teto. As teias empoeiradas ainda estavam lá, difíceis de discernir à meia-luz. Havia adormecido com Eli a seu lado no sofá. Há quanto tempo fora aquilo? Estava de manhã?

As janelas estavam cobertas por panos, mas, nos cantos, podia ver um leve contorno de luz cinza. Saiu de baixo do lençol e foi até a janela da sacada, levantando um pedaço do cobertor que a tapava. As persianas estavam fechadas. Abriu-as e, sim, estava de manhã.

Sua cabeça doía e a luz machucou seus olhos. Inspirou, assustado, largou o cobertor e tocou seu pescoço com as duas mãos. Não. Claro que não. Ela havia dito que nunca...

Mas onde ela está?

Olhou ao redor da sala; seus olhos pararam na porta fechada do quarto onde Eli trocara a camiseta. Deu alguns passos em direção à porta, parou. A porta estava sob as sombras. Fechou as mãos em punhos, mordeu as articulações dos dedos.

Será que ela... dorme mesmo em um caixão?

Besteira. Por que faria isso? Por que vampiros fazem isso, aliás? Porque estão mortos. E Eli disse que não estava...

Mas e se...

Continuou com a junta dos dedos na boca, passou a língua por ela. O beijo. A mesa com comida que havia visto. O simples fato de que ela podia fazê-lo ver aquilo. E... os dentes. Dentes de predador.

Se ao menos não estivesse tão escuro aqui.

O interruptor da lâmpada no teto estava ao lado da porta. Apertou-o, pensando que nada aconteceria, mas sim, a luz ligou. Cerrou os olhos sob a luz forte, deixou-os se acostumarem a ela antes de se virar para a porta, pôr a mão sobre a maçaneta.

A luz não ajudava em nada. Na verdade, parecia ainda mais horrível agora que aquela era apenas uma porta normal. Como a de seu próprio quarto. Igualzinha. O toque da maçaneta também era o mesmo. E se ela estivesse deitada lá? Talvez com os braços dobrados com cuidado sobre o peito?

Preciso ver.

Virou a maçaneta, tentativamente; ela ofereceu pouca resistência. A porta não devia estar trancada, pois se estivesse a maçaneta teria apenas descido um pouco. Empurrou-a para baixo por completo e a porta se abriu, o vão aumentando. O interior do quarto estava escuro.

Espera!

A luz a machucaria caso ele abrisse a porta?

Não, na noite anterior ela havia se sentado perto do abajur sem parecer se incomodar. Mas a luz do teto era mais forte e, talvez, houvesse um... tipo de lâmpada especial no abajur, uma que... vampiros aguentavam.

Ridículo. Uma loja especializada em lâmpadas para vampiros.

E por que ela teria deixado a lâmpada do teto lá se fosse... algo que a machucasse?

Mesmo assim, abriu a porta com cautela, permitindo que o cone de luz aos poucos fosse se alargando dentro do quarto. Tinha tão pouca mobília quanto a sala. Uma cama e uma pilha de roupas, mais nada. A cama tinha apenas um lençol e um travesseiro. O cobertor com o qual dormira no sofá devia ter vindo de lá. Havia um papel colado na parede ao lado da cama.

O código Morse.

Então era ali que ela se deitava quando...

Ele inspirou fundo. De alguma forma, havia esquecido.

Meu quarto está do outro lado dessa parede.

Sim, estava a dois metros de sua própria cama, de sua vida normal.

Deitou-se na cama, sentiu o impulso de bater uma mensagem na parede. Para Oskar. Do outro lado. O que deveria dizer?

O.N.D.E. V.O.C.Ê E.S.T.Á.

Pôs as articulações na boca outra vez. Ele estava aqui. Eli que sumira.

Sentiu-se tonto, confuso. Deixou a cabeça cair sobre o travesseiro, com o rosto virado para o quarto. O travesseiro tinha um cheiro estranho. Como o cobertor, mas mais forte. Um cheiro velho, seboso. Olhou para a pilha de roupas a alguns metros da cama.

Tão nojento.

Não queria mais estar lá. O silêncio e o vazio eram totais naquele apartamento, e tudo parecia tão... anormal. Seu olhar passou pela pilha de roupas, parou no armário de parede que ocupava toda a parede oposta, até a porta. Duas portas duplas, uma do outro lado.

Ali.

Puxou as pernas contra a barriga, olhando para as portas fechadas do armário. Não queria. Seu estômago doía. Uma pontada na parte inferior da barriga.

Precisava fazer xixi.

Levantou-se da cama, foi até a porta com os olhos grudados no armário. Tinha um igual em seu quarto e sabia que ela caberia lá dentro facilmente. Era onde Eli estava, e não queria mais ver.

Até a luz do corredor de entrada funcionava. Ligou-a e seguiu a distância curta até o banheiro. A porta estava trancada. A cor em cima da tranca estava vermelha. Bateu à porta.

— Eli?

Nenhum som. Bateu outra vez.

— Eli? Está aí dentro?

Nada. Mas ao dizer o nome em voz alta, lembrou-se que ele estava errado. Era a última coisa que ela havia dito quando estavam deitados juntos no sofá. Que seu verdadeiro nome era... Elias. *Elias.* Um nome de garoto. Eli era menino? Eles tinham se... beijado e dormido na mesma cama, e...

Oskar pressionou as mãos contra a porta do banheiro, descansou a testa nelas. Tentou pensar. Muito. E não entendia. Como, de alguma forma, podia aceitar que ela era *um vampiro*, mas que a ideia de ser um *menino* era... mais difícil.

Ele conhecia a palavra. Viado. Viado de merda. Coisas que Jonny dizia. Pensar que era pior ser gay do que ser um...

Bateu outra vez na porta.

— Elias?

Sentiu algo estranho no estômago ao dizer aquilo. Não, não se acostumaria com ele. Ela... Ele se chamava Eli. Mas era coisa demais. Não importando o que Eli fosse, era coisa demais. Simplesmente não conseguia. Nada nela era normal.

Levantou a cabeça das mãos, segurou a vontade de ir no banheiro.

Passos na escada lá fora e, logo depois, o som da fenda de correio na porta sendo aberta, um baque. Caminhou até lá e viu o que era. Propagandas.

Carne moída, 14,90 o quilo.

Letras e números vermelhos chamativos. Pegou o panfleto, entendendo aos poucos; encostou os olhos no buraco da fechadura enquanto passos ecoavam pelas escadas; mais baques à medida que outras abas de correio eram abertas e fechadas.

Meio minuto depois, sua mãe passou em frente a porta, descendo. Ele conseguiu apenas ver um pedaço de seu cabelo, a gola do casaco, mas sabia que era ela. Quem mais seria?

Entregando os pacotes, já que ele não estava lá.

Com os *flyers* amassados na mão, Oskar deslizou até ficar agachado em frente a porta, encostando a testa nos joelhos. Não chorou. A vontade de fazer xixi era como um formigueiro inteiro picando sua virilha e isso, de alguma forma, o impediu.

Mas a ideia continuava girando em sua cabeça:

Eu não existo. Não existo.

* * *

Lacke passara a noite preocupado. Desde que deixara Virginia, uma ansiedade havia se esgueirado e parecia decidida a fazer um buraco em seu estômago. Passara cerca de uma hora com os regulares do restaurante chinês na noite de sábado, tentando compartilhar sua preocupação, mas os outros não queriam saber. Lacke havia sentido que as coisas podiam sair do controle, que havia o perigo de acabar se irritando de verdade, então fora embora.

Aqueles caras não valiam porra nenhuma.

Claro, isso não era exatamente novidade, mas havia pensado que... bem, que caralhos havia pensado?

Que estávamos juntos nessa.

Que ao menos uma outra pessoa também sentia que algo bem sinistro estava acontecendo. Falavam tanto, palavras bonitas, especialmente vindas de Morgan, mas no fim, ninguém tinha coragem de levantar um dedo e realmente *fazer* alguma coisa.

Não que Lacke soubesse o que fazer, mas ao menos estava preocupado. Se é que ajudava. Passara quase a noite inteira acordado, tentando ler *Os Demônios*, de Dostoieviski, mas esquecia o tempo todo o que havia acontecido na página, na frase anterior, então acabou desistindo.

Porém, a noite havia trazido algo bom: havia tomado uma decisão.

Na manhã de domingo, foi até a casa de Virginia, bateu à porta. Ninguém abriu e ele supôs que... torceu para que ela tivesse ido ao hospital. Ao voltar para casa, passou por duas mulheres que conversavam, ouviu algo sobre um assassino que a polícia buscava na floresta de Judarn.

Tem assassino atrás de tudo que é moita hoje em dia, puta que pariu. Agora os jornais têm algo mais pra explorar.

Dez dias se passaram desde que o assassino de Vällingby fora capturado, e os jornais haviam cansado de especular sobre sua identidade e possível motivação.

Nos artigos que o mencionavam, havia uma forte presença de... prazer mórbido. Preocupavam-se muito em descrever a condição atual do assassino e o fato de que provavelmente não deixaria a cama de hospital pelos próximos seis meses. Um boxe separado explicava sobre o ácido clorídrico e o que ele podia fazer com o corpo, para o leitor se deleitar pensando em como aquilo devia doer.

Não, Lacke não sentia prazer com aquele tipo de coisa. Só achava assustador como as pessoas se empolgavam com a ideia de alguém "ter o castigo merecido" e tudo mais. Ele era totalmente contra a pena de morte. Não por ter um senso "moderno" de justiça, não. Era mais um senso pré-moderno.

Seu raciocínio era mais ou menos assim: se alguém matar seu filho, mate a pessoa. Dostoieviski falava muito de perdão, misericórdia. Claro, da perspectiva social, com certeza. Mas, como pai da criança, seria seu direito moral tirar a vida de quem fez aquilo. A sociedade lhe sentenciar então a 8 anos de cadeia ou algo assim era outra história.

Não era o que Dostoevsky quis dizer e Lacke sabia. Ele e Fyodor simplesmente não concordavam sobre esse ponto.

Pensou sobre essas coisas ao voltar a pé para casa, em Ibsengatan. Ao chegar, percebeu que estava com fome e cozinhou rapidamente um macarrão, que comeu direto da panela com uma colher e com um pouco de ketchup. Enquanto colocava água na panela para facilitar a lavagem mais tarde, ouviu algo cair pela abertura de correio na porta.

Anúncios. Não ligava para aquilo, não tinha dinheiro mesmo.

Não, mas é isso.

Limpou a mesa da cozinha com um pano de prato e foi pegar a coleção de selos do pai no guarda-louças, que ele também havia herdado e que fora um sacrifício transportar até Blackeberg. Pôs o álbum na mesa da cozinha e o abriu.

Lá estavam eles. Quatro unidades sem marcas do primeiro selo a ser emitido na Noruega. Debruçou-se sobre o álbum e cerrou os olhos para avaliar o leão, de pé sobre as patas traseiras contra um fundo azul-claro.

Incrível.

Haviam custado quatro xelins quando foram emitidos, em 1855. Agora valiam... mais. O fato de estarem grudados em dois pares os deixava ainda mais valiosos.

Essa era a decisão que havia tomado na noite anterior, enquanto se revirava entre os lençóis que cheiravam a cigarro; era hora. Essa coisa com Virginia fora a gota d'água. Então, para piorar, a incompreensão completa dos caras, a percepção de que, afinal, não valia a pena passar tempo com aquela gente.

Ia embora daquele lugar e levaria Virginia junto.

Estando o mercado desfavorável ou não, conseguiria uns 300 mil pelos selos, mais 200 mil pelo apartamento. Poderiam então comprar uma casa no campo. Ou, tá bom: duas casas. Uma fazendinha. Havia dinheiro suficiente para isso, e daria certo. Assim que Virginia se recuperasse, contaria a ideia a ela, e achava que... tinha quase certeza de que ela concordaria, adoraria, na verdade.

Então era assim que as coisas seriam.

Lacke se sentia mais calmo. Via tudo com clareza. O que faria naquele dia, e no futuro. Tudo daria certo.

Cheio de pensamentos agradáveis, foi até seu quarto, deitou-se na cama para descansar uns cinco minutos e adormeceu.

* * *

— Vemos eles nas ruas e nas praças, e os encaramos perdidos, nos perguntando: o que podemos fazer?

Tommy nunca estivera tão entediado na vida. Só havia passado meia hora da missa e ele achava que teria se divertido muito mais sentado em uma cadeira olhando a parede.

"Abençoado seja" e "aleluia" e "graça de Deus", mas por que ficavam todos lá sentados olhando à frente como se assistissem a uma partida eliminatória entre Bulgária e Romênia? Não *significava* nada para eles, o que liam no livro, o que cantavam. Não parecia significar nada para o padre também. Era só algo que ele precisava fazer para receber seu pagamento.

Agora, ao menos, estava lendo o sermão.

Se o padre mencionasse aquela parte da Bíblia, o que Tommy havia lido, ele seguiria o plano. Se não, não seguiria.

Deixe que ele decida.

Tommy checou o bolso. Estava tudo pronto e a pia batismal ficava apenas três metros atrás de onde estava sentado, na última fileira. Sua mãe estava lá na frente, sem dúvida para poder piscar para Staffan enquanto ele cantava aquelas músicas irrelevantes com as mãos frouxas sobre seu pau de policial.

O garoto cerrou os dentes. Torcia para o padre dizer aquilo.

— Vemos seus olhares perdidos, o olhar de alguém que se desviou do caminho e não consegue voltar para casa. Quando vejo um jovem assim, sempre penso no êxodo dos israelitas do Egito.

Tommy se empertigou. Talvez o padre não mencionasse a passagem exata. Talvez dissesse algo sobre o Mar Vermelho. No entanto, pegou as coisas do bolso; o isqueiro e o acendedor em formato de cubinho. Suas mãos tremiam.

— Pois é assim que devemos ver esses jovens que às vezes nos deixam tão perplexos. Eles vagam em um deserto de perguntas sem resposta e perspectivas incertas de futuro. Porém, há muita diferença entre o povo de Israel e os jovens de hoje...

Vai, diz logo...

— O povo de Israel tinha alguém que os guiava. Vocês provavelmente conhecem as palavras do Evangelho: "E o Senhor ia adiante deles, de dia em uma coluna de nuvem, para guiá-los pelo caminho, e de noite em uma coluna de fogo, para os iluminar." É essa nuvem, esse fogo que falta aos jovens de hoje, e...

O padre olhou para seus papéis.

Tommy já tinha acendido o cubinho, segurando-o entre o indicador e o polegar. Na parte de cima, havia uma luz azul tentando chegar a seus dedos. Quando o padre baixou os olhos, ele aproveitou a chance.

Agachou-se, deu um passo além do banco, esticou o braço o máximo que podia, jogou o cubinho na pia batismal e voltou rapidamente para o banco. Ninguém havia notado nada.

O padre voltou a levantar a cabeça.

— ... e é nossa responsabilidade como adultos ser essa nuvem, essa estrela--guia para os jovens. Onde mais encontrarão uma? E podemos encontrar a força para isso nas obras do Senhor.

Uma fumaça branca subiu da pia batismal. Tommy já sentia o cheiro doce familiar.

Havia feito aquilo várias vezes antes: queimado salitre e açúcar. Porém, raras vezes naquela quantidade, e nunca em lugar fechado. Estava ansioso para descobrir que efeito teria sem o vento para dispersar os gases. Entrelaçou os dedos, pressionando uma mão contra a outra com força.

* * *

O Irmão Ardelius, padre substituto na paróquia de Vällingby, foi o primeiro a notar. Interpretou aquilo como o que era: fumaça na pia batismal. Vinha esperando por um sinal do Senhor a vida inteira, e não dava para negar que, assim que viu a primeira coluna de fumaça, pensou por um momento:

Oh, Senhor. Finalmente.

Porém, o pensamento não durou muito. Considerou que a sensação de ser um milagre ter passado tão rápido era a prova de que realmente não era um milagre ou um sinal. Era apenas isso: fumaça saindo da fonte batismal. Mas por quê?

O zelador, com o qual não se dava particularmente bem, havia decidido fazer uma pegadinha. A água da pia havia começado a... ferver.

O problema era que estava no meio do sermão e não podia gastar muito tempo pensando naquilo. Então, o Irmão Ardelius fez o que a maioria das pessoas faz em situações assim: continuou como se nada tivesse acontecendo e torceu para que o problema se resolvesse sozinho. Pigarreou e tentou se lembrar do que havia acabado de dizer.

As obras do Senhor. Algo sobre buscar força nas obras do Senhor. Um exemplo.

Olhou para suas anotações. Havia escrito: pés descalços.

Pés descalços? O que eu quis dizer com isso? Que os israelitas andavam descalços ou que Jesus... vagou por muito tempo...

Ergueu a cabeça e viu que a fumaça havia engrossado, formado uma coluna que ia da pia até o teto. Qual era a última coisa que havia dito? Sim, agora lembrava. As palavras ainda estavam no ar.

"E podemos encontrar a força para isso nas obras do Senhor."

Era uma conclusão aceitável. Não excelente, não o que havia planejado, mas aceitável. Sorriu um pouco desorientado para os fiéis e acenou com a cabeça para Birgit, que liderava o coral.

O coral de oito pessoas se levantou como uma só e foi até o púlpito. Quando se voltaram para a congregação, pôde notar, por suas expressões, que também viram a fumaça. Abençoado seja o Senhor; havia pensado que talvez fosse o único que podia vê-la.

Birgit olhou para ele, pedindo orientação, e o pastor fez um gesto com a mão: vá em frente, comece.

O coro começou a cantar.

> *Guie a mim, meu Deus, rumo à virtude*
> *Que meus olhos enxerguem Vosso caminho...*

Uma das lindas composições de Wesley. O Irmão Ardelius desejou poder apreciar a beleza da canção, mas a coluna de fumaça estava começando a preocupá-lo. A fumaça branca e grossa estava subindo da pia batismal e algo na bacia em si estava queimando com chama azul esbranquiçada, crepitando. Um cheiro adocicado chegou a seu nariz e os membros da congregação começaram a virar para trás para ver de onde vinham os estalos.

> *Pois apenas Vós, Senhor,*

traz paz e segurança
à minha alma...

Uma das mulheres do coro começou a tossir. Os fiéis viravam a cabeça da fumaça para o Irmão Ardelius, esperando que ele os instruísse sobre como deviam agir, se aquilo era parte do culto.

Mais pessoas começaram a tossir, pondo lenços ou mangas na frente das bocas, dos narizes. Uma névoa fina começara a se formar dentro da igreja e, através dela, o Irmão Ardelius viu alguém se levantar lá da última fileira e sair correndo pela porta.

Sim, é a única coisa racional a se fazer.

Ele inclinou-se sobre o microfone.

— Sim, bem, estamos com um pequeno... problema e acho melhor nós... evacuarmos o local.

Já na palavra "problema", Staffan havia descido do púlpito e começado a andar em direção à saída com passos rápidos e controlados. Sabia o que estava acontecendo. Fora o delinquente incorrigível que Yvonne chamava de filho que fizera aquilo. Naquele momento, ao descer do púlpito, tentava se controlar, pois sentia que se pegasse Tommy, daria umas boas palmadas nele.

Claro, era exatamente isso que aquele marginalzinho precisava; o tipo de orientação que lhe faltava.

Nuvem guia, venha me ajudar. Uma boa surra é o que falta a esse pirralho.

Yvonne, porém, não aceitaria aquilo, do jeito que as coisas estavam. Quando se casassem, seria diferente. Ele assumiria então, se Deus ajudasse, a tarefa de disciplinar Tommy. Mas, antes de mais nada, pegaria o garoto agora. Daria um susto nele, no mínimo.

Staffan não foi muito longe. As palavras do Irmão Ardelius funcionaram como um tiro de partida para os fiéis, que estavam apenas aguardando a permissão dele para debandarem para fora da igreja. No meio do corredor Staffan teve o caminho bloqueado por senhorinhas que avançavam com determinação para a porta.

Começou a levar a mão até a cintura, mas parou na metade do movimento, fechando-a em um punho. Mesmo se tivesse seu cassetete, não seria uma boa hora para usá-lo.

A produção de fumaça na fonte estava começando a parar, mas a igreja estava dominada por uma névoa grossa, com cheiro de doce e produtos químicos. As portas estavam escancaradas e, através da névoa, dava para ver um retângulo nítido de luz do sol.

Os fiéis foram em direção à luz, tossindo.

* * *

Havia uma única cadeira de madeira na cozinha, mais nada. Oskar a puxou até a pia, subiu nela e fez xixi no ralo enquanto deixava a água correr da torneira. Ao terminar, pôs a cadeira de volta no lugar. Parecia estranha na cozinha vazia. Como uma peça de museu.

Por que ela tem isso?

Olhou à sua volta. Acima da geladeira, havia vários armários que dava para alcançar subindo na cadeira. Ele a puxou e se equilibrou pondo a mão no puxador da geladeira. Seu estômago roncou. Estava com fome.

Sem pensar muito, abriu a geladeira para ver o que havia dentro. Não tinha muita coisa. Uma caixa de leite aberta, meio saco de pão. Manteiga e queijo. Oskar esticou a mão em direção ao leite.

Mas... Eli...

Ficou ali parado segurando a caixa, piscando. Não fazia sentido. Ela comia comida de verdade também? Sim. Devia comer. Tirou o leite da geladeira e o colocou sobre o balcão. No armário em cima do balcão não havia quase nada. Dois pratos, dois copos. Pegou um copo e pôs leite nele.

Então a ficha caiu. Com o copo de leite gelado na mão, a ficha finalmente caiu, com força total.

Ela bebe sangue.

Na noite anterior, em meio ao sono e à sensação de desconexão com o mundo, no escuro, tudo de alguma forma parecia possível. Mas, naquele momento, na cozinha, onde não havia cobertores na janela e com a luz fraca da manhã entrando pelas persianas, enquanto segurava um copo de leite na mão, parecia tão... além de qualquer coisa que pudesse compreender.

Tipo: se você tem leite e pão na geladeira, deve ser um ser humano.

Bebeu um gole grande de leite e o cuspiu de imediato. Estava estragado. Cheirou o que restava no copo. Sim, definitivamente estragado. Despejou-o na pia, enxaguou o copo e então bebeu um pouco de água para tirar o gosto da boca. Olhou para a data na embalagem.

VÁLIDO ATÉ 28/10.

O leite passara da validade há 10 dias. Oskar chegou a uma conclusão.

O leite é do velho.

A porta da geladeira ainda estava aberta. A comida era do velho.

Nojento. Nojento demais.

Oskar bateu a porta. Para que o velho estava lá antes, afinal? O que ele e Eli... Oskar tremeu.

Ela o matou.

Sim. Eli devia ter mantido ele por perto para poder... beber seu sangue. Usá-lo como um banco de sangue ambulante. Era o que tinha feito. No entanto, por que o velho havia aceitado? E *se* ela o havia matado, onde estava o corpo? Oskar olhou para os armários suspensos. De repente, perdeu a vontade de ficar lá. Não queria estar em lugar nenhum daquele apartamento. Saiu da cozinha, atravessou o corredor. Viu a porta do banheiro fechada.

Ela está lá dentro.

Correu para a sala, pegou sua mochila. O Walkman estava sobre a mesa. Precisaria comprar fones novos, só isso. Ao pegar o aparelho para guardá-lo, viu o bilhete. Estava sobre a mesa de centro, na altura onde sua cabeça estivera deitada.

Oi. Espero que tenha dormido bem. Também vou dormir agora. Estarei no banheiro. Não vá lá, por favor. Estou confiando em você. Não sei o que escrever. Espero que ainda goste de mim mesmo sabendo o que sou. Eu gosto de você. Gosto muito. Você está deitado no sofá agora, roncando. Por favor, não tenha medo de mim.

Por favor, por favor, por favor, não tenha medo de mim.

Quer me encontrar hoje à noite? Escreva nesse bilhete se quiser.

Se escrever Não, vou me mudar esta noite. Provavelmente terei de fazer isso em breve, de qualquer forma. Mas, se escrever Sim, ficarei mais um tempinho. Não sei o que escrever. Estou só. Provavelmente mais só do que você pode imaginar. Ou talvez você possa.

Desculpe-me por ter quebrado sua máquina de música. Leve o dinheiro, se quiser. Eu tenho muito. Não tenha medo de mim. Não há motivo para ter. Talvez já saiba disso. Espero que saiba. Gosto muito de você.

Beijos,

Eli.

P.s.: Pode ficar, se quiser. Mas, se for embora, certifique-se de deixar a porta trancada quando sair.

Oskar leu o bilhete diversas vezes. Então pegou a caneta que estava ao lado. Olhou ao seu redor, a sala vazia, a vida de Eli. As notas que ela tentara dar a ele ainda estavam sobre a mesa, amassadas. Ele pegou *uma* nota de mil, pôs no bolso.

Olhou por um longo tempo para o espaço na página sob o nome de Eli. Então baixou a caneta e escreveu em letras que preenchiam todo o espaço.

SIM.

Largou a caneta, levantou-se, pôs o Walkman na mochila. Virou-se uma última veze olhou para as letras agora de cabeça para baixo.

SIM.

Então balançou a cabeça, tirou a nota de mil do bolso e a colocou de volta sobre a mesa. Quando estava do lado de fora, conferiu se a porta estava bem trancada atrás dele. Puxou-a várias vezes.

**Reportagem do programa de rádio *Dagens Eko*,
16h45, 8 de novembro de 1981**

A busca oficial pelo homem que escapou do Hospital Danderyd na madrugada de domingo depois de matar uma pessoa ainda não obteve nenhum resultado.

A polícia buscou em toda a floresta de Judarn, a oeste de Estocolmo, na tentativa de localizar o homem, que se acredita ser o Assassino Ritualístico. O homem tinha ferimentos críticos no momento da fuga e a polícia agora suspeita de um cúmplice.

Arnold Lehrman, da Polícia de Estocolmo:

— Sim, essa é a única explicação lógica. É fisicamente impossível ele ter sido capaz de se manter escondido sozinho por todo esse tempo na... condição em que está. Mandamos 30 policiais para lá, cães, um helicóptero. Simplesmente não é possível.

— Vocês continuarão as buscas na floresta de Judarn?

— Sim. A possibilidade de ele ainda estar na área não pode ser descartada. Mas vamos desviar parte do efetivo daqui para nos concentrarmos em... para investigarmos como ele pôde proceder.

O homem está severamente desfigurado e, quando fugiu, vestia uma camisola de hospital azul-clara. A polícia pede que qualquer um que tenha informações sobre o desaparecimento entre em contato pelo número...

DOMINGO

8 de novembro [Noite]

O interesse público pela busca policial na floresta de Judarn estava maior do que nunca. Os jornais vespertinos se deram conta de que não poderiam usar o retrato falado do assassino mais uma vez. Estavam esperando imagens do suspeito apreendido, mas, na falta de uma, ambos os jornais publicaram a foto do carneiro.

O *Expressen* até a colocou na primeira página

Digam o que quiserem, havia um drama inegável naquela foto. O rosto do policial contorcido pelo esforço, as pernas abertas e a boca aberta do carneiro. Quase dava para ouvir a respiração ofegante, os balidos.

Um dos jornais havia inclusive tentado contatar a família real para um pronunciamento, já que o animal arrastado pelo policial daquela maneira pertencia ao rei. Dois dias antes, o rei e a rainha haviam anunciado ao público que esperavam um terceiro filho, e talvez tivessem decidido que isso era o suficiente. A corte não se pronunciou.

É claro, várias páginas foram dedicadas aos mapas de Judarn e dos subúrbios a oeste. Os locais onde o homem fora avistado, como a busca policial havia sido organizada. Mas tudo isso já fora visto antes, em outros contextos. A foto do carneiro era algo novo, o que a tornava marcante.

O *Expressen* havia até arriscado uma piada. A legenda dizia: "Lobo em pele de cordeiro?"

Não tinha como não rir um pouco, e as pessoas precisavam disso. Estavam assustadas. Esse homem havia matado duas pessoas, quase três, e agora estava novamente à solta e as crianças outra vez precisavam cumprir toque de recolher. Um passeio escolar para a floresta de Judarn na segunda-feira fora cancelado.

Tudo isso era perpassado pela raiva geral ante o fato de que uma pessoa, uma só, tinha o poder de dominar a vida de tantas outras por sua simples maldade e... habilidade de evitar a morte.

Sim. Todos os especialistas e professores convidados a opinar em jornais e programas de TV diziam o mesmo: era impossível o homem ainda estar vivo. Respondendo perguntas diretas, diziam logo em seguida que a fuga do assassino era igualmente impossível.

Um professor de medicina no Hospital Danderyd passara uma impressão ruim no noticiário noturno ao dizer, em tom agressivo:

— Até pouco tempo ele estava respirando por aparelhos. Sabe o que isso significa? Que não dá para respirar sozinho. Somando a isso uma queda de 30 metros...

O tom do professor indicava que o repórter era idiota e que a coisa toda era uma invenção midiática.

Tudo então era uma mistura de suposições, impossibilidades, boatos e, é claro, medo. Não era de se admirar que a foto do carneiro fora usada apesar de tudo. Pelo menos aquilo era concreto. A foto foi disseminada por toda a parte, vista por várias pessoas.

* * *

Lacke a viu enquanto comprava um pacote vermelho de cigarros Prince no Quiosque do Amor, usando seus últimos kronor, a caminho da casa de Gösta. Havia dormido a tarde inteira e se sentia como Raskólnikov: o mundo parecia enuviado e incerto. Olhou para a foto do carneiro e assentiu para si mesmo. No estado em que estava, não parecia estranho a polícia estar apreendendo ovelhas.

Apenas quando estava a meio caminho da casa de Gösta voltou a pensar na imagem: "Que porra era aquela?". Não tinha, porém, energia para seguir o raciocínio. Acendeu um cigarro e continuou andando.

* * *

Oskar a viu quando voltou para casa depois de passar a tarde perambulando por Vällingby. Quando saltou do metrô, Tommy estava entrando. O mais velho parecia sobressaltado e tenso, e disse que havia feito algo "engraçado pra cacete", mas não teve tempo de explicar mais nada antes de as portas se fecharem. Em casa, havia um bilhete na mesa da cozinha: sua mãe ia jantar com o coral àquela noite. Havia comida na geladeira, os anúncios já estavam entregues, beijos e abraços.

O jornal vespertino estava no sofá da cozinha. Oskar olhou o carneiro na primeira página e leu tudo sobre a busca. Então fez algo que andava deixando para depois: recortou e guardou os artigos sobre o Assassino Ritualístico dos últimos dias. Pegou a pilha de jornais da dispensa, seu *scrapbook*, tesoura, cola e começou a trabalhar.

* * *

Staffan a viu cerca de 200 metros de onde havia sido tirada. Não conseguira alcançar Tommy e, depois de falar um pouco com Yvonne, que estava transtornada, foi para Åkeshov. Alguém lá se referiu a um colega que ele não conhecia como o "homem carneiro", mas ele não entendeu a piada até algumas horas mais tarde, quando viu o jornal vespertino.

Os postos mais altos da polícia estavam irritados com a indiscrição da mídia, mas a maioria dos policiais em campo achou engraçado. Com a exceção do próprio "homem carneiro", é claro. Por várias semanas, precisou aguentar o ocasional "bééééé" e comentários como "belo suéter, é lã de carneiro?".

* * *

Jonny a viu quando seu irmãozinho de quatro anos — *meio* irmãozinho —, Kalle, foi até ele com um presente. Um bloco de madeira que ele embrulhara na primeira página do jornal vespertino. Jonny o expulsou do quarto, disse que não estava a fim de brincar, trancou a porta. Pegou o álbum de fotos outra vez, olhando as imagens de seu pai, seu pai de verdade, que não era o pai de Kalle.

Um pouco mais tarde, seu padrasto gritou com Kalle por ele ter destruído o jornal. Jonny então desembrulhou o presente, virando o bloco nas mãos enquanto analisava o enquadramento do carneiro. Riu, sentindo a pele repuxar em sua orelha. Guardou o álbum na bolsa de ginástica — seria mais seguro deixá-lo na escola — e então seus pensamentos se voltaram ao que faria com Oskar.

* * *

A foto do carneiro iniciaria um debate secundário sobre a ética no fotojornalismo, porém, mesmo assim, apareceria na montagem de fim de ano de ambos os jornais, dentre as imagens inesquecíveis de 1981. Na primavera, o carneiro capturado pôde vagar pelas pastagens de verão de Drottningholm, sem nunca saber de seus quinze minutos de fama.

* * *

Virginia descansava enrolada no edredom e nos cobertores. Seus olhos estavam fechados, seu corpo, imóvel. Acordaria em poucos momentos. Estava deitada ali há 11 horas. Sua temperatura corporal era de 27 graus, que era a mesma do interior do armário. Seu coração batia fraco quatro vezes por minuto.

Durante as últimas 11 horas, seu corpo mudara de maneira irreversível. O estômago e os pulmões haviam se adaptado à nova existência. O detalhe mais interessante, do ponto de vista médico, era um cisto ainda em desenvolvimento no nó sinoatrial do coração, um amontoado de células que controla as contrações cardíacas. O cisto dobrara de tamanho. Um crescimento de células estranhas que era similar a um câncer continuava sem obstáculos.

Se fosse possível pegar uma amostra dessas células e botá-las sob o microscópio, daria para ver algo que todos os especialistas cardíacos rejeitariam, presumindo que a amostra fora contaminada, misturada a algo. Uma piada sem graça.

Em outras palavras, o tumor no nó sinoatrial era composto por células cerebrais.

Sim. No coração de Virginia, um pequeno cérebro distinto se formava. Esse novo cérebro havia sido, em seu estágio inicial de desenvolvimento, dependente do cérebro maior. Agora era autossuficiente, e o que Virginia havia sentido naquele momento horrível era totalmente verdade: ele sobreviveria mesmo se seu corpo morresse.

Virginia abriu os olhos e soube que estava acordada. Soube, embora abrir as pálpebras não fizesse diferença. Estava tão escuro quanto antes. Porém, sua consciência estava desperta. Sim. Sua consciência havia voltado à ativa e, ao mesmo tempo, era como se alguma outra coisa recuasse.

Como...

Como ir a um chalé de veraneio e que estivera vazio durante todo o inverno. Você abre a porta, tateia em busca do interruptor e ao mesmo tempo que o liga, ouve um movimento rápido, o estalo de pequenas garras sobre o piso, e consegue ver por uma fração de segundo o rato se desaparecendo sob a bancada da cozinha.

Um sentimento inquietante. Saber que ele estava vivendo lá enquanto você não estava. Que se considera dono da casa. Que irá se esgueirar de volta assim que a luz se apagar.

Não estou sozinha.

Sua boca parecia papel. Não sentia a língua. Continuou deitada lá, pensando no chalé que ela e Per, o pai de Lena, haviam alugado em alguns verões quando a filha era pequena. O ninho de ratos que haviam encontrado embaixo da bancada, bem lá no fundo. Os ratos haviam roído pedacinhos de uma caixa de leite e de uma de cereal, construído o que quase parecia ser uma casinha, uma obra fantástica de papelão multicolorido.

Virginia havia sentido um pouco de culpa ao passar o aspirador sobre a casinha. Não, mais que isso. Um sentimento supersticioso de *transgressão*. Ao pôr a boca fria de metal do aspirador sobre a delicada e perfeita obra que os ratos haviam passado o inverno construindo, sentiu como se estivesse expulsando um bom espírito.

E foi isso mesmo que aconteceu. Quando o rato não foi pego em nenhuma armadilha e continuou devorando os suprimentos secos mesmo durante o verão, Per colocara veneno. Haviam discutido sobre aquilo. Haviam discutido sobre outras coisas. Sobre tudo. Em julho, o rato morrera dentro de alguma parte da parede.

À medida que o fedor do corpo morto do rato, que se decompunha, ia se espalhando pela casa, o casamento ia se desfazendo durante aquele verão. Voltaram para casa uma semana antes do previsto, já que não podiam mais tolerar o fedor ou a companhia um do outro. O bom espírito os havia deixado.

O que aconteceu com aquela casa? Alguém mais vive lá agora?

Ouviu um guincho, um sibilo.

Tem um rato AQUI! Sob os cobertores!

Foi tomada pelo pânico.

Ainda enrolada, jogou-se para o lado, atingindo as portas do armário de modo que abriram, e ela caiu no chão. Chutou as pernas, balançando os braços até conseguir se soltar. Enojada, engatinhou até a cama, sentou-se em um canto, com os joelhos sob o queixo, olhando o monte de cobertores e edredom, esperando um movimento. Gritaria quando o visse. Gritaria tão alto que o prédio inteiro viria com martelos e machadinhas para bater no monte de cobertores até o rato morrer.

A coberta de cima era verde com bolinhas azuis. Não havia um movimento ali? Inspirou para gritar, e ouviu o guincho e o sibilo outra vez.

Estou... respirando.

Sim. Fora a última coisa que concluíra antes de adormecer: que não estava respirando. Agora respirava outra vez. Inspirou tentativamente e ouviu o guincho, o sibilo. Vinha de suas vias aéreas. Haviam secado enquanto descansava e agora faziam esses sons. Pigarreou e sentiu um gosto podre na boca.

Lembrou-se de tudo. Tudo.

Olhou para os braços. Estavam cobertos por linhas de sangue seco, mas não havia cortes ou cicatrizes visíveis. Cutucou o interior de seu cotovelo, que lembrava ter cortado ao menos duas vezes. Talvez houvesse um fiozinho de pele rosada. Sim. Era possível. Fora isso, o resto estava curado.

Coçou os olhos e conferiu o horário. Eram 18h15. Noite. Escuridão. Olhou outra vez para o cobertor verde, para as bolinhas azuis.

De onde está vindo a luz?

A lâmpada do teto estava desligada, era noite lá fora, as persianas estavam fechadas. Como podia estar vendo todos os contornos e cores tão bem? No armário, estava um breu total. Não havia visto nada lá. Mas agora... estava claro como o dia.

Um pouco de luz sempre entra.

Estava respirando?

Não conseguia entender. Assim que começava a *pensar* sobre sua respiração, a controlava. Talvez só respirasse quando pensava naquilo.

Mas aquela primeira respiração, a que confundira com o som de um rato... não havia pensado naquela. Talvez tivesse sido apenas como um... como um...

Fechou os olhos.

Ted.

Estivera presente quando ele nasceu. Lena nunca mais havia visto o pai de Ted após a noite na qual o menino fora concebido. Um empresário finlandês que estava em Estocolmo para uma conferência etc. Então Virginia estivera lá durante o parto, havia enchido o saco e implorado até aceitarem.

E agora se lembrava daquilo. Da primeira respiração de Ted.

Como ele havia saído. O corpinho grudento, roxo, quase inumano. A explosão de felicidade em seu peito que virou uma nuvem de ansiedade quando ele não respirou. A parteira que pegou a criaturinha nos braços com calma. Virginia havia pensado que ela seguraria o bebê de ponta cabeça, bateria na bunda dele, porém, assim que a parteira o pegou, uma bolha de saliva formou-se em sua boca. Uma bolha que cresceu, cresceu e... estourou. E aí ele chorou, o primeiro choro. E respirou.

Então?

A respiração chiada de Virginia fora aquilo? Um choro de nascimento?

Ela endireitou o corpo, deitando-se de costas na cama. Continuou a relembrar o nascimento. Como havia dado banho em Ted, já que Lena estivera muito fraca, perdera muito sangue. Sim. Depois que Ted saiu, o sangue havia escorrido pela beira da cama de parto e as enfermeiras vieram com papel, muito papel. Por fim, a hemorragia parou sozinha.

Os montes de papéis encharcados de sangue, as mãos vermelho-escuras da parteira. Sua calma e eficiência apesar de todo aquele... sangue. Todo aquele sangue.

Sede.

Sua boca estava pegajosa e ela repassou mentalmente a sequência várias vezes, focando tudo que havia sido coberto por sangue: as mãos da parteira e *deixar minha língua correr por aquelas mãos, pôr os papéis ensanguentados na boca, chupá-los, entre as pernas de Lena, de onde o sangue jorrava fino...*

Sentou-se de supetão, correu encurvada para o banheiro e abriu a tampa do vaso, inclinando-se sobre ele. Não veio nada. Apenas soluços secos e convulsivos. Encostou a cabeça na beirada do vaso. As imagens do nascimento começaram a retornar.

Nãoqueronãoqueronãoqueronãoquero...

Bateu a testa com força contra a porcelana e um jato de dor se espalhou por sua cabeça. Tudo em frente a seus olhos ficou azul. Ela sorriu, caiu de lado no chão, sobre o tapete de banheiro que...

Custava 14,90, mas comprei por 10 porque um pedaço grande da cobertura felpuda saiu quando o caixa arrancou a etiqueta, e quando saí para a praça da loja de departamentos de Åhlen havia um pombo bicando algumas batatas fritas em uma caixa de papelão, e o pombo era cinza... e... azul... havia... uma luz forte...

Não sabia o quanto tempo ficara inconsciente. Um minuto, uma hora? Talvez apenas alguns segundos. Mas algo havia mudado. Estava calma.

A sensação do tapete de banheiro felpudo contra sua bochecha era boa, e ela ficou deitada lá, olhando o cano enferrujado que descia da pia para o chão. Achou o formato do cano bonito.

Um cheiro forte de urina. Não havia feito xixi na calça, não, porque era... A urina de Lacke que estava sentindo. Inclinou o corpo, aproximou a cabeça do chão sob o vaso, cheirou. Lacke... e Morgan. Não conseguia entender como sabia, mas sabia: Morgan havia feito xixi ali.

Mas Morgan nem esteve aqui.

Não, na verdade estivera, na noite em que a levaram para casa. A noite na qual fora atacada. Mordida. Sim, claro. Tudo fazia sentido. Morgan estivera lá. Usara o banheiro enquanto ela estava deitada no sofá depois de ter sido mordida, e agora podia ver no escuro, era sensível à luz, precisava de sangue e...

Um vampiro.

Era isso. Não havia contraído uma doença rara e desagradável que podia ser tratada em um hospital ou clínica psiquiátrica, ou com...

Fototerapia!

Começou a rir, então tossiu, deitou-se de costas, olhou para o teto, repassou tudo. Os cortes que cicatrizavam tão rápido, o efeito do sol em sua pele, o sangue. Disse em voz alta:

— Sou um vampiro.

Não podia ser. Eles não existiam. Mas, mesmo assim, sentiu-se mais leve. Como se uma pressão em sua cabeça tivesse diminuído. Um peso tirado de suas costas. Não era culpa dela. As fantasias nojentas, as coisas horríveis que fizera a si mesma a noite inteira. Não era algo pelo qual era responsável.

Era tudo... bem natural.

Levantou metade do corpo, começou a preparar um banho, sentou-se no vaso e observou a água correndo, a banheira se enchendo aos poucos. O telefone tocou. Apenas o percebeu como um som indiferente, um sinal mecânico. Não significava nada. Não podia falar com ninguém, de qualquer forma. Ninguém podia falar com ela.

* * *

Oskar não havia lido o jornal de sábado. Agora estava aberto à sua frente sobre a mesa da cozinha. Estava na mesma página há um tempo e lia a legenda da foto várias vezes seguidas. A foto que não conseguia parar de olhar.

O texto era sobre o homem que fora encontrado no gelo próximo ao hospital de Blackeberg. Como havia sido encontrado, como fora o trabalho de extração do corpo. Havia uma pequena foto do Sr. Ávila apontando para a água, o buraco no gelo. O repórter havia eliminado as excentricidades linguísticas da fala do Sr. Ávila.

Tudo aquilo era interessante o suficiente e valia a pena ser recortado e guardado, mas não era o que ele não conseguia parar de olhar.

Era a foto do suéter.

Dentro da jaqueta do homem haviam encontrado um suéter infantil ensanguentado, que estava reproduzido ali, contra um fundo neutro. Oskar reconheceu a peça imediatamente.

Não está com frio?

O texto dizia que o morto, Joakim Bengtsson, fora visto com vida pela última vez no sábado, 24 de outubro. Duas semanas antes. Oskar se lembrava daquela noite. Eli havia resolvido o cubo. Ele acariciara sua bochecha e ela saíra do pátio. Naquela noite, ela e... o velho haviam brigado, e ele fora embora.

Fora naquela noite que Eli o havia matado?

Sim, era provável. No dia seguinte, parecera bem mais saudável.

Olhou para a foto. Estava em preto e branco, mas a legenda dizia que o suéter era rosa claro. O repórter especulava que o assassino poderia ter mais uma vítima jovem em sua consciência.

Espera um minuto.

O assassino de Vällingby. O artigo dizia que a polícia agora tinha fortes indícios de que o homem no gelo fora morto pelo suposto Assassino Ritualístico, capturado na piscina de Vällingby cerca de uma semana antes, e que agora estava à solta.

Era o... velho? Mas... o menino na floresta... por quê?

Uma lâmpada se acendeu em sua cabeça. Ele entendeu tudo. Todos os artigos que havia juntado, os programas de rádio, de TV, toda a conversa, o medo...

Eli.

Oskar não sabia o que fazer. O que deveria fazer. Então foi até a geladeira e pegou o pedaço de lasanha que sua mãe havia guardado para ele. Comeu-o frio enquanto continuava olhando os artigos. Quando terminou de comer, ouviu batidas na parede. Fechou os olhos para se concentrar melhor. Já tinha decorado o código a essa altura.

E.S.T.O.U. S.A.I.N.D.O.

Rapidamente se levantou da mesa, foi para o quarto, deitou-se de bruços na cama e respondeu:

V.E.M. P.R.A. C.Á.

Uma pausa. Então:

S.U.A. M.Ã.E.

Oskar respondeu:

S.A.I.U.

Sua mãe não voltaria até mais ou menos 22h. Ainda tinham três horas. Depois que Oskar bateu a última mensagem, descansou a cabeça no travesseiro. Por um momento, concentrou-se em formular palavras, algo que havia esquecido.

A roupa dela... o jornal.

Sobressaltou-se, estava prestes a se levantar para esconder os jornais à mostra. Ela os veria... saberia que ele...

Então voltou a deitar a cabeça no travesseiro, decidiu que não se importava.

Um assovio baixo fora de sua janela. Levantou-se da cama, foi até lá e se debruçou sobre o parapeito. Eli estava embaixo, com o rosto voltado para a luz. Usava a camisa xadrez grande demais para ela.

O menino fez um gesto com o dedo: Vá para a porta.

* * *

— Não diz pra ele onde eu estarei, ok?

Yvonne fez uma careta, soprou fumaça pelo canto da boca em direção à janela entreaberta da cozinha, não respondeu.

Tommy riu.

— Por que você fuma assim, pra fora da janela?

A coluna de cinzas no cigarro estava tão longa que começava a pender para baixo. Tommy apontou para ela, fez um gesto como se deixasse cinzas caírem em um cinzeiro. Ela o ignorou.

— Por que Staffan não gosta, ok? Do cheiro de cigarro.

Tommy inclinou-se para trás na cadeira da cozinha, olhou para as cinzas e se perguntou de que eram feitas, para conseguirem ficar tanto tempo sem quebrar. Ele balançou a mão em frente ao rosto dela.

— Também não gosto do cheiro de cigarro. *Odiava* quando era pequeno. Mas isso nunca te fez abrir a janela assim. Ah, viu? Lá vai...

A coluna de cinzas se quebrou e caiu sobre a coxa de Yvonne. Ela as espantou com a mão e ficou com uma mancha cinza na calça. Ergueu a mão que segurava o cigarro.

— Eu abria sim. Na maioria das vezes, pelo menos. Pode ter tido algumas ocasiões em que eu recebi pessoas ou algo assim, e não... e que moral você tem pra sentar aí e me dar sermão sobre não gostar de fumaça?

Tommy sorriu.

— Mas você tem que admitir que foi meio engraçado.

— Não, não foi. E se as pessoas tivessem entrado em pânico? Se tivessem...
e aquela bacia, a...

— Pia batismal.

— Isso, a pia batismal. O pastor ficou desesperado, havia uma... crosta escura
sobre toda a... Staffan precisou...

— Staffan, Staffan.

— Sim, Staffan. Ele não disse que foi você. Disse pra mim que foi difícil,
mentir na cara do pasto daquele jeito por causa da... fé, mas que ele... pra te
proteger...

— Mas você entende, não?

— O quê?

— Que na verdade ele está protegendo a si mesmo.

— Não está, eu...

— Pensa um pouco.

Yvonne tragou o cigarro uma última vez, pôs ele no cinzeiro e imediatamente acendeu outro.

— Era uma... antiguidade. Agora precisam enviá-la para a restauração.

— E o culpado foi o enteado do Staffan. Que imagem isso passaria?

— Você não é enteado dele.

— Não, mas você sabe como é. Se eu dissesse para o Staffan que pretendia
contar ao pastor que fui eu, que meu nome é Tommy e que Staffan é meu... meio
padrasto, não acho que ele iria gostar.

— Você mesmo devia falar com ele.

— Não, ao menos hoje não.

— Você não tem coragem.

— Você parece uma criancinha falando.

— E você age como uma.

— Mas foi meio engraçado, não?

— Não, Tommy, não foi.

Tommy suspirou. Sabia que a mãe ficaria irritada, mas, mesmo assim, havia
achado que talvez conseguiria ver o lado cômico da situação. Ela estava do lado
de Staffan agora. Tommy precisava aceitar aquilo.

Sendo assim, o problema, o problema real, era encontrar um lugar para morar. Quando se casassem, é claro. Por enquanto podia dormir no porão nas noites que Staffan visitava. Às 20h ele terminaria o turno em Åkeshov e iria direto
para lá. Tommy não tinha a menor intenção de ficar escutando a lição de moral
de merda daquele cara. Não nessa vida.

306

O garoto então foi até seu quarto e pegou o cobertor e um travesseiro da cama, enquanto Yvonne continuava fumando lá sentada, olhando pela janela da cozinha. Quando estava pronto, foi até a porta da cozinha com o travesseiro embaixo de um braço, o cobertor enrolado sob o outro.

— Ok, estou indo agora. Gostaria que não dissesse onde estou.

Yvonne voltou-se para ele, com lágrimas nos olhos. Sorriu um pouco.

— Você está parecendo... é como quando vinha pedir...

As palavras ficaram presas em sua garganta. Tommy ficou imóvel. A mãe engoliu em seco, pigarreou e voltou o olhar límpido para ele. Disse, em voz baixa:

— Tommy, o que devo fazer?

— Eu não sei.

— Devo...?

— Não, não por mim. As coisas são como são.

Yvonne acenou com a cabeça. O garoto sentiu que também ficaria bem triste, que devia partir agora antes que as coisas dessem errado.

— E você não vai contar onde...

— Não, não vou.

— Ótimo. Obrigado.

A mãe se levantou e foi até Tommy. Abraçou-o. Tinha cheiro forte de cigarro. Se os braços dele estivessem livres, a teria abraçado também. Mas não estavam, então apenas encostou a cabeça no ombro de Yvonne e ficaram assim por um tempo.

Então, Tommy saiu.

Não confie nela. Staffan pode começar a falar de uma coisa ou de outra e...

No porão, jogou o travesseiro e o cobertor sobre o sofá. Pegou o chumaço de fumo de mascar e deitou-se para pensar nas coisas.

Seria melhor se ele levasse um tiro.

Mas Staffan provavelmente não era o tipo de cara que... não, não. Era mais o tipo que acertaria em cheio a testa do assassino. Receberia uma caixa de chocolates dos colegas de batalhão. O herói. Apareceria ali mais tarde em busca de Tommy. Talvez.

Pegou as chaves, foi até o corredor e destrancou o abrigo de emergência, levando a corrente para dentro com ele. Usando o isqueiro como lanterna, atravessou o pequeno corredor com duas salas de armazenamento de cada lado. Nelas havia alimentos não perecíveis, enlatados, jogos antigos, um fogareiro de acampamento e outros itens de sobrevivência em caso de ataque.

Abriu uma porta e jogou a corrente lá dentro.

Ok, tinha uma saída de emergência.

Antes de sair do abrigo, pegou o troféu de tiro ao alvo e sentiu o peso. Pelo menos dois quilos. Talvez pudesse vendê-lo? Pelo preço do metal. Podiam derreter.

Analisou o rosto do atirador. Não parecia um pouco com Staffan? Nesse caso, derretê-lo era a melhor opção.

Cremação, definitivamente.

Riu.

O melhor mesmo seria derreter tudo menos a cabeça e então devolvê-lo a Staffan. Uma massa sólida de metal com apenas aquela cabeça protuberante. Provavelmente seria muito difícil de conseguir. Era uma pena.

Pôs o troféu de volta no lugar, saiu e fechou a porta sem virar a roda da tranca. Agora poderia fugir para lá se precisasse. Não achava de verdade que seria necessário.

Mas o seguro morreu de velho.

* * *

Lacke deixou tocar dez vezes antes de desligar. Gösta estava sentado no sofá acariciando a cabeça de um gato listrado laranja, não ergueu os olhos ao perguntar:

— Ninguém em casa?

Lacke esfregou o rosto com as mãos, disse, um pouco irritado:

— Sim, porra. Nos ouviu conversando, por acaso?

— Quer mais um pouco?

Lacke se acalmou, tentou sorrir.

— Desculpa, não quis ser... sim, claro, foda-se. Obrigado.

Gösta se inclinou para frente sem cuidado, esmagando o gato sobre seus joelhos. O bicho chiou e pulou para o chão, sentando-se e olhando de forma acusatória para o dono, que colocava um pouco de refrigerante e muito de gim no copo de Lacke, oferecendo a ele em seguida.

— Aqui. Não se preocupe, ela provavelmente só está... sabe...

— Internada. Obrigado. Ela foi pro hospital e a internaram.

— Sim... isso mesmo.

— Então diga.

— O quê?

— Nada não. Saúde!

— Saúde.

Ambos beberam. Depois de um tempo, Gösta começou a catucar o nariz. Lacke olhou para ele, que afastou o dedo, sorrindo como quem pede desculpas. Não estava acostumado a receber visitas.

Uma grande gata cinza e branca estava deitada no chão, parecia não ter energia nem para olhar para cima. Gösta apontou com a cabeça para ela.

— Miriam vai ter filhotes em breve.

Lacke bebeu um gole grande, Fez uma careta. A cada gota de entorpecimento que o álcool oferecia, o cheiro do apartamento melhorava.

— O que você faz com eles?

— Como assim?

— Os gatinhos. O que faz com eles? Deixa que vivam, não?

— Sim, mas a maioria acaba morrendo. Hoje em dia.

— Então... o quê? A gorda, você disse que se chama... Miriam? Aquela barriga é só... um monte de gatinhos mortos?

— Sim.

Lacke bebeu o resto do copo, colocou-o sobre a mesa. Gösta apontou para a garrafa de gim. O visitante balançou a cabeça.

— Não, vou parar um pouco.

Baixou a cabeça. O carpete laranja tinha tanto pelo de gato que parecia ser feito disso. Gatos e mais gatos por toda a parte. Quantos eram ao total? Começou a contar. Chegou a dezoito, só naquela sala.

— Você nunca pensou em... dar um jeito? Tipo castração, ou sei lá como se chama... esterilização? Bastava castrar os de um sexo.

Gösta olhou para ele, sem compreender.

— E como eu faria isso?

— Não, você tá certo.

Lacke imaginou Gösta entrando no metrô com uns... 25 gatos. Em uma caixa. Não, uma sacola grande. Iria ao veterinário e derramaria os gatos da sacola. "Castração, por favor." Ele riu. Gösta virou a cabeça de lado.

— O que foi?

— Estava só pensando que... você podia pedir desconto de grupo. — Gösta não apreciou a piada e Lacke balançou as mãos. — Não, desculpa. Estava só... ãn, estou... essa coisa toda com a Virginia, sabe? Eu... — De repente, ele se empertigou, bateu a mão na mesa. — Não quero mais ficar aqui!

Gösta pulou de seu lugar no sofá. O gato em frente às pernas de Lacke esgueirou-se para longe, se escondendo sob a poltrona. De algum lugar do aposento, ouviu outro gato sibilando. Gösta se ajeitou, mexeu o copo em sua mão.

— Não precisa ficar. Não por minha...

— Não, não é isso. Aqui. Essa porra toda. Blackeberg. Tudo. Esses prédios, trilhas, os espaços, as pessoas, tudo é tão... parece uma grande doença, sabe? Algo deu errado. Pensaram em tudo, planejaram o lugar pra ser... perfeito, sabe? Mas deu tudo errado em algum detalhe. Deu alguma merda.

— É como se... não sei explicar... como se tivessem tido uma ideia sobre os ângulos, ou sei lá, os ângulos dos prédios, como se relacionam uns com os outros, sabe? Para que tudo fosse harmonioso ou algo assim. E aí erraram as medidas, a triangulação, sei lá como chamam, então estava meio errado desde o começo, e daí foi só ladeira abaixo. Então andamos aqui com todos esses prédios e dá pra sentir que... não. Não, não, não. Você não devia estar aqui. Esse lugar é todo *errado*, sabe?

"Mas não são os ângulos, é outra coisa, algo que... é como uma doença que está nas... paredes, e eu... não quero mais fazer parte disso."

Um tilintar quando Gösta, sem perguntar, serviu outro drink a Lacke, que aceitou, grato. O desabafo havia instaurado uma calma agradável em seu corpo, uma calma que o álcool agora enchia de calor. Inclinou-se para trás na poltrona, exalou.

Ficaram em silêncio até a campainha tocar. Lacke perguntou:

— Está esperando alguém?

Gösta balançou a cabeça enquanto se levantava do sofá.

— Não. Isso aqui tá parecendo a estação central hoje.

Lacke riu e ergueu o copo para Gösta enquanto ele seguia para a porta. Estava se sentindo melhor agora. Estava muito bem, na verdade.

A porta da frente se abriu. Alguém lá fora disse algo e Gösta respondeu:

— Por favor, entre.

* * *

Deitada na banheira, na água quente que ficava rosada à medida que o sangue em sua pele dissolvia, Virginia se decidiu.

Gösta.

Sua nova consciência dizia que precisava ser alguém que a deixaria entrar. A antiga dizia que não podia ser alguém que amava. Ou sequer gostava. Gösta cumpria os dois requisitos.

Levantou-se da banheira, se secou e vestiu calças e uma blusa. Só quando já estava na rua percebeu que não vestira um casaco. Mesmo assim, não sentia frio.

Cada hora uma descoberta nova.

Embaixo do prédio alto, parou, olhou em direção à janela de Gösta. Estava em casa. Sempre estava em casa.

E se ele resistir?

Não havia pensado naquilo. Apenas imaginara a coisa toda como um modo de conseguir o que precisava. Mas talvez Gösta quisesse viver?

Claro que quer viver. É uma pessoa, tem seus prazeres, e todos aqueles gatos vão ficar...

Freou o pensamento, expulsou-o. Pôs a mão sobre o coração. Batia cinco vezes por minuto e ela sabia que precisava protegê-lo. Que havia alguma verdade naquela história de... estacas.

Pegou o elevador até o penúltimo andar, tocou a campainha. Quando Gösta abriu a porta e viu Virginia, seus olhos se arregalaram com algo que parecia terror.

Ele sabe? Dá para ver?

O homem disse:

— Mas... é você?

— Sim, posso...?

Ela gesticulou para o apartamento. Não conseguia entender. Sabia apenas por intuição que precisava de um convite, senão... senão... alguma coisa. Gösta assentiu, deu um passo para trás.

— Por favor, entre.

Ela entrou e Gösta fechou a porta, encarou-a com olhos um pouco lacrimejantes. Não havia feito a barba, a pele murcha de sua garganta parecia suja com os pelos cinzas. O fedor no apartamento era pior do que se lembrava, mas nítido.

Não quero...

Então o cérebro antigo se desligou e a fome assumiu o controle. Pôs as mãos nos ombros dele, viu suas mãos serem postas nos ombros dele. Deixou que acontecesse. A antiga Virginia agora estava encolhida lá no fundo de sua cabeça, sem controle.

A boca disse:

— Quer me ajudar com algo? Fique bem parado.

Ela ouviu algo. Uma voz.

— Virginia! Oi! Que bom que...

* * *

Lacke se encolheu quando o rosto de Virginia virou-se para ele.

Seus olhos estavam vazios. Como se alguém tivesse enfiado uma seringa neles e puxado para fora o que era Virginia, deixando apenas o olhar inexpressivo de um modelo de anatomia. Chapa número oito: olhos.

Virginia olhou para ele por um segundo, então largou Gösta e foi em direção à porta, virou a maçaneta, mas estava trancada. Girou a tranca, mas Lacke a agarrou, arrastando-a para longe.

— Você não vai a lugar nenhum até...

Virginia tentou se soltar e golpeou-o na boca com o cotovelo, fazendo seus lábios se rasgarem contra os dentes. Ele segurou os braços dela com força, pressionou sua bochecha contra as costas da mulher.

— Porra, Ginja, preciso falar com você. Estava tão preocupado. Se acalme, o que foi?

Ela atirou o corpo em direção à porta, mas Lacke a impediu, levando-a para a sala. Esforçou-se para falar com calma e em voz baixa, como se ela fosse um bichinho assustado, enquanto a empurrava à sua frente.

— Gösta vai nos servir um drink e aí vamos nos sentar com calma e conversar sobre isso, porque eu... Vou te ajudar. Seja o que for, vou ajudar, ok?

— Não, Lacke. Não.

— Sim, Ginja. Sim.

Gösta passou pelos dois em direção à sala e serviu um drink para Virginia no copo de Lacke, que conseguiu levar a mulher até o aposento. Ele a largou e ficou em frente a porta que levava de volta ao corredor com as mãos sobre os batentes, como um guarda.

Lambeu um pouco de sangue em seu lábio inferior.

Virginia estava no meio da sala, tensa. Olhava à sua volta como se buscasse uma saída. Seus olhos pararam sobre a janela.

— Não, Ginja.

Lacke estava pronto para correr até a mulher, agarrá-la outra vez se tentasse alguma idiotice.

O que houve com ela? Pela sua cara, parece que a sala está cheia de fantasmas.

Ouviu um som como ao se quebrar um ovo em uma frigideira quente.

E outro.

E mais um.

Na sala, cada vez soavam mais sibilos, chiados.

Todos os gatos estavam com as costas curvadas para cima, os rabos eretos, olhando para Virginia. Até Miriam levantou-se desajeitada, arrastando a barriga no chão, pondo as orelhas para trás e mostrando os dentes.

Do quarto, da cozinha, mais gatos apareceram.

Gösta parou de servir. Ficou lá com a garrafa nas mãos, olhando com os olhos arregalados para os gatos. Os sibilos eram como uma nuvem de eletricidade na sala, cada vez mais forte. Lacke precisou gritar para se fazer ouvir sobre o barulho.

— Gösta, o que eles estão fazendo?

O homem balançou a cabeça, balançando o braço para o lado e derramando um pouco de gim da garrafa.

— Não sei... eu nunca...

Um gatinho preto pulou na coxa de Virginia, enfiando as garras e os dentes. Gösta pôs a garrafa sobre a mesa com um baque forte, disse:

— Titânia má, muito má!

Virginia se curvou, pegou o gato pelas costas, tentou arrancá-lo. Dois outros aproveitaram a oportunidade para pular em suas costas e pescoço. Virginia gritou e arrancou o gato da perna, jogando-o para longe. Ele voou pela sala, bateu na beirada da mesa e caiu sobre os pés de Gösta. Um dos gatos nas costas de Virginia subiu para sua cabeça, segurando-se com as patas enquanto tentava alcançar a testa da mulher.

Antes de Lacke chegar lá, mais três gatos pularam. Gritavam a plenos pulmões enquanto Virginia os socava. Mesmo assim conseguiram ficar pendurados, arrancando a pele dela com seus dentinhos.

Lacke enfiou as mãos na massa rastejante e frenética sobre o peito de Virginia, agarrou as peles que cobriam músculos tensos, puxou corpinhos para longe, a camisa dela festava rasgada, a mulher gritava e...

Está chorando.

Não; era sangue que corria por suas bochechas. Lacke agarrou o gato que estava sobre a cabeça dela, mas ele havia enfiado as garras ainda mais fundo, estava sentado lá como se estivesse costurado. A cabeça cabia na palma de Lacke e ele a puxou de um lado a outro até que, no meio de toda a barulheira, ouviu um

estalo

e ao soltar a cabeça, ela caiu sem vida sobre a de Virginia. Uma gota de sangue desceu pelo nariz do gato.

— Aaaaaah! Meu bebê...

Gösta foi até Virginia e, com lágrimas nos olhos, começou a acariciar o gato que, mesmo morto, continuava preso à cabeça da mulher.

— Meu bebê, meu amorzinho...

Lacke baixou o olhar e encontrou os de Virginia.

Era ela outra vez.

Virginia.

* * *

Me solta.

Pelo túnel duplo que eram seus olhos, Virginia via tudo que estava acontecendo com seu corpo, as tentativas de Lacke de salvá-la.

Deixa acontecer.

Não era ela que lutava contra os gatos, mexendo os braços. Era a outra coisa que queria viver, queria que sua... hospedeira vivesse. Havia desistido ao olhar para a garganta de Gösta, sentido o fedor do apartamento. Era assim que seria. E não queria participar daquilo.

A dor. Sentiu dor, cortes. Mas acabaria em breve.

Então... deixa acontecer.

* * *

Lacke viu. Mas não aceitou.

A fazenda... dois chalés... o jardim...

Em pânico, tentou arrancar os gatos de cima de Virginia, mas eles resistiram, bolinhas peludas de músculo. Os poucos que conseguiu arrancar levaram junto pedaços das roupas dela, deixaram cortes profundos na pele, mas a maioria continuou lá, como sanguessugas. Tentou bater neles, ouviu ossos se quebrando, mas se um saía outro pulava, porque os gatos passavam por cima uns dos outros na pressa de...

Escuridão.

Algo o atingiu no rosto e ele cambaleou para trás, cerca de um metro, quase caindo. Equilibrou-se contra a parede, piscando os olhos. Gösta estava ao lado de Virginia, punhos em riste, olhando para ele com lágrimas de raiva nos olhos.

— Está machucando eles! Está *machucando* eles!

Ao lado de Gösta, Virginia estava sob uma massa de pelos que miava e rosnava. Miriam rastejava pelo chão, apoiou-se nas pernas traseiras e mordeu a panturrilha da mulher. Gösta viu, agachou-se e balançou um dedo em direção a ela.

— Isso não se faz, mocinha. Isso *machuca*!

Todo a racionalidade abandonou Lacke. Ele deu dois passos, mirou um chute em Miriam. Seu pé afundou na barriga inchada dela e o homem não sentiu repulsa, apenas satisfação, quando aquele saco de tripas voou de seu pé, colidindo contra o aquecedor. Pegou o braço de Virginia...

Sair, temos que sair daqui

... e a puxou consigo em direção à porta.

* * *

Virginia tentou resistir, mas Lacke e a vontade de sua doença eram iguais, mais fortes que ela. Pelos túneis em sua cabeça, viu Gösta cair de joelhos no chão, ouviu seu uivo de dor ao pegar o gato morto nas mãos, acariciar suas costas.

Perdão, perdão...

Lacke então a puxou com ele, e sua habilidade de ver foi bloqueada por um gato que escalou seu rosto, mordeu sua cabeça, e tudo era dor, alfinetes vivos perfurando sua pele, e sentiu-se dentro de uma dama de ferro em movimento ao perder o equilíbrio, cair e sentir o corpo sendo arrastado pelo chão.

Me solta.

Porém, o gato em frente a seus olhos mudou de posição e ela viu a porta do apartamento sendo aberta, a mão de Lacke, vermelha escura, que a puxava, e viu as escadas, os degraus, estava de pé outra vez, lutando para seguir em frente, em sua própria consciência, tomando controle e...

* * *

Virginia soltou o braço da mão dele.

Lacke virou-se para a confusão de pelos que era o corpo da mulher para pegá-la outra vez, para...

O quê? O quê?

Sair. Para sair.

Mas Virginia passou por ele e, por um segundo, as costas trêmulas de um gato foi espremida contra seu rosto. Ela então foi para as escadas, onde os chiados dos gatos pareciam amplificados, como sussurros excitados, quando correu em direção aos degraus e...

Nãonãonão...

Lacke tentou alcançá-la a tempo para impedi-la, mas como alguém que sabe que a aterrissagem vai ser suave, ou como alguém que não se importa com a colisão forte, Virginia relaxou e pendeu para frente, deixando-se cair pelas escadas.

Os gatos que ficaram embaixo dela grunhiam alto enquanto a mulher rolava e quicava pelos degraus de concreto. Sons abafados de esmagamento quando os ossinhos se quebravam, baques mais altos que faziam Lacke se encolher quando a cabeça de Virginia...

Algo passou por cima de seu pé.

Um gatinho cinza que tinha algum problema nas patas traseiras arrastou-se até a escada, sentou-se no degrau mais alto e uivou com tristeza.

Virginia parou no fim da escada. Os gatos que sobreviveram à queda a deixaram e subiram outra vez as escadas. Entraram no apartamento e começaram a se lamber.

Apenas o gatinho cinza continuou onde estava, em luto por não ter podido participar.

* * *

A polícia organizou uma coletiva de imprensa na noite de domingo.

Haviam escolhido uma sala de conferência na delegacia que tinha espaço para 40 pessoas, mas acabou ficando pequena. Alguns repórteres de jornais e canais de TV do resto da Europa apareceram. O fato de o homem não ter sido pego durante o dia deixava a notícia mais sensacionalista, e foi um jornalista britânico quem melhor explicou por que a coisa toda havia atraído tanta atenção:

— É a busca pelo próprio arquétipo do Monstro. A aparência desse homem, o que ele fez. Ele é o Monstro, o mau no coração de todos os contos de fada. E sempre que o pegamos, gostamos de fingir que acabou de vez.

Quinze minutos antes da hora combinada, o ar na sala mal ventilada já estava quente e úmido, e os únicos que não reclamaram foram a equipe de TV italiana, que disseram estar acostumados a condições piores.

Passaram o evento para uma sala maior e, às 20h em ponto, o chefe de polícia de Estocolmo entrou, em meio ao comissário que liderava as investigações e que havia interrogado o Assassino Ritualístico no hospital, e ao líder do batalhão que direcionara as operações na floresta de Judarn mais cedo naquele dia.

Não estavam com medo de serem destruídos pelos repórteres, pois haviam decidido dar um presentinho a eles.

Tinham uma foto do homem.

* * *

A investigação do relógio finalmente dera resultados. No sábado, o relojoeiro em Karlskoga procurara no arquivo com antigos formulários de garantia e encontrara o número que a polícia pedira que ele e outros relojoeiros tentassem localizar.

Ligou para a polícia e deu a eles o nome, endereço e telefone do homem registrado como comprador. A polícia de Estocolmo adicionou o nome do homem a seus registros e pediu à polícia de Karlskoga que fosse até o endereço ver o que podiam encontrar.

Houve um burburinho na delegacia quando descobriram que o homem havia sido processado pela tentativa de estupro de uma criança de 9 anos de idade, há 7 anos. Havia passado 3 anos internado em uma clínica, diagnosticado com problemas mentais. Consideraram então que estava curado e o soltaram.

Mas a polícia de Karlskoga encontrou o homem em casa, em boa saúde.

Sim, havia tido um relógio assim. Não, não lembrava o que havia acontecido com ele. Foi preciso algumas horas de interrogatório na delegacia de Karlskoga e lembretes de que, sob certas condições, um atestado psiquiátrico de sanidade pode ser sujeito à reavaliação para que o homem lembrasse para quem havia vendido o relógio.

Håkan Bengtsson, Karlstad. Haviam se conhecido em algum lugar e feito alguma coisa, ele não se lembrava o quê. Havia vendido a ele o relógio, não sabia o endereço do homem, podia apenas descrevê-lo vagamente e será que, por favor, poderia voltar para casa agora?

Não havia nada sobre Håkan Bengtsson nos registros da polícia. Havia 24 Håkan Bengtssons em Karlstad. Cerca de metade pôde ser descartada de imediato por conta da idade. A polícia começou a ligar para os candidatos. O processo foi simplificado pelo fato de que a habilidade de fala do interrogado automaticamente o desqualificava como suspeito.

Lá para as 21h foram capazes de limitar a lista a uma só pessoa. Um Håkan Bengtsson que havia sido professor de sueco para alunos do Ensino Médio e que deixara Karlstad depois que sua casa fora incendiada sob circunstâncias desconhecidas.

Ligaram para o diretor da escola, que os informou que sim, havia rumores de que Håkan Bengtsson... gostava um pouco demais de crianças, digamos assim.

317

Fizeram o diretor ir até a escola na noite de sábado para pegar uma foto de Håkan Bengtsson dos arquivos, tirada para o catálogo escolar de 1976.

Um policial de Karlstad, que já precisava mesmo estar em Estocolmo no domingo, passou uma cópia por fax e então foi dirigindo para lá com a original sábado à noite. Chegou na central de Estocolmo 1h no domingo, ou seja, cerca de meia hora depois que o homem caíra da janela e fora declarado morto.

A manhã foi dedicada a verificar por meio dos registros dentais e médicos de Karlstad que o homem na foto era o mesmo que, até a noite anterior, estivera em uma cama de hospital, e sim: era ele.

Na tarde de domingo, houve uma reunião na delegacia. Acharam que teriam tempo de desvendar aos poucos o que o morto havia feito desde que deixara Karlstad, ver se suas ações eram parte de um contexto maior, se ele havia deixado mais vítimas pelo caminho.

Porém, agora a situação era outra.

O homem continuava vivo, à solta, e o mais importante naquele momento parecia ser localizar onde ele vinha morando, já que havia uma pequena chance de que tentaria voltar para lá. Seu percurso em direção aos subúrbios a oeste parecia indicar isso.

Assim, foi decidido que se o homem não fosse pego antes da coletiva de imprensa, precisariam apelar para aquele cão de caça nada confiável, mas que tinha muitas cabeças: a população civil.

Era possível que alguém o tivesse visto quando ainda se parecia com o homem da foto, e talvez tivesse alguma ideia de onde ele morava. De qualquer forma, aquela era uma preocupação secundária. O principal era ter algo a oferecer para a imprensa.

* * *

Os três policiais estavam então sentados à mesa longa no palanque e um burburinho correu pelos jornalistas reunidos quando o chefe de polícia — com o gesto simples que ele sabia muito bem ser o mais eficaz, teatralmente falando — ergueu a foto aumentada de Håkan Bengtsson e disse:

— O homem que estamos buscando se chama Håkan Bengtsson e, antes de ter o rosto danificado... essa era a sua aparência.

O chefe de polícia fez uma pausa enquanto as câmeras clicavam e os flashes transformavam o aposento em um estroboscópio.

Claro, havia cópias de baixa qualidade para serem passadas aos jornalistas mas, acima de tudo, era provável que os jornais estrangeiros preferissem o cenário mais emocionalmente expressivo no qual o chefe de polícia tinha o assassino — de certa forma — nas mãos.

Quando todos conseguiram suas fotos e a equipe investigativa relatou suas atividades, foi o momento de perguntas. A primeira veio de um repórter do *Dagens Nyheter*, o grande jornal matutino.

— Quando vocês esperam capturá-lo?

O chefe de polícia respirou fundo, decidiu pôr sua reputação em jogo e disse:

— Até amanhã, no máximo.

* * *

— E aí?

— Oi.

Oskar entrou antes dela, foi direto para a sala pegar o disco que queria. Procurou na coleção da mãe até encontrá-lo. Vikingarna. A banda estava reunida no que parecia ser o esqueleto de um barco viking, destoando com seus ternos polidos.

Eli não entrou. Com o disco na mão, ele voltou para a entrada. Ela ainda estava do lado de fora.

— Oskar, você precisa me convidar.

— Mas... a janela. Você já...

— É uma nova entrada.

— Entendo. Ok, você pode...

Ele parou, lambeu os lábios. Olhou para a imagem na capa do disco. A foto fora tirada no escuro, com flash, e os Vikingarna brilhavam como santos prestes a andar sobre a terra. Ele deu um passo em direção a Eli, mostrou o disco.

— Olha isso, parece que estão na barriga de uma baleia ou algo assim.

— Oskar...

— Sim?

Eli ficou imóvel, seus braços pendendo ao lado do corpo, e olhou para Oskar. O menino sorriu, foi até a porta, balançou a mão no ar entre os batentes, em frente ao rosto de Eli.

— O que foi? Tem alguma coisa aqui?

— Não começa.

— Mas, sério. O que acontece se eu não te convidar?

— Não. Começa. — Eli deu um sorriso fraco. — Quer ver? O que acontece? Quer? É isso que você quer?

Do jeito que Eli disse aquilo, claramente era para Oskar dizer não: prometia algo terrível. Mas o garoto engoliu em seco e disse:

— Sim. Quero. Me mostra.

— Você escreveu na nota que...

— Sim, eu sei. Mas vamos ver. O que acontece?

Eli franziu mordeu os lábios, pensou por um segundo e então deu um passo à frente, atravessando a porta. Oskar tensionou o corpo inteiro, esperando um flash azul, ou que a porta se batesse sozinha, algo assim. Mas nada aconteceu. Eli entrou no corredor e fechou a porta. Oskar deu de ombros.

— É só isso?

— Não exatamente.

Eli ficou imóvel, da mesma forma que estivera do lado de fora, os braços ao longo do corpo e os olhos grudados nos de Oskar. O menino balançou a cabeça.

— O quê? Não tem nada...

Ele parou quando viu uma lágrima descer do canto do olho de Eli; não, uma em cada olho. Mas não era uma lágrima, já que era escura. A pele no rosto dela começou a corar, ficou rosa, vermelha, vinho, e as mãos se fecharam em punhos à medida que os poros de seu rosto se abriram e pequenas pérolas de sangue começaram a aparecer, pontilhando seu rosto e pescoço.

Os lábios de Eli se contorceram de dor e uma gota de sangue correu pelo canto de sua boca, juntou-se às pérolas que surgiam em seu queixo e, aumentando, corriam em direção às gotas em sua garganta.

Os braços de Oskar ficaram moles; ele os deixou cair e o disco caiu de dentro da capa, quicou uma vez com a margem sobre o chão e então parou deitado no tapete. Os olhos do garoto encararam as mãos de Eli.

As costas das mãos dela estavam molhadas com uma cobertura fina de sangue, e mais estava saindo.

Voltou a olhar nos olhos de Eli, não a encontrou. Seus olhos pareciam ter afundado, estavam cheios de sangue que fluía, corria por seu nariz, por cima de seus lábios, para dentro de sua boca, de onde mais sangue descia, dois rios correndo pelos cantos da boca e descendo pelo pescoço, desaparecendo sob a gola da camisa na qual manchas escuras começavam a aparecer.

Ela estava sangrando por todos os poros do corpo.

Oskar respirou, gritou:

— Você pode entrar, você... você é bem-vinda, tem... permissão de estar aqui!

Eli relaxou. Os punhos cerrados se abriram. A careta de dor desapareceu. Oskar pensou por um momento que o sangue se dissolveria, que tudo meio que não teria acontecido se ela fosse convidada.

Mas não. O sangue parou de correr, mas o rosto e as mãos de Eli continuavam vermelho-escuro, e enquanto os dois estavam de frente um para o outro sem dizer nada, o sangue começou a coagular, a formar linhas e protuberâncias nos lugares de onde haviam jorrado, e Oskar sentiu um leve cheiro de hospital.

Ele pegou o disco do chão, colocou-o de volta na capa e disse, sem olhar para Eli:

— Desculpa, eu... eu não pensava que...

— Tá tudo bem. Fui eu que quis fazer isso. Mas acho que provavelmente devia tomar um banho. Você tem uma sacola plástica?

— Sacola plástica?

— É. Para as roupas.

Oskar assentiu, foi até a cozinha e pegou uma sacola plástica com o logotipo ICA — COMER, BEBER E SER FELIZ que estava lá no fundo, debaixo da pia. Foi até a sala, pôs o disco na mesa de centro e parou, a sacola amassando em sua mão.

Se eu não tivesse dito nada. Se tivesse deixado ela... sangrar.

Ele amassou a sacola em uma bola, largou, e ela pulou de sua mão, caiu no chão. Recolheu, jogou para cima, pegou. O chuveiro estava ligado no banheiro.

É tudo verdade. Ela é... ele é...

Enquanto caminhava até o banheiro, ele alisou a sacola. Comer, beber e ser feliz. Ouviu o barulho de água por trás da porta fechada. A tranca estava com tarja branca. Ele bateu gentilmente à porta.

— Eli...

— Oi, pode entrar...

— Não, é só... a sacola.

— Não dá pra te ouvir. Entra.

— Não.

— Oskar, eu...

— Vou deixar a sacola aqui pra você!

Ele deixou a sacola do lado de fora da porta e correu para a sala. Tirou o disco da capa, colocou-o no toca-discos, ligou o aparelho e moveu a agulha até a terceira faixa, sua favorita.

Uma introdução longa, e então a voz suave do vocalista começou a soar.

A menina põe flores no cabelo

ao vagar pelos campos.
Terá 19 anos em breve
e sorri para si mesmo enquanto anda.

Eli chegou na sala. Havia amarrado uma toalha em volta da cintura. Nas mãos, tinha uma sacola plástica com as roupas. Seu rosto estava limpo agora e o cabelo molhado caía sobre suas bochechas e orelhas. Oskar dobrou os braços em frente ao peito onde estava, perto do toca-discos, e gesticulou com a cabeça.

Por que sorri, o menino pergunta
ao se encontrarem por acaso no portão.
Penso naquele que será meu,
diz a garota, de olhos tão azuis.
Aquele que eu amo tanto.

— Oskar?
— Sim? — Ele baixou o volume, inclinou a cabeça em direção ao aparelho.
— Bobagem, né?
Eli balançou a cabeça.
— Não, é ótima. *Essa* eu adorei.
— Mesmo?
— Sim. Mas, Oskar...
Eli parecia prestes a dizer mais, porém apenas acrescentou um "que seja" e abriu a toalha enrolada em sua cintura, que caiu no chão a seus pés. Ela ficou lá, sem roupas, a alguns passos dele. Fez um gesto largo com a mão sobre o corpo e disse:
— Só pra você saber.

... até o lago, onde desenham na areia
e dizem em voz baixa um para o outro:
Você, amigo, é quem eu quero
La-lala-lalala...

Um trecho instrumental curto e então a música terminou. Um ruído do toca-discos, quando a agulha pulou para a música seguinte, enquanto Oskar olhava para Eli.

Os mamilos pequenos pareciam quase pretos contra a pele branca pálida. A parte de cima do seu corpo era magra, reta, sem muitos contornos. Apenas as costelas se pronunciavam com clareza sobre a luz forte do teto. Seus braços e pernas finos pareciam anormalmente longos do modo como cresciam de seu corpo: uma arvorezinha jovem coberta de pele humana. Entre as pernas, havia... nada. Nem vagina, nem pênis. Apenas superfície lisa.

Oskar passou a mão pelos cabelos, deixou-a descansar na nuca. Não queria dizer aquela palavra idiota de mamãezinha, mas ela escapou:

— Mas você não tem um... pintinho.

Eli inclinou a cabeça em direção à sua virilha como se essa fosse uma descoberta totalmente nova. A música seguinte começou e Oskar não ouviu a resposta de Eli. Puxou a alavanca que levantava a agulha para tirá-la do disco.

— O que disse?

— Disse que já tive um.

— O que aconteceu com ele?

Eli riu e Oskar percebeu como a pergunta soava, corando um pouco. Eli balançou os braços para o lado e pôs o lábio inferior sobre o superior.

— Esqueci no metrô.

— Não seja idiota.

Sem olhar para Eli, o garoto passou por ela em direção ao banheiro para conferir se não havia indícios.

O vapor ainda estava no ar; o espelho embaçara. A banheira continuava tão branca quanto antes, apenas uma mancha amarelada de sujeira antiga próxima à beirada, que nunca saía. A pia estava limpa.

Nada havia acontecido.

Eli simplesmente entrara no banheiro para manter as aparências, suspendera o ilusionismo. Mas não: o sabonete. Ele o levantou. O sabonete estava manchado de rosa e, no entalhe de porcelana no qual ficava, na água que se acumulava ali, havia um montinho de algo que parecia um girino. Sim: estava vivo, e o menino se encolheu quando ele começou a...

nadar

... se mover, balançando a cauda e seguido até o escoamento da saboneteira, descendo até a pia, ficando preso na beirada. Mas não se moveu lá, não estava vivo. Ele deixou água cair da torneira e jogou um pouco sobre o sangue para que descesse até o ralo. Também enxaguou o sabonete e lavou a saboneteira. Em seguida, pegou seu roupão do gancho, voltou para a sala e o ofereceu a Eli, que ainda estava pelada, olhando à sua volta.

— Valeu. Quando sua mãe volta?

— Em algumas horas. — Oskar pegou a sacola com as roupas dela. — Devo jogar isso fora?

Eli vestiu o roupão, amarrou o cinto no meio.

— Não, eu pego depois. — Ela catucou o ombro do garoto. — Oskar? Agora você entende que eu não sou uma menina. Que não sou...

Oskar afastou-se dela.

— Você parece um disco arranhado, porra. Eu *entendi*. Você *já tinha* me dito.

— Não tinha.

— Claro que tinha.

— Quando?

Oskar pensou.

— Não lembro, mas eu já sabia, pelo menos. Há um tempo.

— Você está... decepcionado?

— Por que estaria?

— Porque... sei lá. Por achar... complicado. Seus amigos...

— Para com isso! Para com isso! Você é doente. Só me deixa em paz.

— Ok.

Eli brincou com o cinto do roupão, e então foi até o aparelho de música e olhou o disco girando. Virou-se, correu os olhos pela sala.

— Sabe, faz tempo que eu não fico apenas... passando tempo na casa de alguém assim. Não sei direito... O que devo fazer?

— Não sei.

Eli deixou os ombros caírem, pôs as mãos nos bolsos do roupão e observou o buraco no meio do disco como se tivesse sob efeito de hipnose. Abriu a boca como se fosse falar algo, voltou a fechá-la. Tirou a mão direita do bolso, esticou-a em direção ao disco e pressionou um dedo nele para fazê-lo parar.

— Cuidado. Pode acabar... arranhando.

— Desculpa.

Eli rapidamente tirou a mão e o disco correu, continuou girando. Oskar viu que o dedo dele havia deixado uma marca que podia ser vista toda vez que o disco girava pelo feixe de luz da lâmpada do teto. Eli pôs sua mão no bolso, observando o disco como se pudesse ouvir a música estudando as faixas.

— Pode soar um pouco... mas... — Os cantos da boca de Eli se contraíram.

— ... não tenho uma... amizade normal com alguém há 200 anos.

Ele olhou para Oskar com um sorriso que parecia dizer "desculpa por falar tanta besteira". Os olhos do garoto se arregalaram.

— Você é mesmo tão velho assim?

— Sim. Não. Nasci há uns 220 anos, mas dormi metade desse tempo.

— Isso é normal, faço o mesmo. Ou, ao menos... oito horas... é o quê?... Um terço do tempo.

— Sim, mas... quando digo *dormir*, quero dizer que há meses em que eu... nem me levanto. E então alguns meses durante os quais eu... vivo. Mas descanso durante o dia.

— É assim que funciona?

— Não sei. É como funciona para mim, ao menos. E quando acordo, volto a ficar... menor. Sem força. Aí preciso de ajuda. Talvez por isso eu tenha conseguido sobreviver. Por não ser grande. As pessoas querem me ajudar. Mas... por motivos bem diferentes.

Uma sombra passou pela bochecha de Eli quando ele cerrou os dentes, pôs as mãos no bolso do roupão, encontrou algo e puxou. Um pedaço fino e brilhante de papel. Algo que a mãe de Oskar deixara lá; às vezes usava o roupão do filho. Eli pôs o papel de volta no bolso com cuidado, como se fosse algo de valor.

— Você dorme em um caixão?

Eli riu, balançou a cabeça.

— Não, não, eu...

Oskar não conseguiu mais se conter. Não era a intenção, mas pareceu estar acusando-o quando disse:

— Mas você mata pessoas!

Eli voltou a olhar para ele com uma expressão que parecia surpresa, como se Oskar tivesse afirmado ter cinco dedos em cada mão, ou outro fato tão evidente quanto, de maneira enfática.

— Sim, mato pessoas. Infelizmente.

— Então por que faz isso?

Os olhos de Eli pareceram irritados.

— Se tiver uma ideia melhor, adoraria ouvi-la.

— Sim, o que... sangue... tem de haver um jeito de... um jeito para... que você...

— Não há.

— Por que não?

Eli riu seco, seus olhos se cerrando.

— Porque sou como você.

— Como assim, como eu? Eu...

Eli mexeu a mão no ar como se segurasse uma faca, disse:

— Tá olhando o quê, idiota? Quer morrer, é? — Esfaqueou o ar com a mão vazia. — É isso que acontece quando ficam me encarando.

Oskar umedeceu os lábios, esfregando um contra o outro.

— O que está dizendo?

— Não fui eu quem disse, foi você. Foi a primeira coisa que ouvi você dizer. Lá no *playground*.

Oskar se lembrou. A árvore. A faca. Como segurara a lâmina da faca como um espelho, vira Eli pela primeira vez.

Você têm reflexo? A primeira vez que te vi foi em um espelho.

— Eu... não mato pessoas.

— Não, mas gostaria. Se pudesse. E com certeza o faria se precisasse.

— Porque tem alguém que eu odeio. É muito...

— Diferente? É mesmo?

— Sim...?

— Se você saísse impune. Se simplesmente acontecesse. Se pudesse desejar a morte de alguém e essa pessoa morresse. Não faria, então?

— ... claro.

— Claro que sim. E seria só por diversão. Por vingança. Eu faço porque preciso. Não há outro jeito.

— Mas é só porque... eles me machucaram, me humilharam, porque eu...

— Porque você quer *viver*. Assim como eu.

Eli ergueu os braços, pegou as bochechas de Oskar, aproximou seu rosto.

— Seja eu um pouquinho.

E o beijou.

* * *

Os dedos do homem estão curvados sobre alguns dados e Oskar vê que as unhas estão pintadas de preto.

O silêncio paira sobre o aposento como uma névoa espessa. A mão fina joga... devagar... e os dados caem na mesa... pa-bum. Batem um contra o outro, giram, param.

Um dois. E um quatro.

Oskar sente uma espécie de alívio... não sabe de onde vem... quando o homem contorna a mesa, parando em frente à fileira de meninos como um general em frente a seu exército. A voz do homem é inexpressiva, sem tom, nem alta, nem baixa, quando ele estica seu longo dedo indicador e começa a contar a fileira.

— Um... dois... três... quatro...

Oskar olhou para a esquerda, na direção na qual o homem começara a contar. Os meninos parecem relaxados, livres. Um soluço. O menino ao lado de Oskar se curva, o lábio inferior tremendo. Ah. É ele que é o... número seis. Oskar entende então o alívio que sentiu.

— Cinco... seis... e... sete.

O dedo aponta direto para Oskar. O homem o olha nos olhos. E sorri.

Não!

Isso não... Oskar desvia o olhar do homem, olha para os dados. Eles agora mostram um três e um quatro. O menino ao lado de Oskar olha a seu redor atordoado, como se acabasse de acordar de um pesadelo. Por um segundo seus olhos se encontram. Vazios. Sem compreender.

Então um grito próximo à parede.

... mamãe...

A mulher com o xale marrom corre até ele, mas dois homens intervêm, pegando-a pelos braços e... jogando-a de volta contra a parede de pedra. Os braços de Oskar se movem um pouco, como se pudessem pegá-la quando ela cai, e seus lábios formam a palavra:

— ... Mamãe!

Porém, mãos tão fortes como nós pegam seus ombros e ele é tirado da fila, levado até uma porta. O homem de peruca ainda tem o dedo estendido, seguindo-o com ele enquanto o garoto é empurrado, puxado para fora do salão, para uma câmara escura que cheira a

... álcool...

... e então imagens oscilantes, desfocadas: luz, escuridão, pedra, pele nua...

até que a imagem se estabiliza e Oskar sente uma pressão forte contra seu peito. Não pode mover os braços. Sua orelha direita parece prestes a estourar, está pressionada contra uma... placa de madeira.

Há algo em sua boca. Um pedaço de corda. Ele chupa a corda, abre os olhos.

Está deitado de bruços em uma mesa. Braços presos às pernas da cadeira. Está nu. Em frente a seus olhos estão duas figuras: o homem de peruca e um outro. Um gordo e baixo que parece... engraçado. Não. Que parece alguém que se acha engraçado. Que sempre conta histórias das quais ninguém ri. O piadista tem uma faca em uma mão, uma tigela na outra.

Algo está errado.

A pressão contra seu peito, sua orelha. Contra seus joelhos. Devia haver pressão contra seu... pintinho também. Mas é quase como se houvesse um... buraco na mesa bem ali. Oskar tenta se mexer um pouco para conferir, mas seu corpo está muito bem preso.

O homem de peruca diz algo para o piadista, que ri, balança a cabeça para cima e para baixo. Então ambos se agacham. O homem da peruca fixa o olhar em Oskar. Seus olhos são azuis-claros, como o céu em um dia frio de outono. Olha como se tivesse nele um interesse amigável. Olha nos olhos de Oskar como se buscasse algo incrível neles, algo que ama.

O piadista engatinha sob a mesa com a faca e a tigela nas mãos. E Oskar entende. Também sabe que se puder apenas... tirar esse pedaço de corda da boca, não precisa ficar ali. Vai desaparecer.

Oskar tenta afastar a cabeça, quebrar o beijo. Mas Eli, que já esperava essa reação, põe uma mão em sua nuca, pressionando os lábios contra os dele, forçando-o a continuar na lembrança.

O pedaço de corda está pressionado em sua boca e há um som chiado, molhado quando Oskar peida de medo. O homem de peruca torce o nariz e estala os lábios em desaprovação. Seus olhos não mudam. Continuam com a mesma expressão, como a de uma criança que abre uma caixa de papelão na qual sabe que há um cachorrinho dentro.

Dedos frios pegam o pênis de Oskar, puxando-o. Ele abre a boca para gritar "nããão!", mas a corda não permite que ele forme a palavra e tudo o que sai é um "aaaaa!".

O homem sob a mesa pergunta algo ao de peruca, que assente sem tirar os olhos dos de Oskar. E então a dor. Como um ferro incandescente enfiado em sua virilha, subindo por seu estômago, seu peito corroído por um cilindro de fogo que passa por seu corpo, e ele grita, grita tanto que seus olhos se enchem de lágrimas enquanto seu corpo queima.

Seu coração bate contra a mesa como um punho contra uma porta, e ele fecha bem os olhos, morde a corda enquanto, à distância, ouve barulho de água, vê...

... sua mãe de joelhos no rio lavando roupa. Mamãe. Mamãe. Ela deixa algo cair, um pedaço de pano, e Oskar se levanta, estava deitado de bruços e seu corpo está queimando; ele se levanta, corre até o rio, até o pedaço de pano que está afundando, e se joga na água para apagar o fogo em seu corpo, para salvar o pano, e consegue. A camisa de sua irmã. Segura-a contra a luz, em direção à mãe, cujo contorno pode ver na margem, e gotas caem do tecido, brilhando sob o sol, chocando-se

contra o rio, contra seus olhos, e não dá para ver com clareza por causa da água corrente em seus olhos, sobre suas bochechas quando ele...

... abre os olhos e vê o cabelo loiro sem nitidez, os olhos azuis como lagos distantes em uma floresta. Vê a tigela que o homem segura, a tigela que leva à boca e bebe. Vê como ele fecha os olhos, finalmente os fecha e bebe...

Mais tempo... tempo infinito. Aprisionado. O homem morde. E bebe. Morde. E bebe.

Então o cilindro de luz chega à sua cabeça e tudo fica vermelho quando ele torce a cabeça para longe da corda e cai...

* * *

Eli o segurou quando ele caiu para trás, para longe de seus lábios. Segurou-o em seus braços. Oskar tateou em busca do que quer que pudesse agarrar, o corpo em frente ao seu, e o apertou com força, olhou sem enxergar à sua volta.

Fique parado.

Depois de um tempo, um padrão começou a se formar em frente aos olhos dele. Papel de parede. Bege com rosas brancas, quase invisíveis. Reconhecia-o. Era o papel de parede da sala de casa. Estava em sua sala de estar, no apartamento onde morava com a mãe.

E a pessoa que abraçava era... Eli.

Um menino. Meu amigo. Sim.

Oskar sentia-se enjoado, tonto. Soltou-se dos braços de Eli e sentou-se no sofá, olhou ao redor para se certificar de que estava de volta, de que não estava... lá. Engoliu em seco, notando que era capaz de se lembrar de cada detalhe do local no qual estivera a pouco. Era como uma memória real. Algo que acontecera com ele, recentemente. O piadista, a tigela, a dor...

Eli ajoelhou-se no chão em frente a ele, mãos pressionadas contra a barriga.

— Desculpa.

Assim como...

— O que aconteceu com a mamãe?

Eli pareceu confuso, perguntou:

— Quer dizer... minha mãe?

— Não... — Oskar ficou em silêncio, viu a imagem da Mamãe no rio lavando roupa. Mas não era a mãe dele. Nem se pareciam. Esfregou os olhos e disse:

— Sim. Isso. Sua mãe.

— Não sei.

— Não foram eles que...

— Eu não sei!

As mãos de Eli se apertaram com tanta força em frente a barriga que as pontas dos dedos ficaram brancas, os ombros se retesaram. Então, ele relaxou e, de maneira mais gentil, disse:

— Não sei. Sinto muito. Sinto por tudo... isso. Queria que você... Não sei. Por favor, me desculpe. Foi... estupidez.

Eli era uma cópia da mãe. Mais magro, suave, jovem, mas... uma cópia. Em 20 anos, ele provavelmente ficaria igual à mulher no rio.

Mas não vai ficar. Vai ter a mesma aparência que tem agora.

Oskar suspirou, exausto, recostou-se no sofá. Era demais. Uma dor de cabeça incipiente se espalhava por suas têmporas, encontrando apoio, pressionando. Era demais. Eli se levantou.

— Estou indo.

Oskar encostou a cabeça na mão, assentiu. Não tinha energia para protestar, pensar no que devia fazer. Eli tirou o roupão e Oskar viu outra vez sua virilha. Reparou então que, em meio à pele pálida, havia um pedacinho rosa, uma cicatriz.

O que ele faz para... fazer xixi? Ou talvez não faça...

Não conseguia juntar energia para perguntar. Eli agachou-se ao lado da sacola plástica, desamarrou-a, começou a pegar suas roupas. Oskar disse:

— Você pode... pegar uma minha.

— Tá tudo bem.

Eli pegou a camisa xadrez. Quadrados escuros contra azuis. Oskar endireitou-se. A dor girava em suas têmporas.

— Não seja bobo, pode...

— Tá tudo bem.

Eli começou a vestir a camisa ensanguentada e o garoto disse:

— Você é nojento, sabia? Nojento.

Ele virou-se para Oskar com a camisa em mãos.

— Você acha?

— Sim.

Eli pôs a camisa de volta na sacola.

— O que devo pegar, então?

— Algo do armário. O que quiser.

Ele assentiu com a cabeça e foi até o quarto de Oskar, onde estava o armário, enquanto o garoto deixava-se deslizar de lado no sofá e pressionava as mãos contra as têmporas para evitar que elas estourassem.

Mamãe, a mãe de Eli, minha mãe. Eli, eu. Duzentos anos. O pai de Eli. O pai de Eli? O velho que... o velho.

Eli voltou para a sala. Oskar estava pronto para dizer o que havia planejado, mas parou quando viu que ele usava um vestido. Um vestido de verão desbotado, amarelo com bolinhas brancas. Um dos vestidos de sua mãe. Eli passou a mão por ele.

— Tudo bem esse aqui? Peguei o que parecia mais gasto.

— Mas é...

— Trago de volta mais tarde.

— Sim, sim, sim.

Eli foi até ele, agachou, pegou sua mão.

— Oskar? Sinto muito por... Não sei o que deveria...

Oskar balançou a outra mão para fazê-lo parar, disse:

— Você sabe que aquele velho fugiu, não sabe?

— Que velho?

— Aquele que... que você disse que era seu pai. O que morava com você.

— O que tem ele?

Oskar fechou os olhos. Relâmpagos azuis brilharam atrás de seus olhos. Lembrou-se da cadeia de acontecimentos que reconstruíra a partir dos jornais e se irritou, tirando a mão da de Eli e fechando o punho, batendo contra a própria cabeça, que latejava. Disse, com os olhos ainda fechados:

— Corta essa. Só para de vez. Eu sei de tudo, ok? Para de fingir. Para de mentir, estou tão cansado disso.

Eli não disse nada. Oskar fechou os olhos, inspirou e expirou.

— O velho fugiu. Procuraram por ele o dia todo e não o encontraram. Agora você sabe.

Uma pausa. Então a voz de Eli, sobre a cabeça de Oskar:

— Onde?

— Aqui. Em Judarn. A floresta. Perto de Åkeshov.

Oskar abriu os olhos. Eli estava de pé, com a mão sobre a boca e olhos arregalados e assustados sobre a mão. O vestido era grande demais, caía como um saco de pano sobre seus ombros finos, e ele parecia uma criança que pegara as roupas da mãe emprestadas sem permissão e agora esperava o castigo.

— Oskar, — disse Eli — não saia de casa. Depois de escurecer. Promete pra mim.

O vestido. As palavras. Oskar riu, não conseguiu evitar dizer:

— Tá falando igual à minha mãe.

* * *

O esquilo desce correndo pelo tronco do carvalho, para, escuta. Uma sirene, à distância.

* * *

Em Bergslagsvägen, uma ambulância passa com as luzes azuis e a sirene ligadas.

Lá dentro estão três pessoas. Lacke Sörensson está em um assento dobrável segurando a mão exangue e dilacerada de Virginia Lind. Um técnico de ambulância ajusta um tubo que insere uma solução salina no corpo da mulher, para que o coração dela tenha o que bombear, pois a perda de sangue foi tremenda.

* * *

O esquilo considera o som como não ameaçador, irrelevante. Continua a descer pelo tronco. O dia inteiro houve pessoas na floresta, cães. Nenhum momento de paz e só agora, no escuro, o animal ousa descer do carvalho no qual foi forçado a se esconder o dia todo.

Os latidos e vozes haviam sumido, desaparecido. O grande pássaro barulhento que estivera rondando sobre o topo das árvores também parecia ter voltado ao ninho.

O esquilo chega ao pé da árvore, corre por uma raiz grossa. Não gosta de descer até o chão no escuro, mas a fome o força a isso. Ele segue alerta, parando para escutar, olhando à sua volta a cada dez metros. Tem o cuidado de não passar perto de uma toca de texugos que fora habitada naquele verão. Não via a família há muito tempo, mas cuidado nunca é pouco.

Finalmente chega a seu destino: a mais próxima das muitas reservas de comida para o inverno que preparara no outono. A temperatura naquela noite caíra abaixo de zero e sob o topo da neve que vinha derretendo o dia todo, agora havia uma crosta fina, dura. O esquilo arranha com suas garras, cavando a crosta, a destrói, cava mais. Para, escuta, cava outra vez. Atravessa neve, folhas, terra.

Assim que pega uma noz com as patas, ouve um som.

Perigo.

Põe a noz nos dentes e sobe correndo um pinheiro sem ter tempo de cobrir a reserva. Uma vez seguro em um galho, pega a noz com as patas outra vez, tenta identificar a origem do som. Sua fome é grande e a comida está a apenas alguns centímetros de sua boca, mas o perigo deve ser localizado e identificado antes que possa comer.

A cabeça do esquilo balança de um lado para o outro, seu nariz treme enquanto ele olha para a paisagem de sombras e luar lá embaixo e identifica a fonte do som. Sim. Tomar o caminho maior valera a pena. Os sons de arranhões e de algo úmido vinham da toca dos texugos.

Texugos não escalam árvores. O esquilo relaxa um pouco e morde a noz enquanto continua a olhar para baixo, porém agora mais como um espectador de teatro no balcão mais alto. Quer ver o que vai acontecer, quantos texugos são.

Mas o que sai da toca não é um texugo. O esquilo tira a noz da boca, olha para baixo. Tenta entender, conciliar aquilo com fatos conhecidos. Não consegue.

Sendo assim, põe a noz na boca outra vez, sobe mais no pinheiro, até o topo.

Talvez aquilo escale árvores.

Cuidado nunca é pouco.

DOMINGO

8 DE NOVEMBRO [NOITE/MADRUGADA]

São 20h30, noite de domingo.

Ao mesmo tempo em que a ambulância com Virginia e Lacke atravessa a ponte Traneberg, o chefe de polícia de Estocolmo mostra uma foto aos repórteres sedentos por imagens, Eli escolhe um vestido do armário da mãe de Oskar, Tommy põe um pouco de cola em uma sacola plástica e inspira os exímios fumos de letargia e esquecimento, um esquilo vê Håkan Bengtsson — a primeira criatura viva a fazê-lo em 14 horas — e Staffan, um dos que o estavam procurando, prepara uma xícara de chá.

Ele não percebe que tem um pedaço faltando no bico da chaleira e muito chá desce por ali, escorrendo e chegando à bancada da cozinha. Ele murmura algo e inclina a chaleira em um ângulo ainda mais acentuado, e assim o chá jorra para fora e a tampa cai dentro da xícara. O líquido fervente respinga em sua mão e ele bate com o bule no balcão, enrijecendo os braços enquanto recita mentalmente o alfabeto hebreu para resistir ao impulso de jogar a chaleira contra a parede.

Aleph, Beth, Gimel, Daleth...

* * *

Yvonne chegou à cozinha e viu Staffan inclinado sobre a bancada com os olhos fechados.

— O que houve?

Staffan balançou a cabeça.

— Não é nada.

Lamed, Mem, Nun, Samesh...

— Está triste?

— Não.

Koff, Resh, Shin, Taff. Pronto, melhor.

Abriu os olhos, apontou para a chaleira.

— Esse bule é horrível.

— É?

— Sim, ele... derrama quando você serve chá.

— Nunca reparei.

— Bom, é o que acontece.

— Não tem nada de errado com ele.

Staffan apertou os lábios um contra o outro, esticou a mão em direção a ela com um gesto de *Paz. Shalom. Fique quieta.*

— Yvonne, no momento eu sinto um... desejo intenso de te bater. Então, por favor, não diga mais nada.

Yvonne deu meio passo para trás. Algo nela a havia preparado para aquilo. Não havia deixado que essa percepção chegasse à sua consciência, mas havia sentido que, por trás daquela máscara de devoção, Staffan escondia um tipo de... raiva.

Ela cruzou os braços, respirou e exalou algumas vezes, enquanto Staffan continuava parado, olhando para a xícara com a tampa da chaleira dentro. Então disse:

— É isso que você faz?

— O quê?

— Bate. Quando algo está errado.

— Já te bati?

— Não, mas disse que...

— Eu *disse*. E você me escutou. Agora está tudo bem.

— E se eu não tivesse escutado?

Staffan parecia totalmente calmo outra vez e Yvonne relaxou, baixou os braços. Ele pegou ambas as mãos dela nas dele, beijou as costas de cada uma com suavidade.

— Yvonne, precisamos *escutar* um ao outro.

O chá foi servido e eles o beberam na sala. Staffan fez uma anotação mental de comprar uma nova chaleira para Yvonne. Ela perguntou então sobre a busca na floresta de Judarn e Staffan respondeu. Apesar dos esforços dela para mantê-lo entretido em outros tópicos, ele, por fim, fez a pergunta inevitável.

335

— Cadê o Tommy?

— Eu... não sei.

— Não sabe? Yvonne...

— Bem, está na casa de um amigo.

— Hum. Quando volta para casa?

— Acho que ele vai... dormir. Lá.

— Onde?

— Na... — Yvonne mentalmente percorreu a lista de amigos de Tommy que ela conhecia. Não queria dizer a Staffan que Tommy passaria a noite fora e que ela não sabia onde. Ele levava essa coisa de responsabilidade parental muito a sério. — ... casa do Robban.

— Robban. É o melhor amigo dele?

— Sim, acho que sim.

— E qual é o sobrenome dele, Robban de quê?

— ... Ahlgren. Por quê? É alguém que você...

— Não, estava só pensando.

Staffan pegou a colher, bateu com ela suavemente contra a xícara. Um tilintar delicado. Ele acenou com a cabeça.

— Ótimo. Sabe... Acho que teremos de ligar para esse Robban e pedir que o Tommy volte para casa. Para eu poder conversar um pouco com ele.

— Não tenho o número.

— Não, mas... Ahlgren. Sabe onde ele mora, não? Só precisa procurar na lista telefônica.

Staffan levantou-se do sofá e Yvonne mordeu o lábio inferior, sentiu como se construísse um labirinto do qual ficava cada vez mais difícil sair. Ele pegou a lista telefônica local e parou no meio da sala, folheando-a e murmurando.

— Ahlgren, Ahlgren... Hum. Em qual rua ele mora?

— Eu... Björnsonsgatan.

— Björnsonsgatan... não. Nenhum Ahlgren lá. Mas tem um em Ibsengatan. Pode ser ele?

Quando Yvonne não respondeu, Staffan pôs o dedo na lista telefônica e disse:

— Acho que não custa tentar. É Robban, né?

— Staffan...

— Pois não?

— Eu prometi que não ia contar.

— Agora não entendo mais nada.

— Tommy. Eu prometi que não ia te contar... onde ele está.

— Então ele *não está* com o Robban?

— Não.

— Onde está, então?

— Eu... eu prometi.

Staffan pois a lista telefônica na mesa de centro, foi se sentar ao lado de Yvonne no sofá. Ela bebeu um gole de chá, segurando a xícara em frente ao rosto como se estivesse se escondendo atrás dela enquanto Staffan a aguardava. Quando pôs a xícara de volta no pires, viu que suas mãos tremiam. Staffan pôs a mão dele no joelho dela.

— Yvonne. Você precisa entender que...

— Eu prometi.

— Só quero *conversar* com ele. Perdoe-me por dizer isso, Yvonne, mas acho que é exatamente essa incapacidade de lidar com uma situação quando ela surge que... bem, que é a razão pela qual ela surge, para início de conversa. Em minha experiência, quanto mais rápido um jovem vê alguém responder por suas ações, maior a chance de que... pense na heroína, por exemplo. Se alguém interferir quando ele estiver apenas, digamos, fumando maconha...

— Tommy não faz esse tipo de coisa.

— Está *absolutamente* certa disso?

O silêncio se instaurou. Yvonne sabia que a cada segundo que passava, sua resposta positiva à pergunta de Staffan perdia a credibilidade. Tique toque. Agora ela já havia respondido "não" sem dizer a palavra. E Tommy realmente agia estranho às vezes. Ao voltar para casa. Algo em seus olhos. E se...

Staffan inclinou-se para trás no sofá, sabia que a batalha estava ganha. Agora esperava apenas as condições dela.

Os olhos de Yvonne buscavam algo na mesa.

— O que foi?

— Meus cigarros, você...

— Na cozinha. Yvonne...

— Sim, sim. Você não pode ir até ele agora.

— Não. Você pode decidir. Se acha que...

— Amanhã de manhã. Antes de ele ir para a escola. Promete que não vai até lá agora.

— Prometo. Então. Que lugar misterioso é esse onde ele está entocado, afinal?

Yvonne contou.

Foi então para a cozinha e acendeu um cigarro, soprando a fumaça para fora da janela aberta. Fumou um segundo, importando-se menos com onde a fumaça ia parar. Quando Staffan entrou na cozinha, espantou a fumaça de forma exagerada e perguntou onde estava a chave do porão, ela disse que havia esquecido no momento, mas que *provavelmente* se lembraria de manhã.

Se ele se comportasse.

* * *

Quando Eli saiu, Oskar sentou-se à mesa da cozinha outra vez e olhou para os artigos espalhados. A dor de cabeça estava começando a diminuir agora que as impressões começavam a formar um padrão.

Eli havia explicado que o velho fora... infectado. Pior. A infecção era a única coisa nele que estava viva. O cérebro dele estava morto, e a infecção o controlava e o guiava. Em direção a Eli.

Eli contou para ele e *implorou* que não fizesse nada. Partiria de lá no dia seguinte, assim que escurecesse, e Oskar, é claro, perguntou por que não ia logo naquela noite.

Porque... não posso.

Por que não? Posso te ajudar.

Oskar, não posso. A fraqueza é muita.

Como pode ser? Você acabou de...

É assim, apenas isso.

E Oskar entendeu que ele era a razão pela qual Eli estava fraco. Aquele sangue todo que correra na entrada de casa. Se o velho conseguisse chegar a Eli, a culpa seria toda dele.

As roupas!

Oskar levantou-se de forma tão violenta que a cadeira caiu para trás no chão.

A sacola com as roupas de Eli ainda estava em frente ao sofá, a camisa meio para fora. Ele a colocou mais para dentro do saco e a manga pareceu uma esponja quando a pressionou. O menino amarrou as alças e... parou, olhando a mão que havia tocado na camisa.

O corte que fizera na palma tinha uma casca que havia se quebrado um pouco, revelando a ferida por baixo.

... o sangue... ele não queria misturá-lo... estou... infectado agora?

Suas pernas o levaram mecanicamente até a porta da frente, com a sacola na mão, prestando atenção nos barulhos lá fora. Não ouviu ninguém, então subiu as escadas correndo em direção à lixeira de parede e abriu a porta. Botou a sacola dentro da abertura, segurou-a por um momento, pendendo na tubulação escura.

Uma brisa fria subiu pela lixeira, congelando sua mão lá dentro, fechada em torno das alças amarradas da sacola. O plástico brilhava contra as paredes escuras e meio íngremes do tubo de lixo. Se ele a soltasse, a sacola não iria para cima. Cairia lá embaixo, A gravidade a levaria para o grande amontoado de lixo no fundo.

Em alguns dias, o caminhão viria recolher o lixo. Vinha de manhã cedo. As luzes laranjas piscantes brilhariam no teto do quarto de Oskar mais ou menos na hora que sempre costumava acordar e ele ficaria deitado na cama escutando o ruído de trituração à medida que o lixo fosse sendo esmagado. Talvez se levantasse e observasse os homens de macacão que jogavam as sacolas grandes com a facilidade que o hábito traz, apertando em seguida o botão. As "mandíbulas" da parte de trás se fechavam e os homens então pulavam no caminhão, percorrendo os poucos metros até o próximo prédio.

Aquilo sempre deu a ele uma sensação de... calor. Que estava seguro em seu quarto. Que as coisas funcionavam. Talvez também fosse um pouco de anseio. De ficar com aqueles homens, naquele caminhão. Poder sentar no assento mal iluminado e ir para longe...

Soltar. Preciso soltar.

A mão estava convulsivamente apertada contra a sacola. Seu braço doía por estar estendido a tanto tempo. A parte de trás de sua mão estava adormecida graças ao ar frio. Ele soltou.

Houve um chiado quando a sacola desceu pelas paredes do túnel, meio segundo de silêncio quando caiu livre, e então um baque ao cair sobre o lixo no fundo.

Vou te ajudar.

Olhou para sua mão de novo. A mão que ajudava. A mão que...

Vou matar alguém. Vou entrar, pegar a faca, sair e matar alguém. Jonny. Vou cortar a garganta dele, juntar o sangue e levá-lo para Eli, porque e daí, já que estou infectado e em breve vou...

Suas pernas queriam ceder sob seu corpo e ele precisou se apoiar na lixeira para não cair. Havia pensado. De verdade. Não fora como o jogo da árvore. Tinha... por um momento... realmente pensado em fazer aquilo.

Quente. Estava quente, como se tivesse febre. Seu corpo doía e ele queria ir se deitar. Agora.

Estou infectado. Vou me tornar um... vampiro.

Forçou as pernas a descerem outra vez as escadas enquanto se apoiava com uma mão...

a não infectada

... no corrimão. Conseguiu voltar para o apartamento, foi para o quarto, deitou-se na cama e olhou para o papel de parede. A floresta. Rapidamente, uma de suas figuras apareceu, olhou-o nos olhos. O pequeno gnomo. Acariciou-o com o dedo enquanto uma ideiazinha ridícula apareceu em sua mente:

Amanhã preciso ir à escola.

E havia um exercício que não havia preenchido ainda. Sobre a África. Devia se levantar, sentar-se em sua mesa, ligar o abajur e começar a procurar lugares no livro de Geografia. Encontrar nomes sem significado e escrevê-los nas linhas em branco.

Era o que devia fazer. Acariciou o gorrinho do gnomo com cuidado. E então bateu na parede.

E.L.I.

Nenhuma resposta. Provavelmente estava fora...

fazendo o que fazemos.

Cobriu a cabeça com o cobertor. Um arrepio febril correu por seu corpo. Tentou imaginar como seria. Viver para sempre. Temido, odiado. Não. *Eli* não o odiaria. Se ficassem... juntos...

Tentou imaginar; fantasiou sobre aquilo. Depois de um tempo, a porta da frente foi destrancada. Sua mãe estava em casa.

* * *

Travesseiros de banha.

Tommy olhava inexpressivo para a foto à sua frente. A garota pressionava os seios com as mãos de modo que se destacavam, como dois balões, e franzia a boca em um biquinho. Aquilo parecia doentio. Achava que ia bater uma, mas devia haver algo errado com sua cabeça, porque para ele a garota parecia uma aberração.

Dobrou a revista com lentidão anormal, colocou-a de volta sob o assento do sofá. Cada pequeno movimento precisava ser direcionado por pensamentos específicos. Chapado. Estava totalmente chapado com o vapor de cola. E isso era bom. Nada de mundo. Só o aposento onde estava, e lá fora... um deserto esvoaçante.

Staffan.

Tentou pensar em Staffan. Não conseguiu. Não dava para focar nele. Viu apenas aquele totem de policial de papelão que ficava nos correios. Em tamanho real. Para assustar ladrões em potencial.

Deveríamos roubar os correios?

Cara, você tá doido! Não tá vendo o policial de papelão ali?

Tommy riu quando o policial de papelão assumiu o rosto de Staffan. Alocado lá como punição. Devia vigiar os correios. Havia algo escrito no totem também, o que era?

O crime não compensa. Não. *A polícia está de olho em você.* Não. Que porra era mesmo? *Cuidado! Sou campeão de tiro!*

Tommy riu. Riu mais. Riu até se sacudir e pensar que a lâmpada solta no teto estava balançando como um pêndulo enquanto ria. Riu da ideia. *Cuidado! O policial de papelão! Com a pistola de papelão! E a cabeça de papelão!*

Houve uma batida dentro de sua cabeça. Alguém queria entrar nos correios.

O policial de papelão apura os ouvidos. Havia duzentos papelões na agência. Puxar a trava de segurança. Bangue-bangue.

Toc. Toc. Toc.

Bangue.

... Staffan... Mamãe, que merda...

Tommy congelou. Tentou pensar. Não conseguiu. Sua mente era uma nuvem esfarrapada. Então se acalmou. Talvez fosse Robban ou Lasse. Podia ser Staffan. Que era feito de papelão.

Não tem pau não, é de papelão.

Tommy pigarreou, disse, com voz pesada:

— Quem é?

— Sou eu.

Reconheceu a voz; não conseguia identificá-la. Não era Staffan, ao menos. Não era o "papaipelão".

Barbapelão. Para.

— E quem é você?

341

— Pode abrir?

— Os correios estão fechados hoje. Volte em cinco anos.

— Tenho dinheiro.

— Dinheiro de papel?

— Sim.

— Isso é bom.

Levantou-se do sofá. Devagar, devagar. O contorno das coisas não queria ficar parado. Sua cabeça parecia cheia de chumbo.

Um chapéu de concreto.

Ficou parado uns segundos, balançando. O chão de concreto pendeu para a direita, como em um sonho, depois para a esquerda. Como em um parque de diversões. Ele avançou, um passo de cada vez, levantou a tranca, abriu a porta. Era a garota. A amiga de Oskar. Tommy olhou para ela sem entender o que via.

Sol e surfe.

A menina vestia apenas um vestido fino. Amarelo, com bolinhas brancas que atraíram o olhar de Tommy, que ele tentava focar nelas quando começaram a dançar, mover-se tanto que o deixaram enjoado. Ela era talvez uns 20 centímetros mais baixa que ele.

Bonitinha como um... dia de verão.

— O verão chegou do nada? — ele perguntou.

A garota inclinou a cabeça para o lado.

— O quê?

— Bem, você tá usando um... como se chama?... Vestido de verão.

— Sim.

Tommy acenou com a cabeça, feliz por ter conseguido lembrar do termo. O que ela havia dito? Dinheiro. Sim. Oskar havia dito que...

— Quer... comprar alguma coisa?

— Sim.

— O quê?

— Posso entrar?

— Sim, claro.

— Diga que eu posso entrar.

Tommy fez um gesto exagerado com o braço. Viu a própria mão se movendo em câmera lenta, um peixe drogado nadando pelo ar.

— Entre. Bem-vinda à... filial local.

Não tinha energia para ficar mais de pé. O chão o queria. Ele virou e se jogou no sofá. A menina entrou, fechou a porta e pôs a tranca de volta. O garoto a viu como uma galinha gigante e riu da imagem. A galinha sentou-se na poltrona.

— O que foi?

— Não, é que... você tá tão... amarela.

— Entendo.

A garota cruzou as mãos sobre a bolsinha em seu colo. Não havia notado que ela tinha uma. Não. Não era uma bolsa. Era mais uma *necessaire*. Tommy olhou para ela. Você vê uma bolsinha, você quer saber o que há dentro.

— O que tem aí?

— Dinheiro.

— Claro.

Não. Isso tá estranho. Tem algo estranho acontecendo.

— O que quer comprar, então?

A garota abriu o estojinho e tirou uma nota de mil kronor. Mais uma. E outra. Três mil. As cédulas pareciam ridiculamente grandes em suas mãos pequenas quando ela se inclinou e colocou-as no chão.

Tommy riu:

— O que é isso?

— Três mil.

— Sim. Mas para quê?

— Para você.

— Dá um tempo.

— Não, é sério.

— Deve ser algum tipo de... Dinheiro falso de Banco Imobiliário ou algo assim. Não?

— Não.

— Não é?

— Não.

— Mas por quê, afinal?

— Porque preciso comprar algo de você.

— Quer comprar algo por três mil... não.

Tommy esticou um braço o máximo que podia, pegou uma nota. Sentiu, dobrou, segurou contra a luz e viu a marca d'água. O mesmo rei ou sei lá quem que estava impresso na frente. Era de verdade.

— Você não tá brincando, né?

— Não.

Três mil. Podia... ira pra algum lugar. Pegar um voo.

Aí Staffan e sua mãe podiam ficar lá e... Tommy sentiu sua cabeça clarear um pouco. Parecia coisa de doido, mas ok: três mil. Isso era fato. Agora a única pergunta era...

O que você quer comprar? Por esse valor, pode ficar com...

— Sangue.

— Sangue.

— Sim.

Tommy riu, balançou a cabeça.

— Não, desculpa. Acabou tudo no estoque.

A garota permaneceu imóvel na poltrona, olhando para ele. Nem sequer sorria.

— Não, sério, — disse Tommy — quero dizer, como assim?

— Te dou esse dinheiro... se você me der sangue.

— Não tenho nenhum.

— Tem sim.

— Não.

— Sim.

Tommy de repente entendeu.

Que porra é essa...

— Você tá... falando sério?

A garota apontou para as notas.

— Não é perigoso.

— Mas... o quê... como?

A garota pôs a mão na *necessaire*, tirou algo. Uma caixinha plástica branca. Balançou-a. Algo sacudiu dentro. Tommy viu então o que era. Uma caixinha de lâminas de barbear. Ela pôs no colo, tirou outra coisa. Um retângulo bege. Um curativo grande.

Isso é ridículo.

— Não, para com isso. Não entende que... Eu podia simplesmente tirar o dinheiro de você, sabia? Botar no bolso e dizer: o quê? Três mil? Nem vi. É *muito* dinheiro, não percebe isso? Onde conseguiu?

A garota fechou os olhos, suspirou. Quando os abriu outra vez, não parecia tão amigável.

— Quer ou não?

Ela está falando sério. Sério mesmo. Não... não...

— O quê? Você vai... *zut-zut*, cortar, e aí...

A garota assentiu, com entusiasmo.

Cortar? Espera um pouco. Espera aí... o que era mesmo... porcos...

Ele franziu o cenho. Um pensamento quicou em seu cérebro como uma bola de borracha jogada com força dentro de um quarto, tentando encontrar um lugar para parar. E parou. Ele se lembrou de algo. Deixou o queixo cair. Olhou nos olhos dela.

— ... não...

— Sim.

— É algum tipo de piada, não? Quer saber? Vai embora, quero que você saia.

— Tenho uma doença. Preciso de sangue. Posso te dar mais dinheiro, se quiser. — Ela procurou na *necessaire* e pegou mais duas notas de mil kronor, colocou-as no chão. Cinco mil. — Por favor.

O assassino. Vällingby. O pescoço cortado. Mas que caralhos... essa menina...

— Para que você precisa de... que porra é essa... você é só uma criança, você...

— Está com medo?

— Não, eu posso... *você* está com medo?

— Sim.

— De quê?

— De você dizer não.

— Mas eu *tô* dizendo não. Isso é completamente... para com isso. Vai pra casa.

A garota continuou na poltrona, pensando. Então assentiu, levantou-se e pegou o dinheiro do chão, colocando-o de volta na *necessaire*. Tommy olhou para o lugar onde as notas haviam estado. Cinco. Mil. Um ruído quando a tranca foi retirada. Tommy virou-se de costas.

— Mas... o que... está planejando cortar meu pescoço?

— Não, o interior do seu cotovelo. Só um pouco.

— Mas o que você vai fazer com o sangue?

— Beber.

— Agora?

— Sim.

A mente de Tommy se concentrou e ele viu o diagrama do sistema circulatório projetado sobre sua pele como uma transparência. Sentiu, talvez pela primeira vez na vida, que tinha um sistema circulatório. Não apenas pontos isolados, feridas das quais uma ou duas gotas caem, mas uma grande árvore de veias que bombeavam… quanto?… quatro ou cinco litros de sangue.

— Que tipo de *doença* é essa?

A menina não disse nada, só ficou ali à porta com a mão sobre a tranca, analisando-o, e então as linhas das veias e artérias de seu corpo, o esquema, de repente pareceu… o diagrama de um açougueiro. Afastou aquela ideia, e então pensou: *Seja um doador de sangue. Vinte e cinco e um sanduíche de queijo.* E então pensou:

— Então me dá o dinheiro.

A garota abriu o zíper da *necessaire*, voltou a tirar as notas.

— Que tal se eu te der… três agora, e duas depois?

— Sim, claro. Mas eu podia só… te atacar e pegar o dinheiro de qualquer jeito, não percebe isso?

— Não podia, não.

Ela ofereceu os três mil a ele, entre o indicador e o dedo do meio. Ele segurou cada nota contra a luz, conferindo para ter certeza de que eram de verdade. Enrolou-as em um cilindro contra o qual fechou o punho esquerdo.

— Ok. E agora?

A garota pôs as outras duas notas na cadeira, agachou perto do sofá, tirou a caixinha branca da necessaire e pegou uma lâmina.

Ela já fez isso antes.

A menina virou a lâmina, checando qual lado era mais afiado. Então a segurou perto de seu rosto. Como se passasse uma mensagem, cuja única palavra era: *zut-zut.* Disse:

— Não pode contar a ninguém sobre isso.

— E se eu contar?

— Você não pode contar a ninguém sobre isso. Nunca.

— Não. — Tommy olhou para o braço esticado, para as notas de mil sobre a cadeira. — Quanto você vai tirar?

— Um litro.

— Isso é… muito?

— Sim.

— É tanto que eu vou…

— Não. Você aguenta.

— Porque o sangue volta.

— Sim.

Tommy assentiu com a cabeça. E então observou, fascinado, a lâmina, brilhando como um espelhinho, ser baixada contra sua pele. Era como se estivesse acontecendo com outra pessoa, em outro lugar. Ele via apenas os contornos. A mandíbula da garota, seus cabelos negros, o braço branco dele, a lâmina retangular que afastou um pelo fino em sua pele e chegou ao alvo, parando por uma fração de segundo contra a veia volumosa, um pouco mais escura que o resto do braço.

Então a lâmina foi pressionada, devagar, devagar. De forma que afundou sem abrir a pele. E então...

Zut-zut.

Teve a reação involuntária de puxar o braço e arfou, apertando a outra mão com força em torno das notas. Ouviu um estalo em sua cabeça quando sua mandíbula se fechou, os dentes pressionando uns contra os outros. O sangue jorrou, saindo em jatos.

A lâmina caiu no chão com um tilintar e a menina segurou seu braço com ambas as mãos, pressionando os lábios contra a parte interna do braço dele.

Tommy virou a cabeça para o outro lado, sentiu apenas os lábios quentes, a língua lambendo sua pele, e viu outra vez o diagrama em sua cabeça, os canais pelos quais o sangue corria, em direção àquela... abertura.

Está saindo de mim.

Sim. A intensidade da dor havia aumentado. O braço começava a parecer paralisado; não conseguia mais sentir os lábios, apenas a sucção forte, como o sangue era sugado de seu corpo como...

Fluía para fora.

Ficou assustado. Queria que aquilo acabasse. Doía demais. As lágrimas encharcaram seus olhos, ele abriu a boca para dizer algo, para... não conseguiu. Não haviam palavras que... Ele dobrou o braço livre em direção aos lábios, pressionou o punho fechado contra a boca. Sentiu o cilindro de papel que saía dele. Mordeu-o.

* * *

21h17, domingo à noite, Ängbyplan:

Um homem é visto do lado de fora salão de beleza. Ele pressiona o rosto e as mãos contra o vidro, e parece estar extremamente inebriado. A polícia chega no local quinze minutos depois. O homem já havia partido. A vitrine não parece

347

danificada, apenas suja de lama ou terra. Contra o vidro iluminado estão diversas fotos de jovens, modelos de cabelo.

* * *

— Está dormindo?

— Não.

Um sopro de perfume e frio entrou com a mãe no quarto. Ela sentou-se na cama.

— Você se divertiu?

— Sim.

— O que fizeram?

— Nada demais.

— Vi uns jornais. Na mesa da cozinha.

— Hum.

Oskar ajeitou os cobertores em cima do corpo, fingiu bocejar.

— Está com sono?

— Aham.

Sim e não. Estava cansado, tão cansado que sua cabeça zunia. Queria apenas se enrolar naqueles cobertores, não deixar nenhuma fresta aberta e só sair quando... quando... mas com sono, não. E... será que sequer *podia* dormir, agora que estava infectado?

Ouviu a mãe perguntar algo sobre o pai, e disse "legal" sem nem saber o que estava respondendo. Ficaram em silêncio. A mãe então suspirou, profundamente.

— Querido, como você está, de verdade? Tem algo que eu possa fazer?

— Não.

— O que foi?

Oskar pressionou o rosto no travesseiro, respirando de forma que seu nariz, boca e lábios ficaram quentes e úmidos. Não podia fazer aquilo. Era muito difícil. Precisava contar para alguém. Contra o travesseiro, disse:

— ... toinectato...

— O que disse?

Ele levantou a boca do travesseiro.

— Tô infectado.

A mão da mãe acariciou sua nuca, seu pescoço, desceu mais, e o cobertor se enrolou um pouco para baixo.

— Como assim, inf... mas... você ainda está com as roupas de sair!

— Sim, eu...

— Deixa eu ver. Está se sentindo quente? — Ela encostou a bochecha gelada na testa dele. — Está com febre. Vem. Precisa tirar a roupa e ir dormir direito. — Ela se levantou e balançou o ombro dele com gentileza. — Vamos.

A respiração dela estava mais acelerada, pensava em outra coisa. Disse, em um tom de voz diferente:

— Não estava usando roupas quentes o suficiente na casa do seu pai?

— Estava, não foi isso.

— Estava usando seu gorro?

— Sim. Não foi *isso*.

— O que foi, então?

Oskar pressionou o rosto no travesseiro outra vez, apertou e disse:

— ... voviavampio...

— Oskar, o que está dizendo?

— Vou virar vampiro!

Uma pausa. O farfalhar suave do casaco de sua mãe quando ela cruzou as mãos em frente ao peito.

— Oskar. Se levanta. Tira a roupa. E vai dormir.

— Vou virar *vampiro*!

A respiração de sua mãe. Cuidadosa, irritada.

— Amanhã vou jogar fora esses livros que você fica lendo.

Ela puxou as cobertas. O menino se levantou, tirou as roupas devagar, evitando olhar para a mãe. Deitou-se outra vez e ela ajeitou as cobertas ao seu redor.

— Quer alguma coisa?

Oskar balançou a cabeça.

— Vamos medir sua temperatura?

Oskar balançou a cabeça com mais força. Olhou então para ela. Estava debruçada sobre a cama, as mãos nos joelhos. Os olhos preocupados, buscando algo.

— Tem *alguma coisa* que eu possa fazer por você?

— Não. Sim.

— O quê?

— Não, nada.

— Não, diga.

— Pode... me contar uma história?

349

Várias emoções distintas passaram pelo rosto da mãe: tristeza, alegria, preocupação, um pequeno sorriso, uma ruga de aflição. Tudo em poucos segundos. Então ela disse:

— Eu... não conheço nenhum conto de fadas. Mas posso... Posso ler pra você, se quiser. Se tivermos algum livro que...

O olhar da mulher subiu para a estante próxima à cabeça de Oskar.

— Não, não precisa.

— Mas eu quero.

— Não, eu não quero.

— Por quê não? Você disse...

— Sim, disse, mas... não, eu não quero.

— Quer que eu... cante alguma coisa?

— Não!

Ela apertou os lábios, magoada. Mas decidiu não ficar, já que Oskar estava doente, e disse:

— Posso pensar em alguma coisa, se...

— Não, tá tudo bem. Eu quero dormir.

A mãe, por fim, disse boa noite, saiu do quarto. Oskar ficou deitado lá, os olhos abertos, olhando para a janela. Tentou sentir se estava em processo de... transformação. Não sabia como era. Eli. Como fora de fato quando ele se... transformou?

Ser separado de tudo.

Partir. Deixar a mãe, o pai, a escola... Jonny, Tomas...

Ficar com Eli. Para sempre.

Ouviu a TV sendo ligada na sala, o volume baixado rapidamente. O barulho do bule de café na cozinha. O fogão sendo ligado, o ruído de uma xícara e um pires. Armários sendo abertos.

Os sons da normalidade. Havia os escutado milhares de vezes. E sentiu-se triste. Tão triste.

* * *

As feridas haviam cicatrizado. Os únicos traços restantes dos cortes no corpo de Virginia eram linhas brancas, e aqui e ali os restos de cascas que não haviam caído ainda. Lacke acariciou a mão dela, que estava presa ao corpo com uma tira de couro, e outra casca se soltou sob seus dedos.

* * *

Virginia havia resistido. Resistira violentamente quando recobrou a consciência e entendeu o que estava acontecendo. Havia arrancado o cateter para a transfusão de sangue, gritado e chutado.

Lacke não aguentou ver enquanto tentavam controlá-la, como ela parecia outra pessoa. Fora até a cafeteria e bebera uma xícara de café. Depois outra, e mais outra. Quando estava servindo a quarta xícara, a atendente no caixa disse, em voz cansada, que ele só tinha direito a *um* refil grátis. Lacke disse então que não tinha dinheiro, que sentia como se fosse morrer amanhã e se ela poderia fazer uma exceção dessa vez?

Ela podia. Até ofereceu a Lacke uma torta *mazarin* seca que teria de ser jogada fora no dia seguinte de qualquer forma. Ele a comeu com um nó na garganta, pensando na bondade e na maldade relativa das pessoas. Foi então até as portas da frente e fumou o penúltimo cigarro do pacote antes de voltar para Virginia.

Haviam prendido ela com tiras de couro.

Uma enfermeira levara um golpe tão forte que seus óculos haviam se quebrado e um caco de vidro rasgara sua sobrancelha. Havia sido impossível acalmar Virginia. Não ousaram injetar nela um sedativo devido a seu estado geral e, por isso, haviam prendido seus braços com as tiras de couro, principalmente para evitar — nas palavras deles — "que ela machucasse a si mesma".

Lacke esfregou a casca de ferida entre seus dedos; um pó tão fino quanto colorante tingiu seus dedos de vermelho. Um movimento no canto de seu olho; o sangue da bolsa pendurada no suporte ao lado da cama de Virginia gotejava em um tubo de plástico, que chegava pelo cateter ao braço de Virginia.

Aparentemente, após identificarem o tipo sanguíneo, haviam primeiro feito uma transfusão na qual literalmente bombearam bastante sangue, mas agora que a condição dela era estável, podia receber o sangue gota a gota. Havia uma etiqueta na bolsa, que já estava pela metade, na qual havia uns códigos incompreensíveis, dominados pela letra A maiúscula. O tipo sanguíneo, claro.

Mas... espera aí...

O tipo de Lacke era B. Lembrava-se de ter conversado sobre isso com Virginia uma vez, e que ela também era B, de modo que ele podia... sim. Era isso mesmo. Eles podiam doar sangue um ao outro porque tinham o mesmo tipo sanguíneo. E o de Lacke era B; estava certo disso.

Levantou-se, foi até o corredor.

Com certeza não cometem esse tipo de erro, né?

Abordou uma enfermeira.

— Com licença, mas...

Ela olhou para suas roupas gastas, assumiu um ar indiferente e perguntou:

— Pois não?

— Tenho uma dúvida. Virginia... Virginia Lind, que vocês... internaram há pouco...

A enfermeira assentiu, agora com desdém total. Talvez estivera presente quando...

— Bem, só queria saber sobre... o tipo sanguíneo dela.

— O que tem isso?

— Bem, vi que há um A bem grande na bolsa, mas... ela não tem esse.

— Desculpa, não estou entendendo.

— É que... ahn... pode vir aqui um momento?

A enfermeira olhou à sua volta no corredor, talvez para ver se teria ajuda caso a situação se complicasse, ou talvez para ressaltar que tinha coisas mais importantes a fazer, mas concordou em acompanhar Lacke até o quarto no qual Virginia estava com os olhos fechados, o sangue gotejando lentamente no tubo. Lacke apontou para a bolsa.

— Aqui. Esse A, significa que...

— Que contém sangue tipo A, sim. Há tanta escassez de doadores hoje em dia. Se as pessoas soubessem como...

— Desculpa, sim, mas o sangue dela é B. Não é perigoso...

— Claro que é. — A enfermeira não era exatamente hostil, mas sua linguagem corporal indicava que Lacke não tinha a menor prerrogativa de questionar a competência da equipe médica. Ela deu de ombros. — Quando o paciente tem sangue B. Mas essa não tem. O dela é AB.

— Mas... está escrito A...

A enfermeira acenou com a cabeça, como se explicasse a uma criança que não havia gente morando na Lua.

— Pessoas com sangue AB podem receber transfusão de todos os grupos.

— Mas... entendo. Então o tipo sanguíneo dela mudou.

A enfermeira ergueu uma sobrancelha. A criança havia acabado de afirmar ter estado na Lua e visto gente morando lá. Mexendo a mão como se cortasse uma fita, ela disse:

— Isso simplesmente não é possível.

— Mesmo? Bom, ela devia estar errada, então.

— Devia. Se me der licença, tenho outras coisas a fazer.

A enfermeira conferiu o cateter no braço de Virginia, ajustou o suporte e, lançando um olhar a Lacke que dizia que essas eram coisas importantes e que só Deus poderia salvá-lo caso sequer olhasse para elas, saiu do quarto com passos rápidos.

O que acontece quando você recebe o tipo errado de sangue? O sangue... coagula.

Não. Virginia não devia ter se lembrado corretamente.

Ele foi até um canto do quarto, no qual havia uma poltrona, uma mesinha com uma flor de plástico. Sentou-se e observou o ambiente. Paredes vazias, chão brilhando. Lâmpadas fluorescentes no teto. A cama de metal onde estava Virginia, coberta por um cobertor amarelo-claro com os dizeres ADMINISTRAÇÃO MUNICIPAL.

É assim que as coisas acabam.

Na obra de Dostoieviski, a doença e a morte quase sempre eram situações sujas, empobrecidas. Esmagamento sob rodas de carruagem, lama, febre tifoide, lenços ensanguentados, e assim por diante. Mas era preferível a isso. Desintegração lenta em uma máquina lustrosa.

Lacke inclinou-se em sua poltrona, fechou os olhos. O encosto era muito curto, sua cabeça pendeu para trás. Ele se endireitou, encostou os cotovelos nos braços da poltrona e deitou a cabeça na mão. Olhou para a flor de plástico. Era como se a tivesse posto lá apenas para enfatizar que a vida não era permitida ali; era o reino da ordem.

A imagem da flor permaneceu em sua retina quando ele fechou os olhos outra vez. Ela se transformou em uma flor de verdade que cresceu, tornou-se um jardim. Um jardim junto à casa que iriam comprar. Lacke ficou no jardim, olhando uma roseira com flores vermelhas. Da casa veio a sombra longa de uma pessoa. O sol se pôs rápido e a sombra cresceu, tornando-se mais longa, alargando-se pelo jardim...

* * *

Ele pulou e acordou de repente. Sua palma estava molhada com a saliva que correra do canto de sua boca enquanto dormia. Esfregou a boca, molhou os lábios, e tentou alinhar a cabeça. Não conseguiu. Havia travado o pescoço. Forçou-o a ficar reto, estalando os ligamentos, e então parou.

Olhos bem abertos o miravam.

— Oi! Você está...

Sua boca se fechou. Virginia estava deitada de costas, presa pelas tiras, com a cabeça virada para ele. Mas o rosto estava muito parado. Nenhuma centelha de reconhecimento, alegria... nada. Nem piscava.

Morta! Ela está...

Lacke saltou da poltrona e algo estalou em seu pescoço. Atirou-se de joelhos ao lado da cama, agarrou o estrado de metal e aproximou o rosto do dela como se pudesse fazer a alma voltar àquele rosto, lá das profundezas, pela simples força de sua presença.

— Ginja! Consegue me ouvir?

Nada. E ele podia jurar que os olhos dela, de alguma forma, miravam os dele, que não estavam mortos. Procurou a mulher neles, por trás deles, lançando anzóis de seu próprio interior, em direção aos buracos que eram suas pupilas, tentando fisgar na escuridão...

As pupilas. Elas ficam assim quando...?

As pupilas dela não estavam redondas. Estavam esticadas horizontalmente, entre dois pontos. Ele fez uma careta quando uma sensação de dor se espalhou por seu pescoço, pôs a mão nele, massageando.

Virginia piscou. Abriu os olhos outra vez. E estava presente.

Lacke deixou o queixo cair, como um idiota, ainda massageando o pescoço de modo mecânico. Um estalo quando Virginia abriu a boca e perguntou:

— Está sentindo dor?

O homem tirou a mão do pescoço, como se tivesse sido pego fazendo algo que não devia.

— Não, só... pensei que você estava...

— Estou amarrada.

— Sim, você... resistiu um pouco, mais cedo. Me dê um segundo e eu...

Lacke pôs as mãos entre duas das barras do estrado e começou a soltar uma das tiras.

— Não.

— O quê?

— Não faça isso.

Ele hesitou, a tira entre os dedos.

— Pretende resistir mais?

Virginia semicerrou os olhos.

— Não faça isso.

Lacke soltou a tira, sem saber o que fazer com as mãos, agora que não tinham mais uma tarefa. Sem se levantar, girou sobre os joelhos, puxou a poltrona para a cama — sentindo uma nova explosão de dor no pescoço, como resultado — e, de maneira desajeitada, sentou-se.

Virginia assentiu quase imperceptivelmente.

— Você ligou pra Lena?

— Não, mas posso...

— Ótimo.

— Quer que eu...?

— Não.

O silêncio se instaurou entre eles. O tipo de silêncio que é específico de hospitais e que vem do fato de que a própria situação — uma pessoa na cama, doente ou ferida, e uma pessoa sadia a seu lado — já diz tudo. Palavras se tornam insignificantes, supérfluas. Só o mais importante pode ser dito. Olharam um para o outro por um longo tempo. Disseram o que podia ser dito, sem palavras. E então Virginia virou a cabeça, alinhando-a ao corpo, e olhou para o teto.

— Você precisa me ajudar.

— Faço qualquer coisa.

Virginia lambeu os lábios, inspirou e soltou o ar com um suspiro tão profundo e longo que pareceu sugar reservas escondidas de ar em seu corpo. Então deixou o olhar correr pelo corpo de Lacke. Buscando, como ao se despedir do corpo de alguém que amava, querendo gravar a imagem na mente. Esfregou os lábios um contra o outro e finalmente externalizou as palavras:

— Sou um vampiro.

Os cantos dos lábios de Lacke quiseram se repuxar em um sorriso bobo, quis dizer algo reconfortante, talvez engraçado. Porém, sua boca não se moveu e o comentário se desviou no percurso, não chegou nem perto de seus lábios. Em vez disso, só o que disse foi:

— Não!

Massageou o pescoço de modo a mudar a atmosfera, quebrar a inércia que conferia veracidade a todas as palavras. Virginia falou, em voz baixa, controlada:

— Fui até Gösta. Para matá-lo. Se não tivesse acontecido o que aconteceu, eu o teria matado. E... bebido o sangue dele. Teria feito isso. Era minha intenção. Ao ir lá. Entende?

Os olhos de Lacke percorreram as paredes do aposento como se buscassem um mosquito, a fonte do zumbido insuportável que, no silêncio, ocupava sua mente, tornando impossível pensar. Por fim, parou o olhar em uma das lâmpadas do teto.

— Esse maldito som.

Virginia olhou para cima, disse:

— Não aguento a luz. Não consigo comer. Tenho pensamentos horríveis. Vou machucar pessoas. Você. Não quero viver.

Finalmente algo mais concreto, algo que ele podia responder.

— Não pode dizer coisas assim — disse Lacke. — Ginja, você não tem permissão de falar assim, tá me ouvindo? Tá?

— Você não entende.

— Não, provavelmente não entendo. Mas você não vai morrer, porra. Está aqui, falando e... está tudo bem.

Lacke levantou-se da cadeira, deu alguns passos sem rumo pelo quarto, estendeu os braços.

— Você não pode... não pode dizer essas coisas.

— Lacke. Lacke?

— Hein?

— Você sabe que é verdade. Não sabe?

— O quê?

— O que estou dizendo.

Lacke riu, seco, balançou a cabeça enquanto as mãos batiam no peito, nos bolsos.

— Preciso de um cigarro. Eu...

Encontrou o pacote amassado e o isqueiro. Pegou o último cigarro, colocou entre os lábios. Então lembrou-se de onde estava. Tirou o cigarro da boca.

— Merda, vão me chutar daqui se eu...

— Abre a janela.

— Agora tá me mandando pular, também?

Virginia sorriu. Lacke foi até a janela, abriu-a totalmente e se inclinou o máximo que podia para fora.

A enfermeira com quem falara provavelmente conseguia sentir o cheiro de cigarro a um quilômetro. Ele acendeu e inalou fundo, esforçando-se para exalar a fumaça de forma que não voltasse para o quarto. Olhou para as estrelas. Atrás dele, Virginia começou a falar outra vez.

— Foi a criança. Fui infectada. E aí... cresceu. Sei onde está centrada. No meu coração. O coração inteiro. Como um câncer. Não consigo controlar.

Lacke exalou uma coluna de fumaça. Sua voz ecoou entre os prédios altos à volta deles.

— Bobagem. Você parece... normal.

— Estou me esforçando. E me deram sangue. Mas se eu relaxar... posso relaxar a qualquer momento. E aí aquilo vai assumir o controle. Eu sei. Eu sinto. — Virginia respirou fundo algumas vezes, continuou. — Você está aí de pé. Estou olhando pra você. E quero... te morder.

Lacke não sabia se era o incômodo em seu pescoço ou algo mais que fez um arrepio descer por sua coluna. De uma hora pra outra, sentiu-se vulnerável. Apagou rapidamente o cigarro contra a parede, jogou a guimba lá fora, fazendo um arco no ar. Voltou-se para o quarto.

— Isso é loucura. Insanidade total.

— Sim, mas é o que é.

Lacke cruzou os braços em frente ao peito. Com um riso forçado, perguntou:

— O que quer que eu faça?

— Quero que... destrua meu coração.

— O quê? Como?

— Como quiser.

Lacke revirou os olhos.

— Tá ouvindo o que diz? Como isso soa? É loucura. Como se eu devesse... enfiar uma estaca em você, ou algo assim.

— Isso.

— Não, não, não. Pode esquecer, então. Precisa pensar em algo melhor.

Lacke riu, balançando a cabeça. Virginia o observou andar de um lado para o outro no quarto, com os braços ainda cruzados em frente ao peito. Então assentiu, com leveza.

— Ok.

Ele foi até a mulher, pegou sua mão. Não parecia normal ela estar... presa. Nem tinha espaço suficiente para pôr as duas mãos em torno da dela. Ao menos a de Virginia estava quente, e apertou a dele. Com a que estava livre, Lacke acariciou a bochecha dela.

— Tem certeza que não é melhor eu soltar essas coisas?

— Tenho. Aquilo pode... voltar.

— Você vai ficar bem. Vai dar tudo certo. Você é tudo que eu tenho. Posso te contar um segredo?

Sem soltar a mão dela, ele se sentou na poltrona e começou a contar. Contou tudo. Sobre os selos, o leão, a Noruega, o dinheiro. O chalézinho que iam comprar. Pintado com tinta vermelha de Falu. Fantasiou sobre como seria o jardim, que flores eles teriam e como dava para colocar uma mesa pequena lá fora, fazer uma área coberta na qual podiam se sentar e...

Em algum momento, lágrimas haviam começado a escorrer dos olhos de Virginia. Pérolas silenciosas e translúcidas que desciam por suas bochechas, molhavam o travesseiro. Sem soluços, apenas lágrimas que desciam, marcas de tristeza... ou alegria?

Lacke ficou em silêncio. A mulher apertou sua mão, com força.

Ele então foi até o corredor e conseguiu meio convencer, meio implorar por uma maca extra. O homem a posicionou de forma a ficar exatamente ao lado da de Virginia. Desligou as luzes, tirou as roupas e rastejou para os cobertores duros, tateou e encontrou a mão dela.

Ficaram deitados assim por um longo tempo. E então vieram as palavras:

— Lacke, eu te amo.

Lacke não respondeu. Apenas deixou as palavras suspensas no ar. Deixou-as se encapsularem e crescerem até se tornarem um grande cobertor vermelho que flutuou pelo quarto, baixou sobre ele e o manteve aquecido a noite inteira.

4H23, MANHÃ DE SEGUNDA-FEIRA, ISLANDSTORGET:

Várias pessoas na área de Björnsonsgatan são acordadas por gritos altos. Uma pessoa que liga para a polícia acredita que é um bebê chorando. Quando a polícia chega ao local, dez minutos depois, os gritos já pararam. Buscam a área e encontram diversos gatos mortos. Em alguns, as extremidades foram separadas do corpo. A polícia encontra informações de contato nos gatos com coleiras e anota os nomes e números de telefone na intenção de notificar os donos. O serviço de limpeza urbana é contatado.

* * *

Meia hora até o nascer do sol.

Eli está na poltrona da sala. Ficou lá a noite inteira, a manhã. Empacotou o que tinha para levar.

Na noite seguinte, assim que escurecer, irá até um telefone público e chamará um táxi. Não tem um número, mas provavelmente é algo que todos sabem, basta perguntar. Quando o táxi chegar, colocará suas três caixas no porta-malas e pedirá para o motorista seguir para...

Onde?

Eli fecha os olhos, tenta imaginar um lugar onde gostaria de estar.

Como sempre, a primeira imagem que vê é o chalé no qual morava com os pais e os irmãos mais velhos. Mas não existe mais. Na saída de Norrköping, onde costumava ficar, existia agora uma rotatória. O rio no qual sua mãe lavava roupa secou, encheu-se de mato, uma fossa próxima ao cruzamento.

Não falta dinheiro. Poderia pedir para o taxista ir a qualquer lugar, o mais longe que a escuridão permitir. Norte. Sul. Podia sentar-se no banco de traz e pedir a ele que seguisse para o norte por dois mil kronor. Então sairia do carro. Começaria outra vez. Encontraria alguém que...

Eli joga a cabeça para trás, grita para o teto:

— Não quero!

As teias empoeiradas balançam um pouco com sua exalação. O som morre no aposento fechado. Põe a mão no rosto, pressiona os dedos contra as pálpebras. Sente em seu corpo a proximidade do nascer do sol, como uma preocupação. Sussurra:

— Deus. Deus? Por que não posso ter nada? Por que não...

Essa pergunta já veio à tona muitas vezes.

Por que não tenho direito de viver?

Porque já devia ter morrido.

Apenas uma vez depois da infecção Eli encontrou outra pessoa infectada. Uma mulher adulta. Tão cínica e vazia quanto o homem de peruca. Porém, teve então uma resposta a outra pergunta que lhe incomodava.

— Existem muitos de nós?

A mulher balançou a cabeça e disse, com tristeza teatral:

— Não. Somos tão poucos. Tão, tão poucos.

— Por quê?

— Por quê? Porque a maioria de nós se mata, por isso. É preciso que entenda. O fardo é tão pesado, ó céus. — As mãos dela se balançaram; continuou, em voz estridente. — Ooooh, não aguento ter pessoas mortas em minha consciência.

— *Podemos* morrer?

— Claro que sim. Só precisamos colocar fogo em nós mesmos. Ou deixar que outra pessoa o faça; eles adoram ajudar, fazem isso há séculos. Ou... — Ela esticou o indicador e pressionou-o contra o peito de Eli, acima do coração. — Aí. É onde está, não? Mas agora, meu amor, tenho uma ótima ideia...

E Eli havia fugido daquela ótima ideia. Como antes. Como depois.

Pôs as mãos no coração, escutou os batimentos lentos. Talvez fosse por ser criança. Talvez por isso não tivesse acabado com tudo. A dor na consciência era menor do que a vontade de viver.

Levantou-se da poltrona. Håkan não apareceria àquela noite. Mas antes de ir descansar, Eli precisava checar como Tommy estava. Se havia se recuperado. Se não estava infectado. Pelo bem de Oskar, queria ter certeza de que Tommy estava bem.

Desligou todas as luzes e saiu do apartamento.

Aos descer as escadas do prédio de Tommy, precisou apenas puxar a porta do porão para que abrisse; um tempo atrás, quando estivera lá com Oskar, pusera um pedaço de papel na tranca para que permanecesse destrancada quando a porta fechava. Entrou no corredor do porão e deixou a porta bater atrás de si com um baque mudo.

Parou, apurou os ouvidos. Nada.

Nenhum som de respiração de alguém dormindo; apenas o cheiro enjoativo de diluidor de tinta, cola. Atravessou rapidamente o corredor até a sala de depósito, abriu a porta.

Vazia.

Vinte minutos para o nascer do sol.

* * *

Durante a noite, Tommy havia entrado e saído de um torpor de sono, semiconsciência, pesadelos. Não sabia quanto tempo havia se passado quando começou a acordar de fato. A lâmpada descoberta no teto era sempre a mesma. Talvez fosse madrugada, manhã, tarde. Talvez a aula já tivesse começado. Não se importava.

Sua boca tinha gosto de cola. Olhou à sua volta, com olhar turvo. Havia duas notas no seu peito. Notas de mil. Dobrou o braço para pegá-las, sentiu algo repuxar sua pele. Um curativo grande estava grudado no interior de seu cotovelo, com uma pequena mancha de sangue no meio.

Mas havia... algo mais.

Virou-se no sofá, procurando nas frestas do estofado até achar o rolo que havia deixado cair durante a noite. Mais três mil. Esticou as notas, colocou-as com as que estavam em seu peito, sentiu as cinco, dobrou-as um pouco. Cinco mil. Qualquer coisa que quisesse fazer.

Olhou para o curativo, riu. Nada mal para apenas se deitar e fechar os olhos. Nada mal para apenas se deitar e fechar os olhos.

O que era aquilo? Alguém dissera isso, alguém...

Era isso. A irmã do Tobbe, como se chamava... Ingela? Estava fazendo programa, Tobbe dissera. Havia ganhado 500, e o comentário de Tobbe foi:

— Nada mal para...

Apenas se deitar e fechar os olhos.

Tommy apertou as notas na mão, amassou-as em uma bola. Ela havia pagado por seu sangue e o bebido. Uma doença, dissera. Mas que porra de doença era aquela? Nunca ouvira falar de algo assim. E se a pessoa tinha uma doença daquelas, ia para o hospital e eles davam... Não se descia em um porão com cinco mil e...

Zut-zut.

Não?

Tommy sentou-se no sofá, tirou o cobertor.

Não existiam. Não. Vampiros não. Aquela menina, de vestido amarelo, devia achar que era... mas espera, espera. Fora o Assassino Ritualístico que... o que estavam buscando...

Ele apoiou a cabeça nas mãos; as notas se amassaram contra sua orelha. Não conseguia entender. De qualquer forma, porém, estava morrendo de medo daquela garota.

Assim que pensou em voltar para o apartamento, afinal, mesmo se ainda estivesse de noite, acontecesse o que fosse, ouviu a porta da escada se abrir. Seu coração bateu como um passarinho assustado e ele olhou à sua volta.

Arma.

A única coisa que conseguia ver era a vassoura. A boca de Tommy se contorceu em um sorriso que durou um segundo.

Vassoura — uma boa arma contra vampiros.

Então lembrou-se, se levantou e foi até o abrigo de emergência enquanto enfiava o dinheiro no bolso. Atravessou o corredor em um passo e entrou no abrigo enquanto a porta do porão se abria. Não ousou trancar a porta, já que tinha medo que ela ouvisse.

Agachou-se no escuro, tentou ao máximo não fazer barulho enquanto respirava.

$* * *$

A lâmina brilhava no chão. Um canto estava manchado de marrom, como se fosse ferrugem. Eli arrancou a capa de uma revista de motos, embrulhou a lâmina com o papel e colocou-a no bolso.

Tommy não estava lá, o que significava que estava vivo. Saíra sozinho, fora para casa dormir, e mesmo se tivesse juntado os pontos, não sabia onde Eli morava, então...

Tudo está como deve ser. Tudo está... ótimo.

Havia uma vassoura de madeira com um cabo longo encostada na parede.

Eli a pegou, quebrou-a contra o joelho, quase na altura das cerdas. A superfície da quebra estava áspera, afiada. Uma estaca fina, com o comprimento de um braço. Pôs a ponta contra o peito, entre duas costelas. Exatamente o local onde a mulher colocara o dedo.

Respirou fundo, apertou o cabo e experimentou o pensamento.

Pra dentro! Pra dentro!

Exalou, afrouxou as mãos. Apertou outra vez. Pressionou.

Por dois minutos ficou ali, com a ponta a um centímetro do coração, o cabo firme nas mãos. A maçaneta da porta do porão foi então virada com um baque, e a porta se abriu.

Afastou a estaca de madeira do peito, escutou. Ouviu passos lentos e hesitantes no corredor, como os de uma criança que acabara de aprender a andar. Uma criança bem grande que acabara de aprender a andar.

$* * *$

Tommy ouviu os passos e pensou: *Quem?*

Não era nem Staffan, nem Lasse, nem Robban. Alguém que estava doente, que carregava algo muito pesado... Papai Noel! Sua mão foi até a boca para abafar uma risada ao imaginar o Papai Noel, a versão da Disney...

Ho ho ho! Diga "mamãe".

... descendo cambaleante pelo corredor com seu saco enorme nas costas.

Seus lábios tremeram sob sua mão e ele cerrou os dentes para evitar que eles se batessem. Ainda agachado, afastou-se da porta, um passo de cada vez. Sentiu o canto do aposento contra suas costas ao mesmo tempo que a luz que vinha da porta escureceu.

O Papai Noel estava entre a luz e o abrigo. Tommy pôs uma mão por cima da outra para evitar gritar enquanto esperava a porta se abrir.

* * *

Não há para onde fugir.

Por entre as frestas da porta podia ver um pouco do contorno de Håkan. Eli esticou a estaca o máximo que podia, cutucou a porta. Ela abriu uns 10 centímetros, e então o corpo lá fora a parou.

Uma mão agarrou a porta, abriu-a com tanta força que ela se chocou contra a parede com um estrondo, soltando uma das dobradiças. A porta afundou, balançou para trás em sua dobradiça restante, batendo contra o ombro do corpo que agora ocupava a entrada.

O que quer de mim?

Ainda havia pedaços azuis na camisola que cobria o corpo até os joelhos. O resto era um mapa sujo de terra, lama, manchas de algo que o nariz de Eli identificou como sangue animal e humano. A camisola estava rasgada diversos pontos, revelando pele branca marcada por arranhões que nunca cicatrizariam.

O rosto dele não havia mudado. Ainda era uma massa confusa de carne descoberta com um único olho vermelho jogado no meio, como se para decorar, uma cereja no topo de um bolo podre. Mas a boca dele estava aberta agora.

Um buraco na parte inferior de seu rosto. Sem lábios capazes de cobrir os dentes ali revelados; um semicírculo de branco que fazia a cavidade oral parecer ainda mais escura. O buraco aumentou e diminuiu de tamanho com um movimento de mastigar, e dele veio:

— Eeeeiiiiij.

Não dava para saber se o som era um "Ei" ou um "Eli", já que o "L" só poderia ser feito com a ajuda de lábios e língua. Eli apontou a estaca para o coração de Håkan, disse:

— Oi.

O que você quer?

Mortos-vivos. Eli não sabia nada sobre eles. Não sabia se a criatura à sua frente sofria as mesmas restrições que precisava obedecer. Se adiantava alguma coisa destruir o coração. O fato de Håkan ainda estar à porta parecia indicar uma coisa: que ele precisava de um convite.

O olhar de Håkan subiu e desceu pelo corpo de Eli, que parecia desprotegido no vestido amarelo fino. Desejou que houvesse mais tecido, mais proteção entre seu corpo e o de Håkan. Tentativamente, aproximou mais a estaca do peito dele.

Ele é capaz de sentir alguma coisa? Pode ao menos sentir... medo agora?

Eli experimentou um sentimento que havia quase esquecido: medo da dor. Tudo se curava, claro, mas havia uma sensação de ameaça tão forte vindo de Håkan que...

— O que quer?

Um som oco, áspero, quando a criatura expirou ar, deixando cair uma gota de líquido amarelado e viscoso do buraco duplo que fora seu nariz. Um suspiro? E então um sussurro ferido: "Aaaaaaaijjjj..." e um braço teve um espasmo rápido, como uma câimbra,

movimentos de bebê

e, desajeitado, puxou a barra da camisola para cima.

O pênis de Håkan erguia-se para um lado do corpo, exigindo atenção, e Eli olhou para aquele inchaço duro marcado por veias e...

Como ele... deve ter estado assim o tempo todo.

— Aaeejjlll...

A mão de Håkan puxou agressivamente o prepúcio para cima e para baixo, para cima e para baixo, e a cabeça do pênis aparecia e desaparecia, aparecia e desaparecia como um palhaço em uma caixinha de surpresa, enquanto a criatura emitia um som de prazer ou sofrimento.

— Aaaee...

E Eli riu de alívio.

Tudo isso. Pra poder se masturbar.

Podia ficar lá, de pé, até... até...

Será que ele consegue gozar? Vai ter que ficar ali... para sempre.

Eli imaginou um daqueles brinquedos obscenos de dar corda; um monge cuja capa se levanta e que começa a masturbar pelo tempo que o mecanismo permite.

Clique-clique, clique-clique...

Eli riu, envolvendo-se tanto na imagem louca que não notou quando Håkan entrou na sala, sem convite. Não notou nada até que o punho que antes estava fechado contra um prazer impossível foi erguido acima de sua cabeça.

Com um espasmo rápido, o braço desceu e o punho atingiu a orelha de Eli com força suficiente para matar um cavalo. O soco veio de lado e a orelha de Eli dobrou-se com tanta força que a pele se abriu e metade da orelha se separou da cabeça, que foi jogada abruptamente para baixo, chocando-se contra o chão de cimento com um baque abafado.

* * *

Quando Tommy percebeu que a coisa no corredor não estava vindo para o abrigo, ousou tirar a mão da boca. Sentou-se encolhido contra o canto e escutou, tentando entender.

A voz da garota.

Oi. O que quer?

E então a risada dela. E a outra voz. Nem parecia vir de um ser humano. Os baques abafados, o som de corpos se movendo.

Começou a haver uma... reorganização lá. Algo foi arrastado pelo chão e Tommy não planejava descobrir o quê. No entanto, os sons camuflavam aqueles que ele faria ao se levantar e ir contra a parede até a pilha de caixas.

Seu coração batia como um tamborzinho de criança e suas mãos tremiam. Não ousou acender o isqueiro, então para se concentrar melhor, fechou os olhos e tateou em cima das caixas.

Seus dedos se fecharam em torno do que encontrou. O troféu de tiro ao alvo de Staffan. Ergueu-o com cuidado do lugar, testou-o na mão. Se segurasse pelo peito da estatueta, a base de pedra funcionava como uma espécie de porrete. Abriu os olhos, descobriu que podia identificar vagamente os contornos do atiradorzinho prateado.

Amigo. Meu amiguinho.

Com o troféu pressionado contra o peito, agachou-se no canto da parede e esperou que tudo aquilo acabasse.

* * *

Alguém manipulava Eli como um objeto.

Enquanto nadava para a superfície da escuridão na qual afundara, sentiu como seu corpo, à distância, em outra parte do oceano... era manipulado.

Pressão intensa contra suas costas, pernas forçadas para cima, para trás, e anéis de ferro presos a seus tornozelos. Os tornozelos foram então parar um de cada lado da cabeça, e sua coluna estava tensa, tão esticada que parecia prestes a se partir.

Vou quebrar.

Sua cabeça parecia um receptáculo de dor fulgurante quando seu corpo foi dobrado à força, como um pedaço de pano, e Eli pensou ainda estar alucinando quando seus olhos voltaram a enxergar e viram apenas amarelo. Por trás do amarelo, uma sombra grande e ondulante.

E então veio o frio. Algo esfregava um pedaço de gelo na pele entre suas nádegas. Algo tentava, primeiro cutucando, depois com mais força, entrar em seu corpo. Eli arfou; o tecido do vestido que havia se espalhado em se rosto caiu para o lado e ele viu.

Håkan estava sobre ele. Seu olho mirava fixamente as nádegas abertas de Eli. As mãos prendiam seus tornozelos. Suas pernas haviam sido brutalmente dobradas para trás, de forma que seus joelhos estavam encostados no chão um de cada lado da cabeça, e quando Håkan pressionou com mais força, Eli ouviu os tendões na parte de trás de suas coxas se partirem como fios muito esticados.

— Nãããão!

Eli gritou contra o rosto disforme de Håkan, no qual nenhum sentimento podia ser identificado. Um fio de baba saiu da boca do homem, esticou-se e caiu nos lábios de Eli, que sentiu o gosto de cadáver na boca. Seus braços estavam ao longo do corpo, tão moles quanto o de uma boneca de pano.

Algo sob os dedos. Redondo, duro.

Tentou pensar, forçou-se a criar uma esfera de luz dentro da escuridão, da insanidade rodopiante. Viu-se sob a luz, segurando o pedaço de madeira nas mãos.

Sim.

Eli apertou o cabo da vassoura, prendendo os dedos ao redor de sua delicada salvação enquanto Håkan continuava empurrando, cutucando, tentando entrar.

A ponta. A ponta tem de estar do lado certo.

Virou a cabeça para o cabo e viu que estava do lado certo. Uma chance.

Tudo ficou em silêncio na cabeça de Eli, que visualizou o que era preciso fazer. E então o fez. Com um movimento, ergueu o pedaço de madeira e o empurrou contra o rosto de Håkan com toda a força.

Seu antebraço passou ao lado na coxa, formando uma linha reta que... parou a alguns centímetros do rosto da criatura quando Eli, devido à sua posição, não pôde esticar mais o braço.

Havia falhado.

Por um segundo Eli teve tempo de pensar que talvez possuísse a habilidade de fazer o corpo morrer por vontade própria. Se desligasse tudo e...

E então Håkan empurrou o corpo para frente e, ao mesmo tempo, deixou a cabeça cair. Com o som suave de uma colher de pau afundando em um mingau denso, a ponta afiada do cabo adentrou seu olho.

Håkan não gritou. Talvez nem tivesse sentido. Talvez tenha sido apenas a surpresa de não ser capaz de enxergar que o fez soltar os tornozelos de Eli. Sem sentir nada em suas pernas danificadas, Eli soltou os pés e chutou o peito de Håkan.

As solas dos pés encontraram a pele dele com um baque úmido e a criatura caiu para trás. Eli pôs suas pernas abaixo do corpo e, sentindo uma onda de dor fria nas costas, ajoelhou-se. Håkan não havia caído, apenas se dobrado, como um boneco eletrônico em um trem fantasma, e começava a endireitar o corpo outra vez.

Ficaram frente a frente, de joelhos.

O pedaço de madeira no olho de Håkan foi descendo aos poucos, no ritmo de um ponteiro de relógio, e então caiu, tamborilou um pouco no chão e ficou parado. Um fluido translúcido começou a descer do buraco onde estivera, uma inundação lacrimosa.

Nenhum deles se moveu.

O líquido do olho da criatura escorreu para suas coxas nuas.

Eli concentrou toda a força no braço direito, fechou o punho. Quando o ombro de Håkan fez um movimento e seu corpo tentou se esticar até Eli, para continuar de onde havia parado, golpeou-o com o punho direito, acertando o lado esquerdo do peito dele.

As costelas se partiram e a pele foi esticada ao máximo por um momento, e então cedeu, se abriu.

A cabeça de Håkan inclinou-se para ver o que não podia enquanto Eli tateava com a mão dentro de sua cavidade torácica até encontrar o coração. Uma massa fria, mole. Imóvel.

Não está vivo. Mas precisa estar...

Eli apertou o coração até despedaçá-lo. Ele cedeu fácil, permitiu ser quebrado como uma água-viva morta.

Håkan reagiu apenas como se uma mosca particularmente persistente tivesse pousado em sua pele. Ergue os braços para se livrar do elemento irritante e, antes que tivesse tempo de agarrar seu punho, Eli puxou a mão com os restos do coração tremendo em seu punho.

Preciso sair daqui.

Quis se levantar, mas suas pernas não obedeciam. Håkan tateava cegamente com os braços à sua frente, tentando encontrar Eli. Eli virou-se de bruços e começou a rastejar para fora do cômodo, os joelhos se arrastando com um som de sussurro pelo concreto. A criatura virou a cabeça na direção do som, esticou o braço e conseguiu agarrar o vestido, rasgando uma manga antes que Eli conseguisse chegar à porta, ficando outra vez de joelhos.

Håkan se levantou

Eli teve alguns segundos de alívio antes de a criatura conseguir chegar à porta. Tentou forçar suas articulações quebradas a se curarem o suficiente para que pudesse ficar de pé, mas quando Håkan chegou à porta, suas pernas só tinham força suficiente para que ficasse de pé segurando-se na parede.

Farpas da madeira áspera furavam as pontas de seus dedos enquanto deslizava a mão pela parede para não cair. Sabia agora. Que sem um coração, cego, Håkan continuaria lhe perseguindo até... até...

Preciso... destruir... preciso... destruí-lo.

Uma linha preta.

Uma linha preta vertical em frente a seus olhos. Não estivera lá antes. Eli sabia o que fazer.

— Aaaaa...

A mão de Håkan segurou um dos batentes e seu corpo veio cambaleando para fora da sala de depósito, com as mãos se balançando a sua frente. Eli continuou com as costas na parede, esperando o momento certo.

Håkan saiu, deu uns passos hesitantes e então parou bem em frente a Eli. Escutou, cheirou o ar.

Eli se inclinou para frente de forma que suas mãos ficaram na altura dos ombros de Håkan. Apoiou-se na parede, tomou impulso e, com toda sua força, tentou desequilibrar a criatura.

Conseguiu.

Håkan deu um passinho para o lado e caiu contra a porta do abrigo. A fresta na porta que Eli havia visto como uma linha preta aumentou à medida que a porta se abriu e o homem caiu na escuridão, os braços balançando em um pedido de ajuda, enquanto Eli começou a cair de cabeça no corredor, conseguindo parar antes que seu rosto atingisse o chão, e então engatinhou até a porta, agarrando a menor das duas rodas da tranca.

O homem permaneceu deitado lá dentro enquanto Eli fechava a porta do abrigo de emergência e virava a roda, trancando-a. Então engatinhou até a sala

368

de porão, pegou o cabo de vassoura e encaixou-o na roda, de forma a evitar que a porta fosse aberta por dentro.

Eli continuou a concentrar sua energia em curar o corpo, e começou a engatinhar para fora do porão. Um filete de sangue escorria de sua orelha. Ao chegar à porta do porão, já tinha se curado o suficiente para conseguir ficar de pé. Abriu a porta e subiu as escadas com pernas vacilantes.

descanso descanso descanso

Abriu a porta no topo das escadas e ficou sob a lâmpada do hall. Havia sofrido agressão, humilhação e o sol ameaçava nascer no horizonte.

descanso descanso descanso

Mas precisava... exterminar. E só havia uma maneira pela qual sabia fazer isso. Fogo. Cambaleando, atravessou o pátio, indo até o único lugar no qual sabia que podia encontrá-lo.

7H34, MANHÃ DE SEGUNDA-FEIRA, BLACKEBERG:

O alarme antirroubo do mercado ICA na rua Arvid Mörne dispara. A polícia chega onze minutos depois e descobre que a vitrine foi quebrada. O dono da loja, que mora ao lado, está lá. Diz que de sua janela viu uma pessoa muito jovem, de cabelos pretos, deixar o local correndo. Porém, ao vasculhar o local, nada parece ter sido roubado.

7H34, NASCER DO SOL.

As persianas do hospital são muito melhores, mais escuras que as suas. Havia apenas um local, onde estavam quebradas, pelo qual um raio fino de luz matinal adentrava e desenhava uma linha cinza pó no teto escuro.

Virginia estava esticada, rígida, na cama, olhando para o risco de luz acinzentada que tremia quando um sopro de vento fazia a janela vibrar. Luz refletida, fraca. Nada mais do que uma leve irritação, uma ramela em seu olho.

Lacke fungava e roncava na cama ao lado da dela. Haviam ficado acordados por bastante tempo, conversando. Sobre lembranças, principalmente. Perto das 4h, por fim, Lacke havia dormido, com a mão ainda segurando a dela.

Havia precisado desemaranhar a mão da dele uma hora depois, quando a enfermeira viera checar sua pressão sanguínea, achou-a satisfatória e os deixou com um olhar, na verdade uma mirada carinhosa para Lacke. Ela o havia escutado implorar para ficar, as razões que havia dado. Por isso a mirada, ela supunha.

369

Virginia agora estava com as mãos amarradas ao lado do corpo, lutando contra o desejo de seu corpo de... se desligar. *Adormecer* não era uma expressão adequada. Assim que deixava de se concentrar em sua respiração, ela parava. Mas precisava continuar acordada.

Torcia para que a enfermeira voltasse antes de Lacke acordar. Sim. O melhor seria se ele pudesse dormir até tudo terminar.

Mas provavelmente era pedir demais.

* * *

O sol alcançou Eli no pátio, uma língua brilhante que beliscava sua orelha rasgada. Por instinto, escondeu-se na sombra da entrada abobadada, apertando as três garrafas de álcool desnaturado contra o peito, como se quisesse protegê-las do sol também.

Dez passos de distância até seu portão. Vinte passos até o de Oskar. Trinta até o de Tommy.

Não consigo.

Não, se estivesse saudável, forte, poderia talvez tentar chegar até a entrada do prédio de Oskar sob a luz que ficava mais intensa a cada segundo que esperava. Mas não até o de Tommy. E não agora.

Dez passos. Depois subir as escadas. Há uma janela grande próxima a elas. Se eu tropeçar. Se o sol...

Eli correu.

O sol atirou-se sobre seu corpo como um leão faminto, mordendo suas costas. Eli quase perdeu o equilíbrio sob o empurrão da força física, uivante do sol. A natureza vomitava enojada frente a sua transgressão; mostrar-se sob a luz do sol, por um segundo que fosse.

Fervia, borbulhava, era como se alguém despejasse óleo quente sobre as costas de Eli. Chegou ao portão, abriu-o com força. Quase desmaiou de dor enquanto subia as escadas, como se tivesse sob o efeito de drogas, sem conseguir enxergar; não ousava abrir os olhos, com medo de derreterem.

Deixou uma das garrafas cair, ouviu-a rolar pelo chão. Não dava para fazer nada. Com a cabeça baixa, um braço segurando as garrafas e o outro, o corrimão, mancou escada a cima, chegou ao corredor. Faltava um andar.

O sol golpeou seu pescoço uma última vez pela janela, atacou-o, mordendo suas coxas, panturrilhas e tornozelos enquanto subia as escadas. Estava queimando. Só faltavam as chamas. Conseguiu abrir a porta, caiu sobre a maravilhosa escuridão fria lá dentro. Bateu a porta às suas costas. Mas não estava escuro.

A porta da cozinha estava aberta, e lá a janela não era coberta. A luz era mais fraca, mais cinza do que a que havia experimentado e, sem hesitar, Eli deixou as garrafas caírem no chão e seguiu em frente. Enquanto a luz arranhava quase gentilmente suas costas, ao engatinhar pelo corredor em direção ao banheiro, o cheiro de carne queimada adentrou suas narinas.

Meu corpo nunca mais será o mesmo.

Esticou o braço, abriu a porta do banheiro e rastejou para a escuridão completa. Afastou umas garrafas de plástico do caminho, fechou a porta e a trancou.

Antes de deslizar para a banheira, teve tempo de pensar:

Não tranquei a porta da frente.

Mas era tarde demais. O descanso desligou sua mente ao mesmo tempo em que deslizou para a escuridão úmida. Não teria energia para aquilo, de qualquer forma.

* * *

Tommy permanecia imóvel, encostado no canto. Prendeu a respiração até os ouvidos começarem a zunir e estrelas cadentes aparecerem diante de seus olhos. Quando ouviu a porta do porão bater, ousou ofegar longamente, sua exalação correndo pelas paredes de cimento, sumindo.

O silêncio era total. A escuridão tão completa que tinha massa, peso.

Estendeu uma mão em frente ao rosto. Nada. Nenhuma diferença. Tocou o rosto como se quisesse se convencer de que existia. Sim. As pontas de seus dedos tocaram seu nariz, seus lábios. Surreal. Adquiriam vida sob seus dedos, desapareciam.

A estatueta em sua outra mão parecia mais viva, mais real do que ele. Apertou-a, segurou-a perto de si.

* * *

Tommy estivera sentado com a cabeça inclinada entre os joelhos, os olhos bem fechados, as mãos contra os ouvidos para não saber, não ouvir o que acontecia do lado de fora do abrigo. Pelos sons, parecia que aquela garotinha estava sendo assassinada. Ele não teria sido capaz de fazer nada, não teria ousado fazer nada, então tentara negar toda a situação desaparecendo.

Estivera com o pai. No campo de futebol, na floresta, na praia Kanaanbadet. Por fim havia pausado na lembrança daquela vez nos campos de Råcksta quando os dois brincaram com o aviãozinho de controle remoto que o pai pegara emprestado de alguém no trabalho.

A mãe havia estado lá um tempo, mas acabou achando chato olhar o avião fazendo círculos no céu e voltara para casa. Ele e o pai haviam continuado lá até escurecer e o avião se tornar uma silhueta contra o céu crepuscular rosado. Voltaram caminhando para casa, de mãos dadas, pela floresta.

Tommy estivera naquele dia, longe dos gritos, da insanidade que acontecia a alguns metros. Só estava ciente da vibração furiosa do avião, do calor da mão grande do pai em suas costas enquanto ele, nervoso, conduzia o brinquedo em círculos grandes, sobrevoando o campo, o cemitério.

Na época, Tommy nunca havia estado no cemitério; imaginava as pessoas andando sem rumo entre os túmulos, chorando grandes lágrimas de personagem de quadrinhos que batiam contra as lápides. Isso foi antes. Aí seu pai morreu e Tommy aprendeu que cemitérios raramente — muito raramente — eram assim.

Suas mãos haviam apertado as orelhas com força, matando aqueles pensamentos. Pense em atravessar a floresta, pense no cheiro do combustível especial do aviãozinho na garrafa, pense em...

Apenas quando — em meio a seu isolamento acústico — escutou uma tranca virando, abaixara as mãos e olhara à sua volta. Não adiantou nada, já que o abrigo tinha ainda menos luz que a escuridão por trás de suas pálpebras. Começara a prender a respiração quando a segunda roda girou para o lugar, manteve a respiração presa caso o-que-quer-que-fosse ainda estivesse no porão.

Então havia escutado o baque distante da porta do porão, sentido as paredes vibrarem e lá estava ele. Ainda vivo.

* * *

A coisa não me pegou.

O que era "a coisa", exatamente, ele não sabia, mas fosse o que fosse, não o havia descoberto. Tommy levantou-se de sua posição agachada. Sentia como se uma fileira de formigas corresse pelos músculos dormentes de suas pernas, e tateou pela parede, seguindo para a porta. As palmas das mãos estavam suadas pelo medo e pela pressão que fizera contra as orelhas; a estatueta quase caía de seu aperto.

A que estava livre encontrou a roda do mecanismo de tranca e começou a girá-la.

Cedeu uns 10 centímetros, e então parou.

O que é isso...?

Fez mais força, mas a roda não cedia. Deixou o troféu cair para poder conseguir agarrar a roda com ambas as mãos, e ele chegou ao chão com um

puff.

Congelou.

O som foi estranho. Parece até que caiu em algo... macio.

Agachou perto da porta, tentou girar a roda mais baixa. A mesma coisa. Dez centímetros, depois nada. Sentou-se no chão. Tentou ser prático.

Porra, vou ficar preso aqui.

Era isso, em resumo.

Mas ele ainda veio, rastejante... o medo que tivera alguns meses depois da morte do pai. Não o sentia há tempo, mas naquele momento, trancado, na escuridão total, estava voltando. O amor por seu pai que, na morte, transformara-se em medo dele. De seu corpo.

Um nó começou a crescer em sua garganta, seus dedos endureceram.

Pense! Pense agora!

Havia velas em uma prateleira no depósito do outro lado do abrigo. O problema era ir até lá no escuro.

Idiota!

Bateu na testa, riu alto. Tinha um isqueiro! Afinal, qual seria a utilidade de procurar as velas se não pudesse acendê-las com nada?

Como aquele cara com mil latas e nenhum abridor. Morreu de fome cercado por comida.

Enquanto procurava o isqueiro no bolso, pensou que sua situação não era *tão* desesperadora assim. Mais cedo ou mais tarde alguém desceria para o porão, sua mãe — se não outra pessoa — e se ele pudesse ao menos iluminar o local, já seria algo.

Tirou o isqueiro do bolso, o acendeu.

Seus olhos, que haviam se acostumado à escuridão, por um momento foram cegos pela luz, mas quando se adaptaram outra vez, ele viu que não estava só.

Esticado no chão, perto de seu pé, estava...

... Papai...

O fato de que seu pai havia sido cremado não lhe ocorreu quando, à luz trêmula do isqueiro, viu o rosto do cadáver, que correspondia a suas expectativas da aparência que uma pessoa teria depois de ficar sob a terra por muitos anos.

... Papai...

Gritou direto contra o isqueiro e a chama se apagou, mas na fração de segundo antes de a luz se extinguir, teve tempo de ver a cabeça de seu pai se mexer e...

... está vivo...

O conteúdo de seu intestino sujou suas calças em uma explosão molhada que espalhou calor por seu traseiro. Suas pernas então cederam, seu esqueleto se dissolveu e ele foi ao chão, deixou o isqueiro cair de forma que quicou pelo piso. Sua mão foi parar bem nos dedos frios do cadáver. Unhas afiadas arranharam a palma de sua mão e, enquanto ele continuava gritando...

Mas, papai! Você não corta as unhas dos pés?

... começou a sentir, a acariciar o pé gelado como se fosse um cachorrinho com frio que precisava de conforto. Continuou acariciando o osso da canela, a coxa, sentiu os músculos ficarem tensos sobre a pele, se moverem, enquanto ele gritava mais e menos, como um animal.

As pontas de seus dedos sentiram metal. O troféu. Estava entre as coxas do cadáver. Pegou a estatueta pelo peito, parou de gritar e, por um momento, voltou à praticidade.

Um porrete.

No silêncio que se seguiu a seus gritos, ouviu um som gotejante, grudento quando o cadáver levantou a parte de cima do corpo. E quando um membro frio do corpo encostou-se em sua mão, ele se afastou, apertando o troféu.

Não é o papai.

Não. Tommy afastou-se mais, para longe do cadáver, com excremento grudado nas nádegas, e pensou por um momento que podia *ver no escuro* quando suas impressões sonoras se transformaram em imagens e ele *viu* o corpo se levantando na escuridão, uma forma amarelada, uma constelação.

Com os pés sapateando no chão, o garoto recuou até a parede; o cadáver do outro lado emitiu uma curta exalação:

— ... aa...

E Tommy viu...

Um elefantinho, de desenho animado, e lá vem (opa!) o ELEFANTÃO e aí... trombas para cima!... buzinando "A", e o grupo de música infantil entra e canta "Lá! Aqui! Onde você não tá...".

Não, como era mesmo...?

O cadáver devia ter batido na pilha de caixas, pois ele pôde ouvir baques, o barulho de aparelhos de som caindo no chão. Tommy deslizou parede a cima, batendo a parte de trás da cabeça e vendo uma espécie de estática. Por meio do barulho, ouvia o som de pés duros e descalços andando pelo piso, buscando.

Aqui. É lá. Onde você não tá. Não. Sim.

Era assim. Ele não estava ali. Não podia se ver, nem ver a coisa que fazia o barulho. Então era apenas *som*. Apenas algo que escutava enquanto olhava para uma tela preta. Algo que nem existia.

Aqui. É lá. Onde você não tá.

Quase começou a cantar a musiquinha em voz alta, mas o resto de racionalidade em sua consciência o impediu. O zumbido branco começou a sumir, deixando uma superfície vazia na qual começou a acumular novos pensamentos, com esforço.

O rosto. O rosto.

Não queria pensar naquele rosto, *não queria* pensar...

Algo sobre o rosto que havia sido momentaneamente iluminado pelo isqueiro.

Estava se aproximando. Os passos não só pareciam estar mais perto, sibilando contra o chão, como também era possível sentir a presença como uma sombra mais impenetrável que a escuridão.

Mordeu o lábio inferior até sentir gosto de sangue, fechou os olhos. Viu desaparecerem da imagem como dois...

Olhos.

A coisa não tem olhos.

Uma brisa leve em seu rosto quando uma mão tateou o ar.

Cega. Está cega.

Não tinha certeza, mas a massa sobre os ombros da criatura não tinha olhos.

Quando a mão passou pelo ar outra vez, Tommy sentiu a carícia do ar em sua bochecha um décimo de segundo antes que ela o tocasse, teve tempo de virar o rosto de forma que a mão apenas encostou em seu cabelo. Terminou o movimento se jogando no chão, começou a rastejar pelo piso com as mãos circulando à sua frente, nadando.

O isqueiro, o isqueiro...

Algo cutucou seu peito. Sentiu uma onda de náusea ao perceber que era a unha do pé da coisa, mas rolou rapidamente para não estar no mesmo lugar quando as mãos viessem pegá-lo.

Aqui. É lá. Onde o Tommy não tá.

Um risinho involuntário escapou de sua boca. Tentou pará-lo, mas não conseguiu. Saliva voou de sua boca, e de sua garganta rouca de tanto gritar vieram soluços de riso ou choro, enquanto suas mãos, como dois feixes de radar, continuavam tateando o chão em busca da única vantagem que talvez, talvez tivesse contra a escuridão que o queria devorar.

Deus, me ajude. Que a luz de vossa face... Deus... desculpa por aquilo na igreja, desculpa por... tudo. Deus, vou sempre acreditar em você, como quiser, se apenas me permitir... encontrar o isqueiro... seja meu amigo, Deus, por favor.

Algo aconteceu.

Ao mesmo tempo em que Tommy sentiu a mão da coisa passar por seu pé, o aposento foi iluminado por um milissegundo com uma luz branca azulada, como de um flash, e naquele milissegundo Tommy realmente viu as caixas caídas no chão, a superfície desnivelada das paredes, a entrada das salinhas de depósito.

E o isqueiro.

Estava a apenas alguns metros de sua mão direita, e quando a escuridão voltou a envolvê-lo, a localização do isqueiro continuou gravada em suas retinas. Puxou e soltou o pé que a criatura segurava, lançou o braço para frente e conseguiu agarrar o isqueiro, segurou-o com firmeza na mão, levantou-se com um pulo.

Sem pensar se era pedir demais, começou a entoar mentalmente uma nova oração.

Que a coisa seja cega, meu Deus. Deixe ela ser cega, Deus. Deixe ela ser cega...

Acendeu o isqueiro. Um flash, como o que acabar de ver, e então uma chama amarela, azul no centro.

A coisa permaneceu parada, virou a cabeça em direção ao som. Começou a andar naquela direção. A chama tremeu quando Tommy deslizou dois passos para o lado e chegou à porta. A coisa parou onde o garoto estivera há três segundos.

Se fosse capaz de sentir alegria, teria sentido. Mas com a luz fraca do isqueiro, de súbito tudo se tornou brutalmente *real*. Não era mais possível fugir para uma fantasia na qual ele não estava lá, na qual aquilo não estava acontecendo com ele.

Estava trancado em um aposento com isolamento acústico, junto à criatura que mais temia. Algo se revirou em seu estômago, mas não havia mais o que evacuar. Só o que saiu foi um peido, e a coisa virou a cabeça outra vez, em direção a ele.

Tommy puxou a roda do mecanismo de tranca com a mão livre, fazendo a que segurava o isqueiro tremer, apagando a chama. A roda não cedeu, mas pelo canto do olho Tommy teve tempo de ver como a coisa vinha em sua direção. Jogou-se para longe da porta, em direção à parede contra a qual estava sentado antes.

Soluçou, fungou.

Faça isso parar, meu Deus. Faça parar.

Outra vez pensou no elefante grande, que ergueu o chapéu e, com voz nasalada, disse:

É o fiiiiim! Toca o trompete, tromba, buuuum! É o fim!

Estou ficando louco. Eu... isso...

Balançou a cabeça, acendeu o isqueiro outra vez. No chão à sua frente estava o troféu. Inclinou-se, pegou-o e deu alguns pulos para o lado, segundo em direção à outra parede. Olhou para a coisa tateando o local no qual ele estivera.

Cabra-cega.

O isqueiro em uma mão, o troféu na outra. Abriu a boca para dizer algo, mas só o que saiu foi um sussurro rouco:

— Vamos lá, então...

A coisa pareceu alerta, virou-se, foi em direção a ele.

Ele ergueu o troféu de Staffan como um porrete e, quando a criatura estava a meio metro, bateu no rosto dela.

Como em uma cobrança perfeita de pênalti no futebol, quando assim que seu pé toca a bola você sente que essa... essa vai direto pra rede, Tommy sentiu o sucesso já na metade do movimento, e...

Sim!

... quando o canto áspero de pedra encontrou a têmpora da coisa com uma força que continuou em um arco que partia de seu braço, Tommy já sentia o triunfo. O sentimento foi apenas confirmado quando o crânio se amassou e, com um estalo de gelo se quebrando, um líquido gelado atingiu o rosto de Tommy e a criatura caiu no chão.

O garoto permaneceu no lugar, ofegante. Olhou o corpo deitado no chão.

Ele tem uma ereção.

Sim. O pênis da coisa estava protuberante, como uma pequena lápide meio torta, e Tommy ficou lá, olhando, esperando que murchasse. Isso não aconteceu. O garoto quis rir, mas sua garganta doía demais.

377

Uma dor latejante em seu polegar. Tommy olhou para baixo. O isqueiro havia começado a queimar a pele do polegar que pressionava o disparador. Quis soltar instintivamente, mas o polegar não obedeceu. Estava travado, em câimbra, sobre o disparador.

Virou o isqueiro em outra direção. Não queria desligá-lo, de qualquer forma. Não queria ficar sozinho no escuro com aquela...

Um movimento.

Tommy sentiu que algo importante, algo que precisava para ser quem era, o deixou assim que a criatura levantou outra vez a cabeça, começando a ficar de pé.

Um elefante se equilibrando em um pequeno, pequeno fio de uma teia!

O fio se partiu. O elefante caiu.

E Tommy bateu de novo. E de novo.

Depois de um tempo, começou a achar divertido.

SEGUNDA-FEIRA

9 DE NOVEMBRO

Morgan passou pelo cobrador, mostrando de longe o passe mensal que já havia saído da validade há 6 meses, enquanto Larry, obediente, parou, pegou uma cartelinha amassada de passagens e disse:

— Ängbyplan.

O cobrador ergueu os olhos do livro que lia, carimbou dois espaços na cartela. Morgan riu quando Larry se aproximou e eles começaram a descer as escadas.

— Por que diabos você perde tempo fazendo isso?

— O quê? Validar minha passagem?

— Sim. Até parece que você é um cidadão modelo.

— Não é por isso.

— Por que, então?

— Não sou como você, ok?

— Mas, qual é... o cara tava só... você podia ter mostrado uma foto do rei e daria no mesmo pra ele.

— Ok, tá bom. Pare de falar tão alto.

— Acha que ele vai vir atrás de nós ou algo assim?

Antes de abrirem as portas para a plataforma, Morgan curvou as mãos em volta da boca, improvisando um megafone, e gritou em direção à estação:

— Alerta, alerta! Passageiros ilegais!

Larry se afastou, dando alguns passos em direção à plataforma. Quando Morgan o alcançou, disse:

— Você é bem infantil, sabia?

— Claro. Agora me conta tudo o que aconteceu de novo. Desde o início.

Larry havia ligado para Morgan na noite anterior e resumido o que Gösta havia dito 10 minutos antes ao telefone. Haviam concordado em se encontrar na estação de metrô de manhã cedo para ir ao hospital.

Contou a história outra vez. Virginia, Lacke, Gösta, os gatos. A ambulância na qual Lacke entrara com ela. Adicionou uns detalhes extras de sua autoria e, antes de terminar, o metrô para a cidade havia chegado. Entraram, ocuparam um banco de quatro lugares e Larry terminou a história dizendo:

— ... e aí a ambulância partiu, com as sirenes no volume máximo.

Morgan assentiu com a cabeça, mordendo a unha do polegar e olhando para fora da janela enquanto o vagão saía do túnel e parava em Islandstorget.

— Por que diabos enlouqueceram assim?

— Os gatos? Sei lá. Algo deixou todos malucos.

— Mas todos? Ao mesmo tempo?

— Tem uma explicação melhor?

— Não. Gatos desgraçados. Lacke deve estar devastado.

— Aham. Já não estava bem antes.

— Não. — Morgan suspirou. — Me sinto muito mal pelo cara, na verdade. A gente devia... sei lá. Fazer algo.

— E a Virginia?

— Sim, sim, sim. Mas você sabe, quando a gente tá ferido, doente... o que dá pra fazer? Precisa ficar lá deitado. O difícil é sentar ao lado da cama e... não, não sei, mas ele estava muito... da última vez, quando... do que ficou falando mesmo? Lobisomens?

— Vampiros.

— Isso. Não é sinal de que você tá bem pra caralho, né?

O metrô parou na estação de Ängbyplan. Quando as portas se fecharam, Morgan disse:

— Pronto. Agora estamos no mesmo barco.

— Acho que são mais lenientes se você tem, pelo menos, dois espaços carimbados.

— É o que você *acha*. Não sabe.

— Viu os resultados pesquisa? Do partido comunista sueco?

— Sim, sim. Tudo vai se endireitar depois das eleições. Tem muita gente, esquerdista de coração, que quando chega na urna ainda vota com consciência.

— É o que você pensa.

— Não, eu sei. O dia que tirarem os comunistas do parlamento é o dia em que começarei a acreditar em vampiros. Mas, claro: sempre há os conservadores. Bohman e o povo dele, você sabe. Falando em sanguessugas...

Morgan começou um de seus monólogos. Larry parou de escutar lá para os lados de Åkeshov. Havia um único policial fora das estufas, olhando para o metrô. Larry sentiu uma dorzinha na consciência ao pensar no trecho que faltava carimbar na cartela de passagens, mas imediatamente reprimiu o pensamento ao lembrar por que a polícia estava lá.

O policial parecia apenas entediado. Larry relaxou; absorvia uma ou outra palavra ocasional no monólogo de Morgan enquanto seguiam para Sabbatsberg.

* * *

7h45 e nenhuma enfermeira havia aparecido.

A listra de pó cinza no teto se tornara mais clara e entrava luz o suficiente pelas persianas para Virginia sentir que estava fazendo bronzeamento artificial. Seu corpo estava quente, pulsava, mas era só isso. Não ficaria pior.

Lacke estava deitado na cama ao lado, grunhindo, mastigando enquanto dormia. Ela estava pronta. Se pudesse apertar o botão para chamar a enfermeira, teria apertado. Porém, suas mãos estavam presas, então não podia.

Por isso, esperava. O calor em sua pele doía, mas não era insuportável. O pior era o esforço constante para permanecer acordada. Um minuto de distração e sua respiração parava, as luzes começavam a se apagar em sua cabeça cada vez mais rápido e ela precisava arregalar os olhos e balançar a cabeça para ligá-las outra vez.

Ao mesmo tempo, esse despertar necessário era uma benção; ele a impedia de pensar. Toda sua energia mental estava dedicada a se manter acordada. Não havia espaço para hesitação, arrependimento ou qualquer alternativa.

A enfermeira chegou exatamente às 8h.

Quando ela abriu a boca para dizer "Bom dia, como estamos hoje?" ou o que quer que enfermeiras dizem de manhã, Virginia sibilou:

— Shhhh!

A enfermeira fechou a boca com um estalo surpreso e franziu o cenho quando atravessou o quarto escuro até a cama de Virginia, inclinou-se sobre ela e disse:

— E como...

— Shhh! — Virginia sussurrou. — Desculpe, mas não quero acordá-lo. — Apontou para Lacke com a cabeça.

A enfermeira assentiu, disse em voz baixa:

— Não, claro. Mas preciso medir sua temperatura e colher uma amostra de sangue.

— Sim, tudo bem. Mas será que pode... tirá-lo daqui antes?

— Tirá-lo... quer que eu o acorde?

— Não. Mas se pudesse... levar a maca dele lá para fora enquanto dorme.

A enfermeira olhou para Lacke como se quisesse avaliar se aquilo sequer era fisicamente possível, e então sorriu, balançou a cabeça e disse:

— Acho que vai ficar tudo bem. Vamos medir sua temperatura oralmente, então não precisa se sentir...

— Não é isso. Não podia só... fazer o que estou pedindo?

A enfermeira olhou o relógio.

— Peço desculpas, mas tenho outros pacientes e...

Virginia exclamou, o mais alto que ousava arriscar:

— Por favor!

A enfermeira deu um meio passo para trás. Era claro que havia sido informada sobre as ações da paciente durante a noite. Seus olhos rapidamente miraram as tiras que prendiam os braços da mulher. Pareceu se tranquilizar pelo que viu, voltou para perto da cama. Começou a falar com Virginia como se ela tivesse problemas mentais.

— Veja bem... preciso... precisamos, para poder te ajudar a ficar boa de novo, de um pouco de...

Virginia fechou os olhos, suspirou, desistiu. Então disse:

— Poderia fazer a gentileza de abrir as persianas?

A enfermeira assentiu e foi até a janela. A paciente aproveitou a oportunidade para chutar os cobertores, expondo seu corpo. Prendeu a respiração. Manteve os olhos bem fechados.

Era o fim. Agora queria se desligar. Tentava enfim deixar que aquilo contra o qual vinha resistindo a manhã inteira acontecesse. Mas não pôde. Em vez disso, teve aquela experiência de que todos ouvem falar: ver a vida passar em frente a seus olhos, como um filme em velocidade acelerada.

O pássaro que eu tinha na caixa de papelão... o cheiro de lençóis limpos na lavanderia... minha mãe preparando bolinhos de canela... meu pai... a fumaça de seu cachimbo... Per... o chalé... Len e eu, o cogumelo gigante que encontramos naquele verão... Ted com a bochecha suja de papinha de amora... Lacke, as costas dele... Lacke...

Um ruído quando as persianas foram erguidas, e ela afundou-se em um mar de fogo.

* * *

A mãe de Oskar o havia despertado às 7h10, como sempre. Ele se levantara e tomara café, como sempre. Havia se vestido e se despedido da mãe com um abraço às 7h30, como sempre.

Sentia-se normal.

Cheio de ansiedade e medo, claro. Mas nem isso era incomum ao voltar para a escola depois do fim de semana.

Guardou o livro de Geografia, o atlas e a folha de exercício que não tinha terminado. Estava pronto às 7h35. Só precisava sair em 15 minutos. Será que devia se sentar e completar aquele exercício? Não. Faltava energia.

Sentou-se em sua mesa, olhando para a parede.

Ele não estava infectado, então? Ou havia um período de incubação? Não. Aquele velho... havia levado apenas algumas horas.

Não estou infectado.

Devia estar feliz, aliviado. Mas não estava. O telefone tocou.

Eli! Algo aconteceu com...

Levantou-se com um pulo, correu para a entrada, arrancou o telefone do gancho.

— OiaquiéoOskar!

— Ah... oi.

Seu pai. Era apenas seu pai.

— Oi.

— Bem... você está em casa.

— To indo para a escola.

— Certo, nesse caso não vou... Sua mãe está em casa?

— Não, foi trabalhar.

— Sim, imaginei.

Oskar entendeu. Por isso ele estava ligando naquele horário estranho: porque sabia que sua mãe não estava em casa. O pai pigarreou.

— Eu estava pensando... sobre o que aconteceu na noite de sábado. Foi uma situação... infeliz.

— Sim.

— Sim. Você contou para sua mãe... o que aconteceu?

— O que *acha*?

Houve silêncio do outro lado da linha. A estática de 100 quilômetros de linhas telefônicas. Corvos sentados nelas, tremendo, enquanto as conversas das pessoas passavam sobre seus pés. O homem pigarreou outra vez.

— Sabe, perguntei sobre aqueles patins e deu certo. Pode ficar com eles.

— Tenho de ir agora.

— Sim, claro. Espero que... tenha um bom dia na escola.

— Ok. Tchau.

Oskar pôs o fone no gancho, pegou sua mochila e foi para a escola.

Não sentia nada.

* * *

Cinco minutos para as aulas começarem e vários alunos da turma estavam no corredor, fora da sala de aula. Oskar hesitou por um momento, então pendurou a mochila em um ombro e foi até a porta. Todos os olhares se voltaram para ele.

Hora de encarar a punição. O ataque coletivo.

Sim, havia temido o pior. Todos sabiam o que havia acontecido com Jonny na quinta-feira, é claro, e embora não estivesse vendo o rosto de Jonny na multidão, era a versão de Micke que haviam escutado na sexta-feira. E lá estava o garoto, com o sorriso idiota no rosto, como sempre.

Em vez de diminuir o ritmo, preparando-se para fugir de alguma forma, ele *apertou* o passo, indo mais rápido até a sala. Estava vazio por dentro. Não se importava mais com o que acontecia. Não importava.

E aí um milagre aconteceu: o mar se abriu.

O grupo reunido na porta se dividiu, abrindo espaço para Oskar passar. Não havia esperado nada mais, na verdade. Fosse por alguma força que emanava ou por ser um pária nojento que devia ser evitado, não importava.

Ele estava diferente. Os outros sentiam e se afastavam.

Oskar entrou na sala sem olhar para os dois lados, sentou-se em sua carteira. Ouviu cochichos no corredor e, depois de alguns minutos, eles voltaram para dentro. Johan fez sinal de joinha ao passar por ele. Oskar deu de ombros.

Então a professora chegou e, cinco minutos depois de a aula ter começado, Jonny entrou. Oskar havia esperado que ele tivesse algum curativo na orelha, mas não havia nada. No entanto, estava vermelho vivo, inchada, e não parecia pertencer a seu corpo.

Jonny se sentou. Não olhou para Oskar, não olhou para ninguém.

Está com vergonha.

Sim, devia ser isso. Oskar virou a cabeça para olhar na direção de Jonny, que tirou um álbum de fotos da mochila e colocou-o sob a carteira. Viu que as bochechas do garoto haviam ficado vermelhas, da cor da orelha. Pensou em mostrar a língua para ele, mas mudou de ideia.

Muita infantilidade.

* * *

A aula de Tommy começava 8h45 nas segundas-feiras, então às 8h Staffan se levantou e tomou apenas uma xícara de café antes de descer para conversar de homem para homem com o moleque.

Yvonne já havia saído para o trabalho; o próprio Staffan devia se apresentar para o serviço às 9h em Judarn para continuar as buscas na floresta, um empreendimento que ele achava que seria inútil.

Bem, seria bom ficar ao ar livre, e o tempo parecia estar decente. Enxaguou a xícara na pia, pensou por um momento e então vestiu o uniforme. Pensara em ir ver Tommy com roupas civis, falar com ele como uma pessoa normal, digamos assim. Mas, rigorosamente falando, aquele era um assunto de polícia, vandalismo, e, além disso, o uniforme dava a ele uma camada de autoridade que, embora não achasse que faltava a seu eu das horas vagas, de qualquer forma... enfim.

Era também prático já estar pronto para ir trabalhar, já que sairia direto depois da conversa. Staffan então vestiu seu uniforme, a jaqueta de inverno, conferiu no espelho a impressão que passava e a achou agradável. Então pegou a chave do porão que Yvonne havia deixado para ele na mesa da cozinha, saiu, fechou a porta, conferiu a tranca (hábito de trabalho) e desceu as escadas, destrancando a porta do porão.

Por falar em trabalho...

Havia algo errado com a porta. Nenhuma resistência quando ele virou a chave, podia simplesmente ser aberta. Agachou-se e conferiu o mecanismo.

A-ha! Um pedaço de papel.

Um truque clássico de ladrões: inventar um motivo para visitar um lugar que desejam roubar, mexer na tranca e torcer para o dono não notar ao saírem.

Staffan abriu seu canivete, pegou o pedaço de papel.

Tommy, é claro.

O policial não parou para pensar *por que* Tommy precisaria desabilitar a tranca de uma porta da qual tinha a chave. O garoto era um ladrão que passava tempo ali, e aquele era um truque de ladrão. Logo: Tommy.

Yvonne havia descrito a localização da sala de Tommy e, ao andar naquela direção, Staffan preparava o sermão que daria em sua mente. Havia *considerado* bancar o amigo, pegar leve, mas a história da tranca o irritara outra vez.

Explicaria a Tommy — explicaria, sem ameaças — sobre centros de detenção para menores, assistência social, a idade na qual ele podia ser legalmente processado como um adulto, entre outras coisas. Só para o garoto entender que tipo de caminho estava prestes a seguir.

A porta da sala estava aberta. Staffan olhou para dentro. Ora, vejam. O passarinho havia fugido da gaiola. Então viu as manchas. Agachou-se e pôs o dedo em uma.

Sangue.

O cobertor de Tommy estava no sofá e até ele tinha algumas manchas. Já o chão estava — podia ver, agora que sabia o que buscar — coberto de sangue.

Alarmado, saiu da sala.

Em frente a seus olhos, agora via... uma cena de crime. Em vez do sermão que deveria dar, sua mente agora relembrava o manual de como lidar com uma cena de crime. Já o tinha decorado, mas ao avançar os parágrafos...

recolhimento imediato de materiais que, de outra forma, podem ser perdidos... anotar o horário exato... evitar contaminar locais nos quais vestígios de fibras podem ser coletados...

... ouviu um sussurro atrás de si. Um sussurro pontuado por baques abafados.

Um pedaço de madeira estava preso às rodas do mecanismo de tranca do abrigo de emergência. Foi até a porta, escutou. Sim. Sussurros, baques, ambos vindos de lá. Quase soava como uma... missa. Uma litania sendo recitada, da qual não conseguia entender as palavras.

Adoradores do diabo...

Um pensamento bobo, mas ao olhar mais de perto para o pedaço de madeira na porta, ficou assustado com o que identificou na ponta. Vermelho-escuro, filetes volumosos que manchavam uns 10 centímetros do objeto. Era assim, exatamente assim, que as facas ficavam quando já parcialmente secas após serem usadas em conflitos violentos.

Os sussurros do outro lado da porta continuaram.

Chamar reforços?

Não. Talvez estivesse ocorrendo uma ação criminosa atrás daquela porta que seria completada enquanto ele estava lá em cima fazendo a ligação. Precisava lidar com aquilo sozinho.

Abriu o coldre para facilitar o acesso à sua pistola, desprendeu o cassetete. Com a outra mão, pegou o lenço do bolso e, com cuidado, usou-o para pegar a ponta do pedaço de madeira, tirando-o das rodas enquanto escutava atentamente para ver se o arranhar da madeira alterava os ruídos que vinham do interior do abrigo.

Não. A litania e os baques continuaram.

O cabo estava solto. Encostou-o na parede para não destruir possíveis marcas de palma ou impressões digitais.

Sabia que o lenço não garantia que as impressões não seriam apagadas, então, em vez de agarrar uma das rodas, usou dois dedos rígidos em um dos aros para forçá-la a girar.

A roda cedeu. Ele umedeceu os lábios. Sua garganta estava seca. A outra roda girou por completo e a porta se abriu um centímetro.

Agora podia ouvir as palavras. Era uma música. A voz era um sussurro estridente, quebrado:

> *274 elefantes*
> *Em uma teiaziiiii...*
> *(baque)*
> *... nha!*
> *Se divertiam tanto*
> *Que buscaram um coleguinha!*
>
> *275 elefantes*
> *Em uma teiaziiiii...*
> *(baque)*
> *... nha!*
> *Se divertiam tanto...*

Staffan inclinou o cassetete para longe do corpo, abriu a porta com ele.

E então avistou.

A massa atrás da qual Tommy estava ajoelhado seria difícil de ser identificada como um ser humano se não fossem os braços que pendiam dela, meio separados do corpo. Tronco, estômago e rosto eram meros montes de carne, entranhas, ossos quebrados.

Tommy segurava uma pedra quadrada com ambas as mãos e, em uma parte da música, golpeava os restos despedaçados com ela, que não ofereciam resistência, de modo que a pedra os atravessava e atingia o chão com um baque, voltando então a ser erguida quando outro elefante era adicionado à teia.

Staffan não podia dizer com certeza que era Tommy. A pessoa que segurava a pedra estava coberta de tanto sangue e pedaços de carne que era difícil... Staffan sentiu-se muito enjoado. Suprimiu uma onda de náusea que ameaçava dominá-lo, olhou para baixo para não precisar ver e seus olhos focaram um soldadinho de chumbo próximo à porta. Não. Era a estatueta do atirador. Ele a reconhecia. Estava deitada de modo que a pistola apontava para cima.

Onde está a base?

Então percebeu.

Sua cabeça girou e, sem pensar em impressões digitais e protocolos em cenas de crime, pôs as mãos no batente da porta para não cair enquanto a música se repetia:

> *277 elefantes*
> *Em...*

Devia estar muito abalado, pois tinha alucinações. Pensou ter visto... sim... viu claramente como os restos humanos no chão, entre cada golpe... se moviam.

Como se tentassem se levantar.

* * *

Morgan era um fumante compulsivo; já apagava a guimba em um canteiro de flores fora do hospital enquanto Larry ainda estava na metade de seu cigarro. Morgan pôs as mãos nos bolsos, andou de um lado para o outro no estacionamento e xingou quando a água de uma poça entrou no buraco de seu sapato, molhando a meia.

— Você tem dinheiro, Larry?

— Como sabe, sou aposentado por invalidez e...

— Sim, sim. Mas tem dinheiro?

— Por quê? Não vou te emprestar, se é o que...

— Não, não, não. Mas estava pensando em Lacke. E se pagássemos pra ele uma... sabe?

Larry tossiu, olhou de forma acusadora para o cigarro.

— Para quê?... Animá-lo?

— Sim.

— Não... não sei.

— Por quê? Por não achar que vai fazê-lo se sentir melhor ou por não ter dinheiro? Ou porque você é mão de vaca demais pra contribuir?

Larry suspirou, tragou outra vez, tossiu, então fez uma careta e apagou o cigarro no sapato. Pegou a guimba e colocou-a em um recipiente cheio de areia, olhou o relógio.

— Morgan... são 8h30 da manhã.

— Sim, eu sei. Mas daqui a umas horas. Quando as lojas abrirem.

— Não, preciso pensar.

— Então você tem dinheiro?

— Vamos entrar ou o quê?

Atravessaram as portas giratórias. Morgan ajeitou o cabelo com a mão e foi até a recepcionista descobrir onde Virginia estava, enquanto Larry foi olhar uns peixes que nadavam devagar em um grande tanque cilíndrico que borbulhava.

Um minuto depois, Morgan voltou, esfregou as mãos no colete de couro como se quisesse limpar algo que havia grudado ali e disse:

— Que vaca. Não quis dizer.

— Bem, deve estar na UTI.

— Dá para ir lá?

— Ás vezes.

— Você parece saber o que está fazendo.

— E sei.

Foram em direção à Unidade de Tratamento Intensivo. Larry sabia o caminho.

Muitos dos "conhecidos" dele estavam ou haviam estado no hospital. No momento, dois estavam no Sabb, fora Virginia. Morgan suspeitava que pessoas que Larry conhecia de passagem só se tornavam conhecidos ou até amigos quando iam parar no hospital. Só então os procurava, ia visitá-los.

Morgan estava prestes a perguntar por que ele fazia isso quando chegaram às portas de vai e vem da UTI, as empurraram e viram Lacke no fim do corredor. Estava sentado em uma cadeira, só de cueca. Suas mãos apertavam os braços da cadeira enquanto ele olhava para o quarto à sua frente, do qual pessoas entravam e saíam rapidamente.

Sentindo um cheiro estranho, Morgan perguntou:

— Que porra é essa, estão cremando alguém ou o quê? — Ele riu. — Conservadores de merda. Cortes no orçamento, deixam o hospital fazer logo a...

Parou de falar quando chegaram até Lacke, cujo rosto estava pálido, os olhos vermelhos e sem enxergar. Morgan sentiu o que devia ter acontecido, deixou Larry tomar a frente. Não era bom nesse tipo de coisa.

Larry foi até Lacke, pôs a mão no braço dele.

— E aí, Lacke? Como vai?

O caos reinava no quarto mais próximo. As janelas visíveis da porta estavam bem abertas, mas, apesar disso, o cheiro amargo de cinzas chegava ao corredor. Uma nuvem espessa de pó flutuava pelo ar, e em meio a ela pessoas conversavam em voz alta, gesticulando. Morgan ouviu as palavras "responsabilidade do hospital" e "precisamos tentar...".

O que precisavam tentar ele não ouviu, pois Lacke voltou-se para eles, encarando-os como se fossem dois estranhos, e disse:

— ... devia ter percebido...

Larry inclinou-se em direção a ele.

— Devia ter percebido o quê?

— Que isso ia acontecer.

— O que aconteceu?

Os olhos de Lacke se desanuviaram e ele olhou para o aposento esfumaçado, onírico, e disse simplesmente:

— Ela queimou.

— Virginia?

— Sim. Pegou fogo.

Morgan deu alguns passos em direção ao quarto, olhou para dentro. Um homem mais velho, com ar de autoridade, foi até ele.

— Com licença, esse não é um espetáculo público.

— Não, não, estava só...

Morgan estava prestes a dizer algo engraçadinho sobre estar procurando sua jiboia, mas parou. Ao menos teve tempo de ver. Duas camas. Uma com lençóis amassados e um cobertor jogado para o lado, como se alguém tivesse se levantado às pressas.

A outra estava coberta por um cobertor cinza grosso que ia do travesseiro ao pé da cama. A madeira da cabeceira estava coberta de fuligem. Sob o cobertor, dava para ver os contornos de uma pessoa extremamente magra. Cabeça, peito e pelve eram os únicos detalhes que ele podia identificar. O resto poderia ser apenas dobras, irregularidades no cobertor.

Morgan esfregou os olhos com tanta força que seus globos oculares foram pressionados cerca de um centímetro para dentro da cabeça. Era verdade. Puta merda, era verdade.

Olhou pelo corredor, buscando alguém em quem pudesse descontar sua confusão. Avistou um homem que se apoiava em um andador, com um suporte de tubo de cateter a seu lado, e tentava olhar para dentro do quarto.

— Tá olhando o quê, velhote? Quer que eu chute seu andador?

O homem começou a se afastar, em pequenos intervalos. Morgan fechou as mãos em punhos, tentou se controlar. Lembrou-se de algo que havia visto no quarto, virou-se abruptamente e voltou para lá.

O homem que falara com ele estava de saída.

— *Com licença*, o que...

— Sim, sim, sim... — Morgan o empurrou para fora do caminho — ... só vou pegar as roupas do meu amigo, se estiver tudo bem. Ou acha melhor ele continuar sentado lá fora pelado?

O homem cruzou os braços em frente ao peito, deixou Morgan passar.

Ele pegou as roupas de Lacke na cadeira ao lado da cama desfeita, olhou outra vez para a cama ao lado. Uma mão carbonizada com dedos esticados estava para fora do cobertor. Não era possível reconhecer a mão; já o anel no dedo do meio, sim. Ouro com uma pedra azul, o anel de Virginia. Antes de Morgan dar as costas, notou também a tira de couro presa no pulso.

O homem ainda estava em pé à porta, os braços cruzados.

— Feliz agora?

— Não. Mas por que diabos ela estava presa daquele jeito?

O homem balançou a cabeça.

— Pode avisar ao seu amigo que a polícia estará aqui em breve e com certeza vão querer falar com ele.

— Por quê?

— E eu lá sei? Não sou policial.

— Não, claro que não. Mas é fácil se confundir, não?

No corredor, ajudaram Lacke a vestir as roupas, e já haviam acabado quando dois policiais chegaram. Lacke estava completamente fora de si, mas a enfermeira que abrira as persianas teve consciência suficiente para ser capaz de garantir que ele não tivera nada a ver com aquilo. Que estava adormecido quando a coisa toda... começou.

Foi confortada por uma de suas colegas. Larry e Morgan levaram Lacke para fora do hospital.

Quando atravessaram as portas giratórias, Morgan inspirou fundo o ar frio e disse:

— Desculpa, preciso vomitar.

Inclinou-se sobre o canteiro de flores e botou para fora o resto do jantar da noite anterior misturado a uma gosma verde sobre os arbustos.

Ao terminar, limpou a boca com a mão e a secou na perna da calça. Então ergueu a mão como se segurasse uma evidência e disse para Larry:

— Agora você vai ter que abrir a mão, porra.

* * *

Voltaram para Blackeberg e Morgan recebeu 150 para gastar na loja de bebidas enquanto Larry levava Lacke para casa.

Lacke se deixou ser levado. Não havia dito nem uma palavra durante o trajeto inteiro no metrô.

No elevador que subia para o apartamento de Larry, no sexto andar, ele começou a chorar. Não em silêncio, não; gritava como uma criança, mas pior, com mais força. Quando Larry abriu a porta do elevador e o empurrou para fora, o choro aumentou, começou a reverberar pelas paredes de concreto. O grito de Lacke, de uma dor vital e sem fim, encheu a escadaria de cima a baixo, entrando pelas fendas de correio, buracos de fechadura, transformando o prédio em uma grande tumba erguida em memória do amor, da esperança. Larry se arrepiou; nunca havia ouvido nada assim antes. Não se chora assim. Não se pode chorar assim. Quem chora assim, morre.

Os vizinhos. Vão achar que estou matando ele.

Larry tateava as chaves enquanto milhares de anos de sofrimento humano, de desalento e decepção, que por um momento haviam encontrado vazão no corpo frágil de Lacke, continuavam a verter para fora dele.

A chave por fim entrou na fechadura e, com uma força que não sabia ter, Larry basicamente arrastou Lacke para dentro do apartamento e fechou a porta. Lacke continuou a gritar; o ar nunca parecia acabar. O suor começava a se formar na testa de Larry.

Que diabos eu devo... será que devo...

Em pânico, fez o que via nos filmes. Com a mão aberta, deu um tapa na bochecha de Lacke, assustou-se com o som cortante e se arrependeu no mesmo momento. Mas funcionou.

Lacke parou de gritar, olhou para ele com olhos esbugalhados, e Larry pensou que ia devolver o tapa. Então, algo se suavizou nos olhos de Lacke, ele abriu e fechou a boca como se estivesse tentando respirar e disse:

— Larry, eu...

Larry o abraçou. Lacke encostou a bochecha no ombro dele e chorou tanto que tremeu. Depois de um tempo, as penas de Larry começaram a enfraquecer. Tentou se soltar do abraço para sentar-se na poltrona da entrada, mas Lacke continuou agarrado a ele e o seguiu. Larry parou sentado na poltrona e as pernas de Lacke cederam, sua cabeça indo parar no colo de Larry.

Ele acariciou a cabeça do outro, sem saber o que dizer. Apenas sussurrou:

— Pronto, tudo bem... tudo bem...

As pernas de Larry já estavam dormentes quando a mudança ocorreu. O choro havia parado, dado lugar a um choramingo suave, e então ele sentiu a mandíbula de Lacke se tensionar contra sua coxa. Ele então levantou a cabeça, limpou o catarro com a manga da camisa e disse:

— Vou matar aquela coisa.

— O quê?

Lacke baixou os olhos, olhando através do peito de Larry, e acenou com a cabeça.

— Vou matá-la. Não vou deixá-la viver.

* * *

Durante o recesso longo às 9h30, tanto Staffe quanto Johan foram até Oskar para dizer "bom trabalho" e "muito foda". Staffe ofereceu a ele balas de mascar em formato de carrinho e Johan perguntou se Oskar queria vir com eles catar garrafas vazias um dia desses.

Ninguém o empurrou ou prendeu o nariz enquanto ele passava. Até Micke Siskov sorriu, balançando a cabeça de modo encorajador, como se Oskar tivesse contado uma história engraçada, quando se encontraram no corredor fora da cantina.

Era como se todos estivessem esperando que ele fizesse exatamente o que havia feito, e agora era um deles.

O problema era que não conseguia aproveitar a sensação. Notava o que acontecia, mas não o afetava. Ótimo não ser mais humilhado, sim. Se alguém tentasse bater nele, revidaria. Mas seu lugar não era mais ali.

Durante a aula de matemática, levantou a cabeça e encarou os colegas com quem estudava há 6 anos. Estavam com as cabeças baixas sobre os exercícios, mordiscando canetas, passando bilhetes, rindo. E ele pensou: *São só... crianças.*

E ele também era uma criança, mas...

Rabiscou uma cruz em seu livro, mudou-a para um tipo de forca, com uma corda.

Eu sou *uma criança, mas...*

Desenhou um trem. Um carro. Um barco.

Uma casa. Com a porta aberta.

Sua ansiedade aumentou. No fim da aula de matemática, não conseguia ficar parado, seus pés batiam no chão, suas mãos tamborilavam sobre a carteira. A professora, ao virar a cabeça, surpresa, pediu para ele ficar quieto. Tentou, mas logo a inquietude voltou, puxando as cordinhas de marionete, e suas pernas começaram a se mover sozinhas.

Quando chegou a hora da última aula do dia, de educação física, não aguentava mais. No corredor, disse a Johan:

— Diz pro Ávila que eu tô doente, ok?

— Tá indo embora?

— Não trouxe minhas roupas de ginástica.

E era verdade: havia se esquecido de pôr as roupas de ginástica na mochila de manhã, mas não era por isso que precisava matar aula. A caminho do metrô, viu a turma de pé em filas retas. Tomas gritou "buuuuu!" para ele.

Provavelmente o deduraria. Não importava. Nem um pouco.

* * *

Os pombos esvoaçavam em bandos cinzas enquanto ele atravessava a praça de Vällingby correndo. Uma mulher com um carrinho de bebê torceu o nariz para ele; alguém que não se importava com animais. Mas ele estava com pressa, e tudo que estava entre ele e seu objetivo era apenas objetos, obstáculos no caminho.

Parou do lado de fora da loja de brinquedos. Smurfs estavam organizados em uma paisagem bonitinha. Já estava grande demais para aquilo. Em casa, dentro de uma caixa, tinha alguns bonecos de ação Big Jim com os quais havia brincado bastante quando era mais novo.

Cerca de um ano atrás.

Uma campainha eletrônica soou quando ele abriu a porta. Atravessou um corredor estreito no qual havia bonecas de plástico, bonecos de ação e caixas de brinquedos de montar nas prateleiras. Mais perto do caixa estavam os moldes para soldadinhos de chumbo. Os blocos de chumbo precisavam ser pedidos no caixa.

O que ele buscava estava no próprio balcão.

Sim, as *imitações* estavam empilhadas sob as bonecas de plástico, mas com os cubos originais, que tinham o logotipo da Rubik na embalagem, eles tomavam mais cuidado. Custavam *98 kronor* cada.

Um homem atarracado estava atrás do balcão, com um sorriso que Oskar chamaria de "capcioso", se conhecesse aquela palavra.

— Olá. Está buscando algo especial hoje?

Oskar sabia que os cubos estariam no balcão, já tinha formado um plano.

— Sim. Queria umas... tintas. Para chumbo.

— Ah, sim?

O homem apontou para os pequenos potes de tinta esmalte arrumados atrás dele. Oskar se inclinou, pondo os dedos de uma mão sobre o balcão, em frente aos cubos mágicos, enquanto com a outra mão segurava a mochila aberta. Fingiu analisar as cores.

— Dourada. Tem essa?

— Dourada. É claro.

Quando o homem deu as costas, Oskar pegou um dos cubos, colocou-o na mochila e conseguiu pôr a mão de volta onde estava assim que o homem voltou com dois potes de tinta e colocou-os sobre o balcão. O coração de Oskar batia em suas bochechas, por seus ouvidos.

— Fosca ou metálica?

O homem olhou para Oskar, que sentia como se todo seu rosto fosse um sinal de alerta no qual estava escrito "Este aqui é ladrão". Para não chamar atenção para suas bochechas coradas, ele inclinou-se sobre as tintas, disse:

— Metálica... gostei dessa.

Tinha 20 kronor. A tinta custava 19. Havia colocado a nota em uma sacolinha amassada no bolso do casaco, para não precisar abrir a mochila.

A adrenalina veio como sempre quando saiu da loja, mas era mais forte que de costume. Saltitou para longe da loja como um escravizado recém-liberto, que acabara de sair das correntes. Não pôde evitar correr até o estacionamento e, com dois carros o escondendo, abrir a embalagem com cuidado e retirar o cubo.

Era muito mais pesado que a imitação que tinha. As fileiras deslizavam facilmente, como se tivessem mecanismo de rolamento. Talvez tivessem mesmo? Bem, não planejava desmontar o cubo e examiná-lo, arriscar destruí-lo.

A caixa de plástico transparente parecia feia, agora que o cubo não estava mais nela, e ao sair do estacionamento ele a jogou no lixo. O cubo era mais bonito sem ela. Colocou-o no bolso do casaco para poder acariciá-lo, sentir seu peso na mão. Era um bom presente, um excelente... presente de despedida.

Na entrada da estação de metrô, ele parou.

Se Eli pensar que... que eu...

Sim. Que ele, ao dar a Eli um presente, de alguma forma aceitava o fato de que estava partindo. Dar um presente de despedida, pronto, acabou. Adeus, adeus. Mas não era assim. De jeito nenhum queria que...

Seu olhar correu pela estação, parou em um quiosque. No estande de jornais. O *Expressen*. A primeira página inteira estava ocupada pela imagem do velho que morava com Eli.

Oskar foi até lá e folheou o jornal. Cinco páginas dedicadas à busca na floresta de Judarn... O Assassino Ritualístico... contexto, e então: mais uma página com a foto impressa. Håkan Bengtsson... Karlstad... paradeiro desconhecido há 8 meses... polícia convocando a população... se alguém tivesse visto...

A ansiedade enfiou suas garras em Oskar.

Mais alguém pode tê-lo visto, saber onde morava...

A vendedora do quiosque inclinou-se sobre o balcão.

— Vai comprar ou não?

Oskar balançou a cabeça, pôs o jornal de volta no lugar. Então correu. Apenas quando chegou à plataforma lembrou-se de que não havia mostrado seu bilhete ao cobrador. Bateu os pés no chão, pôs as articulações dos dedos na boca, sentiu os olhos se encherem de lágrimas.

Vamos, por favor, metrô, vem logo...

* * *

Lacke estava meio deitado no sofá, franzindo os olhos para o balcão no qual Morgan tentava atrair um pássaro sentado no parapeito, sem sucesso. O sol poente estava bem atrás da cabeça de Morgan, espalhando uma auréola de luz em seu cabelo.

— Vamos... vamos, vamos. Eu não mordo.

Larry estava sentado na poltrona, assistindo desatento a uma aula de espanhol no canal de TV aberta. Pessoas desconfortáveis em situações obviamente ensaiadas passavam pela tela, dizendo:

— Yo tengo un bolso.

— Qué hay en el bolso?

Morgan inclinou a cabeça e o sol atingiu os olhos de Lacke, que os fechou, enquanto ouvia Larry murmurar:

— Kê ai in éu balsa.

O apartamento fedia a fumaça de cigarro velha e poeira. A garrafa de 75 estava vazia, sobre a mesa de centro ao lado de um cinzeiro transbordando. Lacke olhou para algumas marcas de cigarro apagado sem cuidado na mesa; corriam em frente a seus olhos como besourinhos.

— Ona camiça i pantalanis.

Larry riu para si mesmo.

— ... pantalanis.

* * *

Não haviam acreditado nele. Ou, na verdade, sim, mas se recusavam a interpretar os eventos como ele o fizera.

— Combustão espontânea — Larry disse, e Morgan havia pedido que ele soletrasse.

Exceto pelo fato de que casos de combustão espontânea são tão bem documentados e embasados cientificamente quanto os de vampiros. O que quer dizer: nem um pouco.

Mais de dois cenários igualmente improváveis, é melhor escolher acreditar naquele que exige menos ação. Não o ajudariam. Morgan escutara o relato de Lacke do que havia acontecido no hospital com seriedade, mas quando chegou na parte de destruir a causa de tudo aquilo, ele dissera:

— Então, tipo, quer dizer que deveríamos virar... caça-vampiros. Eu, você e Larry. Com estacas, cruzes e... Não, desculpa, Lacke, mas não consigo imaginar isso.

O pensamento imediato de Lacke ao ver os rostos incrédulos e indiferentes deles foi:

Virginia teria acreditado em mim.

E a dor afundara suas garras em seu peito outra vez. Fora ele que não acreditara em Virginia, e por isso... preferiria ter passado uns anos na cadeia por um assassinato misericordioso do que viver com a imagem que ficara tatuada em suas retinas.

O corpo dela se contorcendo na cama enquanto a pele escurecia, começava a soltar fumaça. A camisola de hospital que subiu até sua barriga, revelando seu órgão genital. O barulho do estrado metálico da cama quando seus quadris começaram a se mover, subindo e descendo em uma cópula infernal com um ser invisível à medida que chamas apareciam em suas coxas, os gritos dela, os gritos e o fedor de cabelo queimado que encheu o quarto, seus olhos aterrorizados olhando os meus e, um segundo depois, embranquecendo-se, começando a ferver... estourar...

Lacke havia bebido mais da metade do conteúdo da garrafa. Morgan e Larry deixaram.

— ... pantalanis.

Lacke tentou se levantar do sofá. Sua nuca pesava tanto quanto o resto de seu corpo. Apoiou-se na mesa, levantou. Larry levantou também para dar ajudá-lo.

— Porra, Lacke... dorme um pouco.

— Não, tenho de ir pra casa.

— O que vai fazer lá?

— Preciso só... fazer algo.

— Mas não tem nada a ver com... as coisas de que estávamos falando, né?

— Não, não.

Morgan veio da varanda enquanto Lacke cambaleava em direção à saída.

— Ei! Aonde pensa que vai?

— Pra casa.

— Então deixa que eu te levo.

Lacke virou-se de costas, esforçando-se para firmar o corpo, parecer o mais sóbrio possível. Morgan foi até ele, com os braços estendidos caso Lacke caísse, mas ele balançou a cabeça, deu tapinhas no ombro de Morgan.

— Quero ficar sozinho, ok? Quero ficar sozinho. Só isso.

— Tem certeza que consegue ir sozinho?

— Eu dou um jeito.

Lacke assentiu com a cabeça mais algumas vezes, ficou preso no movimento e teve de conscientemente dar fim a ele para não ficar parado lá, então virou-se de costas e foi até a entrada, colocando o casaco e os sapatos.

Sabia que estava muito bêbado, mas já havia estado assim tantas vezes que era capaz de desconectar seus movimentos de seu cérebro, executá-los de forma mecânica. Teria sido capaz de brincar de pega-varetas sem deixar a mão tremer, ao menos por um tempo.

Ouviu as vozes dos outros de dentro do apartamento.

— Será que devíamos...?

— Não. Se é o que ele quer, precisamos respeitar.

Mas foram até a porta se despedir. Abraçaram-no sem jeito. Morgan o pegou pelos braços e inclinou-se para olhar em seus olhos, disse:

— Não vai fazer nenhuma bobagem, né? Você tem a gente, sabe disso.

— Sim, eu sei. É claro que não vou fazer nada.

* * *

Fora do prédio, parou, olhou para o sol sobre o topo de um pinheiro.

Nunca mais serei capaz de... o sol...

A morte de Virginia, o modo como morrera, pesavam como chumbo em seu coração, no lugar onde seu coração estivera, fazendo-o andar com o corpo dobrado, comprimido. A luz da tarde na rua era uma piada, zombaria. As poucas pessoas que andavam sob ela... zombaria. Vozes. Falando de coisas cotidianas como se... em todo lugar, a qualquer momento...

Pode acontecer com vocês também.

Fora de uma barraca, uma pessoa estava inclinada sobre o balcão, falando com o dono do quiosque. Lacke viu um vulto escuro cair do céu, pular nas costas da pessoa e...

Que porra é essa...

Parou em frente à fileira de manchetes, piscou, tentou focar melhor a foto que ocupava quase todo o espaço. O Assassino Ritualístico. Lacke riu. Sabia a verdade. O que era tudo aquilo. Mas...

Reconheceu o rosto. Era...

No restaurante chinês. O homem que... pagou o whisky. Será possível que...

Deu um passo à frente, olhou a foto mais de perto. Sim. Era ele. Os mesmos olhos juntos, o mesmo... Lacke pôs a mão em frente a boca. Pressionou os dedos contra os lábios. A imagem deu voltas, tentou fazer conexões.

Havia deixado que ele lhe pagasse um drink. O assassino de Jocke. O assassino de Jocke morava no mesmo condomínio que ele, à distância de algumas portas. Haviam se cumprimentado às vezes, havia...

Mas não fora ele. Deve ter sido...

Uma voz. Disse algo.

— Oi, Lacke. É alguém que você conhece ou o quê?

O dono do quiosque e o homem do lado de fora estavam olhando para ele, que disse:

— ... Sim...

Recomeçou a andar, em direção a seu apartamento. O mundo desapareceu. Em sua mente, viu a porta da qual o homem saía. As janelas cobertas do apartamento. Ia chegar ao fundo daquela história. Ia sim.

Apertou o passo e endireitou a coluna; o peso de chumbo agora era um pêndulo que batia em seu peito, fazendo-o tremer, sua determinação trovejando pelo corpo.

Lá vou eu. Que Deus me ajude... lá vou eu.

* * *

O metrô parou em Råcksta e Oskar mordeu os lábios, impaciente, sentindo um pouco de pânico, pensando que as portas estavam abertas a muito tempo. Quando ouviu um clique no alto-falante, pensou que o condutor ia anunciar um atraso, mas...

MANTENHA DISTÂNCIA DAS PORTAS. PORTAS SE FECHANDO.

... e o trem saiu da estação.

Não tinha plano além de avisar Eli; que qualquer um, a qualquer hora, podia ligar para a polícia e dizer que haviam visto o velho. Em Blackeberg. Naquele prédio. Na escada. No apartamento.

O que acontece se a polícia... se quebrarem a porta... o banheiro...

O metrô seguiu pela ponte e Oskar olhou pela janela. Haviam dois homens em frente ao Quiosque do Amor e, meio coberta por um dos homens, Oskar ainda pôde ver a fileira de manchetes odiosas aumentadas e impressas em informativos amarelos. O outro homem se afastava rapidamente da barraca.

Qualquer um. Qualquer um pode reconhecê-lo. Esse cara pode saber.

Oskar já estava de pé e em frente às portas quando o trem começou a reduzir a velocidade. Empurrou os dedos contra a borracha entre as portas como se isso pudesse fazê-las se abrir mais rápido, e encostou a testa no vidro, frio contra sua pele quente. Os freios começaram a guinchar e o condutor devia estar distraído, pois só então anunciou:

— Próxima parada, Blackeberg.

Jonny estava na plataforma. Tomas também.

Não. Nãonãonão. Eles não.

Quando o metrô, balançando, freou, os olhos de Oskar encontraram os de Jonny. Então se arregalaram e, ao mesmo tempo em que as portas se abriram com um assovio, ele viu Jonny dizer algo a Tomas.

Oskar ficou tenso, atirou-se para fora das portas e começou a correr.

A perna longa de Tomas se esticou, enganchou a dele e o fez cair de cara na plataforma, arranhando as palmas das mãos ao tentar parar a queda. Jonny se sentou em suas costas.

— Tá com pressa?

— Me larga! Me larga!

— Por quê?

Oskar fechou os olhos e os punhos. Respirou fundo algumas vezes, o mais fundo que conseguia com o peso de Jonny em seu peito, e disse, contra o concreto:

— Faça o que quiser. Depois me deixe ir.

— Tá bom.

O pegaram pelos braços e o colocaram de pé. Oskar viu o relógio da estação. 14h10. O ponteiro dos segundos avançava pelos números. Tensionou os músculos do rosto, do estômago, tentou endurecer como uma pedra, ficar imune a golpes.

Só deixa acabar logo.

Apenas quando viu o que planejavam fazer que começou a lutar. Mas, como se tivessem combinado sem palavras, ambos haviam prendido seus braços para trás de forma que qualquer movimento fazia parecer que seus braços iam quebrar. Forçaram-no até a beira da plataforma.

Não ousariam. Não podem...

Mas Tomas era louco, e Jonny...

Tentou se apoiar com os pés. Dançaram pela plataforma enquanto Tomas e Jonny o levavam até a linha branca que marcava o começo da queda para os trilhos.

Alguns cabelos em sua testa causavam coceira, voando com a rajada de vento que vinha do túnel enquanto o trem se aproximava. Os trilhos começaram a vibrar e Jonny sussurrou:

— Você vai morrer agora, entendeu?

Tomas riu, o pegou mais forte pelo braço. A mente de Oskar escureceu: *vão mesmo fazer isso.* Forçaram o corpo dele para frente, de forma que a parte de cima pendia sobre os trilhos.

As luzes do trem que se aproximava projetavam uma flecha de luz fria sobre os trilhos. Oskar virou a cabeça para a esquerda e viu o metrô saindo rapidamente do túnel.

BAAAAAAAAA!

O sinal do trem soou e o coração de Oskar deu um salto-mortal no peito ao mesmo tempo em que fazia xixi nas calças e seu último pensamento foi...

Eli!

... antes de ser puxado para trás, seu campo de visão enchendo-se do verde que era o trem passando correndo, alguns centímetros em frente a seus olhos.

* * *

Ficou deitado de costas na plataforma, a respiração vindo em sopros de fumaça de sua boca. A umidade em suas calças esfriou. Jonny ajoelhou-se a seu lado.

— Só pra você entender como as coisas vão ser a partir de agora. Entendeu?

Oskar assentiu, por instinto. Pôr um fim àquilo. Os antigos impulsos. Jonny tocou a orelha ferida, sorriu. Então tapou a boca de Oskar com a mão, apertando suas bochechas.

— Hora de grunhir como um porco, se tiver entendido.

Oskar grunhiu. Como um porco. Eles riram. Tomas disse:

— Ele era melhor antes.

Jonny assentiu com a cabeça.

— Vamos ter que treiná-lo outra vez.

O trem do outro lado chegou. Eles o deixaram.

Oskar ficou lá deitado um tempo, vazio. Então um rosto surgiu no ar à sua frente. Uma senhora. Oferecia a mão a ele.

— Coitadinho. Eu vi tudo. Você precisa denunciá-lo à polícia, isso foi...

A polícia.

— ... tentativa de assassinato. Vem, vou ajudá-lo a...

Oskar ignorou a mão dela e ficou de pé. Enquanto mancava em direção às portas, escada acima, ainda ouvia a voz da mulher:

— Tem certeza que está bem?

* * *

Policiais.

Lacke se encolheu ao entrar no pátio e ver a viatura estacionada em um canto. Dois policiais estavam fora do carro; um deles anotava algo em um bloco. Supunha que estavam atrás da mesma coisa que ele, mas que estavam mal-informados. Os policiais não haviam notado sua hesitação, então ele continuou seguindo para o portão do primeiro prédio do condomínio, entrou.

Nenhum dos nomes na parede ofereciam alguma informação, mas ele já sabia qual era, no entanto. Era o listado embaixo, à direita. Próxima à porta do porão, estava uma garrafa de álcool desnaturado. Ele parou, olhou para ela como se pudesse oferecer uma pista do que devia fazer em seguida.

Álcool desnaturado é inflamável. Virginia pegou fogo.

Mas o pensamento parou ali e ele sentiu apenas a fúria seca e gritante outra vez, começou a subir as escadas. Algo havia mudado.

Agora sua mente estava clara e seu corpo, desajeitado. Seus pés escorregavam nos degraus e ele precisou se apoiar no corrimão para conseguir subir as escadas, enquanto seu cérebro raciocinava com clareza:

Eu entro. Encontro a coisa. Enfio algo no coração dela. Então espero os policiais.

Parou em frente a porta sem nome na placa.

E como vou entrar, porra?

Quase brincando, subiu um braço e pôs a mão na maçaneta. A porta se abriu, revelando um apartamento vazio. Sem móveis, tapetes, quadros. Nenhuma roupa. Ele lambeu os lábios.

Foi embora. Não tem nada para mim aqui...

Havia mais duas garrafas de álcool desnaturado na entrada. Tentou decidir o que aquilo significava. Que a criatura bebia... não. Que...

Só significa que alguém esteve aqui recentemente. Se não, aquela garrafa lá embaixo já teria sido recolhida.

Sim.

Entrou, parou perto da porta e escutou. Não ouviu nada. Circulou rapidamente pelo apartamento, viu que havia cobertores pendurados nas janelas de diversos aposentos, entendeu o porquê. Sabia que estava no lugar certo.

Por fim, ficou em frente a porta do banheiro. Girou a maçaneta. Trancada. Porém, aquela tranca não era um problema; só precisava de uma chave de fenda ou algo assim.

Outra vez concentrou toda sua atenção nos movimentos. Para executá-los. Não devia pensar além disso. Não precisava. Se começasse a pensar, hesitaria, e não podia hesitar. Logo: movimentos.

Abriu as gavetas da cozinha, encontrou uma faca. Foi até o banheiro. Pôs a lâmina no parafuso do meio e girou, em sentido anti-horário. A tranca cedeu; ele abriu a porta. Estava um breu lá dentro. Tateou em busca do interruptor, encontrou-o. Ligou a luz.

Deus do céu. Se não é...

A faca caiu da mão de Lacke. A banheira à sua frente estava cheia de sangue até a metade. No chão havia vários garrafões de plástico cuja superfície transparente estava manchada de vermelho. A faca tilintou contra o ladrilho como se fosse um sininho.

Sua língua grudou no céu da boca quando ele se inclinou para frente para... o quê? Investigar... ou outra coisa, algo mais primitivo; o fascínio com aquela quantidade de sangue... enfiar a mão ali, e... banhar as mãos com sangue,

Baixou os dedos sobre a superfície estática, escura, e... mergulhou-os. Seus dedos pareciam ter sido cortados, sumiram, e com a boca aberta ele baixou a mão até sentir...

Gritou, pulou para trás.

Tirou a mão de dentro da banheira, rápido, e gotas de sangue voaram em um arco a seu redor, parando no teto, nas paredes. Em um reflexo, tapou a boca com a mão. Apenas percebeu o que havia feito quando língua e lábios perceberam a textura gosmenta e doce. Cuspiu, secou a mão nas calças. Pôs a outra, limpa, sobre a boca.

Tem alguém deitado... ali.

Sim. O que havia sentido sob os dedos era uma barriga. Havia cedido sobre a pressão de sua mão, antes de ele a retirar. Para combater a repulsa, olhou para o chão, encontrou a faca, pegou-a e apertou o cabo.

Que diabos eu vou...

Se estivesse sóbrio, talvez já tivesse ido embora. Deixado aquela piscina escura que podia esconder qualquer coisa sob sua superfície novamente calma, lustrosa como um espelho. Um corpo despedaçado, por exemplo.

Talvez a barriga seja... talvez seja só a barriga.

Mas a embriaguez o deixava impiedoso mesmo frente a seu próprio medo, então, quando viu a correntinha que ia do canto da banheira até o fundo do líquido escuro, esticou a mão e a puxou.

O plugue foi retirado, houve um som de gargalo, um estalo dos canos e um pequeno redemoinho se formou na superfície. Ele ajoelhou em frente a banheira, umedeceu os lábios. Sentiu um gosto amargo na língua, cuspiu no chão.

O líquido foi baixando aos poucos. Uma borda reta, de cor vermelho-escuro, ficou marcada no ponto mais alto onde estivera.

A banheira devia estar cheia há um bom tempo.

Depois de um minuto, os contornos de um nariz apareceram em uma ponta. Na outra, dedos que, enquanto observava, se tornaram metades de dois pés. O redemoinho na superfície se tornou menor, mais forte, exatamente entre os pés.

Correu o olhar sobre o corpo da criança que ia sendo revelado no fundo da banheira. Duas mãos, cruzadas sobre o peito. Joelhos. Um rosto. Um som abafado de sucção quando o resto do sangue escorreu.

O corpo em frente a seus olhos estava vermelho-escuro, inchado e magro como o de um recém-nascido. Tinha virilha, mas não órgãos genitais. Menino ou menina? Não importava. Ao olhar mais de perto para o rosto com os olhos fechados, reconheceu-o bem até demais.

* * *

Quando Oskar tentou correr, suas pernas congelaram, se recusaram.

Por cinco segundos de desespero, acreditara mesmo que ia morrer. Que eles estavam dispostos a empurrá-lo. Agora seus músculos não conseguiam superar aquela ideia.

Desistiram na passagem entre a escola e o ginásio.

Ele queria se deitar. Deitar-se nos arbustos, por exemplo. A jaqueta e suas calças forradas o protegeriam dos gravetos afiados; os galhos ofereceriam apoio. Mas estava com pressa. O ponteiro dos segundos; seu progresso contínuo pelo relógio.

A escola.

A fachada reta de tijolos marrom avermelhados, de pedra sobre pedra. Em sua mente, voou como um pássaro pelos corredores, para dentro das salas. Jonny estava lá. Tomas. Sentados em suas carteiras e sorrindo zombeteiramente para ele. Abaixou a cabeça, olhou para suas botas.

Os cadarços estavam sujos, um estava prestes a desamarrar. Um grampo de metal na parte da frente havia sido dobrado para fora. Ele andava com os pés um pouco para dentro; o couro falso nos calcanhares de ambas as botas estava meio esgarçado, desgastado. Mesmo assim era provável que tivesse de usar aquelas botas o inverno todo.

Frio em suas calças. Levantou a cabeça.

Não vou deixá-los vencer. Não. Vou. Deixá-los. Vencer.

O calor correu para suas pernas. Linhas retas de argamassa da fachada de tijolos pareciam se inclinar, borrar, desaparecer quando ele começou a correr. Suas pernas se esticavam, a lama era amassada e jogada para cima sob seus pés. O chão parecia avançar abaixo dele, e parecia que a Terra girava rápido demais, que não dava para acompanhar.

Suas pernas o levaram, vacilante, a passar pelos prédios, pela antiga loja Konsum, pela fábrica de docinhos de coco e, com sua velocidade somada ao hábito, ele atravessou o pátio correndo, passando pelo prédio de Eli e indo direto ao seu.

Quase atropelou um policial que seguia na mesma direção. O homem abriu os braços, segurou-o.

— Ei! Você tá com bastante pressa!

A língua dele endureceu. O policial o soltou, olhou para ele... com suspeita?

— Você mora aqui?

Oskar assentiu. Nunca havia visto aquele policial antes. Precisava admitir que ele tinha boa aparência. Não. Tinha um rosto que Oskar *normalmente* acharia bonito. O homem apertou o nariz e disse:

— Veja bem... algo aconteceu aqui. No prédio ao lado. Então agora eu estou batendo de porta em porta perguntando se alguém ouviu alguma coisa. Viu alguma coisa.

— Que... que prédio?

O policial inclinou a cabeça em direção ao prédio de Tommy e Oskar sentiu o pânico imediato se amenizar.

— Aquele. Bem, não o prédio em si... foi mais o porão. Você viu ou ouviu algo estranho lá? Nos últimos dias?

Oskar balançou a cabeça, seus pensamentos girando de forma tão caótica que tecnicamente não conseguia pensar em nada, mas suspeitava que a ansiedade brilhava em seus olhos, bem visível para o policial. E o homem de fato inclinou a cabeça, o analisando.

— Como você está?

— ... bem.

— Não há o que temer. Tudo já... acabou. Então não precisa se preocupar com nada. Seus pais estão em casa?

— Não. Minha mãe. Não.

— Ok. Bem, vou dar umas voltas por aqui, então... tem tempo de pensar um pouco em algo que possa ter visto.

O policial abriu a porta para ele.

— Pode passar.

— Não, na verdade eu...

Oskar deu as costas e fez o possível para andar com naturalidade ladeira a baixo. No meio do caminho, virou-se e viu o homem entrar em seu prédio.

Levaram Eli.

Sua mandíbula começou a tremer, os dentes batendo uma mensagem confusa em código Morse por seus ossos, quando ele abriu o portão de Eli, subiu as escadas. Teriam posto aquela fita na porta, selando o apartamento?

Diga que posso entrar.

A porta estava entreaberta.

Se a polícia havia estado lá, por que deixaram a porta aberta? Não era algo que faziam, não? Pôs os dedos na maçaneta, abriu a porta devagar, esgueirou-se para dentro. Estava escuro no apartamento. Um de seus pés bateu em algo. Uma garrafa de plástico. Primeiro pensou que havia sangue na garrafa, depois olhou e viu que era combustível.

Respiração.

Havia alguém respirando.

Movendo-se.

O som veio do corredor, da direção do banheiro. Oskar foi até lá, um passo de cada vez, mordendo os lábios para evitar que seus dentes batessem, e a tremedeira então desceu para seu queixo, seu pescoço, o pomo de adão que aos poucos estava aparecendo em seu pescoço. Virou o corredor e olhou para o banheiro.

Não é um policial.

Um homem maltrapilho estava ajoelhado ao lado da banheira, a parte de cima de seu corpo inclinada para dentro, fora do campo de visão de Oskar. Viu apenas suas calças cinzas sujas, os sapatos rasgados com as pontas contra o chão do banheiro. A barra de um casaco.

O velho!

Mas... está respirando.

Sim. Inalações e exalações sibilantes, quase como suspiros, vinham do banheiro e Oskar se aproximou sem pensar muito no que fazia. Aos poucos foi enxergando mais o local e, quando estava quase na altura da banheira, viu o que estava acontecendo.

* * *

Lacke não conseguia.

O corpo no fundo da banheira parecia totalmente indefeso. Não respirava. Havia posto a mão sobre o peito da criatura e constatara que o coração estava batendo, mas apenas algumas batidas por minuto.

Estava esperando algo... aterrorizante. Algo proporcional ao horror que vivenciara no hospital. Mas aquele trapinho de sangue em forma de gente não parecia ser capaz de se levantar novamente, que dirá machucar alguém. Era apenas uma criança. Uma criança ferida.

Era como ver um ente querido definhando de câncer e então olhar as células cancerígenas no microscópio. Nada. *Aquilo?* Aquilo era o culpado? *Aquela coisinha?*

Destrua meu coração.

Ele soluçou, sua cabeça caindo para frente até atingir a beira da banheira com um baque seco, que ecoou. Não. Podia. Matar uma criança. Uma criança adormecida. Simplesmente não podia. Mesmo que...

Foi assim que essa coisa conseguiu sobreviver.

Coisa. Coisa. Não é uma criança. É uma coisa.

Havia atacado Virginia e... matado Jocke. A coisa. A criatura deitada à frente. Ela faria de novo, com outras pessoas. Aquela criatura não era uma pessoa. Nem respirava, e mesmo assim o coração batia... como um animal hibernando.

Pense nos outros.

Uma cobra venenosa vivendo entre as pessoas. Não era necessário matá-la, apenas porque, no momento, parecia indefesa?

No fim, porém, não foi aquilo que o ajudou a tomar uma decisão. Foi quando olhou para o rosto outra vez; o rosto coberto por uma fina camada de sangue, e pensou que parecia estar... sorrindo.

Sorrindo frente ao mal que havia causado.

Basta.

Ergueu a faca de cozinha acima da criatura, moveu as pernas um pouco para trás para conseguir pôr todo seu peso no movimento e...

— AAAAAHHHHHH!

* * *

Oskar gritou.

O velho não estremeceu; apenas congelou, virou a cabeça para Oskar e disse, devagar:

— É necessário. Entende?

Oskar o reconheceu. Era um dos bêbados que moravam no condomínio e diziam oi para ele de vez em quando.

Por que é necessário?

Irrelevante. O que importava era que o cara tinha uma faca nas mãos, uma faca apontada para o peito de Eli, que estava deitado na banheira, nu, exposto.

— Não faça isso.

A cabeça do homem virou para a direita, para a esquerda, mais como se buscasse algo no chão do que sinalizando negação.

— Não...

Voltou-se para a banheira, para a faca. Oskar queria explicar. Que a criatura na banheira era sua amiga, que era sua... que ele trouxera um presente para ela, que... *que era Eli.*

— Espere.

A ponta da faca estava contra o peito de Eli, sendo pressionada com tanta força que quase furava sua pele. Oskar não sabia exatamente o que estava fazendo quando enfiou a mão no bolso do casaco e pegou o cubo, mostrando-o ao homem.

— Olha!

Lacke viu apenas de canto de olho a explosão de cores no meio de todo o preto e cinza que o cercava. Apesar da bolha de determinação que o envolvia, não pôde evitar virar a cabeça para ver o que era.

Um daqueles cubos mágicos na mão do menino. Cores fortes.

Parecia doentio no contexto atual. Um papagaio entre corvos. Por um segundo se viu hipnotizado pela vivacidade do brinquedo. Então virou a cabeça de volta para a banheira, para a faca que descia entre as costelas.

Só preciso... empurrar...

Uma mudança.

Os olhos da criatura estavam abertos.

Tensionou os músculos para enfiar a faca por completo, e então sua cabeça explodiu.

* * *

O cubo rangeu quando uma das arestas chocou-se contra a cabeça do homem e foi arrancado da mão de Oskar. O cara caiu para o lado, caindo sobre uma garrafa de plástico que escorregou, atingindo a lateral da banheira com um estrondo que parecera vir de um bumbo.

Eli se sentou.

Da porta do banheiro, Oskar podia ver apenas suas costas. O cabelo estava colado na nuca e as costas dele eram uma grande ferida aberta.

O homem tentou se levantar. Eli não exatamente pulou, mas se jogou da banheira, no colo dele: uma criança buscando conforto do pai. Eli entrelaçou os braços ao redor do pescoço do homem e puxou a cabeça dele para si, como se para sussurrar palavras tenras.

Oskar se afastou do banheiro quando Eli mordeu o pescoço do homem. Eli não o havia visto, mas o cara, sim. Seu olhar encontrou o de Oskar, prendendo-o enquanto o garoto andava de costas em direção ao corredor.

— Desculpa.

Não conseguiu emitir nenhum som, mas seus lábios formaram a palavra antes de ele virar o corredor e quebrar o contato visual.

Ficou com a mão na maçaneta enquanto o homem gritava. O som então parou, abruptamente, como se uma mão tivesse sido posta contra a boca dele.

Oskar hesitou. E então fechou a porta. Trancou-a.

Sem olhar para a direita, atravessou o corredor e foi para a sala. Sentou-se na poltrona.

Começou a cantarolar para abafar os sons que vinham do banheiro.

PARTE CINCO

DEIXE A PESSOA CERTA ENTRAR

Hoje em dia, essa é
minha única chance de me expressar.

— bob hund, "En som stretar emot"
["Lutando contra a corrente". Tradução livre]

Deixe a pessoa certa entrar
Deixe os velhos sonhos morrerem
Deixe os errados partirem
Não podem fazer
O que você quer que façam

— Morrissey, "Let The Right One Slip In"
[Tradução livre]

Reportagem do programa de rádio *Dagens Eko*,
16h45, 9 de novembro de 1981

O assim chamado Assassino Ritualístico foi pego pela polícia na segunda-feira de manhã. Foi encontrado em uma sala de porão em Blackeberg, a oeste de Estocolmo.

Bengt Lärn, porta-voz da polícia:

— Uma pessoa foi apreendida. Correto.

— Vocês têm certeza de que é o mesmo homem que estavam buscando?

— Sim. Certos fatores, no entanto, complicam a identificação definitiva no momento.

— Que tipo de fatores?

— Infelizmente ainda não posso entrar em detalhes.

Depois da apreensão do homem, ele foi levado ao hospital. Seu estado foi descrito como crítico.

Junto ao suspeito, a polícia encontrou um garoto de 16 anos. O adolescente não sofreu danos físicos, mas, segundo relatos, devido ao estado de choque severo, foi levado ao hospital para acompanhamento.

A polícia conduz buscas na área para reunir maiores informações sobre a cadeia de eventos.

Sua Alteza Real, Carl Gustaf, inaugurou hoje a nova ponte sobre Almösundet, em Bohuslän. Durante o discurso de inauguração...

Anotações de diagnóstico feitas pelo professor
cirurgião T. Hallberg, copiadas para os registros policiais

... investigações preliminares foram complicadas por... ações musculares espasmódicas... estímulos não localizados do sistema nervoso central... função cardíaca suspensa...

Os movimentos musculares pararam às 14h25... resultados da autópsia até então não observados...

órgãos internos severamente deformados...

Como a enguia que, morta e destroçada, pula da frigideira... algo nunca antes observado em tecido humano... pedir para manter o cadáver... sinceramente...

Notícia do jornal *Västerort*, semana 46

QUEM MATOU NOSSOS GATOS?

— Só o que me restou foi a coleira dela — afirma Svea Nordström, apontando para o campo enlameado onde sua gata e mais oito felinos de vizinhos foram encontrados...

Reportagem do noticiário televisivo *Aktuellt*, segunda-feira, 9 de novembro, 21h

Mais cedo na noite de hoje, a polícia entrou no apartamento que acreditam ter pertencido ao assim chamado Assassino Ritualístico, que foi capturado esta manhã.

O telefonema de um civil ajudou a polícia a finalmente localizar o apartamento em Blackeberg, a cerca de 50 metros de onde o homem foi apreendido.

Nosso repórter Folke Ahlmarker está no local.

— Técnicos de emergência estão, no momento, transportando o corpo de um homem encontrado no apartamento. A identidade dele ainda não é conhecida. O apartamento parece estar desocupado, embora haja indícios de que tenha havido pessoas lá recentemente.

— O que a polícia está fazendo agora?

— Estão batendo de porta em porta o dia inteiro, mas se conseguiram mais informações nesse processo, não anunciaram.

— Obrigada, Folke.

A ponte Tjörn, que foi finalizada seis semanas antes da data estimada para a conclusão do projeto, foi inaugurada hoje por Sua Alteza Real, Carl Gustaf...

SEGUNDA-FEIRA

9 DE NOVEMBRO

Pulsos de luz azul no teto do quarto.

Oskar está deitado em sua cama, com as mãos atrás da cabeça.

Sob sua cama estão duas caixas de papelão. Há dinheiro em uma, maços de notas, e duas garrafas de álcool desnaturado; a outra está cheia de quebra-cabeças.

A caixa de roupas foi deixada para trás.

Para esconder as caixas, Oskar pôs seu jogo de hóquei de mesa inclinado na frente delas. No dia seguinte as levaria para o porão, se tivesse energia para isso. Sua mãe assistia TV, gritando algo sobre como o prédio deles estava na tela. Mas ele só precisa se levantar e ir até a janela para ver a mesma coisa, de outro ângulo.

* * *

Havia jogado as caixas da sacada de Eli para a sua enquanto ainda estava claro e Eli tomava banho. Quando saiu do banheiro, as feridas em suas costas estavam cicatrizadas e ele estava meio bêbado graças ao álcool no sangue.

Deitaram juntos já cama, abraçados. Oskar contou a Eli o que havia acontecido no metrô, e ele disse:

— Sinto muito. Por ter começado isso.

— Não, está tudo bem.

Silêncio. Por bastante tempo. Então Eli perguntou, hesitante:

— Você gostaria de... ser como eu?

— ... não. Gostaria de ficar com você, mas...

— Não, claro que não. Eu entendo.

Quando anoiteceu, finalmente se levantaram, se vestiram. Estavam abraçados na sala quando ouviram a serra. A tranca estava sendo removida.

415

Correram até a varanda, pularam do parapeito e aterrissaram com relativa suavidade sobre os arbustos lá embaixo.

De dentro do apartamento, ouviram alguém dizer:

— Mas o que é...

Encolheram-se embaixo da varanda. Não havia tempo.

Eli virou o rosto para Oskar, disse:

— Eu...

Fechou a boca. Então beijou Oskar.

Por alguns segundos, Oskar enxergou através dos olhos de Eli. E o que viu foi... ele mesmo. Mas muito melhor, mais bonito e forte do que se enxergava. Visto com amor.

Por alguns segundos.

* * *

Vozes no apartamento ao lado.

A última coisa que Eli havia feito antes de se levantarem havia sido tirar o pedaço de papel com o código Morse da parede. Agora passos estranhos e pesados vinham do quarto no qual Eli já havia se deitado e batido mensagens na parede para ele.

Oskar põe a mão na parede.

— Eli...

TERÇA-FEIRA

10 DE NOVEMBRO

Oskar não foi à escola na terça-feira. Ficou deitado na cama ouvindo os sons do outro lado da parede, perguntando-se se encontrariam algo que os levaria a ele. Durante a tarde, houve silêncio e ainda não haviam vindo.

Foi então que se levantou, vestiu suas roupas e foi até o prédio de Eli. A porta do apartamento estava lacrada. Ninguém podia entrar. Enquanto estava lá olhando, um policial passou por ele, subindo as escadas. Mas Oskar era apenas um menino curioso da vizinhança.

Quando o sol se pôs, ele carregou as caixas para o porão e pôs um tapete velho em cima. Decidiria depois o que fazer com elas. Se algum ladrão resolvesse invadir o depósito deles, tiraria a sorte grande.

Sentou-se na escuridão do porão por um bom tempo, pensando em Eli, Tommy, no velho. Eli havia contado tudo; que não fora sua intenção que as coisas acabassem daquele jeito.

Mas Tommy estava vivo e ficaria bem. Era o que a mãe dele dissera à de Oskar. Voltaria para casa no dia seguinte.

O dia seguinte.

No dia seguinte, Oskar precisaria voltar para a escola.

Para Jonny, Tomas, para...

Vamos ter que treiná-lo outra vez.

Os dedos frios de Jonny em suas bochechas. Apertando a carne macia contra sua mandíbula até os cantos de sua boca subirem à força.

Hora de grunhir como um porco.

Oskar entrelaçou os dedos, encostou o rosto neles, olhou para a pequena colina que o tapete fazia sobre as caixas. Levantou-se, puxou o tapete e abriu a caixa de dinheiro.

Notas de mil kronor, cem kronor, todas misturadas, vários maços. Procurou com a mão por entre as notas até encontrar uma das garrafas de plástico. Subiu então até o apartamento e pegou fósforos.

Um único holofote projetava uma luz fria e branca sobre o pátio da escola. Fora do círculo de luz, era possível ver os contornos dos brinquedos do playground. As mesas de pingue-pongue, tão rachadas que não era possível jogar nelas com nada além de uma bola de tênis, estavam cobertas de neve derretida.

Algumas fileiras de janelas estavam iluminadas. Aulas noturnas. Por isso o portão lateral estava aberto.

Seguiu pelos corredores escuros até sua sala. Ficou um tempo olhando as carteiras. A sala de aula parecia irreal em uma noite como aquela, como se fantasmas, sussurrando baixo, a usassem como a escola deles, seja lá como ela fosse.

Foi até a mesa de Jonny, abriu a tampa e borrifou bastante álcool nela. Fez o mesmo na de Tomas. Ficou parado um tempo em frente à de Micke. Decidiu não fazer. Foi então sentar-se em sua própria carteira. Deixando absorver, como se faz com carvão.

Sou um fantasma. Buuuu... Buuuu...

Abriu o tampo da mesa, e tirou sua cópia de *A incendiária*, sorriu ao ler o título e colocou o livro na mochila. O caderno no qual havia escrito uma história que gostava. Sua caneta favorita. Tudo isso foi para a mochila. Então se levantou, deu uma última volta na sala e aproveitou a sensação de estar lá. Em paz.

A carteira de Jonny soltou um cheiro químico quando ele levantou a tampa outra vez e pegou os fósforos.

Não, espera...

Pegou duas réguas de madeira rústicas de uma prateleira no fundo da sala. Pôs uma na mesa de Jonny para que impedisse que a tampa fechasse, pôs a outra na de Tomas. Caso contrário, pararia de queimar assim que a tampa caísse.

Pareciam animais pré-históricos famintos, esperando comida. Dragões.

Acendeu um fósforo, segurou-o até a chama estar grane e clara. Então derrubou-o. Caiu de sua mão, uma gota amarela, e então...

VUUUUUM

Caramba...

Seus olhos doeram quando uma cauda roxa de cometa voou para cima, lambendo seu rosto. Pulou para trás; havia esperado que queimasse como... carvão, mas a carteira estava incandescente, uma grande fogueira que chegava ao teto.

Estava queimando demais.

O fogo dançava, se espalhando pelas paredes da sala, e o cordão de letras de papel que estava pendurado no teto, sobre a mesa de Jonny, se partiu e caiu no chão, P e Q queimando. A outra metade do cordão desceu em um arco grande e caiu sobre a carteira de Tomas, que imediatamente pegou fogo com o mesmo

VUUUUUM

de explosão escaldante, enquanto Oskar saía correndo da sala com a mochila batendo nos quadris.

E se a escola inteira...

Quando chegou ao fim do corredor, os alarmes começaram a tocar, um ruído metálico que encheu o prédio, e apenas quando já estava bem no fim das escadas percebeu que era o alarme de incêndio.

No pátio, o sino grande tocou com força para reunir os alunos que não estavam lá, juntar os fantasmas. O som seguiu Oskar pela metade do caminho de casa.

Somente relaxou quando chegou à antiga loja Konsum e parou de ouvir o sino. Andou com calma o resto do caminho.

No espelho do banheiro, viu que as pontas de seus cílios estavam viradas para cima, chamuscadas. Ao tocá-las com o dedo, elas quebraram.

QUARTA-FEIRA

11 DE NOVEMBRO ·

Em casa em vez de na aula. Dor de cabeça. O telefone tocou por volta de 9h. Não atendeu. No meio do dia viu Tommy e a mãe passarem por sua janela. Tommy andava curvado, devagar. Como um idoso. Oskar agachou-se sob o parapeito quando eles passaram.

O telefone tocava de hora em hora. Por fim, às 12h, ele atendeu.

— Aqui é o Oskar.

— Olá. Meu nome é Bertil Svanberg e, como sabe, sou o diretor da escola que você...

Desligou. O telefone tocou outra vez. Oskar ficou lá um tempo, olhando o aparelho tocar, imaginando o diretor sentado, vestindo seu blazer quadriculado, tamborilando os dedos na mesa, fazendo caretas. Então, se vestiu e foi até o porão. Mexeu nos quebra-cabeças, cutucou a caixinha branca de madeira na qual centenas de pedacinhos do ovo brilhavam. Eli havia levado apenas umas notas de mil e o cubo. Ele fechou a tampa da caixa de quebra-cabeças, abriu a outra, misturou as notas com a mão. Pegou várias, jogou-as no chão. Enfiou-as nos bolsos. Tirou uma de cada vez, fingiu ser *O menino das calças de ouro** até cansar. Doze notas de mil kronor e sete de cem kronor, amassadas, estavam espalhadas no chão.

Juntou as notas de mil kronor em um maço e dobrou-as. Pôs as de cem de volta na caixa e fechou. Voltou para o apartamento, encontrou um envelope e pôs o maço nele. Sentou-se com o envelope nas mãos e se perguntou o que devia fazer. Não queria escrever, alguém poderia reconhecer sua caligrafia.

O telefone tocou.

---

* *Pojken med guldbyxorna*, série sueca dos anos 1970 na qual um menino descobre que pode tirar notas infinitas dos bolsos de seus jeans.

Parem. Entendam que eu não existo mais.

Alguém queria ter uma longa conversa com ele. Queria perguntar se entendia a gravidade do que tinha feito, e ele entendia. Assim como Jonny e Tomas, provavelmente. Muito bem, na verdade. Não havia nada mais a dizer.

Foi até sua mesa e pegou os carimbos e a tinta. No meio do envelope, carimbou um "T" e um "O". O primeiro "M" ficou torto, mas o segundo saiu reto, assim como o "Y".

Quando abriu o portão do prédio de Tommy com o envelope no bolso do casaco, estava mais nervoso do que estivera na escola na noite anterior. Com o coração acelerado, passou o envelope com cuidado pela fresta do correio na porta de Tommy, para que ninguém viesse abrir ou o visse pela janela.

Mas ninguém veio e, ao voltar para o apartamento, Oskar sentiu-se melhor. Por um tempo. Depois voltou a sentir aquilo.

Eu não... estarei aqui.

Sua mãe chegou em casa às 15h, bem antes que o de costume. Oskar estava sentado na sala com o álbum dos Vikingarna. Ela entrou no cômodo, levantou a agulha do toca-discos e o desligou. Pelo rosto da mãe, dava para sentir que ela sabia.

— Como você está?

— Não muito bem.

— Não...

Ela suspirou, sentou-se no sofá.

— O diretor me ligou. No trabalho. Disse que... que houve um incêndio lá na noite passada. Na sua escola.

— Mesmo? Queimou tudo?

— Não, mas...

Ela fechou a boca, seus olhos pararam sobre o tapete de lã por uns segundos. Então levantou o olhar para o dele.

— Oskar, foi você?

Olhando fixamente para ela, respondeu:

— Não.

Uma pausa.

— Não. Mas parece que, embora grande parte da sala tenha sido destruída, que... as mesas de Jonny e Tomas... parece que começou lá.

— Ah.

— E, aparentemente, eles têm certeza de que... de que foi você.

— Mas não foi.

A mãe sentou-se no sofá, respirando pelo nariz. Havia um metro de distância entre eles, uma distância infinita.

— Querem... conversar com você.

— Não quero conversar com eles.

Seria uma noite longa. Não tinha nada bom na TV.

* * *

Naquela noite, Oskar não conseguiu dormir. Levantou-se da cama, foi até a janela nas pontas dos pés. Pensou ver algo no trepa-trepa lá embaixo. No entanto, era só sua imaginação, claro. Apesar disso, continuou a olhar para a sombra até seus olhos ficarem pesados.

Quando voltou para a cama, continuou sem conseguir dormir. Bateu gentilmente na parede. Nenhuma resposta. Apenas o som seco de seus próprios dedos, articulações contra concreto, batendo em uma porta fechada para sempre.

QUINTA-FEIRA

12 DE NOVEMBRO

Oskar vomitou de manhã e pôde ficar em casa mais um dia. Apesar do fato de ter dormido apenas algumas horas na noite anterior, foi incapaz de descansar. Havia uma ansiedade corroendo seu corpo, forçando-o a andar pelo apartamento. Pegou coisas, olhou para elas, colocou-as no lugar.

Era como se tivesse algo que precisava fazer. Algo absolutamente necessário, mas não conseguia pensar no quê.

Havia pensado que era o que estava fazendo ao *incendiar* as carteiras de Jonny e Tomas. Depois havia pensado que era *dar o dinheiro* a Tommy. Mas não era *nenhuma* dessas coisas. Era algo mais.

Uma grande performance teatral que havia acabado. Caminhou de um lado para o outro no palco vazio e escuro, varrendo o que havia sido deixado para trás. Era outra coisa...

Mas o quê?

Quando o correio chegou às 11h, havia apenas uma carta. Seu coração deu um salto-mortal em seu peito ao pegá-la e virá-la.

Estava endereçada à sua mãe. "Distrito Escolar do Sul de Ängby" estava impresso no canto superior. Sem abrir, rasgou o envelope em pedacinhos e deixou-os descer pela descarga do vaso sanitário. Arrependeu-se. Tarde demais. Não se importava com o que estava escrito, mas haveria muito mais problemas se começasse a atrapalhar do que se não se envolvesse.

Mas não importava.

Despiu-se, vestiu o roupão. Ficou em frente ao espelho na entrada, se olhando. Fingiu ser outra pessoa. Inclinou-se para beijar o vidro. Ao mesmo tempo em que seus lábios tocaram a superfície fria, o telefone tocou. Sem pensar, ele atendeu:

— Oi. Sou eu.

— Oskar?

— Sim.

— Oi. Aqui é Fernando.

— O quê?

— Ávila. Sr. Ávila.

— Ah. Sim. Oi.

— Só queria perguntar... vai vir treinar hoje à noite?

— Estou... um pouco doente.

Silêncio do outro lado. Oskar podia ouvir a respiração do Sr. Ávila. Uma. Duas. E então:

— Oskar. Se fez. Ou não. Não me importo. Se quiser conversar, conversamos. Se não quiser, não conversamos. Mas quero que venha treinar.

— Por quê?

— Porque, Oskar, não pode ficar que nem... *caracol*. Na concha. Se não está doente, vai ficar doente. Está doente?

— ... Sim.

— Então precisa treino físico. Vai vir hoje.

— E os outros?

— Os outros? O que tem os outros? Se forem estúpidos, digo buuu, param. Mas não são estúpidos. Isso é treino.

Oskar não respondeu.

— Ok? Você vem?

— Sim...

— Bom. Te vejo mais tarde.

Oskar pôs o fone no gancho e tudo ficou em silêncio à sua volta outra vez. Não queria ir para o treino, mas queria ver o Sr. Ávila. Talvez pudesse ir mais cedo, ver se estava lá. Depois voltar para casa quando o treino começasse.

Não que o Sr. Ávila fosse aceitar aquilo, mas...

Completou outra volta no apartamento. Pegou suas roupas de ginástica, só para ter o que fazer. Por sorte não incendiara a mesa de Micke, já que ele estaria no ginásio. Embora talvez tivesse sido destruída mesmo assim, pois ficava ao lado da de Jonny. Quanto de fato havia sido destruído?

Algo a perguntar...

O telefone tocou outra vez por volta das 15h. Oskar hesitou antes de atender, mas depois da faísca de esperança que sentira ao ver aquele único envelope, não pôde resistir.

— Oi, aqui é o Oskar.

— Oi. É o Johan.

— Oi.

— Tá fazendo o quê?

— Nada.

— Quer fazer algo mais tarde?

— Quando... o quê?

— Ah... umas 19h ou algo assim.

— Não, eu vou... pro ginásio.

— Ah, ok. Que pena. Te vejo depois.

— Johan?

— Sim?

— Eu... ouvi dizer que teve um incêndio. Na nossa sala. Queimou... muita coisa?

— Não, só umas carteiras.

— Mais nada?

— Não... uns... papéis e tal.

— Ah.

— Sua mesa ficou bem.

— Ah, que bom.

— Tá, tchau.

— Tchau.

Oskar desligou, com uma sensação estranha no estômago. Havia pensado que *todos sabiam* que era ele, porém Johan não havia dado a entender aquilo. E sua mãe dissera que *muita coisa* tinha sido destruída. Mas podia estar exagerando, claro.

Oskar escolheu acreditar em Johan. Ele havia *visto*, afinal.

* * *

— Pelo amor de...

Johan desligou e olhou à sua volta, hesitante. Jimmy balançou a cabeça, soprou fumaça para fora da janela do quarto de Jonny.

— Foi a pior mentira que eu já ouvi.

Em voz submissa, Johan disse:

— Não é tão fácil.

Jimmy se voltou para Jonny, que estava sentado na cama cutucando uma franja da colcha entre os dedos.

— O que aconteceu? Metade da sala queimou?

Jonny assentiu.

— A turma toda odeia ele.

— E você... — Jimmy se voltou para Johan outra vez. — Você disse que... Disse o quê mesmo? "Uns papéis". Acha que ele vai acreditar?

Johan abaixou a cabeça, envergonhado.

— Não sabia o que dizer. Achei que ele ia... suspeitar se eu dissesse que...

— Sim, sim. O que está feito, está feito. Agora só precisamos torcer para que ele apareça.

O olhar de Johan ia de Jonny a Jimmy. Os olhos deles estavam vazios, perdidos em imagens da noite que se aproximava.

— O que vocês vão fazer?

Jimmy se inclinou para frente, espanando um pouco de cinzas que havia caído em seu suéter, e disse, devagar:

— Ele queimou tudo que tínhamos do nosso pai. Então o que vamos fazer é algo que... não te diz respeito. Entendeu?

* * *

Sua mãe voltou para casa às 17h30. As mentiras, a desconfiança da noite anterior ainda pesavam como uma nuvem fria entre eles. Ela foi direto para a cozinha e começou a fazer uma quantidade desnecessária de barulho com as louças. Oskar fechou a porta, deitou-se na cama e ficou olhando para o teto.

Podia ir a algum lugar. Para o pátio. O porão. A praça. Pegar o metrô. Mas não havia lugar nenhum que... lugar nenhum onde... nada.

Ouviu a mãe ir até o telefone e discar vários números. O telefone de seu pai, provavelmente.

Oskar tremeu um pouco.

Ficou embaixo do cobertor, sentou-se com a cabeça contra a parede, ouvindo o som da conversa de seus pais. Se pudesse falar com o pai... mas não podia. Nunca aconteceu.

Oskar pôs o cobertor ao redor do corpo, fingindo ser um cacique indígena, indiferente a tudo, quando a voz de sua mãe se elevou. Depois de um tempo ela começou a gritar, e o cacique caiu na cama, apertando o cobertor e com as mãos contra as orelhas.

Faz tanto silêncio na sua cabeça. É como... o espaço sideral.

Oskar transformou as linhas, cores e pontos em frente a seus olhos em planetas, sistemas solares distantes através dos quais viajava. Aterrissou em cometas, voou um pouco, pulou e flutuou livre, leve, até algo puxar seu cobertor, fazendo-o abrir os olhos.

Sua mãe estava lá de pé. Os lábios estavam torcidos. Com a voz abrupta e ríspida, disse:

— Então. Seu pai me disse... que ele... no sábado... que você... onde você estava? Diz pra mim. Onde estava? Pode me dizer?

A mãe puxou o cobertor, que estava na altura de seu rosto. A garganta dela se contraiu em um só nervo duro e grosso.

— Você nunca mais vai pra lá. Nunca. Me ouviu? Por que não disse nada? Quero dizer... que desgraçado. Pessoas como ele não deviam ter filhos. Não vai mais ver você. Então vai poder ficar lá bebendo o quanto quiser. Está me ouvindo? Não precisamos dele. Estou tão...

A mãe girou abruptamente na direção oposta à cama e bateu a porta com tanta força que as paredes tremeram. Oskar a ouviu discar o número longo outra vez, xingando ao errar um dígito e recomeçando. Alguns segundos depois de terminar de discar, começou a gritar.

Oskar saiu de baixo do cobertor, pegou a bolsa de ginástica e foi até o corredor de entrada, onde sua mãe estava tão ocupada gritando com o pai que não notou o fato de que ele havia calçado os sapatos e seguido para a porta sem amarrá-los.

Apenas quando já estava quase na escada ela o viu.

— Espere aí! Aonde pensa que vai?

Oskar bateu a porta e correu escada a baixo, continuou correndo, com as solas dos sapatos tamborilando, em direção à piscina.

* * *

— Roger, Prebbe...

Com o garfo de plástico, Jimmy apontou em direção aos dois caras que saíam da estação de metrô. A mordida que Jonny havia dado no sanduíche de camarão ficou presa na garganta e ele precisou engolir outra vez para fazê-la descer. Olhou de maneira questionadora para o irmão, mas a atenção de Jimmy estava direcionada aos rapazes que se aproximavam da barraca de cachorro-quente. Eles se cumprimentaram.

Roger era magro, tinha cabelos longos e desgrenhados e usava jaqueta de couro. A pele em seu rosto era marcada por centenas de pequenas crateras e parecia retraída, já que os ossos de suas bochechas eram pronunciados e seus olhos pareciam grandes de uma forma anormal.

Prebbe usava uma jaqueta jeans com as mangas cortadas, uma camiseta por baixo e mais nada, apesar de a temperatura estar alguns graus abaixo de zero. Ele era grande. Inchado em toda parte, cabelo bem curto. Parecia um montanhista fora de forma.

Jimmy disse algo a eles, apontou e os dois foram em direção à estação transformadora em cima dos trilhos do metrô. Jonny sussurrou:

— Por que... eles vêm com a gente?

— Para ajudar, claro.

— Precisamos de ajuda?

Jimmy riu seco e balançou a cabeça, como se Jonny não soubesse nada sobre como esse tipo de coisa funcionava.

— Como planeja passar pelo professor?

— O Ávila?

— Sim, acha que ele ia deixar a gente entrar e... sabe?

Jonny não tinha resposta para aquilo, então apenas seguiu o irmão para trás da casinha de tijolos. Roger e Prebbe estavam nas sombras com as mãos nos bolsos, batendo os pés. Jimmy pegou uma caixa metálica de cigarros, abriu e ofereceu aos outros dois.

Roger examinou os seis cigarros enrolados à mão na caixa, disse:

— Ora, ora, já enrolados e tudo, obrigado. — Com dois dedos magros, pegou o mais grosso.

Prebbe fez uma careta que o deixou parecido com os velhos rabugentos de *Os Muppets*.

— Perdem o frescor quando ficam guardados já enrolados.

Jimmy sacudiu a caixa.

— Para de reclamar, parece uma velha. Enrolei há uma hora. E não é aquela merda marroquina que vocês usam. Essa aqui é da boa.

Prebbe respirou fundo e pegou um dos cigarros. Roger o ajudou a acender.

Jonny olhou para o irmão. O rosto de Jimmy estava bem definido contra a luz da plataforma de metrô. Jonny o admirava. Imaginava se algum dia seria o tipo de pessoa que ousava dizer que alguém como Prebbe "parecia uma velha".

Jimmy também pegou um cigarro e o acendeu. O papel enrolado na ponta queimou por um momento antes de simplesmente brilhar. Ele inalou fundo e Jonny foi envolvido pelo cheiro doce que sempre estava nas roupas de Jimmy.

Fumaram em silêncio por um tempo. Então Roger ofereceu seu cigarro a Jonny.

— Quer um trago ou o quê?

Jonny estava prestes a esticar a mão para pegar, mas Jimmy bateu no ombro de Roger.

— Idiota. Quer que ele fique como você?

— Isso seria ruim?

— Pra você, tudo bem. Pra ele, não.

Roger deu de ombros, retirou a oferta.

Eram 18h30 quando todos terminaram de fumar e, quando Jimmy falou, foi com articulação exagerada, cada palavra era como uma escultura complicada que ele precisava tirar da boca.

— Ok. Esse... é o Jonny. Meu irmão.

Roger e Prebbe assentiram, cientes. Jimmy pegou o queixo de Jonny com um movimento levemente desajeitado, virou a cabeça dele para que os demais a vissem de perfil.

— Olhem a orelha dele. Foi isso que aquele pirralho fez. É isso que vamos... resolver.

Roger deu um passo para frente, cerrou os olhos, mirando a orelha de Jonny, fez um barulho com a boca.

— Porra. Isso tá horrível.

— Não estou pedindo uma... opinião... profissional. Apenas escutem. E então isso será...

* * *

Os portões de ferro no corredor entre as paredes de tijolos estavam destrancados. O eco dos passos de Oskar fazia *capof, capof* à medida que ia até a porta da piscina e a abria. Uma quentura morna atingiu seu rosto e uma nuvem de vapor subiu no corredor frio. Ele entrou apressado e fechou a porta.

Chutou os sapatos para tirá-los e seguiu até a área de armários. Vazia. Ouviu o som de água correndo no vestiário, uma voz profunda cantando:

Bésame, bésame mucho

429

Como si fuera esta noche la última vez...

O Sr. Ávila. Sem tirar o casaco, Oskar sentou-se em um dos bancos e esperou. Depois de um tempo tanto o barulho de água quanto a cantoria pararam e o professor saiu do chuveiro com uma toalha amarrada na cintura. Seu peito parecia completamente coberto por pelos pretos e cacheados, com alguns grisalhos. O menino pensou que ele parecia algo de outro planeta. O Sr. Ávila o viu e abriu um grande sorriso.

— Oskar! Você sair da concha, afinal.

Oskar assentiu com a cabeça.

— Ficou meio... abafado lá.

O Sr. Ávila riu, coçou o peito; as pontas dos dedos desapareciam entre os pelos.

— Chegou cedo.

— Sim, pensei que...

Oskar deu de ombros. O homem parou de se coçar.

— Pensou que...?

— Não sei.

— Conversar?

— Não, eu só...

— Deixa eu olhar você.

O Sr. Ávila deu alguns passos rápidos até Oskar, analisou o rosto dele, acenou com a cabeça.

— A-ha. Ok.

— O que foi?

— Foi você. — O professor apontou para os olhos dele. — Eu vejo. Você queimou as sobrancelhas. Não, como chama? Embaixo. No olho...

— Cílios?

— Cílios, isso. Um pouco do cabelo também. Hum. Se não quiser que ninguém tenha certeza, precisa cortar o cabelo. Os... cílios crescem rápido. Segunda-feira já fica normal. Gasolina?

— Álcool desnaturado.

O Sr. Ávila soprou devagar, balançou a cabeça.

— Muito perigoso. Provavelmente... — Ele tocou a testa de Oskar — ...você é meio doido. Não muito. Mas um pouco. Por que álcool?

— Eu... encontrei.

— Encontrou? Onde?

O menino olhou para o rosto do Sr. Ávila: uma rocha úmida, bondosa. E queria contar a ele, contar tudo. Só não sabia por onde começar. O professor aguardou. Então disse:

— Brincar com fogo muito perigoso. Pode virar hábito. Não é método bom. Exercício físico muito melhor.

Oskar assentiu e o sentimento desapareceu. O Sr. Ávila era ótimo, mas nunca entenderia.

— Agora você se troca e eu mostrar uma técnica de supino. Ok?

O homem deu as costas para ir até o escritório. Parou do lado de fora da porta.

— E Oskar. Você não se preocupa. Eu digo nada pra ninguém se não quiser. Tá? Podemos falar mais depois do treino.

Oskar trocou de roupa. Quando terminou, Patrik e Hasse entraram, dois garotos da 6A. Disseram oi para Oskar, mas ficou com a impressão de terem o olhado por tempo demais, e quando foi para o ginásio, escutou os dois cochichando.

Uma sensação de desalento dominou seu estômago. Arrependeu-se de ter ido. Porém, o Sr. Ávila chegou logo em seguida, vestindo uma camiseta e shorts, e mostrou a ele a melhor forma de pegar a barra de supino, deixando-a encostar na ponta de seus dedos, e Oskar conseguiu levantar 28 quilos, 2 a mais do que da última vez. O professor anotou o novo recorde em seu caderno.

Mais garotos chegaram, entre eles, Micke, que mostrou seu habitual sorriso enigmático, que podia significar qualquer coisa; podia tanto estar prestes a lhe oferecer um belo presente quanto pronto para fazer algo horrível.

* * *

Era a segunda opção, embora o próprio Micke não entendesse a total extensão da situação.

A caminho do treino, Jonny viera correndo falar com ele e pedira que fizesse uma coisa, pois estava armando uma para cima de Oskar. Micke achou legal. Gostava de pegadinhas. E, afinal, sua coleção completa de figurinhas de hóquei havia queimado na terça à noite, então se vingar de Oskar era algo que estava mais do que disposto a fazer.

Por enquanto, porém, sorria.

* * *

O treino continuou. Oskar achou que os demais o encaravam estranho, mas assim que tentava olhá-los nos olhos, eles desvencilhavam. Mais do que tudo, queria ir para casa.

... *não... vai...*

Só ir.

Mas o Sr. Ávila estava de olho nele, estimulando-o com comentários positivos, e meio que não havia como sair. E, de qualquer forma: ao menos estar lá era melhor do que estar em casa.

Quando Oskar terminou o treino de força, estava tão cansado que nem tinha energia para se sentir mal. Foi até os chuveiros, ficando um pouco para trás dos outros, tomando banho de costas para o resto do vestiário. Não que importasse. Continuava pelado.

Ficou um tempo perto do vidro que dividia o vestiário e a piscina, fez um círculo com a mão, limpando o vapor que o cobria, e observou os demais na piscina, perseguindo uns aos outros, jogando bolas. Então sentiu outra vez. Não era um pensamento sob a forma de palavras, mas um sentimento violento:

Estou só. Estou... completamente só.

Então o Sr. Ávila o avistou, fez sinal para que entrasse na piscina. Oskar desceu os poucos degraus, foi até a beira da piscina e olhou para a água azulada por conta dos químicos. Não tinha mais energia para pular, então desceu a escada da piscina devagar e se deixou envolver pela água fria.

Micke sentou-se na beira, sorriu e acenou a cabeça para ele. Oskar deu algumas braçadas na direção oposta, para perto do Sr. Ávila.

— Lá vai!

Viu a bola voando pelo canto dos olhos, tarde demais. Ela caiu na água exatamente à sua frente, jogando cloro em seus olhos. Doeu como se fosse lágrimas. Coçou os olhos e, quando olhou para cima, viu o professor o mirando com expressão de... pena?... no rosto.

Ou desdém.

Talvez fosse apenas sua imaginação, mas mandou a bola que boiava em frente a seu rosto para longe e se deixou afundar. Deixou a cabeça deslizar para baixo da superfície da água, seu cabelo flutuando e fazendo cócegas em suas orelhas. Esticou os braços acima do corpo e boiou com o rosto submerso, subindo e descendo com a água. Fingiu que estava morto.

Que podia boiar ali para sempre.

Que jamais precisaria se levantar e encontrar o olhar daqueles que, em última análise, queriam apenas lhe fazer mal. Ou que quando finalmente se levantasse, o mundo teria sumido. Seria só ele e o azul.

Porém, mesmo com as orelhas embaixo d'água, podia ouvir os sons distantes, os baques do mundo acima, e quando tirou o rosto da água, ele estava lá: cheio de ecos, barulhos.

Micke havia deixado seu posto na beira da piscina e os demais jogavam um tipo de vôlei. A bola branca voava, bem definida contra a escuridão das janelas congeladas. Oskar nadou até um canto fundo da piscina, ficou lá só com o nariz acima da água e observou.

Micke veio andando rápido do vestiário do outro lado do corredor e gritou:

— Professor! O telefone tá tocando no seu escritório!

O Sr. Ávila murmurou algo e contornou a borda da piscina com passos pesados. Assentiu para Micke e desapareceu no vestiário. A última imagem que Oskar teve dele foi um contorno borrado atrás do vidro embaçado.

E então se foi.

* * *

Assim que Micke saiu do vestiário, eles assumiram suas posições.

Jonny e Jimmy esgueiraram-se para o ginásio; Roger e Prebbe se encostaram na parede ao lado da porta. Ouviram Micke chamar o professor na piscina, prepararam-se para a ação.

Passos descalços suaves se aproximaram, passaram pelo ginásio e, alguns segundos depois, o Sr. Ávila atravessou as portas do vestiário e seguiu para seu escritório. Prebbe já havia enrolado a ponta da meia de cano longo cheia de moedas na mão, para conseguir segurá-la melhor. Assim que o professor chegou à porta e ficou de costas para ele, Prebbe avançou e lançou o peso da meia contra a nuca do homem.

Prebbe não tinha coordenação muito boa, e o Sr. Ávila provavelmente havia escutado algo. Na metade do movimento, o professor virou a cabeça para o lado e o baque o atingiu logo acima da orelha. O efeito, no entanto, foi o desejado. O homem foi lançado para frente e para o lado, bateu a cabeça no batente e caiu no chão.

Prebbe sentou-se em seu peito e pôs a meia com moedas na palma, para poder executar um golpe mais controlado, se precisasse. Parecia que não. Os braços do professor estavam tremendo um pouco, mas ele não oferecia nem um pouco de resistência. Prebbe não achava que estava morto. Não parecia, ao menos.

Roger se aproximou, inclinou-se sobre o corpo prostrado como se nunca tivesse visto nada assim antes.

— Ele é turco ou algo assim?

— Sei lá, porra. Pega as chaves.

Enquanto Roger tateava em busca das chaves nos shorts do professor, viu Jonny e Jimmy saírem do ginásio e seguirem para a piscina. Pegou as chaves, tentou uma depois da outra na porta do escritório, olhou para o professor.

— Peludo que nem um bicho. Só pode ser turco.

— Vai logo com isso.

Roger suspirou, continuou testando as chaves.

— Só tô dizendo isso por você. Vai se sentir melhor se...

— Foda-se. Vai logo.

Roger encontrou a chave certa e destrancou a porta. Antes de entrar, apontou para o professor e disse:

— Você provavelmente não devia sentar assim nele. Não deve estar conseguindo respirar.

Prebbe saiu de cima do peito do homem, sentou-se ao lado dele com o corpo pronto para o caso de Ávila tentar alguma coisa.

Roger mexeu nos bolsos do casaco que encontrou no escritório, tirou uma carteira com 300 kronor. Na gaveta da qual, após procurar um pouco, achou a chave, havia também 10 bilhetes de metrô não usados. Levou-os também.

Não era uma grande recompensa, mas não estava ali para isso. Era questão de vingança.

* * *

Oskar ainda estava no canto da piscina, soprando bolhas na água, quando Jonny e Jimmy chegaram. A primeira reação dele não foi medo, mas irritação.

Estavam usando roupas casuais de frio.

Não tinham nem tirado os sapatos, e o Sr. Ávila, que se preocupava tanto com...

Quando Jimmy parou à beira da piscina e começou a procurar algo, o medo veio. Havia encontrado Jimmy algumas vezes, rapidamente, e já o achara horrível. Agora então, havia algo em seus olhos... o modo como mexia a cabeça...

Como Tommy e os outros caras quando estão...

O olhar de Jimmy encontrou o de Oskar e ele percebeu, com um tremor, que estava... nu. Jimmy estava vestido, tinha sua armadura. Oskar estava na água fria e cada centímetro de seu corpo estava exposto. Jimmy acenou com a cabeça para Jonny, fez um movimento de semicírculo com a mão e, um de cada lado da piscina, começaram a ir em direção a Oskar. Enquanto andava, Jimmy gritou para os demais:

— Saiam daqui! Todo mundo! Pra fora da água!

Os outros estavam parados ou boiando, indecisos. Jimmy foi para a beira da piscina, pegou um estilete no bolso da jaqueta, abriu e segurou-o como uma flecha direcionada a um grupo de garotos. Fez um gesto de lançamento com a mão, apontando com a lâmina para a outra ponta da piscina.

Oskar estava encolhido em um canto, observando trêmulo os demais nadarem ou se afastarem rapidamente na direção apontada, deixando-o sozinho na piscina.

Sr. Ávila... onde está o Sr. Ávila...

Uma mão o agarrou pelos cabelos, os dedos tão firmes que seu couro cabeludo doeu e sua cabeça foi forçada para trás, encostando no canto da piscina. Acima dele, ouviu a voz de Jonny:

— Esse é o meu irmão, seu merda.

A cabeça de Oskar foi batida para trás algumas vezes contra a borda de cerâmica e a água entrou em seus ouvidos enquanto Jimmy se aproximava do canto da piscina e agachava com o estilete na mão.

— Oi, Oskar.

Oskar engoliu água e começou a tossir. Cada balanço de sua cabeça causado pela tosse fazia seu couro cabeludo, que Jonny segurava com ainda mais força, queimar mais. Quando a tosse parou, Jimmy bateu a lâmina contra a beirada de cerâmica.

— Quer saber? Estava pensando assim... que devíamos fazer uma competição. Não se mexa...

O estilete passou por cima da testa de Oskar quando Jimmy o entregou para Jonny, assumindo seu lugar segurando a cabeça do garoto, que não ousava fazer nada. Havia olhado nos olhos de Jimmy por alguns segundos e pareciam completamente loucos. Estavam tão cheios de ódio que não dava para olhar neles.

A cabeça de Oskar estava pressionada contra o canto da piscina. Seus braços se debatiam na água de uma maneira inútil. Não havia o que segurar. Olhou para os outros garotos. Estavam na parte rasa da piscina. Micke estava na frente, ainda sorrindo em antecipação. Os demais pareciam, em maioria, assustados.

435

Ninguém o ajudaria.

— O negócio é o seguinte... é bem fácil, veja bem. Regras simples. Você vai ficar submerso por... cinco minutos. Se conseguir, vamos só fazer um corte na sua bochecha ou algo assim. Uma lembrança. Se não conseguir... bem, aí quando você subir eu arranco um de seus olhos. Ok? Entendeu as regras?

Oskar pôs a boca acima da superfície. A água jorrava de sua boca quando disse, tremendo:

— ... não consigo...

Jimmy balançou a cabeça.

— Problema seu. Tá vendo o relógio? Vamos começar em 20 segundos. Cinco minutos ou seu olho. Melhor respirar fundo. Dez... nove... oito... sete...

Oskar tentou empurrar com as pernas, mas precisava ficar nas pontas dos pés para sequer deixar a cabeça toda acima da água, e a mão de Jimmy o segurava pelo cabelo, impossibilitando qualquer movimento.

Se eu puxar meu cabelo... cinco minutos...

Antes, ao tentar sozinho, havia conseguido três, no máximo. Quase isso.

— Seis... cinco... quatro... três...

O Sr. Ávila. O Sr. Ávila vai voltar antes de...

— Dois... um... zero!

Oskar conseguiu apenas uma meia inspiração antes de sua cabeça ser forçada para baixo d'água. Perdeu o apoio dos pés e a parte de baixo de seu corpo flutuou devagar até ele ficar com a cabeça inclinada sobre o peito, alguns centímetros sob a superfície, seu couro cabeludo ardendo como se estivesse em chamas quando o cloro da água entrou em contato com as feridas na pele.

Não podia ter passado mais de um minuto antes de o pânico se instaurar.

Abriu bem os olhos e viu apenas azul-claro... filetes rosas que vinham de sua cabeça e passavam em frente a seus olhos quando ele tentou se apoiar com o corpo, embora fosse impossível, já que não havia nada no que se apoiar. Suas pernas chutavam a superfície, e o azul pálido que via se oscilou, dividindo-se em ondas brilhantes.

As bolhas subiram de sua boca e ele balançou os braços, boiando de costas, e seus olhos foram atraídos para o branco e o brilho turvo das lâmpadas de halogênio no teto. Seu coração batia como uma mão contra uma vidraça, e quando inalou água pelo nariz, uma espécie de calma começou a se espalhar por seu corpo. Seu coração, porém, batia mais forte, com mais persistência, queria viver, então se debateu desesperadamente outra vez, tentando segurar onde nada podia ser segurado.

436

Empurraram mais sua cabeça. E, por mais estranho que fosse, pensou:

Melhor isso que um olho.

* * *

Depois de dois minutos, Micke começou a se sentir bem desconfortável.

Parecia que... que realmente queriam... Olhou à sua volta, para os outros garotos, mas ninguém parecia disposto a fazer nada, e ele mesmo apenas disse, meio sussurrando:

— Jonny... que merda é essa...

Porém, Jonny não pareceu ouvi-lo. Estava absolutamente estático, de joelhos ao lado da piscina com o estilete apontado para a água, para a silhueta branca que se movia lá embaixo.

Micke olhou em direção ao vestiário. Por que o professor ainda não tinha voltado? Patrik havia corrido para buscá-lo; por que não vinha? Micke aproximou-se mais do canto, próximo à porta escura de vidro que mostrava a noite, e cruzou os braços em frente ao peito.

Pelo canto dos olhos, pensou ver algo cair do teto lá fora. Algo esmurrou a porta de vidro com tanta força que a fez balançar.

Ficou na ponta dos pés, olhou pela janela de vidro normal no topo e viu uma garotinha. Ela ergueu o rosto em direção ao dele.

— Diga "entre"!

— O... o quê?

Micke olhou para o que acontecia na piscina. O corpo de Oskar parara de se mover, mas Jimmy continuava inclinado sobre a piscina, segurando a cabeça dele. A garganta de Micke doeu ao engolir em seco.

Aconteça o que acontecer, só faça parar.

Batidas na porta de vidro, dessa vez mais fortes. Olhou para a escuridão. Quando a garota abriu a boca e gritou com ele, pôde ver que... os dentes dela... que havia algo pendurado em seus braços.

— Diga que eu posso entrar!

Aconteça o que acontecer.

Micke acenou com a cabeça, disse, de forma quase inaudível:

— Pode entrar.

A garota se afastou da porta, desapareceu na escuridão. A coisa pendurada em seus braços brilhou por um momento, e então ela sumiu. Micke se voltou para a piscina. Jimmy havia tirado a cabeça de Oskar da água e pegado o estilete da mão de Jonny. Moveu-o pelo rosto de Oskar, mirando.

Uma luz brilhou na janela escura do meio e, uma fração de segundo depois, ela se quebrou.

O vidro reforçado não quebrou como vidro normal. Explodiu em milhares de pequenos fragmentos arredondados que caíram, farfalhando, na beira da piscina, depois de voarem pela entrada, sobre a água, brilhando como uma infinidade de estrelas brancas.

EPÍLOGO

SEXTA-FEIRA, 13 DE NOVEMBRO

Sexta-feira 13...

Gunnar Holmberg estava sentado no escritório vazio do diretor, tentando organizar suas anotações.

Havia passado o dia inteiro na escola de Blackeberg, estudando a cena do crime, conversando com os alunos. Dois técnicos da central e um analista de manchas de sangue do Laboratório Nacional de Ciência Forense ainda estavam colhendo as evidências na piscina.

Dois jovens haviam sido mortos lá na noite passada. O terceiro... havia desaparecido.

Conversara até com Marie-Louise, a professora da turma. Deu-se conta de que o menino desaparecido, Oskar Eriksson, era o mesmo que havia erguido a mão e respondido sua pergunta sobre heroína há três semanas. Holmberg se lembrava dele.

Eu leio muito e tal.

Lembrara também de ter achado que o menino seria o primeiro a se aproximar da viatura. Ele o teria levado para dar uma volta, talvez. Se possível, teria estimulado um pouco sua autoconfiança. Mas o menino não havia aparecido.

E agora estava sumido.

Gunnar conferiu suas anotações das conversas com os garotos que haviam estado na piscina na noite anterior. Os relatos coincidiam, e uma palavra aparecera com frequência: anjo.

Oskar Eriksson havia sido salvo por um anjo.

O mesmo anjo que, de acordo com as testemunhas, arrancara as cabeças de Jonny e Jimmy Forsberg, deixando-as no fundo da piscina.

Quando Gunnar contou ao fotógrafo forense, que usara sua câmera subaquática para eternizar a imagem das duas cabeças no lugar onde haviam sido encontradas, sobre o anjo, ele havia dito:

— Mas não veio do céu, nesse caso.

Não...

Olhou para fora da janela, tentou pensar em uma explicação razoável.

A bandeira do pátio estava hasteada a meio mastro.

Dois psicólogos estiveram nos interrogatórios dos garotos, já que vários mostravam sinais preocupantes, falando de maneira muito casual sobre o que haviam testemunhado, como se fosse um filme, algo que não acontecera na realidade. E era nisso que seria mais desejável crer.

O problema era que, até certo ponto, o técnico de manchas de sangue corroborava o que os garotos haviam dito.

O sangue jorrara em tal curso, deixara traços em tais locais (teto, vigas), que a impressão imediata era daquilo ter sido causado por alguém que... voava. Era isso que ele agora tentava explicar. Justificar.

Era provável que conseguiria.

O professor de educação física dos garotos estava na UTI com uma concussão grave e não estaria disponível para questionamento até o dia seguinte, no mínimo. Provavelmente não teria informações novas para dar.

Gunnar pressionou as mãos contra as têmporas de forma que seus olhos se cerraram, e baixou o olhar para as anotações.

— ... anjo... asas... a cabeça explodiu... o estilete... tentando afogar Oskar... Oskar estava azul... tinha dentes como um leão... pegou Oskar no colo...

E a única coisa que conseguiu pensar foi:

Eu devia me afastar por um tempo.

* * *

— Isso é seu?

Stefan Larsson, condutor do trem Estocolmo-Karlstad, apontou para a mala no bagageiro. Não se via muitas daquelas hoje em dia. Era um autêntico, antiquado... baú.

O menino na cabine assentiu e mostrou sua passagem. Stefan marcou o bilhete.

— Alguém vai te encontrar do outro lado?

O menino balançou a cabeça.

— Não é tão pesado quanto parece.

— Não, claro. O que tem aí, se me permite a pergunta?

— Um pouco de tudo.

Stefan conferiu o relógio e furou o ar com o marcador de bilhete.

— Vai estar de noite quando chegarmos, sabia?

— Aham.

— As caixas. São suas também?

— Sim.

— Olha, não quero me... mas como vai dar conta?

— Vou ter ajuda. Mais tarde.

— Entendo. Ok. Boa viagem, então.

— Obrigado.

Stefan fechou a porta da cabine e foi para a seguinte. O menino parecia saber o que estava fazendo. Se fosse Stefan sentado lá com aquela quantidade de bagagem, nunca teria parecido *feliz* daquele jeito.

Mas, afinal, as coisas são diferentes quando se é jovem.

Este livro foi impresso nas oficinas gráficas da Editora Vozes Ltda.,
Rua Frei Luís, 100 – Petrópolis, RJ.